더모던 감성클래식 09

조의 아이들

Jo's Boys

더모던 감성클래식 09

조의 아이들

루이자 메이 올컷 지음 | 공민희, 문세원 옮김

더모던
Themodern L

Jo's
Boys

등장인물

조(조세핀 마치 베어)

'왜 난 베스처럼 착하지 않을까?' 끝없이 자책하던 시절에
자신을 믿어주는 어머니 덕분에 방황을 끝낼 수 있었기에
소외된 아이들에게 "믿어주는 한 사람"이 되어주려고 플럼필드를 세웠다.

베어 교수(프리츠 베어)

독일 함부르크에서 철학교수였는데, 고아가 된 조카들을
돌보려고 미국에 와서 가정교사를 하다가 조를 만났다.
학교 설립의 꿈이 있었고, 플럼필드 대학의 총장을 맡는다.

댄

인디언계 혼혈. 일찍 부모를 잃고 거리를 떠돌던 부랑아.
네트를 만나러 플럼필드에 왔다가 베어 부부의 보살핌에 조금씩
마음을 열지만, 야생마 같은 성격을 바꾸지 못해서 쫓겨난다.

네트

거리에서 바이올린을 연주하며 떠돌다가 로리의 눈에 띄어
플럼필드에 입학한다. 수줍음 많고 차분한 성격이지만
사소한 거짓말을 하는 버릇 때문에 도둑으로 몰리게 된다.

낸

활달하고 적극적인 아이. 조가 플럼필드가 남녀공학이
되어야 한다는 신념으로 처음 입학시킨 여학생이다.
'다리를 톱으로 자르는' 게 멋져보여서 의사가 되려 한다.

토미

'토미 전용 약상자'가 있을 정도로 못 말리는 장난꾸러기!
플럼필드에 오자마자 대장이 되는 당찬 낸과 아웅다웅하다가
그만 짝사랑에 빠져서 '낸과 결혼하겠다'고 선언한다.

프란츠와 에밀 (베어 교수의 조카들)

프란츠는 플럼필드에서 가장 나이가 많은 형.
불길 속에서 질식한 데미와 토미를 구해낸다.
동생 에밀은 해군을 좋아해서 '제독'으로 불린다.
형제는 훗날 독일 함부르크로 돌아가서 정착한다.

데미와 데이지와 조시 (메그의 아이들)

쌍둥이 오빠인 데미는 늘 책을 읽고 철학적 사색을
즐겨서 '사제'로 불린다. 아버지의 이름 '존 브룩'을
물려받았다는 책임감을 크게 느끼고 있다.
쌍둥이 동생 데이지는 엄마 메그로부터
여성스러운 성격과 살림솜씨를, 말괄량이 막내
조시는 연극배우의 재능을 물려받았다.

로브와 테디 (조의 두 아들)

'양과 사자'로 불릴 정도로 성격차이가 극명하다.
하지만 로브가 불의의 사고를 당했을 때,
형은 비명도 지르지 않는데 테디는 기절한 후부터,
테디가 형 로브를 존경하고 따른다.

베스 (에이미의 딸)

로리와 에이미의 자녀. 아름다운 미모로 '금발의 공주님'으로 불린다.
엄마 에이미처럼 미술에 재능과 열정이 뛰어나서 유럽 유학을 준비 중이다.

차례

1
신입생 네트

　"실례합니다, 선생님. 여기가 플럼필드인가요?"

　남루한 옷을 입은 소년이 승합마차에서 내려 커다란 정문 앞에 서 있는 남자에게 물었다.

　"그렇단다. 누가 보내서 왔니?"

　"로런스 씨요. 부인께 전달할 편지를 가져왔습니다."

　"그래. 들어가서 직접 전해드리거라. 널 만나주실 거야, 꼬맹아."

　문지기의 쾌활한 목소리에 소년은 한층 용기를 내서 안으로 들어갔다. 파릇한 잔디와 봉오리가 올라온 나뭇가지 위로 촉촉한 봄비가 포근하게 내리고 있었다. 네트는 자기 앞에 떡 버티고 선 커다란 사각형 건물을 바라보았다. 넓은 계단을 올라가면 고풍스러운 현관이 있고, 수많은 창문에서 환한 불빛이 흘러나오는 근사한 저택이었다. 커튼과 덧문의 틈새로 유쾌한 반짝임이 고스란히 새어 나왔다. 네트는 초인종을 누르려다가 잠시 멈칫했다. 수많은 작은 그림자들의 춤이 벽에 비쳤고, 아이들의 즐거운 노랫소리가 들렸다. 저런 환하고 따뜻한 안락함은 자신과 같은 '꼬맹이 거지'가 누릴 수 없을 듯했다.

'부인께서 날 만나주셔야 할 텐데.'

네트는 그리핀*의 머리로 장식된 커다란 청동 고리쇠를 소심하게 두드렸다.

볼이 발그레한 하녀가 문을 열었다. 소년이 조용히 편지를 건네자 웃으며 받아들더니 복도의 의자를 가리키며 고개를 끄덕였다. 낯선 소년을 맞이하는 일이 익숙한 모양이었다.

"편지를 부인께 전해드릴 동안 매트에서 물기를 털고 저기 앉아 있으렴."

네트는 기다리면서 주위에 구경할 것이 아주 많다는 점을 얼른 알아차리고 흥미롭게 주변을 살폈다. 문 옆 어두운 모퉁이에 앉은 터라 누구의 눈에도 띄지 않아서 좋았다.

비 내리는 해 질 녘이었다. 저택은 즐겁게 노는 데 열중한 소년들로 넘쳐났다. '위층과 아래층, 응접실' 등 사방에 소년들이 있었다. 여러 문들이 열릴 때마다 큰 소년, 꼬맹이, 어린이 무리가 열정적으로 온갖 놀이를 즐기는 모습이 보였다. 오른쪽의 큰 방 두 곳은 책상, 지도, 칠판, 책이 흩어져 있는 걸로 봐서 교실 같았다. 장작불이 타오르

---

* 사자 몸통에, 독수리의 머리와 날개를 지닌 신화적 존재

는 벽난로 주변에 누워 빈둥대는 아이들은, 새 크리켓 경기장 얘기를 나누며 부츠를 신은 발을 공중으로 들어 휘저었다. 이렇게 시끄러운 와중에 키 큰 소년이 한 귀퉁이에서 플루트를 연습했다. 두세 명은 책상을 뛰어넘고 간간이 멈춰서 숨을 고르다가, 칠판에 한 꼬마가 집 안 식구들의 캐리커처를 우스꽝스럽게 그리는 것을 보고 웃음을 터트렸다.

왼쪽의 방에는 긴 식탁이 보이고 그 위로 신선한 우유가 담긴 큰 유리병들, 가득 쌓인 흰 빵과 호밀빵, 반짝이는 진저브레드가 한 아름 놓여 네트의 영혼을 자극했다. 빵 냄새가 사방으로 퍼지면서 사과를 굽는 냄새도 피어올라 배고픈 어린 코와 위장이 요동쳤다.

그러나 복도가 가장 눈길을 끌었다. 술래잡기 놀이가 한창이었던 것이다. 층계참에선 구슬치기가, 다른 쪽에서는 체스가 한창이었고, 계단 중앙에는 책을 읽는 소년과 인형에게 자장가를 불러주는 소녀, 강아지 두 마리, 새끼 고양이 한 마리가 있었다. 어린 소년들은 팔다리가 부러질 위험에도 아랑곳하지 않고 끊임없이 계단 난간에서 미끄럼을 타며 옷을 더럽히고 있었다. 네트는 이 신나는 경주에 푹 빠진 나머지 저도 모르게 모퉁이 의자에서 일어나 조금 더 가까이 다가가고 말았다. 그때 한 아이가 재빠르게 난간에서 내려오다가 몸을 주체하지 못해 떨어졌다. 머리가 깨지는 듯한 쿵 소리가 났지만 그 아이의 머리는 11년 동안 끊임없이 넘어지면서 대포처럼 단단해진 상태라 별 이상이 없었다. 네트는 제 처지를 깜빡 잊고 떨어진 아이가 크게 다친 줄 알고 서둘러 뛰어갔다. 소년은 아주 잠깐 움찔했을 뿐 곧 편안한 표정으로 누워서는, 놀란 얼굴의 낯선 아이를 쳐다보며 말했다.

"안녕!"

"안녕!"

네트는 딱히 대답할 말이 떠오르지 않아 똑같이 따라했다.

"새로 왔어?"

누워 있는 아이가 담담하게 물었다.

"아직 몰라."

"이름이 뭔데?"

"네트 블레이크."

"난 토미 뱅스야. 너도 이리 와서 해볼래?"

토미는 손님에게 친절하라는 덕목이 갑자기 생각난 듯 몸을 일으키며 말했다.

"내가 여기 있게 될지 어떨지 정해지기 전이라서 곤란할 것 같아."

네트는 매 순간 이곳에 있고 싶다는 갈망이 마음속에서 더 커지는 것을 느꼈다. 토미가 다시 미끄럼을 타러 계단을 올라가면서 외쳤다.

"여, 데미. 새로 온 아이야. 와서 만나봐."

계단에서 책을 읽던 소년이 고개를 들었다. 갈색의 큰 눈동자가 살짝 수줍은 듯 머뭇거리다가 책을 옆구리에 끼고 침착하게 새 인물을 맞이하러 내려왔다. 이 호리호리하고 순한 눈빛의 소년에게 큰 매력을 느낀 모양이었다.

"조 이모를 만났어?" 그 일이 아주 중요하다는 듯한 말투였다.

"난 너희들 말고는 아무도 못 봤어. 지금 기다리는 중이야."

"로리 이모부가 널 보냈니?" 데미가 예의바르고 진지하게 물었다.

"로런스 씨께서 보내셨어."

"그분이 로리 이모부야. 항상 괜찮은 아이들을 보내주시지."

네트는 그 말이 고마워서 미소를 지었다. 그러자 홀쭉한 얼굴이 한층 보기 좋아졌다. 이제 무슨 말을 해야 할지 몰라 두 소년은 우호적인 침묵 속에 서로를 바라보며 서 있었다. 그때 인형을 품에 안은 소녀가 다가왔다. 데미와 아주 많이 닮았는데 키가 좀 작았고 더 둥글고 발그레한 얼굴에 푸른 눈동자가 빛났다.

"내 동생 데이지야."

데미가 아주 귀하고 소중한 존재를 소개하듯 말했다.

아이들은 서로에게 고개를 끄덕였다. 소녀는 보조개가 생기도록 활짝 웃으며 싹싹하게 말했다.

"네가 여기서 지내면 좋겠어. 우린 여기서 아주 잘 지내거든. 안 그래, 데미 오빠?"

"물론이지. 그래서 조 이모가 플럼필드를 세운 거야."

"정말 좋은 곳 같아."

네트는 정이 넘치는 이 아이들에게 대답을 해줘야 한다고 느꼈다.

"세상에서 제일 근사한 곳이야. 그렇지, 데미 오빠?"

데이지는 세상 모든 일에 오빠의 허락을 얻어야 한다고 생각하는 것이 분명했다.

"아니, 난 빙하와 바다표범이 있는 그린란드가 더 근사한 것 같아. 하지만 나도 플럼필드를 좋아해. 여긴 살기 아주 좋은 곳이야."

데미는 그린란드에 관한 책에 한창 빠져 있었다. 그가 책을 펼쳐서 네트에게 그림을 보여주며 설명하려는데 하녀가 돌아와서 응접실 문 쪽을 향해 고갯짓하며 말했다.

"잘됐구나. 이곳에 머물게 됐어."

"신난다! 어서 조 이모를 만나러 가자."

데이지가 친근하게 손을 덥석 잡자 네트는 집에 온 듯 편해졌다.

데미는 다시 그린란드 책에 몰두했고, 여동생이 신입생을 이끌고 안쪽 방으로 향했다. 다부진 신사가 소파에서 두 소년을 데리고 장난을 치고 있고, 호리호리한 여인이 편지를 고이 접고 있었다. 여러 차례 꼼꼼히 읽은 모양이었다.

"여기 데려왔어요, 이모!" 데이지가 외쳤다.

"그래, 네가 우리의 새 친구니? 만나서 반갑구나, 애야. 여기서 행복하게 지내길 바란다."

여인이 이렇게 말하더니, 네트를 자기 쪽으로 끌어당기고 어머니처럼 인자한 얼굴에 친절한 손길로 아이의 머리를 뒤로 쓸어 넘겨주었다. 외로운 소년은 하염없이 그녀를 바라보았다.

엄청난 미인은 아니지만 얼굴에 어린아이의 천진함이 서려 있어서 즐거워 보였다. 목소리와 태도도 마찬가지였다. 설명하기 힘들지만, 보자마자 상냥하고 편안한 사람으로 보여서 쉽게 어울릴 수 있을 것 같았다. 남자애들이 쓰는 말로 하면 '쾌활'한 분위기를 풍겼다. 조는 머리를 쓰다듬을 때 아이의 입술이 살짝 떨리는 것을 보고, 다정한 눈매에 한층 부드러움을 담아 추레한 아이를 더 가까이 당겨 웃으며 말했다.

"난 마더 베어(엄마 곰)이고 저 신사분은 파더 베어(아빠 곰)야.* 저 두 아이도 베어란다. 자, 다들 이리 와서 네트와 인사해요."

씨름을 하고 있던 세 사람이 곧바로 시키는 대로 했다. 다부진 신사가 양팔에 포동포동한 아이를 하나씩 끼고 신입생을 환영하러 왔다. 로브와 테디는 활짝 웃기만 했다. 파더 베어는 악수를 청하고 벽난로 근처에 있는 낮은 의자를 가리키며 친절한 목소리로 말했다.

"널 위한 공간이 준비돼 있단다, 아들아. 저기 앉아서 젖은 발을 말리렴."

"젖었다고요? 진짜네! 얘, 얼른 신발을 벗으렴. 당장 네게 맞는 마른 신발을 가져다줄게."

마더 베어가 소리치고 부산스럽게 움직이더니, 눈 깜빡할 사이에 네트는 마른 양말과 따뜻한 실내화를 신고 편안한 의자에 앉아 있었다. 그는 가까스로 "감사합니다, 부인"이라고 말했다. 고마움이 가득 묻어나는 대답에 조의 눈길이 다시 부드러워졌다. 그녀는 한없이 안쓰러운 마음을 숨기고 일부러 쾌활한 목소리로 말을 이었다.

"그건 토미 뱅스의 실내화야. 하지만 그 애는 제 실내화를 어디에 놔뒀는지 맨날 까먹거든. 그러니까 실내화가 없어도 되겠지. 네게는 너무 크구나. 하지만 더 잘됐어. 실내화가 발에 맞지 않아 우리한테서 재빨리 도망칠 수 없을 테니까."

"전 도망치고 싶지 않아요, 부인."

네트가 더러운 손을 따뜻한 난로 앞으로 펼치며 만족하듯 길게 숨을 내쉬었다.

"거참 잘됐구나! 이제 널 잘 말려서 그 끔찍한 기침을 떼어내야겠

---

* 플럼필드 아이들이 베어 부부를 부르는 애칭. 성 'Bhaer'와 곰을 뜻하는 'bear'의 발음이 비슷해서다.

어. 기침한 지 얼마나 되었니?"

마더 베어가 플란넬 천을 찾아 큰 바구니를 뒤지며 물었다.

"겨울 내내요. 감기에 걸렸는데 어쩐지 전혀 낫지 않아요."

"눅눅한 지하실에서 가녀린 등을 덮을 변변한 이불도 없이 살았으니 당연하지."

조는 능숙한 눈길로 소년을 살폈다. 퀭한 눈, 부은 입술, 쉰 목소리, 잦은 기침, 게다가 기침할 때마다 기운 재킷 속 굽은 어깨가 떨렸다. 그녀는 남편에게 작은 목소리로 말했다. 베어 씨가 아내와 눈길을 주고받은 뒤 말했다.

"로브, 홈멜 아주머니에게 가서 감기약과 연고를 달라고 하렴."

네트는 이런저런 준비물들에 살짝 긴장했지만 애정 어린 웃음소리에 두려움이 사라졌다. 베어 부인이 익살스러운 표정으로 이렇게 속삭였기 때문이다.

"어린 악동 테디가 기침하는 소리를 들어보렴. 이 시럽에 꿀이 들어 있거든. 그래서 자기도 먹고 싶어서 저러는 거야."

테디는 계속 가짜 기침을 해서 약병이 왔을 때쯤에는 얼굴까지 빨개졌다. 그래서 네트가 씩씩하게 약을 받아먹고 플란넬 천으로 목을 꽁꽁 싸맨 뒤에 시럽을 한 스푼 얻어먹었다.

치료의 첫 단계도 채 끝나지 않았는데 큰 종소리가 울렸다. 우렁찬 발걸음 소리가 복도를 가득 채우며 저녁 식사 시간이라고 말해주었다. 수줍은 네트가 낯선 아이들을 많이 만날 생각에 몸을 떨자, 베어 부인이 그에게 손을 내밀었고 로브는 선배처럼 이렇게 말했다.

"겁내지 마. 내가 보호해 줄게."

열두 명의 소년이 여섯 명씩 나뉘어 각자의 의자 뒤쪽에 섰다. 플루트를 불던 키 큰 소년이 빨리 밥을 먹고 싶어 안달하는 아이들을 진정시키려고 애썼다. 마더 베어가 찻주전자가 놓인 좌석에 서고 테디가 그 왼쪽에, 네트가 오른쪽에 설 때까지 아무도 앉지 않았다.

"우리와 함께할 새로운 친구, 네트 블레이크란다. 저녁 식사 후에 인사를 나누렴. 친절하게, 다들 친절하게 대해줘야 해."

소년들이 일제히 네트를 쳐다보았다. 그런 다음 재빨리 질서정연하게 각자 자리에 앉으려고 했지만 완전히 실패했다. 베어 부부는 최선을 다해 소년들이 식사시간에 올바르게 행동하도록 가르치려 했다. 이곳은 규칙이 많지 않고 합리적인 곳이라 평소에는 아주 잘 해왔다. 소년들은 베어 부부가 자신들을 편안하고 행복하게 해주려고 한다는 것을 알기에 순순히 지시에 따랐다. 다만 배고픈 소년들이 과격함을 억누를 수 없는 때가 있는데, 반나절을 자유롭게 놀고 난 토요일 저녁이 바로 그랬다.

"어린 영혼들은 하루쯤은 마음껏 소리치고 시끄럽게 굴고 마음껏 뛰어놀아야죠. 자유롭고 재밌지 않다면 그게 무슨 휴일이에요. 일주일에 하루는 제멋대로 하는 날이어야 해요."

품위 있는 플럼필드 저택의 지붕 아래에서 왜 아이들이 난간 미끄럼을 타고 베개 싸움을 하고 갖은 장난을 치게 내버려두는지, 고지식한 이들이 의아해 하면 조는 이렇게 말했다.

가끔은 그 '지붕'이 날아가는 게 아닐까 싶을 정도지만 다행히 그런 일은 결코 일어나지 않았다. 피더 베어가 다이르면 아이들은 인제든 차분해졌고, 자유가 방종이 되어서는 안 된다는 점을 배웠다. 그래서 수많은 부정적인 예측을 뒤로하고 이 학교는 번영했고, 학생들은 정확히 어떻게 그렇게 됐는지 모르지만 자연스럽게 예의범절을 익혔다.

네트는 커다란 유리병 뒤에 앉아서 다행이라고 생각했다. 토미 뱅스가 바로 옆 모퉁이에 있고 베어 부인이 옆에서 그가 먹어치우는 족족 접시와 잔을 채워주었다.

"반대쪽 끝에 앉은 여자애 옆에 앉은 남자아이는 누구야?"

아이들이 크게 웃는 틈에 네트가 토미에게 속삭였다.

"데미 브룩이야. 베어 교수님이 그 애 이모부고."

"참 특이한 이름이네!"

"진짜 이름은 존인데 다들 데미존*으로 불러. 그 애 아버지도 존이거든. 진짜 웃기지?"

토미가 친절하게 설명했다. 네트는 잘 알아듣지 못했지만 예의 바르게 미소를 지었고 또 다른 궁금증을 물었다.

"그는 참 괜찮은 아이지?"

"물론이야. 아는 것도 많고 뭐든 다 읽거든."

"그 옆에 통통한 아이는 누구야?"

"아, 스터피 콜이야. 이름은 조지인데 너무 많이 먹어서 우리가 스터피라고 불러. 파더 베어 옆의 어린 애는 아들 로브고, 그 옆에 덩치 큰 사람은 조카 프란츠. 프란츠는 우리를 가르치고 보살피기도 해."

---

* 데미존(demijohn)은 물이나 포도주 등을 담아 다니는, 주둥이가 작은 병을 말한다.

"플루트 불던 사람 맞지?"

토미가 구운 사과를 통째로 입안에 집어넣을 때 네트가 물었다. 토미가 고개를 끄덕이더니, 생각보다 빨리 입을 열었다.

"아, 그랬나? 우리는 가끔 춤을 추고 음악에 맞춰 체조도 해. 난 드럼을 치는 게 좋아서 되도록 빨리 배울 생각이야."

"난 바이올린이 제일 좋아. 나도 악기를 연주할 줄 알아."

관심 있는 주제가 나오자 네트가 속내를 털어놓았다. 토미는 눈동자가 휘둥그레져서는 머그잔 너머로 쳐다보았다.

"정말? 베어 교수님에게 낡은 바이올린이 있어. 네가 연주하고 싶다면 빌려주실 거야."

"그럴까? 아, 정말 그러고 싶어. 있잖아, 난 아버지가 살아 계실 때 아버지랑 다른 남자랑 사방을 돌아다니면서 연주를 했어."

"정말 재미있었겠구나!"

토미가 한층 감명을 받은 듯 물었다.

"아니, 끔찍했어. 겨울에는 너무 춥고 여름에는 너무 더웠거든. 그런데 내가 지치면 두 분이 화를 내셨어. 게다가 잘 먹지도 못했고."

네트가 말을 멈추고 힘든 시기가 끝났음을 확인하듯 진저브레드를 한입 베어 물었다. 그러더니 후회하면서 이렇게 덧붙였다.

"그렇지만 난 내 작은 바이올린을 정말 사랑했고 그리워. 아버지가 돌아가셨을 때 니콜로가 가져가버렸어. 그리고 내가 아프다는 이유로 더 이상 날 데리고 다니지 않았어."

"연주를 잘하면 밴드에 들어갈 수 있을걸. 한번 연주해봐."

"여기에 밴드가 있어?"

되묻는 네트의 눈동자가 반짝 빛났다.

"있어. 모두가 참석하는 즐거운 밴드지. 콘서트 같은 것도 해. 내일 저녁에 보면 알 거야."

신나게 말을 마친 뒤 토미가 다시 식사에 몰두하자, 네트는 가득 찬 접시 위로 더없이 행복한 공상에 빠져들었다.

조는 머그잔을 채워주며 이야기를 전부 들었다. 테디는 아기 강아지처럼 꾸벅꾸벅 졸다가 숟가락에 눈을 부딪치다가 결국 부드러운 빵을 베개 삼아 잠들었다. 그녀가 토미를 네트 옆에 앉힌 건 이 오동통한 소년이 솔직하고 친화력이 좋아서 수줍음 많은 아이와 아주 잘 지냈기 때문이다. 네트도 그 점을 느껴서 저녁 식사 시간에 소극적이나마 여러 번 용기를 냈고, 덕분에 조는 직접 면담하는 것보다 아이의 성격을 더 잘 파악할 수 있었다.

네트가 들고온 로리의 편지에는 이렇게 적혀 있었다.

　친애하는 조에게

　네 마음에 꼭 들 아이야. 가엾게도 고아가 되었는데 아프고 친구도 없어. 길거리 악사로 떠돌았대. 지하실에서 죽은 아버지와 잃어버린 바이올린을 두고 울고 있더라고. 이 아이에게 잠재력이 있어 보여서 우리가 사기를 북돋아주면 어떨까 싶어. 네가 지친 몸을 치료해주고 프리츠가 상처받은 마음을 달래주면, 내가 가서 천재적인 재능인지 밥벌이 할 정도의 재주인지 살펴보려고 해. 시도해봐 줄래, 너의 좋은 친구를 위해서?

　　　　　　　　　　　　　　　　　　　　테디가

"당연히 우리가 그렇게 해야지!"

조는 편지를 읽고 그렇게 외쳤다. 그녀는 네트를 보자마자 천재든 아니든 따뜻한 보금자리와 애정과 어머니의 보호가 간절한 외롭고 아픈 아이라는 것을 알았다. 베어 부부는 가만히 아이를 살펴보았다. 옷은 다 해졌고 태도는 어색하고 얼굴은 꾀죄죄했지만 좋은 점을 많이 발견했다. 마르고 창백한 열두 살 소년은 푸른 눈동자에 헝클어진 머리 아래로 멋진 이마를 숨기고 있었다. 가끔 혼나거나 매를 맞을까봐 불안하고 겁먹은 얼굴이 되지만 친절한 눈길을 받으면 연약한 입술이 파르르 떨렸다. 고마워하는 표정으로 차분하게 말할 때는 아주 다정해 보였다. 조는 밴드가 있다는 말에 네트의 얼굴에 드리운 열망과 행복한 표정을 보고 혼잣말을 중얼거렸다.

"부디 가여운 아이에게 축복을 내리소서. 아이가 원한다면 하루 종일 바이올린을 켜게 해줄 거야."

그래서 조는 저녁을 다 먹고 '더 신나게 놀려고' 교실에 모인 아이들 앞에 바이올린을 들고 나타났다. 남편에게 귓속말을 한 뒤 모퉁이에 앉아 조의 손을 뚫어져라 쳐다보는 네트에게 다가가 속삭였다.

"자, 우리 아들. 한 곡 연주해주렴. 밴드에 바이올린 주자가 필요하거든. 내 생각엔 네가 아주 잘할 것 같구나."

조는 소년이 머뭇거릴 줄 알았다. 하지만 네트는 곧장 낡은 바이올린을 잡고 애정이 듬뿍 담긴 손길로 다루었다. 음악에 대한 그의 열정을 쉽게 알 수 있었다.

"최선을 다할게요, 부인."

소년이 이렇게 말하고는, 음을 듣고 싶어 안달 난 사람처럼 활을 줄 위에 놓았다. 교실이 엄청나게 시끄러웠지만 네트는 자신의 음악 말고는 아무 소리도 들리지 않는 것처럼 기쁨에 파묻혀서 부드럽게 연주를 시작했다. 길거리 악사들이 연주하는 단순한 흑인 멜로디였지만, 그 음악은 곧장 소년들의 귀를 사로잡고 그들을 침묵하게 했다. 아이들은 놀라움과 즐거움을 동시에 느끼며 가만히 있었다. 점차 아이들이 가까이 모여들었고 베어 교수도 자세히 보려고 다가갔다. 하지만 네트는 딱 제자리를 찾은 사람처럼, 연주를 하면서 아무도 신경 쓰지 않았다. 눈동자가 반짝이고 뺨에 생기가 돌고 가느다란 손가락이 날아다녔다. 소년은 낡은 바이올린을 껴안고 자신이 사랑하는 언어로 진심을 다해 말을 전했다.

마침내 네트가 연주를 마쳤다. 마치 '전 최선을 다했어요. 마음에 들길 바라요'라고 말하듯 주위를 흘끗 살피자 동전 세례보다 더 값진 진심 어린 박수가 쏟아졌다.

"우와! 진짜 멋있었어."

네트를 자기 후배라고 생각하는 토미가 큰 소리로 외쳤다.

"넌 우리 밴드의 첫 바이올린 주자가 될 거야."

프란츠가 인정한다는 미소를 지으며 덧붙였다.

조는 남편에게 속삭였다.

"테디가 맞았어요. 저 아이는 특별해요."

베어 교수도 고개를 열정적으로 끄덕이고 네트의 어깨를 두드리며 진심으로 말했다.

"아주 훌륭하구나, 아들아. 이제 우리가 따라 부를 수 있는 곡을 연주해줄 수 있겠니?"

가여운 소년의 인생에서 가장 자랑스럽고 행복한 순간이었다. 소년은 피아노 옆자리로 안내되었다. 아이들이 주변에 모여들었고, 그의 남루한 옷차림은 신경 쓰지 않고 존중하는 눈길로 다시 연주해주길 기다렸다.

그들은 네트가 알 만한 노래를 골랐다. 시작할 때 한두 번 틀렸지만 곧 바이올린, 플루트, 피아노가 소년들의 합창을 이끌어내 지붕이 다시금 들썩였다. 쇠약한 네트에게는 너무나 벅찬 사건이었다. 그래서 마지막 열창이 사그라들자 울먹이다가 벽으로 돌아서서 어린아이처럼 흐느꼈다.

"왜 그러니, 애야?"

같이 노래하면서 로브가 부츠로 발장단을 맞추는 것을 막고 있던 조가 물었다.

"다들 너무 친절하세요. 이 순간이 너무 아름다워서 저도 모르게 눈물이 나요."

네트는 흐느끼면서 숨을 쉬지 못할 정도로 기침을 했다.

"나랑 같이 가자. 얼른 쉬어야겠어. 넌 너무 지쳤고 여긴 너무 시끄러우니까."

조는 소년을 조용한 응접실로 데려가서 혼자 더 울게 두었다.

그런 다음 네트는 그동안 겪은 일들을 마더 베어에게 말했다. 이런 이야기가 처음은 아니었지만 조는 눈물을 흘리며 아이의 이야기를 들었다.

"아들아, 이제 네게는 아빠와 엄마가 생겼단다. 이곳이 네 집이야. 지난 슬픈 시절은 더는 생각하지 말고 얼른 튼튼해지고 행복해지렴.

우리가 도울 수 있는 일이라면 도울 테니 절대 혼자서 아파해서는 안 돼. 플럼필드는 모든 아이들이 즐겁게 지내면서, 스스로의 문제들을 해결해가고 나아가 다른 친구들을 돕는 방법까지 배우는 학교란다. 그러니까 넌 원하는 만큼 음악을 즐길 수 있는데, 단 건강을 회복하는 것이 우선이야. 자, 이제 보모에게 가서 목욕을 하고 자리에 누우렴. 내일 우리가 함께할 근사한 계획이 있단다."

네트는 베어 부인의 손을 꼭 잡고는 말 대신 감사하다는 눈길을 전했다. 조는 소년을 커다란 방으로 데려갔다. 그곳에는 아주 둥글고 태양 같은 체리빛 얼굴의 다부진 독일 여성이 있었다. 그녀가 쓴 넓은 모자 주름 장식이 마치 햇살처럼 보였다.

"이쪽은 홈멜 아주머니셔. 널 씻기신 후에 머리를 잘라 주실 거야. 로브의 말처럼 '편안하게' 해주실 거야. 저기가 욕실이야. 토요일 밤마다 우리는 어린아이들을 먼저 씻긴 다음, 큰 아이들이 합창을 끝마치기 전 침실로 보낸단다. 자, 로브, 너도 같이 가."

조는 말을 하면서 로브의 옷을 벗기고 놀이방과 연결된 작은 욕실의 기다란 욕조 안으로 집어넣었다.

욕조 두 개, 발 씻는 대야, 세면기, 세척용 파이프 등 청결을 위한 모든 도구가 다 갖춰져 있었다. 네트는 다른 욕조에서 호사를 누렸다. 그 속에서 몸을 데우면서 두 여성이 어린아이들을 씻기고 깨끗한 잠옷으로 갈아입히고 둘씩 짝을 지어 침대로 보내는 것을 지켜보았다. 두 여성은 당연히 그 과정에서 생기는 모든 투정을 능숙하게 달래고 아이들이 유쾌하게 씻은 뒤 침대에서 곧장 잠들 수 있게 해주었다.

네트가 씻고 담요를 두르고 난롯가에 앉자 보모가 그의 머리카락을 잘랐다. 새 무리의 아이들이 도착해 욕실로 들어가서 어린 고래 떼처럼 첨벙거리고 큰 소리로 장난을 쳤다.

"네트는 여기서 자는 게 좋을 것 같아요. 밤에 기침 때문에 힘들어하면 당신이 봐주고 아마씨 차를 타주세요."

조가 활기 넘치는 새끼 오리 떼를 품으러 가는 어미처럼 잽싸게 달려가며 말했다.

홈멜 아주머니는 네트에게 플란넬 잠옷을 입히고 따뜻하고 달콤한 차를 마시게 한 다음 놀이방에 있는 세 침대 중 한 곳으로 데려갔다. 네트는 만족한 미라처럼 침대에 누워서 이보다 더 큰 호사는 없을 거라고 생각했다. 씻는 것만으로도 새롭고 즐거운 기분이 들었다. 플란넬 잠옷은 예전 세상에서 알지 못하던 편안함을 주었다. '좋은 것'이라는 차를 마시니 외로운 마음에 와닿는 친절한 말처럼 기침이 기분 좋게 진정되었고, 누군가가 자신을 돌봐준다는 생각에 이 평범한 방이 오갈 데 없는 자신에게 천국처럼 느껴졌다. 모든 것이 포근한 꿈 같았다. 네트는 종종 눈을 뜨고 또 뜨며 이 꿈이 사라지지 않는지 확인했다. 기분이 너무 좋아 잠이 오지 않았다. 플럼필드라는 특별한 학교가 단숨에 그를 사로잡아서 놀라우면서도 고마웠다.

물속에서 활개 치던 소리가 잠잠해지더니 이내 흰 도깨비들이 침대 밖으로 나와 사방으로 베개를 던져댔다. 저택 곳곳에서 전투가 벌어졌고 위쪽 복도까지 쭉 이어졌다. 심지어 놀이방까지 간격을 두고 밀려 들어왔다. 다급한 전사 하나가 그곳으로 대피했다. 그런데 어른들은 이 난리통에 태연했다. 보모는 계속 수건을 널었고 베어 부인은 깨끗한 옷을 내놓았으며 모든 것이 순조로운 듯 침착해 보였다. 세상에, 베어 부인은 과감하게 자기 방을 나온 한 소년을 쫓아가서 그 아이가 수줍게 그녀에게 던진 베개를 받아 사정없이 공격하기까지 했다!

네트는 누운 채로 크게 웃으며 물었다.

"그러면 저 애가 다치지 않아요?"

"세상에, 아니! 우리는 토요일 밤에 베개 싸움 한 번 정도는 허락한단다. 내일은 안 되고 오늘만이야. 목욕을 하고 나면 아이들이 더 난리거든. 그래서 나도 함께 즐기지."

베어 부인이 다시 돌아와 앉아서 열두 켤레의 양말과 씨름하며 말했다.

"여긴 정말 좋은 학교네요!"

네트가 감탄하며 소리쳤다. 베어 부인이 활짝 웃었다.

"특이한 학교지. 그렇지만 우리는 너무 많은 규칙과 엄청난 학습량으로 아이들을 불행하게 얽어매고 싶지 않아. 나도 처음에는 잠옷 파티를 금지시켰어. 하지만 맙소사, 아무 소용이 없었지. 어차피 아이들은 깜짝 장난감 상자보다 더 다루기 힘들거든. 그래서 침대에 묶어두지 않기로 했어. 아이들과 타협을 봤지. 매주 토요일 밤마다 15분간 베개 싸움을 하게 해줄 테니 그 대신 다른 날에는 조용히 잠들기로 말이야. 난 노력했고 그 약속은 잘 지켜졌어. 아이들이 스스로 한 말을 지키지 않으면 놀이는 없어지는 거야. 하지만 지킨다면 난 거울을 치우고 등불을 안전한 곳에 놓고 아이들이 마음껏 놀게

한단다."

"참 아름다운 계획이에요."

네트는 자신도 그 싸움에 끼고 싶다고 느꼈지만 첫날밤에 그런 위험을 무릅쓰지는 않았다. 그래서 누워서 구경했고 확실히 아이들은 생기가 넘쳤다.

토미 뱅스가 공격군을 주도했다. 데미는 완강하게 자기 방을 지키는 모습이 볼 만했는데, 자신들에게 날아온 베개를 재빨리 뒤로 모아서 공격군의 탄약이 떨어질 때까지 기다리며 체력과 팔 힘을 회복했다. 몇 차례 작은 사고가 있었지만 아무도 신경 쓰지 않았고 퍽퍽 베개를 휘두르는 소리를 순전히 장난으로 받아들였다. 베개는 커다란 눈꽃송이처럼 사방으로 떨어졌다.

베어 부인이 시계를 보더니 소리쳤다.

"시간이 다 됐어, 얘들아. 전부 침대로 들어가렴. 안 그러면 벌칙을 받을 거야!"

"벌칙이 뭐예요?"

네트가 이 특이하지만 정의로운 부인이 불복하는 가여운 이들에게 어떤 벌을 내리는지 알고 싶어서 자리에서 일어나 앉으며 물었다.

"다음 주에 베개 싸움에 참여하지 못하는 거야. 이제 내가 아이들에게 5분간 정리할 시간을 준 다음에 불을 끌 거야. 아이들은 정직해서 자신이 한 말을 지킨단다."

과연 그랬다. 전쟁은 시작했을 때처럼 갑작스럽게 이별의 말과 마지막 함성을 끝으로 막을 내렸다. 데미는 후퇴하는 적에게 일곱 번째 베개를 던지며 다음번을 기약한 뒤 규칙에 따랐다. 토요일 밤의 흥겨운 놀이 뒤에 간간이 터져나오는 웃음소리나 속삭이는 목소리 것 말고는 금세 조용해졌다. 마더 베어는 새로 생긴 아들에게 잘 자라고 입을 맞추고 플럼필드에서 처음으로 인생의 행복한 꿈을 꿀 수 있게 놔두었다.

2
플럼필드의 아이들

네트가 푹 자는 동안 어린 독자들에게 네트가 일어나서 알게 될 아이들의 이야기를 좀 들려주려고 한다.

우리의 오랜 친구부터 시작해보자. 프란츠는 이제 열여섯 살이다. 키가 크고 덩치가 좋은 전형적인 독일 소년으로 금발에 독서를 즐기고, 온화하고 상냥하며 음악적 재능이 있었다. 베어 외삼촌의 지도 아래 대학 입학을 준비하고 있었고, 조 외숙모는 훗날 행복한 가정을 꾸릴 수 있도록 세심하게 가르친 덕분에 예의 바르고, 아이들을 사랑하고, 모든 여성을 존중하며 집안일을 잘 도왔다. 프란츠는 어떤 상황에서도 침착해서 외숙모의 오른팔 역할을 톡톡히 했다. 쾌활한 외숙모가 자신에게 베푼 만큼 그녀를 어머니처럼 사랑했다.

프란츠의 동생인 에밀은 형과 꽤 달랐다. 성질이 급했고 잠시도 가만히 있지 못했으며, 옛 바이킹의 피가 끓어오르는지 진취적으로 바다 항해를 동경했다. 베어 교수는 열여섯 살이 되면 바다에 가도 좋다고 허락하고선, 항해에 대해 가르치고 훌륭한 제독의 이야기책을 주었다. 학교를 떠났을 때 어린 개구리가 강, 연못, 개울에서 스스로 삶을 이끌어 나갈 수 있도록 말이다. 에밀의 방은 군함 객실처럼 각종 항해 관련 용품이 군대식으로 아주 깔끔하게 정리되어 있었다. 키드 선장(Captain Kidd)*을 우상처럼 떠받들고 해적처럼 장난치고 목청껏 피비린내 나는 해양 전투 노래를 불러댔다. 또 뱃사람처럼 깡충거리는 춤을 추고 빠르게 걸으며 외삼촌이 허락할 때는 뱃사람 말투를 흉내냈다. 소년들은 에밀을 '제독'이라고 불렀다. 에밀 제독은 특유의 빠른 발로 사방을 휘젓고 돌아다니며 사고를 쳐서 여러 사람을 힘들게 했다.

데미는 지적인 사랑과 보살핌의 효과를 제대로 보여주는 아이로, 영혼과 몸이 조화롭게 자랐다. 가정교육으로만 습득되는 자연스러운 품위를 지녔고 다정하고 단정하게 행동했다. 어머니 메그는 아들의 순수하고 정다운 심성을 아꼈고, 아버지 존은 식습관과 운동과 수면 등 신체적으로 튼튼하게 자라도록 보살폈다. 할아버지인 마치 씨는 어린 마음속에 근대 피타고라스의 애정 어린 지혜를 담아 주었는데, 길고 혹독한 주입식 교육을 통해서가 아니라 햇살과 이슬이 장미꽃을 피우듯 자연스럽고 아름답게 펼쳐지도록 도왔다. 데미

* 17세기의 악명 높은 해적.

는 완벽한 아이는 아니지만 큰 결점은 없었다. 일찍이 자제력을 키우는 교육을 받아서 여느 어린아이들처럼 식탐을 부리거나 떼를 쓰지 않았고, 무방비한 유혹에 굴복했을 때는 반성했다. 데미는 애어른처럼 차분하고 진지하면서도 명랑한 구석이 있는 소년이었다. 자신이 특출나게 밝고 아름답다는 것을 의식하지 못하면서도, 다른 아이들의 지성이나 아름다움은 빨리 파악하고 사랑했다. 책을 아주 좋아하고 상상력이 풍부했으며 사고와 정신력이 강했다. 이런 특징 때문에 부모는 자칫 학구적인 면과 건강한 사회성에서 부조화가 생기지 않을까 걱정했다. 가족에게 기쁨과 즐거움을 주다가 온실 속 화초처럼 시들어버리는 약하고 조숙한 아이로 자랄까봐 말이다. 어린 영혼이 너무 빨리 피면 세상이라는 토양에 완전히 뿌리 내리기에는 신체적으로 준비가 미흡한 경우가 많기 때문이다.

그런 이유로 데미는 플럼필드로 보내졌는데, 이곳의 삶을 아주 즐겁게 받아들였다. 메그와 존과 마치 씨는 자신들의 결정에 크게 만족했다. 데미는 다른 남자아이들과 함께 어울리며 실용적인 부분을 배우고 정신력을 배양하고 머릿속에서 늘 돌리고 있는 복잡한 거미줄을 걷어버릴 수 있었다. 언젠가 데미가 집에 돌아와 문을 두드리며 "맙소사!" 하고 툭 내뱉고는 '아버지처럼 쿵쿵 걸을 수 있는' 목이 길고 두꺼운 부츠를 사달라고 했을 때, 어머니는 정말 충격을 받았다. 그러나 아버지 존은 아들의 거친 말투에 웃음을 터트리고는 만족스럽게 부츠를 사주었다.

"데미가 잘하고 있어요. 그러니 마음대로 하게 놔둘 생각이에요. 난 우리 아들이 남자답게 컸으면 해요. 저런 거친 모습이야 일시적일 뿐이에요. 우리는 아이가 빛날 수 있게 천천히 도와주면 돼요. 배움에 있어서는 비둘기가 완두콩을 주워 먹듯 잘할 테니까. 그러니 너무 성급하게 몰아붙이지 맙시다.”

쌍둥이 여동생인 데이지는 빛나고 매력적인 소녀로 자랐다. 차분한 어머니를 닮아서 집안일을 즐기면서 자연스럽게 여성스러움이 자리 잡았다. 그녀는 플럼필드에 인형 가족을 데려왔고 가장 모범적인 모습을 보였다. 항상 반짇고리와 바느질거리를 가지고 다녔는데, 솜씨가 아주 좋아서 데미는 자주 제 손수건을 꺼내 동생의 꼼꼼한 솜씨를 자랑했고 아기 조쉬는 언니가 만들어준 아름다운 플란넬 페티코트를 입었다. 데이지는 그릇장을 좋아하고 테이블 위에 소금통을 놓고 스푼을 가지런히 정리하는 일을 도왔다. 그리고 날마다 빗자루를 들고 응접실을 돌아다니며 의자와 테이블의 먼지를 치웠다. 데미는 ‘하녀 베티’라고 놀렸지만 동생이 자기 물건을 잘 정리해주고 모든 일에서 날렵한 손을 빌려주고 공부를 도와줘서 아주 기뻤다. 둘은 서로에게 경쟁의식이 없어서 늘 함께했다.

둘은 우애가 매우 돈독했고, 아무도 데미가 데이지에게 보이는 애정을 놀리지 않았다. 그는 동생을 위해 용감하게 싸웠고 남자애들이 자기 여자 형제에 대한 애정을 ‘솔직하게’ 말하는 걸 부끄러워 하는 이유를 이해하지 못했다. 데이지는 쌍둥이 오빠를 존경했고 ‘우리 오빠’가 세상에서 제일 훌륭한 사람이라고 생각했다. 매일 아침 가운을 걸치고 종종거리며 그의 방문을 두드리며 어머니처럼 말했다. “일어나, 오빠. 아침 식사 시간이 다 됐어. 깨끗한 칼라도 여기 가져왔어.”

로브는 활기가 넘치는 소년이었다. 영원히 움직이는 비밀을 발견한 듯 잠시도 멈추는 법이 없었다. 다행히 말썽꾸러기가 아니고 그리 용감하지도 않아서 문제를 일으키는 일은 드물었다. 수다쟁이라 아버지와 어머니 사이를 시계추처럼 열심히 오가며 재잘거렸다.

테디는 플럼필드에서 중요한 역할을 하기에는 너무 어렸지만 자기만의 영역을 가지고 그곳을 아름답게 채웠다. 모두들 가끔 애정이 그리울 때면 테디를 찾았고, 입맞춤과 포옹을 열렬히 좋아하는 아기는 늘 웃으며 환영해주었다. 조가 늘 테디를 데리고 다녀서 아기는 온갖 집안일에 참견했는데, 플럼필드의 아이들은 그런 참견을 더 좋아했다. 플럼필드에서는 아기의 말도 존중했기 때문이다.

딕 브라운과 아돌퍼스 혹은 돌리 페팅일은 여덟 살 동갑내기다. 돌리는 심하게 말을 더듬는데, 베어 교수가 누구도 돌리를 흉내 내며 놀리지 못하게 했고 천천히 말하는 교육을 시켜서 점점 나아지고 있었다. 돌리는 착한 꼬맹이로, 특출난 점은 없이 평범했지만 이곳에 와서 잘 지내고 있으며 차분한 만족감으로 예의범절을 지키며 일상에서의 의무와 즐거움을 누리고 있다.

딕 브라운은 굽은 등 때문에 고통스럽지만 자신의 어려움을 아주 쾌활하게 견디고 있었다. 한번은 데미가 이렇게 엉뚱하게 물었을 정도였다. "등의 혹이 사람을 착하게 만드는 거야? 그렇다면 나도 하나 갖고 싶어." 딕은 항상 명랑하고 다른 아이들처럼 되려고 최선을 다했다. 그 연약한 몸 안에 담대한 정신이 살아 있었다. 그도 처음 왔을 때는 자신의 불행에 아주 민감했지만 이내 둔해지는 법을 배웠다. 베어 교수가 딕을 비웃은 아이에게 벌을 준 뒤로 아무도 감히 그의 신체적 단점에 대해 언급하지 않은 덕분이다.

"하나님은 신경 쓰지 않으셔. 내 등은 굽었지만 내 영혼이 곧으니까."

언젠가 딕이 자신을 괴롭히는 아이에게 이렇게 말하며 흐느꼈다. 이 말을 들은 베어 부부는, 소년에게 사람들도 그의 영혼을 사랑하지 신체적 결함은 상관하지 않는다고 믿게 만들려고 노력했다.

다른 아이들과 동물원 놀이를 할 때 누군가 말했다.

"넌 어떤 동물 역할을 할 거야, 딕?"

"아, 난 단봉낙타야. 내 등의 혹이 안 보여?" 유쾌한 대답이었다.

"그렇구나. 근사한 작은 낙타는 짐은 싣지 말고 행렬 맨앞에서 코끼리랑 나란히 행진하면 돼." 행렬의 지휘자인 데미가 말했다.

"다른 아이들도 우리 아이들처럼 가엾은 친구들에게 친절했으면 좋겠어."

조가 자신의 가르침이 성공한 것에 꽤 만족감을 표할 때, 어리고 약한 단봉낙타가 그녀의 옆을 느긋하게 지나갔다. 아주 행복해 보였다. 그 옆에 위풍당당한 코끼리인 스터피가 함께 걷고 있었다.

잭 포드는 예리하고 조금은 약삭빠른 소년으로, 학비가 싸다는 이유로 플럼필드에 입학했다. 어른들은 영리한 아이라고 생각했지만 베어 교수는 아이의 거만한 말투를 좋아하지 않았다. 그는 아이답지 않은 영악함과 돈에 대한 집착을, 돌리의 말 더듬증이나 딕의 혹처럼 고약한 병으로 보았다.

네드 바커는 열네 살 소년다웠다. 키가 멀대처럼 크고 만사에 서툴고 고함을 잘 질렀다. 가족들이 '실수연발 네드'로 불렀는데, 항상 의자에 걸려 넘어지거나 탁자에 부딪히거나 작은 소품들을 쏟고 다녔기 때문이다. 또한 자신이 할 수 있는 많은 일을 떠벌렸지만, 어떤 것도 해낸 적이 없었고 용감하지도 않았다. 남의 비밀을 퍼트리는 안 좋은 버릇도 있었다. 작은 아이들을 괴롭히고 덩치 큰 아이들에게 알랑거렸다. 나쁜 아이는 아니지만 나쁜 길로 빠지기 쉬운 아이였다.

조지 콜은 과보호하는 어머니 품에서 자라 버릇이 없었다. 그의 어머니는 아이가 아플 때까지 사탕을 먹이고, 공부를 시키기엔 너무 연약하다고 생각했다. 그래서 열두 살인데도 늘 창백하게 부은 얼굴로 멍하고 칭얼거리고 게을렀다. 아이 엄마의 한 친구가 아들을 플럼필드로 보내라고 설득했다. 이곳에서 사탕 같은 걸 거의 끊고 필요한 운동과 공부를 했더니 아이는 이내 정신이 말짱해졌고 즐거워했다. '스터피(stuffy)'의 의젓하게 변화된 모습에 어머니의 불안은 기쁨으로 바뀌었다. 그녀는 플럼필드에 굉장한 무언가가 있다고 확신했다.

빌리 워드는 스코틀랜드인들이 '순수하다'고 부를 만한 아이였다. 열세 살인데도 꼭 여섯 살짜리처럼 행동하기 때문이다. 사실 그는 보기 드물게 영특한 소년이었는데, 아이 아버지가 그만 성급하게 온갖 힘든 교육을 시켰다. 스트라스부르에서 푸아그라를 만들기 위해 거위 목구멍으로 음식을 밀어 넣듯 하루에 여섯 시간씩 책을 읽으면서 지식을 다 흡수하라고 강요했다. 그는 아버지로서의 의무를 다한다고 생각했지만 결국은 아들을 죽일 뻔했다. 가엾은 아이는 열병으로 앓아누워서야 쉴 수 있었다. 회복된 후 과도하게 쓴 머리는 다시 돌아오지 않았고, 마음은 스펀지가 지나가면서 모든 것을 씻어버린 것처럼 깨끗해졌다.

야심가 아버지는 끔찍한 교훈을 얻었다. 그는 장래가 촉망받던 아들이 무기력한 바보로 변한 모습을 도저히 볼 수가 없어서 플럼필드로 보냈고, 나을 거라고 기대하지는 않았지만 친절한 대우를 받을 거라고 확신했다. 빌리는 꽤 고분고분하고 선한 아이였다. 그에게 너무나 큰 대가를 치르게 한 과거를, 잃어버린 기억을 떠올리려고 애쓰는 모습을 보면 안타까웠다.

빌리는 날마다 알파벳을 살펴며 자랑스럽게 A와 B를 읽고 익혔다고 생각했지만 이튿날이면 그 지식은 날아가버리고 모든 노력이 다시 처음부터 시작되었다. 베어 교수는 포기하지 않았다. 희망이 없는 일이었지만 꾸준히 노력했다. 교과서를 가르치기보다는 어두운 마음에 낀 안개를 걷어주려고 애썼고 아이가 무거운 짐과 어려움을 덜 만큼 지능이 돌아올 수 있는 쪽으로 초점을 두었다.

조는 날마다 자신이 고안한 방식으로 아이의 건강을 되찾아주려고 애썼다. 소년들은 모두 그를 안타깝게 여기고 친절하게 대했다. 빌리는 소년 특유의 활발한 장난 대신, 몇 시간이고 앉아서 비둘기를 쳐다보거나 테디를 위해서 열심히 구덩이를 파거나 사일러스를 따라다니며 일하는 모습을 구경했다. 정직한 사일러스는 아이에게 아주 친절했기에, 빌리는 알파벳은 잊어도 친절한 그의 얼굴은 기억했다.

토미 뱅스는 이 학교의 말썽꾸러기로 평생 이런 망나니는 보기 힘들 것이다. 원숭이처럼 온갖 장난을 치는데 마음씨가 착해서 용서할 수밖에 없었다. 너무 산만해서 아무리 주의를 줘도 소용없는데, 잘못에 대해서는 전부 뉘우치고 스스로 바뀔 거라고 혹은 모든 종류의 처벌을 다 받겠다고 엄청난 맹세들을 쏟아내니까 계속 냉정하게 굴기란 불가능했다. 그래서 베어 부부는 토미의 목이 부러지는 일부터 화약으로 집 전체를 날려버릴 경우까지, 온갖 사고에 대비하며 지냈다. 홈멜 부인도 토미가 항상 반쯤은 죽은 상태로 찾아오니까 '토미 전용 서랍'을 만들어 붕대, 반창고, 연고를 넣어두었다. 그러나 토미는 매번 회복했고 가공할 만한 힘으로 모든 고난을 이겨냈다.

토미는 플럼필드에 온 첫날 건초 자르는 기계에 손가락 끝부분을 베었고, 첫 주가 가기 전에 경사진 지붕에서 떨어지고, 병아리를 데리고 도망치다가 화가 난 암탉에게 쫓기고, 주방에서 파이의 크림을 몰래 떠내려다 아시아에게 붙잡혀 혼쭐났다. 그러나 아무리 혼나고 다쳐도 이 불굴의 소년은 누구도 안전하다고 느낄 수 없을 때까지 온갖 장난을 쳤다. 그는 자신의 행동을 대수롭지 않게 여기며 항상 우스꽝스러운 변명으로 넘어갔다. 책을 잘 읽고 질문을 받으면 답을 몰라도 임기응변으로 영리하게 대처해서 학교생활은 잘했지만, 학교 밖에서는, 아이고 맙소사! 장난의 수위가 심각했다!

그러니까, 토미는 바쁜 월요일 아침에 뚱뚱한 아시아 아주머니를 빨랫줄로 기둥에 묶어 30분간이나 고래고래 소리치게 놔두었다. 어느 날에는 식탁 옆에서 대기하던 예쁜 하녀 메리 앤의 등에 뜨겁게 달군 1센트 동전을 떨어뜨렸다. 저녁 식사 시간에 수프를 뒤엎으며 혼비백산해서 식당을 뛰쳐나갔으니 다들 그녀가 정신이 나갔다고 생각했다. 물통을 나무 위에 올려놓고 손잡이에 리본을 달아두었을 때는, 데이지가 리본이 신기해서 잡아당겼다가 물벼락을 맞아 새옷을 다 적시고 크게 마음을 다쳤다. 할머니가 방문하셨을 때는 설탕통에 흰 조약돌을 넣어서, 가여운 노부인은 설탕이 녹지 않아서 전전긍긍하면서도 무례하지 않으려고 끙끙대며 쓴 차를 마셨다. 교회에 코담배를 뿌려서 다섯 소년이 아주 심한 재채기로 밖으로 실려나가게 만든 적도 있다. 겨울에는 길을 파고 그 위로 물을 뿌려 사람들이 나동그라지게 했다. 한번은 사일러스의 부츠를 눈에 잘 띄는 곳에 매달아서 그를 격분시켰는데 거대한 발이 사일러스의 콤플렉스였기 때문이다. 돌리를 구슬려서 흔들리는 치아에 실을 묶고 자면 잠자는 동안 아프지 않게 뽑아주겠다고도 했다. 그러나 치아는 한번에 빠지지 않아서 가여운 돌리는 엄청 괴로워했고 그날부터 토미에 대한 모든 믿음을 버렸다.

가장 최근의 장난은 럼에 적신 빵을 암탉에게 준 것이었다. 닭들이 취해서 다른 가금류와 야단법석을 떨었다. 점잖은 늙은 암탉들이 비틀거리며 걷고 술에 취해서 부리를 쪼고 꼬꼬댁거렸다. 그 우스꽝스러운 모습을 보고 다들 웃었고, 데이지만 닭들이 가여워서 닭장에 가두고 술이 깨도록 재웠다.

이렇게 열두 소년이 플럼필드에 행복하게 모여 살면서, 함께 공부하고, 놀고, 일하고, 옥신각신하고, 잘못과 싸우고, 전통적인 방식의 미덕을 키웠다. 다른 학교의 아이들은 아마도 많은 것을 책에서 배우기에 훌륭한 어른으로 자라는 데 필요한 지혜는 적게 얻을 것이다. 라틴어, 그리스어, 수학도 전부 중요하겠지만 베어 교수는 자신에 대한 이해, 자립심, 자제력을 더 중요하게 보고 그것들을 정성껏 가르치려고 애썼다. 사람들은 학생들의 태도와 마음이 훌륭하게 성장한 것을 직접 목격하면서도 간혹 베어 교수의 교육 방침에 고개를 절레절레 흔들었다. 그러나 조가 네트에게 한 말은 맞았다.

"플럼필드는 특이한 학교야."

3

플럼필드의 일요일

다음 날 아침 종이 울리자 네트는 곧바로 침대에서 일어났고, 의자에 놓인 옷을 보고 아주 만족스럽게 입었다. 새 옷은 아니고 부유한 아이가 입던 반쯤 낡은 옷이다. 조는 품안으로 날아들어온 어린 새를 허름하게 놔두지 않았다. 토미가 깨끗한 새 칼라를 달고 기분 좋은 얼굴로 나타났을 때, 네트의 부랑아 같은 모습은 찾아볼 수 없었다. 토미는 네트를 식당으로 데려갔다.

잘 차려진 식탁이 있는 식당에 햇살이 가득 빛나고 있었다. 배고프고 원기 왕성한 소년들이 모여들었다. 네트에게 소년들은 전날 밤보다 훨씬 어른스러워 보였다. 모두가 조용히 자기 의자 뒤에 서 있었다. 어린 로브는 식탁의 상석에 선 아버지 곁에서 손깍지를 끼고 곱슬머리를 경건하게 숙이고는 조용히 독실한 독일식으로 간단히 은총을 빌었는데, 베어 교수가 아들에게 공경의 표현으로 가르친 행동이었다. 그런 다음 모두가 자리에 앉아서 커피, 스테이크, 구운 감자로 차린 일요일 아침 식사를 즐겼다. 보통은 빵과 우유로 된 간단한 식사로도 왕성한 식욕을 충분히 채울 수 있었지만 일요일 아침은 달랐다. 나이프와 포크가 부산스럽게 움직이는 동안 한층 즐거운 이야기들이 흘러나왔고 특별한 일요일 수업과 산책이 정해졌으며 계획을 의논했다. 네트는 이야기를 들으며 오늘이 분명 아주 좋은 날이라고 생각했다. 무엇보다 쾌활하면서도 조용한 이 상황이 무척 기뻤다. 네트는 굴곡 많은 삶을 살았지만 음악을 사랑하는 본성에 맞게 민감한 성품을 지녔다.

"자, 얘들아. 아침에 할 일들을 마치고, '마차가 오면' 타고 교회에 갈 준비를 하거라."

파더 베어가 이렇게 말하고 내일 수업을 위한 책을 가지러 교실로 들어갔다.

모두가 흩어져 자신의 일을 했다. 소년들은 각자 날마다 해야 하는 소소한 일이 있었고 그 일을 충실히 해내야 했다. 누군가는 나무와 물을 가져오고 계단을 쓸거나 베어 부인의 심부름을 했다. 다른 누군가는 가축에게 먹이를 주고 프란츠와 함께 헛간에서 허드렛일을 했다. 쌍둥이는 함께 일하는 것을 좋아했기에 데이지는 컵을 씻었고 데미는 씻은 컵의 물기를 닦았다. 데미는 집에서 쓸모 있는 사람이 되라는 가르침을 받아서 주방 일에 익숙했다. 아기 테디조차 종종걸음으로 다니며 냅킨을 치우고 의자를 제자리로 밀어 넣었다.

1시간 반 동안 아이들은 일벌처럼 분주하게 윙윙거리다가 '마차가 오자' 파더 베어와 프란츠와 나이가 좀 있는 여덟 소년이 차례대로 타고 5킬로미터쯤 떨어진 시내에 있는 교회를 향해 출발했다.

네트는 여전히 기침을 해서 어린 네 아이와 플럼필드에 남았다. 소년은 조의 방에서 그녀가 읽어주는 이야기를 듣고 찬송가를 익히고 그림을 그리며 행복한 오전을 보냈다. 조는 그림책, 그림물감 통, 쌓기용 블록, 작은 일기장, 편지쓰기 도구들이 잔뜩 있는 선반을 보여주었다.

"일요일용 벽장이지. 난 내 아이들이 일요일을 평화롭고 즐거운 날로 좋아하길 바란단다. 매일 하던 공부와 놀이에서 벗어나서 고요한 휴식을 누리면서, 학교에서 배우는 지식보다 더 중요한 교훈을 깨달았으면 해. 무슨 뜻인지 알겠니?"

열중해서 듣던 네트가 잠시 머뭇거리다가 되물었다.

"좋은 사람이 되는 거요?"

"맞아. 좋은 사람이 되는 것, 그리고 그 과정을 좋아하는 것. 종종 힘들지. 나도 잘 안단다. 그러나 우리는 모두 서로 도와서 그렇게 되어가야 해. 내가 우리 아이들을 돕는 방식 중 하나가 이거야."

조가 무언가가 절반 정도 적힌 두꺼운 책을 꺼내서 펼쳤다. 맨 위에 한 단어가 적혀 있었다.

"세상에, 제 이름이네요!"

네트가 놀라면서 동시에 흥미로운 표정으로 외쳤다.

"맞아. 모든 아이마다 각자 페이지가 있어. 일주일 동안 그 아이가 어떻게 지냈는지 기록하고 일요일 저녁에 보여준단다. 한 주 동안 안 좋았다면 실망스럽고, 좋았다면 기쁘고 자랑스럽지. 그러나 어느 쪽이든 아이들은 내가 도우려는 마음을 알기에 나와 파더 베어의 사랑을 얻으려고 최선을 다한단다."

"저도 아이들이 그럴 거라고 생각해요."

네트는 자기 맞은편에 토미의 이름이 적힌 것을 흘끗 보았다. 어떤 내용일지 궁금했다. 조는 아이의 눈길을 보고 고개를 저으며 페이지를 넘겼다.

"아니, 각자 자신의 기록만 볼 수 있어. 난 이걸 '양심의 책'이라고 부른단다. 네 이름 아래 어떤 내용이 적힐지는 너와 나만 알 수 있어. 다음 주 일요일에 네가 볼 내용이 좋은 말일지 부끄러운 말일지는 네게 달렸단다. 이 책은 좋은 보고서가 될 거야. 어쨌든 난 네가 이 새 둥지에 잘 적응하도록 도울 거야. 네가 우리의 규칙을 잘 지키고 아이들과 즐겁게 어울리고 배울 수 있다면 참 기쁘겠구나."

"노력할게요, 부인."

네트의 핼쑥한 얼굴이 베어 부인에게 '유감과 실망'이 아닌 '기쁨과 자부심'을 주려는 열망으로 달아올랐다. 그리고 조가 책을 덮고 격려하듯 어깨를 두드릴 때 이렇게 덧붙였다.

"이렇게 많이 적으려면 귀찮으시겠어요."

"전혀. 난 아직도 잘 모르겠거든. 너희를 기록하는 게 좋은 건지, 너희가 좋은 건지."

마지막 말에 놀라서 네트의 눈이 동그래지자 조는 웃음이 터졌다.

"그래, 많은 사람들이 아이들을 골칫덩이로 여기는데, 그건 애들을 이해하지 못해서야. 난 이해한다. 아이의 마음속 약한 부분을 알아준 다음에도 잘 지내지 못한 아이는 단 한 명도 없었어. 사랑스럽고, 시끄럽고, 말 안 듣고, 덤벙거리는 너희들이 없이는 난 잘 지내지 못해. 그렇지, 테디?"

조가 어린 아들을 얼른 껴안았다. 어린 악당이 커다란 잉크병을 집어서 막 호주머니에 집어넣던 참이었다.

네트는 이런 말을 처음 들어봐서, 마더 베어가 제정신이 아닌 건지, 아니면 여태껏 만난 사람 중 가장 근사한 여성인 건지 정말로 헷갈렸다. 네트는 후자 쪽이라고 믿고 싶었다. 부인은 확실히 특이한 사람이었지만, 옆에서 자신이 요청하기 어려워서 쭈뼛대고 있으면 슬그머니 그릇을 채워주고 자신의 시시껄렁한 농담에 웃어주고 귀를 살짝 꼬집거나 어깨를 두드려 주는 손길이 좋았던 것이다.

"자, 이제 교실로 가서 오늘 밤 다 같이 부를 찬송가를 연습하는 게 좋겠구나."

역시나 조가 네트의 속마음을 정확히 간파하고 이렇게 말했다.

사랑하는 바이올린과 악보가 햇살 가득한 창가에 놓여 있었다. 봄날의 아름다움이 바깥세상을 가득 채우고 안식일의 침묵이 집 안에 자리한 가운데, 네트는 한두 시간 동안 완전히 행복에 젖어 달콤한 옛 선율을 익히며 활기찬 현재 속에서 힘든 과거를 잊었다.

교회에 갔던 아이들이 돌아오고 식사를 마치자, 모두가 집에서 온 편지를 읽고 집으로 보낼 편지를 쓰며 일요일에 얻은 교훈에 대해 말하거나 집 안 이곳저곳에서 조용히 대화를 나눴다. 오후 3시는 온 가족의 산책 시간이었다. 혈기 왕성한 몸은 운동이 필요했고, 걸으면서 활발해지는 마음에 눈앞에 보이는 자연의 아름다운 기적을 행하신 하나님의 섭리가 보이고 사랑하게 되었다. 항상 베어 교수가 동행해서, 아버지처럼 아이들에게 '돌에서 설교를, 흐르는 개울 속에서 책을, 만물에서 선의를'* 찾아주었다.

조는 데이지와 두 아들을 데리고 시내로 어머니를 뵈러 갔다. 늘 바쁜 조에게 유일한 휴일이자 가장 큰 기쁨이었다. 네트는 아직 긴 산책이 무리여서 토미와 함께 집에 머물렀다.

"집 안은 다 봤으니 나가서 정원이랑 동물원을 보자."

집 안에 자신들과 아시아만 남게 되자 토미가 이렇게 제안했다. 아시아는 아이들의 감시역이었다. 악동 중의 악동인 토미에게는 항상 불가사의한 사건 사고가 끊이지 않았기 때문이다.

"동물원은 어딨어?"

저택 둘레를 빙 돌아 걸을 때 네트가 물었다.

"우리가 키우는 가축들이 있는데, 옥수수 헛간에 놔둬서 거기를 동물원이라고 불러. 여기야. 내 기니피그, 예쁘지 않니?"

토미는 네트가 본 신기한 동물 중에서 가장 못생긴 종을 자랑스럽게 보여주었다. 네트는 토미의 구미를 끌 좋은 주제가 떠올랐다.

"내가 아는 애가 기니피그를 열두 마리 키워. 그 애가 한 마리 주겠다고 했는데 키울 곳이 없어서 거절했어. 흰색에 검은 점이 있는 녀석인데, 네가 좋아한다면 얻어다 줄게."

"그러면 너무 좋겠어. 애를 네게 줄 테니까, 싸우지 않는다면 그 녀

* 셰익스피어의 표현

52

석도 데려다가 같이 키워도 돼. 저 흰 생쥐들은 로브의 것이고 프란츠가 준 거야. 토끼는 네드 거고 밖에 있는 밴텀 닭들은 스터피 거. 저기 상자 같은 건 데미의 거북이 수조인데 지금은 거북이가 없어. 작년에 62마리가 있었는데 풀어줬어. 거북이에게 자기 이름과 연도를 찍은 다음 방사했지. 시간이 흐른 뒤에 찾을 수 있을지 살필 거래. 수백 살로 추정되는 표시가 있는 거북이가 발견되었다는 기사를 읽었다나. 데미는 참 웃긴 녀석이야."

"이 상자는 뭐야?"

네트가 흙이 반쯤 찬 크고 깊은 상자 앞에 멈췄다.

"아, 그건 잭 포드의 애벌레 상점이야. 포드가 애벌레를 한가득 찾아내서 여기 보관하면, 우리가 낚시를 갈 때 그 애한테 돈을 주고 사. 편하긴 한데 너무 비싸. 글쎄 지난번에는 열두 마리에 2센트나 냈는데 그것도 다 작은놈뿐이더라니까. 잭이 못되게 굴어서, 가격을 안 내리면 내가 직접 땅을 파서 찾을 거라고 말한 적도 있어. 난 암탉이 두 마리 있는데 저기 회색에 벼슬이 큰 최고 품종들이야. 난 달걀을 낳으면 조 선생님에게 파는데 열두 개에 25센트 이상 요구한 적이 없어, 절대로! 그랬다면 난 부끄러웠을 거야."

토미가 소리치면서 애벌레 상자 쪽으로 눈살을 찌푸렸다.

"저 개들은 누구 거야?"

네트는 이 상거래에 상당히 흥미를 느꼈다. 한편으로는 토미 뱅스가 가르쳐주는 데서 즐거움을 느끼는 아이라고 생각했다.

"큰 개는 에밀 거. 이름이 크리스토퍼 콜럼버스야. 조 선생님이 자주 '크리스토퍼 콜럼버스!'라고 외쳐서 그렇게 지었대. 그래서 조 선생님이 진짜로 개를 부를 때도, 아무도 알아차리지 못해."

토미가 흡사 동물원 안내자 같은 어조로 말을 이었다.

"또 저기 흰색은 로브, 노란색은 테디의 강아지죠. 어떤 남자가 저 새끼들을 우리 연못에 빠뜨려 죽이려는 걸 베어 교수님이 구하셨어요. 어린아이들이 잘 돌보고 있으니 난 신경쓸 필요가 없지요. 이름은 카스토르와 폴룩스."*

"내가 한 마리 키울 수 있다면 저런 당나귀가 좋겠어. 타기도 좋고 아주 작고 순하잖아."

네트는 지친 발로 터벅터벅 걸어 다니던 때를 떠올렸다.

"쟤는 토비. 로리 씨가 토비를 조 선생님에게 보내주셔서, 산책을 갈 때 테디를 업는 대신 태우셔. 우리 모두 토비를 좋아해. 토비는 최고의 당나귀야. 저 비둘기들은 공동 소유야. 우리는 각자 가축을 하나씩 키우고 있고 자잘한 동물들은 공유해. 새끼 비둘기들은 아주 재미있어. 지금은 다 커버렸지만 나무에 올라가서 둥지의 다른 비둘기들을 구경해도 돼. 그동안 난 코클탑과 그래니가 달걀을 낳았는지 보고올게."

네트는 사다리를 올라 머리로 작은 문을 밀고 넓은 다락에서 부리를 서로 비벼대고 구구거리는 아름다운 비둘기를 한참 쳐다보았다. 일부는 둥지에 있고 일부는 부산스럽게 들락거렸고 일부는 문에 앉아 있고 다수가 햇살 넘치는 집 꼭대기에서 밀짚으로 엮은 농장 안마당을 오갔다. 농장 안마당에는 광이 나는 암소 여섯 마리가 차분

---

* 그리스 로마 신화에서 제우스의 쌍둥이 아들.

하게 되새김질을 하고 있었다.

'나만 빼고 다 동물이 있네. 나도 비둘기나 암탉, 아니면 거북이라도, 나만의 동물이 있으면 좋겠어.'

네트는 다른 소년들의 흥미로운 보물들을 보며 자신이 매우 가난하다고 생각했다. 그래서 토미가 다시 헛간으로 왔을 때 물었다.

"이런 동물들을 어떻게 구했어?"

"우리가 찾았거나 샀지. 아는 사람들이 주기도 하고. 내 암탉들은 아버지가 보내주셨어. 하지만 달걀 판 돈을 모아서 오리 한 쌍을 더 살 거야. 헛간 뒤에 근사한 연못이 있거든. 오리 알은 사람들이 돈을 더 잘 쳐주고 새끼 오리는 귀엽고 수영하는 모습을 보면 즐겁잖아."

그렇게 말하는 토미에게서 백만장자 같은 느낌이 풍겼다.

네트는 한숨이 나왔다. 이 넓은 세상에서 아버지도, 돈도, 아무것도 없이 낡고 텅 빈 지갑과 열 손가락 끝에 담긴 재주밖에 없는 자신의 신세가 속상했다. 토미는 그 한숨의 의미를 이해했다. 한참을 골똘히 생각하더니 갑자기 입을 열고 이렇게 말한 것이다.

"있잖아, 내 계획을 말해줄게. 네가 나 대신 달걀을 찾아다 주면, 내가 열두 개마다 한 개씩 줄게. 닭들이 자꾸 알을 숨겨서 찾기가 힘들어서 그래. 잘 모아서 열두 알이 되면 조 선생님이 네게 25센트를 주실 거야. 그러면 너도 네 동물을 살 수 있지 않을까?"

"그렇게! 넌 참 친절한 친구야, 토미!"

네트가 이 굉장한 제안에 아주 얼떨떨해서 소리쳤다.

"치! 뭐 이런 거쯤이야. 지금부터 헛간을 뒤져봐. 난 여기서 기다릴게. 그래니가 울었으니 분명 어딘가 하나는 있을 거야."

토미는 건초 더미 위로 몸을 던져 누웠다. 좋은 제안과 착한 일을 했다는 자부심을 느꼈다.

네트는 신나서 알을 찾았고 다락 이곳저곳을 뒤지다가 괜찮은 달걀 두 개를 찾았다. 하나는 대들보 아래에 숨겨져 있었고 다른 하나는 코클탑에게 허락을 받고 가져왔다.

"네가 하나를 가지고 내가 하나를 가지고 이걸로 난 마지막 열두 개를 완성했으니 내일부터 다시 시작할 거야. 자, 네 것을 내 것 옆에 적어두면 서로 편할 거야."

토미가 낡은 탈곡기 옆에 일렬로 적힌 숫자들을 보여주었다. 네트는 뭔가 중대한 일을 하듯 뿌듯한 심정으로 그 옆에 '1'을 적었다. 그위에 토미가 웃으며 인상적인 어구를 적었다.

'토미 뱅스 합작회사'

네트는 그 글귀가 너무 매력적이라 그의 첫 귀중한 자산을 아시아의 저장실에 가져다 두라는 말이 귀에 들어오지 않았다. 둘은 동물원을 마저 둘러보면서 말 두 마리, 소 여섯 마리, 돼지 세 마리, 뉴잉글랜드에서 올더니 종 송아지를 부르는 말인 '보씨' 한 마리를 보았다.

토미는 네트를 데리고 졸졸 흐르는 작은 개울 위로 나뭇가지를 드리운 늙은 버드나무로 데려갔다. 울타리를 디디면 세 개의 커다란 가지 사이의 넓은 틈으로 기어오르기 쉬웠다. 가지는 매년 머리 위로 근사한 녹색 그늘막이 되어준 다음 땔감으로 쓸 자잘한 가지도 많이 내주었다. 그 틈바구니에 작은 좌석이 놓여 있는데 책 한두 권, 분해한 보트, 반쯤 만들다 만 피리들까지 있어도 여전히 넓었다.

"여긴 데미와 나의 특별한 공간이야. 우리가 만들었기 때문에 아무도 우리 허락 없이 못 와. 데이지만 빼고."

네트는 발 아래 졸졸 흐르는 개울부터 머리 위를 뒤덮은 녹색 아치까지 둘러보았다. 나무 몸통에서 길게 뻗어나온 노란 꽃들의 달콤한 향과 벌들의 윙윙거리는 음악 소리까지, 모든 것이 아름다웠다.

"아, 정말 아름다워! 나도 가끔 이곳에 올 수 있을까? 평생 이처럼 근사한 곳은 처음 봤어. 새가 되어 여기서 늘 머물고 싶다."

"꽤 근사한 곳이지. 데미가 신경 안 쓴다면 와도 돼. 아마 괜찮다고 할 거야. 어젯밤에 네가 마음에 든다고 말했거든."

"그래?"

네트가 기쁨의 미소를 지었다. 데미는 파더 베어의 조카고, 모든 소년들에게 인정받는 진지하고 양심적인 소년 같았다.

"그래. 데미는 조용한 친구를 좋아하거든. 너도 그 애만큼 책 읽는 걸 좋아한다면 둘이 잘 어울릴 거야."

행복에 젖어 빨갛게 상기되었던 얼굴이 그 마지막 한 마디에 고통스러운 보랏빛으로 변했다. 네트가 더듬거리며 말했다.

"저기, 난…… 글을 잘 못 읽어. 시간이 없었어. 늘 악기만 켜느라고 말야…… 그래서……."

"난 책은 별로지만 원할 때 충분히 잘 읽을 수 있어."

토미가 이렇게 말했지만, 놀란 표정은 이렇게 말하는 듯했다. "열두 살이나 돼서 글을 못 읽다니!" 네트는 무지를 고백하고 창피함에 쩔쩔맸다.

"그래도, 난 악보는 읽을 수 있어."

"난 악보 못 읽는데."

토미가 대단하다는 듯이 말하자, 네트는 조금 용기를 얻었다.

"그러니까 내 말은 전에는 배울 기회가 없었다는 말이야. 이제부터는 열심히 공부하고 뭐든 배울 거야. 베어 교수님은 무섭니?"

"아니. 화는 잘 안 내셔. 어려운 일은 잘 설명해주고 격려해주셔. 안 그런 사람도 있잖아. 내 다른 선생님은 그랬어. 단어를 하나 까먹으면 꿀밤을 맞았지!"

토미가 아직도 맞은 자리가 아프다는 듯 정수리를 문지르며 '다른 선생님'과의 1년 수업에서 남은 유일한 기억을 꺼냈다. 네트가 책을 살피며 말했다.

"이건 읽을 수 있을 것 같아."

"그럼 조금 읽어봐. 내가 도와줄게."

토미가 선생님 같은 분위기로 말했다.

네트는 토미의 '격려'를 받으며 최선을 다해서 한 장을 더듬거리며 읽었다. 토미가 금방 다른 아이들처럼 '쭉' 읽겠다고 칭찬했다. 그러고 나서 둘이 남자아이들이 좋아하는 여러 일들을 이야기하다가 정원 일로 옮겨갔다. 네트가 개울 맞은편을 내려다보며 여러 개로 구획된 작은 땅들에 무엇이 심겼는지 물어보았다.

"우리 텃밭이야. 각자 자기 땅이 있어서 좋아하는 것들을 키우지. 서로 다른 작물을 골라야 하고 수확할 때까지 키워야 하니까, 여름 내내 잘 키워야 해."

"넌 올해 뭘 키울 거야?"

"음, 난 콩을 심을까 해. 가장 수월하게 자라는 작물이거든."

토미가 모자를 뒤로 눌러쓰고 주머니에 손을 찔러 넣고는 베어 교수를 대신해 그곳을 관리하는 사일러스의 말투를 무의식적으로 흉내 내서 네트는 웃음이 터졌다.

"왜 그래, 웃을 필요는 없잖아. 콩은 옥수수나 감자보다 훨씬 키우기 쉬워. 난 작년에 멜론을 키웠는데 벌레가 많이 꼬이고 서리가 내리기 전까지 익지도 않아서, 괜찮은 멜론 딱 하나에 '으깨진 망론' 두 개밖에 못 얻었어."

토미가 여전히 '사일러스 같은' 말투로 덧붙였다.

"옥수수가 잘 자란 것 같아."

네트가 웃은 게 미안해서 예의 바르게 말했다.

"그래, 하지만 괭이질을 계속 해야 해. 콩들은 6주에 한두 번만 괭이질하면 곧 익거든. 내가 제일 먼저 말했으니까 내가 콩을 심게 될 거야. 스터피도 콩을 원했지만 걘 완두콩을 해야 해. 완두콩은 따기만 하면 돼. 그 애한테는 그게 나을 거야. 아주 많이 먹으니까."

"내 땅도 생길까?"

네트는 옥수수 괭이질조차도 즐거운 일거리처럼 여겨졌다.

"당연하지."

나무 아래에서 굵직한 목소리가 들렸다. 베어 교수가 산책에서 돌아와 둘을 찾아 나온 길이었다. 그는 일요일 낮에 모든 아이들과 짬을 내 조금씩 이야기를 나누었다. 이런 대화는 아이들이 새로운 한 주를 잘 시작하도록 도와주었다.

이곳에서는 다정한 연민이 놀랍도록 잘 작용했다. 소년들은 파더 베어가 자신들에게 관심이 있는 것을 알았고, 일부 소년들은 여자인 조보다 남자인 베어 교수에게 더 마음을 열었다. 나이가 많아질수록 남자 대 남자로서 자신의 희망과 계획을 이야기하는 것을 즐겼다. 물론 몸이 아프거나 문제가 있을 때는 본능적으로 조에게 갔다. 어린아이들은 그녀를 엄마이자 고해신부로 여겼다.

토미는 나무 둥지에서 내려오다가 개울로 떨어졌다. 하지만 늘 겪는 일이라는 듯 침착하게 물 밖으로 나와서 집으로 몸을 말리러 갔다. 베어 교수와 네트만 남았다. 그가 원하던 바였다. 그는 정원을 따라 걸으면서 작은 '텃밭'을 내주며 아이의 마음을 사로잡았고, 올해 농작물 추수에 가족의 식량 문제가 달리기라도 한 것처럼 진지하게 이야기했다. 이 즐거운 주제에서 시작해 곧 다른 주제로 넘어갔고 네트는 갈증이 난 토양이 따뜻한 봄비를 그대로 흡수하듯 새롭고 도움이 되는 많은 생각들을 머릿속에 빨아들였다. 저녁 내내 네트는 그 이야기들을 곱씹으며 종종 호기심 어린 표정으로 베어 교수와 시선을 마주했는데 그 눈빛은 이렇게 말하는 듯했다.

"전 대화가 좋아요. 다시 해요, 교수님."

베어 교수가 아이의 소리 없는 언어를 이해했는지는 모르겠지만 소년들이 모두 일요일 저녁 대화를 위해 조의 응접실에 모였을 때 그는 정원에서 걸으면서 들었던 이야기를 주제로 골랐다.

베어 교수를 쳐다보면서 네트는 플럼필드가 학교라기보다는 대가족에 가깝다고 생각했다. 아이들은 난롯가에 반원으로 넓게 둘러 퍼져서 의자와 양탄자에 자유롭게 앉아 있었다. 데이지와 데미는 프리츠 이모부의 무릎에 앉았다. 로브는 대화가 제 능력 밖으로 깊어지면 엄마의 큰 안락의자 등판에 몸을 웅크려 숨었다. 다들 꽤 편안해 보였고 집중해서 들었다. 긴 산책 후의 휴식이 달콤하기도 했고, 모든 소년이 자신의 의견을 밝혀야 한다는 것을 알기에 정신을 또렷이 차리고 대답을 준비하며 들었다.

"아주 옛날에……."

베어 교수가 고전적인 방식으로 입을 열었다.

"세상에서 가장 큰 정원을 가진 위대하고 현명한 정원사가 있었어. 근사하고 아름다운 정원이었지. 정원사는 탁월한 기술과 섬세한 보살핌으로 온갖 훌륭하고 유용한 식물들을 키웠어. 그런데 이 근사한 정원에도 잡초가 자랐단다. 종종 토질도 나빠져서 좋은 씨앗이 싹을 틔우지 못하기도 하고. 그에게는 보조 정원사가 많았거든. 그런데 제 본분을 다하고 두둑한 월급을 받는 이도 있었지만, 어떤 이는 제 역할을 방기하고 정원이 망가지도록 놔둬서 정원사를 화나게 했지. 그러나 그는 아주 참을성이 많아서, 묵묵히 일하면서 훌륭한 수확을 거두기까지 수천 년을 기다렸어."

"그렇다면 분명 아주 늙은 사람이겠네요."

데미가 한 단어도 놓치지 않으려는 듯 프리츠 이모부를 똑바로 쳐다보면서 말했다. 데이지가 속삭였다.

"조용히 해, 오빠. 이건 옛날이야기잖아."

"아니, 난 이게 '아리고리'라고 생각해."

"아리고리가 뭐야?" 토미가 궁금한 듯 뒤돌아보았다.

"데미, 아는 만큼 설명해보겠니? 그리고 무슨 뜻인지 정확히 알지 못하는 말은 쓰지 말거라." 베어 교수가 말했다.

"알아요. 할아버지께 들었어요! 우화는 아리고리라고요. 의미가 담긴 이야기라는 뜻이에요. 저의 〈끝이 없는 이야기(Story without an end)〉가 그런 건데, 그 속의 아이는 영혼을 의미해요. 안 그래요, 이모?" 데미는 자신이 옳다는 것을 증명하고 싶어서 안달냈다.

"그렇단다, 애야. 이모도 이모부의 이야기가 '알레고리(allegory)' 라고 확신해. 그러니 무슨 의미가 담겼는지 계속 들어보자." 조는 무슨 일이든 소년들만큼 최대한 즐겼다.

데미가 다시 차분해지자 베어 교수가 최고의 영어를 구사하며 이야기를 이어갔다. 지난 5년간 그의 영어 실력은 아이들 덕분에 매우 유창해졌다.

"이 위대한 정원사가 땅을 열두 구역으로 나눠서 한 농부에게 주며 뭐든 키워보라고 했어. 농부는 부자도 아니고 똑똑하지도 않고 그리 착한 사람도 아니었지만 정원사가 자신에게 여러모로 아주 잘 대해주어서 그를 돕고 싶었어. 그래서 기쁜 마음으로 땅을 일구기 시작했지. 땅은 크기와 형태가 제각각이고 토질도 비옥한 곳부터 돌밭까지 섞여 있었는데, 어떤 땅이든 많은 보살핌이 필요했어. 비옥한 땅은 잡초가 빨리 자라고 흙이 안 좋은 곳에는 돌이 많았거든."

"잡초와 돌 말고 또 뭐가 자랐는데요?" 이야기에 푹 빠진 네트가 쑥스러움도 잊고 불쑥 말했다.

"꽃이야. 가장 황폐하고 버려진 땅에도 삼색제비꽃과 어린 목서초 가지가 조금 자랐어. 장미, 스위트피, 데이지도 자랐고……."

베어 교수가 이렇게 말하며 제 팔에 기댄 조카딸의 포동포동한 뺨을 살짝 꼬집었다.

"여러 신기한 식물들이며 넝쿨들이 밝은 자갈들 사이에서 잭의 콩

나무처럼 높이 자란 땅도 있는데, 거기서도 많은 좋은 씨앗들이 막 싹을 틔우기 시작했지. 그 곳은 위대하고 현명한 노인이 수천 년간 정성을 들인 정원이었으니까."

이 '아리고리'에서 데미는 호기심 많은 새처럼 고개를 갸우뚱하고 눈동자를 반짝이며 질문하듯 이모부를 보았다. 베어 교수는 아무것도 모른다는 표정으로 아이들의 얼굴을 진지하고 애석하게 쳐다보았다. 그 모습에서 아내는 남편이 이 작은 정원 자투리땅에서 자신의 역할에 얼마나 열심이고 진지한지 느꼈다.

"그러니까 어떤 땅은 데이지를 키우듯 경작이 쉽지만 다른 땅은 아주 힘든 거야. 특별히 해가 잘 들어서 꽃뿐만 아니라 과일과 채소가 가득한 땅이 있었는데, 그래서 그 땅은 전혀 노력하지 않았어. 하인이 씨를, 가령 멜론 씨를 심어도 열매가 안 열려. 그 땅이 멜론을 소홀히 했기 때문이야. 하인이 아쉬워하며 계속 노력해도 매번 작물이 실패하고, 땅은 이렇게만 말하는 거야. '아 깜박했어.'"

잔잔한 웃음이 터져 나오고 시선이 토미에게 쏠렸다. 토미는 자신이 핑곗거리로 즐겨 쓰는 '멜론' 소리에 고개를 푹 숙였다. 데미가 손뼉을 치며 외쳤다.

"알았다, 우리를 빗댄 얘기죠? 이모부가 정원사고 우리가 작은 밭이에요. 그렇죠, 프리츠 이모부?"

"그럴 수도 있지. 자, 이제 각자 이번 봄에 내가 너희에게 뭘 심어줬으면 하는지 말해보렴. 그래야 가을에 내가 열두 밭에서 추수를 잘 할 테니까. 아니, 열셋이구나." 베어 씨가 네트에게 고갯짓을 했다.

"저희한테 옥수수와 콩과 완두콩을 심을 수는 없어요. 엄청 많이 먹고 살이 찌라는 뜻인가요?"

먹는 생각에 스터피의 둥글고 심드렁한 얼굴이 갑자기 환해졌다.

"그런 씨앗이 아니야. 우리를 좋게 만들 무언가를 의미하는 거지. 잡초는 잘못을 뜻하고."

데미는 늘 이런 이야기를 주도했다. 그는 이런 이야기에 익숙했고 아주 좋아했다.

"그래, 각자 자신에게 제일 필요한 것을 생각해보고 내게 말해주렴. 그럼 그 부분이 잘 자랄 수 있게 내가 도와주마. 다만 최선을 다해야 해. 안 그러면 토미의 멜론처럼 잎사귀만 나고 열매가 맺히지 않거든. 나이순으로 시작할까? 마더 베어에게 먼저 물어보자. 우리 모두가 이 아름다운 정원의 일부이니까. 하나님을 깊이 섬긴다면 풍성한 추수를 하게 될 거야." 파더 베어가 말했다.

"난 땅 전부에 인내심을 심어 크게 키우겠어요. 그것이 내게 가장 필요하니까요."

마더 베어가 진지하게 말하자 소년들도 제 차례가 오면 뭐라고 말할지 곰곰이 생각했다. 일부는 그녀의 인내심을 너무 빨리 바닥내는 데 일조했다는 후회로 마음이 따끔했다.

프란츠는 참을성을, 토미는 끈기를, 네드는 차분한 성품을 원했다. 데이지는 근면성을, 데미는 '할아버지와 같은' 현명함을 원했고, 네트는 필요한 것이 너무 많아서 베어 교수가 골라주면 좋겠다고 소심하게 말했다. 다들 비슷했는데 인내, 차분한 성품, 관용이 가장 인기였다. 한 소년은 아침에 일찍 일어나고 싶다고 말했지만 그 씨앗에 어떤 이름을 붙여야 할지 몰랐다.

"수업을 식사만큼 좋아하고 싶은데, 그게 안 돼요."

가여운 스터피가 한숨을 쉬었다.

"극기(self-denial)를 심어서, 김을 매고 물을 잘 주렴. 아주 잘 키우면 다음 크리스마스에는 너무 많이 먹어 배탈이 나는 사람이 없겠구나. 조지, 네가 마음을 열심히 단련하면, 몸이 그렇듯 마음도 배가 고파져서 여기 내 철학자만큼이나 책을 좋아하게 될 거야."

베어 교수가 데미의 잘생긴 이마로 흘러내린 머리카락을 넘겨주더니, 이렇게 덧붙였다.

"얘야, 너도 욕심이 많아. 작은 마음을 너무 많은 우화와 상상으로 꽉 채우지. 그건 조지가 작은 배를 케이크와 캔디로 꽉 채우는 것과 마찬가지로 나쁜 습관이야. 그러니 너도 더 나아지려고 노력해보렴. 산수가 《아라비안나이트》의 절반만큼도 재밌지 않겠지. 그래도 아주 유용한 지식이니 이제 배워야 해. 안 그러면 너는 점점 후회하고 부끄러워하게 될 거야."

"그렇지만 《해리와 루시》랑 《프랭크》*는 이야기책이 아녜요. 거긴 기압계, 벽돌, 말 편자 박기 같은 유용한 내용이 가득 적혀 있어요. 전 그 책들이 좋아요. 맞지, 데이지?" 데미가 조급하게 변명했다.

"그렇지. 하지만 넌 《해리와 루시》보다 《롤랜드와 메이버드 (Roland and Maybird)》**를 더 자주 읽던걸? '신드바드'를 '프랭크' 보다 더 좋아하고. 너희 둘을 위해 제안을 하마. 조지는 하루 세 끼만

---

* 당시에 쓰이던 어린이 교육서
** 그림 형제의 동화

먹고, 데미 넌 일주일에 동화책을 한 권만 읽어라. 그러면 너희에게 새로운 크리켓 경기장을 만들어주지. 다만 너희가 거기서 열심히 놀겠다고 약속한다면 말이야."

스터피는 달리기를 싫어하고 데미는 몇 시간이고 책을 읽는 터라 베어 씨가 둘을 구슬렸다.

"하지만 우리는 크리켓을 싫어하는데요." 데미가 말했다.

"지금이야 그럴지도 모르지만 나중엔 달라질 거야. 게다가 너희는 너그러운 사람이 되고 싶어 하잖니. 다른 친구들은 놀고 싶어 하니까, 너희가 그들에게 새 경기장을 주는 셈이야."

이 제안은 둘 다 좋아했다. 나머지 소년들도 크게 만족했다.

정원에 관한 이야기를 좀 더 나눈 다음 모두가 노래를 불렀다. 네트는 밴드가 너무 좋았다. 조가 피아노를, 프란츠가 플루트를, 베어 교수는 베이스 비올을, 그리고 네트가 바이올린을 연주했다. 아주 단출하고 소박한 콘서트였지만 모두가 즐겼다. 나이 많은 아시아는 구석자리에 앉아서 간간히 아름다운 목소리로 함께 노래했다. 플럼필드 가족들은 일요일에 주인과 하인, 어른과 아이, 인종을 아울러서 함께 노래하며 모두의 아버지인 하나님을 찬미했다. 노래가 끝난 뒤 소년들은 파더 베어와 악수를 했고, 베어 부인이 열여섯 살인 프란츠부터 자기만의 특별한 뽀뽀를 위해 엄마의 코끝을 뭉개는 꼬맹이 로브에 이르기까지 모두에게 입을 맞춘 후에 자러 갔다.

램프 불빛이 놀이방의 네트 침대 발치에 걸린 그림을 부드럽게 비췄다. 벽에는 다른 그림도 여럿 걸려 있지만 소년은 이 그림에 특별한 감정을 느꼈다. 이끼와 솔방울로 감싼 우아한 액자와, 그 아래 작은 버팀대에는 봄의 숲에서 따온 신선한 야생화들이 꽂힌 화병이 있었다. 네트는 가장 아름다운 그림이라고 생각하며 그 의미를, 그 비밀을 알고 싶었다.

"내 그림이야."

작은 목소리가 말했다. 고개를 드니 잠옷 차림의 데미가 서 있었다. 손가락을 베서 솜을 가지러 조 이모의 방에 갔다가 돌아가는 길이었다.

"저 사람이 아이들에게 뭘 해주는 거야?"

"그분은 예수 그리스도. 선한 분이시고 아이들을 축복해주고 있어. 예수님을 모르니?"

"잘 몰라. 하지만 마음에 들어. 아주 자상해 보여."

네트는 그 이름을 들어봤던 게 다였다.

"난 그분에 대해 전부 알고 아주 좋아해. 왜냐하면 진실이거든."

"누가 알려줬어?"

"할아버지가. 할아버지는 모든 걸 아시고 세상에서 제일 재미있는 이야기를 해주셔. 어릴 때는 할아버지의 큰 책을 가지고 다리, 철도, 집을 만들면서 놀았어."

네트가 조심스럽게 물었다.

"넌 지금 몇 살이니?"

"열 살이 다 됐어."

"넌 아는 게 많구나!"

"응. 내 머리가 큰 거 보면 알잖아. 할아버지가 그 속을 채우는 게 좋다고 하셔서 계속 최대한 빨리 지혜의 조각들을 집어넣고 있어."

데미가 진지하게 말했다. 네트가 활짝 웃더니 진지하게 말했다.

"나한테도 알려주겠니?"

데미는 기쁘게 말을 이었다.

"어느 날 아주 예쁜 책이 있길래 가지고 놀려고 했는데, 할아버지가 안 된다고 하시더니 펼쳐서 그림을 보여주고 그것들에 대해 말해주셨어. 이야기들이 아주 흥미로웠어. 요셉과 악한 형제들, 바다에서 튀어나온 개구리, 물속에서 나온 모세…… 그래도 그리스도 이야기가 제일 좋았는데, 할아버지가 하도 자주 말해주셔서 자연스럽게 배웠어. 할아버지가 이 그림을 보며 잊지 말라고 주셔서 내가 아팠을 때 여기다 걸어뒀는데, 그 이후에 다른 아픈 아이들도 보라고 쭉 놔둔 거야."

"왜 아이들에게 축복을 해주는 건데?"

네트는 무리 속에서 도드라지는 인물에게 아주 흥미를 느꼈다.

"왜냐하면 그분은 아이들을 사랑하시거든."

"저들은 가난한 아이들이야?" 네트가 생각에 잠기며 물었다.

"응, 그런 것 같아. 보다시피 옷을 거의 걸치지 못한 아이도 있고 어머니들도 부유한 부인처럼 보이지 않아. 예수님은 가난한 사람을 좋아하시고 그들에게 아주 잘해주셔. 그들을 잘 살게 해주시고 도와주시고 부자들에게 가난한 사람들을 화나게 하지 말라고 하셨고. 그들은 정말로 정말로 예수님을 사랑했어." 데미가 열정적으로 소리쳤다.

"그분은 부자시니?"

"아니, 아니야! 구유에서 태어나셨는걸. 너무 가난해서 자랄 때 살

집도 없었고, 가끔 먹을 게 없어서 동냥을 하러 사방을 다녔는데, 그러면서 모두에게 말씀을 전하고 그들을 좋은 사람으로 만들려고 하셨다가 나쁜 사람들에게 목숨을 잃었어."

"대체 왜?"

네트는 제대로 들으려고 침대에 일어나 앉았다. 가난한 사람들을 열심히 돌보았다는 말에 무척 관심이 갔다.

"내가 전부 말해줄게. 조 이모가 얼른 자라고 혼내지만 않으시면."

데미는 자기가 제일 좋아하는 이야기에 귀 기울여주는 사람을 만나서 기뻐하면서 맞은편 침대에 앉았다.

홈멜 부인이 네트가 잠이 들었는지 슬쩍 살피러 왔다가, 이 모습을 보고 몰래 나와서 조에게 모성애가 가득한 얼굴로 말했다.

"와서 아름다운 광경을 좀 보세요! 네트가 작은 순백의 천사처럼 성심으로 데미가 해주는 어린 그리스도 이야기를 듣고 있어요."

조는 네트에게 가서 잠시 이야기를 나눌 생각이었다. 잠들기 직전에 나누는 말들이 무척 유익하기 때문이었다. 그런데 놀이방 문을 살짝 열고 보니, 어린 친구의 말에 흠뻑 취해 있는 네트의 얼굴이 보였다. 데미는 자신이 배운 다정하고도 엄숙한 이야기를 전하는데, 시선은 앞에 걸린 온화한 얼굴과 아름다운 눈망울을 올려다보고 있었다. 조는 눈물이 차올라서 조용히 물러나왔다.

'어느새 나보다 데미가 가여운 소년을 더 잘 돕고 있네. 내가 말을 꺼내 망쳐서는 곤란해.'

어린아이의 소곤거리는 목소리가 한동안 들렸다. 한 순수한 마음이 다른 마음에게 전하는 위대한 설교를 아무도 방해하지 않았다.

마침내 말이 끝나서 조가 램프를 가지러 가니, 데미는 방으로 돌아갔고 네트는 얼굴을 그림으로 향한 채 잠들어 있었다. 마치 어린아이를 사랑하고 가난한 자들의 충실한 친구인 그 선한 분을 사랑하게 되었다는 듯이.

소년의 얼굴은 아주 고요했다. 그 얼굴을 들여다보자니 단 하루의 보살핌과 친절만으로도 이렇게 많이 달라졌는데, 끈기있게 1년을 경작하면 틀림없이 이 버려진 정원에서 엄청난 수확을 거두리라는 확신이 들었다. 잠옷을 입은 어린 선교사가 이미 최선을 다해 씨앗을 뿌렸다.

4
한 걸음 더 앞으로

네트는 월요일 아침 교실로 들어가면서 속으로 엄청 떨렸다. 이제 곧 친구들에게 자신의 무지를 다 들킬 거였기 때문이다. 그러나 베어 교수가 친구들로부터 떨어진 창가 자리를 내주고, 프란츠가 옆에서 네트가 우물거릴 때마다 알려줘서, 아무도 그가 오답을 말하는 소리를 듣거나 엉망진창인 글씨 연습용 공책을 볼 수 없었다. 네트는 그 점에 깊이 감사하고 아주 열심히 공부했다. 잉크가 번진 손가락과 달아오른 얼굴을 보고 베어 교수가 웃으며 말했다.

"너무 애쓰지 않아도 괜찮아. 그러다간 금방 지칠 거야. 시간은 충분하단다."

"하지만 전 열심히 해야 해요. 그래야 다른 아이들을 따라잡죠. 아이들은 많은 것을 알지만 전 아무것도 모르는 걸요."

네트는 친구들이 문법, 역사, 지리를 술술 암송하는 소리를 듣고 절박함을 느꼈다.

"저 아이들도 모르는 것이 많단다."

베어 교수가 네트의 옆에 앉으며 말했다. 프란츠가 교실 앞에서 복잡한 구구단표를 열심히 가르치고 있었다.

"그래요?" 네트는 영 의심쩍은 표정이었다.

"그럼. 잭은 숫자에 밝지만 너처럼 차분하지 못하거든. 바이올린도 그래. 다들 얼른 배워서 너처럼 연주하고 싶다는구나. 네트, 넌 배움에 진지하게 임하는데, 그것만으로도 이미 절반은 성공한 거야. 처음에 힘들어서 낙심되더라도 꾸준히 해나가면 조금씩 쉬워진단다."

네트의 얼굴이 점점 밝아졌다. 자신이 할 수 있는 자잘한 것들을 인정받으니 엄청나게 기운이 나고 든든했다.

'그래, 난 아버지한테 맞으면서 침착함을 배웠어, 비스케이만(Bay of Biscay)은 몰라도 바이올린은 연주할 수 있고.'

말로 표현할 수 없을 만큼 안심이 되었다. 그래서 용기를 내서 조금 큰 소리로 진심을 말했는데, 근처에 있던 데미에게도 들렸다.

"배우고 싶어요. 열심히 배울래요. 학교에 다녀본 적이 없지만 그건 제가 어쩔 수 없었어요. 친구들이 절 비웃지 않는다면, 두 분의 배려에 보답하도록 가장 훌륭한 학생이 될게요."

"친구들은 널 비웃지 않아. 만약 그런 일이 생긴다면 내가 그러지 말라고 할게."

데미가 저도 모르게 크게 소리쳤다. 구구단이 '7×9'에서 멈췄다.

모두가 고개를 들어 무슨 일인지 쳐다보았다. 베어 교수는 구구단 암기보다 서로를 이해하고 돕는 배움이 더 낫겠다고 판단해서, 아이들에게 네트의 이야기를 들려주었다. 착한 소년들은 모두 네트를 돕겠다고 마음먹었고, 바이올린 신동에게 자신들의 지혜를 전하는 역할을 맡은 게 뿌듯했다. 베어 교수의 호소 덕분에 아이들은 네트를 오해하지 않고 기꺼이 그가 배움의 사다리를 오를 수 있도록 '격려'했고, 네트가 넘어야 할 장애물이 적어졌다.

그러나 아직 완전히 건강을 회복하기 전까지는 지나친 공부가 해로웠기 때문에 조는 공부보다 다양한 놀이를 찾았다. 네트에게는 정원이 가장 좋은 약이었다. 비버처럼 쉬지 않고 일하며 자신의 작은 텃밭을 일구고 콩을 심고 싹이 났는지 살피고 따뜻한 봄날에 푸른 잎사귀와 날렵한 줄기가 솟아올라 커가는 모습을 보며 아주 기뻐했다. 어찌나 열심히 괭이질을 했던지, 베어 교수는 오히려 아무것도 자라지 못할까봐 걱정이 되었다. 그래서 꽃밭이나 딸기밭처럼 쉬운 일을 주었는데, 네트는 거기서도 꿀벌처럼 흥겹게 콧노래를 부르며 바쁘게 일했다.

"내가 제일 좋아하는 작물은 바로 이거야."

조는 한때 핼쑥했지만 지금은 점차 살이 오르고 혈색이 도는 네트의 뺨을 꼬집었다. 그리고 건강하게 일하고 좋은 음식을 먹고 가난이라는 무거운 짐을 내려놓아서 차츰 펴지고 있는 굽은 어깨를 토닥이며 칭찬했다.

네트에게 데미는 어린 친구, 토미는 후원자, 데이지는 고민을 달래주는 위로자였다. 전부 자신보다 어렸지만 소심한 성격 탓에 네트는 이들의 순진무구한 모임에서 즐거움을 찾았다. 좀 더 나이가 많은 소년들과의 놀이는 거칠어서 움츠러들었다. 로리는 네트를 잊지 않고 옷, 책, 음악과 친절한 메시지를 보내주었고, 이따금 격려차 방문해서 시내 콘서트에 데려갔다. 그런 날이면 네트는 세상에서 가장 행복하다고 느꼈고, 로런스 씨의 대저택에 가서 아름다운 로런스 부인과 요정 같은 딸과 근사한 저녁을 먹은 일이 꿈만 같아서 몇 날 며칠을 들떠서 이야기했다.

이런 사소한 것으로도 한 아이가 행복해지는데, 이토록 햇살이 가득하고 즐거움이 넘치는 세상에서 아직도 슬픈 얼굴과 굶주린 손과 외로운 마음으로 고통받는 어린 영혼이 사방에 있다니! 베어 부부는 너무나 안타까워서 자신들이 찾을 수 있는 모든 부스러기를 긁어모아 굶주린 참새들을 먹였다. 부부는 후원을 제외하고는 부유하지 않았다. 조의 많은 친구들이 자기네 아이들이 금세 싫증낸 장난감을 보내주었는데, 네트는 그런 것들을 잘 고쳤다. 날렵한 손가락이 야무지고 솜씨가 좋아서 비 오는 오후에 치약 병, 물감, 칼 등으로 가구, 장난감을 수리했다. 낡은 인형들은 뛰어난 재봉사인 데이지가 고쳤다. 수리된 장난감은 정해진 서랍에 넣었는데, 이웃의 가난한 아이들을 위한 크리스마스트리에 사용할 예정이었다. 그런 방식으로 플럼필드의 아이들은 빈자들을 사랑하고 어린아이에게 축복을 내린 예수님의 탄신일을 축하했다.

데미는 기꺼이 좋아하는 책을 읽고 설명해주었다. 늙은 버드나무 둥지에서 《로빈슨 크루소》, 《아라비안나이트》, 《에지워스의 이야기 (Edgeworth's Tales)》 등 수백 년간 아이들을 즐겁게 해준 불후의 이야기들을 들려주었다. 네트에게는 새로운 세상들이었다. 다음에 무슨 일이 벌어질지 궁금해서 글자를 더 열심히 공부해 유창하게 읽게 되었다. 네트는 자신의 새롭고 풍성한 경험과 성취에 도취된 나머지 데미처럼 책벌레가 될 위험에까지 처했다.

예상치 못한 기분 좋은 방식으로 네트에게 또 다른 도움의 손길이 찾아왔다. 소년들은 소위 자신의 '사업'을 했는데, 다수는 가난해서 머지않아 자립해야 할 처지였기에 베어 부부는 그들의 노력을 응원했다. 토미는 달걀을 팔았고 잭은 가축을 사들였다. 프란츠는 교사 일을 돕고 급여를 받았다. 네드는 목수 일에 관심이 많아서 전용 선반을 제작하고 그 위에 모든 유용하고 예쁜 목공품을 만들어놓고 팔았다. 데미는 물레방아를 만들었는데, 쉴 새 없이 돌아가는 이 기계는 복잡하고 쓸모가 없어 보여 그냥 방치되었다.

"네트가 기계공이 되고 싶다면 그렇게 둡시다. 돈을 벌 기회가 오면 독립적으로 살 수 있겠죠. 노동은 건전한 거예요. 아이들이 지닌 재능대로, 시 쓰기건 쟁기질이건 살려야죠. 가능하면 수확해서 유용하게 만들고." 베어 교수의 생각이었다.

어느 날 네트가 신난 얼굴로 베어 교수에게 뛰어왔다.

"숲에 소풍 온 사람들에게 연주를 해줘도 될까요? 저도 다른 아이들처럼 돈을 벌고 싶은데, 제가 할 수 있는 일은 바이올린 연주뿐이니까요."

"그럼, 얼마든지! 네가 편하고 즐겁게 일할 방법이구나. 네게 그런 기회가 있어서 기쁘구나."

네트는 곧장 뛰어나갔고, 연주를 잘 해주고 2달러를 받아 주머니에 넣고 돌아왔다. 네트는 오후 내내 아주 즐거웠다. 청년들이 연주를 칭찬하고 다시 부르겠다고 할 때는 뛸 듯이 기뻤다.

"한 푼도 못 받는 길거리 연주보다 훨씬 즐거워요. 지금은 제가 번 돈을 다 가질 수 있잖아요. 저도 이제 토미나 잭처럼 사업을 해요! 아, 정말 신나요!"

네트가 낡은 지갑을 자랑스럽게 두드렸다. 벌써 백만장자가 된 기분이었다.

그는 정말로 사업을 했다. 여름에 소풍객이 많아졌고, 네트의 연주 솜씨에 엄청난 사람들이 몰렸다. 네트는 자유롭게 연주할 수 있었는데, 다만 수업을 빼먹지 않아야 했고 소풍객이 점잖은 사람들이어야 했다. 베어 교수는 기본 교육은 모두에게 꼭 필요하고, 아무리 돈이 많은 사람도 잘못된 유혹에 빠지기 때문이라고 설명했다. 네트는 그 말에 상당히 동감했다. 네트는 연주를 마치고 주머니에 돈을 두둑이 받아 넣고 연회에서 '맛있는 것'을 챙겨와 어린 테디와 데이지에게 나눠주며 행복했다.

아이는 베어 교수에게 돈을 보관해달라고 부탁하며 물었다.

"제 바이올린을 살 수 있을 때까지 저금할 생각이에요. 그러면 스스로 벌면서 살아갈 수 있을 테니까요. 그렇죠?"

"그러길 바란단다, 네트. 하지만 네 몸과 마음이 튼튼해지는 것이 우선이고 음악으로 찬 네 머릿속에 다른 지식도 더 많이 쌓아야지. 그러면 로리 씨가 네 일자리를 찾아줄 거야. 몇 년 안에 우리 모두가 널 공연장에서 보게 되겠지."

적성에 맞는 일과 격려, 희망을 품고 네트는 날마다 점점 더 편하고 행복해졌다. 음악적 성장세가 빨라서, 베어 교수는 다른 부분의 느린 성장을 이해해주었다. 아이는 마음이 있는 것에 최선을 다하고 있었으니까. 중요한 수업을 빼먹었을 때만 벌로 하루 동안 바이올린을 켜지 못하게 했다. 그러면 아이는 소중한 친구를 완전히 잃을까 봐 두려워서 서둘러 책을 폈고, 이내 자신이 수업을 다 익힐 수 있음을 증명했다. 더 이상 "못 하겠어요"라는 말을 하지 않았다.

데이지는 음악을 아주 사랑했고 음악가를 존경했기에, 네트가 연습할 때 종종 문밖 계단에 앉아서 들었다. 네트는 그런 데이지가 너무 고마워서 조용한 어린 숙녀를 위해 최선을 다해 연주했다. 데이지는 결코 연습실에 들어가지 않고 계단에 앉아 바느질을 하거나 인형을 쓰다듬으며 꿈결 같은 즐거움에 빠져들었다. 조는 언젠가 그 모습을 보고 눈물을 흘렸다. "정말 우리 베스 같아." 그러고는 아이의 달콤한 즐거움을 방해하지 않으려고 조용히 지나갔다.

네트는 베어 부인을 아주 좋아했지만, 12년간 거친 바다 위 조각배에서 이리저리 흔들리다가 간신히 탈출한 수줍음 많고 나약한 소년을 아버지처럼 품어준 베어 교수에게 더 많은 정을 느꼈다. 어떤 착한 천사가 하늘에서 그를 지켜보는 것이 분명했다. 몸은 갖은 고생을 겪었지만 영혼은 거의 상처 입지 않고, 오히려 난파선의 아기처럼 순수한 상태로 뭍에 도달했기 때문이다. 음악에 대한 애정이 그에게 벌어진 모든 불협화음 속에서 순수한 마음을 지켜준 것일지도 모른다. 로리는 그렇게 믿었다. 그렇더라도 가여운 네트의 미덕을 키우는 즐거움은 파더 베어의 몫이었고 아이의 잘못을 바로잡아주면서 이 새로운 학생이 여자아이만큼이나 온순하고 다정하다는 점을 파악했다. 그래서 아내에게 네트를 언급할 때 종종 '딸'로 불렀고, 그러면 조는 웃음을 터트렸다. 그녀는 씩씩한 소년다움 대신 상냥하고 연약한 네트를 데이지를 대하듯 다독였기에, 네트는 조를 아주 섬세한 사람이라고 느꼈다.

단, 네트에게는 한 가지 치명적인 결점이 있었다. 베어 부부는 두려움과 무시 받은 세월 탓으로 보았다. 바로 거짓말이었다. 나쁜 의도가 있다기보다 주로 상황을 모면하기 위한 것이었지만, 어쨌든 거짓말은 거짓말이었다. 우리가 이 이상한 세상에서 종종 예의 바른 거짓을 말하긴 하지만 그게 옳지 않다는 점을 모두가 안다.

"조심해서 나쁠 건 없어. 말과 눈과 손을 주의하렴. 그것들이 쉽게 거짓을 말하고 보고 행할 수 있으니까."

베어 교수는 언젠가 네트와 유혹에 관해 말하며 이렇게 언급했다.

"저도 알아요. 그럴 생각도 없고요. 하지만 늘 진실만 말하는 바보가 아닌 편이 지내기에 훨씬 편해요. 제가 종종 거짓말을 한 건 아버지와 니콜로가 두려워서였고, 지금도 가끔 그렇게 하는 건 다른 아이들이 절 놀리기 때문이에요. 거짓말이 나쁘다는 걸 알지만 그 점을 자꾸 잊어버려요."

네트는 아주 의기소침해졌다.

"나도 어릴 때 거짓말을 했단다! 세상에! 그런데 할머니께서 그 버릇을 고쳐주셨지. 어떻게 하셨는 줄 아니? 부모님이 내게 이야기를 하고 눈물을 흘리며 벌을 주셨지만 난 너처럼 금방 까먹었단다. 그런데 할머니가 이러셨어. '내가 기억하게 도와주마. 잘 다스려지지 않는 이 부분을 늘 확인하렴.' 그러더니 내 혀를 잡아당겨서 가위로 끝부분을 자르는 시늉을 하셨어. 정말 무서웠어. 난 며칠 동안 혀가 아파서 말을 할 때 혀를 아주 천천히 움직여야 했고, 그래서 생각을 할 시간이 생겼어. 그 이후 한층 신중해졌고 더 나아졌어. 물론 평소에는 가장 친절한 할머니셨고, 멀리 뉘른베르크에서 돌아가실 때 어린 프리츠가 하나님을 사랑하고 진실만을 말하게 해달라고 기도해 주셨단다."

"전 할머니가 없지만 그 방식이 절 치료해줄 거라고 생각하신다면 제 혀를 자르셔도 돼요."

네트는 무서웠지만 거짓말을 멈추고 싶다는 소망에 용기 있게 말했다. 베어 교수는 미소를 지었지만 고개를 저었다.

"난 그보다 더 좋은 방법을 안단다. 그건…… 네가 거짓말을 할 때마다 네가 날 벌주는 거야."

"네? 어떻게 그럴 수가 있어요?"

"옛날 방식대로 회초리로 날 때려도 좋아. 난 아이들을 체벌하지 않아. 하지만 네가 고통을 직접 느끼는 것보다 내게 고통을 주면 훨씬 잘 기억할 거야."

"선생님을 때리라고요? 세상에, 전 못해요!"

"그렇다면 네 혀를 조심하렴. 나도 상처를 받기는 싫지만, 네 잘못을 고칠 수 있다면 큰 고통도 기꺼이 감수할 거란다."

소년은 큰 충격을 받았다. 그래서 한동안 거짓말을 하지 않고 절박하게 진실만을 말했다. 베어 교수에 대한 애정이 네트에게는 자신에 대한 두려움보다 더 강력했다. 그러나 안타까워라! 어느 슬픈 날,

경계심이 흐트러진 네트는, 다혈질인 에밀이 자신의 잘 자란 옥수수밭을 네트가 망쳐놓았다고 따지자 자신이 그러지 않았다고 거짓말을 해버렸다. 네트는 전날 밤 잭이 쫓아올 때 에밀의 텃밭을 그 모양으로 만들었기에 속으로 자책했다.

그는 아무도 이 일을 모를 줄 알았다. 하지만 토미가 우연히 그 광경을 보았다. 이틀쯤 후 쉬는 시간에 복도에 나와 있을 때, 에밀과 토미가 네트에게 와서 그 이야기를 꺼냈다. 베어 교수는 짚으로 만든 긴 소파에 앉아서 테디와 장난을 치고 있다가 그 상황을 목격했다. 네트의 얼굴이 주홍색으로 변했다가 딱딱하게 굳자, 베어 교수는 테디에게 "엄마한테 가 있어. 금방 갈게"라고 말하고는 네트를 교실로 데리고 들어가 문을 닫았다.

소년들은 잠시 말 없이 서로를 쳐다보았다. 토미가 슬쩍 건물을 빠져나와 반쯤 닫힌 커튼 틈으로 교실 안을 엿보았다. 베어 교수가 책상 위의 긴 자를 집어들었다. 좀처럼 쓰지 않아서 자에 먼지가 수북했다.

'맙소사! 선생님이 이번에는 네트에게 큰 벌을 주실 건가 봐. 이럴 줄 알았으면 말하지 말걸.'

매는 플럼필드에서 가장 큰 수치였다.

"얘야, 내가 지난번에 한 이야기, 기억하지?"

화가 났다기보다 슬픈 목소리가 흘러나왔다.

"제발 제게 시키지 말아주세요. 전 견딜 수가 없어요."

네트가 괴로워하며 손을 뒤로 숨기고 문으로 뒷걸음질쳤다.

'왜 남자답게 나서서 벌을 받지 않지? 나라면 그럴 텐데.'

지켜보는 토미의 심장이 엄청나게 두근거렸다.

"난 내가 한 말을 지키고, 너도 반드시 진실만 말해야 한다는 걸 기억해야지. 자, 네트, 이걸로 날 세게 여섯 대 때려라."

토미는 너무 놀라 강둑으로 주저앉을 뻔했지만 가까스로 균형을 잡았다. 토미는 창틀에 매달려 벽난로 위 선반에 장식된 박제된 올빼미처럼 눈을 동그랗게 뜨고 살폈다.

베어 교수의 엄격하고 진지한 목소리에 네트는 어쩔 수 없이 자를 집어 들었다. 스승을 칼로 찌르려는 상황에서 두려움과 죄책감을 느끼는 표정이었다. 소년은 제 앞에 펼쳐진 커다란 손바닥을 약하게 두 대 내려쳤다. 그런 다음 눈물이 가득 고여 반쯤 보이지 않는 눈을 들어 그를 쳐다보았다. 스승은 꿈쩍도 하지 않았다.

"계속해라. 더 세게 때려야 해."

네트는 얼른 이 상황이 끝나길 간절히 바라며, 소매로 눈물을 닦고 더 세게 두 대를 때렸다. 손바닥에 붉은 줄이 생겼지만 자신에게는 더 큰 상처가 남았다.

"이 정도면 충분하지 않나요?"

아이는 숨도 제대로 쉬지 못하며 울먹였다.

"두 대 남았어."

냉정한 대답이 돌아왔다. 네트는 자가 어디로 떨어지는지 거의 보지 못한 채 두 대를 더 때린 다음 자를 바닥으로 던져버렸다. 그리고 그 친절한 손을 자신의 손으로 꼭 감싸고 그 위에 얼굴을 묻은 뒤 사랑과 수치, 뉘우침이 담긴 눈물을 흘렸다.

"기억할게요! 꼭! 기억하겠어요!"

베어 교수가 아이의 등을 다정하게 다독였다.

"그래, 넌 그럴 거야. 하나님께 너를 도와주고 우리가 다시는 이런 상황에 처하지 않게 해달라고 기도하렴."

토미는 더 이상 볼 수가 없어서 서둘러 복도로 돌아왔다. 아이들은 격앙되어 보이는 토미를 둘러싸고 네트가 어떻게 되었느냐고 물었다. 토미가 아이들에게 차분하게 상황을 말하자, 다들 하늘이 무너진 것처럼 놀랐다. 숨소리조차 나지 않았다.

"나한테도 같은 일을 시키신 적이 있어."

에밀이 가장 끔찍한 죄를 고백하듯 어렵게 말했다. 네드가 거칠게 에밀의 멱살을 잡았다.

"그래서 너도 선생님을 때렸어? 우리의 아버지를? 맙소사, 어디 지금 당장 그렇게 해봐!"

에밀은 덤비지 않고 네드의 등을 바닥으로 눕혀 제압하고는 당시의 침통한 상황을 느끼듯이 말했다.

"아주 오래전 일이야. 지금이라면 그렇게 하느니 차라리 내 머리를 잘라버리겠어."

"어떻게 그럴 수 있어?"

데미는 생각만으로도 간담이 서늘해졌다.

"그때 난 완전히 제멋대로여서 전혀 개의치 않았어. 오히려 그 벌칙을 좋아했던 것 같아. 하지만 외삼촌을 한 대 때리자마자 그동안 내게 베풀어주신 모든 호의가 대번에 떠올랐어. 도저히 계속할 수 없었어! 차라리 날 눕혀놓고 밟고 지나가면 마음이 편했을 거야. 너무 기분이 안 좋았어."

에밀은 과거의 자신을 후회하듯 가슴을 세게 내리쳤다.

"네트는 펑펑 울고 한없이 자책하고 있어. 그러니까 이 일에 대해 한마디도 하지 말자, 응?"

마음 착한 토미가 말했다.

"당연하지. 하지만 거짓말을 하는 건 정말 끔찍한 일이야."

데미는 죄를 지은 사람이 아니라 자기가 가장 좋아하는 프리츠 이모부가 처벌을 받은 것이 더 두려웠다.

"우리가 전부 자리를 뜨면 네트가 편하게 위층으로 올라갈 수 있겠지."

프란츠의 제안에 아이들은 힘들 때 숨어드는 장소인 헛간으로 향했다.

네트는 식당에 내려오지 않았다. 조가 식사를 가져다주고 다정한 말로 달래주었다. 아이는 그녀를 똑바로 쳐다보지 못했지만 위로를 받았다. 얼마 안 가 밖에서 놀던 아이들은 바이올린 소리를 들었다.

"이제 괜찮은가 봐."

네트는 괜찮아졌지만 아래층으로 내려가기가 부끄러웠다. 숲으로 몰래 나가려고 문을 열었는데 데이지가 바느질감도, 인형도 없이 계단에 앉아 있었다. 억류된 친구를 위해 울었던 모양인지 손에 손수건을 들고 있었다.

"산책 갈 건데 같이 갈래?"

네트가 아무 일도 없었던 것처럼 물었다. 네트는 조용히 자신을 걱정해준 데이지가 엄청나게 고마웠다. 다들 자신을 비열한 인간으로 여길 것 같았다.

"응, 좋아!"

데이지는 네트 오빠가 친구처럼 대해주자 좋아서 서둘러 모자를 가지러 뛰어갔다. 다른 아이들이 그들을 보았지만 아무도 둘을 따라가지 않았다. 소년들은 어른들이 생각하는 것보다 훨씬 섬세해서, 무안하고 힘들 때는 착한 데이지가 가장 좋은 친구라는 사실을 본능적으로 알았다.

산책은 네트에게 큰 도움이 되었다. 그는 더 조용해져서 돌아왔지만 얼굴은 한층 밝아졌다. 잔디에 누워 자신의 이야기를 들려줄 동안, 어린 친구가 데이지꽃 목걸이를 만들어 그에게 걸어주었다.

아무도 그날 아침 일에 대해 말을 꺼내지 않았지만, 오히려 그래서 효과가 더 오래간 듯싶다. 네트는 최선을 다했고 많은 도움을 받았다. 하늘에 있는 선하신 분에게 진실한 기도를 올렸을 뿐만 아니라, 땅에 있는 친구 베어 교수의 인내심도 있었다. 네트는 그 친절한 손을 잡을 때마다 친구가 자신을 위해 기꺼이 감내해준 고통을 기억했다.

5
샐리의 파이굽기 놀이

"왜 그러니, 데이지?"

"남자애들이 놀이에 안 끼워줘요."

"어째서?"

"여자는 축구를 못 한대요."

"여자도 할 수 있단다. 나도 했는걸!"

조가 어린 시절의 추억을 떠올리며 웃음을 터트렸다.

"저도요. 옛날에 데미 오빠랑 많이 했는데, 지금은 오빠가 딴 애들
이 비웃는다고 안 끼워주잖아요."

데이지는 오빠가 무심하게 굴어서 깊이 슬펐다.

"데미 말도 맞아. 너희 둘이면 괜찮지만 남자애들 열두 명과 같이

뛰려면 힘들 거야. 이모가 다른 재미있는 놀이를 찾아볼게."

"혼자 노는 건 이제 지겨워요!"

데이지의 목소리는 아주 슬펐다.

"조금 있다가 함께 놀아줄게. 지금은 이모가 급히 시내에 다녀와야 하거든. 집에 데려다줄까? 집에 어머니와 함께 머물러도 좋고."

"저도 어머니와 아기 조시가 보고 싶지만 플럼필드로 돌아올래요. 데미 오빠가 절 그리워할 테고 저도 여기가 좋아요, 이모."

"데이지는 데미 오빠 없이는 잘 지낼 수가 없구나?"

조 이모는 하나뿐인 오빠에 대한 아이의 마음을 헤아렸다.

"당연하죠. 우린 쌍둥이고 다른 누구보다 서로를 사랑해요."

데이지가 쌍둥이로 태어난 것이 가장 큰 영광이라는 듯 환한 얼굴로 대답했다.

"내가 준비할 동안 넌 뭘 할래?"

조가 엄청난 속도로 옷장에 리넨 더미를 집어넣으며 물었다.

"모르겠어요. 인형 놀이는 질렸는데…… 이모가 새 놀이를 알려주세요."

데이지가 문 손잡이에 매달려 조르며 이모의 일을 방해했다.

"흠, 뭐가 좋을까…… 이모가 생각하는 동안 주방에 내려가서 아시아에게 점심 식사 메뉴를 물어보고 오렴."

잠시라도 작은 방해물을 떼어놓기 위한 묘안이었다.

"네. 아시아 아주머니가 귀찮아하지 않으시면요."

데이지는 꾸물대며 주방으로 갔다. 그곳은 온전히 흑인 요리사, 아시아가 다스렸다.

5분 뒤 데이지가 매우 놀란 얼굴로 작은 코에 밀가루를 묻히고 손에 반죽을 든 채 나타나서는 단숨에 말을 쏟아냈다.

"이모, 이모! 저, 주방에서 생강쿠키를 만들어도 돼요? 아시아 아주머니가 허락해주셨어요. 아, 재밌겠다! 괜찮죠, 네?"

"뜻대로 하렴. 마음껏 만들고 와도 좋아."

조는 안도했다. 가끔은 열두 소년보다 소녀 한 명이 더 어려웠다.

데이지가 뛰어나갔다. 그 순간 조의 입가에 미소가 떠올랐다. 좋은 아이디어가 생각난 것이다. 그녀는 얼른 옷장 문을 닫고 외출을 서두르며 중얼거렸다.

"그래, 그게 좋겠어! 가능하다면 말이야."

하루 종일 조의 눈동자가 남몰래 빛났다. 새로운 놀이에 필요한 물건을 구입할 거라고 말해주자 데이지가 따라나서며 질문을 퍼부었지만, 이모는 빙긋이 웃을 뿐이었다. 조는 아이를 메그에게 데려다주고 그 사이에 쇼핑을 다녀왔다. 이모가 신기한 꾸러미들을 마차에 한가득 싣고 오자 데이지는 발을 동동 구르며 당장 플럼필드로 돌아가자고 했다. 그러나 이모는 야속하게도 느긋했다. 어머니 방에서 아기 조시를 무릎에 앉히고 오래 담소를 나누었는데, 남자아이들의 온갖 별난 장난들을 말해서 어머니가 웃음을 터뜨렸다.

동생이 미리 귀띔해주었는지, 메그가 딸아이의 보닛 끈을 묶어주고 작은 분홍빛 얼굴에 입을 맞추며 이렇게 말했다.

"데이지, 이모가 알려주는 새 놀이를 잘 배워두렴. 아주 유용하고 흥미로운 놀이인데, 고맙게도 이모가 함께 해준다는구나. 조 이모가 원래는 아주 싫어하는 놀이거든."

이 말에 어머니와 이모가 마주 보며 크게 웃어서 데이지는 어리둥절했다. 마차를 타고 오는 내내 짐칸에서 덜커덩덜커덩 수상한 소리가 났다. 데이지가 귀를 쫑긋 세웠다.

"무슨 소리예요?"

"새로운 놀이감이지."

"뭐로 만들어졌는데요?"

"철, 깡통, 나무, 청동, 설탕, 소금, 석탄, 그리고 수백 가지 다른 것들이 들어갔어."

"참 신기하네요! 색깔은요?"

"여러 색이 섞였어."

"커요?"

"큰 것도 있고 작은 것도 있어."

"제가 본 적이 있어요?"

"많이 봤겠지만, 이렇게 좋은 건 처음 볼걸."

"아이 참! 그게 뭔데요? 진짜 궁금해요. 언제 볼 수 있어요?"

데이지는 안달하며 자리에서 들썩거렸다.

"내일 아침에 수업 끝나고."

"남자애들도 쓸 수 있어요?"

"아니, 너와 베스만을 위한 거야. 남자아이들도 보면 같이하고 싶겠지만, 끼워줄지 말지는 네가 결정하렴."

"데미 오빠는 끼워줄래요. 원하면요."

"틀림없이 다들 끼워달라고 할 거야. 특히 스터피는."

조의 눈동자가 더욱 반짝이며 무릎에 놓인 신기한 매듭이 묶인 꾸러미를 쓰다듬었다. 데이지가 이모를 졸랐다.

"한 번만 만져보면 안 돼요?"

"안 돼. 만져보면 곧바로 짐작할걸. 그러면 재미없지."

데이지는 한숨을 쉬었지만 곧바로 미소를 지었다. 꾸러미에 난 작은 구멍을 통해 뭔가가 반짝였기 때문이다.

"내일까지 어떻게 기다려요? 오늘 보면 안 돼요?"

"세상에, 안 돼! 준비할 게 많거든. 아주 많은 부품이 제자리에 놓여야 한단다. 테디 이모부에게 완벽히 준비되기 전에는 네게 보여주지 않겠다고 약속했는걸."

"이모부가 아시는 거라면 분명 굉장한 거겠네요!"

데이지가 손뼉을 쳤다. 친절하고 부유하고 쾌활한 이모부는 아이들에게는 요정 대모와 같았다. 이모부가 등장하면 항상 즐거운 깜짝 파티와 아름다운 선물, 그리고 행복한 웃음꽃이 가득했다.

"그래, 테디 이모부랑 같이 가서 샀는데, 서로 매번 다른 걸 골라서 얼마나 웃기던지. 이모부는 뭐든 크고 좋게 만드는 사람이라서, 내 작은 계획도 덕분에 근사해졌어. 이모부를 꼭 안아드리렴. 세상에서 제일 자상한 이모부가 아주 근사한 작은 주…… 세상에, 나 좀 봐! 말할 뻔했구나!"

조가 화들짝 놀라서 말을 뚝 끊고는, 실수로 비밀을 누설할까봐 입을 닫고 계산서를 살피기 시작했다. 데이지는 포기하고, 손깍지를 끼고 조용히 앉아 '주'로 시작하는 장난감을 곰곰이 궁리해보았다.

플럼필드에 도착했을 때 데이지는 마차에서 내리는 모든 꾸러미를 주시했다. 프란츠가 얼른 나와서 크고 무거운 꾸러미 하나를 들고 이층 놀이방으로 가져가 숨겼다. 그리고 거기서 오후 내내 뭔가 아주 신비로운 일이 벌어졌다. 프란츠가 망치질을 하고 아시아가 분주하게 오르락내리락했고 조는 모든 걸 앞치마 속에 숨기고 도깨비불처럼 신출귀몰했다. 아직 옹알이밖에 못 하는 어린 테디만 드나들도록 허락을 받아서, 나와서 뭔가를 열심히 설명하려고 했지만 도저히 알아들을 수가 없었다.

데이지가 궁금해서 미칠 지경이었다. 소년들까지 들떠서 돕겠다고 나섰는데, 조가 딱 잘라 거절했다.

"여자애는 남자애와 놀아선 안 돼. 이건 데이지와 베스와 날 위한 거야. 그러니 우리는 너희 도움이 필요 없어."

젊은 신사들이 머쓱해서 물러나더니, 데이지를 구슬치기, 말타기, 축구 등의 놀이에 초대했다. 갑작스러운 환대에 어린 영혼은 놀랐고 기뻤다. 덕분에 아이는 오후를 잘 보냈고 일찍 잠자리에 들었다.

다음 날 아침 데이지가 충만한 에너지로 어찌나 수업에 열중하던지, 프리츠 이모부는 날마다 새로운 게임이 나오면 좋겠다고 생각했다. 마침내 11시, 수업이 모두 끝난 교실에 '데이지의 새롭고 신비로운 장난감'에 대한 기대감과 긴장감이 흘렀다.

데이지가 뛰어나갔고, 많은 눈길이 그 뒤를 쫓았다. 데미는 이 일로 마음이 아주 흐트러져 프란츠가 사하라 사막의 위치를 물었을 때 구슬프게 대답했다. "놀이방에." 모든 학생이 웃음을 터트렸다.

"이모, 수업 끝났어요! 이제 1분도 더 못 기다려요!"

데이지가 조의 방으로 뛰어 들어가며 외쳤다.

"준비가 다 되었단다. 따라오렴."

조는 테디를 한 팔에 안고 다른 팔에는 반짇고리를 들고 곧장 위층 놀이방으로 올라갔다. 데이지가 따라들어가서 주변을 살폈다.

"아무것도 안 보여요, 이모."

"아무 소리도 안 들려?"

조는 아기가 방 한쪽으로 곧바로 걸어가자 아기의 옷깃을 잡으며 말했다. 달그락달그락. 그 다음에 주전자가 노래하는 듯한 작은 휘파람. 소리는 커다란 돌출 창 앞에 드리운 커튼 뒤에서 흘러나왔다. 데이지가 얼른 커튼을 젖혔다.

"와!"

아이는 그 자리에 못 박힌 듯 서 있었다.

창을 바라보며 세 면에 넓은 좌석이 놓였다. 한편에 작은 솥과 팬, 석쇠, 냄비 등이 매달리거나 놓여 있다. 맞은편에는 작은 디너 접시 세트와 티 세트가 보였다. 중앙에 요리용 화로가 있다. 깡통으로 된 가짜가 아니라 진짜 철 화로로, 배고픈 인형 대가족은 충분히 먹일 만큼 컸다. 무엇보다도 진짜 불꽃이 타오르고 있었다! 주전자 꼭지에서 진짜 연기가 흘러나오고 뚜껑이 들썩거리고 물이 보글보글 끓다니, 최고였다! 유리 한쪽을 떼어내고 구멍 뚫은 철판을 대서, 작은 환기구를 만들어 연기까지 자연스럽게 흘러나가게 했다. 근처에 장작과 석탄을 담은 통이 놓였고, 그 위에 쓰레받기와 솔과 빗자루가 걸렸다. 데이지가 놀던 낮은 테이블에 작은 시장바구니가 있고, 작은 의자 등받이에 앙증맞은 흰색 앞치마와 주방 모자가 걸렸다. 햇살도 즐겁게 반짝이고, 화로 위 주전자가 연기를 아름답게 내뿜고, 새 통들이 벽에서 반짝이고, 아름다운 도기가 일렬로 서 있고…… 아이가 꿈꾸는 완벽한 주방의 모습이었다.

"우와!"

데이지는 연신 탄성만 내지르며 서 있었는데, 눈동자만은 재빨리 매력적인 물건들을 이리저리 훑으며 반짝였다. 그러다 이모의 명랑한 시선과 마주쳤다. 소녀는 이모를 꽉 껴안았다.

"세상에, 이모. 최고예요! 저 예쁜 화로에서 요리해서 파티를 열고, 엉망진창이 되면 쓸고 치우고…… 진짜로 불을 피워도 돼요? 정말 마음에 들어요! 어떻게 이런 생각을 하셨어요?"

조가 기뻐서 자신을 꽉 끌어안은 조카를 토닥였다.

"네가 생강쿠키 만들기를 좋아했잖니. 하지만 아시아는 주방을 엉망으로 만들게 놔두지 않을 테고, 그렇다고 주방 화로를 이리 옮겨 오는 건 안전하지 않아서, 널 위한 작은 화로를 찾아서 요리를 좀 가르쳐주면 어떨까 생각했단다. 재미있고 유익하기도 하니까. 그래서 장난감 상점을 돌았는데, 생각보다 다 비싸더구나. 포기할까 생각하고 있을 때 딱 테디 이모부를 만난 거야. 내 생각을 듣더니 도와주겠다고, 찾을 수 있는 가장 큰 장난감 화로를 사주겠다고 했어. 난 그러지 말라고 말렸지만 이모부는 웃기만 하고 우리가 어릴 때 내 요리 실력이 형편없던 것을 놀리고는 나더러 너와 베스에게 잘 가르쳐주라면서 '요리 교실'에 필요한 모든 근사한 물품을 다 사주었어."

"와, 이모가 그곳에서 테디 이모부를 만나서 다행이에요!"

조는 테디가 내내 놀렸던 그 '끔찍한 만찬'을 떠올리며 말했다.

"열심히 배우고 익혀서 여러 가지를 다 만들렴. 이모부가 차를 마시러 자주 올 거고 엄청 근사한 음식을 기대한다고 말했어."

"세상에서 가장 달콤하고 예쁜 주방이에요. 여느 때보다 더 열심히 배울래요. 파이, 케이크, 마카로니 등등 전부 다요!"

데이지가 한 손에 새 소스 팬을, 다른 손에 작은 부지깽이를 들고 놀이방을 빙글빙글 돌며 외쳤다.

"차차 그러자꾸나. 이건 아주 유익한 놀이니까. 내가 도와줄게. 이제부터 데이지가 이모의 요리사야. 요리법은 내가 알려줄게. 우선은 적은 양씩 만들렴. 자, 이 주방의 주방장일 때는 널 '샐리'라고 부르마. 플럼필드에 갓 입학한 소녀."

그러고는 조가 요리할 준비를 했다. 테디는 엄지를 빨며 바닥에 앉아 마치 살아 있는 것처럼 이글거리는 화로를 뚫어지게 보았다.

"그것 참 좋아요! 제가 뭐부터 할까요?"

의욕에 찬 샐리의 행복한 표정을 보며 조는 내심 '요리가 절반만큼이라도 성공하기를' 바라고 또 바랐다.

"우선 주방 모자와 앞치마를 입어야지. 이모는 꽤 구식이어서 요리사가 깔끔했으면 좋겠어."

샐리가 둥근 모자 속으로 곱슬머리를 밀어 넣었다. 그리고 보통은 가슴받이까지 있으면 싫다고 투덜대던 앞치마를 군말 없이 걸쳤다.

"자, 물건들을 제자리에 정리하고, 새 그릇들을 씻으렴. 낡은 접시들도 씻어야겠다. 내가 마지막으로 가르친 소녀가 파티 후에 더러운 상태로 남겨뒀거든."

조가 꽤 진지하게 말했지만 샐리는 컵을 더럽게 놔둔 정신없는 소녀를 단박에 눈치채고 웃었다. 그러고는 소맷자락을 걷어붙이고 심호흡을 한 다음 자신의 주방을 정리하기 시작했다. 이따금 '예쁜 밀방망이', '사랑스런 식기통', '정교한 후추통'을 보면 살짝 황홀함에 빠져 멈췄다.

"자, 샐리. 장바구니를 들고 시장에 다녀와라. 저녁거리들은 여기 적어두었어." 설거지가 다 끝나자 조가 종잇조각을 내밀었다.

"시장이요?" 데이지는 새로운 놀이에 점점 빠져들었다.

"아시아가 우리 시장이야."

샐리가 새로운 의상을 입고 복도를 지나가자 교실이 소란해졌다. 그녀는 들뜬 얼굴로 오빠에게 속삭였다. "완전 멋진 놀이야!"

나이 든 아시아도 데이지만큼 이 놀이를 즐겼다. 소녀가 요리사 모자를 삐뚤빼뚤 쓰고 시장바구니를 캐스터네츠처럼 짤랑거리며 나타나자 웃음이 터졌다. 꼬마 요리사는 진지하게 말했다.

"조 부인께서 이걸 사오라고 하셨어요. 지금 바로 가져가야 해요."

"어디 보자. 스테이크 900그램, 감자, 호박, 사과, 빵, 버터. 다른 건 다 있고, 고기는 아직 도착하지 않았는데 오면 올려 보내마."

아시아가 감자 하나, 사과 하나, 호박 조금, 버터 약간, 빵 한 통을 바구니에 넣고 주의사항을 일러주었다.

"푸줏간 소년이 가끔 눈속임을 하니 조심하렴."

"그게 누구예요?"

데이지는 데미 오빠였으면 했다.

"곧 알게 될 거야."

샐리는 즐겁게 메리 호위트(Mary Howitt)의 시를 웅얼거렸다.

어린 메이블이 길을 나섰네

밀로 만든 근사한 케이크와

새로 만든 버터 한 통과

작은 와인 한 병을 들고서.

"다 꺼내놓고 사과는 찬장에 넣어둬."

돌아온 요리사에게 조가 지시했다.

중간 선반 아래 찬장이 있는데, 문을 열면 신선한 기쁨이 모습을 드러냈다. 절반은 장작, 석탄, 부지깽이를 보관하는 창고였다. 나머지 절반에는 작은 병, 상자를 비롯해 소량의 밀가루, 으깬 곡물, 설탕, 소금 등을 담을 수 있는 신기한 용기들이 보였다. 잼병, 진저브레드가 담긴 작은 깡통, 커런트와인이 가득 담긴 병, 작은 차통도 있었다. 하지만 최고의 매력은 두 개의 밀크팬이었다. 화로에 올려서 크림이 부풀면 거품을 걷어내는 국자도 있었다. 데이지는 이 근사한 장면에 손뼉을 쳤고 당장 거품을 걷어내고 싶었다. 하지만 이모가 말했다.

"아직 안 돼. 사과파이에 크림을 올려 먹어야 하니까."

"제가 파이를 만들어요?"

데이지는 이런 축복이 자신에게 온 것이 믿기지 않아 외쳤다.

"맞아. 화로만 괜찮으면 두 개를 굽자. 사과파이와 딸기파이."

"네, 이제 뭘 할까요?"

아이는 신이 나서 발을 동동 굴렀다.

"화로의 아래 칸을 막으렴. 그래야 예열된단다. 그런 다음 손을 씻고 밀가루, 설탕, 소금, 버터, 계피를 준비해. 파이 판이 깨끗한지 보고 파이에 알맞도록 사과를 깎으렴."

예상대로 너무 어린 요리사는 살짝 당황해서 재료를 쏟았다.

"이렇게 소량은 어떻게 계량할지 모르겠네. 눈대중으로 해야겠는 데…… 제대로 안 되면 전부 다시 해야 할 수도 있겠구나."

조도 꽤 당혹스러운 표정이었지만 자신 앞에 놓인 이 소소한 과제 가 아주 즐거운 듯했다.

"팬에 밀가루를 가득 담고 소금 한 꼬집을 넣은 다음 바닥이 타지 않도록 버터를 충분히 바르렴. 항상 마른 재료를 먼저, 젖은 재료를 나중에 넣어야 해. 그래야 더 잘 섞인단다."

"저도 알아요. 아시아 아주머니가 하시는 걸 봤어요. 파이 틀에도 버터를 바르시던데, 저도 그렇게 할까요?"

데이지가 엄청난 속도로 밀가루를 저으며 말했다.

"좋아! 요리에 재능이 있구나. 아주 잘하는걸. 이제 촉촉한 정도로 만 찬물을 부어라. 그런 다음 판 위에 밀가루를 살살 뿌리고 반죽 덩 어리를 치대는 거야. 그래, 그렇게. 자, 버터를 사방에 바르고 다시 굴 려. 버터는 너무 많지 않게 하렴. 페이스트리가 너무 느끼하면 인형 들이 다 소화불량에 걸릴 테니까."

그 모습을 상상하니 웃음이 나왔다. 데이지는 버터를 사방에 바르 고, 반죽이 틀 전체로 퍼지도록 작은 밀방망이를 밀고 또 밀었다. 그 런 다음 사과를 얇게 썰고 설탕과 계피를 풍성하게 뿌려준 뒤 숨을 죽이고 파이 윗껍질 반죽을 덮었다.

"항상 파이를 둥글게 자르고 싶었는데 아시아가 허락하지 않았어 요. 저만의 요리에서 그렇게 하니 얼마나 좋은지 몰라요!"

데이지가 손에 파이 접시를 들고 작은 칼로 가장자리 반죽을 떼내며 둥글게 모양을 냈다.

최고의 요리사도 가끔은 요리를 망친다. 샐리의 첫 시도가 그랬다. 칼질을 너무 서두르다가 손에서 접시가 미끄러지며 공중제비를 넘더니 파이가 바닥에 거꾸로 떨어졌다. 샐리가 비명을 질렀다. 조는 웃음이 터졌다. 테디는 그걸 가지러 기어갔고…… 잠시 새 주방은 대소동에 휩싸였다.

"제가 가장자리를 아주 단단하게 고정해서 내용물이 쏟아지거나 부서지지 않았어요. 조금도 상하지 않았으니 파이에 구멍을 내고 준비를 마칠게요."

샐리는 뒤집힌 보물을 조심스럽게 들어올려 묻은 먼지는 아랑곳하지 않고 다시 형태를 잡았다.

"나의 새 요리사는 성품이 좋구나. 참 다행이야. 이제 딸기잼을 속에 채우고 아시아처럼 그 위를 페이스트 줄무늬로 덮자."

"전 가운데 D자를 만들고 주변에 지그재그로 배치할래요. 그럼 먹을 때 아주 신날 거예요."

샐리는 진짜 페이스트리 요리사가 보면 놀랄 정도로 파이 위를 이상하고 화려하게 덮어서 장식하고는 크게 외쳤다.

"이제 화로에 넣어요!"

그러고는 의기양양하게 붉은 잼이 든 파이를 안에 쑥 밀어넣었다.

"이제 주변을 정리하렴. 훌륭한 요리사는 자신의 요리도구를 아무렇게나 두지 않아. 그런 다음 호박과 감자들을 깎아야지."

"감자는 하나뿐인데요."

샐리가 킥킥거렸다.

"4등분으로 자르면 작은 주전자에 들어갈 거야. 요리하기 전까지는 찬물에 넣어두고."

"호박도요?"

"아니, 호박은 그냥 껍질을 벗기고 잘라서 냄비 위 찜통에 올리렴. 그렇게 익힐거야. 물론 시간은 더 걸리겠지만."

문을 긁는 소리가 났다. 샐리가 달려가서 문을 여니 키트가 천이 덮인 바구니를 물고 서 있었다.

"푸줏간 소년이 왔어요!"

데이지가 환호하며 얼른 키트가 물고 있던 바구니를 받아들었더니, 개가 입술을 핥으며 낑낑댔다. 가끔 주인의 심부름으로 바구니를 나르면 제 몫을 챙겨주곤 했으니 이번에도 그럴 줄 안 모양이다. 그러나 곧 진실을 깨닫자 아래층으로 내려가는 계단에서 내내 짖어서 속상함을 표현했다.

바구니 안에는 스테이크 두 조각, 구운 배, 작은 케이크 하나, 아시아가 쓴 메모가 있었다.

'요리가 잘 안 됐을 경우에 대비한 아가씨의 점심 식사.'

"아시아 아주머니의 요리는 필요 없어요. 제 요리는 아주 잘될 거고, 근사한 식사를 할 거예요. 어떨지 한 번 보자구요!"

데이지가 분한지 씩씩댔다. 하지만 몇 차례 이런 문제를 겪어본 조의 생각은 달랐다.

"손님이 오면 필요할 수도 있어. 항상 저장실에 뭔가를 두는 게 좋단다."

"나 배고파."

테디가 칭얼댔는데, 조가 반짇고리 통을 주자 다시 조용해졌다.

"채소를 넣고, 상을 차리고, 스테이크를 구울 석탄 불쏘시개를 준비하렴."

작은 냄비에서 감자가 익는 걸 살피고, 작은 찜기에서 호박이 급속히 숨이 죽는 것을 확인하고, 5분마다 화로를 열어 파이의 변화까지 확인한 다음, 석탄이 달아올라 붉게 빛날 때 스테이크 두 점을 손가락 길이의 석쇠에 올려 굽다가 멋지게 포크로 뒤집었다. 감자 냄비가 미친 듯이 끓으며 제일 먼저 익었다. 감자를 작은 막자로 으깼다. 버터는 많이, 소금은 없이(요리사가 너무 신이 나서 깜박했다) 으깬 감자를 예쁜 빨간 접시에 수북이 담고, 우유에 담갔던 칼로 평평하게 만든 다음 화로에 넣었다. 갈색이 될 때까지 둘 것이다.

이 요리에 너무 몰두하느라 샐리는 파이를 잊고 있었다. 곧 비명소리가 났다. 안타까워라! 이를 어째! 파이가 새까맣게 타버렸다!

"세상에, 내 파이! 내 소중한 파이가! 파이를 망쳐버렸어요!"

가여운 샐리가 망가진 작품을 살피며 더러워진 손을 부들부들 떨었다. 상태가 심각했다. 지그재그 뚜껑은 불난 집의 벽과 굴뚝 잔해처럼 숯이 되어 있었다.

"이런, 맙소사. 파이를 꺼내라고 말한다는 걸 깜박했네. 울지 마, 데이지. 이건 이모 잘못이야. 밥 먹고 다시 해보자."

조가 자책하며 조카를 달랬다. 샐리의 닭똥 같은 눈물이 새까만 파이 위로 지글거리며 떨어졌다.

더 많은 눈물 바람이 일어날 뻔했는데, 바로 그때 스테이크가 알

맞게 익어서 요리사는 순식간에 파이를 잊었다.

"고기를 접시에 담아서 따뜻하게 두렴. 그 동안 호박을 버터, 소금을 넣어 으깨고 그 위에 후추를 살짝 뿌려라."

조는 속으로 더 이상의 참사가 없기를 간절히 기도했다.

'정교한 후추통'이 샐리의 마음을 달래주었고, 그녀는 근사하게 호박을 담아냈다. 식사가 식탁에 무사히 차려졌다. 여섯 인형을 셋씩 열을 지어 앉혔다. 맨 아래 자리에 테디, 맨 윗자리에 샐리까지 앉자 꽤나 인상적인 광경이었다. 한 인형은 무도회 의상이고, 다른 인형은 잠옷 차림에, 털실 인형 제리는 붉은 겨울 정장 차림이고, 코가 없는 애나벨라는 무심하게 염소 가죽인 알몸 차림으로 참석했다. 이 가족의 아버지인 테디는 의젓하게 행동했다. 자신에게 제공된 모든 요리를 웃으며 먹어치웠고, 불평은 한마디도 하지 않았다. 데이지는 지치고 더웠지만 이보다 더 큰 테이블에서 자주 보는 친절한 여주인처럼 손님들을 대하고 좀처럼 얻기 힘든 순수한 만족감으로 기뻐했다.

스테이크는 너무 질겨서 작은 고기칼로 썰리지 않았다. 감자는 울퉁불퉁했고 호박은 덩어리가 졌다. 그러나 손님들은 예의 바르게 이런 사소한 부분을 전혀 의식하지 못했고 이곳의 주인과 안주인은 누구든 질투할 만한 식욕으로 식사를 마쳤다. 크림의 거품을 떠먹는 포만감으로 망친 파이에 대한 화가 눈 녹듯 녹았다. 또한 아까 홀대받았던 아시아의 케이크가 디저트로서 귀중한 가치를 입증했다.

"제 평생 가장 근사한 점심이었어요. 날마다 해도 돼요?"

데이지가 사방에 남은 음식을 긁어먹으며 말했다.

"그래, 수업이 끝난 뒤 매일 요리를 해도 되지만 밥은 식당에서 먹으면 좋겠구나. 점심에 진저브레드만 조금 먹으렴. 오늘은 첫날이라 예외였고, 앞으로는 이 규칙을 반드시 지키렴. 오늘 오후에는 차와 어울리는 간식을 만들어도 좋아."

"데미 오빠에게 두툼한 팬케이크를 만들어줄래요. 오빠가 아주 좋아하고, 반으로 접어서 그 사이에 설탕을 뿌리면 아주 맛있거든요."

데이지는 애나벨라의 부러진 코에 묻은 노란색 얼룩을 조심스럽게 닦아주었다. 데이지는 애나벨라의 얇은 옷차림을 보고 '루마티즘'에 걸린 게 틀림없다고 확신해서 호박을 먹이려 했는데, 그 애는 고집스럽게 먹지 않았다.

"그런데 데미에게 뭔가를 만들어주면 다른 아이들도 기대할걸. 그럼 넌 아주 바빠질 거야."

데이지는 갑자기 근사한 아이디어가 떠올랐다.

"이번엔 데미 오빠만 불러서 차를 마시면 안 될까요? 다른 아이들이 나중에 제게 착하게 굴면 뭔가를 만들어주고요."

"참 좋은 생각이구나! 착한 소년들을 위한 작은 시상식을 열어주는 거야. 근사한 음식을 마다할 아이가 어디 있겠니. 어른들도 마찬가지로, 좋은 요리를 받으면 감동하고 기분이 즐거워지지."

조는 문간에서 즐겁게 바라보고 있는 남편을 향해 고개를 끄덕이며 이렇게 말했다.

"마지막 말이 감동적인걸, 예리한 부인. 맞아요, 사실이지. 하지만 내가 당신의 요리 솜씨만 보고 결혼했더라면, 여보, 난 오랫동안 고전했을 거요."

베어 교수가 웃으면서 방금 즐긴 연회를 열심히 설명하려고 버둥

거리는 테디를 안았다.

데이지는 자기 주방을 자랑하고 프리츠 이모부에게 팬케이크를 양껏 맛보여드린다고 섣불리 약속했다. 그리고 데미를 선두로 들어온 아이들에게 새로운 시상식에 대해 알려주었다. 소년들은 수업을 마치고 식사 시간은 아직 먼 시간이었기에 데이지의 스테이크 냄새를 맡고 배고픈 하운드 떼처럼 몰려 들어왔다.

자신의 보물을 보여주고 소년들에게 저장고에 든 것들을 말해줄 때 어린 숙녀가 얼마나 자부심이 넘치던지! 몇몇은 데이지가 한 요리는 먹을 수 없다며 콧방귀를 꼈지만 스터피는 곧장 마음이 사로잡혔다. 네트와 데미는 데이지의 솜씨를 확실히 믿었고 다른 이들은 관망했다. 그러나 주방 정경에는 모두가 감탄했고 화로에 큰 흥미를 보였다. 데미는 자신이 지금 만드는 증기 엔진에 사용하겠다며 그 자리에서 자신에게 팔라고 제안했다. 네드는 가장 좋고 큰 소스 팬이 총알, 손도끼 등을 만들 때 납을 녹일 용도로 딱이라고 했다.

데이지가 뜻밖의 제안들을 듣고 걱정하자, 즉시 조가 나서서 '누구도 주인의 허가 없이 무서운 화로를 만지거나 쓰거나 심지어 접근해서도 안 된다'고 선포했다. 이로써 소년들의 눈에 주방의 가치는 더욱 커졌다. 더군다나 규칙을 어기면 별미를 먹을 권리를 박탈당한다는 처벌까지 생겼다.

이때 식사 시간을 알리는 종이 울렸다. 모두가 아래층으로 내려가 식사를 하면서도 소년들은 각자 어떤 음식을 좋아하는지 데이지에게 알려주며 최대한 빨리 인정받으려고 애썼다. 데이지는 자신의 화로에 대한 믿음이 어마어마해서 조가 요리법만 알려주면 혼자 해낼 수 있다고 큰소리쳤다. 조는 깜짝 놀랐다. 웨딩 케이크니 황소 눈알 모양의 사탕이니, 전부 그녀의 실력을 넘어서는 요리들이었다. 베어 교수까지 '청어와 체리를 넣은 양배추 수프'를 주문해서 아내를 절망으로 밀어넣었다. 독일 요리는 그녀가 해낼 수 없는 영역이었다.

데이지는 식사를 마친 즉시 시작하려고 했지만, 조는 우선 주방을 정리하고 찻주전자에 물을 채우고 더러워진 앞치마를 빨게 했다. 그런 다음에는 5시까지 나가 놀게 했다. 베어 교수는 요리도 지나치게 빠져들면 어린 몸과 마음에 좋지 않다고 보았고, 조도 오랜 경험을 통해 새 장난감을 신중하게 사용하지 않으면 금세 그 매력을 잃는다는 것을 알고 있었다.

그날 오후 모두가 데이지에게 아주 친절하게 굴었다. 토미는 비록 아직은 개비름뿐이었지만 자기 텃밭에서 난 첫 과일을 주겠다고 약속했다. 네트는 무료로 장작을 가져다주마고 제안했다. 스터피는 데이지를 거의 숭배했다. 네드는 곧장 데이지의 주방용 작은 냉장고를 만드는 작업에 착수했다. 데미는 어린 나이에 드물게 시간을 철저히 지켜서 정각 5시 종이 울리자마자 곧장 동생의 놀이방으로 갔다. 파티가 시작될 시간은 아니었지만 그는 들여보내달라고 사정했고, 소수의 방문객만 누리는 특권(불 지피기, 잔심부름 하기)을 누리며 식사 준비 과정을 흥미롭게 지켜보았다. 조가 새로 빤 깨끗한 커튼을 저택 사방에 다니느라 분주하게 들락거리다가 이렇게 말했다.

"아시아에게 사워크림을 한 컵 달라고 해. 그러면 내가 좋아하지 않는 소다가 많이 없어도 네 케이크는 괜찮을 거야."

데미가 아래층으로 내려가서 크림을 가져왔다. 그런데 올라오는 길에 맛을 보니 너무 시큼해서 오만상이 찌푸려졌다. 그는 케이크가 먹지 못할 정도로 엉망이 될 거라고 예상했다. 조는 이 기회를 활용해 발판 사다리 위에서 소다의 화학적 특성을 짤막하게 강의했다. 데이지는 듣지 않았지만 데미는 경청하고 간단하지만 총평까지 내놨다.

"알겠어요. 소다가 신맛을 달게 해주고, 그 부글거리는 성질이 가볍게 만들어주는군요. 네가 어떻게 하는지 볼게, 데이지."

"그 그릇에 밀가루를 거의 가득 담고 소금을 조금 넣으렴."

"오, 맙소사, 모든 요리에 소금이 들어가는 것 같아요."

샐리는 닫아둔 소금통을 계속 여는 데 지쳐버렸다.

"소금은 좋은 기분과도 같아서 조금만 들어가도 모든 것이 한결 나아진단다, 데이지."

망치로 샐리의 작은 팬을 벽에 고정해줄 못을 두세 개 박아주려고 들렀던 프리츠 이모부의 말이었다.

"이모부는 티타임에 초대하지 않았지만 제 케이크를 드릴게요. 그리고 앞으로는 짜증내지 않을게요."

데이지가 밀가루가 묻은 작은 얼굴로 입을 맞추며 감사했다.

"프리츠, 내 요리 교실을 방해하지 말아요. 안 그러면 당신의 라틴어 수업에 들어가서 훈계를 늘어놓을 테니까. 어때요?"

조가 커다란 친츠* 커튼을 남편의 머리로 던지며 말했다.

---

* 가구, 커튼 등에 쓰는 꽃무늬가 날염된 광택 나는 면직물.

"잘 알겠어요. 그렇게 해보든지."

정감 있는 파더 베어가 노래를 부르며 거대한 딱따구리처럼 집 안을 쿵쿵 울리며 망치질을 하고 사라졌다.

"소다를 크림에 넣고 데미의 표현처럼 '부글거리면' 밀가루를 저어 최대한 세게 반죽해. 핫케이크 팬을 뜨겁게 달궈놓고 버터를 잘 발라놓은 다음 내가 돌아올 때까지 구우렴."

이렇게 말하고 조 이모도 사라졌다.

작은 숟가락이 달그락거리는 소리와 반죽을 치대는 소리가 나고 어느새 음식은 꽤 형태를 갖췄다. 데이지가 반죽 일부를 팬에 붓자 마법처럼 팬케이크가 부풀어 올라 데미의 입가에 침이 고였다. 첫 번째 것은 버터를 바르는 걸 잊어서 딱딱하게 타버렸다. 그런데 첫 실패 후 모든 일이 잘 풀려서 여섯 장의 작고 근사한 팬케이크가 접시 위에 안전하게 놓였다.

"난 설탕보다 메이플시럽이 좋아."

데미가 식탁을 새롭고 특이한 방식으로 배치한 다음 안락의자에 앉으며 말했다.

"그럼 아시아한테 가서 얻어와."

데이지가 대답하고 손을 씻으러 욕실로 갔다.

놀이방이 비자 끔찍한 일이 벌어졌다. 아, 고기를 안전하게 배달하고도 아무것도 얻지 못해서 깊이 상심했던 키트! 못된 개는 아니지만 우리처럼 작은 결함이 있고 유혹에 약했다. 그 순간 우연히 놀이방으로 들어와 케이크 냄새를 맡고는, 낮은 식탁 위에 쌓인 팬케이크 여섯 장을 허겁지겁 전부 삼켰다. 그런데 팬케이크가 아주 뜨거워서 입천장을 심하게 데어 놀라서 크게 헥헥거렸다. 그 소리를 들은 데이지가 급히 달려왔지만 텅 빈 접시와 침대 아래로 사라지는 꼬리 끝만 보았다. 아이는 즉시 꼬리를 잡고 도둑을 끌어내 귀가 심하게 펄럭거릴 때까지 흔들었다. 그러고는 개를 안고 헛간으로 데려갔다. 개는 석탄 통 안에서 외로운 밤을 보내야 했다.

데이지는 오빠의 위로에 힘을 얻어서 다시 한가득 반죽을 하고 팬케이크를 구웠다. 열두 장이나 구웠는데 전보다 더 근사한 맛이 났다. 프리츠 이모부가 두 개를 먹더니 이렇게 맛있는 팬케이크는 처음 먹어본다고 감탄했다. 그 소리에 아래층에 있던 모든 소년이 위층에서 두툼한 팬케이크를 즐기는 데미를 부러워했다.

정말 즐거운 식사였다. 작은 찻주전자 뚜껑은 세 번만 떨어뜨렸고 우유통은 딱 한 번 엎었다. 메이플 시럽으로 뒤덮인 팬케이크에서 비프 스테이크 맛이 난 건 석쇠 덕분이었다. 데미는 평소에 골몰하던 철학적 개념 따위는 잊고 평범한 소년처럼 배를 채웠다. 데이지의 호화로운 연회를 인형들이 미소를 지으며 바라보았다.

"그래, 얘들아. 재미난 시간을 보냈니?"

조가 테디를 업고 들어왔다.

"아주 좋았어요. 곧 다시 올 거예요."

데미가 강조하며 대답했다. 조가 식탁을 보며 걱정스럽게 말했다.

"너무 많이 먹은 것 같은데."

"아녜요. 열다섯 장만 먹었고 전부 아주 작은 팬케이크였는걸요."

접시를 채워주느라 여동생이 내내 분주했는데도 데미는 그렇게 생각했다.

"그 정도로 배탈이 나지는 않아요. 팬케이크는 아주 괜찮은 걸요."

데이지는 엄마 같은 애정과 가정주부의 자신감이 묘하게 뒤섞인 표정이었다. 조는 미소를 지으며 이렇게 대답할 수밖에 없었다.

"그래, 새로운 놀이는 성공한 것 같지?"

"전 마음에 들어요."

데미가 자신의 승인이 꼭 필요하다는 듯 말했다.

"지금까지 한 놀이 중에서 제일 좋아요! 모두가 저처럼 좋은 화로를 가지면 좋겠어요."

작은 설거지통에서 컵을 씻던 데이지가 소리쳤다. 데미는 입가에 묻은 시럽을 혀로 핥으며 진지하게 말했다.

"이 놀이에 이름이 있어야 해요."

"있지."

"그래요? 뭔데요?"

두 아이가 동시에 이모를 쳐다보았다.

"내 생각엔 '파이굽기 놀이'가 좋겠구나."

그렇게 말하고 조는 만족스럽게 마지막 햇살을 맞으러 나갔다.

6

야생마 댄

"저, 선생님. 이야기를 좀 할 수 있을까요? 아주 중요한 일이에요."

네트가 조의 방문으로 고개를 들이밀고 말했다. 지난 30분간 찾아온 네 명에 이어 벌써 다섯 번째 학생이다. 그러나 조는 고개를 들어 씩씩하게 말했다.

"무슨 일이니?"

네트가 들어와서 조심스럽게 문을 닫고 불안과 희망이 섞인 목소리로 말했다.

"댄이 왔어요."

"댄이 누군데?"

"길거리에서 바이올린을 연주할 때 알던 친구예요. 신문을 팔았고

저한테 잘해줬어요. 일전에 시내에서 만났는데, 플럼필드가 얼마나 좋은지 말했더니 왔어요."

"하지만 네트, 꽤 갑작스런 방문이구나."

"아뇨, 방문이 아니라, 댄은 여기서 살고 싶어 해요!"

"글쎄다."

조는 아이의 태연한 제안에 놀랐다. 그것을 느꼈는지 네트의 표정에도 놀람과 불안감이 떠올랐다.

"선생님은 가난한 아이들이 오면 저에게 해주신 것처럼 친절하게 맞아서 살게 해주시는 줄 알았어요."

"그래, 맞아. 하지만 우선 아이들에 대해 알아본 다음에 선정한단다. 다 받아주고 싶지만, 안타깝게도 가난한 아이들은 아주 많고, 모두를 받아줄 공간이 부족하니까 말이다."

"선생님이 좋아하실 줄 알고 댄에게 오라고 했는데요. 자리가 없다면 그 애는 다시 가야 하는군요."

네트가 슬픔에 잠겼다. 조는 자신의 호의를 순수하게 받아들인 소년에게 감동해서, 그의 희망과 착한 계획을 망치고 싶지가 않았다.

"댄은 어떤 아이니?"

"잘은 몰라요. 가족이 없고 가난하다는 것밖에는. 제게 잘해줬거든요. 그래서 저도 댄에게 잘해주고 싶었어요."

"모두에게 다 중요한 이유가 있지. 그렇지만 네트, 이곳은 이미 학생들로 꽉 찼잖니. 그 아이를 어디에 머물게 해야 할지 모르겠구나."

조는 네트의 생각처럼 플럼필드가 가난한 아이들의 안식처임을 입증하고 싶은 마음이 점점 커졌다.

"댄에게 제 침대를 주고 전 헛간에서 잘게요. 지금은 별로 춥지 않으니까 괜찮아요. 아버지랑 다닐 때 아무 곳에서나 잘 잤는걸요."

그 간절한 목소리와 얼굴에 담긴 무언가로 인해 조는 네트의 어깨에 손을 올리고 다정하게 말했다.

"친구를 데려오렴, 네트. 네 자리를 내주지 말고 다른 공간이 있는지 찾아보자."

네트가 기쁘게 뛰어나가더니, 이내 반항기 가득한 표정의 남자아이와 함께 들어왔다. 구부정하게 서서 주변을 두리번거리고 반은 대담하고 반은 샐쭉한 표정······.

'이런, 좋지 않은 부류야.'

"얘가 댄이에요."

네트가 제대로 환영하려는 듯 소개했다.

"네트 말이, 네가 플럼필드에서 지내고 싶어한다더구나."

조가 한껏 친절한 목소리로 말했다.

"뭐." 불퉁한 대답이 돌아왔다.

"널 돌봐줄 사람이 전혀 없니?"

"없어요."

"'없어요, 선생님'이라고 말해." 네트가 속삭였다.

"됐어." 댄이 웅얼거렸다.

"몇 살이니?"

"거의 열네 살이에요."

"더 나이가 들어 보이는구나. 어떤 일을 할 수 있니?"

"거의 다."

"여기 머문다면 노는 것 외에 다른 아이들처럼 일도 하고 공부도 해야 한단다. 그렇게 할 수 있겠니?"

"그런 거 시키지 마세요."

"음, 우선 며칠 지내면서 우리가 같이 잘해나갈 수 있을지 보자꾸나. 네트, 친구를 데리고 나가서 베어 교수님이 돌아오실 때까지 같이 놀아주렴. 그다음에 우리가 이 일을 상의해볼게."

조는 전혀 아이답지 않은 크고 검은 눈동자에 거칠고 의심 많은 표정으로 자신을 똑바로 쳐다보는 냉랭한 소년과 어울리려면 꽤나 힘들겠다고 생각했다.

"나가자, 네트." 댄은 뻐딱한 자세로 자리를 떴다.

"고맙습니다, 선생님."

네트가 감사 인사를 하고 얼른 뒤따라 나갔다. 소년은 자신은 환영을 받았는데 감사할 줄 모르는 친구는 왜 환영받지 못하는지 이해하지 못했다.

잔디가 있는 너른 계단으로 내려왔을 때 네트가 물었다.

"다들 헛간에서 서커스 놀이를 하고 있어. 구경갈래?"

"큰 애들이야?"

"아니. 나이가 많은 쪽들은 낚시를 갔어."

"그럼 가보자."

네트는 댄을 헛간으로 데려가서 널찍한 다락에서 놀고 있던 친구들에게 소개했다. 바닥에 그려진 큰 원의 가운데에 데미가 긴 채찍을 들고 서 있고 토미는 인내심이 강한 당나귀 토비를 타고 원 주위를 돌며 원숭이 흉내를 냈다.

"핀 하나를 입장료로 내야 해, 안 그러면 쇼를 볼 수 없어."

외바퀴손수레 옆에 서 있던 스터피가 말했다. 그 옆의 네드가 빗
으로 나팔 부는 시늉을 했고 로브는 장난감 드럼을 요란하게 두드
렸다.

"내 친구니까 내가 두 개를 낼게."

네트가 구부러진 핀 두 개를 저금통격인 말린 버섯에 꽂고 친구
에게 고개를 끄덕였다. 둘이 널빤지 위에 자리를 잡자 쇼가 계속되
었다. 원숭이 쇼가 끝나자 네드가 낡은 의자를 뛰어넘고 뱃사람처럼
사다리를 오르락내리락하는 묘기를 선보였다. 그다음 데미가 중력
을 이용해 지그 춤을 선보였다. 네트는 스터피의 레슬링 상대로 지
목되었는데 재빨리 그를 땅으로 쓰러뜨렸다. 그런 다음 토미가 자랑
스럽게 공중제비를 넘었다. 모든 관절에 멍이 들 때까지 홀로 연습
해서 성취해낸 고통스러운 인내심의 결과여서 엄청난 박수를 받았
다. 토미가 뿌듯함과 머리 쪽으로 몰린 피 때문에 빨개진 얼굴로 그
만 퇴장하려는데 관중석에서 비웃는 목소리가 흘러나왔다.

"흥! 아무것도 아니네!"

"다시 말해볼래?"

토미가 화난 수컷 칠면조처럼 발끈했다. 댄이 곧바로 앉아 있던
곳에서 내려와 날렵하게 주먹을 휘두르며 위협했다.

"덤빌 테냐?"

"아니." 토미는 한 걸음 물러섰다. 갑작스러운 도전에 당황했다.

"싸움은 규칙위반이야!" 아이들이 한층 흥분한 목소리로 외쳤다.

"약해빠진 것들." 댄이 조롱했다.

"왜 그래, 못되게 굴면 여기 못 있어." 네트가 자기 친구들을 모욕하자 발끈했다.

"나보다 더 잘하는지 보고 싶은걸." 토미가 으스댔다.

"비켜봐."

그러더니 댄이 준비 동작도 없이 세 바퀴 연속 공중제비를 돌고 두 발로 착지했다. 네트가 친구의 성공을 기뻐하며 말했다.

"토미, 넌 못 이겨. 넌 항상 머리를 박거나 몸으로 떨어지잖아."

토미가 뭐라고 대답하기도 전에 아이들이 뒤로 공중제비 세 바퀴를 돌고 물구나무를 서서 걷는 댄의 주위로 우르르 몰려들었다. 토미도 감탄하는 무리에 동참해 훌륭한 체조선수를 맞이했다. 댄이 거만하게 그들을 쳐다보았다.

"많이 안 다치고 그런 동작을 배울 수 있을까?"

토미는 아직도 욱신거리는 팔꿈치를 비비며 온순하게 물었다.

"가르쳐주면 뭘 해줄 건데?"

"내 새 잭나이프를 줄게. 날이 다섯 개인데 딱 하나만 부러졌어."

"이리 줘봐."

토미가 부드러운 손잡이를 애정 담긴 눈길로 쳐다보다가 건넸다. 댄은 자세히 살피더니 주머니에 넣고 윙크를 찡긋한 뒤 걸어나갔다.

"될 때까지 계속해. 그게 다야."

분노한 토미의 고함과 함께 엄청난 난리가 벌어졌다. 댄은 자신이 수적으로 밀린다는 점을 알아차리고 칼 던지기 게임을 해서 이기는 사람이 보물을 갖자고 제안했다. 토미가 동의했고 신난 얼굴들이 뺑 둘러앉은 가운데 대결이 시작되었다. 토미가 이겨서 칼이 안전하게 그의 주머니로 들어가자 모두가 만족한 표정을 지었다.

네트는 친구와 단둘이 좀 진지한 이야기를 해야겠다고 느꼈다.

"나랑 나가자. 내가 주변을 구경시켜줄게."

무슨 이야기가 오갔는지 아무도 모르지만 다시 나타났을 때 댄의 태도는 한결 수그러져 있었다. 그러나 여전히 퉁명스럽고 거칠었다. 짧은 일생 동안 세상에 내동댕이쳐지고 더 나은 사람이 되도록 보살핌을 받은 적이 없는 소년에게 달리 무엇을 기대할 수 있을까?

소년들은 그가 마음에 안 든다고 결정을 내렸고 그래서 네트와 놀게 내버려두었다. 네트는 친구에게 강한 책임감을 느꼈고, 마음이 여려 댄을 혼자 두지 못했다.

그런데 토미는 잭나이프 사건에도 불구하고 댄에게 모종의 공감대를 느껴 공중제비에 대해 이야기를 나누고 싶었다. 곧 기회가 와서 댄에게 자신이 얼마나 감탄했는지 알려주었다. 댄은 한층 쾌활해졌고 일주일도 지나지 않아서 토미와 꽤 친해졌다.

베어 교수는 이런 일들을 전해듣고 댄을 만나본 날, 고개를 저으며 조용히 중얼거렸다.

"이 실험은 꽤 험난하겠는걸. 그래도 한번 해봐야지."

댄이 어른들의 보호를 고마워하는지는 알 수 없었다. 겉으로 드러내지 않았고 감사 인사 한마디 없이 플럼필드의 모든 것을 누렸다. 그는 무지했지만 마음 먹으면 금방 배웠다. 주변 상황을 날카롭게 살폈고, 말과 태도가 거칠었으며, 불같이 화를 내다가 뚱하게 입을 다물었다가 했다. 놀 때는 최선을 다했는데 거의 모든 게임에서 두각을 드러냈다. 어른들 앞에서는 말이 없고 퉁명스럽게 굴었지만 아이들하고만 있으면 이따금씩 활발해졌다. 그를 좋아하는 아이는 별로 없었지만 몇몇은 무엇에도 굴하지 않는 그의 용기와 강인한 체력에 감탄했다. 그가 키가 큰 프란츠를 한 방에 때려눕힌 후로는 다들 싸움에서 그와 상당한 거리를 두었다.

베어 교수는 조용히 댄을 살피고 그들이 지은 별명처럼 '야생마'를 길들여보려고 최선을 다했지만 개인적으로는 고개를 저으며 진지하게 말했다. "이 실험이 잘 끝나길 바라지만 너무 많은 대가를 치러야 할 것 같아 좀 두려워."

조는 하루에도 열댓 번씩 인내심이 시험대에 올랐지만 결코 댄을 포기하지 않았다. 항상 '댄에게도 어딘가 좋은 구석이 있을 거야' 하고 되뇌었다. 댄은 사람보다 동물에게 친절했고 숲을 좋아했고 무엇보다 어린 테디가 그를 엄청 따랐다. 희한하게도 아기 테디는 댄을 볼 때마다 곧바로 옹알이를 쏟아내며 튼튼한 등에 올라타고 작은 머릿속으로 생각한 애칭인 '우리 대니'라고 불렀다. 테디는 댄이 애정을 보이는 유일한 존재였는데, 아주 은밀하게 했다고 생각했지만 어머니의 눈은 빨랐다. 어머니의 심장은 본능적으로 자기 아기를 사랑하는 사람을 찾아낸다. 조는 거친 댄에게서 부드러운 마음을 보았고 그 부분을 이끌어내려고 했다.

그러나 예상치 못한 심각한 사건이 터져서 이 모든 계획이 틀어졌다. 댄이 플럼필드에서 쫓겨난 것이다!

다른 아이들이 댄을 무시해서 토미, 네트, 데미가 그와 어울렸다. 그런데 이내 '나쁜 아이'에게 끌렸고 각자 다른 이유로 그를 우러러보았다. 토미는 그의 기술과 용기에 반했다. 네트는 과거에 자신에게 친절하게 대해준 일에 고마움을 느꼈고, 데미는 그를 일종의 움직이는 동화책처럼 생각했는데 댄이 흥미로운 방식으로 자신의 모험담을 들려주었기 때문이다. 댄은 가장 인기 많은 세 아이가 자신을 좋아해서 기뻤고, 더 쾌활하게 행동해서 마음을 사로잡는 데 성공했다.

베어 부부는 놀랐지만 아이들이 댄에게 좋은 영향을 주길 바랐다. 내심 초조했지만 아무 일 없을 거라고 믿었다. 그러나 댄은 베어 부부가 자신을 믿지 않는다고 느껴서 계속 불퉁거렸고, 일부러 그들의 인내심을 시험하고 희망을 박살내며 즐거워했다.

베어 교수는 어떠한 경우에도 폭력을 허락하지 않았다. 복싱 같은 게임에서라도 두 사람이 서로를 때려눕히는 일은 남자다운 용기와 아무 상관이 없다고 생각했다. 조금 과격한 게임이나 운동과는 달랐다. 징징거리지만 않는다면 세게 바닥에 내동댕이쳐지고 굴러도 괜찮았다. 하지만 단지 재밌으려고 눈을 멍들게 하고 코피를 쏟게 하는 건 어리석고 잔인한 방식으로 규정해서 금지했다.

그런데 댄이 이 규칙을 비웃고 자신의 수많은 싸움 무용담을 신나게 떠들어댔다. 그러자 몇몇 소년들에게 정식으로 제대로 '때려'보고 싶다는 욕망이 생겼다.

"아무한테도 말 안 하면, 내가 싸우는 법을 알려주지."

댄의 말에 여섯 소년이 헛간 뒤쪽에 모였다. 댄은 복싱을 가르쳤고 아이들은 열광했다. 그런데 에밀은 자기보다 어린 소년에게 맞는 것을 용납할 수 없었다. 갓 열네 살이 지난 에밀이 싸움을 청했고, 댄도 곧바로 승낙했다. 다른 아이들은 숨을 죽이고 지켜보았다.

어느 어린 새가 본부에 소식을 알렸는지, 댄과 에밀이 한 쌍의 불도그처럼 싸움의 절정에 오르고 구경꾼들이 맹렬하고 신난 표정으로 환호를 보내고 있을 때 베어 교수가 나타났다. 그가 링으로 걸어들어와 강인한 손으로 둘을 떼놓더니 무서운 목소리로 말했다.

"나는 싸움을 허락할 수 없다, 애들아! 당장 멈춰. 다시는 내 눈앞에 이런 모습을 보이지 마라. 플럼필드는 소년을 위한 학교이지 짐승을 키우는 게 아니야. 서로 쳐다보고 스스로 부끄러운 줄 알아라."

"놔요. 쟤를 다시 쓰러뜨릴 거예요."

댄이 목덜미를 붙잡힌 상황에서도 스파링을 하려고 바둥거렸다.

"덤벼, 덤벼보라고. 난 아직 때리지도 않았어!"

다섯 번이나 쓰러지고도 패배를 시인하지 않는 에밀이 외쳤다.

"로마인처럼 검투사 놀이를 한 거예요. 프리츠 이모부."

새 취미에 신이 나 전에 없이 눈이 커진 데미가 소리쳤다.

"그들은 야수 같은 싸움꾼이었지. 하지만 인간은 그때 이후로 많이 배웠단다. 난 너희가 내 헛간을 콜로세움으로 만들게 놔두지 않을 거야. 누가 이런 걸 하자고 말을 꺼냈지?"

"댄이요." 여러 목소리가 대답했다.

"댄, 너는 싸움이 금지인 걸 몰랐니?"

"알았어요." 댄이 뻐딱하게 대답했다.

"그런데 왜 규칙을 깼지?"

"싸울 줄 모르면 다들 계집애가 될 테니까요."

"에밀이 계집애 같든? 전혀 그래 보이지 않는데."

베어 교수가 둘을 마주 보게 했다. 댄은 눈에 멍이 들고 재킷이 찢어져 누더기가 되었다. 에밀은 입술이 터져서 얼굴이 피범벅이었고, 코는 멍이 들고, 불룩하게 부어오른 이마는 벌써 자두처럼 보라색으로 변했다. 그 상처에도 불구하고 에밀은 여전히 적을 노려보았고, 거친 숨을 헐떡이며 다시 싸우려고 했다.

"저 애가 싸움을 배웠다면 최고가 되었을 거예요."

댄은 자신을 최선을 다하게 만든 소년을 칭찬했다.

"에밀은 머지않아 펜싱과 복싱을 배울 거고, 그때까지는 공격하는 법을 몰라도 괜찮다. 가서 얼굴을 씻거라. 그리고 댄, 또다시 규칙을 어기면 여길 떠나야 한다는 걸 명심해라. 그렇게 합의한 거야. 네 역할을 다하면 우리도 우리 역할을 다 하마."

두 소년이 얼굴을 씻으러 갔다. 베어 교수는 구경하던 아이들에게 몇 마디 더 한 다음 어린 검투사들의 상처를 봐주러 갔다. 에밀은 아픈 채 자러 갔고 댄은 일주일간 불편한 눈으로 지냈다.

그러나 이 무법자 소년은 굴복할 생각이 없었고 이내 또 규칙을 깼다. 토요일 오후 한 무리의 소년들이 놀러 나갔을 때였다.

"강에 가서 낚싯대가 부러질 만큼 고기를 잡자." 토미가 말했다.

"토비를 데려가서 잡은 것을 실어 오자. 우리 중 한 명이 타고 가면 되잖아." 걷기 싫어하는 스터피가 말했다.

"네가 그러고 싶겠지. 좋아, 서둘러 굼벵이들아." 댄이 말했다.

낚시를 마치고 돌아오는 길에 손에 긴 막대기를 들고 토비를 타고 있던 토미에게 데미가 말했다.

"너 꼭 투우사 같아. 붉은 천과 근사한 옷은 안 입었지만."

"투우 좋지. 저기 초원에 늙은 버터컵이 있네. 토미, 네가 버터컵에 올라타서 달리게 해봐." 댄이 끼어들었다.

"안 돼, 그러지 마." 데미가 댄의 위험한 제안을 반대했다.

"뭐 어때서 그래, 이 호들갑쟁이야."

"프리츠 이모부가 싫어하실 거야."

"투우를 금지한다고 말한 적이 있어?"

"아니. 그런 적은 없었어."

"그럼 입 다물고 있어. 계속 가, 토미. 소 앞에서 펄럭일 붉은 천이 여기 있어. 내가 소를 흥분시켜서 몰아주지."

새로운 장난에 들뜬 댄이 훌쩍 담을 넘었다. 나머지 소년들이 양 떼처럼 뒤를 따랐다. 데미조차 울타리에 걸터앉아 흥미진진하게 쳐다보았다. 가엾게도 버터컵은 최근에 새끼를 빼앗겨서 그리움에 구슬프게 울고 있었다. 소는 모든 인간이 자신의 적 같아서(난 소를 탓할 생각이 없다!) 투우사가 과장된 몸짓으로 긴 창 끝에 붉은 손수건을 흔들며 다가오자 곧바로 고개를 들고 크게 울었다.

"음메!"

토미가 씩씩하게 암소에게 다가갔다. 오랜 친구를 알아본 토비는 다가가고 싶지 않았다. 그러나 긴 창이 소의 등을 '탁' 내리치자 소와 당나귀 모두 놀라고 화가 났다. 토비는 불평하는 울음소리와 함께 돌아섰고, 버터컵은 화를 내며 뿔을 세웠다.

"다시 때려봐, 토미. 소가 꽤 화가 났으니 제대로 덤빌 거야!"

댄이 다른 막대기를 들고 뒤에서 다가오며 말했다. 그러는 동안 잭과 네드도 합류했다.

공격받은 버터컵은 점점 화를 내며 초원을 이리저리 뛰어다녔는데, 사방에서 못된 아이들이 버티고 서서 소리를 치고 채찍을 휘둘렀기 때문이다. 그들한테는 큰 재미였지만 소에게는 진짜 끔찍한 일이어서 마침내 버터컵은 인내심을 잃고 가장 의외의 방식으로 대응했다. 몸을 잽싸게 돌려 오랜 친구인 토비를 힘껏 들이받은 것이다. 가엽고 느린 토비는 뒷걸음질치다가 돌에 걸려 넘어지며 투우사와 함께 한 덩어리로 뒤엉켜 바닥을 굴렀다. 정신이 나간 버터컵은 놀랍게도 담을 훌쩍 뛰어넘어서 미친 듯이 달려 길 아래로 사라졌다.

"얼른 잡아! 멈춰 세우고 막아야 해. 뛰어, 얘들아 뛰라고!"

댄이 소리치며 전속력으로 뒤를 쫓았다. 버터컵은 베어 교수가 키우는 올더니 종 젖소였기에, 소에게 무슨 일이 벌어진다면 자신도 끝장날까봐 두려웠다. 달리고 고함치고 헐떡거리며 뒤쫓았다. 낚싯대는 진즉 내팽개쳤다. 토비는 다리를 다쳐 절뚝였다. 모든 소년이 얼굴이 빨개지고 숨이 턱까지 차오르고 겁에 질렸다. 마침내 그들은 긴 달리기에 지쳐 꽃밭에서 쉬고 있는 버터컵을 보았다. 댄이 밧줄을 고삐로 써서 소를 집으로 끌고갔고, 소년들이 진지하게 뒤를 따랐다. 소는 슬펐다. 뛰다가 어깨를 삐어서 절뚝거렸고 눈은 충혈되고 윤기가 돌던 털은 젖어 진흙이 가득 묻었다.

"이번엔 혼날 거야, 댄."

학대를 당한 소 옆에서 당나귀를 몰던 토미가 말했다.

"너도잖아. 옆에서 도왔으면서."

"데미만 빼고 우린 다 했어." 잭이 덧붙였다.

"데미가 투우 얘기를 꺼냈어." 네드가 말했다.

"내가 하라고 말한 게 아니잖아." 데미는 버터컵이 너무 불쌍했다.

"베어 영감이 날 쫓아내겠지. 뭐, 신경 안 써." 말은 그렇게 내뱉었지만 댄은 걱정스러운 표정이었다.

"우리가 그렇게 하지 마시라고 부탁드릴게."

모두가 데미의 말에 동의했지만, 스터피는 아니었다. 그는 모든 처벌이 죄를 지은 한 사람에게만 떨어지길 바랐다.

"내 걱정은 하지 마."

댄은 말은 이렇게 했지만 아이들이 고마웠다. 그러나 다시 유혹이 찾아오는 즉시 나쁜 짓을 하자고 아이들을 구슬릴 성격이었다.

베어 교수는 버터컵을 보고 이야기를 듣고는 말을 아꼈다. 처음으로 인내가 바닥나는 것을 느껴서 심한 말이 튀어나올까봐 두려워서였다. 버터컵은 외양간에서 편하게 휴식을 취했고, 소년들은 저녁 식사 때까지 자기 방에서 숨을 돌리며 어떤 처벌이 내려질까 걱정했다. 특히 댄의 거취를 궁금해했다. 댄의 방에서 씩씩한 휘파람 소리가 들려서 다들 대단히 강심장이라고 생각했다. 하지만 댄은 자신의 운명을 기다리는 동안 이곳에 머물고 싶다는 갈망이 점점 더 강해졌고, 이곳에서 받은 친절과 편안함과 다른 곳에서 느낀 혹독함과 무시가 더 크게 떠올랐다. 그는 베어 부부가 자신을 도우려고 하는 점을 알았고 마음 깊은 곳에서는 고마워했지만, 거칠게 살아온 삶이 그를 모질고 경솔하고 의심 많은 고집쟁이로 만들었다. 그는 어떤 식으로든 제약이 싫어서 야생의 생명체처럼 반항했다. 그 속박이 좋은 의도에서 나왔고 심지어 자신에게 더 나은 조치라고 느낄 때조차 그랬다. 댄은 다시 떠돌이 생활로 돌아가 예전처럼 도시를 배회하며 살자고 결심했다. 검은 눈썹을 찌푸리고 작고 안락한 방을 둘러보는 그 슬픈 눈길을 보았더라면 베어 교수의 강철 같은 마음이 훨씬 누그러졌을 텐데, 교수가 들어오자 싹 사라져버렸다.

"이야기를 다 들었다, 댄. 네가 규칙을 또 어겼지만 마더 베어의 부탁으로 한 번 더 기회를 주려고 해."

댄은 예상치 못한 말에 이마까지 벌겋게 상기되었지만 그저 퉁명스럽게 한마디했을 뿐이다.

"투우 금지 규칙은 없잖아요."

"플럼필드에서 이런 일이 있을 거라고는 생각지도 못했거든."

베어 교수는 소년의 변명에 미소를 짓더니 진지하게 말을 이었다.

"플럼필드의 규칙 중에서 첫째이자 가장 중요한 것은, 모든 생명을 친절하게 대하는 거란다. 난 이곳에 있는 모든 사람과 동물이 다 행복하길 바란다. 진심으로 사랑을 주고 믿음으로 대하면 그 사랑이 그대로 우리에게 돌아온단다. 난 네가 다른 소년들보다 동물에게 더 친절하다고 들었고, 조 선생님은 네 심성이 착하다고 아주 좋아하지. 그런데 그 부분에서 네가 우리를 실망시켰어. 네가 우리 가족이 되었다고 믿었기에 참 안타깝구나. 다시 한 번 노력해보지 않겠니?"

댄은 베어 교수가 들어올 때부터 깎고 있던 나무 조각을 손에 들고서 쭉 바닥만 쳐다보고 있다가, 친절한 물음에 곧바로 고개를 들어 전과는 달리 존경이 담긴 목소리로 말했다.

"네, 부탁드려요."

"잘 알겠다. 이제 이 이야기는 더 하지 않으마. 다만 내일 산책에서는 제외될 거야. 다른 아이들도 마찬가지고. 다들 불쌍한 버터컵이 회복할 때까지 기다려야 해."

"그렇게 할게요."

"이제 내려가서 저녁을 먹자. 최선을 다하거라, 얘야. 우리가 아닌 너 자신을 위해서."

베어 교수가 댄과 악수를 했다. 아이는 아시아가 강력 추천했던 체벌보다 교수의 친절로 더 유순해져서 식당으로 내려갔다.

하루 이틀은 댄도 노력했다. 하지만 익숙해지지 않았고 이내 지쳐서 제멋대로인 예전 모습으로 돌아갔다. 어느 날 베어 교수가 사업차 집을 비워 소년들은 수업이 없었다. 아이들은 신나게 실컷 놀다가 잠자리에 들어 겨울잠을 자는 쥐처럼 곤히 잤다. 그러나 댄의 머릿속에는 계획이 있었다. 그는 네트와 둘만 남았을 때 입을 열었다.

"여길 좀 봐!"

댄이 침대 아래에서 술병, 시거, 카드를 꺼냈다.

"오늘은 시내에서 놀던 때처럼 놀아보자. 맥주는 역에서 노인에게 얻었어. 이 시거도. 그러니까 돈은 너나 토미가 내. 걘 돈이 많지만 난 한 푼도 없거든. 토미에게 같이 할지 물어볼게. 아니, 어른들은 널 의심하지 않으니까 네가 가는 게 좋겠어."

"어른들이 좋아하지 않으실 텐데."

"아무도 모르지. 베어 교수님은 외출했고 조 선생님은 테디를 돌보느라 바빠. 크루우프*인지 뭔지에 걸려서 계속 곁에서 보살펴야

* 아이들이 기침을 많이 하고 호흡 곤란을 일으키는 병.

하거든. 큰 소리를 내지 않을 건데 뭐 어때?"

"램프를 켜두면 아시아 아주머니가 금방 알걸. 항상 예민하셔."

"아니, 내가 어두운 랜턴을 준비했지. 빛이 세지 않고 혹시 누가 오는 소리가 들리면 얼른 끄면 돼."

네트는 안심이 되면서 꽤 낭만적인 일이라고 생각했다. 그래서 토미에게 말하러 가다가 다시 돌아와서 물었다.

"데미도 데려올까?"

"아니. 그 애는 눈을 굴리면서 네게 설교할걸? 그리고 아마 잠들었을 테니 토미만 살짝 데려와."

네트는 시키는 대로 했다. 곧 옷을 반만 걸치고 헝클어진 머리에 아주 졸리지만 언제나처럼 놀 준비가 된 토미가 함께 왔다. 세 반역자는 술병, 시거, 카드가 놓인 탁자에 둘러앉았다.

"자, 이제 조용히 해. 내가 '포커'라는 최고의 카드 게임을 알려줄 테니까. 우선 모두 한 잔씩 마시고, 시거를 한 모금씩 피고 시작할 거야. 그게 남자들의 방식이야. 아주 멋지지."

맥주를 머그잔에 따라서 마셨는데, 네트와 토미는 쓰기만 했다. 담배는 가뜩이나 더 나빴지만 둘은 감히 말을 못하고 각자 어지럽거나 목이 막힐 때까지 빨아들이고는 옆 사람에게 건넸다. 댄은 옛 시절로 돌아간 것 같아서 신이 났다. 그는 이따금 따라하던 하류층 남자들처럼 술을 마시고 담배를 피우고 으스댔다. 그러다가 분위기에 완전히 취하자 나지막이 욕설도 내뱉기 시작했다.

"그러면 안 돼. '젠장!'은 해서는 안 되는 말이야."

지금껏 잘 따라오던 토미가 소리쳤다.

"에잇, 제기랄! 설교 집어치우고 카드나 해. 욕도 놀이의 일부야."

"나라면 '천둥 거북이'라고 말할 거야."

흥미로운 표현을 지어낸 토미가 아주 자랑스럽게 말했다.

"나는 '악마'라고 하겠어. 그게 마음에 들어."

댄의 남자다운 방식에 한층 감명을 받은 네트가 덧붙였다.

댄은 '택도 없는 소리'에 코웃음을 치고는 더 크게 욕을 했다.

그러나 토미는 너무 졸렸고 네트는 맥주와 담배 때문에 골치가 아파서 둘 다 게임을 헤맸다. 랜턴은 아주 어두워서 방 안은 거의 암흑과 같았다. 크게 웃거나 많이 움직일 수도 없었다. 옆방에서 자는 사일러스 때문에 더 조심해야 했다. 그때였다.

"누구야?"

댄이 소리치며 얼른 랜턴을 가렸다. 떨리는 목소리가 말했다.

"토미가 없어졌어."

본관으로 이어지는 문을 향해 맨발로 달려가는 소리가 들렸다.

"데미야! 데미가 어른을 부르러 갔어. 얼른 침대로 돌아가, 토미. 아무 말 말고."

댄이 반역의 흔적을 치우고 얼른 옷을 벗고 누웠다. 네트도 따라 했다.

토미도 급히 제 방 침대로 돌아갔는데, 손이 뜨거워서 보니 시거를 계속 잡고 있었다. 놀라서 얼떨결에 들고 온 거였다. 조심스럽게 끄려는데 보모의 목소리가 들렸다. 토미는 깜짝 놀라서 얼른 시거를 꾹 눌러서 담뱃불을 끄고 바닥으로 던졌다.

데미와 함께 온 보모는 벌건 얼굴의 토미가 평화롭게 베개 위에 누워 있는 것을 보고 놀랐다. 데미가 흥분해서 토미에게 달려들었다.

"방금까지 저기 없었어요. 제가 일어나서 한참을 찾았거든요."

"이번에는 무슨 장난을 치는 거니, 이 말썽꾸러기?"

보모가 살살 흔들자 자는 척하던 토미가 소심하게 눈을 떴다.

"볼일이 있어 네트의 방에 잠시 갔다 왔어요. 그만 날 놔줘요. 엄청 졸리다고요."

보모는 데미에게 이불을 덮어주고 댄의 방을 살피러 갔지만 두 소년도 조용히 자고 있었다. '이 악동들.' 그녀는 별 문제 아니라고 결론짓고 테디 때문에 힘든 베어 부인에게는 따로 알리지 않았다.

토미는 데미에게 자기 일이나 신경 쓰고 아무것도 묻지 말라고 한 뒤 10분도 안 돼서 코를 골며 잠이 들었다. 제 침대 아래에서 벌어지는 일은 상상하지 못하고! 채 꺼지지 않았던 시거의 불씨가 짚으로 된 카펫을 태우며 불꽃이 되더니, 무명 침대 커버를 붙잡고, 시트와 침대까지 옮겨 붙었다. 토미는 맥주 기운에 곯아떨어졌고 데미는 연기에 정신을 잃었다. 그들이 불길에 몸이 뜨거워져서 깼을 때는 이미 위험천만한 상황이었다.

늦게까지 공부를 하고 교실에서 나오던 프란츠가 연기 냄새를 맡았다. 위층으로 올라가자 집 왼편에서 연기구름이 피어오르는 게 보였다. 프란츠는 즉시 방으로 뛰어들어가 침대에서 소년들을 끌어내고 물을 가져와 불꽃에 쏟아부었다. 그러나 불을 끄기에는 역부족이었고 깨어난 아이들은 혼란에 빠져 비틀거리며 차가운 복도로 나와 목청을 높여 고함치기 시작했다. 조가 나타났고 사일러스가 온 집이 울릴 정도로 "불이야!" 하고 소리치며 뛰어나왔다. 흰 도깨비 떼가 겁에 질린 얼굴로 복도로 모여들었다. 모두가 공황상태에 빠졌다.

조는 정신을 차리고 보모에게 화상을 입은 아이들을 살피라고 지시했다. 프란츠와 사일러스는 아래층으로 내려가 물을 적신 천을 가져와 카펫과 침대를 덮고 벽을 태우려고 위협하는 커튼도 덮었다. 다들 망연자실하게 서서 구경만 하는데 댄과 에밀이 욕실에서 물을 퍼다 나르고 위험한 커튼을 떼어내는 일을 도왔다.

곧 위험이 사라졌다. 소년들은 모두 침대로 돌아가라는 지시가 떨어졌다. 사일러스만 남아서 불씨가 남았는지 살폈고 조와 프란츠는 아이들을 살피러 갔다. 데미는 한 군데 큰 화상을 입고 겁을 먹었고, 토미는 머리카락이 타고 팔에 큰 화상을 입어서 반쯤 정신이 나갔다. 프란츠가 데미를 제 침대로 데려가 엄마처럼 편안하게 콧노래를 불러주며 재웠다. 보모는 밤새 가여운 토미를 보살피며 고통을 줄여주려고 애썼고, 조는 기름과 솜, 진통제와 거담제를 들고 토미와 테디 사이를 오갔다. 그러면서 어이없다는 듯 혼잣말을 했다.

"난 항상 토미가 언제든 우리 집에 불을 낼 줄 알았다니까. 마침내 녀석이 일을 저질렀어!"

이튿날 아침 돌아온 베어 교수는 집의 참혹한 광경을 보았다. 토미는 침대에 누워 있고 테디는 숨을 거칠게 쌕쌕거렸으며 아내는 기진맥진해 있었고 아이들은 흥분 상태로 크게 떠들며 그의 손을 잡고 망가진 곳으로 끌고 다녔다. 그의 조용한 지휘하에 이내 모든 것이 제자리를 찾았고 다들 그의 지시에 기꺼이 따랐다.

아침 수업은 없었고 오후에는 파손된 방이 제 모습을 찾아서 병약자들은 한결 나아졌다. 조용히 범죄자를 찾고 심판하는 시간이 찾

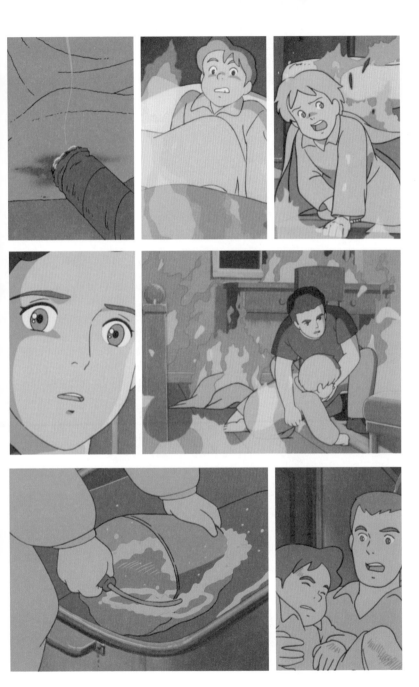

아왔다. 네트와 토미가 자신들의 잘못을 실토했고 아름다운 이 집과 그곳에 사는 모두에게 큰 위험을 가져온 것에 진심으로 사과했다. 그러나 댄은 큰 피해가 자기 탓이 아니라고 발뺌했다.

베어 교수는 음주, 도박, 욕설을 가장 싫어했다. 소년들이 흡연을 시도하리라는 생각조차 해본 적이 없었다. 그는 자신이 인내했던 소년이 자신이 없는 틈에 순진한 아이들을 꼬이고, 그런 게 남자다운 모습이라고 말한 것에 분노했다. 그는 세 소년과 오랫동안 솔직하게 이야기를 나눈 후 단호하고도 후회 섞인 목소리로 말을 맺었다.

"토미는 충분한 벌을 받은 것 같구나. 팔에 남은 흉터로 오랫동안 이 일을 기억하겠지. 네트도 정말로 반성하고 내 말을 따르려고 노력했어. 하지만 댄, 넌 여러 차례 용서를 받았지만 전혀 소용이 없구나. 난 네가 안 좋은 행동들로 내 아이들을 다치게 할 수 없다. 듣지 않는 귀에 계속 말하면서 시간을 낭비하고 싶지도 않고. 모두에게 작별 인사를 하고 네 물건을 내 작은 검정 가방에 챙기렴."

"세상에! 댄은 어디로 가나요?" 네트가 물었다.

"플럼필드에 적응하지 못한 아이들은 페이지 씨의 농장으로 보낸단다. 친절한 분이고 댄이 거기서 최선을 다하면 행복할 수 있어."

"돌아올 수도 있어요?" 데미가 물었다.

"그건 댄에게 달렸지. 나도 그러길 바란단다."

베어 교수가 페이지 씨에게 편지를 쓰려고 방을 나섰다. 소년들은 미지의 장소로 길고 위험한 여정을 떠나는 댄 주위로 모여들었다.

"거기 가도 괜찮아?" 잭이 먼저 입을 열었다.

"마음에 안 들면 거기 안 있을 거야." 댄이 대수롭지 않게 말했다.

"어디로 가려고?" 네트가 물었다.

"바다나 서쪽으로. 캘리포니아나 구경하지." 댄의 무심한 말투에 어린 소년들은 상당히 놀랐다.

"세상에, 안 돼! 한동안 페이지 씨 댁에서 지내다가 다시 이리 와. 그렇게 해, 댄." 네트가 간청했다.

"어디로 가든 얼마나 오래 있든 난 신경 안 써. 그리고 여기 다시 오느니 차라리 목을 매 죽고 말지." 댄이 분개하며 제 물건을 챙기러 올라갔다. 전부 베어 교수가 준 것들이었다.

그것이 그가 소년들에게 남긴 유일한 작별 인사였다. 다시 내려왔을 때 모두가 헛간에서 댄에 대해 떠들고 있었기에 댄은 네트에게 그들을 부르지 말라고 했다. 마차가 도착했다. 조가 아주 슬픈 표정으로 배웅을 나왔다. 댄은 가슴이 아파서 낮은 목소리로 말했다.

"테디에게 작별 인사를 해도 될까요?"

"그럼. 테디가 우리 대니를 아주 많이 그리워할 거야."

아기 침대로 몸을 구부려 입을 맞추는 댄의 눈빛이라니! 그가 환한 표정으로 아기를 내려다보는데 조가 간청하는 목소리가 들렸다.

"가여운 아이에게 한 번 더 기회를 줄 수 없을까요, 프리츠?"

그러나 베어 교수의 목소리는 냉정했다.

"여보, 그게 최선이 아니란 걸 잘 알잖소. 그 애가 아무에게도 해를 끼치지 않을 곳으로 보내야 해요. 그가 잘해내면 머지않아 돌아올 거예요. 내가 장담하리다."

"댄은 우리가 실패한 유일한 소년이에요. 결점은 있지만 그 애 내면에 괜찮은 성품이 있다고 믿기 때문에 너무 슬퍼요."

댄은 베어 부인의 한숨 소리를 듣고 한 번만 더 기회를 달라고 매달리고 싶었지만, 자존심 때문에 참았다. 그저 무표정하게 내려와서 악수를 하고 베어 교수와 함께 마차에 탔다. 네트와 조는 눈물이 가득 고인 채 멀어지는 그의 뒷모습을 지켜보았다.

며칠 뒤 페이지 씨가 댄이 아주 잘 지내고 있다는 편지를 보냈다. 그러나 3주 뒤 다시 편지를 보냈는데, 댄이 도망쳤고 행방을 알 수 없다고 쓰여 있었다. 가족들은 모두 상심했다. 베어 교수가 말했다.

"어쩌면 그 애한테 한 번 더 기회를 줬어야 했는지 모르겠어요."

그러나 조가 현명하게 고개를 끄덕였다.

"마음 쓰지 말아요, 프리츠. 댄은 우리에게 돌아와요. 난 알아요."

그러나 시간이 흘러도 댄은 돌아오지 않았다.

왈가닥 낸

"프리츠, 좋은 생각이 났어요."

어느 날 조가 수업을 마친 남편에게 말했다.

"그래, 여보, 뭔가요?"

그는 경청할 준비를 했다. 아내의 말은 가끔 터무니없어서 웃음을 주었는데, 대체로는 꽤 괜찮은 의견이었기 때문이다.

"데이지에게 또래 여자친구가 필요해요. 남자아이들한테도 좋고요. 우리 목표가 작은 신사와 숙녀를 함께 키워내는 것이잖아요. 지금이 행동에 옮길 적기 같아요. 남자애들이 데이지에게 장난도 심해지고 못살게 굴어서 애가 점점 나빠지고 있어요. 소년들은 신사적으로 행동하는 법을 배워서 태도를 고쳐야 하는데, 여자애가 들어오는 게 가장 좋은 방법이 될 거예요."

"당신 말이 맞아요. 그래, 어떤 아이를 데려올 거죠?"

그는 아내의 눈빛을 보고 이미 마음에 둔 아이가 있음을 알았다.

"애니 하딩이요."

"맙소사! 애들이 '왈가닥 낸'이라고 부르는 그 아이?"

말투와 다르게 베어 교수의 표정은 아주 즐거워 보였다.

"맞아요. 낸이 엄마가 돌아가신 후로 제멋대로 자라고 있잖아요. 워낙 명랑한 아이니까 하인들도 오냐오냐 귀여워만 하나 봐요. 내가 그 애를 지켜보다가, 일전에 시내에서 그 애 아버지를 만났을 때 왜 낸을 학교에 보내지 않느냐고 물어봤죠. 소년들을 잘 길러내는 플럼필드와 같은 '소녀들의 플럼필드'가 있다면 기꺼이 보낼 거라더군요. 그러니 그도 아이가 여기 입학하면 기뻐할 거예요. 오늘 오후에 가서 알아볼까 해요."

"그 어린 말괄량이가 당신을 힘들게 할 걱정은 안 들어요?"

남편이 팔짱을 낀 손을 토닥였다. 아내가 쾌활하게 말했다.

"아니, 전혀요. 전 좋아요. 알잖아요, 프리츠. 내가 남자아이처럼 짓궂은 개구쟁이였기 때문에 낸한테 아주 마음이 쓰여요. 그 애는 생기가 넘칠 뿐이에요. 그 에너지를 제대로 쓰는 법만 알면 데이지처럼 근사한 숙녀가 될 거예요. 지금이야 잔머리 대마왕이지만 우리가 제대로 방향만 잡아주면 영특해서 수업도 즐길 테죠. 난 낸을 어떻게 다뤄야 하는지 알아요. 내 어머니가 날 키우신 대로……."

"장모님 절반만큼만 해도 당신이라면 엄청난 성공을 거둘 거요."

베어 교수는 자기 아내가 세상에서 가장 매력적이고 유능한 여성이라고 믿고 있었다.

"흥, 당신이 내 계획을 무시한다면 일주일간 아주 맛없는 커피만 줄 거예요. 그러니 어쩔래요?"

조가 학생에게 하듯이 남편의 귀를 꼬집으며 물었다. 수업이 끝나고 달려온 로브가 등에 올라타고 테디가 품에 매달리는 통에 그의 대답이 잠시 늦어졌다.

"낸의 제멋대로인 행동을 보면 데이지가 머리카락이 쭈뼛 서도록 놀라지 않겠어요?"

"처음에는 그럴지도 모르지만 데이지한테도 좋을 거예요. 그 애가 점점 고집이 세져서 조금 흔들어놓을 필요가 있어요. 낸이 놀러 왔을 때 둘은 늘 잘 지냈잖아요. 자신들도 모르게 서로를 돕게 될 거예요. 맞네요, 아이를 지도한다는 건, 아이들이 서로에게 어떻게 하는지, 그래서 언제 그들을 어울리게 할지 아는 것이 절반이에요."

"그 애가 또 다른 반항아가 될까봐 걱정이에요."

"가여운 댄! 그 애를 보낸 나 자신을 결코 용서할 수가 없어요."

조가 한숨을 쉬었다. 친구의 이름을 잊지 않은 테디가 아버지의 품을 빠져나와 문으로 걸어가서 서운한 얼굴로 햇살이 내리쬐는 잔디를 내려다보았다. 그러더니 다시 돌아와서 간절히 기다리던 것이 보이지 않아 실망했을 때처럼 말했다.

"우리 대니 금방 온대."

"정말이지 이곳에 데리고 있을걸. 테디가 이렇게나 좋아하는데. 댄도 테디를 너무 좋아했어요. 아기의 사랑이 우리가 못한 일을 해주었을 수도 있어요."

"나도 가끔 그런 생각을 하지만, 아이들이 다치고 집을 태울 뻔한 뒤로 적어도 한동안은 선동의 불씨를 없애는 편이 안전하다고 생각했어요."

"식사 시간이 다 됐어요. 제가 종을 칠래요."

로브가 종을 치기 시작하자 곧 무수한 웅성거림이 복도를 뒤덮었다. 조가 남편에게 다시 물었다.

"그럼 낸을 데려올게요?"

"당신이 원한다면 열두 명이라도 괜찮아요, 여보."

세상 모든 버려진 철없는 아이들을 넉넉하게 품을 부성애가 넘치는 베어 교수의 대답이었다.

그날 오후 조의 마차가 플럼필드로 돌아왔을 때, 열 살짜리 소녀가 훌쩍 뛰어내리더니 집으로 뛰어들어가 소리쳤다.

"안녕, 데이지! 어딨어?"

데이지는 나와서 제 손님이 온 것을 보고 기뻤다. 그런데 낸이 잠시도 가만히 있지 않고 계속 깡충거리며 떠들자 조금 걱정도 됐다.

"난 여기 쭉 있을 거야. 아빠가 그렇게 하랬어. 내 소지품은 내일 와. 다 씻고 수선하느라고. 너희 이모를 따라왔어. 진짜 신나지?"

"그래, 그런 것 같아. 네 커다란 인형도 가져왔어?"

지난번에 놀러 왔을 때 낸이 인형 집을 망가뜨리고 블랑쉬 마틸다의 석고 얼굴을 씻어주겠다고 떼를 써서 얼굴색이 완전히 변해버렸기 때문에, 데이지는 낸이 자기가 놀 인형을 가져왔기를 바랐다.

"응, 어딘가에."

낸은 건성으로 대답하더니, 뭔가를 불쑥 내밀었다.

"오는 길에 도빈의 꼬리털을 뽑아서 네 반지 만들었어. 껴볼래?"

낸이 말털 반지를 내밀었다. 두 아이는 지난번에 다투고 다시는 서로 말하지 말자며 헤어졌다. 하지만 데이지는 낸의 선물에 마음이 풀려서 놀이방으로 가자고 했다. 그런데 낸이 거절했다.

"싫어. 난 남자애들이랑 헛간에서 놀고 싶어."

낸은 획 뛰쳐나갔다. 전속력으로 달리는 아이의 머리 위에서 위태롭게 버티던 모자가 끈 한쪽이 끊어지며 잔디에 떨어졌다. 아이가 헛간에 뛰어들어가자 남자아이들이 반색했다.

"안녕, 낸!"

"나 오늘부터 여기서 지내!"

"잘됐다!"

토미가 환호했다. 낸도 조만간 반드시 '장난'을 치고야말 아이이기 때문이다. 뭐든 덤비고 보는 낸이 다짜고짜 말했다.

"나도 끼워줘."

"다 끝났어. 그리고 우리 편은 너 없어도 이길 수 있어."

"난 달리기로 너희를 이길 수 있어." 낸이 으스댔다.

"쟤 말 진짜야?" 네트가 잭에게 물었다.

"여자애치고는 아주 잘 달려." 잭이 잘난 척하며 낸을 깔봤다.

"붙어볼래?" 낸이 발끈했다.

"지금은 너무 덥잖아." 토미가 지친 기색으로 벽에 기댔다.

"스터피는 왜 저래?" 낸이 재빠르게 아이들을 살피다가 물었다.

"공에 맞아 손을 다쳤어. 그래서 뭘 하든 아프다고 소리를 질러대."

잭이 한심하다는 듯이 말했다.

"난 안 그래. 아무리 많이 다쳐도 난 절대 울지 않아. 우는 건 유치하잖아." 낸이 고상하게 말했다.

"치! 난 널 2분 안에 울릴 수 있어." 스터피가 일어나며 말했다.

"해볼 테면 해봐."

"그럼 쐐기풀을 한 움큼 뜯어와."

스터피가 벽에 자라는 가시가 많고 단단한 식물을 가리켰다. 낸은 곧장 '쐐기풀을 움켜쥐고' 뜯었다. 지독하게 따끔거렸지만 꾹 참고 도전적으로 펼쳐 보였다.

"잘했어!"

소년들은 연약한 여자애가 보인 용기에 금세 감탄했다. 하지만 스터피는 더 약이 올라서 어떻게든 낸을 울리고 싶었다.

"쳇, 대충 손으로 쥐고 뽑은 건 제대로 한 게 아니잖아. 헛간 벽에 머리를 세게 박고도 울지 않을 수는 없을걸."

"하지 마." 잔인한 행동을 싫어하는 네트가 막았다.

하지만 낸은 곧장 벽으로 뛰었다. 쿵! 망치로 벽을 부수는 것 같은 소리가 나며 낸이 바닥에 나뒹굴었다. 괜찮은 척하며 몸을 일으켰지만 머리가 어지러웠고 얼굴은 고통으로 일그러졌다.

"이건 꽤 아프네. 하지만 난 울지 않아."

"한 번 더 해봐."

스터피가 화가 나서 소리쳤다. 낸이 한 번 더 뛰려는데 네트가 붙잡았다. 토미가 작은 싸움닭처럼 스터피에게 달려들었다.

"그만해. 안 그러면 널 바닥에 내리꽂아버릴 테니까!"

토미가 그를 어찌나 세게 흔들던지 스터피야말로 자신이 머리로 서 있는지 발로 서 있는지 모를 정도로 어지러웠다.

"저 애가 한다잖아." 토미가 놔주자 스터피가 말했다.

"그래도 그러면 안 돼. 어린 여자애를 괴롭히는 건 정말로 나쁜 짓이야." 데미가 비난했다.

"하! 상관 마. 어린 여자애라니, 난 너나 데이지보다 나이가 많다고." 낸은 고마워하기는커녕 오히려 발끈했다.

"설교는 집어치워, 데미. 너도 날마다 데이지를 괴롭히잖아." 방금 막 그 광경을 본 에밀 제독이 말했다.

"난 데이지를 다치게 하지는 않아. 그렇지, 데이지?"

데이지는 낸의 벌건 손을 '안타까워하며' 이마에 급속도로 번지는 피멍에 물을 뿌리고 있었다. 동생은 즉각 대답했다.

"오빠가 세상에서 최고야."

그러나 진실에 떠밀려서 이렇게 덧붙였다.

"가끔 날 다치게 할 때도 있지만, 일부러 그런 건 아니지."

"쓸데없는 소리는 그만두고 잘 생각해봐, 얘들아. 이 배 위에선 어떤 싸움도 용납할 수 없어." 에밀 제독이 꽤나 어른인 척하며 말했다.

낸이 무리에 섞여 식당에 왔을 때 베어 교수가 인사를 건넸다.

"안녕, 도깨비불 아가씨?"

낸이 왼손을 내밀어서 베어 교수가 지적했다.

"오른손을 내밀어야지. 예의범절에 신경 쓰렴."

"이쪽 손이 아파서요."

"많이 다쳤구나! 뭘 했기에 이렇게 물집이 잡혔어?"

그가 낸이 뒤로 감춘 손을 앞으로 뺐다. 아이의 표정을 보니 뭔가 잘못된 게 틀림없었다. 낸이 변명을 생각해내기 전에 데이지가 다 털어놓았고, 스터피는 빵과 우유 그릇에 얼굴을 숨기려고 했다. 베어 교수가 긴 식탁의 맞은편에 앉은 아내를 보며 미소를 지었다.

"이건 당신이 다루어야 할 일 같으니 난 끼어들지 않겠어요."

조는 무슨 뜻인지 알았지만 자신의 어린 검은 양이 배짱 있게 행동해서 좋았다. 그러나 말로는 아주 진지하게 타일렀다.

"얘들아, 선생님이 왜 낸을 플럼필드에 입학시켰는지 아니?"

"절 괴롭히려고요."

스터피가 입에 먹을 걸 잔뜩 넣은 채로 투덜거렸다.

"널 신사로 만들어주려고 그런 거야. 네 행동을 보니 그 부분이 절실히 필요하구나."

스터피가 다시 그릇에 얼굴을 파묻었다. 데미가 골똘히 생각하면서 천천히 말을 꺼냈다.

"어떻게요? 낸은 선머슴 같은데요."

"바로 그거야. 낸도 너희만큼이나 도움이 필요해. 난 너희가 낸에게 예의범절을 알려주기를 바란다."

"그럼 낸도 신사가 되는 건가요?" 로브가 물었다.

"낸도 좋아하겠네. 그렇지, 낸?" 토미가 물었다.

"아니. 난 남자애들이 싫어!"

낸이 앙칼지게 대꾸했다. 손이 여전히 아파서였다. 아이는 자신이 좀 더 현명한 방식으로 용기를 보여줘야했다고 생각했다.

"유감이구나. 남자애들은 마음만 먹으면 제대로 행동하고 아주 친절하거든. 친절한 얼굴과 말과 행동이 진정한 예의야. 스스로 그런 대접을 받고 싶다면 남도 그렇게 대접해야 한단다."

조는 낸에게 말했는데, 소년들이 서로 팔꿈치를 쿡쿡 찔렀다. 모종의 감을 잡은 모양이었다. 그래서 버터를 건넬 때 "부탁합니다," "고맙습니다." "감사합니다." "아닙니다, 부인" 등 보기 드문 우아함과 존중의 말이 터져 나왔다. 낸은 말이 없었는데, 사실은 위엄 있는 척 앉아 있는 데미를 간지럽히고 싶은 충동을 억누르고 있었다. 또한 방금 남자애들이 싫다고 소리친 걸 까맣게 잊고 해가 질 때까지 어울려서 '숨바꼭질'을 했다. 스터피가 노는 내내 자기 사탕을 주겠다고 제안해서, 낸도 마음이 풀려서 자러 가면서 이렇게 인사했다.

"내 배틀도어* 채와 셔틀콕이 도착하면 가지고 놀게 해줄게."

이튿날 아침, 낸이 일어나자마자 한 말은 "제 짐 왔어요?"였다. 오늘 안에 올 거라고 했지만 안달복달하며 데이지가 충격을 받을 때까지 인형을 마구 때렸다. 그러더니 결국 5시 이후에 종적을 감췄다. 토미, 데미와 함께 언덕으로 놀러간 줄 알았었는데 저녁 식사 시간까지도 나타나지 않았다. 속성 푸딩을 들고온 메리 앤에게 모두가 "낸이 어디 있어요?" 하고 물었다.

"혼자 씩씩거리며 거리를 걸어가는 걸 봤어요."

"이 말썽쟁이, 집으로 돌아갔구나!"

조가 불안한 얼굴로 외쳤다.

---

* 배드민턴의 전신(前身).

"자기 짐이 왔는지 보려고 역에 갔을 수도 있어요."

프란츠가 의견을 냈다.

"그건 불가능해. 그 애는 길을 모르고, 설령 짐을 찾더라도 1.5킬로미터가 넘는 거리를 들고 올 수가 없어."

조는 자신의 새 계획이 무모했음을 인정할 수밖에 없었다.

"그 애답네."

베어 교수가 이렇게 말하며 아이를 찾으러 나서려고 모자를 집어드는데 창가에 있던 잭이 소리를 쳤다. 다들 우르르 문으로 달려갔다. 낸이 아주 큰 판지 상자를 리넨 포대로 돌돌 묶어 끌고 오고 있었다. 땀범벅에 먼지를 뒤집어쓰고 지친 모습이었지만, 씩씩하게 홀로 걷고 있었다. 낸은 헉헉거리며 계단을 다 올라와서는 안도의 한숨을 내쉬며 짐을 내려놓고 그 자리에 앉아 지친 팔로 팔짱을 꼈다.

"기다릴 수가 없어서 직접 역에 가서 가져왔어요."

"넌 길을 모르잖아."

토미가 물었고 다들 이 상황을 즐기며 빙 둘러 서 있었다.

"아, 내가 찾았어. 난 길을 잃어버린 적이 없거든."

"1킬로미터도 넘는 길을! 그렇게 멀리까지 어떻게 갔어?"

"뭐, 꽤 멀었지만 쉬엄쉬엄."

"저 짐은 안 무거웠어?"

"상자가 너무 둥글어서 꽉 잡을 수 없었어. 팔이 부러지는 줄 알았지 뭐야."

"역장이 네가 가져가도록 허락하지 않았을 것 같은데."

"아무 말도 안 했지. 역장은 작은 매표소 안에 있었고 날 못 봤어.

그래서 내가 플랫폼으로 나갔어."

"얼른 뛰어가서 역장에게 괜찮다고 알리렴, 프란츠. 안 그러면 도드 영감이 짐을 도둑맞은 줄 알고 걱정할 거야."

베어 교수가 낸의 침착함에 웃음을 터트리며 말했다.

"짐이 오지 않으면 우리 쪽에서 사람을 보낼 거라고 말했잖니. 다음번엔 잠자코 기다려야 해. 맘대로 나갔다가 문제가 생길 수도 있으니까. 지금 나랑 약속하자. 안 그러면 난 평생 널 믿지 못할 거야."

조가 열이 오른 작은 얼굴에서 먼지를 털어주면서 말했다.

"그게, 전 그럴 수 없어요. 아빠가 할 일을 미루지 말라고 하셨어요. 그러니 전 약속할 수 없어요."

"참 곤란한 말이네. 우선은 뭘 좀 먹이고 나중에 따로 얘기하는게 좋겠구나."

베어 교수는 꼬마 숙녀의 대단한 용기에 화 대신 웃음이 났다.

남자아이들이 굉장히 재미있어 해서, 낸은 저녁 내내 모험담을 들려주었다. 큰 개가 자신을 향해 짖었고, 한 남자가 자신을 보고 웃음을 터트렸고, 한 여성은 도넛을 건넸고, 짐 때문에 너무 지쳐서 물을 마시려고 잠시 멈췄다가 모자가 개울로 떨어져버렸고…….

"당신 책임이 막중해졌네요, 여보. 토미와 낸만 돌봐도 손이 부족하겠는걸요."

이야기가 반 시간이 넘어가자 베어 교수가 아내를 보며 말했다.

"저 아이를 길들이려면 시간이 많이 걸리겠죠. 하지만 정말 너그럽고 정이 많고 따뜻한 소녀네요. 말썽을 두 배로 부린대도 난 낸을 사랑할 거예요."

조가 쾌활한 무리를 가리켰다. 낸이 그 한가운데 서서 절대 바닥을 드러내지 않는 마술 상자에서 꺼내주듯 이것저것 잔뜩 나눠주고 있었다.

곧 낸에게 '신기한 마술소녀'라는 별명이 붙었다. 모두가 낸을 좋아했다. 데이지는 다시는 심심하다고 불평하지 않게 되었다. 낸이 항상 기막힌 게임을 생각해내고 토미에 버금가는 장난을 쳐서 온 학교를 즐겁게 했기 때문이다. 자기의 커다란 인형을 묻었다가 잊어버려서 일주일 후에 파냈더니 흰 곰팡이가 피어 있기도 했다. 낸은 인형을 집 주변에서 일하는 도장공에게 가져가서 벽돌처럼 붉은색에 뚜렷한 검은 눈동자로 칠해달라고 한 뒤 깃털, 자주색 플란넬, 네드의 납빛 도끼로 다시 꾸몄다. 인디언 추장으로 변신한 포피딜라는 모든 다른 인형을 도끼로 내리쳤고 놀이방은 보이지 않는 피로 벌겋게 물들었다. 맨발로 다니고 싶어서 새 신발을 구걸하는 아이에게 줘버렸는데, 자선과 안락은 함께 오기 어려움을 절감했고, 옷을 주고 싶거든 미리 허락을 구하라고 혼났다. 널빤지와 테레빈유에 젖은 커다란 두 개의 돛으로 화공선*을 만들고, 해질 무렵 여기에 불을 붙여 개울에 떠내려 보내니 남자애들이 열광했다. 짚으로 마차를 만들어 늙은 수컷 칠면조에게 연결하니 칠면조가 엄청난 속도로 집 주위를 뛰어다니기도 했다. 못된 남자애들이 괴롭히는 아기 고양이 네 마리를 자신의 산호 목걸이를 주고 구해서, 엄마처럼 며칠간 보듬고 차가운 크림으로 상처를 소독하고 인형 숟가락으로 밥을 먹였다. 고양이들

---

* 폭발물 등을 가득 싣고 불을 질러서 적진으로 띄워 보내는 배.

이 죽었을 때 너무 슬퍼하자 데미가 가장 아끼는 거북이 한 마리를 선물로 주었다.

자신의 팔에 사일러스의 팔에 있는 것과 똑같은 닻 문신을 새기고 양쪽 뺨에 푸른 별을 그려달라고 떼를 썼고, 화를 내고 구슬리기를 반복하다가 결국 마음이 여린 사일러스가 항복했다. 낸은 큰 말 앤디부터 돼지까지 플럼필드의 모든 동물을 다 탔고, 돼지를 탔을 때는 정말 큰일날 뻔했다. 소년들이 뭔가를 해보라고 부추기면 낸은 무모하게 즉각 뛰어들었다. 소년들도 지치지 않고 그녀의 용기를 실험했다.

베어 교수는 남자아이들과 낸 중에서 어느 쪽이 공부를 더 잘하는지 지켜보겠다고 선언했다. 낸은 빠른 발과 쾌활한 혀처럼 비상한 머리와 훌륭한 기억력을 활용하는 일에 큰 즐거움을 느꼈다. 소년들은 체면을 지키려고 최선을 다했다. 낸이 여자도 남자만큼 웬만한 건 다 할 수 있고 심지어 더 잘한다는 점을 보여주었기 때문이다.

포상은 없었지만 베어 교수가 "아주 잘했어!"라고 칭찬했다. 조의 양심책 기록은 스스로 동기를 가지고 의무를 충실하게 해나가는 법과 그러면 언제고 보상이 온다는 점을 알려주었다. 어린 낸은 새로운 환경에 금방 적응하고 즐겼다. 낸에게 필요한 것이 바로 플럼필드였음은 분명했다.

이 작은 정원에 아름다운 꽃들이 가득 피어 있는데 절반은 잡초에 가려 있다. 친절한 손길이 다듬어준다면 모든 새싹이 푸르게 돋아나고, 전 세계의 어린 영혼들에게 최적의 환경인 따뜻한 사랑과 보살핌의 햇살을 받아 활짝 피어날 것이다.

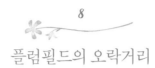

8
플럼필드의 오락거리

여기서는 플럼필드 소년들의 오락거리며 이런저런 취미들을 구경해볼 생각이다. 제발 나의 영예로운 독자들에게 부탁하는데, 거의 다 실제로 일어났던 일이고, 특히나 이상한 이야기일수록 실화임을 알아줬으면 좋겠다. 제아무리 상상력이 뛰어난 어른도 아이들의 생생한 상상의 세계에서 나온 장난과 유쾌함은 절반도 못 따라간다!

데이지와 데미의 세계에도 사랑스럽거나 기괴한 생명체들이 잔뜩 살았으니. 가장 괴상한 이름을 지어주고 이상한 놀이를 만들어내곤 했다. '악동 키티마우스'라는 도깨비는 벌써 꽤나 오랫동안 믿고 두려워해왔다. 아무에게도 말하지 않고 몰래 비밀의식도 치러왔다. 서로에게조차 직접 거론한 적 없는 미스테리한 존재여서, 귀신이니

유령이니 하는 초월적 존재들에 관심이 많은 데미가 무척 매료되었다. '악동 키티마우스'는 가장 엉뚱하고 포악한 도깨비인데, 데이지는 두려우면서도 재밌어서 터무니없는 명령들에도 무조건 따랐다. 명령은 데미의 입에서 나왔으니, 창조자로서 엄청난 권력을 누렸다. 가끔 로브와 테디도 재밌다고 의식에 따라왔지만, 의식을 절반도 제대로 이해하지 못했다.

어느 날 수업이 끝난 뒤 데미가 머리를 불길하게 흔들면서 동생에게 속삭였다.

"키티마우스가 오늘 오후에 좀 보자는데."

"왜?" 데이지는 불안해졌다.

"제물을 바치라고. 2시에 큰 바위 뒤에서 불을 피우고 가장 좋아하는 물건들을 태우래." 데미가 마지막 말을 무척이나 강조했다.

"어머, 세상에! 에이미 이모가 색칠해준 새 종이 인형들을 태우란 말이야?" 데이지는 미지의 폭군의 요구를 거절할 생각을 못 했다.

"전부 다. 난 보트랑, 내가 제일 좋아하는 스크랩북이랑 내 전사들을 전부 태울 거야."

데미는 단호했다. 데이지가 한숨을 내쉬었다.

"그럼 나도 할게. 하지만 우리가 제일 아끼는 걸 달라니, 키티마우스는 너무 나빠."

"제물이란 네가 좋아하는 것을 포기한다는 뜻이야. 당연한 거야."

데미는 프리츠 삼촌이 수업 시간에 고학년 아이들에게 그리스의 관습을 설명하는 것을 듣고 이런 아이디어를 떠올렸다.

"로브도 가?"

"응, 걔는 자기 장난감 마을을 다 가져간대. 전부 나무로 된 거. 너도 알지? 아주 잘 타겠어. 근사한 모닥불을 피우고 아끼는 제물들을 태우자, 알겠지?"

이 영리한 제안이 데이지의 마음을 달래주었다. 그녀는 밥을 먹은 뒤에 종이 인형을 일렬로 세워놓고 일종의 고별 연회를 벌였다.

정해진 시간이 다가오자 아이들은 각각 탐욕스러운 키티마우스에게 바칠 제물을 가지고 출발했다. 테디는 같이 가겠다고 떼를 쓰다가, 다들 장난감을 들고 있자 자신도 한쪽 팔에 삑삑 소리가 나는 양 인형을, 반대쪽에 자신을 괴롭힌 애나벨라 인형을 끼고 나타났다.

"우리 꼬맹이들, 어디 가니?"

조가 자기 방문을 지나치는 무리에게 물었다.

"큰 바위 옆에서 놀려고요. 그래도 되죠?"

"그럼. 단, 연못 근처에 가지 말고, 아기를 잘 보살피고. 알았지?"

"전 항상 그러는 걸요."

데이지가 이렇게 말하고 능숙하게 앞장섰다. 큰 바위에 도착했다.

"자, 이제 모두 자리에 앉고 내가 말하기 전까지 움직여선 안 돼. 이 평평한 돌이 제단이고 난 불을 피울 준비를 할 거야."

데미는 소풍을 가서 다른 남자애들이 하던 대로 작은 불꽃을 피웠다. 불이 잘 붙었다. 그는 모두들 불 둘레를 세 바퀴 돈 다음 둥글게 서라고 지시했다.

"나부터 시작할게. 내 물건이 다 타면 너희 것들을 넣어야 해."

데미가 제단에 제물을 하나씩 올렸다. 직접 오려 만든 삽화가 가득 실린 작은 종이책, 다 부서진 보트, 불행한 납빛 군인들이 하나씩 죽음의 행진을 시작했다. 붉은색과 노란색의 화려한 대장부터 다리를 잃은 드럼 치는 소년병까지, 어느 누구도 머뭇거리거나 물러서지 않고 대뜸 불꽃 속으로 뛰어들어 하나의 큰 납덩이가 되었다.

"데이지, 네 차례야!"

키티마우스의 제사장이 외쳤다. 풍성한 제물을 바치면서 아이들의 만족은 커졌다.

"사랑하는 인형들아, 내가 어떻게 너희를 보낼 수 있겠니?"

데이지가 흐느끼며 모성애가 절절한 얼굴로 열두 종이 인형을 껴안았다.

"꼭 그래야 해."

제사장이 다그쳤다. 데이지는 인형 모두에게 작별의 입맞춤을 한 뒤 아름다운 인형들을 석탄 위에 올렸다.

"파란색 인형 하나만 남기게 해줘. 그 애는 아주 다정하단 말이야."

불쌍한 어린 어머니가 마지막 남은 인형을 붙들고 애원했다.

"더! 더! 더 많이 바쳐라!"

데미가 이렇게 으르렁거리듯이 말하더니, 크게 외쳤다.

"이건 키티마우스야! 데이지가 하나도 빠짐없이 내놓지 않으면 우리 모두가 다칠 거래!"

소중한 블루벨과 주름 장식, 장밋빛 모자 등등이 다 타버리고 제단의 불길 속에는 검은 재만 남았다. 이제 로브의 차례였다.

"집과 나무를 불꽃 주변에 둥글게 세워. 그렇게 불길이 번져나가게 하면 진짜 불처럼 보일 거야."

데미는 자신의 '제물 의식'에 다양한 시도를 해보는 게 좋았다.

아이들도 솔깃해서 나무 장난감을 늘어놓고 가운데 석탄을 놓은 뒤 대화재를 구경하려고 자리에 앉았다. 페인트에 불이 붙기까지 시간이 걸렸지만 마침내 작은 초가집이 불길에 휩싸이고 야자수 나무가 불타고 커다란 대저택이 무너져내렸다. 몇 분 만에 온 마을이 활활 타올랐다. 사람 모양의 목각 인형들이 멍청이처럼 서서 무너지는 광경을 지켜보았고, 아무 비명도 지르지 않고 불길에 휩싸였다. 장난감 마을이 재로 변하기까지는 시간이 좀 걸렸다. 아이들은 그 광경을 구경하며 집이 무너질 때마다 환호했고 불길이 높이 치솟으면 인디언들처럼 춤을 추었다. 뒤틀리다가 주변부로 떨어진 여자 인형들을 한가운데로 던져넣기도 했다.

테디가 이 마지막 제물 의식에 엄청나게 흥분해서 양 인형을 불길 속으로 던졌고, 인형이 채 다 타기도 전에 애나벨라를 화장용 장작 위에 올렸다. 애나벨라가 좋았겠는가. 그녀는 엄청난 분노를 드러내서 어린 파괴자를 겁에 질리게 했다. 그러니까, 염소 가죽이 불길에 타지 않고 끔찍할 정도로 쪼그라든 것이다. 처음에 한쪽 다리가 말리더니, 곧 다른 다리도 그렇게 되며 진짜 살아 있는 것처럼 흉측하게 버둥거렸다. 고통이 극심하다는 듯 팔이 번쩍 들렸고, 고개가 어깨 쪽으로 홱 꺾였다. 유리 눈알이 튀어나왔고, 마지막으로 온몸을 비틀면서 장난감 도시의 폐허 위에 검은 덩어리가 되어 주저앉았다. 예상치 못한 모습에 모두들 경악했다. 테디는 반쯤 정신이 나가서 비명을 지르며 집 쪽으로 달아나면서 목청 높여 '엄마'를 불렀다.

조가 아기의 절규를 듣고 뛰어나왔는데 테디는 엄마에게 와락 매달려서 흐느꼈다.

"벨라 아파…… 무서운 불…… 인형이 다 까매…… ."

사태가 심상치 않다고 생각한 어머니가 아이를 데리고 현장으로 갔다. 키티마우스의 맹목적인 신도들이 시꺼먼 잔해 앞에서 흐느끼는 광경을 보았다.

"여기서 뭘 하고 있었니? 전부 다 말해봐."

주동자들이 상당히 뉘우치는 것처럼 보여서 조는 마음을 가라앉히고 이야기를 들었다.

데미가 쭈뼛대며 키티마우스 놀이를 설명했다. 조는 터무니없는 놀이에 너무나 진지하게 임하는 아이들의 모습에 그만, 눈물이 뺨을 타고 흘러내릴 때까지 웃고 말았다.

"이런 실없는 놀이를 하기에는 너흰 분별력이 뛰어나다고 생각했는데 아니었구나. 내게 키티마우스가 있다면, 그건 파괴와 두려움을 주는 대신 안전하고 즐겁게 놀 수 있게 해주는 착한 친구일 거야. 너희가 만든 이 엉망인 광경을 보렴. 데이지의 예쁜 인형들, 데미의 군인들, 로브의 새 장난감 마을에 불쌍한 테디의 양 인형과 애나벨라까지. 장난감 상자에 적혀 있던 시 구절을 노래를 만들어도 되겠어.

'네덜란드의 아이들은 만들면서 놀고
보스턴의 아이들은 부수면서 놀지.'

보스턴만 플럼필드로 바꾸면 될 것 같은걸."

"다시는 이런 짓을 하지 않을게요. 정말이에요, 진짜로요!"

크게 창피함을 느끼며 어린 죄인들이 뉘우쳤다.

"데미 형이 하자고 했어요." 로브가 말했다.

"이모부에게 그리스인의 제단에 대해 들었는데, 그들처럼 하고 싶었어요. 다만 살아 있는 생명을 희생시키면 안 되니까 장난감을 태운 거예요."

"맙소사, 콩 이야기와 비슷하잖아." 조가 다시 웃음을 터트렸다.

"그게 무슨 이야기예요?" 데이지가 화제를 바꿨다.

"옛날에 가난한 부인에게 서너 명의 아이가 있었어. 일을 나갈 때면 아이들을 안전하게 지키려고 방에 가두고 이렇게 말했단다. '애들아, 아기가 창문으로 떨어지지 않게 잘 챙기고 성냥으로 장난치지 말고 콩을 콧구멍에 넣어도 안 돼.' 아이들은 콩을 콧구멍에 넣겠다는 생각을 한 번도 해본 적이 없는데 어머니가 그들의 머릿속에 넣어준 거야. 그래서 엄마가 나가시자 곧바로 아이들이 콧구멍에 콩을 집어넣기 시작했어. 부인이 집에 돌아왔을 때, 모두 울고 있었지."

"아파서요?"

로브가 이야기에 푹 빠져서 묻자, 어머니는 급히 교훈을 끼워넣었다. 새로운 콩 이야기가 이 가족 안에서 일어나선 안 되니까.

"엄청나게 아프지. 엄마도 할머니에게 이 얘기를 들었을 때 직접 해봤거든. 집에 콩이 없어서 작은 조약돌들을 찾아서 콧속에 집어넣었어. 기분이 너무 안 좋아서 즉시 도로 꺼내려고 했는데 하나가 나오지 않는 거야. 하지만 솔직히 말하기가 너무 부끄러워서 바보처럼 몇 시간이고 아픈 걸 참았단다. 결국 고통이 너무 심해서 털어놓았고, 어머니가 꺼낼 수 없어서 의사가 왔어. 난 의자에 앉아 손잡이를 꽉 움켜잡았어, 로브. 그러는 동안 의사가 무시무시한 작은 핀셋으로 돌을 꺼냈지. 맙소사! 가족들이 얼마나 비웃었는지 몰라!"

조가 그때의 고통이 떠올라 감당하기 힘든 듯 침울하게 고개를 저었다. 로브는 아주 큰 충격을 받았고 다행히 마음속에서 교훈으로 삼았다. 데미가 가여운 애나벨라를 묻어주자고 하자, 테디는 장례 의식에 흥미가 생겨서 두려움을 잊었다. 데이지는 곧 에이미 이모가 보내준 다른 인형들로 마음을 달렸고, 악동 키티마우스는 마지막 제물이 만족스러웠는지 다시는 그들을 괴롭히지 않았다.

'브롭'은 토미가 만든 새로운 놀이였다. 뒤 샤이*가 최근 아프리카에서 데려온 야생 동물을 제외하면 어떤 동물원에서도 볼 수 없는 신기한 동물의 이름으로, 궁금해하는 여러분을 위해 내가 그 특이한 습성과 외모에 대해 설명하겠다.

브롭은 날개가 달린 네 발 짐승으로, 남자아이의 얼굴을 하고 쾌활한 성격이다. 걸으면 땅이 흔들리고, 날아오를 때 날카롭게 '부엉' 울고, 간간이 두 발로 서서 걷고, 말을 아주 잘한다. 몸은 숄과 비슷한 재질로 뒤덮였는데, 빨갛다가 파랗다가 했고, 주로 격자무늬나 피부가 자주 변한다. 머리에는 뻣뻣한 갈색 종이 램프 라이터 같은 뿔이 나 있다. 날개는 어깨에 달려 퍼덕인다. 땅에서 그렇게 높이는 못 날고 아주 높이 날았다가도 곧장 맹렬하게 떨어진다. 땅 위를 휩쓸고 다니다가 다람쥐처럼 앉아서 먹는다. 가장 좋아하는 음식은 씨앗이 든 과자고, 사과도 자주 먹고 가끔 식량이 귀하면 생 당근도 먹는다.

---

* Paul Du Chaillu. 프랑스 태생 미국인 아프리카 탐험가.

세탁물바구니처럼 생긴 일종의 둥지인 굴에 모여 살고, 어린 브롭들은 날개가 자랄 때까지 거기서 논다.

이 특이한 동물은 이따금 싸웠는데, 그때 사람의 언어로 서로 이름을 부르고 울고, 야단치고 가끔은 뿔과 피부를 뜯고 '너랑 안 놀아!'라고 사납게 외쳤다. 브롭을 연구한 일부 특권층은 원숭이, 스핑크스, 로크*, 피터 윌킨스(Peter Wilkins)의 책에 등장하는 진기한 생물을 잘 섞어놓은 거라고 생각했다.

브롭 놀이는 아주 인기였다. 비 오는 오후면 꼬마들이 브롭이 되어 놀이방에서 퍼덕거리거나 기어다니며 어린 미치광이처럼 굴고 귀뚜라미처럼 폴짝거렸다. 바지 무릎과 재킷 팔꿈치가 금방 해졌다. 하지만 조는 천을 덧대고 기우면서 이렇게 중얼거렸다.

"어른들도 바보처럼 행동하잖아. 그에 비하면 전혀 해롭지 않지. 저 아이들처럼 행복할 수만 있다면 나도 기꺼이 브롭이 되겠어."

네트의 가장 큰 즐거움은 텃밭 농사와 버드나무 둥지에서 바이올린을 켜는 것이었다. 푸른 둥지는 동화 속 세상으로, 거기서 행복한 새처럼 연주했다. 아이들은 네트를 '쩍쩍이 영감'이라고 불렀는데, 항상 콧노래를 흥얼거리거나 휘파람을 불거나 바이올린을 켜서다. 아이들은 종종 일을 하거나 놀다가 멈추고 여름의 소리와 합주하듯 울려퍼지는 부드러운 바이올린 선율을 들었다. 새들은 그가 동족인 듯 옆 가지에 내려앉아 재빠른 눈길로 그를 살폈다. 근처 사과

* roc. 《아라비안나이트》에 나오는 전설의 새

나무의 울새가족은 그를 친구로 생각하는 게 분명했다. 아빠 울새가 그의 옆에서 곤충을 사냥했고, 엄마 울새는 새로운 찌르레기 종인 소년이 노래로 위로해준다고 생각하는지 푸른 알들을 안심하고 품었다. 아래에서 개울이 졸졸 흐르며 반짝이고, 벌들이 양쪽 클로버밭에서 윙윙거렸다. 친구들은 지나가며 친절한 표정으로 올려다보았고, 늙은 버드나무 둥지는 커다란 날개로 그를 포근히 감싸서 휴식과 사랑과 행복이라는 축복을 주었다. 네트는 어떤 건강한 기적이 자신에게 찾아왔는지 미처 알지 못한 채 몇 시간이고 이곳에서 꿈을 꾸었다.

네트의 연주를 날마다 질리지 않고 듣는 아이가 있었다. 그에게 네트는 동급생 이상이었다. 가여운 빌리, 그의 가장 큰 기쁨은 계곡 옆에 누워서 잎사귀와 물방울들이 춤추는 것을 보며 버드나무에서 들려오는 음악을 꿈결처럼 듣는 것이었다. 그는 네트를 하늘 높이 앉아서 노래하는 천사로 생각했다. 여전히 가물가물한 어린 시절의 기억이, 네트의 연주를 들으면 선명해지는 모양이었다. 베어 교수가 이 사실을 알고 네트에게 '너의 연주라는 잔잔한 주문으로 빌리 머릿속의 구름을 걷어내도록 도와달라'고 부탁했다. 네트는 고마운 마음을 전하고 싶어서 빌리가 따라올 때마다 미소를 지어 보이고 말없이 그가 이해할 수 있는 언어인 음악으로 말을 걸었다. '서로 돕는다!' 네트는 플럼필드의 가장 중요한 좌우명처럼 살면 인생이 얼마나 더 행복해지는지 배웠다.

잭 포드의 특이한 취미는 장사였다. 그는 삼촌을 닮아서 거래에 능했다. 잭의 삼촌은 뭐든 다 조금씩 팔고 빨리 돈을 모으는 시골 상이었다. 잭은 모래 섞은 설탕, 물로 희석한 당밀, 돼지기름 섞은 버터 등을 보며 자라와서 속임수도 장사 수완이라고 착각했다. 그는 온갖 것을 다 팔았는데, 무엇이든 이윤을 최대한 남겼다. 아이들과 줄, 칼, 낚싯바늘 등을 흥정할 때도 마찬가지였다. 그런 잭을 친구들은 '구두 쇠'라고 불렀지만, 잭은 전혀 신경쓰지 않았다. 돈을 넣어두는 낡은 담배 주머니를 점점 무겁게 하는 일만 중요했다.

잭은 일종의 경매장을 만들어서, 가끔 모든 잡동사니를 팔아치우 거나 아이들의 물물교환을 도왔다. 그는 야구방망이, 공, 하키 스틱 등을 싸게 구해서 닦고 윤을 낸 다음 몇 센트씩 받고 빌려주었고, 종 종 플럼필드의 규칙을 어기고 외부로까지 사업을 확장했다. 베어 교 수는 잭에게 도를 넘는 이윤 추구 말고 더 훌륭한 사업적 재능을 키 워주고 싶었다. 흥정에 실패하면 공부나 행동을 잘못했을 때보다 격 분했고 애먼 다음 손님에게 앙갚음을 했기 때문이다. 하지만 그의 회계 장부는 흥미로웠고 셈이 아주 빨랐다. 베어 교수는 그 점을 칭 찬하며 정직과 존중도 함께 키워주려고 애썼다. 머지않아 잭 역시, 그런 미덕 없이 살 수 없는 현실에 직면하고 스승이 옳았음을 깨닫 는다.

크리켓과 축구야 당연히 모든 소년들이 열중했다. 그러나 불후의 '럭비선수 톰 브라운'* 이 보여준 더없이 흥미진진한 설명이 있으니, 여자인 내가 할 수 있는 빈약한 설명은 조용히 접겠다.

에밀은 휴일이면 강이나 연못에서 고학년 남자아이들과 배 타기

---

* 당시《톰 브라운의 학교생활》이라는 소설이 유명했다.

훈련을 했고, 종종 플럼필드를 침범하는 도시 소년들과 경주를 했다. 대개 활기차게 시작했다가 배가 난파되며 끝났다. 물론 그런 말은 절대로 입 밖에 꺼내지 않았다. '제독'은 한동안 친구들에게 실망해서 무인도에 가서 혼자 살까 심각하게 고민했다. 하지만 무인도는 당연히 불편할 테니 그냥 플럼필드에 남아 있어야 했는데, 다행히 보트 하우스를 직접 지으며 위안을 찾았다.

소녀들은 그 또래에 맞게 놀았고 풍부한 상상력을 마음껏 키워나갔다. 가장 열중했던 놀이는 '셰익스피어 스미스 부인'이었다. 이름은 조가 지었지만, 이 가엾은 여인의 이야기는 꽤나 독특했다. 데이지가 셰익스피어 스미스 부인이고, 냰은 딸이었다가 이웃집 '마술부인'이었다가 했다.

그녀들의 모험담은 어떤 펜으로도 설명할 수 없다. 짧은 오후에만 가족의 탄생부터 결혼, 죽음, 홍수, 지진, 티파티, 풍선 날리기까지 전부 다 일어나니까! 이 활기찬 부인들은 수백 킬로미터를 여행하며, 전대미문의 모자와 의복을 걸치고 침대에 앉아 활기찬 말처럼 네 기둥 사이를 머리가 어지러울 때까지 폴짝폴짝 뛰었다. 지루해지면 가장 좋아하는 재앙인 '발작'과 '화재'를 이용해서 가상의 인물들을 다 죽이고 새로운 인물을 창조했다. 냰은 신선한 조합을 찾아내는 일이 아무리 해도 질리지 않았고, 데이지는 그녀를 맹목적으로 신뢰하고 따랐다. 가엾게도 테디가 자주 피해를 입었다. 신이 난 소녀들이 테디를 자꾸 인형과 착각해서, 지하 감옥(옷장)에 가둬두고 야외 놀이를 나가버린다든지 하는 것이다. '교활한 어린 고래' 역할을 맡겨서 욕조에서 익사할 뻔하기도 했다. 최악은 강도로 교수형에 처했다가 겨우 밧줄을 잘라 구해낸 일이었다.

그러나 학교 전체가 주목한 놀이는 '클럽'이었다. 그냥 그 이름 하나로 충분했다. 고학년 아이들이 만들어서 꼬마들은 예의 바르게 행동했을 때 가끔 초대를 받았다. 토미와 데미가 명예회원이었는데 항상 일찍 돌아가야 해서 속상했다. 클럽의 운영은 아주 독특해서, 장소와 시간을 가리지 않고 온갖 기묘한 의식과 행사가 열렸다. 간간이 다툼으로 해체되었다가도 다시 튼튼한 토대 위에 재건되었다.

비 오는 저녁이면 회원들이 교실에 모여 게임을 했다. 체스, 모리스 춤, 주사위 놀이, 펜싱 시합, 낭송회, 토론 혹은 아주 비극적인 연극을 했다. 여름에는 헛간이 만남의 장소였는데, 직접 참석해보지 않으면 그 분위기를 알 방법이 없다. 후덥지근한 저녁에 물놀이를 하러 계곡에 모여서 바람이 잘 통하는 옷을 입고 개구리처럼 빈둥거렸다. 그런 때는 희한하게도 누구나 '청산유수'로 말을 잘했다. 연사의 말에 기분이 상했다면 차가운 물벼락 세례를 퍼부어 그 열정을 꺼트렸다. 프란츠가 회장으로 질서를 잡아갔는데, 제멋대로인 회원들을 고려하면 대단히 훌륭했다. 베어 교수는 클럽에 전혀 끼어들지 않았다. 가끔 현명한 인내에 대한 보상으로 이 신비로운 활동에 초대를 받으면 무척 즐거워했다.

낸이 클럽에 가입하고 싶다고 찾아왔을 때, 회원들 사이에 엄청난 흥분과 분열이 생겨났다. 낸은 편지나 발언으로 탄원을 넣었고, 엄숙한 행사장 바깥에서 열쇠 구멍을 통해 모욕을 퍼부어 방해했다. 문밖에서 고래고래 소리를 지르기도 했고, 벽과 울타리에 클럽을 조롱하는 글귀도 적었다. 낸은 '가만히 기다리고만 있지 않는' 성격의 소유자였으니까!

　하지만 이런 호소가 아무 소용이 없자, 소녀들은 조의 충고를 듣고 자신들만의 모임을 만들고 '코지 클럽(Cosy Club)'이라고 이름 붙였다. 그리고 다른 클럽에서 배제된 어린 신사들을 너그럽게 초대해서 낸이 생각해낸 새로운 놀이인 '작은 식사'를 하며 즐겁게 보냈다. 그밖에도 다른 신나는 행사들이 많이 열렸다. 그러자 클럽에서 하나둘씩 이 한층 우아한 즐거움에 동참하고 싶다는 회원들이 생겨났고, 엄청난 협의 끝에 마침내 공손하게 교류를 제안했다.

　코지 클럽 회원들은 정해진 날 저녁에 경쟁 클럽을 단장하는 일에 초대를 받았다. 신사들은 놀랍게도 숙녀들이 참석해도 기존 회원들의 대화나 즐거움에 방해가 되지 않는다는 사실을 깨달았다. 아무도 그런 불평을 하지 않았다. 숙녀들은 이 평화적인 접근에 친절하고 멋지게 대응해서, 두 클럽은 오랫동안 즐겁게 번영을 누렸다.

셰익스피어 스미스 부인의 무도회

「셰익스피어 스미스 부인께서 존 브룩 씨, 토머스 뱅스 씨, 너대니엘 블레이크 씨를 오늘 오후 3시에 열리는 무도회에 초대하셨습니다.

추신. 너대니얼 씨는 우리가 춤을 출 수 있도록 꼭 바이올린을 가져오고 모든 참석자는 점잖게 행동해야 합니다. 아니면 저희가 준비한 맛있는 음식을 대접할 수 없습니다.」

이 우아한 초대는 하마터면 거절당할 뻔했다. 추신의 마지막 줄이 아니었더라면.

"맛있는 음식을 많이 준비했나봐. 냄새가 여기까지 나는걸. 가자."

토미가 말했다.

"다 먹고 나서 계속 있을 필요는 없잖아." 데미가 말했다.

"난 무도회에 가본 적이 없어. 어떻게 하는 거야?" 네트가 물었다.

"아, 그냥 남자답게 굴면 돼. 어른들처럼 꼿꼿하고 바보처럼 앉아 있다가 여자들을 기쁘게 해주려고 춤을 추는 거야. 그런 다음 전부 다 먹어치우고 최대한 빨리 돌아오는 거지."

토미의 설명을 듣고 네트가 잠시 생각하더니 말했다.

"그건 나도 할 수 있겠다."

"내가 참석한다고 답장할게."

데미가 매우 신사다운 전갈을 보냈다.

「저희는 모두 참석할 예정입니다. 맛있는 요리를 많이 준비해주세요. 존 브룩으로부터.」

숙녀들의 긴장감은 엄청났다. 왜냐하면 이번 무도회가 성공적이면 일부만 뽑아서 만찬에 초대할 생각이었기 때문이었다.

"조 이모가 남자애들이 제멋대로 굴지 않으면 초대해도 좋다고 하셨어. 그러니 반드시 걔네가 우리 무도회를 좋아하게 만들어야 해. 그래야 그들이 예의 바르게 행동할 거야."

데이지가 어머니처럼 말하고는 식탁을 정리하고 미리 마련해둔 다과를 불안한 눈길로 살폈다.

"데미와 네트는 얌전할 테지만 토미는 뭔가 장난을 칠 거야."

낸이 케이크 바구니를 꾸미다가 고개를 들고 절레절레 저었다.

"그러면 즉각 돌아가라고 말해야지." 데이지가 단호했다.

"무도회에서는 그러면 안 돼. 그건 예의에 어긋나는 일이야."

"그렇다면 만찬에 초대하지 않을 거야."

"그렇게 하자. 만찬에 빠지면 그 애가 속상하겠지?"

"그럴 거야! 우리 아주 근사한 걸 준비하지 않을래? 국자로 뜰 수 있게 '함'(합tureen을 말한다!)에 수프를 담아내고 칠면조를 대신할 새 요리와 그레이비와 모든 근사한 '아치'도 다 준비하는 거야."

데이지는 '야채'를 제대로 발음하지 못해서 포기했다.

"3시가 다 됐어. 어서 옷을 입자."

낸은 오늘을 위해 준비한 멋진 드레스를 빨리 입고 싶었다.

"난 네 엄마니까 잘 차려입지 않아도 돼."

데이지는 빨간 리본이 달린 취침용 모자를 쓰고 이모의 긴 치마와 숄을 걸쳤다. 안경과 커다란 손수건으로 마무리하니 영락없이 포동포동한 어린 부인이었다.

낸은 조화로 화관을 만들고 낡은 분홍 실내화에 노란색 스카프를 걸치고 녹색 모슬린 치마를 입은 다음 먼지떨이에서 떼어낸 깃털로 만든 부채를 들었다. 그리고 마지막으로 우아함을 더하고자 아무 향도 안 나는 향수를 뿌렸다.

"난 딸이니까 더 많이 나서고 노래하고 춤추고 말도 더 많이 해야 해. 어머니들은 항상 차를 마시고 예의 바르게 앉아 있잖아."

갑자기 아주 큰 노크 소리가 났다. 스미스 양이 얼른 의자에 앉아 열심히 부채질을 했고 그녀의 어머니는 소파에 꼿꼿하게 허리를 세우고 앉아서 침착하고 '예의 바르게' 보이고자 노력했다. 놀러와 있던 어린 베스가 하녀 역을 맡아서 문을 열어주고 웃으며 말했다.

"들어오세요, 신사분들. 준비가 다 됐어요."

초대에 부응하고자 소년들은 높은 종이 칼라를 달고 높은 검은 모자에 다양한 색과 재료로 된 장갑을 꼈다. 나중에 생각해보니 어느 누구도 완벽한 정장 차림을 한 이가 없었다.

"안녕하세요, 부인."

데미는 어른처럼 목소리를 낮게 깔려고 했는데, 너무 힘들어서 아주 짧게만 말했다. 모두 악수를 나눈 다음 자리에 앉았다. 진지하면서도 아주 우스워서 신사들은 예의범절을 잊고 웃음을 터트렸다.

"아, 그러지 마세요!"

스미스 부인이 아주 고통스러워하며 소리쳤다.

"그런 식으로 행동하면 다시는 오지 못할 줄 알아요."

스미스 양이 가장 크게 웃은 뱅스 씨를 향수병으로 툭툭 쳤다.

"어쩔 수 없어. 넌 너무 맹수 같아."

뱅스 씨가 아주 무례하게 말했다.

"너도 마찬가지야. 하지만 난 그런 말을 내뱉을 만큼 무례하지 않아. 애는 만찬에 참석할 수 없어. 안 그래, 데이지?"

낸이 발끈했다.

"우선 춤을 추도록 하죠. 바이올린을 가져오셨나요?"

스미스 부인이 단정한 자세를 유지하며 말했다.

"문밖에 있어요."

네트가 가지러 갔다.

"차를 먼저 마시는 것이 좋겠어."

토미가 뻔뻔하게 제안하고는, 데미에게 대놓고 윙크를 해서 다과를 먹는 즉시 자리를 뜨자는 계획을 다시금 알렸다.

"아뇨, 춤을 제대로 추지 않으면 어떤 음식도 대접하지 않을 거예요. 조금도."

스미스 부인이 아주 단호하게 말했다. 손님들은 그녀가 농담하는 것이 아닌 걸 알고 곧바로 엄청나게 예의를 차렸다.

"뱅스 씨에게 폴카를 알려드리죠. 어떻게 추는지 모르실 테니."

안주인이 비난하는 눈빛을 보내자 토미는 풀이 죽었다.

네트가 연주를 시작했고 무도회는 두 쌍의 춤과 더불어 시작되었다. 그들은 애를 쓰며 다양한 춤을 췄다. 숙녀들은 춤을 좋아해서 잘 췄지만 신사들은 다른 이기적인 동기로 노력했을 뿐이다. 그들은 꼭 맛있는 걸 먹겠다는 결심으로 끝을 향해 달렸다.

모두 숨이 거칠어지자 휴식시간을 가졌다. 게다가 가엾게도 스미스 양은 긴 옷자락에 여러 번 발이 걸려서 휴식이 절실히 필요했다. 어린 하녀가 당밀과 작은 물컵을 돌렸는데 한 손님이 아홉 잔이나 비웠다. 누구인지 밝히지는 않겠지만, 그는 음료가 너무 맛있었는지 아홉 번째 잔까지 급히 마시다가 사레가 걸려 망신을 당했다.

"이제 낸에게 피아노를 치며 노래해달라고 부탁해."

데이지가 오빠에게 말했다. 그는 높은 칼라 사이로 축제 장면을 진지하게 쳐다보아 올빼미처럼 보였다.

"저희에게 노래를 들려주세요, 스미스 양."

말 잘 듣는 손님이 피아노가 어디 있는지 둘러보며 말했다.

스미스 양은 낡은 책상으로 간 다음 책상 뚜껑을 열고 그 앞에 앉더니 힘차게 책상을 흔들며 처음 듣는 아름다운 노래를 불렀다.

흥겨운 음유시인이
기타를 치며
길을 재촉하네.
전쟁터에서 집으로 돌아가는 길을.

신사들이 열정적으로 박수를 치자 스미스 양은 〈뭉게구름〉, 〈어린
보핍〉 등의 주옥같은 노래를 모두가 그만하면 충분하다는 기미를 보
일 때까지 불렀다. 스미스 부인이 딸을 칭찬해주는 것에 대해 감사
의 마음을 전했다.

"자, 이제 다 같이 차를 마시죠. 조심히 앉으시고 막 집어먹지 마
세요."

훌륭한 숙녀가 자신이 차린 식탁을 자랑스럽게 소개하는 모습은
보기 좋았다. 그녀는 침착하게 작은 실수들을 견뎠다. 제일 잘 만든
파이를 아주 무딘 칼로 자르려고 하다가 그만 바닥에 떨어뜨렸다.
빵과 버터가 예상보다 빨리 사라지자 주부의 영혼은 실망에 빠졌다.
가장 끔찍한 건 커스터드가 너무 부드러워 새 주석 숟가락으로 우아
하게 떠먹는 걸 포기하고 그릇째로 마셔야 했던 일이다.

이런 말을 하게 돼서 안타깝지만, 하녀가 스미스 양과 고리 모양
과자를 두고 옥신각신 다투다가, 바구니를 통째로 공중에 던지고 과
자가 비처럼 쏟아지는 한가운데서 울음을 터트렸다. 다행히 베스는
곧바로 식탁에 앉아 설탕 통을 비우며 마음을 달랬는데, 이 난리통

에 큰 접시에 있던 패티(밀가루, 소금, 물로 반죽하고 중간에 커다란 건포도를 박고 전체적으로 설탕을 뿌린 파이)가 불가사의하게 사라졌다. 축제의 주요 장식으로 스미스 부인이 직접 만든 아름다운 패티를 계속 보고 감상하던 터라 그녀는 몹시 화가 났다. 패티 열두 개를 만드는 게 쉽다면야 문제가 아니겠지만 결코 그렇지 않았다. 분노한 안주인이 의심스러운 손님에게 우유 주전자를 들이밀며 소리쳤다.

"네가 숨겼지, 토미. 난 네가 그런 걸 알아!"

"나 아냐!"

"너잖아."

"부정하는 건 예의가 아니야."

다툼이 벌어지는 동안에도 젤리를 먹고 있던 낸이 말했다.

"어서 돌려줘, 데미."

"거짓말! 네 주머니에 숨겼잖아."

데미가 토미의 거짓 비난에 격분했다.

"뺏어오자. 데이지를 울리는 건 너무 하잖아." 네트는 자신의 첫 무도회가 생각보다 신난다고 여기며 제안했다.

데이지는 이미 울고 있었고 베스는 헌신적인 하녀처럼 주인의 눈물을 닦아주었다. 낸은 남자아이들 전체를 '지독한 것들'이라고 맹렬히 비난했다. 한편 신사들의 다툼은 차츰 격렬한 놀이로 변했다. 무고한 두 사람이 쫓자, 범인인 소년이 식탁 뒤로 가더니 훔친 패티를 그들에게 던졌다. 패티는 총알처럼 단단해서 아주 효과적인 미사일 역할을 했다. 마지막 패티를 던지자마자 범인은 포위한 이들에게 체포되어 방에서 끌려나가 복도 바닥에 내쳐졌다.

승리자들이 얼굴이 상기된 채 방으로 돌아왔다. 데미는 가여운 스미스 부인을 위로하고 네트와 낸은 떨어진 패티를 주워서 떨어진 포도를 대충 다시 꽂고 접시에 다시 놓았다. 그러자 전과 비슷해 보였다. 그러나 설탕이 다 없어져서 아름다움이 사라졌고 아무도 모욕당한 패티를 먹을 생각을 하지 않았다.

그때 계단에서 조 이모의 목소리가 들렸다. 데미가 허둥댔다.

"우리는 이만 가는 게 좋겠어."

"그게 낫겠다." 네트가 패티를 집었다가 얼른 내려놓으며 말했다.

그러나 이모가 먼저 들이닥쳤다. 조는 어린 숙녀들이 털어놓는 사건 이야기를 듣더니, 세 악동을 보며 고개를 저었다.

"너희가 뭔가 착한 행동을 해서 이 나쁜 행실을 속죄하기 전까지는 무도회에 초대받지 못할 거야."

"그냥 재미로 그랬어요." 데미가 말했다.

"다른 사람을 불행하게 하는 재미는 싫구나. 너한테 실망했어, 데미. 너만은 데이지를 놀리지 않기를 바랐는데. 너한테 얼마나 잘하는 동생이니."

"오빠들은 항상 여동생을 놀려요. 토미가 그랬어요." 데미가 웅얼거렸다.

"내 아이들은 그러지 않기를 바란다. 같이 재미나게 놀지 않을 거면 데이지를 집으로 돌려보내야겠다."

이모의 청천벽력 같은 선언에 데미는 슬금슬금 여동생에게 갔다. 데이지도 쌍둥이 오빠와 떨어진다는 생각은 해본 적도 없어서 얼른 눈물을 닦았다.

"네트도 나빴고 토미가 제일 나빴어요." 낸이 얼른 끼어들었다. 두 죄인이 공평하게 벌을 받지 못할까봐 걱정이 되었다.

"미안해." 네트가 아주 많이 창피해했다.

"난 아니야!" 열쇠 구멍으로 이야기를 엿듣던 토미가 소리쳤다.

조는 웃음이 터지려는 것을 꾹 눌러 참고, 계속 화난 표정으로 문을 가리키며 엄하게 말했다.

"소년들은 가도 좋다. 하지만 내가 허락할 때까지 소녀들과 말을 하거나 놀 수 없어. 그럴 자격이 없으니까 내가 금지하는 거야."

짓궂게 행동한 어린 두 신사가 급히 방을 나갔고, 밖에 격리되어 있던 토미에게 15분이 넘게 조롱과 야단을 들었다. 데이지는 실패한 무도회의 충격에서는 곧 벗어났지만 오빠와 떨어질지도 모른다는 걱정에 슬퍼졌고 여린 마음에 오빠의 단점을 안타까워했다. 낸은 이 상황을 꽤 즐겨서 콧대 높게 콧방귀를 뀌며 세 사람을 비웃었다. 특히 아무렇지 않은 척하며 '바보 같은 여자애들'로부터 떨어져서 오히려 만족스럽다고 자랑하는 토미에게 날을 세웠다. 그러나 토미는 진즉 자신의 성급한 행동으로 좋아하는 친구들과 멀어지게 된 것을 후회했고, 갈수록 '바보 같은 여자애들'의 가치를 깨달았다.

다른 두 소년은 금방 항복하고 다시 친구가 되길 기대했다. 항상 위로해주고 요리를 해주던 친절한 데이지가 없기 때문이다. 늘 유쾌하고 상처를 치료해주던 낸도 없었다. 가장 끔찍한 건 조의 태도였다. 조는 세 소년이 크게 반성하도록 대신 데이지와 낸의 마음을 표현하듯 못 본 척 지나쳤고, 바쁘니까 다음에 말하라고 했다. 이 갑작스럽고 완벽한 소외감이 그들의 영혼에 우울한 그림자를 드리웠다.

마더 베어가 그들을 외면하니 태양이 정오에 진 것 같고 아무런 안식처도 남아 있지 않았다.

불편한 상황이 사흘이나 이어졌다. 소년들은 더 이상 참을 수 없어서 태양이 완전히 사라지기 전에 베어 교수를 찾아가 도움을 청했다. 아마 베어 교수도 부인에게 미리 지침을 받지 않았겠는가. 그는 괴로워하는 소년들에게 조언을 해주었고, 아이들은 고맙게 따랐다.

소년들이 다락방에 틀어박혀서 몇 시간이고 뭔가를 뚱땅뚱땅 만들었다. 아시아가 밀가루풀을 너무 많이 얻어간다고 불평했고 소녀들은 슬슬 호기심이 생겼다. 낸이 몰래 염탐하다가 문에 코가 낄 뻔했고, 데이지는 그 앞에 앉아서 이런 끔찍한 비밀 따위 없이 다 같이 재미있게 어울려 놀고 싶다며 한탄했다. 수요일 오후가 되자 바람과 날씨에 관한 많은 상의 끝에 네트와 토미가 신문으로 여러 번 싸서 꼭꼭 숨긴 납작한 꾸러미를 가지고 나왔다. 낸은 궁금해서 죽을 지경이었고 데이지는 짜증으로 눈물까지 글썽였다. 그때 데미가 손에 모자를 들고 조의 방으로 가서 가장 공손한 목소리로 말을 꺼냈다.

"부탁해요, 이모. 어린 숙녀분들과 함께 저희가 준비한 깜짝 파티에 오시지 않겠어요? 아주 근사한 파티예요."

"고맙구나. 기꺼이 참석하마. 단, 테디도 데려가는 조건이야."

이모가 미소로 승낙하자 데미는 비온 뒤에 햇살이 난 것처럼 기분이 좋아졌다.

"당연히 그렇게 하세요. 어린 숙녀분들을 모실 작은 마차를 준비했어요. 이모는 페니로열 언덕까지 와주실 수 있어요?"

"물론. 그런데 내가 방해가 되지는 않겠니?"

"세상에, 절대로 아니에요! 우리가 꼭 이모가 와주셨으면 해요. 이모가 안 오시면 파티를 다 망칠 걸요." 데미가 엄청 솔직하게 말했다.

"정말 친절하시군요, 선생님." 조가 장난스럽게 대답했다.

"자, 숙녀분들, 신사분들을 너무 기다리게 하면 안 되겠죠. 모자를 쓰고 얼른 출발하세요. 얼른 깜짝 파티를 보고 싶네요."

조의 말에 다들 준비를 하느라 부산스러웠다. 5분 후에 세 숙녀와 테디가 당나귀 토비가 끄는 '옷 가방' 마차에 탔다. 데미가 행렬의 선두에서 걸었고 조는 강아지 키트의 호위를 받으며 뒤에 따라갔다. 과연, 대단히 인상적인 광경이었다! 토비는 머리에 붉은 깃털 먼지떨이를 썼고 마차 위로 근사한 깃발 두 개가 펄럭였다. 키트는 목에 맨 푸른 나비넥타이 때문에 날뛰었고 데미는 옷깃에 민들레 꽃다발을 꽂았고 조는 이 상황에 걸맞게 특이한 일본 양산을 들었다.

소녀들은 내내 신이 나서 안절부절못했다. 테디는 들떠서 계속 마차 밖으로 모자를 던졌고, 모자를 빼앗기자 밖으로 뛰쳐내리려고 했다. 자신이 파티에 즐거움을 더해야 한다고 생각하는 모양이었다.

막상 언덕에 도착했는데, '바람에 흔들리는 잔디'밖에 없었다. 소녀들은 실망했다. 그러나 데미가 근사하게 말했다.

"자, 모두 마차에서 내리면 깜짝 파티를 시작하겠습니다."

이 말과 함께 그는 바위 뒤로 퇴장해서, 지난 30분 동안 그 너머에서 드문드문 보이던 머리들에 합류했다.

잠시 침묵 속에 강렬한 긴장감이 흐르고, 마침내 네트, 데미, 토미가 앞으로 나왔다. 세 숙녀에게 건넬 새 연을 들고 있었다. 기쁨의 탄성이 흘러나왔지만 소년들은 유쾌하게 더 큰 선언을 했다.

"이것이 깜짝 파티의 전부가 아닙니다."

그리고 다시 바위 뒤로 뛰어가더니 엄청나게 큰 연을 들고 나왔는데, 밝은 노란색 물감으로 '마더 베어에게'라고 쓰여 있었다.

"선생님도 좋아하실 거라고 생각했어요. 왜냐하면 저희에게 화가 나서 여자애들 편에 서셨잖아요."

세 소년이 웃음을 터트리며 이렇게 소리쳤다. 확실히 조에게는 깜짝 선물이었다. 그녀는 이 계획에 완전히 감동해서 손뼉을 쳤다.

"와, 애들아 정말 근사하구나! 누가 이런 생각을 했니?"

"뭔가 만들어보려고 할 때 프리츠 이모부가 조언해 주셨어요. 이모가 좋아하실 거라는 말에 더 크게 만들었고요."

데미가 계획이 성공해서 뿌듯해하는 눈빛으로 대답했다.

"프리츠 이모부는 내가 무얼 좋아하는지 알고 있어. 그래, 정말 근사한 연이구나. 우린 너희가 지난 번에 연을 날릴 때 우리도 연이 있으면 좋겠다고 생각했단다. 안 그러니, 꼬마 숙녀들?"

"그래서 우리가 여러분을 위해 만들었답니다."

토미가 물구나무를 서면서 말했다. 그의 감정을 가장 적절하게 드러내는 방식이었다.

"그럼 같이 날려보자." 낸은 신이 났다.

"난 어떻게 하는지 몰라." 데이지가 말했다.

"우리가 보여줄게. 그러고 싶어!"

남자애들이 앞다퉈 나섰다. 데미가 데이지의 연을, 토미가 낸의 연을, 네트가 베스의 연을 맡았다. 베스가 작은 파란 연을 움켜쥐고 놓지 않아서 네트가 어렵게 달래야 했다.

"이모, 잠시만요. 곧 이모 연도 봐드릴게요."

"괜찮아, 데미야. 난 연을 아주 잘 날린단다. 그리고 날 봐줄 신사가 여기 있구나."

바위 뒤에서 내내 엿보고 있던 베어 교수가 활짝 웃으며 나왔다.

조가 즉시 연을 들고 뛰어갔다. 아이들이 그 광경을 지켜보았다. 곧 연들이 하나씩 하늘로 올라서, 회색 새처럼 산들바람에 떠다니며 언덕 위에서 안정적으로 흔들렸다. 얼마나 즐거운 시간인가! 뛰고 소리치고 연을 높이 올렸다가 당겨서 내렸다가…… 자기 연이 공중에 떠 있는 것을 보면서 살아 있는 생명체가 도망치려고 하는 것처럼 끈을 잡아당겼다. 낸은 신이 나서 펄쩍펄쩍 뛰었고 데이지는 연 날리기가 인형 놀이만큼이나 재밌다고 생각했다. 어린 베스는 '근사한 연'이 너무 좋아서 아주 잠시만 날리고 무릎에 올려놓고 토미의 근사한 붓질로 그린 멋진 그림을 감상했다. 조도 자기 연이 정말 좋았다. 연도 마치 제 주인이 누구인지 안다는 듯, 곤두박질치듯 낙하해서 나무와 강에 닿을 듯하다가 공중으로 급격히 치솟아 구름 사이의 작은 반점처럼 보였다.

얼마 지나 모두 피곤해졌고 연줄을 나무나 울타리에 매어 놓고 휴식을 취했다. 베어 교수는 테디를 목말을 태워서 소를 살피러 갔다. 다들 잔디 위에 누워 한 무리 양처럼 박하잎을 씹고 있을 때 네트가 조에게 물었다.

"예전에 이렇게 신나게 놀아본 적이 있으세요?"

"오래전 결혼 전에 연을 날려본 이후로는 처음이란다."

"선생님의 소녀 시절이 궁금해요. 분명 아주 쾌활하셨겠죠."

"네 환상을 깨서 미안하다만 난 지독한 말괄량이였어."

"전 말괄량이가 좋아요."

토미가 낸을 쳐다보며 말했다. 낸은 그런 칭찬이 끔찍하다는 듯 인상을 썼다.

"왜 전 기억이 안 날까요, 이모?"

"데미 넌 아주 많이 어렸지."

"할아버지가 자라면서 마음속 다른 부분이 발달한다고 하셨어요. 그때는 제 마음속 '기억 부분'이 발달하지 않았었나 봐요."

"어린 소크라테스, 그런 질문은 할아버지께 하렴. 난 대답을 해줄 수가 없어."

"네, 그럴게요. 할아버지는 그런 걸 잘 아시지만 이모는 그렇지 않으니까요."

데미는 지금은 연이나 날리는 편이 더 좋겠다고 생각했다.

"마지막으로 연을 날렸을 때는 어떠셨어요?"

네트는 조가 그 얘기를 할 때 웃는 걸 보고 분명히 재미있는 일화가 있을 거라고 짐작했다.

"아, 그냥 실없는 이야기야. 내가 열다섯 살 땐데, 연날리기를 하며 노는 모습을 보이기가 부끄럽더구나. 그래서 테디 이모부랑 같이 몰래 연을 만들어 날렸어. 한참 재밌게 날리고 있는데, 갑자기 한 무리의 젊은 남녀가 다가오더라. 소풍을 갔다가 돌아오는 길이었나 봐. 테디는 태연했지만 그나 나나 연을 가지고 놀기에는 꽤 나이가 있었기에 나는 엄청나게 당황했지. 놀림을 당할 게 뻔했고, 이미 이웃에서 낸처럼 말괄량이로 유명했거든. 목소리들이 점점 더 가까워지길래 테디에게 물었지.

'이제 어쩌지?'

'이렇게 하면 되지.'

그러더니 테디가 칼로 연줄을 잘랐어. 연은 멀리 날아가버렸고 사람들이 다가올 무렵 우리는 꽃을 꺾고 있었지. 그들은 우리를 의심하지 않았고 우리는 겨우 위기를 넘긴 것이 기뻐서 크게 웃었어."

"연은 잃어버린 건가요, 이모?" 데이지가 물었다.

"그래. 하지만 괜찮았어. 나이가 들어서 다시 연을 날릴 때까지 기다리는 편이 낫겠다고 마음을 정했거든. 그래, 바로 오늘을 기다렸단다."

그러면서 조가 서둘러 연을 감기 시작했다.

"이제 돌아갈 시간인가요?"

"지금 가야 해. 안 그러면 저녁 식사에 늦겠어. 저녁을 굶는 깜짝 파티는 너희도 원치 않겠지, 얘들아?"

"우리 파티는 괜찮지 않았어요?" 토미가 만족스럽게 물었다.

"굉장했지!" 모두가 한목소리로 대답했다.

"그 이유가 뭔지 아니? 너희 손님들이 예의 바르게 행동했고 모든 것이 잘 진행되도록 노력했기 때문이야. 내 말을 이해하겠니?"

"네."

세 소년은 멋쩍은 표정으로 서로를 힐끔거렸다. 그리고 얌전히 연을 어깨에 걸치고 집으로 돌아오면서, 손님들이 예의 없이 행동해서 상황이 안 좋게 흘러갔던 또 다른 파티를 떠올렸다.

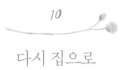

다시 집으로

7월이 찾아왔고 건초 만드는 작업이 시작되었다. 작은 텃밭은 잘 돌아갔고 긴 여름날에 즐거운 시간이 잔뜩 늘었다. 현관문이 아침부터 밤까지 열려 있어서, 아이들은 밖에서 놀다가 수업시간에만 들어갔다. 하지만 수업도 짧고 휴일도 많았다. 베어 부부는 운동으로 건강한 육체를 키우는 일을 중요하게 여겼는데 이 짧은 여름이 야외활동에 최상이었다. 소년들의 얼굴에 혈색이 돌고 햇볕에 그을리고 원기왕성해졌다. 식욕이 늘고 팔다리가 튼튼해져 재킷과 바지가 작아졌다. 그들은 실컷 웃고 사방으로 뛰어다니고 집 안과 헛간에서 장난을 쳤다. 언덕과 계곡을 신나게 뛰어다니며 모험을 즐겼다. 학생들의 몸과 마음이 무럭무럭 자라는 모습에 훌륭한 베어 부부가 얼마나 깊은 만족감을 느꼈는지 이루 다 설명할 수가 없다. 딱 한 가지만 아쉬웠는데, 그 또한 부부가 전혀 예상하지 못한 순간에 이뤄졌다.

어느 훈훈한 여름밤 어린 소년들은 침대에서 잠들었다. 큰 아이들은 개울에서 멱을 감고 있었다. 조가 응접실에서 테디의 옷을 갈아입히는데 테디가 달빛이 환하게 비치는 창문을 가리키며 소리쳤다.

"아, 우리 대니!"

"아니, 꼬맹아. 대니는 여기 없어. 저건 아름다운 달이란다."

하지만 아기는 잔뜩 흥분해서 떼를 썼다.

"아냐, 아냐. 우리 대니 창에 있어. 테디가 봤어."

조는 그랬으면 좋겠다는 생각에 얼른 창가로 갔다. 아무도 없었다. 조는 댄의 이름을 외쳤고, 테디에게도 외치라고 시켰다. 아기의 목소리가 더 효과가 클 것 같았다. 하지만 아무 대답이 없었고 아무도 나타나지 않았다. 둘은 실망해서 응접실로 돌아왔다. 테디는 달에 만족하지 못했고, 요람에 눕혀도 계속 고개를 들며 '우리 대니 와?' 하고 물었다.

얼마 못 가 아기가 잠들고 소년들도 침대로 들어가 집이 고요해졌다. 귀뚜라미 울음소리만 잔잔한 여름밤을 수놓았다. 조는 커다란 바구니에 늘 가득한 해진 양말들을 기우며 곰곰이 생각했다. 그러다가 테디가 잘못 보았다고 결론짓고 굳이 남편에게는 말하지 않았다. 베어 교수는 소년들이 잠자리에 들 때까지 눈코 뜰 새 없이 바빴고, 그 후에도 밀린 편지를 써야 했다.

10시가 좀 지나자 조는 문단속을 하러 나갔다. 잠시 계단에서 아름다운 밤 풍경을 감상하는데, 마당에 흩어져 있는 작은 원뿔형 건초더미들 중 하나에 뭔가 허연 게 보였다. 아이들이 오후 내내 거기서 놀았으니 보나마나 낸이 남겨둔 모자겠거니 여겼다. 그런데 가까이 가 보니, 모자도 손수건도 아니었다. 갈색 손이 튀어나와 있는 흰색 셔츠 소매였다. 얼른 건초더미를 빙 돌아서 뒤편을 보았다. 댄이 잠들어 있었다.

누더기에 꾀죄죄하고 마르고 기진맥진한 모습이었다. 맨발인데 한 발을 다쳤는지 낡은 깅엄 재킷 천으로 대충 둘둘 감아 놓았다. 건초더미 뒤에 숨었다가 깜박 잠들어서 팔이 바깥으로 툭 떨어진 듯했다. 악몽을 꾸는지 한숨을 쉬며 잠꼬대를 했는데, 몸을 뒤척이며 신음하면서도 많이 허약해진 탓인지 잠에서 깨지 못했다.

"널 여기서 자게 둘 순 없지."

조가 조용히 댄의 이름을 부르며 아이를 부축했다. 댄이 스르르 눈을 뜨더니 그녀를 쳐다보고 미소를 지으며 몽롱하게 말했다.

"어머니, 제가 집에 돌아왔어요."

조는 그 표정, 그 말에 깊이 감동했다. 그녀가 소년의 뒤통수를 받쳐서 들어 올리며 진심으로 대답했다.

"난 네가 올 줄 알았어. 이렇게 널 보니 정말 기쁘구나, 댄."

그 순간 댄은 확 제정신이 든 모양이다. 갑자기 여기가 어딘지 기억났고 환대가 의심쩍다는 듯 몸을 일으켜 주변을 둘러보았다. 그러더니 표정이 싹 바뀌어서 예전처럼 퉁명스럽게 말했다.

"전 아침에 떠날 거예요. 지나는 길에 잠시 들렀을 뿐이에요."

"그런데 왜 안 들어왔니, 댄? 우리가 부르는 소리를 못 들었어? 테디가 널 보고 네 이름을 불렀는데."

"절 들여보내지 않았을 거잖아요."

댄은 금방이라도 떠나려는 듯 작은 꾸러미를 만지작거렸다.

"어디 확인해보자꾸나."

조는 그렇게만 말하고 문을 가리켰다. 불빛이 다정하게 빛나고 있었다. 댄은 마음의 짐을 내려놓듯 길게 숨을 내쉬더니 뭉툭한 작대기를 짚고 집을 향해 절뚝거리며 걸었다. 그러다가 갑자기 멈춰 서서 궁금하다는 듯 물었다.

"베어 교수님이 싫어할걸요. 전 페이지 씨한테서 도망쳤어요."

"교수님도 알고 계셔. 그 일은 유감이지만 그렇다고 달라지는 건 없어. 다리는 어쩌다가 다쳤니?"

"담을 넘다가 발 위로 돌이 떨어져 으스러졌죠. 뭐 어때요."

댄은 매번 자기 행동의 대가인 고통을 감추려고 애썼다.

조는 댄을 자기 방으로 데려갔다. 소년은 의자에 털썩 주저앉아 등을 기대고 약해진 몸과 고통으로 창백해졌다.

"가여운 댄! 이것부터 마신 다음에 요기를 좀 하렴. 넌 이제 집에 왔고 내가 잘 돌봐줄게."

그가 고마움이 가득 담긴 눈길로 조를 올려다보고는, 그녀가 입가에 대준 와인을 마시고 그녀가 가져다준 음식을 조금씩 먹었다. 입안 가득 채운 음식이 즉시 가슴으로 흡수되기라도 한듯 그는 모든 걸 다 알려주고 싶어서 안달이 난 사람처럼 말문이 터졌다.

"여태껏 어디 있었니, 댄?" 붕대를 꺼내며 조가 물었다.

"도망친 지 한 달도 훨씬 더 됐어요. 페이지 씨는 괜찮았지만 너무 엄격했어요. 그게 싫어서 배를 얻어 타고 강을 건넜죠. 그곳 농장에서 몇 주 일했는데, 농부의 아이를 때렸더니 농부가 절 때렸어요. 그래서 다시 도망쳐서 여기까지 걸어왔어요."

"그 먼 길을?"

"네. 농부가 돈을 주지 않았고 저도 요구할 수 없었어요. 아이를 때렸으니까요."

댄은 웃었지만 부끄러워하는 얼굴이었다. 상처투성이에 더러운 제 손을 슬쩍 내려다보았다.

"어떻게 버텼니? 아주아주 먼 길인데."

"아, 아주 잘 지냈어요. 다치기 전까지는요. 사람들에게 얻어 먹고 헛간에서 자면서 낮에 계속 걸었죠. 근데 지름길을 찾으려다가 길을 잃었어요. 안 그랬으면 여기에 더 빨리 왔을 텐데."

"플럼필드에서 우리와 함께 지낼 생각으로 돌아온 게 아니라면, 앞으로 어쩔 생각이었어?"

"테디를 한번 보려고요. 선생님도요. 봤으니까 예전에 살던 도시로 돌아가야죠. 그런데 너무 지쳐서 깜박 잠이 든 거예요. 절 찾아내지 않으셨다면 아침에 떠났을 거예요."

"내가 널 찾아내서 속상하니?"

조가 다친 발을 살피려고 몸을 굽히면서 반은 명랑하게 반은 나무라는 듯한 표정으로 댄을 쳐다보았다. 댄은 얼굴이 붉게 달아올랐고, 음식 접시만 뚫어져라 보면서 아주 낮은 목소리로 중얼거렸다.

"아뇨. 선생님, 기뻐요. 이곳에 있고 싶지만 걱정되는 건……."

댄은 말을 끝맺지 못했다. 조가 발의 상처를 보고 비명을 질렀기 때문이다.

"세상에! 언제 다친 거니?"

"사흘 전에요."

"이런 상태로 걸어왔다고?"

"지팡이가 있고 개울이 나올 때마다 발을 씻었어요. 그리고 어떤 부인이 발을 싸맬 천도 주었어요."

"지금 당장 베어 교수님이 처치를 해야겠다."

조는 즉시 옆방으로 갔다. 서두르느라 문을 열어둬서 댄이 모든 대화를 들었다.

"프리츠, 그 애가 돌아왔어요."

"누구? 댄 말이에요?"

"네. 테디가 창밖에 대니가 있다는데, 제가 돌아봤을 땐 없는 거예요. 그래서 나가서 살펴보니 건초더미 뒤에 숨어 있었어요. 피로와 고통으로 반쯤 기절해서 잠들었더군요. 한 달 전 페이지 씨 농장에서 도망친 후로 쭉 우리에게 걸어왔대요. 우리가 자신을 안 받아줘도 상관없고, 테디만 보고 도시로 가서 예전처럼 살 거라고 거짓말을 해요. 분명한 건 그 애가 우리에게 돌아온다는 희망으로 모든 곤경을 버티고 여기까지 왔고, 지금 당신이 용서해주고 받아줄지 궁금해 하며 기다리고 있다는 거예요."

"댄이 그렇게 말했어요?"

"그 눈이 그렇게 말했어요. 내가 깨웠을 때 '어머니, 제가 집에 돌아왔어요'라고 말했고요. 전 그 애를 야단칠 마음이 없고 가여운 어린 검은 양이 무리로 돌아온 것처럼 집 안으로 데려왔어요. 댄이 여기 있어도 되죠, 프리츠?"

"당연하죠! 댄이 우리에게 마음을 열었다는 증거예요. 더 이상 그 애를 다른 곳에 보낼 생각이 없어요. 우리 로브를 보내면 모를까."

소년의 커다란 두 눈에 눈물이 서서히 차오르더니 먼지 묻은 뺨으로 흘러내렸다. 재빨리 닦아서 아무도 보진 못했지만, 바로 그 찰나의 순간에 이 착한 사람들에 대한 댄의 오래된 불신은 완전히 사라졌으리라. 그의 여린 마음은 감동했고, 그들이 오래 참고 용서하며 베풀어준 사랑과 연민에 보답하고 싶다는 강렬한 열망을 느꼈다. 아무리 고통스럽고 피곤하고 외로워도 나지 않았던 눈물이 흘렀다.

"발의 상처가 심해 보여요. 물로만 씻고 낡은 재킷으로 대충 묶고는 사흘이나 열기와 먼지 속을 걸어온 모양이에요. 프리츠, 정말 용감한 아이에요. 반드시 훌륭한 어른이 될 거예요."

"당신을 위해서라도 꼭 그랬으면 좋겠어요. 열정적인 당신, 당신의 믿음은 성공할 가치가 있어요. 자, 이제 가서 어린 스파르타인을 봅시다. 그 애는 어디 있죠?"

"제 방에 있어요. 그런데 여보, 아이가 아무리 퉁명스럽게 굴어도 잘 대해주세요. 댄에게는 그게 맞는 방법이에요. 그 애는 엄격함과 제약을 못 견디는데, 부드러운 말과 무한한 인내심이 내게 그랬듯 그 애를 이끌어줄 거예요."

"당신이 이 말썽꾸러기 같았다는 말 같은데!"

베어 교수는 웃었지만, 내심 전혀 동의할 수 없었다.

"나도 그랬어요. 마음은요. 다만 다른 방식으로 표현했죠. 그래서 본능적으로 알겠어요. 댄이 어떻게 느끼는지, 그리고 어떻게 해야 아이의 마음을 얻고 감동시킬 수 있는지. 그 기질과 단점에 동정을 느껴요. 댄을 돕는 것이 날 돕는 일이라 기쁘고, 이 거친 아이를 훌륭한 어른으로 키운다면 내 평생 최고의 업적이 될 거예요."

"하나님, 이 모든 일을 도우시고, 그 일을 행하는 자를 도우소서!"

베어 교수가 진지하게 말했다.

부부가 함께 방에 들어가자, 댄은 팔에 머리를 파묻고 엎드려 있다가 얼른 고개를 들고 일어나려고 했다. 베어 교수가 다정하게 말했다.

"그래, 네가 플럼필드가 페이지 씨의 농장보다 좋다고 말했다던데. 그렇다면 이번에는 전보다 더 편하게 지낼 수 있는지 알아보자."

"고맙습니다."

댄은 퉁명스럽게 들리지 않게 조심했다. 생각보다 어렵지 않았다.

"자, 이제 발을 볼까? 저런! 상처가 심한걸. 내일 퍼스 박사를 불러야겠어. 여보, 따뜻한 물과 낡은 린넨을 갖다 줘요."

베어 교수가 상처 난 발을 씻기고 붕대로 싸맸고, 조는 집에서 유일하게 비어 있는 침대에 잠자리를 마련했다. 응접실과 이어진 작은 손님방으로, 아이들이 말썽을 부리면 조가 이리저리 뛰어다니지 않고 무슨 일인지 살피는 용도로 썼다. 베어 교수가 댄을 안아서 데려가, 옷을 갈아입는 걸 도와주고 작은 흰 침대에 눕히고 악수를 하며 아버지처럼 "잘 자렴, 우리 아들" 하고 말한 뒤 자리를 떴다.

댄은 곧바로 곯아떨어져서 몇 시간을 잤다. 발이 욱신거려서 불편하게 몸을 뒤척였는데, 누군가 듣고 깰까봐 신음을 내지 않으려고 애썼다. 댄은 용감한 소년이고 베어 교수가 부르는 별명처럼 '어린 스파르타인'같이 고통을 참았다.

조는 밤에 쏜살같이 집을 날아다니며, 바람이 차가워지면 문을 닫고, 테디에게 모기장을 쳐주고, 잠든 채 돌아다니는 토미를 돌봤다. 작은 소리에도 깼고, 종종 가상의 도둑, 고양이, 큰불 소리가 들려서 문을 대부분 열어두었다. 그렇게 예민한 귀 덕분에 댄의 낮은 신음에도 곧바로 깼다. 그가 베개를 절망적으로 두드리고 있는데, 복도에서 빛 한줄기가 새어 들더니 조가 우스꽝스러운 유령처럼 머리를 틀어올리고 긴 회색 잠옷 자락을 끌며 슬그머니 들어왔다.

"많이 아프니, 댄?"

"너무 아파요. 하지만 선생님을 깨우려던 건 아니었어요."

"난 올빼미처럼 야행성이라 항상 밤에 날아다닌단다. 그래, 발이 불이 붙은 것처럼 뜨겁겠지. 붕대를 다시 적셔야겠다."

엄마 올빼미는 날아갔다가 얼음물을 한가득 떠서 돌아왔다. 그리고 뜨거워진 붕대를 그 물에 담가서 식혔다가 상처에 올려주었다.

"아, 한결 나아요!"

댄이 안도의 한숨을 쉬었고, 시원한 물로 갈증 난 목을 축였다.

"자, 이제 어떻게든 잠들도록 해보고, 내가 다시 와도 겁내지 마. 드문드문 붕대를 적셔주러 올 거니까."

조가 그렇게 말하며 베개를 돌리고 침대보를 정리하는데, 갑자기 댄이 그녀의 목에 팔을 두르고 입을 맞추며 웅얼거렸다.

"고맙습니다, 선생님."

그 웅얼거림은 어떤 웅변보다 더 큰 파장을 가져왔다. 조는 성급한 입맞춤과 어설픈 말을 "죄송해요, 노력할게요"라는 의미로 이해했다. 그녀는 그 무언의 고백을 망치지 않으려고 태연하게 굴었다.

그리고 뒤늦게 부끄러워하며 베개에 파묻은 갈색 뺨에 입을 맞추며, 엄마 없이 자란 댄이 영원히 잊지 못할 말을 남기고 자리를 떴다.

"넌 이제 내 아들이야. 너만 좋다면, 난 네가 자랑스럽고 널 아들이라고 불러서 기쁘구나."

조는 동 틀 무렵 다시 잠에 빠져 있는 댄에게 갔다. 붕대를 다시 적셔줄 동안 아이는 깨지 않았다. 그저 고통이 줄어드는 듯 웅얼거리고 꽤 고요한 얼굴이 되었다.

플럼필드의 일요일은 아주 조용해서 댄은 정오가 다 되어서야 일어났다. 눈을 떠서 주변을 둘러보다가, 발을 동동 구르며 문 안을 들여다보는 작은 얼굴을 보았다. 팔을 활짝 벌리자 테디가 방을 가로질러 걸어와 침대로 몸을 던지며 외쳤다. "우리 대니 왔어!" 아이는 기뻐서 그를 껴안고 꼼지락거렸다. 곧 조가 아침 식사를 들고 들어왔다. 댄이 어젯밤이 생각났는지 얼굴을 살짝 붉혔지만 조는 못 본 척했다. 테디는 '숲(수프)'을 먹여주겠다고 조르며 아기처럼 떠먹여줬는데 댄은 별로 배가 고프지 않아서 그 과정을 즐겼다.

의사가 왔고 가여운 스파르타인은 힘든 시간을 보냈다. 골절된 작은 뼈들을 제자리로 돌려놓는 작업은 엄청나게 고통스러웠다. 입술이 허애지고 이마에서 땀이 비오듯 흘렀다. 하지만 그는 비명을 지르지 않고 조의 손만 아주 꽉 잡아서 그 이후로도 오랫동안 조의 손은 벌건 채로 남았다.

"무조건 일주일은 쉬어야 한다. 발이 절대 땅에 닿으면 안 돼. 그때 가서 목발을 쓸지 침대에 더 누워 있을지 보자."

퍼스 박사가 댄이 끔찍해하는 반짝이는 도구들을 챙기며 말했다.

"목발이요? 시간이 지나면 괜찮아지는 거 아닌가요?"

"그러길 바란단다."

댄은 절망했다. 활달한 소년에게는 끔찍한 선고였다.

"너무 걱정하지 마. 난 유명한 간호사고 우리는 한 달 안에 널 다시 걷게 만들 거야."

그러나 댄은 조의 위로에도, 테디의 애정 공세에도 기운을 내지 못했다. 그래서 조가 남자아이들과 놀게 해주려고 댄에게 누가 보고 싶은지 물었다.

"네트와 데미요. 제 모자도 필요해요. 그 안에 든 걸 개네들에게 보여주고 싶은데…… 혹시 제 전리품, 버리셨어요?"

댄이 꽤 불안하게 물었다.

"아니, 잘 두었어. 네가 굉장히 신경을 쓰길래 보물이라도 담겼나 보다 생각했거든."

조가 나비와 딱정벌레가 가득 붙은 낡은 밀짚모자와, 오는 길에 주운 특이한 것들이 담긴 손수건을 가져왔다. 이끼로 조심스럽게 싼 새알, 신기한 조개껍데기와 돌, 버섯 조금, 갇혀 있어서 크게 화가 난 작은 게 여러 마리까지.

"게들을 담아둘 게 있을까요? 하이드 아저씨랑 같이 찾았는데, 정말 괜찮은 게들이라 제가 키우면서 관찰하고 싶어서요……."

댄은 발의 통증도 잊고 게들이 침대 위로 미끄러지고 뒷걸음질 치는 것을 보고 웃으며 물었다.

"당연하지. 옛날에 앵무새 폴리를 키우던 새장이 딱 적당하겠다.

내가 가져올 테니, 게들이 테디의 발을 물지 않게 봐주렴."

조는 자리를 나섰다. 댄은 자신의 보물이 쓰레기 취급을 받지 않아서 무척 기뻤다.

네트와 데미, 새장이 함께 도착했다. 게는 곧 새 집에 정착했다. 아이들은 그 신기한 구경에 도망친 소년을 맞이하는 어색함을 잊었다. 청중들의 열기에 댄은 모험담을 어젯밤보다 훨씬 자세히, '전리품'까지 보여주며 흥미진진하게 설명했다. 아이들끼리 자유롭게 놀도록 옆방에 가서 책을 읽고 있던 조는 깜짝 놀랐다.

"저 아이는 이런 걸 어떻게 잘 알까! 얼마나 저기에 몰두하고 있는지! 책을 싫어하니 누워 있는 동안 무척 지루할 텐데 참 다행이야. 아이들과 내가 딱정벌레며 돌 등을 찾아서 가져다줘야겠다. 어쩌면 이 아이의 미래와 연결될지도 몰라. 댄이 훌륭한 동식물연구가가 되고, 네트가 음악가가 되면 난 올해의 성과가 무척 자랑스러울 거야."

조가 미소를 지으며 이런 공상에 빠졌다. 어릴 때는 자신을 위해 하던 공상을, 지금은 다른 아이들을 위해 펼쳤다. 플럼필드라는 훌륭한 토대 위에서 그런 공상 중 일부는 현실로 만들 수도 있었다.

네트는 모험담을 가장 흥미로워했지만, 데미는 딱정벌레와 나비 수집물을 보며 그 섬세한 작은 생명체의 역사를 새롭고 사랑스러운 형태의 동화책을 읽듯이 받아들였다. 댄은 어투는 담담해도 이야기를 꽤나 잘했고, 자신이 어린 철학자에게 알려줄 것이 있어서 흡족했다. 아이들은 사향쥐를 잡아서 가죽을 보물로 챙겨온 이야기에 푹 빠져서 베어 교수가 와서 알려줄 때까지 산책 시간도 잊었다. 뛰어나가는 아이들의 뒷모습을 댄이 하도 애처롭게 바라봐서, 파더 베어는 댄이 기분전환을 하도록 응접실 소파로 자리를 옮겨주었다.

댄이 편하게 자리를 잡고 집 안이 조용해지자 근처에서 테디에게 그림을 보여주고 있던 조가 호기심 어린 목소리로 댄이 여전히 손에 들고 있는 보물을 향해 고갯짓하며 물었다.

"그런 건 다 어디서 배웠니?"

"항상 자연이 궁금했는데, 하이드 아저씨가 알려주셨어요."

"하이드 아저씨?"

"아, 숲에 살면서 연구하는 아저씨예요. 개구리나 물고기 등을 기록하는 사람을 뭐라고 부르는지 모르겠네요. 하이드 아저씨도 페이지 씨 댁에 머물렀는데, 제게 같이 가서 도와달라고 했어요. 아주 재밌었어요. 엄청나게 많이 말해주는데 무지무지 즐겁고 지혜로운 얘기들이었거든요. 언젠가 다시 만나고 싶어요."

"꼭 그렇게 되면 좋겠구나."

조가 동의했다. 평소의 과묵함도 벗어던질 정도로 댄의 표정이 환해졌던 것이다.

"있잖아요, 아저씨에게는 새들이 다가오고, 토끼와 다람쥐는 아저씨가 나무라도 되는 듯이 타고올라요. 지푸라기로 도마뱀을 간질여본 적 있으세요?"

"아니, 하지만 나도 해보고 싶구나."

"전 해봤어요. 도마뱀이 좋아하면서 몸을 뒤집고 쭉 펴는데 아주 웃겨요. 아저씨가 자주 그랬어요. 뱀과 휘파람으로 대화하고 언제 어떤 꽃이 피는지 다 아세요. 꿀벌들도 아저씨를 쏘지 않고 물고기와 날아다니는 곤충들, 인디언들과 바위에 대해서도 근사한 사실을 알려주었어요."

"하이드 씨와 어울리느라고 페이지 씨 말을 안 들었던 거구나."

"네, 그랬어요. 하이드 아저씨랑 숲속을 돌아다닐 시간에 잡초를 뽑고 괭이질을 하는 게 너무 싫었어요. 페이지 씨는 숲속을 누비는 건 어리석은 짓이라면서, 하이드 아저씨가 몇 시간이고 '누어서' 송 어나 새를 살피니까 미치광이라고 불렀어요."

"'누워서'라고 해야 맞춤법이 맞는단다."

조가 지나가는 말처럼 슬쩍 알려주고는 덧붙여 말했다.

"그래, 페이지 씨는 평생 농부로 살았으니까, 동식물연구가의 일이 얼마나 흥미롭고 중요한지 몰랐겠지. 댄, 자연이 그렇게 좋다면 너도 동식물 연구를 해보렴. 내가 기꺼이 지켜보면서 책이나 공부가 필요하다면 도와줄게. 물론 다른 일들도 충실히 해야겠지. 안 그러면 머지않아 후회하면서 처음부터 다시 시작해야 할 거야."

"네, 말씀대로 할게요."

댄은 멋쩍게 대답했는데, 조가 마지막에 진지하게 말해서 살짝 겁을 먹었다. 그는 책이 싫었지만 그녀가 제안하는 거라면 해보겠다고 마음먹었다. 그때 조가 엉뚱한 질문을 던졌다.

"저 서랍장 보이지? 서랍이 열두 개 있는데."

피아노 옆에 낡고 큰 서랍장이 있었다. 서랍에서 줄, 못, 갈색 종이 등 유용한 물건들이 나오는 걸 종종 보았다. 그가 고개를 끄덕였다.

"네 보물들 말이야, 이끼로 싼 새알이며 돌, 조개껍데기 등을 저기 넣어두면 어떻겠니?"

"와, 근사해요. 하지만 페이지 씨는 '잡동사니가 어수선하게 돌아다니면' 싫다고 하시던데, 선생님은 괜찮으세요?"

댄이 눈을 반짝이며 낡은 가구를 살피려고 몸을 일으켰다.

"난 잡동사니들을 아주 좋아해. 게다가 내가 좋아하지 않았어도 네게 서랍을 내줬을 거야. 난 아이들이 가진 작은 보물을 존중하고, 그것이 제대로 보관되어야 한다고 생각하거든. 자, 지금부터 나랑 거래를 하자. 네가 반드시 지켜주리라 믿는다. 저기 큰 서랍이 열두 개 있는데, 매달 1개씩 내주마. 네가 할 일들을 제대로 해내면 1년 만에 서랍장 전체를 가지게 될 거야. 때로는 보상이 필요하고, 어린 친구들에게 더 그렇지. 처음에야 보상이 탐나서 시작할 수도 있겠지만, 제대로 활용되면 그 일 자체를 사랑하게 될 수 있거든."

댄은 처음 듣는 얘기에 신기해하다가, 문득 궁금해졌다.

"선생님도 보상을 받나요?"

"그럼, 당연하지! 보상이 없었다면 나도 제대로 해내지 못했을걸. 다만 모두가 좋아하는 서랍이나 선물, 휴일 같은 게 아니야. 내 아이들이 바르게 행동하고 성공하는 것이 내가 제일 좋아하는 보상이란다. 네가 서랍을 얻기 위해 노력하듯 나도 그렇게 노력할 거야. 네가 싫어하는 일을 꾹 참고 잘 해내면 넌 두 개의 보상을 얻지. 직접 보고 사용할 수 있는 서랍이 첫 번째고, 다른 임무를 행복하게 완수한 만족감이란다. 이해가 되니?"

"네, 선생님."

"누구나 이런 작은 도움이 필요해. 그러니 공부하고 일하고 친구들과 재미있게 놀고 휴일을 잘 쓰려고 노력하렴. 네가 좋은 성과를 보여줄 수도 있고, 내가 잘 살펴서 알아내기도 할 텐데, 그렇게 넌 네 보물을 넣을 서랍을 얻게 될 거야. 봐, 이 칸은 아예 네 칸으로 나뉘어 있지? 다른 것들도 저렇게 4등분해서, 매주 1칸씩 줄게. 서랍을 신기하고 아름다운 것들로 꽉 채우면 너만큼이나 나도 뿌듯할 거란다. 아니, 내가 더 뿌듯하겠지. 조약돌, 이끼, 신기한 나비들을 보며 '결점을 고치겠다'는 선한 결심이 잘 실천되고 약속이 잘 지켜지고 있음을 알 수 있으니까. 그렇게 해보겠니, 댄?"

댄의 표정에 많은 말이 담겨 있었다. 그는 조의 바람과 말을 이해했는데, 이해와 감사의 표현을 어떻게 하는지 몰랐다. 하지만 조는 표정을 보고 대번에 이해했다. 감명해서 이마까지 벌겋게 달아오른 아이를 보며 더 이상 거론하지 않고, 그저 위 서랍을 열어 먼지를 털고 소파 앞에 의자 두 개를 놓고 쾌활하게 말했다.

"자, 이 근사한 딱정벌레들을 지금 당장 안전한 장소에 넣어두자. 보다시피 공간이 넉넉하지. 나비와 곤충들은 주변에 고정할게. 여기 두면 아주 안전해. 무거운 것들은 아래쪽에 두자. 내가 솜과 깨끗한 종이와 핀을 줄 테니 네가 일주일 치 작업 준비를 하렴."

"하지만 전 밖에 나가서 새로운 것들을 찾을 수가 없잖아요."

댄이 자기 발을 애처롭게 쳐다보았다.

"그건 걱정할 필요 없어. 네가 부탁하면 아이들이 엄청나게 가져다줄걸."

"걔들은 좋은 걸 구별할 줄 몰라요. 게다가 제가 누어서, 아니 누워서 온종일 여기 있어야 하니 일하고 공부해서 서랍을 상으로 더 받을 수도 없어요."

"네가 거기 누워서 배울 수 있는 것들이 엄청나게 많고 네가 날 위해 해줄 수 있는 자잘한 일도 여러 개 있단다."

"그래요?"

댄은 놀라면서도 기쁜 표정이었다.

"그럼. 아파서 움직일 수 없는 상황에서 인내하고 기운 내는 법을 배우지. 나 대신 테디와도 놀아주고 내가 바느질할 때 책도 읽어주고……. 한쪽 발을 다쳤어도 할 수 있는 일들이 많고, 그러면 시간도 빨리 가고 허무하게 보내는 일도 없단다."

이때 데미가 한 손에 커다란 나비를, 다른 손에는 아주 징그러운 작은 두꺼비를 들고 달려들어왔다. 데미가 거친 숨을 내쉬었다.

"이것 봐, 댄. 내가 찾은 거야. 너한테 주려고 얼른 뛰어왔어. 예쁘지 않아?"

댄은 웃음을 터트리고는, 두꺼비는 놔둘 곳이 없지만 나비는 매우 아름다우니 조 선생님께 큰 핀을 얻어서 서랍에 제대로 꽂아 보관하겠다고 말했다.

"저 가여운 것이 핀에 꽂혀서 힘들어 하는 모습을 보고 싶지 않아. 그렇다면 장뇌를 한 방울 떨어뜨려 고통 없이 곧바로 죽게 하자."

조가 장뇌가 든 병을 꺼냈다.

"저도 어떻게 하는지 알아요. 하이드 아저씨가 항상 그렇게 하셨는데, 전 장뇌가 없어서 핀을 썼어요."

댄이 곤충의 머리에 조심히 장뇌 한 방울을 떨어뜨렸다. 연한 녹색 날개가 퍼덕이더니 멈췄다. 이 조심스러운 처형식은 테디가 침실에서 고함을 치는 통에 끝이 났다.

"작은 게들 나왔어! 큰 게가 다 잡아먹어!"

조와 데미가 달려가 보니, 테디가 의자 위에서 신나게 콩콩 뛰고 있고 작은 게 두 마리가 철망 사이로 기어나오고 다른 한 마리는 새장 꼭대기에 매달려 있었다. 그 아래에서 슬프지만 우스운 광경이 펼쳐졌다. 큰 게가 폴리의 컵을 놓던 자리로 물러나 앉아서는 냉혹하게 제 동족을 잡아먹고 있었다. 가여운 희생자는 집게발이 전부 뽑히고 뒤집혔다. 큰 게가 집게발로 작은 게의 등딱지를 벌리고, 다른쪽 집게발로 파먹고 있었다. 그러면서 간간이 멈춰서 이상하게 불룩 튀어나온 눈을 옆으로 움직이고 날렵한 혀를 낼름거리며 핥았다. 아이들은 웃음과 비명을 함께 질렀다. 조는 댄이 그 광경을 보도록 새장을 들고가고, 데미는 대야에 방황하는 게들을 잡아 가뒀다.

"저것들은 집 안에 둘 수 없겠네. 놔주는 수밖에……."

댄이 후회했다.

"키우는 법을 알려주면 내가 돌볼게. 내 거북이 수조에 두면 돼."

데미는 자신이 아끼는 느릿느릿한 거북이보다 게가 더 흥미로웠다. 그래서 댄이 게가 원하는 것과 습성을 알려주자, 게들에게 새로운 집과 이웃을 소개시키려고 데리고 나갔다.

"데미는 정말 착해요!"

댄은 조심스럽게 첫 번째 나비를 놓으며, 데미가 산책을 포기하고 자신에게 나비를 가져다준 것이 고맙다고 느꼈다.

"그럴 수밖에. 데미는 늘 따뜻한 보살핌을 받았거든."

"데미에게는 어떻게 하는지 알려주고 도와주는 사람들이 있었지만 전 없었어요."

댄이 늘 방치되던 어린 시절을 떠올리며 한숨을 쉬었다. 울컥 올

분이 치밀었다.

"선생님도 안단다. 그래서 데미가 더 어리지만 네게 데미만큼을 기대하지 않아. 플럼필드에서 우리가 널 전폭적으로 도울 거야. 네가 자신을 아끼는 최선의 방법을 알려줄 거고. 전에 파더 베어가 '착해지기를 바라고 하나님께 도움을 구하라'고 했던 말, 잊지 않았지?"

"잊지 않았어요." 댄이 나지막이 대답했다.

"여전히 그렇게 하고 있니?"

"아니요." 목소리가 더 낮아졌다.

"날 위해서 매일 밤 그렇게 해주겠니?"

"네, 그럴게요." 정말로 진실한 대답이었다.

"그래, 널 믿는다. 네가 스스로 한 약속에 충실한지 알게 되겠지. 그런 건 말하지 않아도 저절로 드러나거든. 자, 이건 너보다 더 심하게 발을 다친 소년에 대한 재미있는 이야기란다. 그가 얼마나 용감하게 곤경을 극복했는지 보렴."

조는 《크로프턴의 소년들(The Crofton Boys)》을 댄에게 건넸고 한 시간 동안 자리를 비우면서 간간이 그가 외롭지 않게 들락거렸다. 댄은 책을 싫어했지만 이내 완전히 몰두해서 소년들이 집에 돌아온 것도 몰랐다. 그래서 그들이 찾아오자 깜짝 놀랐다. 데이지는 야생화꽃다발을 만들어 왔고, 낸은 직접 식사를 갖다주겠다고 했다. 댄은 식당 쪽으로 문을 열어둔 채 소파에 누워서 다른 아이들과 함께 식사를 했고, 빵과 버터 너머로 아이들과 고갯짓을 주고받았다.

베어 교수가 일찌감치 침대로 옮겨주었고 테디가 아기새처럼 둥지로 돌아가는 길에 잠옷 차림으로 밤인사를 하러 들렀다.

"우리 대니 위해 기도할래. 돼죠?"

"그러렴."

아기새는 댄의 침대 앞에 무릎을 꿇고 젖살이 포동포동한 손을 모으고 부드럽게 말했다.

"하나님, 모두를 축복해 주세요. 테디 착하게 해주세요."

아이는 엄마 어깨에 졸린 얼굴을 기대고 미소를 지으며 나갔다.

저녁 대화가 끝나고 저녁 노래까지 부르고 난 집 안은 일요일의 아름다운 고요함으로 가득 찼다. 댄도 안락한 방에 고요히 앉아서 새 희망과 욕망이 마음속에 피어나는 것을 느꼈다. 두 천사가 마음속으로 들어왔다. 시간이 흐르고 숱하게 노력한 끝에 마침내 '사랑'과 '감사'가 모습을 드러내기 시작한 것이다. 자신의 첫 번째 약속을 지키겠다는 진실한 바람으로 댄은 어둠 속에서 두 손을 한데 모으고 테디의 기도문을 조용히 속삭였다.

"하나님, 모두를 축복해 주세요. 제가 착한 사람이 되게 해주세요."

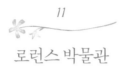

11

로런스 박물관

댄은 일주일 동안 침대와 소파만 간신히 오갔다. 길고 힘든 한 주였다. 다친 발이 때때로 지독하게 아팠고, 여름을 야외에서 즐기고픈 활동적인 소년에게 조용한 날들은 아주 지루했고, 특히나 묵묵히 기다리는 일이 힘들었다. 하지만 댄은 최선을 다했고 모두가 여러모로 도왔다. 마침내 토요일 아침, 댄은 의사의 진단을 들으며 그간의 노력을 보상받았다.

"예상보다 발이 더 잘 낫고 있구나. 오늘 오후부터 목발을 짚고 집 안에서 조금씩 걸어보거라."

"야호!"

네트가 환호하며 다른 아이들에게 좋은 소식을 전하러 뛰어갔다.

모두가 기뻐했다. 식사 후에 소년들이 모두 모여 댄이 목발을 짚고 절뚝거리며 복도를 몇 차례 왕복한 후에 현관에 걸터앉아 쉬는 모습을 구경했다. 댄은 아이들이 보여주는 관심과 선의에 기뻐서 점점 더 밝아졌다. 소년들이 각자 다가와 존경의 말을 전했고 소녀들은 쿠션과 스툴을 가져와 호들갑스럽게 굴었다. 테디는 댄이 혼자서는 아무것도 못 하는 약한 존재인 듯 늘 주시했다. 다들 계단 주변에 앉거나 서 있는데 마차 한 대가 정문에 멈추더니 안에서 누군가 모자를 흔들었다. 로브가 짧은 다리로 뛰어 내려가며 외쳤다.

"테디 이모부야! 테디 이모부가 왔어!"

댄만 빼고 모두가 누가 제일 먼저 문을 여는지 내기하듯 뛰어나갔다. 잠시 뒤에 마차가 소년 무리와 함께 도착했다. 테디 이모부는 어린 딸을 무릎에 앉힌 채로 웃고 있었다.

"애들아, 개선 마차를 멈추고 주피터가 마차에서 내리게 해주렴."

로리가 장난스럽게 마차에서 뛰어내려 계단을 올라가 소녀처럼 박수를 치며 웃고 있는 조에게 다가갔다.

"잘 지냈어, 테디?"

"응, 다 좋아, 조."

두 사람은 악수를 했다. 로리가 베스를 이모의 품에 넘기자 아이가 그녀를 꽉 끌어안았다.

"우리 금발의 공주님이 널 너무 보고 싶어했어. 나도 네가 보고 싶고. 소년들과 한 시간 정도 놀면서 '감당할 수 없이 많은 아이들을 데리고 검소하게 살고 있는 부인'이 어떻게 지내는지 보러 왔지."

"와, 정말 기쁜걸! 아이들과 놀아주되 나쁜 짓은 하면 안 돼."

아이들이 베스 곁으로 모여들어 긴 금발과 앙증맞은 원피스, 우아한 몸짓을 감탄하며 구경했다. 아이들이 붙여준 별명처럼 '금발의 공주님'은 말 없이 그저 미소를 띠고 작고 흰 손으로 소년들의 머리를 우아하게 토닥였다. 모두가 베스를 좋아했다. 특히 로브는 그 애를 살아 있는 인형쯤으로 여겨 혹여나 부러질까 감히 만지지 못하고 멀찌감치 서서 숭배했고, 어린 공주님이 간간이 다정하게 말을 건네면 행복해했다. 베스가 데이지의 주방으로 가겠다고 하자 조 이모가 데려갔다. 저학년 소년들이 줄을 지어 뒤를 따랐다. 네트와 데미를 뺀 나머지 아이들은 동물원과 텃밭으로 갔는데, 로리 씨는 늘 그곳을 검사했고 잘 돌보지 않았을 때 실망했기 때문이다.

계단에서 로리가 댄을 향해서, 겨우 한두 번 본 사이지만 오랜 친구에게 하듯 친근하게 말을 건넸다.

"발은 좀 어떠니?"

"많이 나아졌어요."

"집에만 있기 지루하지?"

"그런 것 같아요!" 댄의 눈길이 푸른 언덕과 숲속을 헤맸다.

"다른 애들이 돌아오기 전에 조금 산책을 해볼까? 저 마차는 크고 안락하단다. 너도 신선한 공기를 마시고 싶을 테고. 쿠션과 숄을 가져오렴, 데미랑 댄을 데려가자."

"조 선생님이 좋아하실까요?"

"아, 당연하지. 조금 전에 이미 합의했는걸."

"그 이야기는 나오지 않았는데 어떻게 합의를 하셨다는 거예요?" 데미가 꼬치꼬치 캐물었다.

"조 이모랑 나는 말하지 않고도 서로에게 메시지를 보낼 수 있거든. 전보보다 엄청나게 발전한 기술이란다."

"난 알아요. 눈이죠! 눈썹을 들썩이면서 마차 쪽으로 고갯짓을 하셨고, 조 선생님이 웃으며 고개를 끄덕였어요."

네트의 말투가 한결 편안해졌다.

"맞아. 그러니 이제 가볼까?"

댄이 마차에 올랐다. 아픈 발을 맞은편 좌석 쿠션에 올리고 숄로 덮어서 감쌌다. 데미는 흑인 마부인 피터 옆에 올라탔다. 네트는 명예롭게 댄의 옆자리에 앉았고 로리는 발을 살펴주려고 맞은편에 앉았다. 그는 아주 행복해 보이는 전혀 다른 두 얼굴을 마주했다. 댄은 각진 얼굴에 갈색 피부로 강인함이 두드러졌고, 네트는 길고 창백하고 연약해 보이지만 선한 눈동자와 근사한 이마가 정감이 갔다.

"아 참, 네가 좋아할 만한 책을 가져왔단다."

로리가 좌석 아래에서 책을 꺼내자 댄은 화들짝 놀랐다.

"우와, 깜짝이야! 끝내주게 멋져요!"

책장을 넘기자 실물처럼 채색된 나비, 새, 온갖 흥미로운 곤충들이 등장했다. 댄은 완전히 매혹되어서 감사 인사도 잊었는데, 로리는 그 모습과 환호성만으로도 충분했다. 네트도 댄의 어깨 너머로 책을 들여다보았고, 데미도 대화에 끼려고 몸을 돌려서 발을 마차 안으로 달랑거렸다.

딱정벌레를 보고 있는데 로리가 주머니에서 진귀한 작은 물체를 꺼내 조심스럽게 손바닥에 올려놓고 말했다.

"수천 년 된 딱정벌레란다."

아이들이 회색 돌이 된 신기한 곤충을 보고 감탄하는 동안 그는 이 벌레가 유명한 고분에 수세기 동안 누워 있다가 미라와 함께 출토되었다고 알려주었다. 아이들이 흥미를 보이자 이집트인들이 나일강 유역에 남긴 특이하고 굉장한 유적도 말해주었다. 그 거대한 강을 건장한 흑인 남성들이 모는 보트를 타고 항해한 일, 악어를 사냥하고 근사한 괴수와 새들을 본 이야기, 폭풍우를 만난 배처럼 출렁출렁 걷는 낙타를 타고 사막을 건넌 모험담도 들려주었다.

"테디 이모부는 이야기를 '거의 할아버지처럼' 잘해."

데미가 인정한다는 듯 말했다. 소년들의 눈빛은 더 많은 이야기를 갈망했다.

"고맙구나."

로리는 데미의 칭찬을 가치 있게 여겼다. 아이들은 정직한 비평가여서, 그들의 구미에 맞췄다는 건 누구든 자랑스러워할 만한 성취다.

"댄이 좋아할 만한 물건을 찾느라고 예전 짐보따리를 뒤적이다가 주머니에 챙겨온 것이 한두 개 더 있지."

로리가 근사한 화살촉과 줄로 엮어놓은 조가비 구슬을 꺼냈다.

"아! 인디언 얘기 해주세요." 데미는 인디언의 원형 천막 놀이를 좋아했다.

"인디언은 댄이 많이 알아." 네트가 덧붙였다.

"틀림없이 나보다 더 많이 알 거야. 우리한테 말해주렴." 로리도 다른 두 아이처럼 얼굴에 잔뜩 호기심이 어렸다.

"하이드 아저씨한테 들은 이야기예요. 한동안 인디언들과 함께 살아서 그들의 말도 하셨고, 그들을 좋아하셨어요."

댄은 관심을 받자 우쭐했지만, 어른 청취자 때문에 쑥스러웠다.

"조가비 구슬은 뭐에 써?"

데미가 물었다. 네트까지 질문을 쏟아내자 댄은 자기도 모르는 사이에 몇 주 전 강을 내려가면서 하이드 아저씨가 들려준 이야기를 술술 풀어놓았다. 로리는 인디언 이야기도 재밌었지만 댄이 더 흥미로웠다. 조에게 이 야생마 같은 아이에 대해 듣고 마음이 쓰였다. 자신도 자주 벗어나고 싶다고 생각했고 고통과 인내에 서서히 익숙해졌던 경험이 있기 때문이다.

"얘들아, 너희만의 박물관을 만들면 어떻겠니? 너희가 찾고 만들고 얻은 흥미롭고 재미난 것들을 모아두는 곳 말이야. 조 선생님은 친절해서 불평하지 않겠지만, 사실 집 안에 온갖 쓸모없는 골동품이 쌓이는 게 힘들었을 거야. 예를 들어 가장 아끼는 꽃병이 곤충으로 꽉 차고 뒷문에 죽은 박쥐 한두 마리가 매달려 있고 머리 위에서 말벌 둥지가 떨어지고 돌길도 만들 수 있을 정도로 사방에 돌이 굴러다니면 말이야. 그런 걸 견뎌주는 어른은 흔치 않아, 안 그러니?"

로리의 말에 소년들은 서로를 팔꿈치로 쿡쿡 찌르며 웃었다. 학교 밖에 있는 로리가 성가신 보물의 존재를 이렇게 잘 알다니, 누군가 귀띔해준 게 틀림없었다.

"그럼 보물들을 어디에 놔둬야 할까요?" 데미가 다리를 꼬고 질문에 집중하려고 몸을 앞으로 숙이며 물었다.

"낡은 차고에."

"거긴 비가 새고 창문도 없고 전시할 공간도 없어요. 먼지와 거미줄만 잔뜩인데." 네트가 입을 열었다.

"깁스 영감과 내가 조금 손을 볼 텐데, 그걸 너희가 한번 보고 결정하렴. 깁스 영감이 월요일에 작업을 시작하고 내가 다음 토요일에 와서 너희와 함께 고치면 썩 괜찮은 작은 박물관이 될 거야. 누구든 자기 물건을 가져와서 놓을 수 있지. 댄이 이런 일을 가장 많이 아니까 관장을 맡거라. 마음대로 뛰어다닐 수 없어도 할 수 있는 일이고."

"정말 재밌겠다! 안 그래?"

네트가 환호했다. 댄은 얼굴 가득 미소를 짓고 말없이 책을 꼭 껴안은 채, 자신을 축복해주는 가장 위대한 사회의 은인을 바라보았다.

마차가 천천히 두 바퀴를 돌아 약 1킬로미터의 여정을 마치고 정문에 도착했다. 마부 피터가 물었다.

"한 바퀴 더 돌까요?"

"아니, 됐어요. 얘들아, 신중하지 않으면 조 선생님이 다시는 허락해주지 않으실 거야. 난 건물을 살피고 차고도 둘러보고 떠나기 전에 조 선생님과 이야기를 나눠야겠다."

로리는 댄이 소파에서 책을 볼 수 있게 해준 뒤 자신을 찾아 사방을 뒤지고 다닌 아이들과 장난을 치러 갔다. 조는 소녀들이 위층 주방에서 난리를 치도록 놔두고는, 댄 옆에 앉아서 산책 이야기를 들었다. 곧이어 아이들이 먼지투성이에 땀을 흘리며 돌아와서 '이 시대 최고로 훌륭한 생각'이라며 새 박물관에 대해 신나게 떠들었다.

"난 항상 그런 기관에 기부하고 싶었는데, 이 일이 그 시작이야."

로리가 조의 발아래 스툴에 앉으며 말했다.

"넌 이미 하나 이뤄냈잖아. 이걸 뭐라고 부를까?"

조가 주변에 진을 치고 앉은 행복한 얼굴들을 가리켰다.

"'전도유망한 베어의 정원'이지. 내가 이곳의 일원이라니 정말 자랑스러워. 너, 내가 이 학교의 첫 번째 학생인 거 아니?"

그가 댄을 향해 몸을 돌리며 능숙하게 주제를 바꿨다. 그는 여전히 공공연히 감사 인사를 받는 것이 쑥스러웠다. 댄은 의아했다.

"프란츠인 줄 알았는데요!"

"오, 세상에, 아니야! 내가 조 선생님이 보살펴준 첫 번째 소년이란다. 어찌나 고약한지 그녀가 수십 년을 가르치고 또 가르쳐도 아직 졸업을 못 했지."

"선생님이 정말 나이가 많으시구나!" 순진한 네트가 말했다.

"조 선생님은 일찍부터 이 일을 시작했단다. 가여운 사람! 겨우 열다섯 살 때부터 날 돌보느라 고생했어. 그런데도 주름이나 흰머리가 안 생기고 여전히 활기차니 놀라운 일이지."

로리가 조를 쳐다보며 웃었다.

"테디, 그러지 마. 난 네가 자학하는 거 싫어."

조가 무릎을 베고 누운 검은 곱슬머리를 다정하게 쓰다듬었다. 테디는 여전히 그녀에게 소년이었다.

"네가 아니었다면 플럼필드는 없었잖아. 로런스 선생님 덕분에 제가 성공했답니다. 제 작은 계획을 지원해 주셨지요. 그러니 소년들은 선생님께 감사하며 설립자의 이름을 따서 '로런스 박물관'이라고 부를 겁니다. 안 그러니 얘들아?"

조가 예전의 생기발랄한 모습으로 덧붙였다.

"맞아요, 그럴 거예요!"

아이들이 소리치며 모자를 던졌다. 규칙대로라면 집 안으로 들어오면서 모자를 벗어야 하는데 다들 서두르느라 모자를 벗어 걸어놓을 시간이 없었다. 함성이 잦아들자 로리가 근사한 인사로 고마움을 답하더니 조에게 말했다.

"굉장히 출출한데…… 쿠키를 먹을 수 있을까?"

"데미야, 아시아 아주머니에게 진저브레드 상자를 달라고 하렴. 간식을 먹는 건 규칙에 어긋나지만 이렇게 기쁜 일에는 예외를 둬도 괜찮겠지. 다 함께 쿠키를 먹자."

쿠키 상자가 왔다. 다들 빙 둘러 앉아서 조가 나눠주는 쿠키를 맛있게 먹었다. 그때 갑자기 로리가 소리를 질렀다.

"맙소사, 할머니가 보내준 꾸러미를 깜박했어!"

그는 마차로 뛰어가더니 신기한 흰 꾸러미를 가지고 돌아왔다. 동물, 새, 예쁜 물건 등의 다양한 모양으로 먹음직스럽게 구운 바삭한 설탕 쿠키가 나왔다.

"각자 하나씩인데, 누구 건지 글자가 적혀 있어. 마치 할머니와 해나 할머니가 만드셨단다. 이걸 까먹고 그냥 돌아갔으면 얼마나 혼났을지 생각만 해도 끔찍하네."

한참 웃고 즐기는 가운데 쿠키가 나눠졌다. 댄은 물고기, 네트는 바이올린, 데미는 책, 토미는 원숭이, 데이지는 꽃 모양의 쿠키였다. 낸은 굴렁쇠 모양이어서 두 번 연속 돌리기에 성공했고, 에밀은 별을 받는데 별자리를 공부하고 있었기에 잘난 체를 했고, 무엇보다 프란츠는 마차를 받아서 가족 마차를 모는 시늉을 하며 기뻐했다. 스터피는 살찐 돼지를, 어린아이들은 블랙 커런트 눈이 달린 새와 고양이와 토끼를 받았다.

로리가 엄청난 속도로 마지막 조각까지 다 먹어치우고 말했다.

"이제 난 가봐야겠다. 우리 금발의 공주님은 어디 있어? 빨리 돌아가지 않으면 애 엄마가 베스를 찾으러 날아올 거야."

꼬마 숙녀들이 정원에 가버려서 프란츠가 데려오기를 기다리는 동안 조와 로리가 문 앞에 서서 이야기를 나누었다.

"말괄량이 소녀는 좀 어때?"

로리는 낸의 장난을 들을 때마다 크게 놀라곤 했다.

"잘하고 있어. 꽤 예의범절을 익혔고, 자신의 거친 방식이 왜 잘못되었는지 알아가기 시작했어."

"남자애들이 장난을 부추기진 않고?"

"그렇긴 한데, 내가 계속 말해주니까 최근에는 행동을 많이 고쳤어. 너와 의젓하게 악수를 나누고 베스에게도 얼마나 자상하게 대하는지 봤잖아. 데이지와 함께하는 게 효과적인 것 같아. 몇 달 안에 확 바뀔 테니까 두고봐."

이때 조가 말문이 막혔다. 낸이 모퉁이에서 뛰쳐나와 숨이 끊어질 듯이 전속력으로 달려왔다. 네 소년이 뒤를 쫓았고, 그 뒤로 데이지가 외바퀴 손수레에 베스를 태우고 터덜터덜 걸어왔다. 모자가 벗겨져 머리카락이 아무렇게나 흩날렸고, 손수레가 덜컹거리며 먼지바람이 뭉게뭉게 피어났다. 말괄량이들의 괄괄한 모습 그 자체였다.

"그러니까 쟤들이 모범적인 아이들이란 말이지? 도덕성과 예의를 키우는 너희 학교를 보여주러 커티스 부인을 데려오지 않은 게 다행이야. 이 광경을 봤으면 충격에서 헤어나오지 못했을걸."

로리가 낸이 좋아졌다고 성급하게 기뻐한 조를 놀렸다.

"실컷 웃어. 아직은 아니지만 난 성공할 테니까. 네가 대학 다닐 때 인용한 교수의 말처럼. '실험은 실패했지만 원칙은 그대로다!'"

조가 유쾌하게 말했다.

"안타깝지만 데이지가 낸을 본받는 반대상황이 벌어진 것 같아. 내 어린 공주님도 좀 봐! 우아함은 까맣게 잊고 고래고래 소리를 치고 있어. 어린 숙녀들, 이게 무슨 일이니?"

로리가 곧 닥칠 파멸에서 어린 딸을 얼른 구해내며 말했다. 베스가 아이들이 엄청난 속도로 달려오는 한복판에 앉아 있었다.

"우리는 경주를 하고 있어요. 제가 이겼어요!" 낸이 소리쳤다.

"난 더 빨리 달릴 수 있었는데 베스가 떨어질까봐 못 한 거야!" 데이지가 소리쳤다.

"맞아! 계속해!" 공주가 소리치자 아이들은 또다시 전속력으로 달리기 시작하더니 금세 시야에서 사라졌다.

"내 소중한 아이가! 더 잘못되기 전에 저 예의 없는 애들한테서 벗어나야겠구나. 잘 있어, 조! 다음번에 올 땐 남자애들이 바느질을 하는 걸 보고 싶어."

"그런다고 다치지 않아. 난 포기하지 않는다는 것만 알아둬. 내 실험은 항상 성공 전에 몇 차례 실패를 거쳤어. 에이미와 어머니에게 안부를 전해줘."

마차가 떠날 때 조가 외쳤다. 로리가 뒤를 돌아보자 그녀는 손수레 달리기에서 진 데이지를 위로하며 웃고 있었다.

차고를 수리하는 일로 일주일 내내 다들 들떴다. 아이들의 쉴 새 없는 질문과 간섭에도 순조롭게 진행되었다. 깁스 영감은 자칫 화를 낼 뻔했지만 그럭저럭 잘 넘겼다. 금요일 밤이 되자 지붕 수리가 끝나고 선반이 달리고 벽이 백색 도료로 덮였다. 뒤쪽에 큰 창을 내서 햇살이 가득 들어오고 근사한 개울과 초원 멀리 있는 언덕까지 잘 보였다. 차고가 완벽히 박물관으로 변신했다. 근사한 문 위에 붉은 페인트로 '로런스 박물관'이라는 명패가 달렸다.

토요일 아침에 소년들은 박물관을 어떻게 꾸밀지 계획을 세웠다. 로리가 에이미가 이제 질렸다고 한 수족관을 가져오자 아이들은 엄청나게 황홀했다. 오후에는 다들 물건들을 정리하며 보냈다. 달리고 끌고 망치질까지 다 끝났을 때 숙녀들이 박물관에 초대를 받았다.

바람이 잘 통하고 깨끗하고 밝은, 확실히 근사한 곳이었다. 열린 창문 주변으로 홉 덩굴이 푸른 잎사귀를 흔들었고, 실내 중앙의 아름다운 수족관에는 근사한 수생식물이 떠 있고 금붕어들은 이리저리 헤엄치며 화려한 색을 뽐냈다. 창가 양옆에 선반들이 여러 열로 놓여서 아직 발견되지 않은 진기한 소장품을 맞이할 준비를 마쳤다.

댄의 큰 서랍장을 꽉 잠긴 큰 문 뒤에 세웠고, 다들 작은 문으로 드나들었다. 서랍장 위에 아주 못생겼지만 흥미로운 진귀한 인디언 인형이 놓였다. 방 가운데 긴 탁자 위에 자리잡은 로런스 할아버지의 근사한 중국산 골동품 범선이 눈에 잘 띄었다. 그 위에 박제된 앵무새 폴리가 매달렸는데, 조가 기증한 건 아니었다.

벽은 온갖 용품들로 장식되었다. 뱀 가죽, 커다란 말벌집, 자작나무껍질로 만든 카누, 줄로 엮은 새알, 남부지방의 회색 이끼로 만든 화관, 목화껍질 한 아름, 죽은 박쥐……. 커다란 거북이 등딱지와 타조 알은 데미가 자랑스럽게 내놓은 물품으로 그는 손님들이 좋아하면 자청해서 이 진귀한 것들을 설명해주었다. 돌은 너무 많아서 제일 진귀한 몇 개만 선발해서 선반에 조개껍질들과 함께 올렸고, 나머지는 한 모퉁이에 쌓았다.

다들 뭔가를 내놓고 싶어서 안달이었다. 사일러스조차 집으로 가서 젊은 시절 자신이 잡은 야생 고양이 박제품을 가져왔다. 좀이 슬고 낡았지만 높은 받침대에 놓인 옆얼굴이 아주 근사했다. 노란 눈을 번뜩이고 입은 자연스럽게 으르렁거리는 듯했다. 테디가 자신의 보물 1호인 고치를 들고 와서 과학의 신전 앞에 놓다가 그걸 보고 놀라 작은 발을 마구 흔들었다.

"아름답지 않아? 우리에게 이렇게 신기한 것이 많을 줄이야. 난 이걸 낼 거야. 근사하지? 여기 구경 오는 사람에게 돈을 받아서 부자가 될 수도 있겠어."

잭의 마지막 제안에 다들 전시관을 둘러보며 술렁거렸다.

"여긴 무료 박물관이야. 그런 투기가 일어난다면 난 문 위에 적힌 내 이름을 지워버릴 거야."

로리가 아주 재빨리 몸을 돌려 반박했다. 잭은 자신의 말을 도로 주워 담고 싶었다.

"주목! 주목!" 베어 교수가 소리쳤다.

"기념으로 한마디 해! 어서!" 조가 부추겼다.

"안 돼. 너무 쑥스러워. 네가 수업하듯이 한마디 해. 넌 익숙할 거 아냐."

223

로리가 창가 쪽으로 뒷걸음질 쳤다. 조가 재빨리 붙잡고는, 주변의 열두 쌍의 더러운 손들을 향해 웃으며 말했다.

"내가 수업을 한다면 비누의 화학물질과 정화성분에 관한 걸 거야. 어서 와. 이 박물관의 설립자로서 정말로 몇 마디 좋은 말을 해야해. 우리가 엄청나게 큰 박수로 화답해줄 테니까."

로리는 도망칠 곳이 없다는 것을 알자 영악했던 늙은 새에게 조언이라도 구하듯 머리 위 폴리를 힐끔 본 다음 탁자 앞에 앉아서 기쁜 목소리로 말했다.

"내가 제안하고 싶은 건 딱 한 가지란다, 얘들아. 이곳 박물관에서 단순히 신기하거나 예쁜 것들을 모으는 것 이상의 재미를 느꼈으면 좋겠어. 전시한 물품들에 관한 책을 읽어야 해. 누군가 질문했을 때 대답해줄 수 있도록, 완전히 이해하고 있어야 해. 나도 한때는 그렇게 했었는데, 이제는 너희에게 들으면 좋겠구나. 많이 잊어버렸거든. 뭐, 원래 많이 알지도 못했지만. 안 그래, 조? 자, 우리의 댄이 새며 곤충이며 이런저런 지식이 많지. 그러니까 댄이 박물관 관장을 맡고, 너희는 매주 한 분야씩 관련된 책을 읽고 말이나 글로 발표를 하는 거야. 동물, 광물, 식물, 무엇이든 좋아. 단, 전부 참여해야 해. 머릿속에 아주 유용한 지식을 얻게 될 거야. 어떠세요, 교수님?"

"아주 마음에 듭니다. 저도 아이들을 최대한 돕죠. 하지만 그러려면 새로운 주제들에 대해 읽을 책이 필요한데, 우리에게 부족해서 걱정이군요. 특별한 용도의 도서관이 있어야 할 것 같아요."

베어 교수는 이렇게 말하면서 머릿속으로 자신이 좋아하는 지질학에 대해 근사한 수업 계획을 세웠다.

"저 책이 유용하니, 댄?"

로리가 서랍장 위에 펼쳐져 있는 책을 가리켰다.

"네, 맞아요! 곤충에 대해 제가 알고 싶은 모든 것이 적혀 있어요. 지금은 나비를 제대로 고정하는 법을 보려고 여기 놔뒀어요. 책이 상할까봐 표지도 입혔어요."

댄이 책을 빌려준 사람이 혹시 자신을 부주의하다고 생각할까봐 책을 조심히 집었다.

"잠시만 줘보렴."

로리가 연필을 꺼내더니 책에 댄의 이름을 써서 꼬리 없는 새 박제품만 덩그러니 놓인 모퉁이 선반 한곳에 올려놓았다.

"이게 박물관 도서관의 첫 책이야. 내가 책을 더 가져올 거니까 데미가 순서대로 정리해주렴. 우리가 즐겁게 읽던 그 책들은 다 어디 있어, 조? 《곤충 건축학(Insect Architecture)》인가 하는 제목인데, 개미가 전투를 하고 벌들이 여왕벌을 차지하고 귀뚜라미가 옷에 구멍을 내고 우유를 훔쳐가는 뭐 그런 이야기가 적힌 책 말이야."

"우리 집 다락방에 있어. 내가 가져올게. 우리 최선을 다해서 우리 박물관의 역사를 써내려가 보자."

"그런 주제로 글을 쓰는 건 어렵지 않을까요?" 작문을 싫어하는 네트가 말했다.

"처음에야 물론 그렇겠지. 하지만 곧 좋아하게 될 거야. 어렵게 느껴진다면 이런 주제는 어떠니? 예전에 어떤 열세 살 소녀가 썼던 거야. '테미스토클레스, 아리스티데스, 페리클레스가 델로스섬 연맹의 충당기금으로 아테네를 치장하자는 의견에 대해 나누는 대화.'"

남자아이들은 긴 이름들이 나오자 탄식했고 신사들은 터무니없는 소리에 웃었다.

"소녀가 그런 글을 썼다고요?" 데미가 두려워진 목소리로 물었다.

"맞아. 그러니 글이 어땠을지 상상이 되지? 물론 꽤 똑똑한 소녀였지만 말이야."

"난 읽어보고 싶군요." 베어 교수가 말했다.

"당신을 위해 한번 찾아볼게요. 그녀와 함께 학교를 다녔거든요."

조의 의미심장한 표정에 모두가 그 소녀의 정체를 눈치챘다.

이 무시무시한 주제를 듣고 나서 소년들은 익숙한 대상에 대한 글쓰기를 받아들였다. 발표 시간은 수요일 오후로 정해졌고, 일부는 말로 해도 된다는 허락이 떨어졌다. 베어 교수는 글을 포트폴리오로 보관할 거라고 알렸고 조는 아주 기쁜 마음으로 발표회에 참석하겠다고 밝혔다.

그 직후 다들 더러워진 손을 씻으러 갔다. 베어 교수가 뒤따라가서 '물 속에 보이지 않는 올챙이들이 잔뜩 들었다'는 토미의 말을 듣고 무서워하는 로브를 달랬다.

로리와 둘만 남았을 때 조가 말했다.

"네 계획은 정말 근사해. 하지만 너무 지나치게 베풀어주지는 마, 테디. 알다시피 저 소년들 다수가 플럼필드를 떠났을 때 자립해야 하는데 호화로움에 길들여지면 그게 어렵거든."

"신경 쓸게. 하지만 나도 즐거움을 누리게 해줘. 가끔 정말로 사업이 지긋지긋하고 너희 소년들과 재미나게 노는 것만큼 즐거운 일이 없어. 댄이 아주 마음에 들어, 조. 그 애는 속내를 잘 보여주지 않지만 날카로운 매의 눈으로 상황을 꿰뚫어 봐. 그래서 네가 조금만 보살펴 주면 분명히 결실을 맺을 거야."

"네 생각이 그렇다니 너무 기뻐. 댄을 배려해줘서 고마워. 특히 이 박물관 일 말이야. 덕분에 다리가 아픈 와중에 그 애가 행복하게 지내고 있어. 나로서도 이 가엾고 거친 아이를 한층 부드럽고 순하게 만들 기회를 얻었고. 댄이 우리를 사랑하도록 만들 수 있을 것 같아. 대체 이렇게 아름답고 유익한 생각을 어떻게 떠올린 거야, 테디?"

조가 자리를 뜨려고 박물관 안을 둘러보며 물었다.

로리가 조의 손을 잡고 대답했다. 조의 눈에 행복한 눈물이 가득 차올랐다.

"당연히 조 너야! 난 엄마 없는 소년의 마음을 잘 알아. 너와 네 가족이 그 오랜 세월 동안 나를 보살펴준 고마움은 절대 잊지 못해."

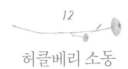

12

허클베리 소동

어느 8월의 오후, 양철통 부딪히는 소리에 이리저리 뛰어다니는 발소리, 먹을 것을 달라는 소년들의 아우성이 들렸다. 허클베리를 따러 나서려는 참인데, 북서항로를 찾으러 떠나는 탐험대라도 되는 듯이 떠들썩했다.

"자, 애들아, 제발 조용히 출발하렴. 로브가 보고 나와서 떼쓸라."

조가 데이지의 챙 넓은 모자 끈을 묶어주고 낸의 파란색 긴 앞치마 매무새를 다듬어주며 아이들에게 주의를 주었다.

하지만 계획은 성공하지 못했다. 로브가 부산한 소리를 듣고 자기도 따라간다며 부리나케 준비를 시작했고, 탐험대가 막 집을 나서려할 때 가장 아끼는 모자를 쓰고 밝은색 양철통을 들고 아주 행복한 얼굴로 우당탕 아래층으로 뛰어내려왔다.

"이런, 맙소사! 딱 걸려버렸네."

조가 한숨을 쉬었다. 큰아들은 보통은 유순했지만 가끔씩 지독하게 고집을 부릴 때가 있었다.

"저도 준비 됐어요."

상황을 파악하지 못한 로브는 그대로 무리 속으로 들어갔다. 아들에게 진실을 말해주기가 무척 힘겨웠다.

"애야, 네겐 너무 먼 거리 같구나. 엄마 혼자 남으면 외로운데, 로브가 엄마랑 같이 있어주렴."

"테디가 있잖아요. 저도 이제 다 커서 갈 수 있단 말이에요. 저번에도 더 크면 보내준다고 하셨잖아요."

아이의 환했던 얼굴에 일시에 그늘이 졌다.

"넓은 초원까지 나갈 거야. 우리도 가장 멀리까지 가는 거라고. 그러니 네가 뒤처지면 곤란해."

어린아이를 별로 좋아하지 않는 잭이 소리쳤다.

"안 뒤처져. 달려서라도 속도를 맞출 거야. 아, 어머니, 보내주세요! 새로 산 이 양철통을 가득 채워서 어머니에게 드릴게요. 제발요. 말썽 피우지 않고 잘할게요!"

로브가 조를 올려다보며 애원했다. 절절한 실망감과 슬픔이 느껴져서 그녀의 마음이 녹아내렸다.

"하지만 아들아, 넌 금방 덥고 지쳐서 재미있게 놀지도 못할 거야. 엄마가 나중에 데려갈게. 그때 하루 종일 초원에 있으면서 네가 원하는 베리들을 원하는 만큼 많이 따면 돼."

"언제요? 어머닌 늘 아주 바쁘셔서 못 가실 텐데요. 기다리기 지쳤어요. 제가 직접 가서 어머니를 위해 허클베리를 따올래요. 열매를 따고 싶고 새로 산 양철통을 가득 채울 거란 말이에요."

눈물이 새 양철통에 뚝뚝 떨어져서 허클베리 대신 소금물로 채워질 지경이었다. 이 애처로운 모습에 숙녀들의 마음이 약해졌다. 어머니가 아이의 등을 토닥였다. 데이지가 로브와 함께 집에 남겠다고 말하는데, 낸은 단호하게 선언했다.

"데려갈게요. 제가 로브를 보살필게요."

"신중한 프란츠가 동행한다면 걱정 않겠지만 베어 교수님과 함께 건초 작업을 하고 있잖니. 너희들은 미덥지가 않고."

"그리고 정말 멀다니까, 로브."

조에 이어 잭까지 말을 보태자, 댄이 한숨을 쉬었다.

"제가 데려갈 수 있으면 좋을 텐데요."

"고맙구나. 하지만 넌 발을 조심해야지. 나도 가고 싶단다. 아니, 잠깐 기다려보렴, 좋은 수가 있구나!"

조가 계단을 뛰어내려가서 앞치마를 크게 휘둘렀다. 사일러스가 막 건초 수레를 몰고 지나가다가 보고 멈춰섰다. 조가 아이들을 초원으로 데려갔다가 5시까지 데려와달라고 부탁했다.

"다른 일이 좀 밀려도 괜찮아요. 맛있는 허클베리 파이를 만들어줄게요."

조가 사일러스의 약점을 공략했다. 예상은 적중했다. 거친 갈색얼굴이 환해지면서 그가 신나서 소리쳤다.

"야호! 너무 좋아요! 제가 곧바로 갈게요."

"자, 얘들아. 내가 문제를 해결했으니 다 함께 가거라."

조가 마음이 놓인 표정으로 뛰어들어왔다. 그녀는 아이들이 행복하면 좋았고 아이들의 평온함이 깨지는 모습을 볼 때면 마음이 아팠다. 조는 어른들이 아이들의 작은 희망과 계획과 즐거움을 존중해야한다고, 결코 함부로 무시되면 안 된다고 믿었다. 댄이 기뻐했다.

"저도 가도 돼요?"

"특별히 네가 걱정되어서 사일러스에게 부탁한 거야. 조심해. 허클베리를 모은다고 돌아다니지 말고, 앉아서 널 채워주는 사랑스러운 자연을 실컷 보고 즐기다 오렴."

조는 친절한 제안을 했던 소년에게 다정하게 말했다.

"저도요, 저도 갈래요!"

로브가 양철통을 캐스터네츠처럼 두드리며 신나서 춤을 췄다.

"그래, 데이지와 낸의 말을 잘 들어야 해. 울타리 앞에 5시까지 모여 있으면 사일러스가 너희를 데리러 갈 거야."

로브는 어머니를 꼭 껴안으며 자기가 딴 허클베리를 하나도 안 먹고 가져다주겠다고 약속했다. 곧 건초 수레가 열두 아이를 태우고 덜그럭거리며 출발했다. 임시 엄마들 사이에 앉은 로브가 온 세상을 밝힐 듯 환하게 빛나는 얼굴로 제일 좋은 모자를 힘껏 흔들었다. 자애로운 어머니는 축제일을 맞은 듯 기뻐하는 아들을 보며 잠시 떨어져야 하는 섭섭함을 느끼지 않았다.

아이들은 아주아주 행복한 오후를 보냈다. 하지만 이런 모험에 사고가 빠질 리 없다! 당연히 토미가 말벌집으로 넘어졌다가 벌에 쏘였다. 이쯤이야 아무 일 아니라는 듯 남자답게 잘 참았는데, 댄이 축축한 흙을 덮으면 고통이 줄어든다고 알려주는 바람에 고통이 더 심해졌다. 데이지는 뱀을 보고 기겁하는 바람에 딴 허클베리의 절반을 흘렸다. 데미가 동생의 양철통을 다시 채워주며 파충류에 대해 자세히 알려주었다. 네드는 나무에서 떨어졌는데 재킷 등 부분이 찢어진 것 외에는 다행히 다치지 않았다. 에밀과 잭은 열매가 많이 열린 덤불을 두고 싸움이 붙었다. 그들이 옥신각신하는 틈에 스터피가 신속하고 조용하게 열매를 따고서는 댄에게 형들로부터 구해달라고 뛰어갔다. 이제는 목발을 짚지 않는 댄은 드넓은 초원을 걸어다니며 발 아래 흙의 감촉, 흥미로운 돌과 그루터기, 풀 속의 친숙한 작은 생명들과 공중에서 날아다니는 곤충들을 감상하고 있었다.

그러나 진짜 큰 사고는 낸과 로브에게 일어났다. 플럼필드에서 두고두고 기억될 사건이었다. 낸은 초원을 누비며 옷이 세 군데나 찢기고 매자나무 가지에 얼굴을 긁혀가며 낮은 녹색 덤불에서 크고 검은 구슬들을 땄다. 하지만 아무리 손가락을 민첩하게 움직여도 양철통이 차지 않자 더 나은 곳을 찾아나섰다. 한곳에서 차분히 열매를 따는 데이지와 대조적이었다. 로브는 조용한 사촌보다 활달한 낸을 따라다녔고, 가장 크고 좋은 허클베리를 어머니에게 선물하고 싶은 마음에 조급했다.

"이렇게 열심히 따는데 왜 양철통이 차지 않지? 너무 힘들어."

로브가 짧은 다리를 잠시 멈추고 쉬면서, 허클베리가 기대에 못 미치는 크기라고 생각했다. 햇살이 뜨거워지자 낸은 메뚜기처럼 이리저리 뛰어다녔고, 그 뒤를 따라다니자니 아무리 재빨리 주워담아도 자꾸 넘어져서 통을 자꾸 엎었던 것이다.

"지난번 왔을 때 봤는데, 저 돌담 너머가 훨씬 울창하고 남자애들이 불을 피우던 동굴도 있어. 그리 가서 얼른 양철통을 채운 다음 동굴에 숨어서 다른 아이들이 우리를 찾게 만들자."

모험에 목마른 낸이 제안했다. 당연히 로브도 동의했다. 둘은 돌담을 타고 올라 반대편 언덕을 향해 뛴 다음 바위와 덤불 틈에 몸을 숨겼다. 과연 그곳의 허클베리는 알이 컸고 금세 양철통이 가득 찼다. 그늘이 져서 서늘한데다 작은 개울이 흘러서 목마른 아이들은 신선한 물로 목을 축였다. 낸은 지금까지의 성공에 크게 도취되었다.

"이제 동굴에 가서 쉬면서 점심을 먹자."

"길을 알아?"

"당연하지. 난 한 번 와본 곳은 다 기억해. 내가 혼자서 역에 가서 짐을 찾아온 거 생각 안 나?"

그 말에 로브는 무작정 낸을 따라갔다. 한참을 정처 없이 걸은 뒤 움푹 들어간 바위 동굴에 도착했다. 바위가 검게 그을려서 불 피운 흔적이 남아 있었다.

"봐, 근사하지?"

낸이 주머니에서 못, 낚싯바늘, 돌멩이 등등 잡다한 물건들과 함께 납작하게 눌린 빵과 버터를 꺼냈다.

어두운 동굴에 있자니 로브는 슬슬 심심해졌다.

"응, 다들 우리를 금방 찾겠지?"

"아니. 걔들이 오는 소리를 들으면 우리가 숨어야지. 그렇게 숨바꼭질을 할 거야."

"다들 안 올지도 모르잖아."

"걱정 마. 내가 집도 찾아갈 수 있어."

"많이 멀잖아?"

로브가 오래 걸어서 긁히고 젖은 뭉툭한 부츠를 내려다보았다.

"10킬로미터쯤 될걸."

낸은 거리 감각은 떨어지고 제 역량에 대한 믿음은 강했다.

"이제 그만 돌아가자."

"내 허클베리 통을 다 채우기 전에는 못 가."

낸의 말이 로브에게는 영원히 끝내지 못할 과제처럼 들렸다. 해가 언덕 너머로 넘어가고 있었다. 로브가 한숨을 쉬었다.

"이런, 맙소사! 날 잘 돌봐주겠다고 했잖아."

"최선을 다해서 널 돌보고 있잖아. 착하지, 금방 출발하자."

낸은 다섯 살 로브를 자신과 비교해 신생아 정도로 여겼다. 어린 로브는 불안했지만 낸의 엄청난 자신감에 마음을 놓았다. 하지만 모기가 물고 주변 늪지의 개구리들이 저녁 콘서트를 준비하기 시작하자 혼잣말처럼 중얼거렸다.

"금방 캄캄해지겠어."

낸이 열매를 따다 말고 고개를 들더니, 그제야 해가 진 것을 알아차렸다.

"어머, 세상에! 그래 맞아. 어서 가자. 다들 가버리겠어."

가파른 언덕을 오르는 보호자의 뒤를 터벅터벅 걸으며 로브가 말했다.

"한 시간 전에 뿔피리 소리가 들렸어. 우리를 찾고 있었나봐."

낸이 잠시 멈추더니 물었다.

"어디서?"

"저쪽."

로브는 더러워진 작은 손가락으로 반대 방향을 가리켰다.

"그럼 그쪽으로 가서 걔들과 만나자."

낸이 방향을 틀어서 더 빨리 덤불을 헤치며 걸어갔다. 아이는 살짝 불안했다. 소 발자국이 너무 많아서 자신들의 발걸음을 찾을 수가 없었다.

다시 바위를 넘고 둘은 간간이 서서 뿔피리 소리가 나는지 들었다. 집으로 돌아가는 소의 음매 하는 울음소리만 들렸다. 낸이 돌담에 앉아 잠시 쉬면서 사방을 살폈다.

"돌이 가득 쌓인 곳이 보였던 거, 생각 안 나?"

"난 아무것도 기억 안 나. 그냥 집에 가고 싶어."

로브의 목소리가 살짝 떨렸다. 낸이 로브를 안아서 달래주며 최대한 친절한 목소리로 말했다.

"최대한 빨리 가고 있어, 로브. 울지 마. 길이 나오면 업어줄게."

"길 어딨는데?"

로브가 눈물을 닦으며 두리번거렸다.

"저기 큰 나무 너머에. 네드가 떨어졌던 거 기억 안 나?"

"기억나. 아, 거기서 우릴 기다리나 보다. 마차 타고 집에 돌아가고 싶어. 누나도 그렇지?"

로브가 얼굴이 밝아지며 넓은 초원의 끝을 향해 꿋꿋하게 걸었다.

"난 걸어갈 거야."

낸은 아마 그래야 할 것 같다고 느껴서 마음의 준비를 했다.

빠르게 내려앉는 어둠 속을 오래도록 걸었다. 그런데 도착해보니 네드가 올랐던 나무가 아니었다. 길은 어디에도 없었다.

"우리 길을 잃은 거야?"

양철통을 꽉 껴안은 로브의 목소리는 떨리고 있었다.

"아니야. 캄캄해서 어느 쪽인지 안 보여서 그래. 소리를 질러보는 게 좋겠어."

둘이 목이 쉴 때까지 고함을 쳤지만, 개구리가 시끄럽게 우는 소리만 들려왔다. 낸은 심장이 철렁 내려앉았지만 아닌 척했다.

"저기도 큰 나무가 있네. 저건가 봐."

"난 더 못 걸어. 부츠가 너무 무거워."

로브가 돌 위에 주저앉았다.

"그럼 여기서 밤을 보내야 해. 뱀만 안 나오면 난 상관없어."

"뱀이라니! 여기서 밤을 샐 수 없어. 세상에! 길 잃기 싫어!"

로브가 울려고 얼굴을 찌푸리다가 갑자기 자신 있게 외쳤다.

"엄마는 내가 어디에 있든 날 찾아내셔. 아, 겁낼 필요 없겠다."

"우리가 어디에 있는지 모르시잖아."

"저번에 내가 얼음창고에 갇힌 걸 모르셨는데도 날 찾아내셨어. 그러니 이번에도 오실 거야."

로브의 확답에 낸까지 안도했다. 그녀가 아이 옆에 앉아서 후회의 한숨을 내쉬었다.

"우리끼리만 멀리 오지 말걸."

"누나가 오자고 했잖아. 하지만 괜찮아. 엄마가 예전과 변함없이 날 사랑하시니까."

로브가 대답했다. 다른 모든 희망이 사라지자 최후의 희망에 매달렸다.

침묵이 흘렀다. 로브가 꾸벅꾸벅 졸자 낸이 입을 열었다.

"너무 배가 고픈데, 허클베리를 좀 먹자."

"나도 배고파. 하지만 내 건 먹을 수 없어. 엄마한테 전부 가져다드리겠다고 했거든."

그 순간 낸은 말도 안 되는 얘기라는 생각이 들었다.

"아무도 우릴 구하러 오지 않으면 먹어야 해."

그러고는 험악하게 덧붙였다.

"여기서 여러 날을 머물러야 한다면 들판의 모든 열매를 따서 먹어야지. 그다음엔 굶주리게 되겠지."

"그럼 사사프라스를 먹지. 난 그 커다란 나무를 알아. 댄이 다람쥐가 그 뿌리를 캐서 먹는다고 했고, 난 땅 파는 게 좋아."

로브는 굶주리는 상황을 걱정하지 않았다.

"그래. 개구리를 잡아서 익혀 먹어도 돼. 우리 아버지가 개구리를 먹어봤는데 아주 맛있었다고 했어."

허클베리 밭에서 길을 잃고도 낸은 희망 사항을 밝혔다.

"개구리를 어떻게 익혀 먹어? 불이 없잖아."

"나도 몰라. 다음번엔 주머니에 성냥을 챙겨와야겠어."

낸은 개구리 요리라는 실험에 뜻밖의 장애물이 생기자 시무룩해졌다. 로브가 날개 달린 불꽃처럼 이리저리 날아다니는 반딧불이를 보다가 희망에 차서 물었다.

"반딧불이로 불을 피울 수 없을까?"

"해보자."

몇 분간 아이들은 반딧불이를 잡으며 즐겁게 지냈고 그것들로 푸른 나뭇가지에 불을 붙여보려고 했다.

"얘네를 반딧불이로 부르는 건 순 거짓말이야. 불도 없는데."

낸이 이 불행한 곤충을 멸시하며 내동댕이쳤다. 그들은 최선을 다해 불을 밝히고 순진한 어린 실험자들을 위해 가지 위를 열심히 왔다 갔다 했다.

다시 침묵이 흘렀다. 발아래 양치식물에서 달콤한 향기가 올라오고 귀뚜라미가 울었다. 머리 위 별을 올려다보던 로브가 중얼거렸다.

"엄마가 늦으시네."

"하나님은 왜 밤을 만드셨는지 몰라. 낮이 훨씬 더 재밌는데."

낸도 생각에 잠겼다. 로브가 하품을 했다.

"잠을 자라고 만드신 거야."

"그럼 자면 되겠네." 낸이 심통을 부렸다.

"내 침대에서 자고 싶어. 아, 테디가 보고 싶어!"

어린 새는 안전한 작은 둥지를 떠올리며 고통스럽게 소리쳤다.

"조 선생님이 우릴 못 찾으실 것 같아. 너무 어두워서 우리가 안 보일 거야."

절박해진 낸이 말했다. 그녀는 기다리는 게 정말 싫었다.

"얼음창고도 완전히 어두웠어. 내가 너무 무서워서 엄마를 부르지도 못하고 있었는데 날 찾으셨다니까. 그러니까 얼마나 어둡든 상관없어."

로브가 이렇게 대답하고는, 자리에서 일어나 어둠 속을 뚫어지게 응시하며 자신을 한 번도 실망시키지 않은 엄마의 모습을 찾았다.

"봐, 엄마야! 엄마가 보여!"

검은 형체가 서서히 다가오고 있었다. 로브가 지친 다리도 잊고 달려나갔다가, 돌연 멈추고 몸을 돌려서 되돌아오며 공포에 질린 목소리로 소리쳤다.

"아니, 곰이야! 아주 큰 검은 곰이라고!"

그러고는 낸의 치맛자락에 얼굴을 묻었다. 낸은 진짜 곰과 마주치니 용기가 싹 사라졌다. 부리나케 몸을 돌려 도망치려는데 엉뚱한 소리가 들렸다.

"음매!"

맥이 탁 풀리며 웃음을 터져나왔다.

"소잖아, 로브! 우리가 오후에 본 근사한 검은 소라고."

소는 한밤에 자신의 초원에서 어린 두 사람과 마주치자 어리둥절한 모양이었다. 제자리에 가만히 멈춰서서 순한 눈망울로 아이들이 쓰다듬어도 가만히 있었다. 곰 말고 어떤 동물도 두려워하지 않는 낸은 젖을 짜고 싶어졌다.

"사일러스 아저씨한테 배웠어. 허클베리랑 우유를 같이 먹으면 좋겠다."

낸이 자기 양철통 속 허클베리를 전부 모자로 옮기고 대담하게 새로운 과제에 도전했다. 로브는 옆에서 지시에 따라 '마더 구스의 노래'를 반복해서 불렀다.

순하고 아리따운 젖소야, 내려와 내게 젖을 주렴.

내려와 내게 젖을 주렴.

난 네게 실크 가운을 줄게.

실크 가운과 은 장식을.

그러나 불멸의 자장가도 소용 없었다. 소는 자애로웠지만 이미 우유를 짠 터라서 목마른 아이들에게 60밀리리터도 줄 수 없었다.

"훠이! 저리 가! 늙고 잘 토라지는 소야."

낸이 은혜도 모르고 외쳤다. 그녀는 절망에 빠져 포기했다. 가여운 몰리는 놀라고 책망하는 소리에 끄르륵거리며 지나갔다.

"한모금씩 목만 축이고 걷자. 걷지 않으면 잠들 텐데, 길 잃은 사람들은 잠들면 안 돼. 해나 리*가 눈 속에서 잠들어서 얼어 죽은 거 몰라?"

"하지만 지금은 눈이 안 와. 따뜻하고 좋은 날씨야."

낸처럼 상상력이 풍부하지 않은 로브가 말했다.

"아무튼 우리는 좀 더 돌아다니고 소리쳐봐야 해. 그래도 아무도 안 오면 덤불 아래 숨자. 엄지 동자와 그 형제들 이야기처럼 말이야."

그러나 로브가 너무 졸려서 자꾸 넘어지는 바람에 별로 걷지 못했다. 낸은 자신이 짊어진 막중한 책임감에 짓눌려서 완전히 인내심이 바닥났다.

"한 번만 더 넘어지면 아주 혼날 줄 알아."

* 존 윌슨의 소설 《눈보라》의 내용

하지만 그러면서 낸은 어린 동생을 다정하게 안아줬다. 낸은 늘 행동보다 말이 더 셌다.

"제발 그러지 마. 부츠 때문에 자꾸 미끄러져서 그래."

로브는 눈물이 터져 나오려는 걸 남자답게 참았다. 로브의 애처로운 인내심이 낸의 마음을 감동시켰다.

"모기들이 많이 물지만 않는다면 엄마가 올 때까지 잘 수 있는데."

"내 무릎을 베고 누워. 앞치마로 덮어줄게. 난 밤이 안 무서워."

낸이 자리에 앉아 자신은 어둠도, 주변의 알 수 없는 부스럭거리는 소리도 다 무섭지 않다고 스스로를 타일렀다.

"엄마가 오시면 깨워줘."

로브는 낸의 무릎을 베고 앞치마를 덮고 누웠고, 5분도 채 안 되어 곯아떨어졌다.

어린 소녀는 15분쯤 가만히 앉아서 잔뜩 긴장한 눈길로 주변을 살폈다. 매 초가 한 시간 같았다. 그러다 약한 불빛이 언덕 꼭대기에서 반짝이는 것을 보고 스스로에게 말했다.

"밤이 지나가고 아침이 오나 봐. 해 뜨는 것을 보고 싶어. 해가 뜨면 집으로 가는 길이 보일 거야."

그러나 달이 둥근 얼굴을 언덕 위로 내밀며 그녀의 희망을 꺾어 놓기 전에 낸은 잠이 들었다. 키 큰 양치식물이 만든 작은 그늘에 등을 기대고 반딧불이와 푸른 앞치마, 허클베리 사이에서 한여름밤의 꿈으로 깊이 빠져들었다. 로브는 꿈에서 "집에 가고 싶어! 집에 가고 싶어!" 하고 흐느끼는 검은 소의 눈물을 닦아주었다.

아이들이 모기 떼들의 나른한 윙윙거리는 소리를 자장가 삼아 고요하게 잠든 동안 플럼필드의 가족들은 엄청난 불안에 휩싸였다. 건초 수레가 5시에 태우러 갔더니 잭, 에밀, 낸, 로브가 없었던 것이다. 사일러스 대신 수레를 몰고온 프란츠에게 소년들은 개들은 숲을 통해서 돌아갔다고 말했다. 프란츠는 걱정이 되었다.

"로브는 마차에 타게 두고 갔어야지. 오래 걸어서 피곤할 텐데."

"걸어가는 게 더 빨라. 아마 로브를 안고 갔겠지."

빨리 밥을 먹고 싶어서 마음이 급한 스터피가 말했다.

"로브와 낸이 집에 간 것이 확실해?"

"당연하지. 둘이서 돌담을 넘는 걸 봤고, 5시가 되었을 때 부르니까 잭이 걸어서 돌아가겠다고 대답했어." 토미가 설명했다.

"알았어. 그럼 얼른 타."

지친 아이들과 가득 찬 양철통을 실은 수레가 출발했다.

조는 아이들이 나뉘었다는 소리에 정신이 번쩍 들어서 프란츠와 토비를 다시 보내서 어린 애들을 데려오게 했다. 저녁 식사를 마치고 다들 언제나처럼 시원한 응접실에 모였을 때, 프란츠가 땀과 먼지를 뒤집어쓰고 근심어린 표정으로 빠르게 걸어 들어오며 외쳤다.

"아이들 돌아왔어요?"

"아니!"

조가 자리에서 벌떡 일어났다. 모두가 프란츠 주위로 몰려갔다.

"어디에도 없어요."

그때 "왔다!" 하는 큰 소리에 묻혔고 이내 잭과 에밀이 나타났다.

"낸과 로브는 어디 있니?"

조가 에밀을 꽉 붙잡았다. 에밀은 숙모가 갑자기 제정신이 아닌 것처럼 보여서 얼른 대답했다.

"전 몰라요. 다른 애들이랑 오지 않았어요?"

"아니, 조지와 토미 말이, 너희와 같이 갔다고 했는데."

"아뇨. 저희는 연못에서 수영을 하다가 숲길로 걸어왔어요."

잭이 놀라서 대답했다.

"가서 베어 교수님을 모셔오너라. 등불도 가져오고, 사일러스에게 내가 찾는다고 전해라."

조가 짧게 말했다. 하지만 모두들 알아듣고 재빠르게 움직였다. 10분 안에 베어 교수와 사일러스가 숲으로 갔고, 프란츠는 늙은 앤디를 타고 초원으로 달려갔다. 조는 식탁에서 음식을 챙기고 약장에서 작은 브랜디 병을 꺼내고 등불을 들고는, 잭과 에밀에게 따라나서라고 말한 뒤 나가서 토비에 올라탔다. 모자나 숄을 챙길 시간도 없었다. 뒤에서 누군가 뛰어오는 소리가 들려서 돌아보니 댄의 얼굴이 보였다.

"넌 여기 있어! 잭에게 따라오라고 했잖니."

하나라도 더 도움이 절실한 상황이었기에 댄을 되돌려보내는 게 아쉬웠지만 어쩔 수 없었다.

"집에 있으라고 했어요. 잭이랑 에밀은 아직 저녁도 못 먹었어요. 게다가 그 애들보다 제가 가고 싶어요."

댄이 등불을 받아들며 눈앞에서 단호한 눈빛으로 웃어 보였다. 조는 이 아이라면 의지가 되겠다고 생각했다.

댄은 걷겠다고 우겼지만, 조는 당나귀에서 내려 댄을 태웠다. 둘은 먼지 낀 고요한 길을 걸으며 간혹 멈춰서 어린 목소리들의 응답을 기다리며 애타게 불러보았다.

초원에는 이미 다른 불빛들이 엄지 동자처럼 이리저리 움직이고 있었다. 베어 교수의 외침이 초원 사방에서 울렸다.

"낸! 로브! 로브! 낸!"

사일러스는 휘파람을 불며 소리를 쳤고 댄은 토비를 타고 이곳저곳을 누볐다. 토비는 상황을 이해한 듯 특별히 유순하게 거친 곳을 다녔다. 종종 조가 모두를 조용히 시킨 다음 울음을 참으며 말했다.

"시끄러운 소리에 아이들이 겁을 먹을 수도 있으니까 내가 불러볼게요. 로브는 내 목소리를 알아차릴 거예요."

어머니가 다정한 음성으로 사랑하는 아이의 이름을 불렀다. 메아리가 부드럽게 퍼졌고 바람이 기꺼이 그 소리를 퍼트렸다. 그러나 여전히 대답은 없었다.

하늘을 먹구름이 뒤덮었다. 달은 그 사이로 드문드문 보였다. 먹구름을 뚫고 마른번개가 쳤고 멀리서 들리는 희미한 천둥소리가 들렸다. 여름 폭우가 오고 있다는 신호였다.

"오, 우리 로브! 내 사랑 로브!"

가여운 조는 창백한 유령처럼 사방을 돌아다니며 애처롭게 외쳤고 댄은 충실한 반딧불이처럼 그녀 옆을 지켰다.

"그 애가 잘못되면 그이에게 뭐라고 하지? 왜 내가 아이들을 이렇게 멀리까지 가도록 허락했을까? 프리츠, 무슨 소리가 들려요?"

"아니."

애석한 목소리가 돌아왔다. 조는 절박하게 손을 비벼댔다. 댄이 당나귀에서 내려 굴레를 울타리에 묶고 단호한 목소리로 말했다.

"아마도 개울을 따라 내려갔을 거예요. 제가 가서 보고 올게요."

댄이 재빨리 울타리를 넘어갔다. 조가 따라가보니, 등불을 아래로 비춰서 개울가의 부드러운 흙에 난 작은 발자국들을 보여주었다. 조는 무릎을 꿇고 발자국을 살피고는 얼른 일어나 진지하게 말했다.

"우리 로브의 부츠 자국이야! 분명히 이리로 지나갔어."

탐색은 참으로 지치는 여정이었다! 그러나 불가사의한 본능이 불안한 어머니를 이끌었다. 이내 댄이 탄성을 지르며 작고 반짝이는 물건을 집어들었다. 새 양철통의 덮개였다. 아이들이 지나갔다는 첫 번째 흔적이었다. 조는 덮개를 로브인 듯 껴안고 입을 맞췄다. 댄이 크게 소리쳐서 다른 사람들을 부르려는데 조가 막았다.

"아니, 내가 찾게 해줘. 내가 로브를 보냈으니, 그 애 아버지한테 직접 아이를 데려다주고 싶어."

조금 더 가니 낸의 모자가 나타났다. 조금 더 가자 마침내 숲에서 깊이 잠들어 있는 아이들을 찾아냈다. 댄은 그날 밤 자신의 등불이 비춘 불빛에 드러난 작은 광경을 결코 잊지 못했다. 베어 부인이 울음을 터트릴 줄 알았는데, 나직이 "쉬잇!" 하고는 부드럽게 앞치마를 들어올려 그 아래 발그레한 얼굴을 보았다. 허클베리 얼룩이 진 입술이 반쯤 열려 곤히 숨을 쉬었고 노란 머리카락은 뜨거운 이마 위로 축축이 젖었으며 포동포동한 양손은 아직 가득 차 있는 작은 양철통을 꽉 움켜쥐고 있었다.

어머니를 위해 갖은 고생 끝에 얻은 보물을 수확한 아이의 모습에 어머니는 감동했다. 조가 아들을 끌어안고 눈물을 흘렸다. 아주 부드

러운, 그렇지만 정이 가득 담긴 포옹이었다. 아이는 잠이 덜 깨서 어리둥절하다가 곧 환호성을 지르며 어머니를 꼭 껴안았다.

"엄마가 오실 줄 알았어요! 아, 엄마! 오시기를 바랐어요!"

잠시 둘은 주변은 아랑곳하지 않고 입을 맞추고 부둥켜안았다. 헤매느라 때가 묻고 지친 아들이지만, 어머니는 모든 것을 다 잊고 품에 아이를 안았다. 아들은 어머니에 대한 믿음이 바뀌지 않아서 행복했고 이 힘든 여정을 겪어낸 뒤로 어머니의 용기 있고 자상한 사랑의 징표를 가슴에 새겼다.

그사이 댄은 덤불에서 낸을 깨웠다. 그리고 비몽사몽간에 아이가 놀라지 않도록 테디에게만 보였던 다정한 손길로 달래고 눈물을 닦아주었다. 낸도 기쁨의 눈물을 흘렸다. 내내 외롭고 두려웠기에, 마침내 친절한 얼굴과 강인한 팔이 안아주자 기뻤다.

"가여운 낸, 울지 마! 넌 이제 안전하고 아무도 오늘 일을 탓하지 않을 거야."

조가 낸까지 두 아이를, 암탉이 잃어버린 새끼를 날개 아래에 품듯 꼭 껴안았다.

"제 잘못이에요. 정말 잘못했어요. 전 로브를 잘 보살피려고 애썼고 앞치마로 덮어서 재웠어요. 배가 아주 고팠지만 로브의 허클베리는 건드리지 않고요. 다시는 안 그래요, 절대로. 약속해요."

낸은 뉘우침과 감사의 물결에 빠져 흐느꼈다.

"사람들을 부르렴. 이제 집에 돌아가자."

조의 말에 댄은 담을 넘어 초원을 향해 신나게 외쳤다.

"찾았어요!"

사방에서 불빛들이 춤을 추며 달콤한 양치식물 가지 앞에 모여들었다. 포옹과 입맞춤, 대화와 울음이 이어져 반딧불이 유충은 분명 놀랐을 테고 당연히 모기들은 기뻐하며 미친 듯이 앵앵거렸고 작은 나방이 떼로 덤벼들었고 개구리들은 자신들의 만족감을 충분히 표현하지 못했다는 듯 큰 소리로 울어댔다.

모두가 집을 향해 나섰다. 희한한 행렬이었다. 프란츠는 소식을 전하러 먼저 달려갔다. 댄이 토비를 타고 선두에 섰고, 사일러스가 '자신이 본 가장 똑똑한 어린 사고뭉치' 소녀를 품에 안고 따라가며 내내 낸을 놀렸다. 조는 로브가 스스로 걸을 때만 빼고 한시도 품에서 내려놓지 않았다. 아이는 잠을 자서 원기가 충전되어 신나게 영웅담을 재잘거렸다. 어머니는 옆에서 "엄마가 올 줄 알았어요" 하는 말을 지치지 않고 들었고, 아이가 뽀뽀를 하고 허클베리를 입에 넣어주며 "전부 엄마를 위해 땄어요"라는 말을 질리지도 않고 들었다.

집에 도착했을 때 달이 환히 빛나고 있었다. 모두가 그들을 맞이하러 뛰어나왔다. 잃어버린 양들은 무사히 집으로 돌아와 식당에 안착했다. 아이들은 낭만적인 입맞춤과 보살핌보다 먹을 것이 더 급했다. 허겁지겁 빵과 우유를 먹는 모습을 가족 모두가 둘러서서 구경했다. 낸은 이내 정신을 회복했고 자신의 여정이 얼마나 위험했는지 비로소 돌아보았다. 로브는 음식을 입안 가득 밀어넣다가 갑자기 숟가락을 내려놓고 애절하게 소리쳤다. 여전히 아이 곁에 있던 어머니가 물었다.

"우리 아기, 왜 우니?"

"길을 잃어서 우는 거예요."

로브는 눈물을 짜내려고 애썼지만 실패했다.

"하지만 지금은 집에 왔잖니. 낸이 네가 초원에서도 울지 않았다고 하던데. 난 네가 용감한 아이라서 너무 기쁘단다."

"겁이 나서 울 시간이 없었어요. 하지만 지금 울고 싶어요. 왜냐면 전 길을 잃기 싫거든요."

로브가 쏟아지는 잠과 슬픔, 입안에 가득 든 빵과 우유와 힘겹게 씨름하며 설명했다. 아이들은 잃어버린 시간을 보충하는 이 재미있는 방식에 웃음을 터트렸다. 그러자 로브가 울음을 멈추고 그들을 보았다. 쾌활함은 아주 전염성이 강해서 그도 이내 신나서 "하, 하!" 하고는 그 농담에 아주 만족한다는 듯 숟가락으로 식탁을 두드렸다.

베어 교수가 손목시계를 확인하고 말했다.

"10시구나. 다들 자러 가야지."

"그리고 하나님 감사합니다! 오늘 한 명도 빠지지 않고 무사히 집으로 돌아왔어요."

조가 덧붙였다. 로브는 아버지 품에 안겨서, 낸은 쌍둥이의 호위를 받으며 침실로 올라갔다. 데이지와 데미는 이번 일에서 가장 흥미로운 여주인공이 낸이라고 생각했다.

"가여운 숙모님, 너무 지쳐서 부축이 필요하실 거야."

신사적인 프란츠가 겁에 질리고 오랫동안 걸어서 상당히 지쳐 층계참에서 잠시 서서 쉬는 조에게 다가가 팔을 둘렀다.

"안락의자를 만들자." 토미가 제안했다.

"됐어, 얘들아. 하지만 누가 기댈 어깨를 좀 빌려줄래?"

"저요! 저요!"

여섯 아이가 서로 나섰다. 창백한 어머니의 얼굴을 보며 뭉클한 감정을 느꼈기 때문이다. 조는 이 일이 아이들에게 큰 명예라는 것을 알고, 자격이 충분해서 아무도 투덜거리지 않을 아이의 어깨에 팔을 올렸다.

"댄이 아이들을 찾았단다. 그러니 댄이 도와주는 게 좋겠구나."

댄의 얼굴이 자랑스러움과 기쁨으로 달아올랐다. 저녁 시간의 노력이 충분히 보상받았다. 그가 등불을 들고 방에서 나갈 때 조가 진심으로 말했다.

"잘 자, 우리 아들! 하나님의 축복이 있기를!"

"저도 선생님의 아들이면 좋겠어요."

댄은 위기를 함께 겪으며 조와 최대한 가까워졌다고 느꼈다.

"넌 나의 큰아들이란다."

이튿날 로브는 괜찮았지만 낸은 두통이 있었다. 하지만 긁힌 얼굴 상처에 차가운 연고를 바르고 조의 소파에 누워 있다보니, 후회가 사라지고 길을 잃는 게 재미있는 놀이로 느껴졌다. 조는 아이들이 미덕의 길에서 벗어나거나 아무렇게나 허클베리 들판에 누워 있길 바라지 않았다. 그래서 낸에게 진지하게 '자유'와 '방종'의 차이를 알려주려고 여러 사례를 들었다. 낸에게 어떤 벌을 줄지 고민하다가 한 이야기에서 힌트를 얻었다. 조는 벌칙도 특별한 것을 좋아했다.

"아이들은 다 제멋대로 돌아다녀요."

낸은 홍역이나 백일해처럼 자연스럽고 꼭 거쳐야 했던 일처럼 말했다.

"다는 아니지. 그렇게 간 아이들 중에 다시 돌아오지 못한 아이들도 있단다."

"선생님은 어릴 때 그런 적 없으세요?"

호기심 어린 작은 눈이 자기 앞에서 차분하게 바느질을 하고 있는 진지한 숙녀의 영혼에 남은 흔적을 보고 물었다. 조가 웃음을 터트리고 그랬다고 말했다.

"그 이야기 해주세요."

낸은 자신이 대화에서 유리한 고지에 올랐다고 느꼈다. 조가 그 점을 알아채고 금세 진지해져서 고개를 저었다.

"내가 여러 번 그래서, 가여운 우리 어머니는 내 장난 때문에 많이 힘들어하시며 날 단속하느라 애쓰셨단다."

"어떻게요?"

낸의 얼굴이 금방 흥미로 가득 찼다.

"새 신발을 선물받은 적이 있었어. 어찌나 자랑하고 싶던지 마당 밖으로 나가지 말라는 말을 흘려듣고 제멋대로 나가서 하루 종일 돌아다녔어. 혼자 시내까지 나갔으니 무사했던 게 기적이지. 난 그런 유년기를 보냈단다. 공원에서 개와 장난치고 처음 보는 남자애들과 백 베이에서 보트를 타고 아일랜드 거지 소녀와 소금에 절인 물고기와 감자를 함께 먹고, 마침내 큰 개를 껴안고 낯선 집 문 앞에서 잠든 채 발견됐어. 한밤중에 진흙투성이 새끼 돼지 같은 꼴로. 너무 멀리까지 돌아다닌 탓에 새 구두는 다 닳아버렸단다."

"정말 근사해요!"

낸은 당장이라도 직접 그렇게 할 태세였다.

"다음 날은 근사하지 않았어."

조가 자신의 어릴 적 무분별한 행동에 대한 기억을 즐기지 않으려고 노력하면서 말했다.

"어머니한테 매를 맞으셨어요?"

"딱 한 대 때리셨어. 그 후에 내게 용서를 구하셨지. 안 그러셨으면 난 어머니를 용서하지 않았을 거야. 아주 많이 상처를 받았거든"

"왜 어머니가 용서를 구해요? 우리 아버지는 안 그러는데."

"어머니가 매를 때렸을 때 내가 돌아보며 이렇게 말했거든. '어머니는 화를 내고 계세요. 그러니 나만큼이나 벌을 받으셔야 해요.' 어머니가 잠시 날 보셨어. 그러더니 화를 전부 가라앉히시고 부끄럽다는 듯 말씀하셨어. '네 말이 맞아, 조. 난 화를 냈어. 내가 분노에 차 있는데 매를 때리는 건 옳지 않아. 용서해주렴. 우리 서로를 더 나은 방식으로 돕자.' 난 그 말을 절대로 잊지 않았어. 그건 회초리 열두 대보다 더 좋은 약이 됐지."

낸은 작은 연고 통을 돌리며 잠시 생각에 잠겼다. 조는 생각들이 어린 마음으로 빠르게 흘러 들어가 의미 있게 자리 잡는 모습을 보고 있었다.

"좋은 이야기네요. 그래서 선생님 어머니께서 어떻게 하셨어요?"

날카로운 눈동자와 호기심 어린 코, 짓궂은 입매가 부드러워졌다. 낸의 얼굴에서 장난기가 많이 사라졌다.

"긴 줄로 날 침대 기둥에 묶고 밖으로 못 나가게 하셨지. 난 하루 종일 코앞에 매달린 닳아빠진 신발을 보며 잘못을 반성했단다."

"그런 방법은 누구도 치료할 수 없어요!"

무엇보다도 자유를 중요시하는 낸이 외쳤다.

"난 치료했지. 아마 낸, 너도 치료할 것 같구나."

그러더니 조가 갑자기 책상 서랍에서 노끈 뭉치를 꺼냈다. 낸은 자신이 난처한 처지에 처했음을 깨달았다. 조가 노끈 한 쪽을 낸의 허리에 감고 다른 쪽을 소파 팔걸이에 감자 크게 풀이 죽었다.

"말썽쟁이 아기 강아지처럼 매어두고 싶지는 않지만, 네가 아기 강아지와 다를 바가 없다면 그렇게 할 수밖에 없어."

"저는 강아지 놀이를 좋아하니까 기꺼이 묶여 있겠어요."

낸이 태연한 표정을 지으며 바닥을 으르렁거리고 기어다녔다.

조도 태연히 앉아서 책을 한두 권 읽고 손수건 가장자리를 바느질하다가, 잠시 낸을 내버려두고 자리를 비웠다. 낸은 당황해서 한동안 앉아 있다가 줄을 풀려고 했다. 줄은 앞치마 뒤쪽 벨트에 단단히 묶여 있었다. 그래서 침대쪽 매듭을 풀기 시작했고 이내 끈이 헐렁해졌다. 낸이 막 창문으로 도망치려는데 조가 복도를 지나가며 누군가에게 하는 말소리가 들렸다.

"아니, 낸은 도망치지 않을 거야. 낸은 아주 명예로운 소녀고 내가 도와주려고 그랬다는 걸 아니까."

낸은 자리로 돌아와 다시 자신을 묶어두고 바느질을 시작했다. 로브가 잠시 뒤에 들어왔고 특이한 벌칙에 매료되었다. 그래서 줄넘기를 가져와서 예의있게 소파의 반대쪽 팔걸이에 앉았다.

"저도 길을 잃었어요. 그러니 낸처럼 매여 있어야 해요."

조가 돌아왔을 때 새로운 포로가 이렇게 말했다.

"그런 것 같구나. 너도 다른 사람들에게서 멀리 떨어지면 안 된다는 걸 알고 있었으니까."

"낸이 절 데려갔어요."

로브는 이 특별한 벌칙은 기꺼이 받고 싶지만 비난은 받고 싶지 않았다.

"네가 갈 필요는 없었어. 아무리 어린 아이에게도 양심이 있고, 항상 양심에 따라 행동해야 하지."

"그게, 제 양심은 낸이 '돌담을 넘자'고 말했을 때 조금도 따끔하지 않았어요."

로브가 데미의 표현을 따라했다.

"양심이 따끔한지 아닌지 곰곰이 생각해봤니?"

"아니요."

"그럼 정확히 모르는 거로구나."

로브가 한참을 생각하더니 이렇게 말했다.

"양심이 너무 작아서 제가 느낄 만큼 세게 따끔하지 않나 봐요."

"우리는 양심을 잘 단련해야 해. 양심이 무딘 건 나쁜 일이란다. 그렇다면 너도 식사시간까지 여기에서 낸과 이야기를 나누렴. 내가 지시할 때까지 둘 다 끈을 풀지 않을 거라고 믿는다."

"네, 저희는 안 그래요."

둘 다 스스로에게 벌을 주는 미덕의 힘을 느끼며 말했다.

한 시간은 무난히 흘러갔다. 하지만 그 후로는 지루해서 밖으로 나가고 싶었다. 복도조차 매력적으로 보였다. 좁은 침실조차 갑자기 흥미로워 보였다. 얼른 제일 좋은 침대로 올라가서 커튼으로 텐트를 치고 놀고 싶었다. 창문이 열렸는데 닿을 수 없어서 너무나 답답했다. 바깥세상이 아주 아름답게 느껴졌고, 이전에 왜 그곳을 지루하게 여겼는지 궁금해졌다. 낸은 잔디에서 뛰어놀고 싶었고 로브는 강아지에게 아침밥을 주지 않은 게 떠올라서 후회했다. 가엾은 폴룩스는 어쩌고 있을지. 둘은 시계를 쳐다보았다. 낸은 분과 초로 근사한 계산을 했고, 로브는 8시부터 1시까지 시간을 보는 법을 확실히 배웠다. 옥수수 콩 요리와 허클베리 푸딩 냄새가 솔솔 나자 안달했고 그자리에 갈 수 없는 처지를 슬퍼했다. 메리 앤이 식탁을 차릴 때 그들은 어떤 고기가 올라와 있는지 보려고 줄을 자를 뻔했다. 낸은 '자기 푸딩에 토핑이 많이 올라간' 것만 보여주면 침대 정리를 돕겠다고 제안했다.

소년들이 수업을 마치고 나왔을 때 두 아이가 가만히 있지 못하는 망아지 한 쌍처럼 고삐를 당기고 있는 것을 보았다.

"엄마, 저를 어서 풀어주세요. 제 양심이 다음번에는 핀처럼 따끔할 거예요. 분명 그럴 거예요."

식사 종이 울리자 로브가 애원했다. 테디는 형을 보러 왔다가 슬프고 놀라워했다.

"두고 보자꾸나."

어머니가 아이를 풀어주었다. 로브는 얼른 복도를 뛰어가다가 되돌아와서 뿌듯한 표정으로 낸 옆에 섰다.

"낸 누나에게 점심을 가져다줘도 될까요?"

"착하기도 하지! 그래, 탁자와 의자를 가져오마."

조가 서둘러 다른 아이들의 열정을 제압하러 나갔다. 아이들은 항상 정오가 되면 식욕이 엄청나게 왕성했다.

낸은 방에서 홀로 점심을 먹고 긴 오후를 소파에 묶여 보냈다. 조는 낸이 창밖을 내다볼 수 있도록 줄을 늘여주었다. 낸은 남자아이들이 노는 걸 구경했고 모든 작은 여름 생명체들이 각자의 자유를 한껏 누리는 광경을 보았다. 데이지는 낸이 내다볼 수 있도록 인형들과 잔디밭으로 소풍을 나왔다. 토미는 낸을 달래주려고 최고로 멋진 공중제비를 보여주었다. 데미는 계단에 앉아 책을 크게 읽어주었다. 댄은 작은 청개구리를 데려와서 보여주었다.

그러나 아무것도 잃어버린 자유를 보상해주지 못했다. 낸은 자유가 얼마나 소중한지 배웠다. 아이들이 전부 에밀이 새 배를 띄우는 걸 보려고 개울로 가서 조용한 몇 시간 동안, 창틀에 기댄 아이의 작은 머릿속에선 많은 좋은 생각들이 흘러나왔다. 낸은 조 선생님을 기리는 의미로 그 배에 조세핀이라는 이름을 붙이고 뱃머리에 작은 커런트 와인 병을 던져 깨트릴 작정이었다. 하지만 기회를 잃었고 데이지는 자신의 절반만큼도 잘 하지 않을 것이다. 이게 다 스스로 초래한 잘못이라는 점을 기억하니 눈물이 샘솟았다. 낸은 창가 바로 아래 노란 장미꽃의 꽃술을 날아다니는 통통한 꿀벌에게 소리쳤다.

"네 마음대로 다닐 거면 차라리 집으로 돌아가. 그리고 어머니에게 사과하고 다시는 그렇게 하지 않겠다고 말해."

"꿀벌에게 그렇게 좋은 조언을 해주는 것을 들으니 기쁘구나. 꿀벌도 알아들은 것 같은데."

조가 웃으며 말했다. 꿀벌이 먼지 낀 날개를 펴고 날아갔다.

낸이 창틀로 반짝이는 물방울 두 개를 털어내고, 조가 무릎에 앉히자 그 품을 파고들었다. 조는 작은 물방울의 의미를 이해했다.

"우리 어머니의 '제멋대로 구는 아이 처방'이 어떠니?"

"좋은 것 같아요, 선생님."

조용한 하루를 보낸 낸은 꽤 차분해져 있었다.

"다시는 이 방법을 쓸 일이 없었으면 좋겠구나."

"저도요."

낸이 진심 어린 얼굴로 조를 바라보았다. 조는 더 이상 아무 말도 하지 않았다. 자신의 벌칙이 제대로 작용했고 너무 많은 설교로 그 효과를 줄이고 싶지 않았다.

그때 로브가 아시아의 '접시 파이'를 소중히 안고 나타났다. 접시 위에 올려서 구웠다고 붙은 이름이었다.

"내가 따온 허클베리를 넣어서 만든 거야. 나머지 반은 저녁 식사 때 줄게."

아이가 과장된 동작으로 말했다.

"내 장난 때문에 힘들었으면서 왜 이러는 거야?"

낸은 멋쩍었다.

"같이 길을 잃었잖아. 누나도 다시는 제멋대로 굴지 않을 거지?"

"절대 안 그래."

낸이 큰 결심을 했다.

"와, 잘됐다! 이제 가서 메리 앤한테 이걸 우리가 먹을 수 있게 잘라달라고 하자. 차 마실 시간이 다 됐어."

로브가 먹음직스러운 작은 파이로 유혹했다.

낸이 따라가다가 멈추고 말했다.

"깜박했어. 난 못 가."

"가도 되는지 시험해보렴."

아이들이 이야기를 나누는 동안 조는 조용히 줄을 풀어두었다.

낸은 자신이 자유로워졌다는 것을 알았고 조에게 열렬한 입맞춤을 한 뒤 벌새처럼 잽싸게 뛰어나갔다. 로브가 낸을 뒤쫓아 뛰면서 복도에 허클베리 즙을 줄줄 흘렸다.

13

금발의 공주님

허클베리 소동 이후 플럼필드에는 평화가 찾아와 몇 주나 지속되었다. 큰 아이들은 낸과 로브를 잃어버린 것을 자신들의 책임으로 느껴서 어린아이들을 세심하게 돌보면서 조금씩 지쳐갔다. 한편 어린아이들은 낸의 위험천만했던 모험 이야기를 너무 많이 들었기에, 길을 잃는 것을 최악의 행동으로 여겨서 감히 정문을 나서는 것조차 주저했다. 밤이 갑자기 닥쳐오고 유령 같은 검은 소가 어둠 속에서 나타나면 어쩌는가.

"너무 오랫동안 잠잠한 게 이상한데."

지혜롭지 못한 어른이라면 아이들이 확실히 철이 들었다며 기뻐했을 것이다. 하지만 조는 수년 동안 아이들의 문화를 경험해서 이런 잠잠한 시기 끝에는 항상 큰일이 터지며 평화가 깨지는 걸 알았다. 그래서 갑작스러운 화산 폭발에 대비해 긴장을 늦추지 않았다.

이 환영할 만한 고요함의 이유에는 어린 베스의 방문도 있었다. 로리와 에이미가 편찮으신 로런스 할아버지 댁에 가 있는 일주일간 딸을 플럼필드에 맡겼다. 아이들은 이 금발의 공주님을 어린아이와 천사와 요정이 합해진 존재로 여겼다. 베스는 아주 사랑스러운 소녀였고, 특히 엄마인 에이미에게 물려받은 금발을 마치 반짝이는 베일처럼 두른 채 고마울 때면 숭배자들에게 미소를 날려주고 속상할 때면 표정을 숨겼다. 아버지인 로리는 딸의 금발을 너무나도 사랑했고, 데미는 허리까지 내려와 부드럽고 근사하게 반짝이는 금빛 물결이 고치에서 짠 실크 같다고 말했다. 모두가 어린 공주님을 칭송했기에 버릇없이 굴 수도 있었지만, 베스는 예의 바르게 행동했다. 베스가 나타나면 분위기가 밝아졌고, 소녀가 미소를 지으면 상대방도 웃었으며, 아이가 조금만 슬퍼해도 모두가 안타까워하며 위로했다.

자기도 모르게 베스는 아이들에게 수많은 실제 군주보다 더 영향력이 컸다. 그녀의 규칙은 아주 온화했고, 힘을 과시하기보다는 공감하게 했기 때문이다. 모든 면에서 앙증맞고 자연스러운 품위가 보여서 부주의한 아이들에게 좋은 영향을 미쳤다. 베스를 보면 감히 누구도 거칠게 대하거나 안 씻은 손을 내밀 수가 없어서, 베스가 머무는 동안 그 어느 때보다 비누 사용량이 많아졌다. 소년들은 여왕을 모시는 영광을 누리려면 손을 씻어야 한다고 생각했고 "저리 가. 더러운 손!" 같은 말을 듣는 것을 가장 큰 수치로 여겼다.

베스가 큰 목소리를 싫어하고 싸움에 겁을 먹어서, 소년들의 걸걸

한 목소리는 한층 부드러워졌고 옥신각신하는 일도 멈췄다. 혹 당사자들이 멈추지 못하면 구경꾼들이 나서서 다툼을 말렸다. 베스가 누군가가 시중을 들어주면 좋아해서 큰 소년들이 군말 없이 자잘한 심부름들을 해주었다. 어린아이들은 아예 충실한 노예를 자청했다. 서로 그녀의 마차를 끌겠다고, 딸기를 따는 바구니를 들겠다고, 식탁에 접시를 서빙하겠다고 나섰다. 어느 것 하나 사소한 게 없었다. 토미와 네드는 누가 베스의 작은 부츠를 닦느냐는 문제로 주먹다짐까지 벌였다.

낸이야말로 교양 있는 꼬마 숙녀가 체류한 한 주 동안 가장 큰 수혜를 입었다. 베스는 말괄량이의 비명과 법석을 듣자 커다란 푸른 눈동자에 놀라움과 두려움을 담아 쳐다보았고, 야생 동물이라도 만난 듯이 몸을 움츠렸다. 낸은 "치! 상관 안 해!"라고 내뱉었지만 내심 마음이 쓰였고, 베스가 "내 사촌이 제일 좋아. 데이지는 차분해"라고 말하자 마음에 큰 상처를 받았다. 낸은 팬시리 데이지를 치아가 딱딱 부딪힐 정도로 흔들어대고는, 헛간으로 뛰어가 실망의 눈물을 흘렸다. 그 동요한 영혼의 안식처에서 낸은 진정했다. 머리 위 진흙 둥지에서 짹짹거리는 제비들이 다정함의 미덕을 귀띔했는지도 모르겠다. 그렇다고 해도 여전히 꽤나 우울한 상태에서 낸은 베스가 좋아하는 특정 품종의 풋사과를 찾아 과수원을 헤맸다. 붉은빛이 도는 작고 달콤한 사과였다. 낸이 화해의 선물을 들고 어린 공주님에게 다가가 선물을 건넸다. 베스가 아주 고맙게 받자 낸은 뛸 듯이 기뻤다. 데이지가 낸에게 용서의 입맞춤을 해주자 베스도 자신이 너무 가혹하게 굴었다고 느꼈던지 사과했다. 그런 다음부터 셋이서 즐겁게 놀았고 낸은 며칠 동안 왕족의 호의를 누렸다.

낸은 예쁜 새장 속 작은 야생 새처럼 굴었고, 간간이 빠져나와 날개를 쫙 펴고 오랜 비행을 하거나, 포동포동한 멧비둘기 같은 데이지나 앙증맞은 황금 카나리아인 베스가 듣지 못하는 곳에서 목소리를 높여 노래했다. 하지만 결국은 낸에게 좋은 일이었다. 모두가 어린 공주님의 작은 은총과 미덕을 사랑하는 것을 보면서 낸도 사랑을 가득 받고자 열심히 베스를 따라하기 시작했다.

플럼필드의 모든 소년이 이 예쁜 아이에게 영향을 받아서, 정확히 방법과 이유는 모르겠지만 점차 행동이 나아졌다. 가여운 빌리는 베스를 바라보고만 있어도 너무 좋았다. 베스는 빌리가 뚫어지게 쳐다보는 게 불편했지만, 그가 다른 소년들과 다르다는 점을 이해하자 찡그리지 않고 더 친절하게 대했다. 딕과 돌리가 자신들이 유일하게 만들 수 있는 피리를 주자, 베스는 감동했지만 한 번도 불지 않았다. 로브는 베스를 어린 연인처럼 떠받들었고 테디는 강아지처럼 졸졸 쫓아다녔다. 베스는 잭은 좋아하지 않았는데, 손에 사마귀가 많고 목소리가 날카로웠기 때문이다. 스터피는 게걸스럽게 먹어서 맞은편에 앉은 어린 숙녀에게 눈치를 받았기에 식사 시간에 소리를 내지 않으려고 엄청나게 애썼다. 네드는 불쌍한 들쥐를 못살게 구는 게 발각되어서 체면이 깎인 채 궁정에서 추방되었다. 금발의 공주님은 슬픈 광경을 결코 잊지 못해서 네드가 다가오면 베일 뒤로 숨어서 도도한 작은 손길로 저리 가라고 휘두르며 슬픔과 분노가 섞인 목소리로 외쳤다.

"가, 난 네드 싫어. 불쌍한 작은 쥐의 꼬리 잘라서 쥐가 찍찍했어!"

데이지는 베스가 오자 스스로 왕좌에서 수석 요리사의 자리로 물러났고, 낸은 총괄시녀가 되었다. 에밀은 재무장관이 되어 9펜스나 하는 안경을 사는 데 공금을 다 썼다. 프란츠는 수상으로서 공주님에게 곧장 국정을 보고하고 왕국 전역의 진척상황을 살피고 외세를 막아내는 데 노력했다. 데미는 왕실 철학자가 되어 다른 신사들보다 더 후한 대우를 받았다. 댄은 근위병으로서 터전을 용감하게 지켰고 토미는 궁정 어릿광대로, 네트는 순진한 어린 메리 1세를 위해 아름다운 선율을 연주하는 리치오(Rizzio)*로 변신했다.

프리츠 삼촌과 조 이모는 이 평화로운 사건을 즐겼다. 아이들이 무의식중에 어른들을 따라하는 모습을 살폈고, 이 상황을 망쳐질 만한 비극적인 요소가 더해지지 않게 했다.

"아이들은 우리가 가르쳐주는 만큼 우리에게 가르침을 주네요."

"아, 아이들에게 축복을! 아이들은 자기도 모르게 자신들을 지도할 최고의 방법이 무엇인지 단서들을 보여줘요."

"남자애들과 여자애들이 함께 있으면 좋은 교육적 효과가 날 거라는 당신의 판단이 옳았어요. 낸은 데이지를 흔들어놓았고 베스는 어린 곰들에게 예의바르게 행동하도록 이끌고 있군요. 이러한 개혁이 처음처럼 계속 지속되면 내 자신이 블림버 박사(Dr. Blimber)**가 된 기분이 들겠어요."

베어 교수가 공주가 흔들 목마를 타고 있고 로브와 테디가 그 옆

---

* 이탈리아의 음악가로 영국 여왕 메리 1세의 심복.
** 찰스 디킨스의 소설 《돔비와 아들》에 나오는 교사. 자신의 어린 학생들을 대상으로 실험을 한다.

의자에 앉아서 최선을 다해 용맹한 기사 역할을 하며, 토미가 복도로 들어서자마자 자기 모자뿐 아니라 네드의 것까지 벗기는 광경을 보고 웃었다.

"당신은 절대로 블림버 박사가 될 수 없어요, 프리츠. 천만에요. 우리 아이들에게 그 악명 높은 과정을 강요하지 않을 거니까요. 아이들이 너무 틀에 박힌 예절만 익힐까봐 걱정할 필요는 없어요. 미국의 아이들은 자유를 너무 좋아하니까요. 다만 훌륭한 예의범절도 꼭 갖춰야 하니까, 우리가 가장 간단한 훈육만으로 친절한 정신이 빛나게 할 거예요. 정중하고 진솔하게요. 프리츠, 당신처럼."

"여보, 칭찬은 그만해요. 당신도 내가 칭찬만 했다 하면 도망가버리면서. 난 그저 당신과의 이 행복한 30분을 오롯이 즐기고 싶어요."

하지만 베어 교수는 칭찬을 받아서 즐거워보였다. 사실이니까. 조에게는 '당신과 함께할 때가 진정 평화롭고 행복하다'는 남편의 말이 최고의 찬사였다.

"아이들 이야기로 돌아가면, 내가 오늘 금발 공주님의 또 하나의 좋은 영향력을 발견했어요."

조가 의자를 남편 쪽으로 옮기며 말했다. 베어 교수는 여러 정원 일들로 지쳐서 소파에 누워 쉬고 있었다.

"바느질이라면 질색하던 낸이 베스를 위해서 오후 반나절을 꾹 참고 일해서 근사한 가방을 만들었어요. 사과 열두 개를 담아서 주더군요. 내가 칭찬하니까 낸이 이렇게 대답하는 거예요. '다른 사람을 위해서 바느질하는 건 즐거워요. 저를 위한 바느질은 바보 같이 느껴지는데.' 그 순간 힌트를 얻었죠. 카니 부인댁 아이들에게 줄 작은 셔츠와 앞치마를 만들어달라고 부탁하면 좋겠다고요. 낸은 베푸는 마음이 큰 아이니까 손가락이 아플 때까지 바느질을 해서 주겠죠. 내가 할 필요가 없을 정도로요."

"하지만 바느질은 근사한 업적이 아니잖아요, 여보."

"프리츠, 유감이네요. 난 소녀들에게 꼭 완벽한 바느질을 가르쳐요. 라틴어, 대수학 및 각종 관념들을 포기하는 한이 있더라도요. 에이미는 베스를 멋진 여성으로 키우겠다고 열심인데, 그래서 벌써부터 그 어린 집게손가락이 바늘에 찔리고 있어요. 에이미는 딸이 점토로 부리 없는 새를 만드는 것보다 다양한 바느질 작품을 내놓는 게 더 중요하다고 생각해요. 물론 로리는 점토 새를 더 자랑스럽게 여기겠지만요."

베어 교수는 아내가 고상한 교육 체계에 코웃음을 치며 단추를 다는 것을 지켜본 뒤에 말했다.

"나도 공주님의 영향력을 입증할 증거가 있어요. 잭 말이에요, 스터피와 네드 등 베스에게 찍힌 무리에 속한 게 못 견디겠다며, 얼마 전에 날 찾아와서 손의 사마귀를 없애달라고 했어요. 내가 그 제안을 자주 했지만 한 번도 응하지 않았는데, 지금은 숙녀에게 호감을 얻겠다는 바람으로 현재의 불편을 감수하며 남자답게 고통을 견디고 깔끔한 공주에게 부드러운 손을 보여주려 해요."

조가 웃었다. 바로 그때 스터피가 들어와 금발의 공주님에게 자기 어머니가 보내준 봉봉 사탕을 줘도 되는지 물었다.

"베스는 아직 단것을 먹으면 안 돼. 하지만 예쁜 상자에 분홍 장미 모양의 사탕을 넣어서 선물하면 아주 좋아할 거야."

조는 자기 사탕은 나눠주는 법이 없던 '뚱뚱한 소년'이 보이는 특이한 선행을 망치고 싶지 않았다.

"줬는데 먹으면 어쩌죠? 그 애를 아프게 하고 싶지 않아요."

스터피가 사탕을 애정 어린 눈길로 바라보며 상자에 넣었다.

"아니, 네가 장식용이라고 알려주면 만지지 않을 게다. 몇 주가 흘러도 가지고만 있지 절대로 맛보지 않을걸. 너도 그렇게 할 수 있겠니, 스터피?"

"할 수 있어요! 제가 그 애보다 한참 나이가 많으니까요."

"그렇다면 우리 한번 노력해보자. 자, 네 사탕을 이 봉지에 넣고 네가 얼마나 오래 가지고 있을 수 있는지 보자. 하트 두 개, 붉은 물고기 네 개, 보리 설탕 말 세 개, 아몬드 아홉 개, 초콜릿이 들어간 사탕 열두 개가 있구나. 너도 동의하니?"

조가 얼른 작은 봉투에 사탕을 집어넣으며 말했다.

"네."

스터피가 한숨을 쉬면서 대답했다. 그러고 나서 금단의 열매를 주머니에 넣고 베스에게 선물을 주러 갔고, 공주님으로부터 미소와 함께 정원을 산책할 때 안내를 해도 좋다는 허락을 얻었다.

"가여운 스터피의 가슴이 마침내 위장보다 앞서게 되었네요. 베스 때문에 노력할 동기를 더 많이 얻게 되겠죠."

"유혹을 주머니에 집어넣고 매우 다정한 어린 선생님에게서 참을성을 배우는 소년은 참 행복하지!"

베어 교수가 창가를 지나가는 아이들의 모습을 살피며 이렇게 덧붙였다. 스터피의 포동포동한 얼굴이 완전한 만족감으로 가득 차 있고 금발의 공주님은 '아름다운 향기'가 나는 진짜 꽃을 더 좋아하지만 그래도 설탕 장미를 우아하게 쳐다보고 있었다.

아버지가 베스를 데리러 왔을 때 모두가 슬퍼했다. 이별의 선물이 어찌나 많던지 로리가 큰 마차를 불러야겠다고 말했다. 모두가 선물을 주었다. 흰 햄스터, 케이크, 조개껍데기 꾸러미, 사과, 가방 속에서 쉴 새 없이 발길질을 하는 토끼, 원기회복에 좋은 큰 양배추, 피라미를 담은 병, 커다란 부케……. 작별의 시간이 왔다. 다들 공주님이 앉은 복도 탁자를 에워쌌다. 베스는 사촌들에게 입을 맞추고 다른 아이들과는 악수를 했다. 감정을 보이는 것이 부끄러운 일이 아니라고 배웠기에 모두 점잖게 악수를 하며 여러 가지 부드러운 말을 건넸다.

"곧 다시 와, 예쁜아."

댄이 가장 아끼는 녹색과 금색 딱정벌레를 베스의 모자에 달아주며 속삭였다.

"뭘 하든지 날 잊지 말아줘, 공주님."

토미가 아름다운 머리카락을 마지막으로 쓰다듬으며 말했다.

"다음 주에 너희 집에 가니까. 그때 만나, 베스."

그 생각을 하니 위안이 된다는 듯 네트가 덧붙였다.

"이제 악수를 할 수 있어."

잭이 부드러운 손바닥을 보여주었다.

"우리를 기억할 근사한 새 선물을 두 개 더 만들었어."

딕과 돌리가 새로 만든 피리를 주었다. 예전의 일곱 개가 몰래 주방 난로 속에 던져진 줄은 모르고.

"우리 작은 공주님! 방금 완성한 책갈피야. 항상 가지고 다녀야해."

낸이 따뜻하게 포옹하며 말했다.

빌리의 작별 인사는 가장 안타까웠다. 진짜로 베스가 간다고 하자 절망에 빠져서 소녀 앞에 몸을 내던지고 작은 푸른 부츠를 껴안고 엉엉 울었다.

"가지 마! 안 돼!"

금발의 공주님은 이 북받친 감정에 크게 감동해서, 몸을 구부려 가여운 아이의 머리를 들어올리고는 부드럽게 속삭였다.

"울지 마, 가여운 빌리! '포포'해줄게. 금방 또 올게."

이 약속이 빌리를 위로했다. 그는 자신에게 내려진 특별한 영광에 뿌듯해하며 뒤로 물러났다.

"나도! 나도!"

딕과 돌리는 자신들의 헌신에 대한 대가를 받고 싶다고 느끼며 소리쳤다. 다른 아이들도 소리치고 싶다는 표정이었다. 그 친절하고 유쾌한 얼굴들에 뭉클해진 공주님이 두 팔을 벌리더니 평소와 달리 경솔하게 행동했다.

"모두 '포포'해줄게!"

향기로운 꽃에 모여드는 벌떼처럼 아이들이 베스 주변으로 모여들어서 공주님의 왕관밖에 보이지 않았다. 다들 애정어린 뽀뽀를 퍼부어서 아이의 얼굴이 발그레한 장미로 변했다. 결국 아버지가 딸의 손을 잡고 구해주었다. 베스는 떠나면서 계속 미소를 짓고 손을 흔들었고 아이들은 뿔닭 무리처럼 울타리에 앉아 마차가 보이지 않을 때까지 소리를 질러댔다.

"다시 돌아와! 꼭 다시 돌아와줘!"

모두들 베스를 그리워했다. 각자 그렇게 아름답고 섬세하고 다정한 사람을 알고 나서 자신이 성장했다고 어렴풋이 느꼈다. 어린 베스는 부드러운 존경으로 사랑하고 존중하고 보호해주어야 하는 대상에 대한 소년의 예의 바른 본능을 끌어내주었다. 많은 어른들의 가슴속에 각자의 아름다운 소녀가 자리잡고 있다. '순수'라는 이름으로 마법처럼 생생하게 기억되는 소녀가. 플럼필드의 작은 신사들은 이제 막 그 힘을 느꼈고 그 부드러운 힘을 사랑하기 시작했다. 어린 손에 이끌리고 그녀를 숭배하는 것을 부끄러워하지 않게 되었다. 비록 아주 어린아이라도 말이다.

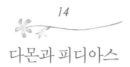

14

다몬과 피디아스

조가 옳았다. 평화는 폭풍전야의 정적이었다. 베스가 떠나고 이틀 뒤 도덕성을 둘러싼 지진이 플럼필드의 중심을 세게 뒤흔들었다.

토미의 암탉들이 문제의 발단이었다. 알을 그렇게 많이 낳지 않았다면 토미가 그런 큰돈을 벌지 못했을 것이다. 돈은 모든 악의 근원이지만, 인생에서 꼭 필요한 것이다. 이제는 감자 없이는 살아도 돈 없이는 못 산다. 토미는 확실히 그랬다. 용돈을 하도 함부로 써대니까, 베어 교수가 깡통 저금통까지 선물해주면서 강제로 저축을 시켰다. 문에 이름이 써 있고, 긴 굴뚝에 동전을 넣으면 타고 내려가 바닥의 뚜껑이 열릴 때까지 유혹적으로 짤랑거렸다.

그 저금통 집이 급격히 무거워지자 토미는 이내 자신의 투자에 만족하고 모은 돈으로 새로운 보물을 사기로 마음먹었다. 계속 총액을 기록하고 돈을 현명하게 쓰겠다는 조건으로 5달러가 모이면 저금통을 열어도 좋다는 허락도 받았다. 이제 1달러만 더 모으면 되는데, 마침 그날 조가 48개의 달걀값을 지불했다. 토미는 너무 기뻐서 헛간으로 뛰어가 네트에게 밝은 25센트짜리 동전 4개를 보여주었다. 네트도 바이올린을 사려고 내내 돈을 모으고 있었다.

"그걸 내 3달러에 보태면 당장 바이올린을 살 수 있는데."

"내가 좀 빌려줄 수 있어. 난 아직 이 돈으로 뭘 살지 결정하지 못했거든."

토미가 동전들을 공중으로 던졌다가 받으면서 말했다. 그때 누군가 헛간 뒤에서 외쳤다.

"얘들아! 개울에서 댄이 엄청 큰 뱀을 잡았대. 구경하자!"

"가자."

토미가 돈을 급히 탈곡기 안에 숨기고 뛰어나갔다. 네트도 뒤를 따랐다.

뱀은 아주 신기했다. 그 다음에 아이들은 절뚝거리는 까마귀까지 잡으려고 한참 쫓아다녔다. 토미는 너무 지쳐서 동전을 가지러 헛간까지 갈 기운도 남아 있지 않았다. 그래도 느긋했다.

"걱정 없어. 돈이 거기 있는 줄은 네트밖에 모르잖아."

하지만 이튿날 아침, 토미가 교실로 헐레벌떡 뛰어들어왔다.

"누가 내 돈 가져갔어?"

"무슨 소리야?"

토미가 프란츠에게 설명했고 네트가 그 말을 확인해주었다. 모두가 자기들은 아무것도 모른다고 말하며 네트에게 의심의 눈길을 보냈다. 네트는 부인하면서 점점 더 두려워졌고 혼란에 빠졌다.

"분명 누군가 가져간 거야."

프란츠의 말에 토미가 모두를 향해 주먹을 휘두르며 화를 냈다.

"이런 천둥 거북이! 잡히기만 해봐, 결코 잊지 못할 선물을 줄 테다!"

"침착해, 토미. 우리가 찾아보자. 도둑은 언제나 대가를 치르게 되어 있어." 댄이 그런 문제라면 잘 안다는 듯이 말했다.

"부랑자가 헛간에 자러 들어왔다가 가져갔을 수도 있잖아." 네드가 말했다.

"아니, 사일러스 아저씨가 있어서 어림도 없어. 게다가 부랑자는 돈을 찾아 낡은 탈곡기를 뒤지지 않아." 에밀이 콧방귀를 뀌었다.

"사일러스 아저씨가 훔친 게 아닐까?" 잭이 말했다.

"그건 아니야! 사일러스 아저씨는 햇살처럼 정직해. 절대로 우리 돈에 손대는 분이 아니야." 토미는 자신이 가장 존경하는 인물이 의심받는 걸 제대로 방어해냈다.

"누가 그랬든 간에 들키기 전에 빨리 말하는 게 좋겠어." 데미가 가족들에게 끔찍한 불운이 닥친 표정을 지었다.

"너희는 나라고 생각하잖아." 네트가 얼굴을 붉히며 절규했다.

"돈을 숨긴 곳을 아는 게 너뿐이잖아." 프란츠가 말했다.

"난 아니야. 내가 안 가져갔다고!"

"다들 진정해라, 진정하라고! 대체 이게 무슨 소란이니?"

베어 교수가 무리로 다가왔다. 토미가 돈이 없어진 얘기를 다시했다. 베어 교수의 표정이 점점 심각해졌다. 아이들은 숱한 잘못과 결점이 있지만 지금껏 쭉 정직했다.

"다들 자리에 앉거라."

베어 교수가 아이들의 얼굴을 한 명씩 엄하게 살폈다. 잔소리 폭풍보다 더 견디기 힘든 시간이었다. 마침내 그가 천천히 덧붙였다.

"자, 너희 모두에게 한 가지 질문을 할 테니 솔직하게 대답해주렴. 난 겁을 주거나 구슬리지 않을 거고, 어떤 진실이 나온대도 놀라지 않을 거야. 너희에게는 양심이 있고 그게 무엇인지 알고 있으니까. 자, 지금이 잘못을 되돌릴 시간이다. 모두에게 떳떳해지렴. 순간적인 유혹에 굴복한 것보다 거짓말이 더 큰 죄란다. 도둑질에 거짓말까지 더하지 말고 솔직하게 고백하거라. 그러면 우리 모두 그 일을 잊고 용서해줄 거야."

교실이 쥐죽은 듯 조용했다. 베어 교수가 천천히 신중하게 한 사람씩 질문했고, 여러 목소리로 같은 대답을 들었다. 다들 흥분으로 벌겋게 달아올라서 얼굴색은 증거가 못 됐다. 어린아이들은 마치 죄인처럼 짧은 대답마저 더듬거렸지만, 아주 겁을 먹었을 뿐이었다. 네트의 차례가 되자 교수의 목소리가 누그러졌다. 아이가 너무나도 비참해 보여서 마음이 안 좋았던 것이다. 베어 교수는 내심 네트를 범인으로 단정했기에, 소년이 용감하게 진실을 말해주기를, 또 다른 거짓말을 하지 않기를 바랐다.

"자, 아들아. 솔직하게 대답해주렴. 네가 돈을 가져갔니?"

"아니요!"

네트가 애원하듯 올려다보았다. 입술이 바들바들 떨리고 있었다.

누군가 야유했다.

"그만둬!"

교수가 책상을 쿵 내리치며 소리가 들린 모퉁이를 노려보았다. 네드, 잭, 에밀이 앉아 있었다. 둘이 부끄러워했고 에밀은 항변했다.

"전 아니에요, 외삼촌! 전 넘어진 동료를 때리는 비열한 인간이 아니라고요."

"참 잘났어!"

토미가 돈을 잃은 슬픔으로 냉소적이었다.

"조용!"

교실 안이 조용해졌다. 베어 교수가 엄격하게 말했다.

"네트, 정말 유감이다만 증거가 널 가리키고 있어. 게다가 넌 예전에도 거짓말을 했었지 않니. 한 번도 거짓말을 하지 않은 아이들보다 널 의심할 수밖에 없구나. 하지만 네게 책임을 묻지는 않겠다. 확실해지기 전까지는 벌하지 않고 이 사건 얘기도 꺼내지 않을 거야. 네 양심에 맡기마. 죄책감을 느낀다면 낮이든 밤이든 언제라도 날 찾아와서 고백하렴. 그러면 널 용서하고 일을 수습하도록 도와줄게. 네가 무죄라면 진실이 곧 밝혀지겠지. 그러면 내가 즉시 네게 용서를 구하고 기꺼이 너의 결백을 모두에게 공표하겠다."

"전 안 훔쳤어요! 제가 안 그랬어요!"

네트는 자신을 향한 불신과 혐오의 눈초리를 견딜 수가 없어서 팔에 얼굴을 파묻고 흐느꼈다.

"나도 네가 아니길 바란단다."

베어 교수가 잠시 말을 멈췄다. 범인이 누구든 한 번 더 기회를 주

려는 의도였다. 그러나 아무도 입을 열지 않았고 어린아이들 사이에
서 동정 어린 훌쩍거림만 들렸다. 베어 교수가 고개를 저으며 안타
까워했다.

"그렇다면 더 이상 할 수 있는 일이 없구나. 딱 한 가지는 말하마.
앞으로는 이 일을 거론하지 않을 테니 너희도 그렇게 따라주렴. 의
심이 드는 친구라도 예전과 다름없이 친절하게 대하고 괴롭히지 말
거라. 그렇게 하지 않아도 그 애는 충분히 힘들 테니까. 자, 이제 수업
을 시작하자."

교과서를 꺼낼 때 네드가 투덜거렸다.

"파더 베어가 네트를 너무 쉽게 풀어주셨어."

"말조심해."

이 사건이 가족의 명예에 흠집을 냈다고 느낀 에밀이 발끈했다.
많은 소년이 네드처럼 느꼈다. 한 가지는 베어 교수의 판단이 옳았
다. 네트는 차라리 그 자리에서 죄를 고백하는 편이 나았다. 아버지
에게 가장 심하게 두들겨 맞았던 때도 이 차가운 얼굴들, 외면, 모든
의혹의 눈초리를 견디는 것보다는 훨씬 쉬웠다. 코번트리의 요양원
으로 보내져야 할 소년이 있다면 바로 가여운 네트다. 그를 때리려
는 손 하나 올라오지 않았고 어떤 말도 나오지 않았지만 그는 천천
히 고문을 당하며 일주일을 보냈다.

최악이었다. 차라리 대놓고 말하거나 빙 둘러서서 돌팔매를 던져
도 이런 끔찍한 불신의 얼굴들을 침묵 속에서 마주하는 것보다 나으
리라. 마더 베어조차, 변함없이 친절한 태도 속에 그런 기색이 엿보
였다. 그러나 네트가 가장 마음 아팠던 건 파더 베어의 눈동자에 담

긴 슬픈 불안감이었다. 그는 진심으로 좋아하는 스승이 이 갑절의 죄로 완전히 실망한 것을 알았다.

플럼필드에서 오직 한 사람, 데이지만 네트를 전적으로 믿고 그의 편에 섰다. 데이지는 모든 정황에도 불구하고 네트를 의심하지 않고 따뜻한 마음으로 그의 편을 들었다. 누구든 네트를 비방하면 귀를 닫았다. 사랑하는 데미 오빠가 틀림없이 네트가 범인이라고, 돈의 행방을 아는 유일한 사람이었다고 말했을 때는 대들기까지 했다.

"암탉들이 먹었겠지. 늙은 닭들은 아주 식탐이 많잖아."

그 말에 데미가 웃음을 터트리자, 데이지는 화가 나 웃고 있던 오빠의 뺨을 때리고 울면서 소리치며 뛰쳐나갔다.

"네트가 그런 게 아니야! 안 그랬다고! 아니라고!"

이모와 이모부는 친구에 대한 아이의 믿음을 흔들지 않고, 다만 데이지의 순수한 직감이 맞기를 바라며 그 애를 더욱 사랑해주었다. 나중에 네트는 '그때 데이지가 아니었다면 못 견뎠을 것'이라고 종종 말했다. 다른 애들이 네트를 피할 때, 데이지는 오히려 더 그에게 다가가서 나머지 아이들에게 등을 돌렸다. 이제 데이지는 네트가 마음을 달래려고 낡은 바이올린을 켤 때, 계단에 앉아 있지 않고 그의 옆에서 자신감과 애정이 가득한 얼굴로 들었다. 그 덕분에 네트는 잠시 수치심을 잊고 행복했다. 데이지는 그에게 공부를 도와달라고 부탁했고 자기 주방에서 요리를 해주었다. 요리는 아주 엉망이었지만 그는 무슨 요리든 남자답게 먹었다. 그녀가 고마워서 가장 맛없는 요리도 달달하게 느껴졌다. 데이지는 네트가 남자아이들과 놀이에 끼지 못하자 "나랑 크리켓 할래? 야구는 어때?"라는 무리한 제안까지 했다. 제 정원에서 딴 꽃다발을 책상에 올려놓으며, 형편이 좋을 때만 친한 척하는 게 아니라 힘들 때도 함께하는 우정을 보여주었다. 낸도 데이지를 따라 네트에게 친절하게 굴었다. 신랄한 비난은 접어두고 의심이나 혐오의 대상을 향해 치켜세우던 코를 낮췄다. 말괄량이 부인의 변화는 참 다행이었는데, 왜냐하면 낸은 네트가 돈을 가져갔다고 확신했기 때문이다.

남자아이들 대부분이 네트를 가혹하게 홀로 내버려둘 때, 댄도 단호하게 친구를 보호했다. 네트더러 겁쟁이처럼 군다고 비난하면서도 친구를 괴롭히고 위협하는 아이는 즉시 막았다. 댄의 우정은 데이지의 우정만큼이나 고귀했고, 그만의 거친 방식으로 보여주었다.

어느 오후, 댄이 개울가에서 물거미의 습성을 유심히 관찰하고 있었는데 울타리 너머에서 말소리가 들렸다. 네드와 네트였다. 네트가 변함없이 결백을 주장하며 소년들이 하나둘 자신들이 틀렸다고 생각하기 시작했는데, 참견쟁이 네드는 범인을 알고 싶어서 입이 근질근질했다. 결국 베어 교수의 지시를 어기고 네트에게 수차례 물었고, 울타리에 기대 책을 읽고 있는 네트를 보자 또다시 금지된 주제를 꺼내고야 말았다. 댄의 귀에 네트가 간청하는 소리가 들렸다.

"이러지 마, 네드! 아, 안 돼! 모르는데 어떻게 말해. 베어 교수님이 경고하셨는데도 넌 은근슬쩍 계속 날 괴롭히고 있잖아. 댄이 있었다면 감히 이러지 못했겠지."

"쳇, 댄 따위 안 무서워. 그냥 나이 많은 문제아지. 댄이야, 토미의 돈을 가져간 게? 네가 그래서 말하지 않는구나. 그런 거야?"

"댄은 그런 애가 아니야. 만약 댄이 가져갔대도 난 댄을 보호할 거야. 내게 늘 잘해주는 친구란 말이야."

네트의 진심을 듣자 댄은 거미도 잊고 재빨리 일어나서 고마움을 전하려고 했다. 그런데 네드의 다음 말이 발목을 잡았다.

"댄이 돈을 훔쳐서 네게 줬겠지. 전직 소매치기니까. 그 애의 정체는 너 말고 아무도 모를 줄 알았어?."

네드는 네트를 자극해서 자백을 들으려고 아무 말이나 했다. 그 비열한 소망은 일부 이뤄졌다. 네트가 불같이 화를 낸 것이다.

"한 번만 더 그렇게 말하면, 베어 교수님에게 전부 다 알릴 거야. 고자질은 싫지만, 맙소사! 네가 댄을 괴롭히면 그럴 거야."

"넌 거짓말쟁이에다가 도둑에다가 비열하기까지 하구나."

네드가 조롱했다. 소심한 네트가 감히 스승을 찾아가서 댄을 변호할 리 없다고 생각한 것이다.

네드가 무슨 말을 더 하려고 했는지는 모른다. 다음 말을 하려고 입을 벌리는 순간 등 뒤에서 긴 팔이 번개같이 목덜미를 움켜쥐고 거칠게 내던졌다. 네드는 개울 한가운데로 나동그라졌다.

"그 말, 한 번만 더 해봐. 다시는 눈을 못 뜰 때까지 물속에 처박아 줄 테니까!"

댄이 로도스의 거상*처럼 좁은 개울 양쪽에 발을 디디고 서서 물속에서 당황한 아이를 노려보았다.

"그냥 장난이었어."

"너야말로 비열해. 네트를 궁지에 몰아넣다니. 다시 내 눈에 띄면

---

* 지중해의 로도스 섬에 있는 거대한 청동상. 높이가 30미터가 넘는다.

다음번에는 강에 던져버릴 거야. 어서 썩 꺼져!"

댄이 분노에 차 고래고래 소리를 질렀다.

네드는 물을 뚝뚝 흘리며 도망쳤다. 그 즉흥적인 목욕으로 호기심은 개울에 다 떠내려보낸 듯 그 후로 두 소년에게 깍듯했다.

네드가 사라지자 댄이 울타리를 훌쩍 뛰어넘었다. 네트는 주저앉아 있었다. 꽤나 지치고 슬픈 모습이었다.

"걔가 널 다시 괴롭히진 않을 거야. 또 그러면 나한테 말해. 내가 해결할 테니까."

댄이 분이 풀리지 않아서 씩씩댔다. 네트가 힘없이 대답했다.

"네드가 나에 대해 뭐라고 떠들든 신경 안 써. 익숙해졌거든. 하지만 널 거짓으로 비방하는 건 못 참아."

"걔 말이 거짓인지 아닌지 네가 어떻게 알아?"

댄이 네트를 외면하며 물었다. 네트가 놀라 고개를 들었다.

"뭘, 돈 말이야?"

"그래."

"그냥 알아! 넌 돈에 관심 없잖아. 맨 곤충 같은 거나 원하지."

네트가 어처구니없다는 듯이 웃었다.

"네가 바이올린을 사고 싶듯 나도 나비채를 가지고 싶어. 그런데 내가 안 훔쳤을 거라고 어떻게 보장해?"

댄이 여전히 외면한 채 막대로 토탄*에 바쁘게 구멍을 뚫었다.

"네가 그랬을 리 없어. 가끔 사람들을 때리고 싸우기는 하지만 거

---

* 땅속에 묻힌 시간이 오래되지 않아 완전히 탄화하지 못한 석탄. 발열량이 적으며, 비료나 연탄의 원료로 쓰인다.

짓말은 안 하고. 넌 도둑질은 안 해."

네트가 단호하게 고개를 저었다.

"난 둘 다 했어. 거짓말을 밥 먹듯이 했다고. 지금 그게 큰 문제지. 페이지 씨네에서 도망칠 때는 텃밭에서 먹을 것도 훔쳤어. 빌어먹을, 이제 내가 얼마나 나쁜 사람인지 알겠지."

댄이 최근 그만둔 거칠고 난폭한 말투를 다시 꺼냈다.

"제발 댄! 네가 그랬다고 하지 마! 차라리 다른 아이가 그랬다는 소리를 듣고 싶어."

네트가 너무 괴로워해서 댄은 기뻤다. 하지만 고개를 돌려서 괴상한 표정을 지어 보이며 이렇게만 말했다.

"더 이상 이 얘긴 하지 말자. 하지만 걱정 마. 우린 이 문제를 잘 해결해갈 테니까."

그의 표정과 태도에 네트는 문득 한 생각이 떠올랐다. 그가 기도하듯 두 손을 꽉 모으고 호소했다.

"넌 누군지 알고 있구나. 그렇다면 제발 말해줘, 댄. 모두가 날 미워해서 너무 힘들어. 더는 못 견디겠어. 플럼필드를 정말 사랑하지만 갈 곳이 있다면 도망쳤을 거야. 하지만 난 너처럼 용감하거나 강하지 않아서 이곳에서 누군가가 내가 거짓말을 하지 않았다고 보여줄 때까지 버텨야 해."

네트가 절박하고 상심한 듯 보여서 댄은 쉰 목소리로 웅얼거렸다.

"오래 안 걸려."

그 말을 남기고 그는 급히 사라졌고 몇 시간 동안 안 보였다.

"댄에게 무슨 일 있어?"

결코 끝나지 않을 것 같던 한 주의 끝인 일요일에 소년들은 여러 차례 서로에게 물었다. 댄은 자주 기분이 오락가락했지만 그날은 아주 진지하고 조용해서 한 마디도 하지 않았다. 다 같이 산책을 나가서도 무리에서 떨어져 혼자 걷다가 늦게 돌아왔다. 저녁 대화 시간에도 구석에 앉아 골똘히 생각에 잠겨서 무슨 대화가 오가는지 전혀 듣지 않았다. 조가 양심책에서 특별히 좋은 보고서를 보여주었을 때도 웃음기 없이 쳐다보다가 애석하게 이렇게 말했을 뿐이다.

"선생님은 제가 잘하고 있다고 생각하시죠, 그렇죠?"

"무척 잘하고 있어, 댄! 난 아주 기쁘단다. 넌 조금만 도와주면 근사하게 변할 아이라고 항상 생각하거든."

그가 고개를 들어 자부심과 애정과 슬픔이 뒤섞인 검은 눈동자로 그녀를 응시했다. 조는 그땐 이해하지 못했지만 이후에 알게 되었다.

"실망하실까봐 두렵지만 전 노력하고 있어요."

댄이 웃음기 하나 없이 책을 덮었다. 평소에 무척 좋아해서 읽고 나면 한참이나 이야기하던 부분이었다.

"어디가 아프니?"

조가 아이의 어깨에 손을 올리며 물었다.

"발이 좀 쑤셔서요. 그만 자러 갈래요. 안녕히 주무세요, 어머니."

아이는 조의 손을 자기 뺨에 잠깐 댔다가 가버렸다. 아끼는 사람에게 작별 인사라도 하는 듯이.

"가엾은 댄! 네트가 망신을 당해서 슬픈 거야. 참 특이한 아이야. 내가 저 아이를 완전히 이해할 수 있을까?"

조가 혼잣말을 했다. 최근에 댄이 아주 좋아져서 진심으로 기뻤는데, 아직도 갈 길이 멀다는 생각이 들었다.

네트가 가장 깊이 상처를 받은 것에는 토미의 행동도 있었다. 돈을 잃어버린 후로 토미는 네트에게 친절하지만 단호했다.

"네트, 네게 상처를 주고 싶진 않지만, 알다시피 난 더 이상 돈을 잃고 싶지 않아. 그래서 더 이상 너와 사업 파트너를 할 수 없어."

그렇게 말하면서 토미가 '토미 뱅스 합작회사'라고 적힌 회사 이름을 지워버렸다. 네트는 그 '합작회사'에 큰 자부심을 품고 열심히 달걀을 찾아서 제대로 장부에 기록하고 거래를 통해 받은 수익의 일부를 챙겨서 자산을 착실히 모아왔다.

"세상에, 토미! 꼭 그래야 해?"

이제 자신은 영원히 사업을 하지 못할 것만 같았다.

"응. 에밀이 알려줬는데, 한쪽이 회사의 자산을 '황령'(횡령, 토미는 이 단어가 돈을 가로챘다는 의미로 알았다)하면 다른 쪽이 그를 고소하거나 때리고 더 이상 같이 일하면 안 된대. 지금 네가 내 자산을 황령했으니, 난 널 고소하거나 때리진 않겠지만 너와의 관계는 끊을 거야. 난 널 믿을 수 없고 망하기도 싫거든."

"네가 날 믿게 만들 수만 있다면! 네가 내 돈을 뺏어갈 리는 없지만, 내 결백을 믿는다고 말해준다면 내 저축을 기꺼이 다 줄게. 계속 달걀 찾는 일을 하게 해줘. 돈 안 받고 공짜로 일할게. 난 닭들이 주로 어디에 알을 낳는지 잘 알고 그 일이 좋아."

네트의 간청에도 토미는 고개를 저었다. 늘 유쾌했던 둥근 얼굴이 의심과 무정함으로 가득 차 있었다.

"그럴 수 없어. 그리고 네가 알이 어디 있는지 몰랐으면 좋겠어. 은근슬쩍 알을 주우러 가서 빼돌릴 생각 하지 마."

가여운 네트는 너무나 큰 상처를 받아서 회복할 수 없는 지경에 이르렀다. 사업 파트너이자 후원자를 잃고 불명예스럽게 파산했으며 사업에서 추방되었다. 과거의 거짓들을 만회하려고 애썼지만 글이건 말이건 네트의 의견이라고 하면 아무도 믿지 않았다. 간판이 내려지고 회사는 파산했고 그는 망가졌다. 소년들의 월 스트리트인 헛간은 더 이상 그의 공간이 아니었다. 코클탑과 다른 암탉들이 공연히 울면서 그의 불행을 슬퍼했다. 달걀의 수가 줄었고 일부는 토미가 찾을 수 없게 새로운 자리를 옮겨서 알을 낳았다.

"닭들은 날 믿어."

그 소리를 들었을 때 네트가 말했다. 그 이야기를 소년들이 떠들어대자 안심이 되었고 비록 세상에서 무시를 받고 있지만 얼룩덜룩한 암탉들이 보여준 믿음에 크나큰 위로를 받았다.

그러나 토미는 마음에 불신이 자리를 잡아서 한때 자신감 넘치던 영혼의 평화가 깨져서 새로운 파트너를 찾지 않았다. 네드가 지원했지만 토미가 거절하고 정의를 중요시하듯 말했다.

"어쩌면 네트가 돈을 가져가지 않았을지도 몰라. 그러면 우리는 다시 파트너가 될 거야. 그런 일이 일어날 것 같진 않지만, 어쨌든 그에게 기회를 줘야 할지 좀 더 지켜볼래."

빌리는 토미가 유일하게 믿는 사람으로 달걀을 찾는 일에 익숙해서 깨지지 않은 달걀을 건네주고 사과나 알사탕을 봉급으로 받으며 꽤 만족했다. 댄의 우울한 일요일이 지난 다음날 아침 빌리가 자신의 고용주에게 오랜 달걀 찾기의 결과물을 보여주었다.

"두 개밖에 없어."

"점점 더 힘들어지는구나. 암탉들이 이렇게 반항한 적이 없는데."

토미가 신경질을 내며 여섯 개씩 알을 받으며 기뻤던 날들을 떠올렸다.

"음, 그것들을 내 모자에 담고 분필을 이리 줘. 어쨌든 수량은 표시해야 해."

빌리가 탈곡기 위로 올라가서 토미가 분필을 넣어두는 기계 꼭대기를 쳐다보다가 말했다.

"여기 돈이 아주 많이 있어."

"아니, 거기 없어. 난 다시는 돈을 아무 데나 놔두지 않을 거야."

"보여. 하나, 넷, 여덟, 2달러야."

아직 숫자를 정확하게 세지 못하는 빌리가 말했다.

"대체 무슨 소리야!"

토미가 직접 분필을 챙기려고 올라갔다가 굴러떨어질 뻔했다. 정말로 거기에 밝은 25센트 동전 4개가 일렬로 놓여 있고 '토미 뱅스'라고 적힌 쪽지도 있었다.

"이런 천둥 거북이!"

토미가 그 돈을 들고 냅다 집으로 뛰어 들어가서 소리를 질렀다.

"이제 다 해결됐어! 내 돈을 찾았어! 네트는 어디 있어?"

아이들은 곧 네트를 찾았다. 그의 놀라움과 기쁨이 진실해서, 이제 훔치지 않았다는 그의 말을 의심하는 사람이 거의 없었다.

"내가 안 가져갔는데 어떻게 돌려놓겠어? 이제 날 믿어줘. 그리고 다시 친하게 지내자."

네트의 간절한 애원에, 에밀이 승낙의 뜻으로 등을 찰싹 때렸다. 그러고는 네트와 화해의 악수를 나누었다.

"네가 훔친 게 아니라서 너무 기뻐. 그럼 대체 범인이 누구지?"

"돈을 찾았으니 됐잖아."

댄이 네트의 행복한 얼굴을 쳐다보며 말했다.

"그래, 뭐 어때! 난 이제 내 물건을 아무 데나 두지 않을 거고 저글링 묘기를 부리는 사람처럼 늘 챙겨 다닐 거야."

토미가 소리치면서 마술처럼 되돌아온 돈을 쳐다보았다.

"그래도 범인을 찾아야 해. 얼마나 교묘한지, 필체를 안 들키려고 글씨체도 바꿨나 봐." 프란츠가 종이를 유심히 살폈다.

"데미 형, 글씨 잘 써." 로브가 어떤 상황인지 모르고 끼어들었다.

"잘 알지도 못하면서 데미라고 말하지 마."

토미가 그렇게 말했고 다른 아이들도 콧방귀를 뀌었다. 데미는 어린 디컨*으로 불릴 만큼 신뢰를 받고 있었다.

네트는 소년들이 자신은 믿어주지 않으면서 데미는 믿는 것이 부러웠다. 가진 것을 전부를 주고라도 그런 신뢰를 얻고 싶었다. 신뢰란 잃기는 매우 쉽지만 되찾기는 정말 어렵다는 점을 체득했고, 무시당하는 고통을 겪은 뒤로 진실을 대단히 소중하게 여겼다.

베어 교수는 올바른 방향으로 한 단계 나아간 것이 아주 기뻤고 더 많은 진실이 알려지기를 기다렸다. 그 순간이 예상보다 빨리 찾

---

* 부제품을 받은 성직자. 미사 전례를 도울 수 있는 권한과 강론을 하고 성체를 주는 권한이 부여된다.

아왔는데, 그는 아주 놀라고 슬펐다. 그날 저녁 식사 자리에서, 이웃의 베이츠 부인이 사각형의 소포를 하나 가져와 조에게 전달했다. 베어 교수가 메모를 읽는 동안 데미가 끈을 풀고 안을 보고 놀랐다.

"세상에, 테디 이모부가 댄에게 준 책이에요!"

"빌어먹을!"

댄은 아주 열심히 노력했지만 아직 욕하는 버릇은 완전히 고치지 못했다.

베어 교수는 그 소리에 재빨리 고개를 들었다. 댄은 그와 눈을 마주치지 못했다. 그냥 입술을 깨물고 앉아서 수치스러움에 얼굴이 점점 더 붉게 타올랐다. 조는 불안해졌다.

"이게 뭐니?"

"개인적으로 물어보려 했는데, 데미 때문에 다들 알게 되었으니 지금 물어보마."

베어 교수가 아이들이 잘못하거나 속임수를 써서 벌을 줄 때처럼 단호한 표정을 지었다.

"베이츠 부인 말이, 아들 지미가 이 책을 지난 토요일 댄에게 샀다는구나. 1달러보다 훨씬 가치 있는 책처럼 보여서 뭔가 착오가 있는 것 같아 돌려보낸다고 쓰셨어. 이 책을 팔았니, 댄?"

천천히 대답이 나왔다.

"네."

"왜 그랬지?"

"돈이 필요해서요."

"무엇 때문에?"

"누군가에게 갚아주려고요."

"누구한테 돈을 빌렸니?"

"토미요."

"저한테 돈을 빌려 간 적이 없어요."

토미가 두려운 얼굴로 외쳤다. 다음에 나올 말이 짐작되는데, 댄을 너무 좋아했기에 그냥 이 모든 사건이 마법이길 빌었다.

"그가 가져갔겠지."

물에 처박힌 일로 댄에게 원한을 품은 네드가 빈정댔다. 도덕심이 강한 그는 대가를 치르길 바랐다.

"오, 댄!"

네트가 손에 들었던 빵과 버터도 잊고 그의 손을 잡았다.

"힘든 문제지만 이 문제를 해결해야겠구나. 모두가 탐정이 되어서 서로를 의심하며 학교 전체가 뒤숭숭한 모습을 더 이상 두고볼 수가 없어. 댄, 그 돈을 오늘 아침에 헛간에 놔둔 거니?"

댄이 베어 교수를 똑바로 쳐다보며 침착하게 대답했다.

"네."

아이들이 웅성거렸고 토미는 놀라 머그잔을 떨어뜨려 깨트렸다. 데이지는 "네트가 범인이 아닐 줄 알았어!"라고 소리쳤고, 낸은 울음을 터트렸다. 조가 아주 실망스럽고 심난한 표정으로 식당을 나서자 댄은 마음이 아팠다. 그는 잠시 두 손으로 얼굴을 가렸다가 고개를 들고 더 많은 짐을 진 것처럼 어깨를 힘겹게 펴더니, 플럼필드에 처음 온 날처럼 냉정한 표정에 반은 확고하고 반은 난폭한 목소리로 말했다.

"제가 그랬어요. 이제 바라는 대로 하세요. 하지만 전 더 이상 아무 말도 하지 않을 거예요."

"미안하다는 말도 하지 않을 거니?"

그의 바뀐 태도에 안타까워하며 베어 교수가 물었다.

"미안하지 않아요."

"제가 댄을 용서할게요."

토미는 소심한 네트보다 용감한 댄이 망신을 당하는 모습을 보는 게 더 괴로웠다. 댄은 여전히 퉁명스러웠다.

"용서 따윈 필요 없어."

"혼자 조용히 생각해보면 미안함을 느낄 게다. 내가 지금 얼마나 놀라고 실망했는지 말하지는 않으마. 네 방으로 가서 이야기하자."

"그런다고 달라지는 건 없어요."

댄은 반항적으로 쏘아붙이려고 했지만 베어 교수의 슬픈 얼굴을 보자 저도 모르게 목소리가 기어들어갔다. 그는 그만 방으로 돌아가라는 뜻이라고 생각해서 식당을 나섰다.

댄이 그 자리에 머물렀더라면 좋았을 것이다. 소년들이 진심으로 놀라고 댄을 안타까워해서, 감동해서 용서를 구했을지도 모른다. 누구도, 네트조차도 범인이 밝혀졌는데도 기쁘지 않았다. 많은 결점이 있지만 다수가, 아니 모두가 댄을 좋아하게 되었다. 거친 태도 속에 숨어 있는 남자다운 용기를 모두가 동경하고 사랑했다.

조는 자신이 가장 애정과 관심을 쏟는 소년이 크게 엇나간 것에 크게 상심했다. 도둑질도 나쁘지만, 거짓말을 하고 누군가에게 누명을 씌운 것이 더 끔찍했다. 가장 실망스러운 건 부정직한 방식으로

291

돈을 돌려놓으려 한 시도였다. 비겁한 속임수일 뿐만 아니라 미래에 대한 좋지 않은 징조였다. 게다가 그 문제를 이야기하는 것도, 용서를 구하고 반성하는 태도도 계속 거부했다. 며칠이 지나도 댄은 태연히 계속 수업을 듣고 생활하면서 뉘우치는 기색이 없었다. 네트의 사례를 보고 미리 포기한 듯, 누구의 동정도 구하지 않고 놀이에도 참여하지 않고 들과 숲으로 들어가서 새와 짐승들과 놀았다.

베어 교수도 자신의 노력이 실패한 것에 꽤나 낙담했다.

"이러다간 댄이 못 견디고 다시 도망을 칠까 걱정이에요."

"얼마 전까지만 해도 그 애가 유혹을 이길 힘을 길렀다고 확신했는데, 지금은 모르겠어요. 댄이 너무 달라졌어요."

조는 너무나 애통했다. 조용히 둘만 이야기하려고 할 때마다 댄은 얼른 조를 피했고, 덫에 걸린 야생 동물처럼 반은 매섭고 반은 애원하는 듯한 눈빛으로 그녀를 물끄러미 쳐다보기만 했다.

네트는 그림자처럼 댄을 쫓아다녔다. 댄은 다른 아이들한테처럼 매정하게 내치지는 않았지만 퉁명스럽게 밀어냈다.

"넌 이제 괜찮아. 내 걱정은 마. 난 너보다 더 잘 견디니까."

"하지만 난 네가 혼자 있는 게 싫어."

"난 좋아."

댄은 성큼성큼 가버렸다. 다만 외로워서 이따금 한숨을 내쉬었다.

그날은 댄이 자작나무 숲을 지나고 있었다. 소년들이 매끄럽고 탄성이 좋은 자작나무 가지로 미끄럼을 타며 재미있게 놀고 있었다. 댄은 잠시 노는 모습을 구경했는데, 아무도 그에게 같이 놀자고 하지 않았다. 마침 잭의 차례가 되었다. 불행히도 잭은 너무 큰 나무를 골랐다. 그래서 가지를 타고 내려오려는데 가지가 휘면서 위험한 높이에 그대로 매달리고 말았다.

"다시 올라가. 거기선 못 해!"

네드가 아래에서 소리쳤다. 잭은 다시 올라가려고 했지만 가지가 미끄러웠고 다리가 나무 몸통에 닿지 않았다. 아무리 몸을 흔들고 발버둥을 쳐도 소용 없자 결국 거친 숨을 내쉬며 위태롭게 매달려 있는 처지가 되었다.

"잡아줘! 도와줘! 떨어지겠어!"

절망적인 목소리였다. 네드가 놀라서 소리쳤다.

"위험해. 잘못하면 죽어."

"가만히 있어!"

댄이 외치더니 훌쩍 나무로 올라가 금세 잭 근처까지 다가갔다. 잭은 두려움과 희망이 뒤섞인 표정으로 그를 쳐다보았다.

"됐어, 둘 다 내려올 수 있겠어!"

네드가 신이 나서 춤을 추었고 네트는 나뭇가지가 부러질 것을 대비해 팔을 벌렸다.

"나도 그럴 생각이야. 땅으로 내려가는 거."

댄이 침착하게 말하고는, 제 체중을 실어 나뭇가지를 땅에 더 가깝게 내렸다.

잭이 안전하게 착륙했다. 그런데 자작나무 가지는 무게가 절반으로 줄어들자 갑자기 휙 솟구쳤다. 착지 준비를 하고 있던 댄은 그만 손을 놓치고 심하게 바닥으로 떨어졌다.

"난 안 다쳤어. 곧 괜찮아질 거야."

존경과 놀라움에 가득 찬 소년들이 주위로 몰려들자 댄이 살짝 창백하고 어지러운 채로 일어나 앉았다.

"넌 굉장해, 댄. 난 진짜 너한테 감탄했어." 잭이 고마워했다.

"아무것도 아냐." 댄이 웅얼거리며 천천히 일어났다.

"나도 대단하다고 생각해. 비록 너와 다퉜지만, 악수하고 싶어."

네드가 조심스럽게 손을 내밀면서, 제 행동이 멋지다고 생각했다.

"난 비열한 인간과는 악수하지 않아."

댄이 경멸하는 표정으로 등을 돌려버렸다.

"집에 가자, 댄. 내가 부축해줄게."

네트가 댄을 부축하고 걸었다. 남은 아이들은 이 굉장한 사건에 대해 떠들며 언제 댄이 '같이 놀아줄지' 궁금해했다. 그리고 다들 토미가 '빌어먹을 돈을 제자리에 두어서 이런 사건이 안 일어났으면 좋았을걸' 하고 바랐다.

다음 날 아침 베어 교수가 교실로 들어왔을 때, 아이들은 그가 정신이 나간 줄 알았다. 그는 곧장 댄에게 가서 두 손을 잡고 크게 흔들며 단숨에 말했다.

"다 알았어. 댄, 네게 용서를 구한다. 너다운 행동이었고 네가 그렇게 해줘서 기쁘구나. 하지만 아무리 친구를 위해서라고 해도 거짓말을 하는 건 옳지 않아."

댄도 놀라서 베어 교수를 물끄러미 보았다. 네트가 끼어들었다.

"무슨 일이에요?"

"댄이 토미의 돈을 가져간 게 아니야."

베어 교수가 너무 기쁜 나머지 큰소리로 외쳤다.

"그럼 누가 그랬어요?"

소년들이 일제히 물었다. 교수가 빈자리를 가리켰다. 모두의 눈이 그의 손길을 따라갔고 너무 놀라서 한동안 아무 말도 하지 못했다.

"잭이 오늘 아침 일찍 집으로 가면서 이걸 남겼단다."

베어 교수가 아침에 방문 손잡이에 꽂혀 있던 메모를 읽었다.

제가 돈을 훔쳤어요. 헛간 벽 틈으로 토미가 돈을 거기 두는 걸 봤 거든요. 말하고 싶었지만 너무 무서웠어요. 네트가 오해받아도 가만 히 있었는데, 댄까지 누명을 받게 만드는 건 견딜 수가 없어요. 그 돈 은 한 푼도 쓰지 않았어요. 제 방 세면대 뒤쪽 카펫 아래에 있어요. 정말 죄송해요. 전 집으로 돌아가서 돌아오지 않을 거예요. 그러니 댄에게 제 물건을 주세요.

잭으로부터

마구 휘갈겨 쓰고 잉크 얼룩이 진 짧은 메모였다. 그렇지만 댄에게는 값진 종이였다. 베어 교수가 말을 멈추자 댄이 그에게 다가가 갈라진 목소리로, 하지만 눈물은 흘리지 않은 채 베어 부부에게 배운 대로 예의를 갖추어 솔직하게 말했다.

"이제 죄송하다고 말할게요. 절 용서해주세요."

"선의의 거짓말이었으니, 당연히 널 용서해야지. 하지만 보다시피 거짓말은 결국에는 아무 소용이 없단다."

베어 교수가 안도와 애정이 담긴 얼굴로 댄의 어깨를 감쌌다.

"네트가 따돌림을 받지 않게 하려고 그랬어요. 네트는 정말 힘들어했거든요. 저야 그런 일을 당해도 별로 신경 안 쓰니까요."

자신의 힘든 침묵을 이제야 말할 수 있어서 댄은 기뻤다.

"어떻게, 어떻게 그럴 수가 있어? 넌 항상 내게 정말 잘해줘."

네트는 친구를 부둥켜안고 엉엉 울고 싶었다. 댄은 네트의 그런 여자아이 같은 행동을 질색했다.

"이제 괜찮으니까 바보처럼 굴지 마."

하지만 댄도 목구멍에서 뜨겁게 올라오는 뭔가를 힘겹게 삼키고 몇 주간 참았던 웃음을 터트리더니, 간절한 목소리로 물었다.

"조 선생님도 아세요?"

"그럼. 조 선생님이 기뻐서 어쩔 줄 몰라 하시더구나."

베어 교수는 더 이상 말을 잇지 못했다. 소년들이 댄 주위로 우르르 몰려들어서 소란을 피웠기 때문이다. 열두 개의 질문이 속사포처럼 쏟아지더니 미처 대답을 듣기도 전에 누군가 이렇게 외쳤다.

"댄에게 만세 삼창을 외치자!"

베어 교수의 선창으로 소년들이 함성을 질렀다. 집 안이 울리는 그 소리에 주방에서 아시아가 펄쩍 뛰었고, 식재료를 배달온 로버츠 영감은 고개를 절레절레 저었다.

"내가 어릴 때 다니던 학교는 이렇지 않았는데!"

댄은 잠시 잘 서 있다가 조가 기뻐하는 모습을 보자 감정이 북받쳐 갑자기 복도를 가로질러 뛰어가 응접실로 들어갔고, 그녀도 곧장 따라가서 둘은 30분간 모습을 보이지 않았다.

아이들은 좀처럼 진정되지 않았다. 베어 교수는 수업 진행이 어렵다고 판단하고, 서로에 대한 충실함으로 후세에 널리 이름을 날린 두 친구 '다몬과 피디아스'*의 이야기를 들려주었다. 아이들은 겸손한 두 친구의 우정에 감동을 받았다. 거짓은 잘못이지만 거짓을 이끌어낸 사랑과 침묵 속에서 불명예를 견딘 용기는 서로 통해서 댄은 그들의 눈에 영웅으로 보였다. 정직과 명예는 이제 새로운 의미를 지녔다. 훌륭한 이름이 금보다 더 소중하다. 한번 잃어버린 돈으로 그걸 다시 살 수 없고 서로에 대한 믿음은 인생을 부드럽고 행복

---

* 네트와 댄의 우정을 고대 그리스 시대 단짝 친구인 피디아스와 다몬에 비유했다. 폭군에게 옳은 말을 했다가 감옥에 갇혀 처형 날짜가 정해진 피디아스가 죽기 전에 부모님과 친구들을 만나고 싶어 하자, 다몬이 친구를 대신해 감옥에 들어가 그가 돌아오지 않으면 자신이 죽겠다고 했다. 처형 날이 되어 다몬이 사형장으로 끌려가는 순간 피디아스가 돌아왔고, 두 사람의 우정에 감동받은 폭군은 그들을 풀어주었다.

하게 해주고 다른 어떤 것도 그렇게 할 수 없다.

　토미와 네트의 회사는 다시 부활했다. 아이들은 서로를 공연히 의심하고 무시했던 일을 반성했다. 조는 그런 아이들을 보며 기뻤고 베어 교수는 플럼필드의 어린 다몬과 피디아스 이야기를 지치지 않고 언제나 들려주었다.

15
버드나무 둥지에서

늙은 나무는 그해 여름 좋은 광경과 믿음을 많이 보고 들었다. 아이들이 가장 좋아하는 휴식 장소인 것을 버드나무도 즐기는 듯 언제나 즐겁게 아이들을 반겼고, 아이들도 버드나무의 품에서 조용히 보내는 시간이 풍요로웠다. 어느 토요일 오후, 버드나무는 어린 새들이 지저귀는 소리에 귀를 기울였다.

낸과 데이지가 작은 대야와 비누 조각을 들고 찾아왔다. 꼬마 숙녀들은 종종 개울에 인형 옷을 가져와 부산스럽게 빨곤 했다. 주방을 '물바다'로 만들고, 욕실은 낸이 수도꼭지 잠그는 걸 깜박해서 아래층 천장으로 물이 뚝뚝 떨어지게 만드는 바람에 아시아가 인형옷 빨래를 엄격히 금지했다. 데이지는 흰옷 먼저, 색깔옷은 나중에 순서

대로 빨아서 매자나무 가지에 맨 빨랫줄에 널고 네드가 준 작은 옷
핀으로 날아가지 않게 집었다. 그러나 낸은 모든 옷을 한꺼번에 담
궈놓고는 '바빌론의 여왕 세미라미스' 인형의 베개에 넣을 엉겅퀴
관모를 모으러 다녔다. 말괄량이 부인이 옷을 꺼내려고 달려왔을 때
는 이미 모든 옷에 짙은 녹색 얼룩이 묻었다. 녹색 실크 안감이 달린
망토까지 같이 넣는 바람에 분홍과 파란 원피스, 작은 슈미스, 아주
근사한 주름 장식의 페티코트에까지 녹색물이 스며들었다.

"세상에, 맙소사! 이게 무슨 난리람!" 낸이 한숨을 쉬었다.

"풀 위에 놓고 물이 빠지게 해봐." 데이지가 경험담을 일러주었다.

"그래야겠어. 그사이 우린 둥지에 앉아서 옷들이 바람에 날아가지
않는지 살피자."

바빌론 여왕의 옷장이 강둑에 쭉 펼쳐졌다. 어린 세탁부는 빨래통
까지 말리려고 뒤집어둔 다음 버드나무 둥지로 올라가서 가사 노동
에서 잠시 쉬는 엄마들처럼 수다 삼매경에 빠졌다.

"내 새 베개에 어울리는 깃털 침대를 만들 거야." 낸이 엉겅퀴 관
모를 주머니에서 꺼내 손수건으로 옮겼는데, 그 과정에서 절반을 흘
렸다.

"난 안 만들래. 조 이모가 깃털 침대는 몸에 좋지 않다고 했어. 내
아이는 꼭 매트리스에서 재워야 해." 셰익스피어 스미스 부인이 단
호하게 대꾸했다.

"내 아이들은 강인해서 종종 바닥에서 자도 괜찮아. (사실이다.)
게다가 매트리스를 아홉 개나 살 여유도 없으니 직접 만들어야지."

"토미가 깃털값을 받을까?"

"그렇겠지. 하지만 난 안 낼 거야. 걔도 굳이 달라고 하지 않을걸."

말괄량이 부인은 토미 뱅스의 착한 성품을 이용할 작정이었다.

"녹색 얼룩보다 분홍색이 더 빨리 빠질 것 같아."

셰익스피어 스미스 부인이 대화 주제를 바꿨다. 낸과 그녀의 관심사는 여러모로 달랐고 스미스 부인은 분별력 있는 여성이었다.

"상관없어. 슬슬 인형 놀이가 지겨워서 관둘까 했어. 이젠 텃밭에 집중할 거야. 인형 놀이보다 그게 나아." 낸이 무의식중에 살림에 지친 중년 여인의 욕망을 표출했다.

"하지만 인형들을 저렇게 놔두면 안 돼. 엄마가 없으면 다들 죽고 말 거야." 상냥한 스미스 부인이 말했다.

"죽게 놔두지 뭐. 정말이지 아기를 달래는 데 지쳤어. 남자애들이랑 놀 거야. 난 걔들쯤 거뜬히 이길 수 있어."

데이지는 여성의 권리에 대해 알지 못했다. 항상 조용한 방식으로 원하는 것을 요구해도 거절당한 적이 없었다. 감당할 수 없는 일은 벌이지 않았고, 원하는 일에는 무의식중에 자신의 영향력을 강력히 발휘했다. 낸은 반대였다. 뭐든지 시도했고 처참히 실패하더라도 일단 남자애들이 하는 모든 일에 참여하려고 맹렬히 덤볐다. 소년들이 비웃고 쫓아내고 방해해도, 낸은 기죽지 않고 그 말을 무시하고 강한 의지로 맹렬한 개혁가의 정신을 보여주었다.

조는 낸을 지지했지만, 뭐든지 완전히 자유롭게 하려는 광기 어린 욕망은 조금 절제시킬 필요가 있었기에, 조금 기다릴 수 있는 자제력을 키우라고, 자유를 요구하기 전에 누릴 준비를 하라고 자주 타일렀다. 그러자 낸은 조금 온순해졌고, 그 과정에서 기관사나 대장장이보다 농경에 폭발적인 흥미를 보였다. 그러나 세이지(sage)와 스위트 마저럼(majoram)*은 돌봐준 감사를 말로 직접 표현하지 못했다. 낸은 사람처럼 아끼고 살피고 보호해줄 대상을 원했다. 친구들이 손가락을 베거나 머리를 부딪히거나 무릎에 멍이 들어 '수리'를 부탁해오면 더할 나위 없이 기뻤다. 이 광경을 보고 조는 제대로 하는 법을 배우게 했다. 보모가 붕대 감기, 반창고 붙이기, 습포제 바르는 방법을 알려주었다. 친구들은 이제 낸을 '말괄량이 의사 선생님'으로 불렀고 그녀는 별명이 아주 마음에 들었다.

어느 날 조는 남편에게 이렇게 말했다.

"프리츠, 낸을 위해 우리가 할 일이 뭔지 알겠어요. 그 애는 생기 있는 일을 하고 싶어 해요. 그렇게 하지 못하면 매우 예민하고 고집스럽고 불만투성이인 어른으로 자랄 거예요. 그 아이의 열정적인 품성을 무시하지 말고 최선을 다해 그 애가 좋아하는 일을 하게 해주고, 머지않아 그 애 아버지를 설득해 의학 공부를 시키면 좋겠어요. 낸은 용기가 있고 대담하고 부드러운 심성에 약하고 고통받는 사람에 대한 강한 사랑과 연민이 있으니 훌륭한 의사가 될 거예요."

베어 교수가 미소로 동의했고, 낸에게 허브 정원을 맡기고 식물들의 치료 효능들을 가르쳤다. 간간이 아이들의 자잘한 질병을 허브로 치료해도 좋다고 허락했다. 낸은 아주 빠르게 배웠고, 베어 교수는 비록 어렸지만 그녀의 재능을 인정했다.

그날 버드나무 둥지에서 낸이 그 생각을 하고 있는데 데이지가 부

---

* 오레가노속의 식물. 향기가 매우 강해 향료로 쓰며, 약재로도 사용한다.

드러운 목소리로 말했다.

"난 집을 가꾸는 일이 좋아. 이 다음에 자라면 데미 오빠와 함께 근사한 집에서 살고 싶어."

낸은 딱 부러지게 말했다.

"글쎄, 난 남자 형제가 없고 집안일로 호들갑을 떨기도 싫어. 수많은 약병과 서랍과 막자*가 놓인 사무실을 열어서 말과 마차를 몰고 다니며 아픈 사람을 치료해줄래. 아주 재밌을 거야."

"우왝! 고약한 냄새와 끔찍한 가루약과 피마자기름과 센나**와 벌꿀 시럽을 어떻게 견디려고?" 데이지가 몸서리를 쳤다.

"내가 먹을 건 아니잖아. 사람들의 병을 낫게 해주는 약이지. 난 사람을 치료하는 일이 좋아. 내가 탄 세이지 차가 마더 베어의 두통을 사라지게 하고 내 홉 열매가 네드의 치통을 다섯 시간 만에 낫게 한 거 알지? 맞잖아!"

"사람들에게 거머리를 놓고 다리를 자르고 이를 뽑을 수 있겠어?" 데이지는 생각만으로도 아찔했다.

"그럼. 난 무엇이든 할 수 있어. 사람이 다 망가져서 다시 고쳐야 한다고 해도 상관없어. 할아버지가 의사셔서 예전에 어떤 남자 뺨의 큰 상처를 꼬매셨거든. 그때 옆에서 스펀지를 들고 있었는데 조금도 두려워하지 않아서 할아버지가 용감한 소녀라고 칭찬하셨어."

"어쩜 그럴 수 있어? 난 아픈 사람들이 가엾고 그들을 간호하는

---

* 덩어리 약을 갈아 가루로 만드는 데 쓰는, 유리나 사기로 만든 작은 방망이.
** 콩과의 소관목으로 작은 잎 조각을 모아서 말린 것을 지사제로 쓴다.

건 좋지만 꿰매거나 하는 일을 해야 한다면 다리가 떨려서 도망쳐버릴 거야. 난 용기가 없거든." 데이지가 한숨을 쉬었다.

"내 간호사가 되면 되잖아. 내가 환자들의 다리를 자르고 약을 준 다음에 네가 돌봐줘." 낸이라면 틀림없이 그렇게 해낼 것이다.

"어이! 낸, 어디 있어?" 나무 아래서 어떤 목소리가 불렀다.

"우린 여기 있어."

"아야! 아야!"

누군가 끙끙대더니, 에밀이 고통스러운 듯 인상을 찌푸리고 한 손으로 다른 손을 잡고 나타났다.

"세상에, 무슨 일이야?" 데이지가 불안해하며 물었다.

"빌어먹을 가시가 엄지손가락에 박혔어. 도통 안 빠져. 네가 좀 빼주겠어, 낸?"

"아주 깊이 박혔네. 난 지금 바늘이 없는걸." 낸이 타르로 범벅이 된 엄지손가락을 주의깊게 살펴보았다.

"핀을 써." 에밀이 재촉했다.

"아니, 핀은 너무 크고 끝이 뾰족하지 않아."

데이지가 주머니를 뒤지더니 바늘 네 개가 든 반짇고리를 꺼냈다.

"데이지, 넌 항상 우리가 원하는 걸 가지고 있구나."

에밀이 칭찬했고 낸은 그 이후로 항상 이런 일이 생기는 걸 감안해 자신도 바늘겨레를 가지고 다니기로 마음먹었다.

데이지가 눈을 감았다. 낸이 침착하게 상처를 살피고 가시를 뽑는 동안, 에밀은 의료 행위와 전혀 관계없는 지시들을 내렸다.

"거기서 오른쪽으로! 제군들, 뱃머리를 유지하라! 돛을 더 올려라,

영차! 이제 됐어!"

"엄지를 빨아." 의사가 숙련된 손길로 가시를 살피며 지시했다.

"너무 더럽잖아." 환자가 피가 흐르는 손을 흔들었다.

"잠깐만. 손수건 있으면 줘. 내가 묶어줄게."

"없어. 바닥에 널브러진 저 천 쪼가리 중 하나를 써."

"맙소사! 저건 인형들의 옷이야." 데이지가 발끈했다.

"내 거 중 하나를 써. 내가 줄게."

낸의 말에 에밀은 내려가서 제일 처음 보이는 '천 쪼가리'를 집었다. 근사한 주름 장식이 달린 여왕의 페티코트였는데 낸은 개의치 않고 뜯어서 붕대로 감으며 환자에게 이렇게 당부했다.

"촉촉하게 유지하고 건드리지 마. 그러면 곧 아물 거야. 많이 아리지도 않고."

"치료비가 얼마야?" 에밀 제독이 웃으면서 물었다.

"됐어. 난 진료소를 운영하고 있어. 가난한 사람들이 무료로 의사를 만날 수 있는 곳이야." 낸이 의기양양하게 설명했다.

"고맙소, 말괄량이 의사 선생. 사고를 당하면 언제고 찾아오겠소."

제독이 떠나려다가 이내 몸을 돌리더니 놀리듯이 말했다.

"누더기들이 바람에 다 날아가고 있는데, 의사 선생."

숙녀들은 놀라서 '누더기'라는 불손한 말도 잊고 얼른 내려가 빨랫감을 챙겼고, 작은 난로에 말리고 다림질을 하려고 집으로 향했다.

버드나무가 아이들의 수다가 재미있어서 웃는 듯 한 줄기 바람에 흔들렸다. 다른 어린 새 한 쌍이 비밀스런 수다를 떨러 올 때까지.

"자, 내가 비밀을 하나 알려줄게."

토미는 아주 중요한 얘기라는 듯 '거들먹'거렸다.

"말해봐."

네트는 바이올린을 가져올걸 하고 생각하며 대답했다.

"애들이랑 최근 벌어진 흥미로운 사건의 정황 증거에 관해서 이야기를 나눴는데……."

토미는 클럽에서 프란츠가 한 말을 무작정 인용했다.

"댄에게 의심했던 일을 사과하고 그를 존중한다는 의미로 선물을 하자고 의견을 모았어. 댄이 늘 지니고 다니면서 뿌듯하게 생각할 근사하고 유용한 물건으로 말이야. 뭐가 좋을까?"

"나비채. 댄은 그걸 정말 갖고 싶어 해."

네트는 자신이 그걸 사주려고 했기에 살짝 실망했다.

"아니야. 망원경이어야 해. 진짜 확대가 잘 돼서 물속에 사는 것들도 보고, 별과 개미 알이랑 모든 세포를 다 볼 수 있는 그런 거 말이야. 그게 정말 좋은 선물이 되지 않을까?"

토미는 현미경과 망원경을 혼동해서 말했다.

"최고야! 난 너무 기뻐! 그런데 너무 비싸지 않을까?"

"당연히 비싸겠지. 하지만 우리의 마음을 전할 선물인걸. 내 5달러로 살 수 있다면 더 좋겠지."

"뭐? 그 돈을 전부 다 쓰려고? 너처럼 인심 좋은 아이는 처음 봐!"

네트가 진심으로 감탄한 눈빛으로 토미를 쳐다보았다.

"그게, 이번에 돈 때문에 곤경을 겪으면서 지쳤거든. 이제 저축은 그만하고 돈이 생길 때마다 애들과 함께 쓸 거야. 그러면 아무도 날

질투하거나 내 돈을 훔치지 않겠지. 나도 친구들을 의심하거나 돈 때문에 걱정할 필요 없고."

백만장자가 지닌 불안과 걱정의 무게를 느끼고 있는 토미였다.

"베어 교수님이 허락하실까?"

"아주 좋은 계획이라고 하신걸. 돈을 좋은 일에 쓰는 게 사후에 유산을 두고 다투는 것보다 낫다고 여기는 친구분 얘기도 해주셨고."

"너희 집은 부유하잖아. 네 아버지도 그렇게 하시니?"

"잘 모르겠어. 항상 내가 원하는 대로 해주셔. 그건 알아. 집에 가면 그 문제를 의논해볼 거야. 아무튼 내가 아버지에게 좋은 본보기를 보여드릴 거야."

토미가 어찌나 진지한지 네트는 웃을 엄두가 나지 않아 그의 생각을 존중해주었다.

"넌 네 돈으로 할 수 있는 일이 아주 많겠구나?"

"베어 교수님도 그렇게 말씀하시면서 돈을 유용하게 쓰는 법을 알려주겠다고 약속하셨지. 난 댄에게 시작하려고 해. 그다음에 1달러쯤 생기면 딕에게 뭔가 해주고 싶어. 참 착한 아인데 일주일 용돈이 고작 1센트래. 너도 알다시피 스스로 용돈을 많이 벌지도 못하잖아. 내가 한번 도와주려고."

마음 착한 토미는 얼른 그러고 싶은 모양이었다.

"참 훌륭한 계획이다. 나도 더 이상 바이올린을 사려고 하지 않겠어. 댄에게 나비채를 사주고, 돈이 남으면 가여운 빌리를 위해서 뭔가 해줘야지. 개는 날 좋아해. 가난한 아이는 아니지만 선물을 받으면 좋아할 거야. 난 누구보다 그 애가 원하는 걸 잘 알거든."

네트는 자신의 소중한 3달러에서 얼마나 많은 행복이 나올지 궁금해졌다.

"나도 그럴 거야. 자, 어서 가서 베어 교수님께 월요일 오후에 시내에 외출해도 될지 여쭤보자. 넌 나비채를 사고 난 현미경을 사야 하니까. 프란츠에 에밀도 간다고 했으니까 다 함께 가게들을 돌아다니며 재미도 있을 거야."

두 소년은 팔짱을 끼고 아주 진지하게 새 계획을 의논하면서 걸었다. 가난하고 힘든 사람에게 아무리 사소한 것일지라도 물질적으로 베풀고, 도둑이 부수고 들어와 훔쳐갈 정도로 쌓이기 전에 적은 돈이라도 자선이라는 고귀함으로 베푼다는 생각에, 벌써부터 달콤한 만족감이 느껴졌다.

"버드나무 둥지에 올라가 쉬면서 나뭇잎을 분류하자. 서늘하고 아늑한 곳이잖아."

데미가 댄에게 제안했다. 숲속에서 오랜 시간 산책한 뒤 집으로 느긋하게 돌아가는 길이었다.

"좋아!"

말수가 적은 댄은 짤막하게 대꾸하고 곧장 나무 위로 올라갔다.

"왜 자작나무 잎사귀는 다른 나무보다 더 많이 떨릴까?"

호기심 많은 데미는 항상 댄이 대답을 알 것 같았다.

"각자 다르게 매달려 있어서 그래. 잎사귀와 연결된 줄기가 한쪽으로 틀어져 있고 가지와 연결되는 부분은 다른 쪽으로 비틀어졌어. 그래서 바람이 조금만 불어도 잎사귀가 크게 흔들리지. 반면 느릅나무 잎은 곧게 매달려서 튼튼해."

"진짜 신기하네! 이것도 그럴까?"

데미가 너무 예뻐 잔디 위에 서 있던 작은 나무에서 꺾어온 아카시아 잔가지를 들어 보였다.

"아니. 그건 손 대면 착 접혀. 손가락으로 중앙을 만져봐."

댄이 운모를 살피며 말했다. 과연 잎사귀들이 하나로 접혀서 한쪽으로만 잎사귀가 난 듯이 보였다. 데미가 새 가지를 꺼내들었다.

"정말 재밌다. 다른 것들도 봐줘. 이건 어때?"

"누에에게 줘. 누에는 뽕잎을 먹고 살고 스스로 몸에 실을 감아. 실크 공장에서 일한 적이 있는데 잎사귀로 가득 찬 선반이 있는 방에서 누에들이 바스락바스락 아주 빨리 잎을 먹는 소리를 들었어. 가끔 누에는 너무 많이 먹어서 죽기도 해. 그걸 스터피한테도 알려줘."

댄이 그 말을 하며 웃었고 이끼가 낀 돌 하나를 주워들었다.

"이 버바스컴 잎사귀라면 한 가지 알아. 요정들이 담요로 덮었다는 거."

데미는 숲속 요정의 존재에 대한 신념을 아직 포기하지 않았다.

"현미경이 있다면 요정보다 더 예쁜 걸 보여줄 수 있는데. 내가 아는 노부인은 안면신경통이 있어서 취침용 모자로 버바스컴 잎사귀를 썼어. 잎사귀를 하나로 엮어서 늘 쓰고 다녔다니까."

"와, 진짜 웃기다! 너희 할머니 얘기야?"

"난 할머니 없어. 아주 특이한 분이었어. 고양이 열아홉 마리랑 다 쓰러져가는 작은 집에 혼자 사니까, 사람들이 마녀라고 불렀지만 아니야. 물론 얼굴 주름이 자글자글하긴 했지만. 내게 정말 잘해줬고 빈민원 사람들이 내게 고약하게 굴면 따뜻한 난로를 쓰게 해줬어."

"너, 빈민원에 살았어?"

"한동안. 그 이야기를 하려던 게 아니니까 신경 쓰지 마."

댄이 그답지 않게 능청스럽게 말을 돌렸다. 데미는 자신이 불쾌한 질문을 했다고 느껴져서 미안했다.

"고양이는 어땠는데?"

"딱히 기억나는 건 없어. 그저 할머니가 고양이를 엄청나게 많이 키우고 밤에는 커다란 나무통에 넣어뒀다는 것뿐이야. 내가 가끔 그 통을 넘어뜨리면 고양이들이 나와서 집 사방을 돌아다녔지. 그러면 할머니는 화가 나서 고양이들을 쫓아다니며 다시 잡아넣고 침을 뱉고는 소리를 질렀어."

"할머니가 고양이들에게 잘해줬어?"

데미가 어린아이처럼 즐겁게 웃으며 물었다.

"그랬던 것 같아. 가여운 사람! 시내의 유기묘들을 전부 거뒀거든. 그래서 고양이를 키우고 싶은 사람은 웨버 부인을 찾아왔어. 부인은 원하는 종과 색의 고양이를 9펜스만 받고 팔았지. 고양이들이 좋은 집을 찾았다고 기뻐했어."

"나도 웨버 할머니를 만나고 싶다. 그곳에 가면 볼 수 있을까?"

"돌아가셨어. 내가 아는 사람들도 전부."

"아, 미안해."

데미는 이제 어떤 이야기를 꺼내야 댄이 기분 상하지 않을지 잠시 고민했다. 고인에 대해 묻기가 망설여졌지만 고양이가 너무 궁금해서 참을 수가 없었다.

"할머니가 아픈 고양이를 치료해줬어?"

"가끔. 다리가 부러진 애가 있었는데 할머니가 부목을 대서 묶어 뒀더니 나았어. 다른 고양이는 경련이 있었는데 허브를 써서 치료했고. 하지만 죽는 경우도 많았고 그러면 할머니가 땅에 묻어줬지. 고통이 극심한 병인 경우에는 편하게 죽여주기도 했고."

"어떻게?"

데미는 웨버 할머니에게 이상한 매력을 느꼈다. 댄이 웃으며 말했기에 고양이 이야기가 전부 농담처럼 들리기도 했다.

"고양이를 좋아하는 친절한 부인이 그녀에게 방법을 알려주고 약도 좀 줬지. 자신의 모든 새끼 고양이를 그렇게 죽여달라고 같이 보냈어. 젖은 스펀지에 에테르를 묻혀서 낡은 부츠에 넣은 다음 새끼 고양이를 머리부터 거꾸로 집어넣는 거야. 에테르를 맡고 고양이가 잠들면 깨어나기 전에 따뜻한 물속에 익사시켰어."

"고양이들이 고통을 못 느꼈길 바라. 데이지한테 말해줘야겠어. 넌 정말 신기한 걸 많이 알고 있구나?"

데미는 집에서 도망치고 큰 도시에서 혼자 버틴다는 건 어떤 걸까 생각하면서 댄을 바라보았다.

"가끔은 몰랐으면 좋겠어."

"왜? 그런 기억을 떠올리면 기분이 안 좋아?"

"응."

"원래 마음을 다스리는 건 힘든 거야."

데미가 무릎을 감싸고 앉은 자세로 자신이 가장 좋아하는 주제가 거기 있는 것처럼 하늘을 올려다보았다.

"빌어먹게 힘들, 아니, 그런 의미가 아니야."

댄은 비속어가 입 밖으로 나오자 입술을 깨물었다. 다른 소년들보다 특히 데미와 있으면 말과 행동이 조심스러워졌다.

"난 못 들은 척할게. 그리고 넌 다신 안 그럴 거고. 내가 장담해."

"나도 모르게 실수한 거야. 이런 것도 정말 기억하기 싫은 일 중의 하나야. 정말 열심히 노력하고 있는데 나아지질 않네."

댄은 풀이 죽었다.

"그렇지 않아. 전보다 나쁜 말을 쓰는 횟수가 반 이상 줄었어. 조이모가 그게 정말 고치기 힘든 버릇인지 안다면서 기뻐하셨어."

"조 선생님이?" 댄은 살짝 기분이 나아졌다.

"네 잘못을 넣어두는 서랍에 욕도 넣고 잠가버려. 난 내 나쁜 버릇들을 그렇게 해."

"무슨 뜻이야?"

댄은 새로운 왕풍뎅이나 딱정벌레 종을 발견한 것처럼 즐거운 얼굴로 데미를 쳐다보았다. 데미는 마음에 드는 주제가 나와서 기뻤다.

"내가 혼자 하는 놀이인데 너한테만 알려줄게. 놀리면 안 돼! 난 내 마음은 둥근 방이고 내 영혼은 그 안에 사는 날개 달린 생명체라고 생각해. 벽에 선반과 서랍장이 가득하고 거기에 생각들, 좋은 생각과 나쁜 생각이 전부 보관되어 있지. 좋은 생각은 보이는 곳에 두고 나쁜 생각은 못 보게 감춰놔. 하지만 가끔 나쁜 생각이 밖으로 나와서 돌아다녀서 그것들은 꽉 눌러놔야 해. 아주 강하거든. 나는 혼자 있을 때나 자기 전에 이 놀이를 해. 일요일마다 내 방을 정리하고 그곳에 사는 내 영혼과 대화를 나누고 할 일을 알려줘. 개가 가끔 아주 못되게 굴면서 날 무시할 때가 있어. 그러면 꾸짖어서 할아버지한테 데려가. 할아버지는 항상 그 애의 버릇을 바로잡아주고 잘못을 반성하게 해주시거든. 할아버지도 이 놀이를 좋아하셔. 서랍에 넣을 좋은 생각들도 주시고 장난꾸러기들의 입을 막는 법도 알려주시지. 이 놀이를 해볼래?"

데미의 표정이 어찌나 진지한지, 댄도 그 진기한 상상력을 놀리지 않았다.

"내 나쁜 생각을 가둬둘 만큼 튼튼한 자물쇠는 없을걸. 아무튼 내 방은 너무 어수선해서 어떻게 치워야 할지도 모르겠고."

"이미 서랍에 곤충들을 근사하게 꾸미고 있잖아. 다른 서랍이라고 못할 거 있어?"

"그래도 생각뿐인 일에는 익숙하지가 않아. 어떻게 하는지 네가 보여줄래?"

댄은 영혼을 제대로 유지하는 데미의 어린아이 같은 방식을 시도해보고 싶었다.

"나도 도와주고 싶은데 할아버지한테 이야기하는 거 말고는 어떻게 하는지 몰라. 할아버지처럼 잘할 수는 없지만 한번 해볼게."

"아무한테도 말하지 마. 가끔 우리가 여기 와서 이야기를 나누고 그 대가로 내가 아는 모든 걸 너한테 말해줄게. 그럼 될까?"

댄이 크고 거친 손을 내밀었다. 데미가 부드럽고 작은 손으로 맞잡으며 연맹이 이뤄졌다. 소년이 사는 행복하고 평화로운 세상에는 사자와 양이 함께 놀고 어린아이가 순진하게 어른을 가르친다.

"쉿!"

데미가 나쁜 마음을 가라앉히는 또 다른 방법을 알려주려는 순간, 댄이 집 쪽을 가리키며 말했다. 조가 책을 읽으며 천천히 길을 따라 오고 있었다. 그 뒤로 테디가 작은 수레를 거꾸로 끌면서 쫓아왔다.

"우리를 발견할 때까지 기다리자."

데미가 속삭였고 둘은 가만히 있었다. 조는 책에 푹 빠져서 걷느 라고, 테디가 불러세우지 않았다면 개울에 빠졌을 것이다.

"엄마, 물고기 잡을래."

조는 일주일이나 푹 빠져 있던 책을 선뜻 내려놓고 낚싯대로 쓸 만한 나뭇가지를 찾았다. 생울타리를 꺾으려는데 날렵한 버드나무 가지가 발치에 떨어졌다. 고개를 드니 소년들이 둥지에 앉아 웃고 있었다.

"위로! 위로!"

테디가 날아오르려는 듯 팔을 펴고 옷자락을 펄럭이며 소리쳤다.

"내가 내려갈 테니 네가 올라와. 난 이제 데이지한테 가볼래."

데미는 동생에게 댄이 부츠로 차서 넘어뜨린 나무통이며 열아홉 마리 고양이 이야기를 해주려고 떠났다. 테디가 재빨리 올라갔다. 댄 이 웃으며 말했다.

"올라오세요. 여기 공간이 많아요. 제가 손을 잡아드릴게요."

조가 슬쩍 주위를 살폈다. 아무도 보이지 않았다. 조가 씩 웃으며 말했다.

"네가 권하지 않았더라도 내가 먼저 올라갔을 거야."

그리고 민첩한 두 걸음에 곧장 버드나무 둥지까지 올라갔다.

"결혼한 뒤로는 나무를 처음 타는걸. 어릴 때는 아주 좋아했지."

그녀는 그늘진 둥지가 아주 마음에 드는 표정이었다.

"이제 마음껏 책을 보세요. 제가 테디를 돌볼게요."

댄이 안달하는 아기를 위해 낚싯대를 만들기 시작했다.

"지금은 책 읽을 마음이 안 드네. 데미와 뭘 하고 있었니?"

조는 댄의 진지한 표정에 고민이 있는 줄 알고 물었다.

"아! 그냥 이야기를 했어요. 나뭇잎과 자연에 관해서 제가 말해주
고 데미는 자기만 아는 신기한 놀이를 알려줬어요. 자, 이제 물고기
를 낚아보자."

댄이 버드나무 낚싯줄 끝에 매달아둔 구부러진 핀에 커다란 푸른
참진드기를 달며 말했다. 테디가 나무에서 몸을 앞으로 숙이고 곧
물고기가 올 거라고 확신하며 대비했다. 댄은 테디가 개울로 '헤딩'
을 하지 않도록 했고 아이의 바지춤을 붙잡았다. 조가 그 역할을 건
네받으며 말했다.

"네가 데미에게 '나뭇잎과 자연'을 알려주었다니 기쁘구나. 그 애
한테 꼭 필요한 거야. 앞으로도 네가 데미에게 많이 가르쳐주고 산
책갈 때 데리고 가주렴."

"그럴게요. 그 애는 아주 똑똑해요. 그런데……."

"그런데 왜?"

"선생님이 절 믿어주실 줄은 몰랐어요."

"어째서?"

"데미는 아주 소중하고 착한 아이고 전 아주 못된 놈이니까, 선생
님이 절 그 애와 떨어뜨려 놓고 싶으실 줄 알았거든요."

"댄, 넌 '못된 놈'이 아니야. 그리고 난 널 믿는다, 전적으로. 넌 나은 사람이 되려고 부단히 노력하고 있고 매주 점점 더 좋아지잖니."

"정말요?"

댄이 의기소침한 표정을 걷어내며 고개를 들었다.

"그럼. 넌 못 느끼겠니?"

"글쎄요, 그랬으면 좋겠지만, 잘 모르겠어요."

"난 계속 기다리면서 조용히 지켜보았지. 내가 네게 과제를 주었잖니. 그러고는 네가 잘해내면 최고의 선물을 주겠다고 생각했지. 넌 아주 잘해오고 있어. 그래서 이제 난 데미뿐 아니라 내 아들도 네게 맡겨보려 한단다. 넌 부모인 우리가 줄 수 있는 것 이상으로 큰 가르침을 줄 수 있는 사람이니까."

"제가요?" 댄은 깜짝 놀랐다.

"데미는 쭉 나이 많은 어른들 틈에서 살아서 지금 네가 지닌 상식, 강인함, 용기가 부족해. 데미는 널 세상에서 가장 용감한 형으로 생각하고 너만의 강한 일처리 방식을 존경하고 있어. 게다가 넌 자연도 많이 알지. 새, 꿀벌, 나뭇잎, 동물들에 대한 근사한 이야기들을 동화책보다 더 생생하게 들려줄 수 있잖아. 데미에게 공부가 되고 좋은 영향을 줄 거야. 이제 네가 그 애에게 얼마나 소중한지, 내가 왜 널 데미와 놀게 하는지 알겠니?"

"전 가끔 욕을 하는데 그것까지 배우면 어떡해요. 저도 모르게 그래요. 좀 전에도 '빌어먹게'라는 말이 튀어나왔어요."

"네가 어린아이에게 해가 되는 말이나 행동을 하지 않으려고 노력하는 걸 난 안단다. 그리고 그 부분은 데미가 널 도와줄 거야. 그

애는 아주 순수하고 현명해서 자기 방식대로 내가 네게 알려주려고
했던 좋은 원칙들을 보여줄 거란다. 배움에는 너무 빠른 것도, 너무
늦는 것도 없어. 넌 데미보다는 어른이지만 아직 어린 소년이야. 너
희는 서로에게 스승이 될 수 있어. 데미는 자연스럽게 너의 도덕성
을 강화시켜주고 너는 그 아이의 상식을 높여주고."

이 자부심과 칭찬이 댄에게 얼마나 큰 기쁨이자 감동이었는지 말
로 설명할 수가 없다. 아무도 믿어주지 않고 칭찬 한번 해주지 않던
삶. 이 버릇 없고 제멋대로인 소년의 마음에 무엇이 숨겨져 있는지
지, 빠르게 포기하는 한편에서 얼마나 간절히 연민과 도움을 바라는
지, 어느 누구도 살펴보지 않았다. 그런 댄에게 자신을 존경하는 아
이에게 자신의 장점을 가르쳐주는 것이 얼마나 소중하고 명예롭겠
는가. 그 어떤 강력한 압박도 이 순수한 친구를 보살핀다는 사명감
보다 강력할 수 없었다.

댄은 이제 용기가 나서 조에게 데미와 계획했던 일들을 털어놓았
다. 조는 첫 단계가 아주 자연스럽게 이뤄진 사실에 기뻐했다. 댄에
게 모든 부분이 순조롭게 풀렸다. 조는 힘든 과제로 보였던 댄의 변
화에 큰 기쁨을 얻었다. 앞으로는 댄보다 훨씬 힘겨운 대상도 변화
시킬 수 있으리라는 굳은 믿음이 생겼다. 댄은 자신에게 친구가, 이
세상에서 살아가고 일할 곳이 생겼다고 느꼈다. 댄은 별말 없었지만
힘든 삶으로 지쳤던 자신이 조 선생님의 사랑과 믿음을 만나 더 선
하고 용감해졌다고 느꼈다. 댄은 확실히 구제를 받았다.

갑자기 테디가 환호성을 질렀다. 놀랍게도 테디가 수년간 송어가
보이지 않던 개울에서 송어를 낚아올렸다. 아이는 엄청난 수확에 감

탄하며 아시아가 저녁 식사로 요리하기 전에 온 가족에게 자랑해야 한다고 졸랐다. 그래서 세 사람은 나무에서 내려와 행복하게 집으로 갔고 모두 30분간의 휴식에 아주 만족했다.

버드나무에 찾아온 다음 손님은 네드였는데, 아주 잠깐 편하게 쉬다가 갔다. 그사이 딕과 돌리가 네드를 위해 들통 가득 메뚜기와 귀뚜라미를 잡았다. 네드는 토미에게 장난을 칠 계획을 세웠다. 잡은 곤충 몇 마리를 그의 침대에 집어넣어서 토미가 들어갔을 때 재빨리 침대 밖으로 나와 방을 돌며 '메뚜기'를 쫓느라 잠을 설치게 할 작정이었다. 사냥은 곧 끝났고 사냥꾼들에게 페퍼민트를 몇 조각 건네준 뒤 네드는 토미의 침대에 곤충을 집어넣으러 갔다.

한 시간 동안 늙은 버드나무는 혼자 한숨을 쉬고 노래를 부르고 개울과 이야기를 나누고 해가 저물며 길어진 어둠을 바라보았다. 첫 노을이 자신의 우아한 가지를 물들이기 시작할 때 한 소년이 길을 달려와 잔디를 가로지르다가, 개울 쪽에 서 있는 빌리를 발견했다. 소년이 조심스럽게 다가갔다.

"부탁인데 베어 교수님께 가서 내가 여기서 기다린다고 전해줘. 아무도 모르게 말이야."

빌리는 고개를 끄덕이고 뛰어갔다. 소년은 얼른 나무로 올라와서 불안한 표정으로 앉았지만 분명 이 장소와 시간을 그리워했던 듯했다. 5분 뒤 베어 교수가 나타났고 울타리에 올라서서 둥지를 들여다보며 친절한 목소리로 말했다.

"다시 봐서 기쁘구나, 잭. 왜 집으로 우리를 만나러 오지 않고?"

"교수님을 먼저 뵈려고요. 작은아버지가 플럼필드로 돌아가라고 하셨어요. 전 아무것도 요구할 자격이 없지만, 다른 친구들이 절 외면할 게 겁나요."

잭은 미안해하고 부끄러워하는 것이 분명했고 최대한 편안하게 무리 속으로 돌아가길 원했다. 작은아버지는 잭을 호되게 꾸짖었다. 잭이 돌려보내지 말라고 애원했지만, 포드 씨는 플럼포드의 저렴한 학비 때문에 확고했다. 그래서 소년은 최대한 조용히 돌아와 베어 교수에게 도움을 청한 것이다.

"그러지 않길 바라지만 나도 장담할 수는 없구나. 아이들은 부당하게 굴지는 않을 거야. 하지만 결백한 댄과 네트가 곤란을 겪었으니 너도 분명 죄책감을 느끼고 무언가를 겪게 되겠지. 안 그러니?"

베어 교수는 잭이 안타까웠지만 그렇게 짧은 핑계만 대고 도피한 것은 잘못이라고 생각했다.

"그럴 것 같아요. 하지만 전 토미의 돈을 돌려줬고 미안하다고 했는데 그걸로 부족한가요?"

잭이 샐쭉하게 물었다. 큰 잘못을 저지른 소년은 그에 따른 대가를 제대로 치를 만큼 용감하지 않았다.

"아니, 세 친구에게 솔직하게 터놓고 용서를 구해야지. 한동안은 그들의 존중과 신뢰도 기대해서는 안 돼. 그러나 네가 노력하면 이 수치스러운 일도 지나갈 것이다. 나도 도우마. 도둑질과 거짓말은 혐오스러운 죄다. 이번 일이 네게 교훈이 되길 바란다. 네가 부끄러워하는 건 좋은 징조구나. 인내하며 최선을 다해 더 나은 평판을 얻도록 노력하렴."

"경매를 열어서 제 모든 물건을 아주 싸게 팔게요."

잭은 가장 자기다운 방식으로 뉘우침을 보여주었다.

"그냥 나눠주는 게 새롭게 시작하는 좋은 방법 같구나. '정직이 최선이다'를 좌우명으로 삼고 말과 행동과 생각을 조심한다면 올 여름에 네가 한 푼도 벌지 못해도 가을에는 부유한 소년이 될 거야."

베어 교수가 진심으로 충고했다.

잭은 힘겹게 동의했다. 그는 거짓말이 백해무익하다고 느끼며 친구들의 우정을 되찾고 싶었다. 재물에 대한 애착이 강해서 그것을 포기하려니 속이 쓰렸다. 공개 사과가 차라리 더 쉬웠다. 그러나 어렴풋이 어떤 것들은 눈에 안 보이지만 칼, 낚싯바늘, 심지어 돈 그 자체보다 더 가치 있는 자산임을 깨닫기 시작했다. 그래서 비록 사고 팔수 없는 품목이지만 비싼 값을 치러서라도 친구들의 진심과 존중을 되찾겠다고 다짐했다.

"네, 그렇게 하겠어요."

"잘됐구나! 내가 네 편에 서마. 지금 당장 시작해보자."

파더 베어는 파산한 소년을 데리고 플럼필드로 돌아갔다. 아이들은 처음에는 다들 잭을 차갑게 대했지만, 잭이 이번 일로 교훈을 얻었고 더 가치 있는 사업을 하겠다는 노력을 꾸준히 보이자 차츰 따뜻해졌다.

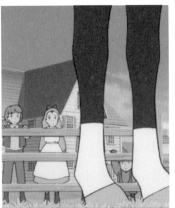

16

망아지 길들이기

"세상에, 저 애가 뭘 하는 거지?"

조가 혼잣말을 중얼거렸다. 댄이 무슨 내기라도 하듯 1킬로미터쯤 되는 집 주변을 질주하고 있었다. 혼자뿐인데도 힘껏 용을 쓰면서 달리고 싶은 강한 욕망에 사로잡힌 듯 보였다. 그렇게 여러 바퀴를 돌더니 울타리를 뛰어넘고 공중제비까지 선보인 다음에야 현관앞 잔디에 주저앉았다.

조가 창가에 걸터앉아서 물었다.

"경주에라도 나갈 참이니, 댄?"

소년은 재빨리 고개를 들더니 가쁜 숨을 긴 심호흡으로 안정시킨후에 대답했다.

"아뇨. 그냥 좀 갑갑해서요."

"좀 더 차분한 방법은 없는 거야? 이렇게 더운 날씨에 그렇게 열을 냈다가는 몸이 상할 텐데."

조가 웃으며 커다란 야자수 잎사귀 부채를 던져주었다.

"어쩔 수 없어요. 그냥 어디로든 뛰고 싶어요."

댄의 눈동자가 이리저리 쉴 새 없이 흔들렸다. 조는 걱정이 되어 재빨리 물었다.

"플럼필드가 너무 좁아서?"

"아무리 넓어도 마찬가지예요. 이곳은 좋아요. 다만 가끔 제 안에 악마가 들어오면 망아지처럼 뛰쳐나가고 싶어져요."

댄은 불쑥 말을 뱉어놓고 미안해했고, 배은망덕하다고 혼나도 당연하다는 표정을 지었다. 그러나 조는 댄을 이해했다. 직접 목격하니 안쓰러울 뿐 소년의 고백을 비난할 생각이 없었다. 그녀는 걱정하며 댄을 쳐다보았다. 아이는 어느새 많이 자라 있었다. 갈망하는 눈동자며 단호한 입매 등 얼굴에는 활력이 가득했다. 몇 년 전 그 애가 완전한 자유를 누리던 시절을 떠올려보니, 플럼필드의 규제가 아무리 가벼워도 예전의 무법자 같은 기질이 마음을 흔들 때면 힘들겠다는 생각이 들었다. 조는 혼잣말을 중얼거렸다.

"내 야생 매에게는 더 큰 새장이 필요하구나. 그렇지만 저 애를 놔주었다가 영영 잃어버릴 수도 있어. 그를 안전하게 잡아둘 수 있는 강한 미끼가 있어야겠는데."

그래서 댄에게 이렇게 말했다.

"그래. 난 너의 그런 마음을 잘 알아. 그건 '악마'가 아니라 자유를 원하는 젊은이의 자연스러운 욕망이란다. 나도 예전에 그렇게 느꼈고 한번은 정말로 망아지처럼 뛰쳐나가려고 했지."

"왜 안 그러셨어요?"

댄은 강한 호기심을 느끼며 낮은 창턱에 다가섰다.

"바보 같은 짓이란 걸 알았고, 사랑하는 어머니가 계신 집을 떠날 수 없었어."

"전 어머니가 없어요."

"지금은 어머니가 있는 줄 알았는데."

조가 댄의 뜨거운 이마로 흘러내린 성긴 머리카락을 부드럽게 넘겨주었다.

"선생님이 제게 한없이 잘해주셔서 얼마나 감사한지 몰라요. 그렇다고 어머니는 아니잖아요?"

댄이 속상해하는 눈길을 보자 조는 안타까웠다.

"그래, 진짜 어머니는 아니고 그렇게 될 수도 없지. 친어머니가 있다면 네게 아주 좋았을 거야. 하지만 그렇지 못하니까 내가 그 자리를 채우게 해줄 수 있겠니? 네가 실망하고 떠나버릴까봐 걱정이 되긴 하지만."

"아니에요, 해주세요! 전 떠나기 싫어요, 아무 데도 안 갈래요. 하지만 가끔 저도 모르게 속에서 뭔가 불쑥 튀어나와요. 어딘가로 무작정 가고 싶고 무언가를 부수거나 누굴 때리고 싶어요. 이유는 모르겠는데 그냥 그래요. 그게 다예요."

댄이 솔직하게 말했다. 웃으면서 말했지만 검은 눈썹을 찌푸리고 주먹을 꽉 쥐고 세게 창턱을 치는 바람에 조의 골무가 잔디로 떨어졌다. 댄이 주워다주자 조가 아이의 갈색 손을 잡고 솔직하게 말해 줘서 고맙다는 눈빛을 보냈다.

"있잖니, 댄. 정 뛰어나가고 싶어진다면 그렇게 하렴. 다만 아주 멀리 가지는 말고 곧 돌아와. 난 네가 여기에 있기를 바란단다."

댄은 예상치 못한 허락을 받자 많이 놀라면서 왠지 그러한 충동이 줄었다. 댄은 그 이유를 몰랐지만 조는 알았다. 그녀는 인간의 변덕스러운 마음을 이해했고 교육에 활용했다. 아이들은 본능적으로 억눌릴수록 더 삐뚤어진다. 오히려 자유를 주면 '자유롭다'는 인식에 만족해서 자신의 존재가 사랑하는 사람에게 중요하다는 책임감을 갖게 된다. 이 작은 실험은 성공했다. 댄은 무의식중에 부채를 집어 들고 잘게 찢으며 생각에 잠겼다. 조는 댄의 마음과 명예에 호소했고, 후회와 다짐이 뒤섞인 표정에서 그가 잘 이해했음을 알았다.

"아직 그 정도는 아니에요. 망아지가 되기 전에 꼭 알려드릴게요. 그럼 공평한 거죠?"

"그래, 우리 그렇게 하자. 자, 이제 엉덩이에 불난 사냥개처럼 사방을 뛰어다니고 내 부채를 망가뜨리고 아이들과 싸우는 것 말고, 열기를 식힐 더 좋은 방법을 찾아볼게. 뭐가 좋을까?"

댄이 조각난 부채를 고쳐보려고 끙끙대는 동안 조는 불량학생이 수업을 더 좋아하게 만들 새로운 방법을 궁리했다. 그때 한 가지 생각이 떠올랐다.

"내 집배원이 되는 건 어떨까?"

"시내에 나가서 심부름하는 거요?"

댄이 즉각 흥미를 보였다.

"맞아. 프란츠는 그 일을 지겨워하고 사일러스는 좀처럼 시간을 낼 수 없고 베어 교수님은 항상 바쁘시잖니. 앤디는 나이는 많지만 얌전한 말이고 넌 좋은 기수지. 게다가 진짜 집배원처럼 시내 길을 잘 알고. 한번 해보고 한 달에 한 번 뛰쳐나가는 것과 일주일에 두세 번 마차를 몰고 나가는 일 중에서 뭐가 더 나을지 보자꾸나."

"정말 마음에 들어요. 다만 혼자 가서 제가 직접 하고 싶어요. 동행이 있으면 싫어요."

댄은 벌써부터 들떠서 세부사항까지 진지하게 생각하고 있었다.

"베어 교수님만 반대하지 않는다면 그렇게 하렴. 에밀이 투덜거리겠지만 그 애는 말을 잘 못 타니까. 말이 나온 김에 내일이 장날이니 가서 얼른 필요한 물건 목록을 작성해주마. 넌 가서 마차를 점검하고 사일러스에게 우리 어머니께 드릴 과일과 채소를 준비해달라고 말해줘. 내일 아침 일찍 일어나야 하고 수업시간 전까지 돌아와야 한단다. 그럴 수 있겠니?"

"전 항상 일찍 일어나요."

댄이 재빨리 재킷을 걸쳤다.

"일찍 일어나는 새가 먹이를 얻지. 속담이 딱 맞아 떨어지는걸."

"게다가 아주 괜찮은 먹이를 얻을 거예요."

댄은 웃으면서 채찍을 살피고 마차를 씻고 사일러스에게 젊은 집배원의 중요 임무에 대해 알려주러 갔다.

"댄이 이 일에 싫증내기 전에 계속 다른 걸 생각해둬야겠어."

조는 혼잣말을 한 뒤 아이들이 모두 댄과 같지 않은 것에 깊이 감사하며 구매 목록을 작성했다.

베어 교수는 새 계획에 전적으로 찬성하지는 않았지만 일단 시도해보는 것에 동의했다. 댄이 왕성한 혈기를 잠재우고 무모한 충동을 포기해서 새로운 채찍과 높은 언덕을 견딜 수 있길 바랐다.

이튿날 댄은 아침 일찍 길을 나섰다. 그는 시내로 나가는 우유 배달원과 경주를 하고 싶다는 유혹을 잘 이겨냈다. 시내에서는 심부름들을 신중하게 해내서 베어 교수에게는 놀라움을, 조에게는 엄청난 만족감을 안겨주었다. 에밀 제독은 댄이 그 자리를 꿰차서 화가 났지만 자신의 새 보트 하우스에 쓸 근사한 자물쇠에 마음이 풀어졌고 심부름용 마차를 모는 것보다 군함을 모는 바다 사나이가 더 명예롭다고 생각했다. 그래서 댄은 새 역할을 잘해내고 몇 주 동안 만족했고 망아지 이야기는 더 꺼내지 않았다.

그러던 어느 날 베어 교수가 댄이 무릎을 꿇고 사정하는 잭을 계속 때리는 광경을 목격했다. 그가 급히 뛰어가서 소리쳤다.

"왜 그러니, 댄? 난 네가 싸움을 그만둔 줄 알았는데."

"싸움이 아니라 레슬링이에요."

댄이 어쩔 수 없이 떨어지며 대답했다.

"보기에도 느끼기에도 싸움 같은데, 안 그러니 잭?"

패배한 신사는 제 발로 일어나기도 힘들어했다.

"제가 다시 댄과 레슬링을 하면 말려주세요. 제 머리를 땅에 꽂으려고 뻔했어요."

잭이 어깨가 빠진 사람처럼 몸을 부여잡고 말했다.

"사실은요, 처음에는 재미로 시작했는데 그를 쓰러뜨리고 나니 저도 모르게 심하게 때리게 되었어요. 다치게 해서 미안하네, 친구."

댄은 스스로 많이 부끄러운 듯 말했다.

"잘 알겠구나. 누군가를 때리고 싶은 강한 갈망에 진 거야. 넌 용감한 전사 같아서, 네트에게 음악이 필요하듯 네게도 싸울 무언가가 있어야 해."

조와 댄의 대화를 전부 알고 있는 베어 교수가 말했다.

"어쩔 수가 없어요. 그러니까 맞고 싶지 않으면 나한테서 떨어져."

댄이 검은 눈동자에 경고의 눈빛을 담아 쳐다보자 잭이 얼른 물러났다.

"네가 씨름을 하고 싶다면 내가 잭보다 힘든 상대를 안단다."

베어 교수가 댄을 목재 저장소로 데려가 봄에 파내서 쪼개려고 놔둔 나무뿌리를 가리켰다.

"저거야, 댄. 네가 소년들을 거칠게 대하고 싶어지면, 이리 와서 네에너지를 여기에 쏟아부으렴. 그럼 난 정말 고맙겠어."

"그럴게요."

댄이 근처에 있던 도끼를 잡더니 거친 뿌리를 잡아당겼고 아주 정열적으로 도끼질을 했다. 나무토막이 사방으로 튀어서 베어 교수는 재빨리 자리를 피했다.

놀랍게도 댄은 약속을 지켰다. 종종 그가 모자와 재킷을 벗고 얼굴이 빨갛게 달아오른 채 분노한 눈빛으로 볼품없는 뿌리들과 씨름하는 모습이 목격되었다. 상대에게 엄청난 분노를 쏟아붓고 그들을 정복할 때까지 욕을 퍼부으며 열기를 발산한 다음, 두 손 가득 오크 장작을 안고 뿌듯하게 집으로 돌아왔다. 손에 물집이 잡히고 허리가 아팠고 도끼날도 무뎌졌지만 기분은 좋았다. 댄은 다른 것도 아닌 '못생긴 나무뿌리'에서 커다란 위안을 얻었다. 장작을 내리칠 때마다 억눌렸던 힘이 밖으로 나왔다. 안 그랬으면 댄의 내면에서 더 해로운 방식으로 커졌을 것이다.

"이젠 또 뭘 해야 할지 모르겠네."

다른 방법들이 점점 바닥을 드러내자 조는 걱정이 커졌다.

그러나 댄 스스로 새로운 일거리를 찾아냈다. 한동안은 아무도 알아차리지 못했다. 그해 여름 로리가 플럼필드에 맡겨둔 혈통 좋은 어린 말이 개울을 가로질러 넓은 초원을 마음껏 뛰어다녔다. 아이들은 이 근사하고 활력 넘치는 말에 매료되어, 말이 풍성한 꼬리를 휘날리고 멋진 갈기를 사방으로 보여주며 달리는 모습을 지켜보았다. 그러나 이내 흥미를 잃었고 찰리 왕자는 혼자 남겨졌다. 댄은 그 말을 쳐다보는 일이 전혀 지루하지 않았다. 그래서 날마다 설탕 한 덩이, 빵 한 조각, 사과 등을 들고 찾아갔다. 찰리는 고마워하며 우정을 받아들였다. 둘은 설명할 수 없지만 강한 연결고리로 묶여 있는 것 같았다. 넓은 초원 어디에 있든 찰리는 댄이 울타리에서 휘파람을 불면 전속력으로 달려왔고 소년은 이 아름답고 자유로운 동물이 자기 어깨에 머리를 비비고 애정을 가득 담은 눈망울로 자신을 쳐다보는 것이 무척 좋았다.

"우린 말 따위 없이도 서로를 이해해. 안 그래, 친구?"

댄은 찰리와 친해진 것이 뿌듯했지만, 누군가는 질투할 것 같아 한동안 비밀로 하고 테디만 데리고 날마다 말을 보러 갔다.

로리가 간간이 찾아와서 찰리를 살폈다. 그는 가을에 찰리에게 마구를 씌울 계획이라고 말했다.

"찰리는 별로 길들일 필요가 없어. 아주 순하지. 조만간 안장을 얹고 직접 타봐야겠어."

"찰리는 제가 고삐를 걸도록 허락해주었지만, 로리 씨가 안장을 얹으면 못 견뎌할 것 같아요."

찰리와 그의 주인이 만날 때 항상 옆에 있던 댄이 말했다.

"안장을 견디도록 구슬려야지. 처음에 몇 번 반항하는 건 어쩔 수 없어. 한 번도 굴레를 써본 적이 없으니 새로운 도전에 놀라겠지만 겁먹지는 않을 거야."

"찰리가 어떻게 나올지 궁금하네."

로리가 베어 교수와 함께 자리를 비우자 댄이 혼잣말을 했다. 찰리는 다시 초원으로 돌아갔다.

댄은 갑자기 실험해보고 싶다는 대담한 생각에 사로잡혔다. 그래서 울타리의 가장 높은 난간에 앉아서 찰리의 등에 올라타려고 시도했다. 조급한 충동에 이끌려서 위험할 거라는 걱정은 전혀 하지 않았다. 그래서 찰리가 댄이 들고 있는 사과를 아무 의심 없이 받아먹을 때 재빨리 말 위에 앉았다. 오래 버티지 못했다. 놀란 콧바람소리와 함께 찰리가 뒷다리로 서자 댄은 바닥으로 떨어졌다. 토탄 바닥이 부드러워서 천만다행이었다. 댄은 얼른 일어나서 웃었다.

"아무튼 난 해냈어! 이리 와, 말썽쟁이야. 한 번 더 해보게."

찰리는 다가오지 않았다. 댄은 그에게 받아들일 시간을 주었다. 이런 식의 저항은 당연했다. 다음번에 댄은 고삐를 잡은 채 잠시 말과 놀아주면서 조금 지칠 때까지 여러 가지 행동을 시켰다. 그런 다음 울타리에 앉아 말에게 빵을 주고 기회를 노리다가 고삐를 당기며 홀쩍 말의 등에 올라탔다. 찰리는 역시나 펄쩍 뛰었지만 댄은 완강하게 버텼다. 날뛰는 토비 등에 올라타 연습해둔 덕분이었다. 찰리는 놀라기도 하고 화도 나서 잠시 날뛰다가 내달렸다. 댄은 머리부터 나둥그라졌다.

이리저리 숱하게 다쳐보지 않았더라면 목이 부러졌을 사고였지만, 댄은 맷집이 있었다. 세게 떨어져서 정신을 차리려고 한동안 누워 있는 사이, 찰리는 자신에게 올라타려던 사람을 떨어뜨리고 신나서 머리를 흔들며 사방을 달렸다. 그러다가 착하게도 댄이 어딘가 잘못되었을까봐 걱정이 되었는지 살펴보러 왔다. 댄은 말이 몇 분간 자신의 냄새를 맡고 당혹해하도록 두었다. 그런 다음 찰리를 쳐다보며 친구에게 말하듯 또박또박 이야기했다.

"네가 이겼다고 생각한다면 큰 오산이야. 내가 못 타는지 어디 보자고."

댄은 그날 더 이상은 도전하지 않았지만 이내 새로운 방식으로 도전해 찰리를 힘들게 했다. 댄은 찰리의 등에 접은 담요를 묶었고, 말이 달리고 뒷발로 서고 뒹굴고 씩씩거려도 내버려두었다. 찰리가 반항기를 분출하며 며칠이 지났다. 마침내 찰리는 댄이 올라타게 해주었다. 종종 뒤를 흘끔 돌아보는 모습이 반은 인내하고 반은 비난하며 이렇게 말하는 듯했다.

"이해는 안 되지만 네가 나에게 해를 끼치지 않으니 네 마음대로 할 수 있게 해줄게."

댄은 말을 쓰다듬고 칭찬해주면서 매일 조금씩 시도했다. 자주 말에서 떨어졌지만 그럼에도 끈질기게 도전하며 안장과 굴레를 씌워보길 기대했다. 그렇지만 자신의 행동은 철저히 숨겼다. 하지만 몰래 숨어서 지켜보던 이가 있었다.

"그 애가 요즘 뭘 하는지 아세요?"

어느 날 저녁 사일러스가 베어 교수에게 말했다.

"누구 말인가?"

베어 교수는 이미 뭔가 슬픈 예상을 하고 체념한 듯 물었다. 사일러스가 웃었다.

"댄이 망아지 찰리를 길들이고 있어요. 그 애는 해낼 겁니다."

"그걸 자네가 어떻게 알았어?"

"전 어린아이들을 계속 살피고 있지요. 대부분은 자신들이 할 일을 잘하고 있어요. 그런데 댄이 계속 초원에 갔다가 멍이 들어서 집에 오길래 무슨 일이 생겼다고 생각했죠. 그래서 몰래 뒤따라갔고, 댄이 마구간에서 찰리를 길들이려고 온갖 노력을 하는 것을 봤어요. 세상에, 그 녀석은 날마다 시간을 들이고 짐짝처럼 내팽개쳐지죠. 그래도 조금도 기죽지 않고 다시 덤비더라고요."

"사일러스, 그러다 그 애가 죽으면 어쩌려고! 자네가 말렸어야지."

"처음엔 그래야 한다고 생각했어요. 하지만 심각한 위험은 없었어요. 찰리는 잔꾀를 쓰지 않는, 제가 본 가장 온순한 말입니다. 게다가 사실은, 전 스포츠를 망치고 싶지 않았고요. 정말이지 댄의 열정에 감탄했어요. 어찌나 열심인지! 얼마 전부터는 안장을 올리려고 시도하고 있는데 아직 찰리가 허락하지 않더군요. 그래서 전 이제는 교수님께 알릴 때라고 생각했어요. 왠지 교수님과 로리 씨도 허락해주실 것 같고. 찰리야 이 편이 훨씬 더 좋을 거고요."

"어디 한번 두고봅시다."

베어 교수는 그 길로 댄에게 가서 물었다. 아이는 곧장 사실대로 털어놓으면서, 자랑스럽게 찰리를 다루는 자신의 능력을 보여주었다. 엄청난 정성을 들여서 달래고, 수많은 당근을 주고 끝도 없이 인내한 뒤에 그는 정말로 고삐와 담요만 가지고 망아지에 올라타는 데 성공했다. 소식을 들은 로리는 무척 재미있어 하며 댄의 용기와 기술을 인정해서 향후 찰리의 모든 관리를 맡겼다. 그러면서 자신도 곧장 찰리의 교육을 시작했는데, 어린 소년보다 더 잘해낼 수가 없었다. 댄 덕분에 찰리는 한 번에 굴복해서 거부감 없이 안장과 마구를 받아들였다. 댄은 로리가 다른 말을 훈련시키는 동안 찰리를 타도 좋다는 허락을 받아서 다른 아이들의 엄청난 부러움과 존경을 한 몸에 받았다.

"정말 근사하지 않아요? 양처럼 온순하다니까요."

하루는 댄이 찰리에게서 내려 말의 목에 팔을 두르면서 말했다.

"그래, 며칠이고 초원을 내달리고 울타리를 넘고 간간이 도망치는 야생 망아지보다 훨씬 유용하고 마음에 들지 않니?"

조는 댄이 찰리를 탈 때마다 계단참에 나와 지켜보았다.

"당연하죠. 보세요, 지금은 제가 잡고 있지 않아도 도망치지 않고, 휘파람을 불면 곧바로 와요. 제가 잘 길들였죠?"

댄은 자랑스럽고 기쁜 표정을 지었다. 그도 그럴 것이 찰리가 주인보다 그를 더 좋아했기 때문이다.

"나도 인내와 끈기를 가지고 망아지를 길들이고 있는 중이거든. 그러니 너처럼 성공할 것 같아."

조가 아주 의미심장한 미소를 지었다. 댄은 그 말뜻을 대번에 이해하고 웃으며 정직하게 대답했다.

"우리는 울타리를 뛰어넘어 도망가지 않고 여기 머물며 근사하고 유용한 한 쌍이 될래요. 안 그래, 찰리?"

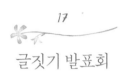

17
글짓기 발표회

"서둘러, 얘들아. 벌써 3시야. 프리츠 외삼촌은 시간 약속을 잘 지키길 바라시잖아."

어느 수요일 오후 종이 치자 프란츠가 말했다. 문학에 심취한 듯한 소년들이 책과 공책을 손에 끼고 박물관으로 향했다.

토미는 교실에서 자기 책상 위에 몸을 구부린 채 잉크를 덕지덕지 묻히고 영감에 취해 있었다. 언제나처럼 느긋하게 마지막 순간까지 늑장을 부리다가 허둥대는 중이었다. 프란츠가 문을 나서며 굼벵이들을 돌아보았다. 토미가 마지막 잉크 방울을 흘리고 서둘러 걸어나오며 자기 종이를 흔들어 말렸다. 그 뒤를 낸이 진지한 표정으로 커다란 종이 뭉치를 손에 들고 따라나왔다. 데미는 데이지를 호위했는데, 둘 다 분명 아주 근사한 비밀을 가진 듯했다.

박물관은 깔끔하게 정리되어 있었다. 홉 덩굴을 따라 햇살이 들어와 커다란 창문을 통해 바닥으로 아주 예쁜 그림자를 드리웠다. 한쪽에 베어 부부가 앉았고 반대편에 작은 탁자가 있었다. 아이들은 거기에 서서 자신이 쓴 글을 발표할 예정이었다. 아이들은 커다란 반원으로 놓은 캠프용 의자에 둘러앉았는데, 의자가 불시에 접히면서 넘어지곤 해서 긴장한 분위기가 풀렸다. 모두가 다 읽으려면 시간이 너무 많이 걸리니까, 순번을 정해서 돌아가면서 발표했다. 이번 수요일은 어린아이들이 발표하고 큰 아이들은 겸허하게 듣고 자유롭게 의견을 말하는 날이었다.

"꼬마 숙녀분들부터 시작하자. 그래, 낸부터 해볼까?"

덜거덕 의자 소리와 부스럭거리는 공책 소리가 잠잠해지자 베어 교수가 말했다. 낸은 작은 탁자 앞에 자리를 잡고 서서 살짝 웃음을 터트리더니 흥미로운 글을 읽기 시작했다.

제목 : 스펀지

내 친구 스펀지는 가장 유용하고 흥미로운 식물이다. 물속 바위에서 자라니 해초인 셈이다. 사람들은 스펀지를 따서 말리고 씻는데, 표면의 구멍 속에 작은 물고기나 곤충이 살기 때문이다. 난 새로 딴 스펀지에서 조개껍데기와 모래를 찾았다. 어떤 건 아주 곱고 부드럽다. 아기들을 스펀지로 씻긴다. 스펀지는 쓰임새가 많다. 나도 몇 가지로 사용하는데, 친구들이 내 말을 기억하면 좋겠다. 첫 번째 용도는 얼굴을 씻는 것이다. 난 사실 싫어하지만 깨끗해지고 싶어서 그렇게 한다. 얼굴을 씻지 않는 사람도 있는데 그들은 더럽다.

이때 낭독자의 눈동자가 딕과 돌리에게 향했다. 둘은 그 눈길에 겁을 먹고 곧바로 잘 씻기로 다짐했다.

또 다른 용도는 사람들을 깨우는 것이다. 난 특—히—나 남자애들에게 그렇게 하는 걸 좋아한다.

강조하는 말 뒤에 웃음이 번져서 다시 발표가 멈췄다.

어떤 애들은 제시간에 일어나지 않아서 메리 앤이 젖은 스펀지를 얼굴에 쥐어짜서 깨우는데, 그러면 걔들은 화를 내며 일어난다.

또 웃음이 터져나왔다. 에밀이 제 이야기라고 생각해서 항의했다.
"넌 주제에서 벗어나고 있어."
"아냐. 우리는 채소나 동물에 대해 쓰기로 했고, 난 둘 다 하고 있어. 남자애들은 동물이잖아, 아니야?"
낸이 소리쳤다. 분개한 목소리로 "아니거든!"이 쏟아졌지만 그녀는 꿋꿋하게 글을 읽어 내려갔다.

스펀지에 또 한 가지 흥미로운 점은, 의사들이 치아를 뽑을 때 에테르를 묻혀 코에 가져다 대는 것이다. 나도 더 크면 그렇게 할 거다.

아픈 이들에게 에테르를 주어 그들이 잠들어 내가 팔이나 다리를 자를 때 고통을 느끼지 않길 바란다.

"난 그 방식으로 고양이를 죽인 사람을 알아."

데미는 그렇게 외쳤다가 곧바로 불편한 캠프용 의자에 앉아 얼굴 위로 모자를 뒤집어쓴 댄의 눈치를 보았다.

"내 발표를 방해하지 마."

낸은 꼴사나운 끼어들기에 인상을 찌푸렸다. 명령은 곧바로 효력을 발휘했고, 꼬마 숙녀는 무사히 발표를 마무리했다.

"내 글짓기에는 세 가지 도덕적 교훈이 들어 있어요, 여러분."

누군가는 탄식했지만 그 모욕은 받아들여지지 않았다.

"얼굴을 깨끗이 씻자, 일찍 일어나자, 그리고 에테르 스펀지가 코에 닿으면 숨을 깊이 들이쉬고 발로 차지 않아야 치아를 쉽게 뽑을 수 있다는 겁니다. 이것으로 발표를 마칩니다."

낸은 떠들썩한 박수를 받으며 자리에 앉았다.

"아주 인상적인 글이구나. 글의 논지도 좋고 유머도 들어 있어. 아주 잘했다, 낸. 자, 데이지 네 차례란다."

베어 교수가 웃으며 다른 꼬마 숙녀에게 손짓했다. 데이지는 앞으로 나서며 얼굴이 빨개졌고 작은 목소리로 말했다.

"제 글을 다들 좋아할지 모르겠어요. 낸처럼 근사하고 재미있지 않거든요. 하지만 더 잘 쓸 수가 없어요."

"우린 항상 네 글을 좋아한단다, 애야."

프리츠 이모부가 이렇게 말하고 아이들 사이에서 동의한다는 말이 잔잔히 흘러나왔다. 여기에 용기를 얻어 데이지가 작은 종이를 들고 집중해주는 청중을 향해 발표를 시작했다.

제목 : 고양이

고양이는 다정한 동물이다. 난 그들이 아주 좋다. 고양이는 깔끔하고 예쁘고 쥐를 모조리 잡아먹고 친절한 사람이라면 쓰다듬을 수 있게 해주고 좋아해준다. 고양이는 아주 똑똑해서 어디에서든 길을 찾을 수 있다. 키튼(kitten. 새끼 고양이)은 아주 귀엽다. 나는 허즈와 버즈라는 키튼이 있고 어미는 눈동자가 노란색이어서 이름이 토파즈다. 프리츠 이모부가 마호메트라는 남자의 근사한 이야기를 들려주셨다. 그는 멋진 고양이를 키웠는데, 어딜 가야 하는데 고양이가 소매 위에서 자길래 고양이가 깨지 않도록 소매를 자르고 갔다고 한다. 아주 다정한 사람 같다. 어떤 고양이는 물고기를 잡는다.

"나도 그래!"
테디가 자기 송어 이야기를 하고 싶어서 팔짝 뛰었다.
"쉿!"
질서를 중시하는 데이지 역시 낸처럼 '방해받는 것'을 아주 싫어하기 때문에 조가 얼른 아들을 조용히 시키고 자리에 앉혔다.

아주 물고기를 잘 잡는 고양이에 대해 읽었다. 그래서 토파즈를 훈련시키려고 했는데 그 애는 물을 싫어해서 날 할퀴었다. 토파즈는 차를 좋아해서 주방에서 내가 따라줄 때까지 앞발로 찻주전자를 두드린다. 토파즈는 고상한 고양이라서 사과 푸딩과 당밀을 먹는다. 다른 고양이들은 그렇지 않다.

"정말 최고인데."

네트가 소리쳤다. 데이지는 친구들의 칭찬에 기뻐하며 내려왔다.

"데미가 빨리하고 싶은 모양이니 먼저 시켜야 할 것 같구나."

프리츠 이모부의 말이 끝나자마자 데미가 앞으로 뛰어나갔다.

"제 글은 시입니다!"

데미는 의기양양하게 밝히고 크고 위엄 있는 목소리로 첫 번째 노력의 결과물을 읽었다.

난 나비에 관해 글을 쓰지
그 아름다운 곤충에 대해
새처럼 날아다니지만
노래하지 않네

처음엔 작은 유충이었다가
근사한 노란 고치가 되고
마침내 나비가 되어
사냥에 나서네

나비는 이슬과 꿀을 먹고 살지만

벌집은 없지

왕벌 꿀벌 말벌처럼 침을 쏘지도 않고

아주 착해서 우리가 본받아야 하네

아 아름다운 나비가 되고 싶어라

노랑 파랑 초록 빨강 색색의 화려한 나비가

하지만 그건 안 돼

댄이 내 가여운 나비들의 작은 머리에 장뇌를 붓는 건

특별한 천재성을 표출한 시가 박물관을 사로잡아 데미는 다시 읽어야 했다. 다만 시에 구두점이 없어서 시의 마지막 행에 이르렀을 때 어린 시인은 숨이 가빴다.

"저 애는 장차 셰익스피어가 될 거야."

조는 숨이 넘어가듯 웃었다. 자신이 열 살 때 썼던, 우울한 구절로

시작하는 시가 떠올랐다.

조용한 무덤에 묻히고 싶어라,
작은 실개천이 옆에 <u>흐르고</u>
새와 꿀벌과 나비가
언덕 위에서 노래 부르는 곳에.

데미가 자리에 앉자 베어 교수가 말했다.

"자, 토미. 종이 밖으로 번진 것만큼 안에도 많이 썼다면 분명 긴 글이겠구나."

"글이 아니라 편지예요. 수업이 끝날 때까지 오늘이 제 차례인 걸 까먹고 있어서 뭘 써야 할지 모르겠고 읽어볼 시간도 없었어요. 그 래서 할머니에게 편지를 썼어요. 새 이야기도 들어 있으니 글의 주 제에 맞는다고 생각해요."

장황한 핑계를 대고 토미는 잉크의 바다로 뛰어들어 간간이 자신 만의 미사여구를 덧붙였다.

친애하는 할머니께

잘 지내시죠? 제임스 삼촌이 휴대용 소총을 보내주셨어요. 아름다 운 작은 살상 도구로 이렇게 생겼고(여기서 토미가 복잡한 펌프 혹은 작은 증기 엔진 내부 같은 근사한 스케치를 보여주었다) 44는 시계고 6 은 A에 들어가는 수치예요. 3이 방아쇠고 2가 공이치기예요. 약실에 총알을 넣으면 엄청난 힘과 강도로 발사돼요. 곧 나가서 다람쥐를 사냥할 거예요. 박물관에 전시할 근사한 새도 여러 마리 쐈어요. 가슴에 작은 반점이 덮여 있어 댄이 아주 좋아했어요. 댄이 박제한 새들이 나무 위에 꽤 자연스럽게 앉아 있어요. 한 마리는 술에 취한 듯 보이지만요. 며칠 전 프랑스 남자가 일하러 왔는데 아시아 아주머니가 그의 이름을 아주 웃기게 불렀던 이야기를 해드릴게요. 이름이 제르맹인데, 처음에 제리라고 불렀다가, 우리가 웃자 예레미아라고 했고, 제일 웃긴 건 결국 저머니 씨가 된 거예요. 그랬다가 다시 게리몬으로 바꿔서 지금까지 불러요. 너무 바빠서 자주 편지를 쓰지 못하지만 종종 할머니를 생각하고 할머니가 보고 싶어요. 진심으로 제가 없어도 아주 잘 지내시길 바라요. 사랑하는 할머니의 손자가.

토머스 버크민스터 뱅스

추신 : 어쩌다 우표를 보게 되면 절 기억해주세요.

알림 : 모두 사랑하고 특히 알미라 고모를 많이 사랑해요. 지금도 근사한 건포도 케이크를 만드시나요?

추신 : 조 선생님이 안부 전해달래요.

추신 : 제가 편지를 쓰는 걸 알았다면 베어 교수님도 그렇게 말씀하셨을 거예요.

알림 : 아버지가 생일에 손목시계를 사주신대요. 지금 전 시간을 알려주는 도구가 없어서 종종 학교에 늦기 때문에 기뻐요.

추신 : 곧 할머니를 보러 갈게요. 답장해주실 거죠?

토머스 버크민스터 뱅스

추신이 나올 때마다 웃음이 터졌다. 여섯 번째 덧붙임이자 마지막 추신이 끝나자 토미는 너무 지쳐서 자리에 앉아 불그레한 얼굴을 닦을 수 있어서 기뻤다.

"할머니께서 편지를 다 읽을 때까지 사셔야 할 텐데."

베어 교수가 소란에 묻혀서 아내에게 농담을 했다.

"마지막 추신에 숨은 큰 힌트를 우리가 눈치채지 못했네요. 할머니가 되도록 오랫동안 답장을 보내지 않으실 것 같은데요."

조는 노부인이 학교에 올 때마다 항상 혈기왕성한 손자를 만난 후에 조의 침대에 오래 누워 있어야 했던 일을 떠올렸다.

"이제 나야."

시를 조금 배운 테디는 다른 사람이 낭독하는 중간중간 계속 엉덩이를 들썩거렸다. 조가 걱정했다.

"더 기다렸다간 테디가 발표할 내용을 다 까먹겠어. 얼마나 어렵게 지도했는데."

다행히 테디가 재빨리 앞으로 나가서 무릎을 굽히는 정중한 인사를 했다. 그리고 아기 같은 목소리로 단숨에 시 구절을 읽었다. 엉뚱한 단어를 유독 힘주어 말하면서.

작은 물방울들
모래 방울들
모여서 바당(바다) 되고
농부 땅 되네.
친절한 작은 말들

마일(매일) 모여

집이 청국(천국) 되고

우리 햄복(행복)하네.

테디가 다시 격식을 갖춰 인사를 하자 엄청난 박수 세례가 쏟아졌다. 테디는 자신의 '걸작'에 고무되어 엄마 무릎에 얼굴을 묻었다.

딕과 돌리는 작문 대신 동물과 곤충의 습성을 관찰해 발표하기로 했다. 딕은 이 일을 좋아해서 항상 할 말이 많았다. 이름이 불리자 성큼성큼 앞으로 나가 밝고 자신감 넘치는 눈동자로 청중을 쳐다보고 아주 진지하게 이야기를 시작했다. 아무도 굽은 등을 비웃지 않았다. 그의 '곧은 영혼'이 아주 아름답게 빛났다.

전 잠자리를 살펴보고 댄의 책에서 잠자리에 관해 읽었습니다. 기억나는 대로 말해보겠습니다. 연못에 아주 많은 잠자리가 날아다니고 모두가 푸르고 큰 눈에 날개는 마치 레이스처럼 아주 예뻐요. 한 마리를 잡아서 들여다보니 세상에서 가장 근사한 곤충이었어요. 잠자리는 먹잇감으로 작은 곤충을 사냥하고 사냥을 안 할 때는 갈고리 같은 특이한 손을 접어둬요. 햇살을 좋아하고 하루 종일 춤을 춰요. 그리고 또…… 아, 맞아! 물속에 알을 낳으면 알은 바닥으로 내려가 진흙 속에서 부화해요. 거기서 조금 징그러운 것들이 나와요. 이름은 모르겠는데 갈색이고 계속 새로 피부가 생기고 점점 더 커져요. 생각해보세요! 잠자리가 될 때까지 2년이나 걸려요! 이제 가장 신기한 부분을 알려줄 테니 잘 들으세요. 여러분이 처음 듣는 이야기일 테니까요. 때가 되면 어떻게 알게 되어 그 못생기고 징그러운 것들이 물 밖으로 나와 잎사귀나 골풀 같은 데 올라가서 등을 찢어 벌려요.

"세상에, 난 못 믿겠어."
세밀한 관찰력이 떨어지는 토미는 딕이 '지어낸 말'로 생각했다.
"등을 찢어 벌리는 거 맞죠?"
딕이 베어 교수에게 물었다. 그가 확실하게 고개를 끄덕이자 어린 연사는 크게 만족했다.

그렇게 완전히 잠자리로 나오면 살아 있는 상태로 햇살 속에 앉아 있어요. 그러다 힘이 생기면 아름다운 날개를 펼치고 하늘로 날아오르고 더는 벌레가 아니에요. 이게 제가 아는 전부예요. 전 앞으로도 계속 살펴볼 거예요. 벌레가 아름다운 잠자리로 변하는 과정이 멋지다고 생각해요. 여러분은요?

딕은 발표를 잘했다. 그가 잠자리의 첫 비행을 설명하며 손을 흔들며 고개를 들었을 때, 그도 따라 날고 싶은 표정이었다. 아이들은 언젠가 어린 딕이 속수무책으로 고통스러운 날들을 견디고 어느 행복한 날에 햇살을 향해 올라와 가여운 몸을 버리고 근사한 세상에서 사랑스러운 새 모습을 찾길 바랐다. 조가 딕을 불러서 야윈 뺨에 입을 맞추었다.
"정말 근사한 이야기구나. 아주 잘 기억했어. 잘 적어뒀다가 너희 어머니께 알려드려야겠다."

덕은 칭찬을 받아 기쁨의 미소를 지으며 선생님의 무릎에 앉았다. 그러면서 잠자리가 허물을 벗고 새 몸으로 변신하는 과정을 잘 살펴서 자신은 어떻게 하면 되는지 궁리해보기로 마음먹었다.

돌리는 '오리'에 대해 몇 마디 했고 가락을 넣어 말했다. 돌리는 그렇게 하면 모두가 따라부를 줄 알았다.

야생 오리는 죽이기 힘들어요. 사람들이 숨어 있다가 총을 쏘죠. 집오리를 꽥꽥거리게 하면 야생 오리가 다가와요. 나무 오리를 물에 띄우면 야생 오리가 보러 와요. 참 바보예요. 플럼필드의 오리는 집오리예요. 오리는 많이 먹고 진흙과 물속을 들쑤시고 다녀요. 자기가 낳은 알을 잘 보살피지 않고 깨뜨리기도 해요. 그리고⋯⋯.

"내 오리들은 안 그래!" 토미가 소리쳤다.

"사일러스 아저씨가 맞댔어. 암탉이 어린 오리를 돌보는데 그들이 물에 들어가서 장난 치는 건 싫어한대. 하지만 새끼들은 신경도 안 써. 난 속을 꽉 채운 오리에 애플 소스를 잔뜩 뿌려 먹는 걸 좋아해."

"전 올빼미에 대해 썼어요."

네트가 댄의 도움을 좀 받아 정성껏 준비한 종이를 펼쳤다.

올빼미는 머리가 크고 눈이 둥글고 부리 끝이 구부러졌고 강한 발톱을 가졌다. 회색인 것, 흰색인 것, 검은 것과 노란 것이 있다. 깃털은 아주 부드럽고 잘 빠진다. 아주 조용히 날고 박쥐, 쥐, 작은 새 등을 사냥한다. 올빼미는 헛간, 움푹한 나무 틈에 둥지를 짓는데, 다른 새의 둥지를 뺏기도 한다. 수리부엉이는 적갈색이 돌고 달걀보다 더 큰 두 개의 알을 낳는다. 올빼미는 희고 매끄러운 다섯 개의 알을 낳는다. 밤에 우는 건 바로 올빼미다. 아이 울음소리를 낸다. 올빼미는 쥐와 박쥐를 통째로 잡아먹는데 소화시키지 못하고 작은 공으로 만들어서 뱉어낸다.

"세상에! 진짜 우스워!" 낸이 소리쳤다.

낮에는 올빼미를 볼 수 없다. 햇빛에 나가면 반쯤 눈이 먼 상태로 파닥거려서 바보처럼 다른 새들에게 쫓기고 쪼이는 신세가 된다. 수리부엉이는 아주 커서 독수리만 하다. 토끼, 쥐, 뱀, 새를 잡아먹고 바위틈과 낡아 다 허물어진 집에서 산다. 울음소리가 다양하고 목에 뭔가 걸린 사람 같은 비명을 지른다. "으아악! 으아악!" 숲속에서 밤에 들으면 무섭다. 흰올빼미는 바닷가나 추운 곳에 살고 매처럼 생겼다. 두더지처럼 굴을 파고 사는 굴올빼미는 덩치가 작다. 원숭이올빼미가 제일 흔하다. 나무구멍 속에 앉아 있는 원숭이올빼미를 본 적이 있다. 작은 회색 고양이처럼 생겼고 눈을 한쪽씩 번갈아 깜박였다. 해 질 무렵에 밖에서 박쥐를 기다려서…….

"제가 한 마리를 잡아서 데려왔어요!"
네트가 갑자기 재킷 안에서 솜털이 보송보송한 작은 새를 꺼냈다. 새가 눈을 깜박이고 날개를 퍼덕거렸다. 아주 불룩하고 졸리고 겁에 질린 듯 보였다.

"만지지 마세요! 직접 보여줄 테니까요."

네트가 자신의 새 반려동물에 엄청난 자부심을 드러냈다. 맨 처음 새의 머리에 삼각모를 씌웠다. 웃음이 터져나왔다. 종이로 만든 안경을 씌우자 올빼미가 아주 똑똑해 보였다. 사방에서 환호성이 터졌다. 새를 화나게 하자 손수건에 거꾸로 매달려 쪼고 (로브의 표현에 따르면) '쯧쯧'거렸다. 그러고는 올빼미를 놔주자 문 위에 매단 솔방울에 가서 앉아 위엄 있지만 졸린 눈으로 내려다보았다. 다들 즐거웠다.

"준비한 것이 있니, 조지?"

다시 사방이 조용해지자 베어 교수가 물었다.

"두더지를 많이 조사했는데 생각이 안 나요. 굴을 파서 사니까 거기에 물을 부으면 잡을 수 있고요, 아주 자주 먹는다는 것밖에는."

스터피는 귀중한 관찰을 기록하지 않는 게으름을 부리지 않았으면 좋았을 거라고 후회했다. 세 가지 중에서 마지막 한 가지만 말했는데도 아이들이 즐거워했기 때문이다.

"그럼 오늘은 여기까지 하자."

그때 토미가 다급하게 소리쳤다.

"아니, 아직 아니에요. 모르세요? 선물이 있잖아요."

손가락으로 안경 모양을 만들면서 토미가 눈을 깜박였다.

"세상에, 내가 깜박했구나! 네 차례란다, 토미."

베어 교수가 다시 자리에 앉았다. 네트, 토미, 데미가 밖으로 나갔다가 곧바로 조의 고급 은쟁반에 작은 모로코가죽 상자를 받쳐들고 돌아왔다. 토미가 상자를 들고 네트와 데미의 호위를 받으며 댄에게 다가갔다. 댄은 자신을 놀리려는 줄 알고 뚫어져라 쳐다보았다. 토미는 이 순간을 위해 우아하고 강렬한 연설을 준비했는데 막상 닥치자 머릿속에서 뒤죽박죽이 되어 그냥 친절한 소년의 마음에서 우러나오는 대로 말했다.

"저기, 친구, 우리 모두가 얼마 전 사건에 대한 사과의 표시로 선물을 준비했어. 그렇게 훌륭한 행동을 보인 널 우리가 얼마나 좋아하는지 보여주려고. 이걸로 아주 즐겁게 지내길 바란다."

댄은 너무 놀라서 작은 붉은 상자를 받아들고 "고마워, 얘들아." 하고 웅얼거린 뒤 더듬거리며 열어보았다. 그의 얼굴이 환해졌다. 그토록 원하던 보물을 보고 비록 세련된 말은 아니지만 아주 열정적으로 소감을 밝혀 모두가 만족했다.

"끝내주네! 니들은 멋진 놈들이야. 내가 바로 원하던 걸 주다니. 네 손을 줘봐, 토미."

많은 손이 앞으로 나와 진심으로 악수를 했다. 소년들은 댄이 기뻐하자 더 좋아하면서 주변으로 몰려들어 악수하고 선물의 아름다움을 자세히 논했다. 이 즐거운 대화 한가운데 댄의 눈길이 조에게로 향했다. 그녀는 무리 밖에 서서 진심으로 즐겁게 지켜보았다.

"난 아무것도 한 게 없어. 아이들이 직접 준비한 거란다."

댄은 미소를 짓고 그녀만이 이해할 수 있는 억양으로 말했다.

"선생님이 주신 거나 다름없어요."

댄이 아이들 틈에서 걸어나와 조의 손을 잡았고, 그다음에 무리 틈에서 자애로운 눈길을 보내고 있는 선한 교수의 손을 잡았다.

댄은 아무 말 없이 진심을 담아 두 사람의 손을 꼭 쥐며 자신을 지켜주고 행복한 집이라는 안식처로 이끌어준 것을 감사했다. 베어 부부는 그가 하는 침묵의 말을 전부 이해했다. 어린 테디는 아버지의 품에서 댄에게 안기며 순수한 기쁨을 표현했다.

"우리 대니! 이제 다 우리 대니 좋아해!"

"이리 와서 네 작은 망원경 좀 구경시켜줘, 댄. 우린 네 올챙이와 징그러운 것들을 확대해서 보고 싶어."

잭이 말했다. 이 자리가 너무 불편해서 에밀이 붙잡지 않았다면 자리를 박차고 나갔을 것이다.

"그렇게. 실눈을 뜨고 이리로 들여다보면 돼. 이게 뭔지 맞춰봐"

댄이 기꺼이 소중한 현미경을 내밀며, 탁자에 있던 딱정벌레를 올려놓았다. 잭이 실눈으로 살피다가 놀라서 고개를 확 들었다.

"맙소사! 저 늙은 벌레의 집게발을 봐! 이제야 붕붕거리는 곤충을 잡을 때 맨손으로 잡으면 왜 그렇게 따가운지 알 것 같아."

"딱정벌레가 내게 윙크를 했어!"

잭의 팔꿈치 아래로 머리를 집어넣고 두 번째로 현미경을 들여다 본 낸이 외쳤다.

모두 돌아가면서 딱정벌레를 본 다음 댄이 나방 날개의 아름다운 깃털, 4가닥 깃털이 모인 듯한 머리카락 끝, 잎맥 등을 보여주었다. 육안으로는 안 보였는데 근사한 작은 유리로 보니 두툼한 그물 같았다. 아이들의 손가락 피부는 신기한 언덕과 계곡 같고 거미줄은 거칠게 짠 비단 같았다. 꿀벌의 침도 흥미로웠다.

"내 동화책에 나오는 요정의 안경 같은데, 이게 더 재밌다."

데미가 자신이 본 광경에 매료되어 말했다.

"이제 댄은 마법사란다. 네 주변에서 벌어지는 많은 기적을 보여줄 수 있거든. 그는 꼭 필요한 인내와 자연에 대한 사랑을 가졌어. 우리는 아름답고 근사한 세상에 살고 있단다, 데미. 그 세상에 대해 더 많이 알수록 더욱 현명하고 나은 사람이 될 수 있어. 이 작은 현미경이 네게 새로운 스승이 되어서 근사한 지식들을 알 수 있지."

베어 교수는 소년들이 자연에 흥미를 보여서 기뻤다.

"열심히 들여다보면 현미경으로 사람의 영혼도 볼 수 있을까요?"

데미는 현미경이 가진 힘에 크게 매료되어 물었다.

"아니. 그 정도로 강한 힘은 없단다. 그런 건 사람이 만들 수 없지. 하나님의 신비 중에서 가장 보이지 않는 것을 볼 만큼 깨끗한 눈을 가지려면 오랫동안 기다려야 해. 그렇지만 사랑스러운 자연을 살피면 네가 보지 못하는 더 사랑스러운 것들을 이해하는 데 도움이 될 거야."

프리츠 이모부가 조카의 머리를 쓰다듬었다.

"데이지와 전 천사가 있다고 믿어요. 그들의 날개가 방금 현미경을 통해 본 나비처럼 생겼을 것 같아요. 그것보다 더 부드럽고 금으로 되어 있겠지만요."

"그렇게 믿어도 좋지. 네 작은 날개도 밝고 아름답게 가꾸렴. 아직 너무 멀리 날아가지는 말고."

"네, 그럴게요." 데미는 약속을 지켰다.

"안녕, 얘들아. 난 이만 가봐야겠어. 너희는 새 자연사 선생님과 더 시간을 보내렴."

조는 글짓기 발표회를 뿌듯하게 생각하며 돌아갔다.

텃밭 수확

그해 여름 텃밭의 작물들은 무럭무럭 자랐고 9월에 엄청난 기쁨과 더불어 작지만 알찬 수확을 안겼다. 잭과 네드는 땅을 합쳐 감자를 심었는데 12부셸(bushel)*이나 캤다. 큰 것 작은 것 할 것 없이 전부 베어 교수가 제값에 샀는데, 플럼필드에서 가장 많이 소비되는 품목이었기 때문이다. 에밀과 프란츠는 옥수수 농사를 열심히 지었다. 헛간에서 즐겁게 껍질을 벗기고 가루로 만들어 오랫동안 속성 푸딩과 옥수수빵을 만들어 먹기에 충분한 양을 챙겨 자랑스럽게 집으로 돌아왔다. 그들은 돈을 받지 않았다. 프란츠가 "외삼촌이 베풀

* 곡물이나 과일의 무게 단위로 1부셸은 약 28kg이다.

어주신 호의는 평생 옥수수를 키워서 드려도 못 갚을 거야"라고 말했기 때문이다.

네트의 콩도 엄청 풍성하게 자랐다. 그가 껍질 벗길 일을 걱정하자 조가 새로운 방식을 제안했다. 껍질째 말려서 헛간 바닥에 깔아두고 네트의 바이올린 연주에 맞춰 소년들이 카드리유(quadrille)*를 추게 한 것이다. 아주 즐거우면서도 별로 힘들이지 않고 껍질을 다 깠다.

반면 토미의 6주짜리 콩은 실패했다. 계절 초기에 한동안 건기가 있었는데 토미는 물을 주는 수고를 하지 않았다. 알아서 자랄 거라면서 해충과 잡초도 내버려두었다. 결국 불쌍하게도 콩들은 시들시들하다가 죽었다. 그래서 토미는 땅을 뒤엎고 완두콩을 심었는데, 그때는 이미 시기가 늦었다. 새들이 씨앗을 많이 파먹었고 뿌리가 견고하게 내리지 못해서 바람에 넘어졌다. 간신히 완두콩이 나올 때쯤에는 아무도 관심이 없었다. 수확기도 이미 지난데다가 봄에 태어난 어린 양이 무럭무럭 자라도록 돌보느라 다들 바빴다. 토미는 자선을 베풀며 마음을 달랬다. 그는 엉겅퀴가 눈에 띌 때마다 밭에 옮겨 심고 토비를 위해 열심히 키웠다. 토비는 가시가 있는 잎사귀를 좋아해서 찾는 족족 먹어치웠다. 아이들이 놀렸지만 토미는 가여운 토비를 위한 작물을 키우는 게 낫다면서 '내년에는 밭 전체에 엉겅퀴, 애벌레, 달팽이를 키워서 토비는 물론 데미의 거북이, 네트의 애완 올빼미까지 잘 먹이겠다'고 선언했다. 참으로 야망이 크지 않은, 다정

---

* 네 명이 한 조가 되어 사방에서 서로 마주 보며 추는 프랑스 춤 혹은 그 춤곡.

하고 느긋한 토미다운 생각이었다!

데미는 여름 내내 할머니에게 양상추를 따다 드렸고, 가을에 할아버지에게 순무를 한 바구니 보냈다. 무를 전부 깨끗이 닦아서 담아 놓으니 마치 거대한 계란 같았다. 할아버지는 샐러드를 좋아하셨고 즐겨 인용하는 문구도 이랬다.

루클루스,* 절약에 매료된 이는
사빈 농장에서 구운 순무를 먹었도다.

그러니 고전을 좋아하는 데미가 지역 신들에게 바쳐진 이 채소 제물에 애정을 듬뿍 느낄 수밖에.

데이지는 작은 터에 꽃을 키워서 여름 내내 화사하거나 향기로운 꽃밭을 이루었다. 그녀는 자기 정원을 매우 아껴서 항상 그 속에 머물며 장미, 팬지, 스위트피, 목서초 들을 친구나 인형에게 하듯 충실하고 세심하게 살폈다. 축하할 일이 생길 때마다 작은 꽃다발을 집으로 보냈고 플럼필드의 화병은 데이지의 특별한 보살핌을 받았다. 데이지는 자신의 꽃들에 대해 온갖 아름다운 상상을 했다. 아이들에게 팬지꽃 이야기를 들려주는 것도 좋아했다. 의붓엄마가 녹색 의자에 보라색과 황금색 옷을 입고 앉아 있고, 그녀의 자녀들도 각자 샛노란 옷을 입고 의자에 앉았는데, 의붓자녀는 칙칙한 색의 옷을 입

---

* 로마의 장군이자 정치가. 은퇴한 후에 사치스럽게 살았다고 한다.

고 작은 스툴에 걸터 앉았고, 힘 없는 아빠는 빨간 나이트캡을 쓰고 꽃 한가운데 숨어 있다는 이야기를 말이다. 수도복 모자 밖으로 빼꼼히 보이는 수도승의 어두운 얼굴 같은 미나리아재비, 노란 날개를 퍼덕여 날아오르려는 앙증맞은 새를 닮은 카나리아풀덩굴 꽃, 쪼개 보면 총을 쏘듯 톡 튀어나오는 금어초……. 주홍색과 흰색 양귀비로 인형도 만들었다. 풀잎 허리띠를 두르고 녹색 머리에 근사한 큰금계 국 모자를 씌웠고, 콩 껍질로 만든 보트에 장미꽃잎 돛을 달아 웅덩이에 띄우며 이 꽃사람을 태웠다. 요정이 없다는 것을 알게 되자 데이지는 자신만의 요정을 만들었다. 이 근사한 친구와 함께 플럼필드에서의 여름을 보냈다.

낸은 허브에 빠졌다. 유용한 식물을 따로 전시까지 했다. 낸의 관심은 점차 깊어져서, 9월에 허브를 잘라 잘 말린 후에 작은 공책에 허브의 사용법들을 조사해 적기 바빴다. 수차례 실험하고 수십 차례 실수했다. 결국 아기 고양이 허즈에게 약쑥 말고 개박하를 주었어야 했다는 결론을 내렸다.

딕, 돌리, 로브는 수시로 땅을 파헤쳤다. 다른 그 어떤 팀보다 김매기를 많이 했을 것이다. 딕과 돌리는 파스닙과 당근을 키우며 수확철을 손꼽아 기다렸다. 그런데 딕이 못 기다리고 혼자 당근을 뽑았고, 사일러스가 너무 이르다고 조언하자 다시 심었다.

로브의 작물은 작은 애호박 네 개와 엄청나게 큰 호박 하나였다. 다들 "거대하다"고 입을 모았다. 어린아이 둘이 그 위에 나란히 앉을 수 있을 정도였다. 작은 텃밭의 좋은 영양분은 모조리 흡수하고 내리쬐는 햇살을 다 받아 대형 황금공처럼 자라 몇 주간 먹을 호박 파이를 만들 만큼 속이 꽉 찼다. 로브는 너무 뿌듯해서 자신의 거대한 작물을 모두에게 보여주었고 서리가 내리기 시작하자 매일 밤 낡은 누비이불을 덮어주었다. 수확하는 날 그는 아무도 손대지 못하게 하고 직접 거대 호박을 따서 작은 외바퀴손수레에 실어 헛간으로 가져갔다. 앞에서 끌던 딕과 돌리가 도중에 포기해서 허리를 다칠 뻔했다. 조는 이 호박으로 추수감사절 파이를 만들겠다고 약속했고 이 근사한 호박을 키워낸 아이에게 줄 부상이 있다고 희미하게나마 언급했다.

가여운 빌리는 오이를 심었지만 불행히도 괭이로 다 파내고 개비름만 남았다. 이 실수로 그는 10분간 크게 상심했다가 모조리 잊었고 자신이 모은 밝은 단추들을 한 줌 뿌렸고 허약한 마음속에서 그것이 돈이라고 생각했는지 씨앗이 자라서 갑절이 되면 자신도 토미처럼 25센트 동전을 많이 얻을 수 있을 거라 여겼다. 누구의 방해도 없이 자신의 땅에 원하는 것을 마음대로 심었지만, 이내 작은 지진이 연속으로 일어나 땅을 다 헤집어놓은 듯한 꼴이 되었다. 추수 날이 되자 그는 돌과 잡초밖에 보여줄 것이 없었다. 다행히 친절한 아시아가 죽은 나무에 오렌지 여섯 개를 매달아둔 덕분에 빌리는 기뻐서 어쩔 줄 몰라 했다. 아무도 이 기적을 파고들지 않았다.

스터피는 멜론을 가지고 여러 차례 실험했다. 빨리 맛보고 싶은 마음에 익기도 전에 홀로 잔치를 벌였다가 배탈이 나서 이틀이나 굶었다. 하지만 힘겹게 참은 끝에 첫 캔털루프 멜론을 수확했다. 따뜻한 경사면을 만들어둔 덕분에 빨리 익어서 근사한 멜론이 나왔다. 마지막이자 최고의 멜론은 덩굴에서 따지 않고 '이웃에게 팔 것'이라고 선언했다. 소년들은 멜론을 먹을 기회가 사라지자 실망했고 불쾌하다는 표현을 했다.

어느 날 아침, 스터피는 시장에 내다 팔 멜론을 보러 갔다가 푸른 껍질에 '돼지'라는 두 글자가 흰 글씨로 적혀 있는 것을 보고 기겁했다. 그는 엄청나게 화가 나 얼굴이 붉어진 채 조에게 달려갔다. 그녀는 아이를 위로한 다음 이렇게 말했다.

"제대로 복수하고 싶다면 방법을 알려줄게. 하지만 그 멜론을 포기해야 할 거야."

"그렇게 할게요. 전 모두에게 본때를 보여줄 수는 없지만, 그 못된 녀석들에게 잊지 못할 앙갚음은 해주고 싶어요."

스터피는 분해서 씩씩거렸다.

조는 누구 짓인지 알 것 같았다. 하루 전날 소파 귀퉁이에서 수상쩍은 머리 셋이 붙어 있는 것을 보았던 것이다. 그 머리들이 웃고 속삭이고 고개를 끄덕이길래 작당 모의 중임을 알았다. 달빛이 환했던 어젯밤에 에밀의 방 창 근처 낡은 벚나무가 바스락거렸고, 오늘 아침에 보니 토미가 손을 다쳤다.

스터피의 분노가 조금 가라앉자, 조는 망가진 멜론을 자기 방으로 가져오게 하고 누구에게도 말하지 말라고 했다. 스터피는 그렇게 했다. 세 장난꾸러기는 자신들의 장난이 조용히 넘어가는 듯해서 놀랐다. 재미는 사라졌고 멜론도 없어져서 마음이 왠지 불편했다. 스터피가 전에 없이 차분하고 느긋하고 침착해 보이는 것도 불안했다.

식사시간에 스터피의 복수가 시작되었다. 푸딩을 먹고 과일이 나왔을 때 메리 앤이 큰 소리로 웃으면서 커다란 멜론을 들고 나타났다. 사일러스가 다른 멜론을 들고 뒤따랐고 댄이 세 번째 것을 들고 마지막에 나왔다. 각각은 세 공범 앞에 놓였다. 부드러운 녹색 피부 위에 글자가 덧붙여져 있었다. "돼지의 선물." 식탁에 있던 소년들이 환호성을 질렀다. 오늘 하루 종일 스터피의 불행을 수군거렸던 소년들은 대번에 이 복수를 이해했다. 에밀, 네드, 토미는 어디를 쳐다봐야 할지 몰라서 말 없이 고개를 푹 숙였다. 결국 그들은 현명하게 이 웃음에 동참하고 멜론을 잘라 나눠주었다. 나머지 아이들은 모두 스터피가 현명하고 즐거운 방식으로 복수했다고 생각했다.

댄은 다리를 다친데다가 여름 내내 엄청나게 돌아다녀서 텃밭이 없었다. 사일러스를 열심히 도왔고, 아시아를 위해 장작도 팼으며, 잔디를 아주 잘 관리해서 조가 항상 부드러운 길과 잘 깎인 잔디를 걸을 수 있었다. 그래도 다른 이들이 수확할 때 댄은 보여줄 것이 너무 없어 애석했다.

하지만 가을이 지나면서 숲에서의 수확으론 누구도 그를 이길 수 없다는 것이 확실해졌다. 댄은 특별한 능력이 있었다. 그는 토요일마다 홀로 숲, 들, 언덕을 누비다가 전리품을 가득 안고 돌아왔다. 그는 초원 어디에서 창포가 가장 잘 자라는지, 제일 향기로운 사사프라스 덤불이 어디 있는지, 다람쥐가 도토리를 찾는 장소가 어딘지, 껍질이 귀한 흰 참나무가 어디에 있는지, 보모가 궤양을 치료할 때 쓰는 황련덩굴이 어디 있는지 잘 알았다. 댄이 조를 위해 집으로 가져온 근사한 자연의 선물이 그녀의 응접실을 장식했다. 씨를 제거한 풀, 클레머티스로 만든 술 장식, 솜털이 보송하고 부드럽고 노란 밀랍을 입힌 열매들, 이끼, 테두리가 붉거나 흰 것 혹은 에메랄드빛 녹색 잎사귀도 있었다.

"이젠 숲을 그리워할 필요가 없어요. 댄이 제게 직접 숲을 가져다주니까요."

조는 자주 이렇게 말하고 벽을 노란 단풍 가지와 보라색 인동덩굴 화환으로 장식하거나 꽃병에 적갈색 양치식물, 작은 방울들이 주렁주렁 달린 독미나리 가지 혹은 강인한 가을꽃을 꽂았다. 댄의 수확물은 그녀의 취향에 아주 잘 맞았다.

커다란 다락방은 아이들의 작은 창고로 발 디딜 틈이 없었고 한동안 집에서 가장 볼거리가 풍성했다. 데이지의 꽃씨는 작은 종이봉투에 가지런히 담겨 모두 이름표가 붙은 채 세 발 테이블 서랍에 들어갔다. 낸의 허브는 벽에 뭉치째로 매달려 그윽한 향기를 뿜었다. 토미는 작은 씨앗이 붙어 있는 엉겅퀴관모가 든 바구니를 놔뒀고 그것들이 내년까지 날아가지 않고 남아 있다면 심을 생각이었다. 에밀은 옥수수를 잔뜩 널어놓았고 데미는 가축에게 줄 도토리와 여러 곡물을 펼쳐놓았다. 그러나 댄의 작물이 가장 볼 만했다. 없는 게 없었다. 바닥 절반이 그가 가져온 열매들로 뒤덮였다. 그는 수 킬로미터를 돌아다니며 전리품을 위해 가장 높은 나무에 오르고 가장 두꺼운 생울타리로 들어가는 일도 마다하지 않았다. 호두, 밤, 헤이즐넛, 너도밤나무 열매가 분류되어 널렸고 점차 갈색으로 변하며 수분이 빠지고 당도가 높아지며 겨울 연회를 기다렸다.

저택 앞에는 로브와 테디가 자기 소유라고 우기는 땅콩나무가 있었다. 나무는 올해를 잘 견뎠고 죽은 잎사귀 사이에 숨은 커다랗고 거무칙칙한 열매들이 바닥으로 떨어져 게으른 베어 형제보다 날렵한 다람쥐들이 더 잘 찾았다. 아버지는 그들에게(다람쥐 말고 소년들에게) 따고 싶으면 따서 가져도 된다고 말했지만 아무도 그러지 않았다. 땅콩 따기는 쉬운 일이라 테디가 좋아했지만 곧 지겨워하며 작은 양동이를 절반만 채우고 다음을 기약했다. 그런데 다음이란 천천히 찾아왔고 그러는 동안 약삭빠른 다람쥐들이 늙은 느릅나무와 땅콩나무 사이를 날래게 오가며 구멍 가득 열매를 비축한 다음 가지를 싹쓸이 해버렸다. 다람쥐들이 열매를 저장하는 방식이 흥미로워서 소년들은 즐거워했다.

어느 날 사일러스가 로브에게 말했다.

"다람쥐에게 땅콩 열매를 팔았니?"

"아니요."

로브는 어리둥절했다.

"그렇다면 얼른 가봐라. 안 그러면 그 작은 녀석들이 네 것을 하나도 남겨두지 않을 테니까."

"우리가 따기 시작하면 다람쥐쯤은 거뜬히 이길 수 있어요. 아직 열매가 엄청 많은걸요."

"더 이상 떨어질 열매는 없어. 그들이 바닥까지 싹 훑었어. 가서 확인해보면 알 거야."

로브는 서둘러 보러 갔고 정말 열매가 얼마 남지 않은 것을 보고 놀랐다. 그는 서둘러 테디를 불렀고 둘은 오후 내내 열심히 일했다.

그러는 동안 다람쥐들이 울타리에 모여앉아 둘을 못마땅하게 지켜보았다.

"자, 테디. 잘 살피고 떨어지는 즉시 주워야 해. 안 그러면 1부셸도 못 채우고 모두 우리를 비웃을 거야."

"장난꾸러기 다람쥐들, 가져가지 마. 내가 다 헛간에 가져갈래."

꼬리를 흔들고 재잘거리는 작은 다람쥐들을 향해 테디가 인상을 찌푸렸다.

그날 밤 거센 바람이 불어 수백 개의 열매가 떨어졌다. 조가 어린 아들을 깨우러 와서 기분 좋게 말했다.

"로브, 서두르렴. 다람쥐들이 이미 나와서 떨어진 열매를 열심히 줍고 있어. 너도 오늘 열심히 줍지 않으면 다람쥐들이 몽땅 가져갈 거란다."

"아니, 그럴 수 없어요."

로브가 벌떡 일어나서 아침 식사를 허겁지겁 먹고는 곧바로 자기 재산을 지키러 달려 나갔다. 테디도 따라갔다. 둘은 어린 비버처럼 열심히 일하고 이리저리 뛰어다니며 양동이를 채우고 비웠다. 옥수수 헛간에 곧 1부셸이 쌓였고 더 많은 열매를 건지려고 잎사귀 틈을 뒤지는데 수업 시작 종이 울렸다.

"아, 아버지! 전 여기서 열매를 줍게 해주세요. 안 그러면 저 얄미운 다람쥐들이 제 열매를 모두 가져갈걸요. 좀 있다가 수업을 들을게요."

로브가 차가운 바람에 머리가 헝클어지고 열심히 일해서 상기된 얼굴로 교실로 뛰어 들어와 외쳤다.

"네가 매일 아침 일찍 일어나서 조금씩 일을 했다면 지금쯤 서두를 필요가 없었을 거야. 내가 말했지만 넌 새겨듣지 않았어. 평소에 할 일을 몰아서 해야 한다는 이유로 수업을 빼줄 수는 없단다. 다람쥐들은 올해 자기들의 몫보다 더 많이 얻게 될 거고 최선을 다해 일했으니 그럴 자격이 있어. 한 시간 일찍 끝마쳐주마. 그게 내가 해줄 수 있는 전부란다."

베어 교수는 로브를 자기 자리로 데려갔고 어린 신사는 소중한 시간을 약속받자 책을 펼쳤다.

바람이 마지막 남은 열매를 흔들고 도둑들이 이리저리 돌아다니는 모습을 가만히 앉아서 보는 것은 고역이었다. 다람쥐들은 간혹 일을 멈추고 허리를 펴며 그의 눈앞에서 열매를 먹어치우고 꼬리를 펄럭이며 건방지게 말하는 것 같았다.

"네 덕분에 우리가 땅콩을 얻었어. 게으름뱅이 로브."

혼자서 묵묵히 열매를 줍는 테디의 모습에 가여운 로브는 이 힘든 순간을 버틸 수 있었다. 꼬마의 인내심은 대단했다. 테디는 허리가 아플 때까지 열매를 줍고 또 주웠다. 그리고 작은 다리가 지쳐 멈출 때까지 터덜터덜 걸었다. 형을 돕는 착한 정성에 감동한 어머니가 하던 일을 멈추고 열매를 대신 날라주러 올 때까지 테디는 바람과 피로, 사악한 '다람쥐들'을 잘 견뎌냈다. 로브가 수업을 마쳤을 때 그는 테디가 양동이를 꽤 채웠지만 그만두려고 하지 않는 것을 보았다. 테디는 꾀죄죄한 어린 손에 모자를 들고 도둑들을 쫓았고 다른 손에는 커다란 사과를 쥐고 먹으며 기운을 내려고 했다.

로브는 일에 열중했다 2시가 못 돼서 바닥이 깔끔해졌다. 열매들은 옥수수 헛간 다락으로 옮겨졌고 지친 작업자들은 성공을 자축했다. 그러나 프리스키와 그의 아내를 잊고 있었다. 며칠 뒤에 보러 왔을 때 로브는 열매가 많이 사라져서 깜짝 놀랐다. 문이 잠겨 있어서 소년들은 누구도 땅콩을 훔쳐 갈 수 없었는데 말이다. 비둘기들은 땅콩을 먹지 않고 쥐도 없었다. 두 소년이 엄청나게 애통해하는데 딕이 말했다.

"옥수수 헛간 지붕에서 프리스키를 봤어. 프리스키가 가져갔을지도 몰라."

"그럴 줄 알았어! 덫을 놔서 죽여버릴 거야."

로브가 프리스키의 욕심 많은 습성을 혐오하며 소리쳤다.

"그를 살피면 어디에 열매를 숨겼는지 알아낼 수 있어. 그럼 내가 다시 찾아다 줄게."

소년들과 다람쥐 사이의 싸움에 한참 즐거워진 댄이 말했다.

로브는 프리스키 부부가 축 늘어진 느릅나무 가지를 타고 옥수수 헛간 지붕으로 내려와 작은 문 하나를 재빨리 움직여 비둘기들의 방해를 뚫고 입에 열매를 한 개씩 물고 나오는 것을 보았다. 입이 가득 차서 들어온 길로 나갈 수 없어서 벽을 따라 낮은 지붕으로 달렸고, 모퉁이에서 뛰어내려 곧바로 사라졌다. 그러더니 약탈품을 어딘가에 놔두고 다시 나타났다. 로브는 따라가보니 잎사귀 아래 움푹한 곳에서 머지않아 나무구멍으로 옮기려고 숨겨둔 수북하게 쌓인 열매를 보았다.

"이 작은 악당들! 이제 내가 너희를 속이고 하나도 남겨주지 않을 테다."

　로브는 모퉁이와 옥수수 헛간을 정리한 뒤 열매를 다락방으로 옮기고 파렴치한 악당들이 들어올 깨진 창유리가 있는지 확인했다. 다람쥐들은 승부가 끝났다고 느껴 자기들의 구멍으로 돌아갔지만 간간이 로브의 머리 위로 도토리 껍질을 던지며 그와의 전투를 잊지 않았고 용서할 수 없다는 듯 폭력적으로 대응했다.

　베어 부부의 수확은 다른 종류여서 쉽게 설명할 수가 없지만, 어쨌든 만족스러웠다. 여름 동안 열심히 일한 대가로 머지않아 얻을 수확이 그들을 아주 행복하게 해줄 거라고 믿었다.

19

안녕, 아빠

"일어나, 데미! 네가 필요해!"

"왜요? 전 이제 막 잠들었어요. 아직 아침이 아니잖아요."

곤한 잠에서 막 깨어난 데미가 어린 올빼미처럼 눈을 깜박였다.

"밤 10시지만 너희 아버지가 편찮으셔서 지금 가봐야 해. 아, 가여운 데미! 우리 가여운 존!"

조 이모가 베개에 머리를 묻고 흐느꼈다. 데미는 잠이 확 달아났다. 가슴속에 두려움과 의구심이 차올랐다. 조 이모가 자신을 본명인 '존'으로 부르는 게 낯설었고, 소중한 것을 잃어서 흘리는 눈물인 것을 직감했다. 그래서 아무 말 없이 이모를 꽉 끌어안았다. 조는 곧 정신을 차리고 아이의 걱정스러운 얼굴에 부드럽게 입을 맞췄다.

"너희 아버지에게 작별 인사를 하러 가자. 지체할 시간이 없단다. 그러니 빨리 옷을 입고 내 방으로 오렴. 난 데이지를 깨우마."

"네."

이모가 나가자 데미는 조용히 일어나서 얼떨떨한 채로 옷을 입은 다음 푹 잠든 토미를 놔두고 조용히 집 안을 걸었다. 슬픈 일이 벌어져 잠시 친구들과 떨어질 것 같았다. 밤이 되면 친숙한 방들이 그런 것처럼 세상이 어둡고 정적에 싸이고 낯설다고 느꼈다.

로리가 보낸 마차가 문 앞에 있었다. 쌍둥이는 시내로 가는 내내 서로 손을 잡고 있었다. 조 이모와 프리츠 이모부가 함께 탄 마차가 어두운 길을 조용히 빠르게 달렸다. 쌍둥이가 아빠와 마지막 인사를 나눌 수 있도록.

프란츠와 에밀만 상황을 알았다. 이튿날 소년들은 아래층으로 내려와서 주인이 없는 집을 황량하게 느끼고 다들 놀라고 불안해했다. 조 선생님이 찻주전자 뒤에 앉아 쾌활하게 떠드는 모습이 없는 아침 식사는 울적했고, 수업시간에 파더 베어의 자리가 비어 있었다. 아이들은 한 시간을 방황하며 반가운 소식을 기다렸다. 선한 존 브룩은 아이들 사이에서도 큰 사랑을 받았다. 10시가 되어도 아무도 오지 않았다. 소년들은 놀 기분이 아니었고 시간이 너무 안 가서 무기력하고 심각하게 앉아 있었다. 갑자기 프란츠가 자리에서 일어나더니 특유의 설득력 높은 목소리로 말했다.

"얘들아, 교실로 가서 외삼촌이 여기 계시는 것처럼 우리끼리 수업을 하자. 그러면 하루가 빨리 갈 거고 외삼촌도 기뻐하실 거야."

"하지만 누가 우리 수업을 해?" 잭이 물었다.

"내가. 너희보다 아는 게 아주 많지는 않지만 나이가 제일 많으니까 너희만 괜찮다면 내가 외삼촌이 오실 때까지 그 자리를 채울게."

어딘가 온화하면서도 진지한 프란츠의 말에 소년들은 깊은 감명을 받았다. 그는 지난 긴 밤에 존을 위해 울어서 눈이 상당히 충혈되었지만 덕분에 인생의 고통과 보살핌에 대해 알게 된 것 같았고 용감하게 헤쳐나가려고 하는 듯 보였다.

"난 수업을 할래."

에밀이 해군의 첫 의무가 상사에게 복종하는 것임을 기억하고 자리에 앉았다. 다른 아이들도 따랐다. 프란츠는 베어 교수의 자리에 앉았고 한 시간 동안 여러 가지를 가르쳤다. 수업은 듣기와 말하기로 이뤄지는데, 프란츠는 인내심이 넘치는 친절한 스승으로 자신의 마음 상태를 슬기롭게 감추고 무의식적인 위엄으로 잘 진행해나가서 그의 말에서 어떤 슬픔도 흘러나오지 않았다.

한참 책을 읽고 있는데 복도에서 발소리가 들렸다. 소년들이 일제히 고개를 들었고, 문을 열고 들어오는 베어 교수의 표정에서 소식을 읽었다. 지치고 창백하고 슬픔으로 가득 차 있었다. 그는 곧장 데미의 아버지가 돌아가셨다고 말했다. 로브가 달려가 매달리며 원망하듯 물었다.

"어젯밤에 절 놔두고 대체 어디 갔었어요, 아빠?"

자식을 두고 가서 끝내 돌아오지 않을 다른 아버지가 떠올라 베어 교수는 아들을 꼭 끌어안고 아이의 곱슬머리에 자신의 얼굴을 감췄다. 에밀은 엎드려서 팔 사이에 얼굴을 묻었고, 프란츠도 외삼촌의 어깨에 손을 올리고 연민과 슬픔에 얼굴이 창백해졌다. 다들 아무

말 없이 가만히 앉아 있었다. 멀리서 들리는 낙엽 떨어지는 소리만 정적을 채웠다.

로브는 죽음이라는 걸 제대로 이해하지 못했지만 아버지의 슬픈 얼굴이 싫어서 그의 얼굴을 억지로 들어 올리며 쾌활하게 말했다.

"울지 마세요, 아빠! 우리는 다 잘 있었어요. 아빠 안 계실 때 수업도 하고 프란츠가 우릴 가르쳐줬어요."

그때 베어 교수가 고개를 들어 미소를 지으려 하면서 고마움이 담긴 목소리로 아이들에게 말했다.

"너희에게 정말 고맙구나. 아름다운 방식으로 내게 도움과 위로가 되었어. 절대 잊지 않을게."

"프란츠가 그렇게 하자고 했는데, 최고의 선생님이었어요."

네트가 말했고 다른 아이들도 어린 선생에게 고맙다는 말을 웅얼거렸다. 베어 교수가 로브를 내려놓고 자리에서 일어선 다음 키 큰 조카에게 다가가 어깨에 팔을 두르고 정말 기쁜 표정으로 말했다.

"너희 덕분에 힘든 오늘이 좀 수월해졌어. 자신감이 생겼어. 내가 지금 시내에 나가면 몇 시간 동안 너희만 있어야 할 것 같아. 원한다면 휴가를 주거나 집으로 보내주마. 하지만 여기 머물면서 원래대로 지내준다면 착한 너희들이 아주 자랑스럽고 기쁠 거야."

"저흰 여기 있을게요."

"여기 있는 편이 나아요."

"프란츠가 우리를 봐줄 거예요."

여러 목소리가 자신 있게 외쳤다.

"엄마는 집에 안 오세요?"

로브에게 '엄마'가 없는 집은 해가 없는 세상과 같았다.

"오늘 밤에 오실 거야. 하지만 가여운 메그 이모에겐 지금 엄마가 꼭 필요하단다. 그러니 이모에게 엄마를 잠시 양보해주겠니?"

"그럴게요. 하지만 테디가 엄마를 찾으며 울었고 보모에게 떼쓰고 아주 버릇없이 굴었어요."

로브는 이 소식을 전하면 혹시나 엄마가 집에 빨리 올까 싶었다.

"동생은 지금 어디 있니?"

"댄이 달래려고 데리고 나갔어요. 지금은 괜찮아요."

프란츠가 창문을 가리켰다. 댄이 작은 마차를 탄 테디를 끌어주고 주변에서 강아지들이 장난치며 노는 모습이 보였다.

"아니, 됐다. 테디도 속상할 테니까. 댄에게 테디를 부탁한다고 전해다오. 너희가 오늘 하루 잘 처신해주리라 믿는다. 프란츠가 잘 돌봐줄 거고 문제가 생기면 사일러스에게 말하거라. 그럼 저녁에 돌아오마."

"존 이모부가 대체 어떻게 되신 건데요?"

에밀이 서둘러 나서려는 베어 교수를 붙잡았다.

"그는 몇 시간 동안 아프다가 평소처럼 아주 밝고 평화롭게 숨을 거두셨단다. 그래서 너무 호들갑스럽게 혹은 이기적으로 슬픔을 드러내 그의 아름다운 마지막을 망치면 안 될 것 같구나. 다행히도 우리와 작별 인사를 할 시간이 있었지. 그 후에 데이지와 데미를 품에 안고 아내의 품에서 잠들었어. 지금은 너무 슬퍼서 더는 말해줄 수가 없구나."

베어 교수는 슬픔에 잠겨 서둘러 자리를 떴다. 그에게 존 브룩은 친구이자 형제였고 아무도 그 자리를 대신할 수 없었다.

하루 종일 집 안이 고요했다. 어린아이들은 놀이방에서 조용히 놀았다. 다른 아이들은 일요일이 주중에 찾아온 것처럼 산책을 하고 버드나무 둥지를 찾거나 각자 가축을 돌보며 '존 이모부'에 대해 이야기했다. 신사적이고 공정하며 강인한 인물이 자신들의 작은 세상에서 사라졌다는 것이 시간이 갈수록 점점 더 실감되었다.

해 질 무렵 베어 부부가 돌아왔다. 데미와 데이지는 집에 엄마와 함께 남았다. 가엾게도 조는 완전히 지쳐버렸다. 너무나 위로가 필요해서 현관 계단을 올라서자마자 이렇게 말했다.

"우리 아가는 어디 있니?"

"여기, 여기."

어린 목소리가 말했다. 댄이 테디를 엄마 품으로 넘겨주었다. 엄마가 꼭 껴안자 아이가 종알거렸다.

"우리 대니랑 있었어. 나 착했어."

조가 충실한 보모에게 고마움을 전하려고 몸을 돌렸는데 댄은 조를 보려고 복도에 모인 소년들에게 손을 흔들며 나직이 말했다.

"방으로 돌아가. 지금 선생님은 방해받고 싶지 않으실 거야."

"아니, 그러지 않아도 돼. 난 너희 모두 보고 싶어. 다들 이리 오렴. 온종일 너희를 방치했어."

조가 소년들을 향해 팔을 벌렸다. 다들 우르르 몰려와서 조를 방까지 호위했다. 말은 하지 않았지만 애정이 담긴 표정과 슬픔과 연민을 보여주려고 서툴게 노력했다.

"난 너무 피곤하구나. 여기 누워서 테디를 안고 있을 테니 누가 차를 좀 가져다주겠니?"

조는 쾌활한 척했다. 또다시 우르르 식당으로 몰려갔는데 식탁이 엉망이었다. 한 팀이 차를 배달하고 다른 팀이 치우기로 합의했다. 가장 가까운 네 사람이 영예를 얻었다. 프란츠가 찻주전자를, 에밀이 빵을, 로브가 우유를, 테디가 설탕통을 들었다. 설탕통은 처음 출발했을 때보다 몇 조각을 흘린 탓에 도착했을 때 한결 가벼웠다. 이런 저녁 시간에 남자아이들이 주방에 들락거리면서 컵을 뒤집고 숟가락을 딸랑이며 도와준답시고 사고를 치는 모습이 못마땅한 여성도 있을 것이다. 그러나 조는 오히려 그 모습에 마음이 편해졌다. 먹음 직스러운 두툼한 빵과 버터보다 아이들이 건네준 서툰 음식이 더 좋았다. 에밀 제독이 울먹이며 귓가에 작게 속삭였다.

"힘내세요, 조 숙모. 바람이 세게 불었지만 우리는 어떻게든 견뎌 낼 거예요."

그 말이 아이가 가져온 엉성한 차보다 더 기운을 북돋워주었다. 컵에 가득 담긴 차는 도중에 그 애의 눈물이 들어갔는지 아주 썼다. 식사가 끝나자 두 번째 사절단이 쟁반을 치우러 왔다. 댄도 졸린 테디를 데려가려고 했다.

"제가 재울게요. 선생님은 아주 피곤하시잖아요."

"댄과 같이 갈래, 우리 아기?"

조가 안고 있던 작은 왕을 소파 쿠션에 내려놓고는 물었다.

"좋아요. 그럴래."

테디가 자신의 충직한 하인에게 안겨서 자랑스럽게 자리를 떴다. 프란츠가 소파에 몸을 기대 조의 뜨거운 이마를 부드럽게 쓸어줄 때

네트가 한숨을 쉬었다.

"저도 뭔가를 해드릴 수 있으면 좋겠어요."

"네가 해줬으면 하는 게 있지. 로리가 지난번에 보내준 다정한 노래를 연주해주겠니? 오늘 밤 음악이 가장 좋은 위로가 될 것 같아."

네트가 얼른 뛰어가 바이올린을 가져와서 조의 방문 앞에서 전에 없이 열정적으로 연주를 했다. 다른 아이들은 조용히 계단에 앉아 누가 와서 분위기를 흐리지 못하게 살폈다. 프란츠는 묵묵히 제자리를 지켰다. 소년들의 호위와 위로 속에 조는 마침내 잠이 들었다.

조용한 이틀을 보낸 뒤 사흘째 되던 날 베어가 교수 수업이 끝난 직후 한층 기분이 나아진 모습으로 손에 쪽지를 들고 돌아왔다.

"너희에게 읽어줄 것이 있단다."

아이들의 시선이 집중되자 그가 메모를 읽었다.

친애하는 프리츠에게.

내가 좋아하지 않을까봐 오늘 아이들을 데려오지 않을 거라는 이야기를 들었어요. 부탁이니 데려오세요. 친구들을 보면 데미가 힘든 시간을 잘 견딜 수 있을 거고 저도 아이들에게 존이 아버지로서 해준 말을 들려주고 싶어요. 아이들에게 도움이 될 거예요. 당신이 가르치는 다정한 옛 찬송가를 불러준다면 다른 어떤 음악보다 좋아할 것 같고 지금 상황에 아름답게 어울릴 것 같아요. 부디 아이들에게 물어봐 주세요. 사랑을 담아.

메그가

"너희도 가겠니?"

아이들은 데미 어머니의 친절한 말과 소망에 큰 감명을 받았다.

"네."

한목소리 같은 대답이었다. 한 시간 뒤 그들은 프란츠와 함께 존 브룩의 단출한 장례식장에서 자신들의 역할을 하러 길을 나섰다.

도브코트는 메그가 결혼했던 10년 전처럼 조용하고 햇살 가득하고 따스한 보금자리의 모습 그대로였다. 당시에 여름이라 장미가 가득했던 것만 빼면 똑같았다. 지금은 초가을이라 가지가 헐벗고 낙엽이 가볍게 떨어졌다. 새신부였던 여인의 얼굴에 담긴 차분한 아름다움은 그대로였고, 그녀를 위로하러 온 이들은 진실하고 경건한 영혼의 소박한 퇴임식에 오히려 더 큰 위로를 받았다.

"오, 언니! 어떻게 견뎌내고 있어?"

조가 현관에서 메그를 만났을 때 변함없이 예의 바른 태도로 부드럽게 미소로 환영하는 모습을 보고 조용히 속삭였다.

"내 사랑, 조. 지난 10년간의 행복한 사랑의 은총이 날 지탱해주고 있어. 이건 죽음이 아니야. 존은 다른 어느 때보다 더 내 사람이야."

메그의 눈빛에 담긴 온화한 믿음은 아주 아름답고 밝아서, 조는 언니에게 불멸의 사랑을 주신 하나님께 감사했다.

모두 그 자리에 참석했다. 마치 부부, 로리와 에이미, 이제 백발에 많이 쇠약해진 로런스 씨, 베어 부부와 학생들, 그리고 많은 친구들이 죽은 이를 기리고자 한자리에 모였다. 누군가는 얌전한 존 브룩이 그의 바쁘고 조용하고 겸손한 인생에서 친구를 만들 시간이 별로 없었다고 말할지도 모른다. 하지만 지금 사방에서 나이, 계층, 빈부 격차를 막론하고 친구들이 왔다. 그의 조용한 영향력이 널리 퍼진 덕분이고 그의 미덕이 사람들에게 기억되고 숨은 자선 행위가 드러나 그를 축복한 것이다. 그의 관 앞에서 사람들은 마치 씨보다 더 추도 연설을 잘했다. 그가 수년간 충실하게 모시던 부유한 신사들도 있고, 일터에서 자신의 어머니가 떠올라 자선을 베풀었던 가난한 노부인도 왔다. 메그는 죽음이 행복을 완전히 망가뜨릴 수 없음을 깨달았다. 형제자매들은 마음속에 그의 자리를 만들었다. 다만 어린 아들과 딸은 이미 그의 강인한 팔뚝과 부드러운 목소리가 사라진 상실감을 느꼈다. 아이들은 가장 친절한 놀이 친구를 잃은 슬픔에 흐느꼈다. 아주 단출한 장례식이었다. 결혼 성찬에서 떨리던 마치 씨의 목소리가, 이제는 가장 아끼던 아들에 대한 사랑과 존중을 보여주려고 애썼다. 조시가 위층에서 칭얼대는 소리가 마지막 기도 뒤 이어진 긴 침묵을 깼다. 베어 교수가 멋진 목소리로 찬송가를 부르기 시작하자 하나둘씩 진심으로 따라 불렀다. 고통스러운 순간이 용감하고 다정한 찬송가의 날개 위에서 평화를 찾는 듯했다.

메그는 그 소리를 들으며 자신이 잘해냈다고 생각했다. 존의 마지막 자장가가 그토록 사랑하던 아이들의 노랫소리로 마무리된 것에 위안을 받았다. 소년들도 그들 앞에 누워 있는 훌륭한 인물을 강렬하게 기억할 것이다. 데이지는 엄마 무릎을 베었고 데미는 엄마의 손을 잡고 아빠를 쏙 빼닮은 눈을 들어 자주 그녀를 쳐다보았다. 마치 이렇게 속삭이듯이. "속상해 마세요. 제가 여기 있잖아요." 기댈 수 있는 친구들도 주변에 많았다. 인내심이 크고 독실한 메그는 자신의 무거운 슬픔을 내려놓고 존이 그랬듯 다른 이를 도우며 사는 삶이 최고라고 느꼈다.

그날 저녁, 잔잔한 9월의 달빛을 받으며 플럼필드의 소년들이 언제나처럼 계단에 앉았을 때 자연스럽게 장례식 이야기가 흘러나왔다. 에밀이 충동적으로 입을 열었다.

"프리츠 외삼촌은 현명하고 로리 이모부는 재미있지만 내겐 존 이모부가 최고였어. 나중에 그분처럼 되고 싶어."

"나도. 오늘 신사들이 한 말 들었어? 나도 죽었을 때 그런 말을 듣고 싶어." 프란츠는 존 이모부에게 충분히 고마움을 표현하지 않던 것이 후회스러웠다.

"뭐라고 했는데?" 늘 인상적인 장면만 기억하는 잭이 물었다.

"로런스 씨의 파트너이자 존 이모부의 오랜 지인이 그랬어. 사업가로서는 '너무 양심적'이라는 결점이 있지만 다른 모든 부분은 완벽했다고. 또 다른 신사는 존 이모부의 충실함과 정직을 결코 돈으로 갚을 수 없다고 했고. 할아버지가 가장 근사한 말을 하셨어. 언젠가 존 이모부의 상사가 속임수를 쓰는 사람이었는데, 그가 큰돈을 제시하며 도와달라고 했을 때 거절하셨대. 그 남자가 '그렇게 융통성이 없으면 사업을 못 해!'라고 화를 냈는데 이모부가 한 대답은 이랬어. '원칙 없이 사업해서 성공하고 싶지 않습니다.' 그러고는 더 열악하고 안 좋은 회사로 자리를 옮겼대."

"대단해!" 작은 이야기에서 가치를 파악하며 배우는 시기라서 아이들이 감탄했다.

"존 이모부는 부자는 아니셨지?" 잭이 물었다.

"응."

"세상을 뒤흔드는 큰일을 하신 것도 아니고?"

"맞아."

"그냥 착하시다는 말이야?"

"그래."

프란츠는 존 이모부가 뭔가 자랑할 거리를 남겼으면 좋았을 거라고 바라고 있었다. 잭이 실망을 드러냈기 때문이다. 그때 마지막 몇 마디를 듣게 된 베어 교수가 끼어들었다.

"착한 사람, 그게 제일 중요하단다. 내가 존 브룩 씨에 대해 말해줄게. 왜 다들 그를 좋아하는지, 왜 유명세나 부자보다 선한 사람으로 사셨는지 말이다. 그는 뭐든지 맡은 일에 인내와 용기로 최선을 다했고, 가난과 외로움과 수년간의 힘겨운 노동에도 행복을 찾았어. 훌륭한 아들로서 어머니가 그를 필요로 하자 자기 계획을 포기하고 곁에 머물렀지. 좋은 친구로서 로리 씨에게 그리스어와 라틴어를 가르쳐주었고 올바른 남성의 모범을 보였어. 충실한 조력자로서 회사에서는 그를 대신할 인물이 없었지. 훌륭한 남편이자 아버지였고. 로리 씨와 나는 늘 그의 온화함과 현명함과 사려 깊음을 배웠지. 그가 자수성가로 힘겹게 일궈낸 것들이 그가 얼마나 가족을 사랑했는지에 대한 증거란다."

베어 교수가 말을 잠시 멈췄다. 소년들은 달빛 아래 조각상처럼 앉아서 기다렸다. 이내 잔잔하고 진실한 목소리가 이어졌다.

"그가 죽어가는 동안 난 그에게 말했지. '부인과 아이들은 걱정 말아요. 내가 책임질 테니까.' 그러자 미소를 지으며 내 손을 잡고 밝은

목소리로 대답했단다. '그럴 필요 없어요. 내가 잘 보살필 수 있어요.'
그의 서류를 살펴보니 과연 모든 것을 준비했더구나. 남은 가족들이
편안히 독립적으로 살 수 있을 충분한 금액이 안전하게 예치되어 있
었어. 그제야 우리는 왜 그가 그렇게 자선을 제외하고는 많은 쾌락
을 거부하고 평범하고 알뜰하게 살고 열심히 일했는지 알았어. 그는
남을 위해서는 기꺼이 도움을 구했어도 자신을 위해서는 한 번도 도
움을 청한 적이 없어. 자신의 어려움은 용감하고 조용히 견디며 헤
쳐나갔어. 아무도 그에 대해 불평하지 않았어. 공정하고 자비롭고 친
절한 사람이었으니까. 자, 이제 그가 떠난 지금, 내 친구의 사랑과 칭
찬과 명예가 많이 알려줘서 무척 기쁘고 그의 친구인 것이 자랑스러
워. 아들들아, 너희도 큰돈보다 그의 유산을 따르길 바란다. 그래! 단
순하고 너그러운 선함이 인생이라는 사업의 토대가 되는 가장 좋은
재산이란다. 돈과 명예가 사라져도 그건 계속돼. 그게 우리가 이 세
상에서 가지고 갈 수 있는 유일한 재물이지. 그 점을 꼭 기억하렴, 얘
들아. 존경을 받고 자긍심을 높이고 사랑을 얻고 싶다면 존 브룩의
발자취를 따르기를 바란다."

몇 주 만에 학교로 돌아온 데미는 어린아이 특유의 적응력으로 상
실감에서 금방 회복한 듯 보였다. 하지만 사실 데미는 달라졌다. 깊
이 가라앉은 채 곰곰이 생각했고 거기서 작은 미덕을 찾으며 빠르
게 성장했다. 전처럼 놀고 공부하고 일하고 노래했기에 그의 변화를
눈치챈 사람은 거의 없었다. 오직 한 사람, 조만 알아챘다. 그녀는 조
카를 세심히 살피고 자신의 방식으로 아버지 존의 빈자리를 채워주

려고 애썼다. 데미는 좀처럼 슬픔을 이야기하지 않았지만 조는 밤에 작은 침대에서 흐느끼는 울음소리를 들었다. 아이는 이모가 달래러 가면 "아빠가 보고 싶어요! 아, 아빠가 보고 싶어요!" 하고 울먹였고 두 사람은 아주 애정 어린 공감을 주고받았다. 데미는 가슴에서 피를 흘렸다.

그러나 시간은 친절했다. 데미는 천천히 아버지를 잃은 것이 아니라 그저 한동안 보지 못하는 것이고 다시 찾을 거라고 확신하게 되었다. 그러자 전처럼 잘 지내고 강해지고 기분이 좋아졌다. 물론 다시 만나기까지 아버지의 무덤에 핀 보랏빛 과꽃을 많이, 아주 많이 봐야 하겠지만. 데미는 이 믿음을 굳게 지켰다. 무의식중에 보이지 않는 하나님에 대한 어린아이 같은 믿음으로 아버지를 볼 수 있기를 갈망하며 그 속에서 도움과 위안을 찾았다. 그가 천국에 있기를 기도했고 자신도 천국에 가는 착한 사람이 되고자 애썼다.

외부의 변화는 내면의 변화로 이어졌다. 몇 주간 데미는 키가 쑥 자라고 어린아이 같은 장난은 그만두었다. 일부 소년들이 그러는 것처럼 부끄러워서 피하는 게 아니라 아예 장난에서 졸업한 것처럼 보였다. 데미는 남자다운 무언가를 원했다. 싫어하던 산수 공부에도 열심이었다. 베어 교수는 기뻐했지만 데미가 이렇게 말해서야 그 이유를 알았다.

"자라서 아버지처럼 회계 담당자가 될 거니까 숫자와 셈에 대해 알아야 해요. 아버지처럼 근사하고 명료한 장부를 작성하려면요."

이모에게 와서는 아주 진지한 얼굴로 이렇게 말했다.

"어린아이가 돈을 버는 방법이 뭐예요?"

"그건 왜 묻니, 데미?"

"아버지가 제게 어머니와 어린 동생들을 잘 보살피라고 당부하셨어요. 저도 그러고 싶은데 어디서부터 시작해야 할지 모르겠어요."

"아버진 지금 당장 시작하라는 것이 아니란다, 데미. 머지않아 네가 컸을 때 그렇게 하면 돼."

"전 당장 시작하고 싶어요. 가족들을 위해 뭘 사려면 돈이 필요하잖아요. 전 곧 열 살인데 저보다 어린 아이들도 돈을 벌어요."

"그렇다면 낙엽을 모두 긁어모아 딸기밭을 덮어주렴. 이모가 그일에 1달러를 지급하마."

"너무 후한 조건 아닌가요? 하루면 할 수 있겠어요. 돈을 너무 많이 주지 마세요. 전 정직하게 돈을 벌고 싶어요."

"우리 어린 존, 난 공평하단다. 한 푼도 과하게 주지 않아. 너무 열심히 할 필요는 없어. 이 일이 끝나면 또 다른 일을 찾아주마."

조는 도움을 주려는 마음과 공정함이 그의 양심적인 아버지와 많이 닮았다고 새삼 느끼고 크게 감동했다.

데미는 낙엽 모으는 일이 끝나자 나무 장작이 가득 든 수레를 헛간으로 옮기고 1달러를 벌었다. 그런 다음 교과서 표지를 입히는 일을 도왔는데, 프란츠의 지도하에 저녁에 묵묵히 일해서 급료를 받았다. 사실 적은 돈이지만 데미의 눈에는 엄청난 성과로 보였다.

"자, 이제 난 일을 해서 각각 1달러씩 벌었어. 이 돈을 직접 어머니에게 드리면 내가 아버지의 말씀을 기억하고 있음을 아시겠지."

데미는 본분에 충실하게 어머니를 향해 순례길을 떠났다. 어머니는 그의 작은 수입을 엄청난 가치가 있는 보물처럼 받아서 보관했다. 데미가 필요한 무언가를 사라고 애원할 때까지 손대지 않았다.

이 일로 데미는 아주 행복했다. 잠깐씩 자신의 책임을 잊는 때도 있었지만 다른 사람을 도와주고 싶다는 마음은 여전히 그 자리에 남아 그의 세월과 함께 자랐다. 그는 항상 신사적인 자부심으로 '우리 아버지'라는 말을 꺼냈고 명예가 가득 담긴 직함을 요구하듯 "더 이상 날 데미라고 부르지 마. 난 이제 존 브룩이야!"라고 말했다. 그렇게 목표와 희망을 먹고 강해진 열 살 아이는 용감하게 세상을 헤쳐 나갔다. 현명하고 자애로운 아버지에 대한 기억, 정직한 이름이 남긴 유산 속으로 들어갔다.

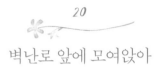

20
벽난로 앞에 모여앉아

10월의 서리가 내리자 커다란 벽난로에 불꽃이 타올랐다. 데미의 마른 소나무 조각이 댄의 참나무 옹이를 잘 타오르게 도와주어 장작 불은 명쾌한 소리를 내며 지붕 위로 피어올랐다. 길어진 밤에 다들 난롯가에 모여서 게임을 하고 책을 읽고 겨울의 계획을 세웠다. 이 야기 듣기를 제일 좋아해서, 베어 부부는 재미있는 이야기를 한 아 름 준비했다가 들려주어야 했다. 가끔 이야깃거리가 바닥나면 소년 들이 자기들 이야기를 했는데, 항상 재밌진 않았다. 한 번은 유령 파 티를 하다가 큰일날 뻔했다. 재미 삼아 조명을 끄고 난롯불도 잦아 들게 한 다음 어둠 속에 앉아 각자가 꾸며낸 공포 이야기를 했는데, 그 일로 어린아이들은 악몽으로 잠을 설쳤고 토미는 잠결에 헛간 지붕을 걸어다녔다. 그래서 이 놀이는 금지되고 좀 더 안전한 놀이를 찾기로 했다.

그날도 어린아이들이 잠자리에 들고 큰 아이들이 난롯가에서 빈둥거리는데, 데미가 난로 빗자루를 꽉 움켜쥐고 교실을 왔다 갔다 하다가 갑자기 큰소리로 말했다.

"줄을 서!"

소년들이 와하하 웃더니 뭔지도 모르면서 서로 밀치며 줄을 섰다.

"이제 2분 안에 게임을 하나씩 생각해."

글을 쓰는 프란츠와 〈넬슨 제독 일대기〉를 읽는 에밀만 빼고, 모두들 열심히 생각했다. 데미가 부지깽이로 살짝 토미의 머리를 쳤다.

"자, 토미부터!"

"까막잡기."

"잭!"

"장사놀이, 다 같이 돈을 모아서."

"이모부가 돈 내기는 못 하게 하셨어. 댄은 뭘 하고 싶어?"

"그리스 대 로마로 나눠서 싸움을 하자."

"스터피는?"

"구운 사과, 팝콘, 군밤."

"좋아! 좋았어!"

여럿이 소리쳤다. 투표로 스터피의 아이디어가 채택되었다. 몇몇은 사과를 가지러 지하 식품 저장고로 갔고 몇몇은 밤을 가지러 다락으로 갔고, 나머지는 옥수수가 팝콘이 되는 과정을 구경했다.

"여자애들한테도 같이할지 물어봐야 하지 않을까?"

갑자기 데미는 예의를 지켜야겠다고 생각했다.

"데이지는 밤을 예쁘게 깔 수 있어." 네트가 말했다.

"낸은 팝콘을 제일 잘 튀기니까 꼭 불러야 해." 토미가 덧붙였다.

"그럼 너희 연인들을 데려와. 우린 상관없으니까." 잭이 어린아이들의 서로에 대한 순수한 호의를 놀렸다.

"내 여동생을 연인이라고 부르지 마. 바보 같이!" 데미가 발끈하자 잭이 웃었다.

"데이지가 네트의 연인이잖아. 안 그래, 쩍쩍이?"

"맞아, 데미만 괜찮다면. 난 데이지를 좋아해. 나한테 아주 잘해주거든." 네트는 잭의 거친 표현이 마음에 걸려 수줍게 털어놓았다.

"낸은 내 연인이고 난 1년 안에 그 애와 결혼할 거니까 아무도 방해하지 마." 토미가 대담하게 선언했다. 토미와 낸은 소꿉장난처럼 둘의 미래를 정했다. 버드나무 둥지에 살면서 양동이를 내려 음식을 받고 여러 다양한 모험들을 하기로 말이다.

데미는 토미의 결정에 놀라서 그의 팔을 잡고 숙녀들을 데리러 갔다. 낸과 데이지는 조와 함께 카니 부인의 새로 태어난 아기에게 줄 작은 옷을 만들고 있었다.

"부탁합니다만, 저희가 잠시 소녀들을 모셔가도 될까요, 부인? 아주 정중히 모시겠습니다."

토미가 사과를 의미하듯 한쪽 눈을 찡긋거리고 손가락으로 딱 소리를 내며 팝콘을 표현하고 군밤을 알리려고 치아를 딱딱거렸다. 소녀들은 이 팬터마임을 곧바로 알아차려서, 조가 토미가 발작을 일으킨 건지 특이한 장난을 궁리해낸 건지 판단하기도 전에 골무를 벗었다. 데미의 정식 설명에 허락이 떨어졌다.

"잭과 이야기하지 마."

사과를 꽂을 포크를 가지러 주방으로 걸어가면서 토미가 낸에게 속삭였다.

"왜?"

"날 놀렸거든. 그러니까 너 걔랑은 아무것도 하지 마."

"뭐, 내 맘이야." 낸은 지시하듯이 말하는 토미에게 화가 났다.

"네가 그렇게 나오면 난 널 내 연인으로 받아들일 수 없어."

"상관없어."

"뭐라고? 낸, 날 좋아하는 게 아니었어?" 원망 가득한 목소리였다.

"잭의 비웃음이나 신경쓰다니, 너한테 실망했어."

"그럼 네 낡은 반지를 도로 가져가. 난 더 이상 낄 수 없어."

토미가 바닷가재의 더듬이로 만든 반지를 주고, 낸의 손가락에서 말털 반지를 뺐다.

"그럼 이건 네드 줘야겠다."

네드는 낸을 좋아했고 옷핀, 상자, 실패 등 선물 공세를 퍼부었다.

"이런 천둥 거북이!"

토미가 버럭 화를 내더니 낸의 팔을 놓고 가버렸다. 낸도 씩씩대며 혼자 포크를 챙겨 갔다. 그 포크가 사과를 찌르듯, 낸은 이제 자신을 팽개치고 간 토미의 마음을 마구 찔러댈 생각이었다.

난로를 쓸고 발그레한 볼드윈종 사과를 구울 준비를 마쳤다. 달궈진 삽 위에서 밤이 신나게 춤췄고, 팝콘은 철사 감옥 안에서 요란하게 날뛰었다. 댄은 가장 좋은 호두를 쪼갰고 모두 떠들고 웃는 동안

비가 유리창을 두드리고 바람이 집 주위를 감쌌다.

"왜 빌리는 호두를 좋아할까?" 안 좋은 수수께끼를 자주 생각해내는 에밀이 물었다.

"왜냐하면 그 애도 쪼개졌으니까." 네드가 대답했다.

"그런 말이 어디 있어. 빌리를 비웃지 마. 걔는 네 말에 반박할 수 없잖아. 그건 나쁜 짓이야." 댄이 분노해서 호두를 으깼다.

에밀과 댄 사이가 어색해지자 평화주의자 프란츠가 나섰다.

"블레이크는 무슨 곤충에 속할까?"

"각다귀." 잭이 대답했다.

한참을 조용히 생각하고 있던 네트가 입을 열었다.

"데이지가 꿀벌을 좋아하는 이유는?"

"여왕벌이라서?" 댄이 말했다.

"아니야.

"달콤해서?"

"꿀벌은 달콤하지 않아."

"모르겠다."

"달콤한 것을 만들고 항상 바쁘고 꽃을 좋아하니까."

네트의 칭찬에 데이지의 얼굴이 장밋빛이 되었다.

"왜 낸은 말벌 같을까?"

토미가 낸을 빤히 쳐다보며 말하더니 즉시 스스로 대답했다.

"낸은 달콤하지 않고 사소한 일에 엄청 부산스럽고 맹렬하게 침을 쏘거든."

"토미가 화를 내다니, 기쁜걸."

네드가 소리쳤고, 낸이 고개를 저으며 냉큼 대꾸했다.

"그릇장에 든 것 중에서 토미를 닮은 건?"

"후추통이지."

네드가 대답하고 낸에게 깐 밤을 건네며 웃음을 터트렸다. 토미는 군밤처럼 튀어 올라 때릴 뻔했다. 아이들이 아웅다웅하자 프란츠가 다시 끼어들었다.

"이렇게 하자. 여기 제일 먼저 들어오는 사람에게 이야기를 해달라고 조르는 걸로. 그게 누구든지 말이야. 누가 제일 먼저 들어올지 궁금하지 않니?"

다들 동의했다. 오래 기다릴 필요 없이 복도에서 육중한 발걸음이 쿵쾅거리며 다가오더니 사일러스가 나무 장작을 한 아름 안고 들어왔다. 그는 갑작스러운 환호에 얼굴이 붉어져서는, 프란츠가 이 장난에 대해 설명할 때까지 어리둥절한 미소를 띠고 가만히 서 있었다.

"이런! 난 해줄 이야기가 없어."

그는 장작을 내려놓고 나가려 했다. 하지만 아이들이 매달려서 억지로 자리에 앉히고 조르자, 성격 좋은 사일러스는 결국 굴복했다.

"내가 아는 이야기는 딱 하나, 말 이야기뿐이야."

"어서 해주세요! 어서요!"

아이들이 소리쳤다. 사일러스가 의자를 벽에 기대더니 엄지를 조끼의 암홀에 집어넣으며 이야기를 시작했다.

"그러니까…… 전쟁 때 기병 부대에 있으면서 엄청나게 많은 전투를 겪었지. 내 말 메이저는 최고의 명마였고 난 사람처럼 그를 아꼈어. 잘생기지 않았지만 온순하고 영리하고 사랑스러운 동물이었거든. 그런데 첫 전투에서 메이저가 내게 잊지 못할 교훈을 준 거야. 지금 그 이야기를 해줄게. 전장을 괴성을 지르며 종횡무진 달렸지만 전투란 정말이지 끔찍한 난리통이더라. 첫 전투니까 당황스럽고 뭘 해야 할지 하나도 몰랐어. 돌격 명령이 내려와서 그냥 착실하게 따랐지. 옆 동료가 쓰러져도 절대 멈추는 법이 없었지. 그때 내가 팔에 총을 맞고 말에서 굴러떨어졌어. 주변에 나와 함께 뒤처진 사람이 두세 명 더 있었는데, 다들 죽거나 부상을 당한 상태였어. 난 정신을 차리고 메이저를 찾아 두리번거리며 고통에서 그만 벗어나고 싶다고 생각했어. 어디에도 안 보이길래 일어나서 캠프로 걸어가려는데, 히힝 소리가 나지 뭐야. 메이저가 멀찍이서 날 기다리고 있었어. 내가 왜 뒤처졌는지 모르는 눈치였지. 내가 휘파람을 불자 메이저는 훈련받은 대로 곧바로 걸어왔어. 난 왼팔에서 피가 흘러서, 있는 힘을 다해 말에 올라탄 뒤에 곧바로 캠프로 돌아가려고 했어. 처음 전투에 나가는 군인들은 종종 그렇단다. 하지만 세상에! 메이저가 더 용감했어! 캠프로 가자는 내 명령을 거역하고 뒷다리로 버티고 서서 콧김을 내뿜었어. 전투 소리와 화약 냄새에 정신이 나간 줄 알았어. 아무리 달래도 소용 없었어. 그러더니 어떻게 했는 줄 아니? 빙글 뒤로 돌더니 격전지 한복판으로 폭풍처럼 달려갔어!"

"대단하네요!"

댄이 신나서 외쳤다. 다들 사과와 밤을 잊었다.

"내가 얼마나 부끄러웠는지 몰라. 난 상처도 잊은 채 화난 말벌처럼 전장을 내달리며 여기저기 공격했어. 그때 또다시 바닥으로 내동댕이쳐졌어. 포탄을 맞은 거였어. 정신을 차려보니 전투가 끝나 있었지. 그런데 내 옆에 가엾은 메이저가 나보다 더 많이 다쳐서 누워 있었어. 난 다리가 부러지고 어깨에 파편이 박혔지만, 내 친구는 포탄 파편에 옆구리가 다 터졌어."

"세상에, 사일러스 아저씨! 그래서 어떻게 했어요?"

낸이 동정심과 흥미로 가득 찬 얼굴로 바짝 다가섰다.

"난 몸을 끌며 다가가서 한 손으로 옷을 찢어 메이저의 피를 멈추려고 했어. 아무 소용이 없더라. 메이저는 끔찍한 고통에 신음하면서 사랑스러운 눈동자로 날 쳐다보고 있었어. 지금도 그 모습을 생각하면 견딜 수가 없어. 난 최선을 다해서 메이저를 도왔어. 태양이 점점 더 뜨거워져서 그가 혀를 내밀더라. 멀리 있는 개울에 가려고 했는데 몸이 굳고 어지러워서 포기하고, 내 모자로 부채질을 해줬어. 자, 이제 잘 들어보렴. 적군이라도 숨이 넘어가고 있으면 마음 편하게 만들어줘야 해. 근처에 폐에 총탄을 맞고 죽어가는 적군이 보였어. 난 내 손수건을 그의 얼굴에 덮어서 햇볕을 피하게 해주었고 그는 내게 고마워했어. 그는 내가 메이저를 보고 흐느끼며 고통을 덜어주려는 것을 알고는 땀에 절고 고통으로 새하얘진 얼굴을 들어 이렇게 말했어. '내 물통에 물이 들어 있어. 가져가. 어차피 난 못 마셔.' 그 물통을 받을 수밖에 없었어. 난 내게 있던 브랜디를 그에게 주었지. 그가 술기운에 편안해하자 꼭 내가 취한 것 같더구나. 가끔 적끼리 이런 좋은 일을 한다는 것이 놀라워."

사일러스가 말을 멈췄다. 그와 적이 전투는 잊고 서로를 형제처럼 돕던 순간의 편안함을 다시 떠올리는 듯했다. 소년들이 재촉했다.

"메이저는요? 어떻게 됐어요?"

"헐떡이는 가여운 혓바닥 위로 물을 부어주었어. 아무리 동물이라도 고마워했을 거야. 하지만 끔찍한 상처가 계속 그를 고문해서 그다지 소용이 없었지. 난 결정해야 했어. 힘들었지만 불쌍한 메이저의 고통을 끝내준 거야, 메이저도 아마 날 용서했을 거야."

사일러스가 갑자기 말을 멈추고 크게 헛기침을 했다.

"어떻게 했는대요?"

에밀이 물었다. 데이지는 아저씨의 표정이 힘겨워보이자 가까이 다가가 고사리손을 그의 무릎에 올렸다.

"내가 메이저를 쐈어."

아이들 사이에 전율이 흘렀다. 메이저는 영웅이었고, 영웅의 비극에 모두가 마음아파했다.

"그래, 그를 쏴서 고통을 끝내주었지. 쓰다듬으며 '잘 가' 하고 인사한 다음 풀밭에 머리를 고이 뉘어주고 사랑스러운 눈을 마지막으로 들여다본 다음, 머리에 총알을 박았어. 버둥거림이 멈췄지. 내가 제대로 조준해서, 그는 더 이상 신음도 고통도 없이 가만히 누워 있었어. 난 안도했어. 그래도 창피하게도 그의 목을 껴안고 아기처럼 엉엉 울었어. 휴! 내가 그렇게 바보인 줄 몰랐어."

사일러스는 데이지의 흐느낌에 마음이 동요되고 충직한 메이저가 기억났는지 소매로 눈물을 훔쳤다. 침묵이 흘렀다. 소년들은 깊은 감동을 받았지만 눈물은 보이지 않았다.

"나도 그런 말이 좋아." 댄이 반쯤 소리치듯 말했다.

"그 적군도 죽었나요?" 낸이 불안하게 물었다.

"그때는 아니었어. 우리는 종일 누워 있었고 밤이 되자 몇몇 동료들이 실종자들을 찾으러 왔어. 그들이 날 먼저 데려가려고 했지만 난 기다릴 수 있었고 그 남자는 기회가 한 번밖에 없어서 '당장 그부터 데려가라'고 했지. 그가 간신히 내 손을 잡고 말했어. '고마워, 친구!' 그게 그의 마지막 말이었어. 야전병원으로 옮긴 지 한 시간 만에 목숨을 잃었다더군."

"그에게 친절을 베풀어서 참 다행이에요!"

데미는 이 이야기에 완전히 감동을 받았다.

"응, 그 생각을 하면 위안이 돼. 난 몇 시간 동안 혼자서 메이저의 목에 머리를 기댄 채 누워서 달이 뜨는 장면을 보았어. 가여운 메이저를 묻어주고 싶었지만 움직일 수가 있어야지. 그래서 그의 갈기 일부를 잘라서 보관하고 있단다. 보고 싶니, 얘들아?"

"네, 부탁이에요. 보여주세요."

데이지가 눈물을 닦으며 대답했다. 사일러스가 수첩이라고 부르는 낡은 '지갑'을 꺼냈다. 안쪽 칸에서 갈색 종이 뭉치가 나왔고 그 속에 흰 말의 거친 털 뭉치가 들어 있었다. 아이들은 넓은 손바닥 위에 놓인 말털을 조용히 주시했다. 아무도 사일러스가 지니고 있는 사랑의 징표가 터무니없다고 생각하지 않았다.

"정말 다정한 이야기예요. 슬프지만 마음에 들어요. 고마워요, 사일러스 아저씨."

데이지가 그가 작은 유물을 접어서 챙기는 걸 도왔다. 낸은 그의 주머니에 팝콘을 한 움큼 넣었고 소년들은 각자의 좋은 의견을 큰 소리로 말하며 그 속에 두 명의 영웅이 있었다고 느꼈다.

사일러스가 자리를 뜨자, 다들 그의 명예로운 행동에 꽤 압도당해서 웅성거렸다. 그러면서 다음 목표대상을 기다렸다. 바로 낸의 앞치마를 만들려고 치수를 재러 온 조였다. 그들은 조를 안으로 들이고 규칙을 알려주며 이야기를 해달라고 졸랐다. 조는 새로운 함정에 빠진 것이 재밌어서 곧바로 고개를 끄덕였다. 행복한 목소리들이 기분 좋게 복도를 울려서 조도 함께하고 싶었을 뿐 아니라 덕분에 메그 언니에 대한 불안한 마음도 잊을 수 있을 것 같았다.

"너희가 잡은 첫 쥐가 나니, 이 영악한 장화 신은 고양이들아?"

조가 행복한 얼굴의 청중에게 둘러싸여 큰 의자에 앉아 다과를 즐겼다. 아이들이 사일러스의 업적을 말해주었다. 조는 선뜻 좋은 생각이 떠오르지 않아서 이마를 두드리며 고민했다.

"무슨 이야기를 해줄까?"

"소년들 얘기요." 대다수가 그렇게 말했다.

"파티 얘기도 있으면 좋겠어요." 데이지가 말했다.

"맛있는 먹을 것도요." 스터피가 덧붙였다.

"아, 그렇다면 몇 년 전에 한 노부인이 쓴 이야기가 생각나는구나. 난 그 이야기를 아주 좋아했는데 너희도 좋아할거야. 그 속에는 소년도 '맛있는 먹을 것도' 들어 있거든."

"제목이 뭐예요?" 데미가 물었다.

"'의심받은 소년'이란다."

밤을 까고 있던 네트가 고개를 들었다. 조는 그의 생각이 짐작되어서 미소를 지어 보였다.

"조용한 작은 마을에서 크레인 양이 학교를 운영하고 있었어. 전통을 지키는 아주 훌륭한 곳이었지. 여섯 소년이 그녀의 집에 살았고 도시에서 오가는 학생 네다섯 명이 더 있었지. 기숙학생 중에 루이스 화이트라는 아이가 있었어. 나쁜 아이는 아니지만 겁이 많고 간혹 거짓말을 했어. 어느 날 이웃 사람이 크레인 양에게 구스베리한 통을 보냈어. 전부 다 나눠 먹기에는 모자란 양이어서, 다정한 크레인 양은 작고 근사한 구스베리 타르트 열두 개를 만들었지."

"저도 구스베리 타르트를 만들어보고 싶어요. 제가 라즈베리 타르트를 만드는 것과 같은 방식으로 했을지 궁금해요."

"쉿!"

최근에 다시 요리에 관심이 높아진 데이지가 끼어들자, 네트가 팝콘을 입안에 넣어주며 조용히 시켰다. 그는 이 이야기에 특별한 흥미를 느꼈다.

"크레인 양은 타르트를 응접실 벽장에 넣어두고 티타임에 아이들을 놀라게 해주고 싶어서 타르트에 대해 한마디도 하지 않았단다. 마침내 모두가 식탁에 둘러앉자 크레인 양이 타르트를 꺼내러 갔지. 하지만 곧 아주 곤란한 표정으로 돌아왔단다."

"누군가 가져갔군요!" 네드가 외쳤다.

"아니, 타르트는 그대로 있었는데 위쪽에 올린 구스베리 토핑만 전부 사라진 거야."

"그런 나쁜 짓을!" 낸이 토미가 범인이라는 듯이 노려보았다.

"크레인 양이 자신의 계획을 이야기하며 망가진 타르트를 보여주자 소년들은 슬퍼했어. 그런데 모두가 자신이 한 일이 아니라고 말했어. '쥐가 파먹었을 거예요.' 루이스가 가장 큰 소리로 부정하며 이렇게 말했지. '쥐는 모조리 갉아먹지 과일만 쏙 빼먹지 않아. 사람 손이 그렇게 한 거야.' 크레인 양은 망가진 파이보다 누군가 거짓말을 한다는 사실이 더 속상했어. 모두 저녁을 먹고 자러 갔는데 밤에 누군가 앓는 소리를 냈어. 루이스였어. 크레인 양이 급히 의사를 부르러 가려는데 루이스가 소리쳤어. '구스베리 때문이에요. 제가 다 먹었고 죽기 전에 그걸 말해야겠어요.' 의사가 온다는 생각에 겁이 난 거야. '그게 다라면 내가 구토제를 줄게. 곧 괜찮아질 거야.' 루이스는 크레인 양이 준 약을 먹었고 다음 날 아침이 되자 속이 편해졌어. "제발 아이들에게 말하지 말아주세요. 절 엄청나게 비웃을 거예요." 루이스는 애원했어. 다정한 크레인 양은 말하지 않겠다고 약속했지만 샐리라는 소녀가 엿듣는 바람에 가여운 루이스는 오랫동안 시달리게 되었단다. 반 아이들은 그를 늙은 구스베리라고 불렀고, 지치지도 않고 어떻게 대가를 치를 건지 다그쳤어."

"제대로 대접을 받았네요." 에밀이 말했다.

"나쁜 짓을 하면 발각되기 마련이야." 데미가 도덕적으로 말했다.

"아니, 그렇지 않아." 잭은 열심히 사과를 굽는다는 핑계로 아이들에게서 등을 돌리고서 자신의 빨개진 얼굴을 보이지 않으려고 했다.

"그게 다예요?" 댄이 물었다.

"아니. 뒷부분이 더 흥미롭지. 그 일이 있고 나서 얼마 뒤 행상이 물건을 팔러 들렀어. 여러 명이 휴대용 빗, 구금(Jew's harp)*, 여러 가지 작은 물건들을 샀어. 루이스는 흰 손잡이가 달린 주머니칼이 너

---

* 입에 물고 손가락으로 퉁겨 소리내는 쇠틀 악기.

무 갖고 싶었지만 용돈을 다 써버렸고 아무도 그에게 돈을 빌려주지 않았어. 내내 손에 칼을 쥐고 감탄하며 쳐다보다가 행상이 그만 가려고 짐을 쌀 때에야 마지못해 내려놓았지. 그런데 다음 날 상인이 돌아와서 그 칼이 없어졌다고 하는 거야. 진주로 손잡이를 만든 아주 귀하고 비싼 칼이라면서, 루이스에게 물었어. "네가 마지막까지 들고 있으면서 엄청나게 탐냈지. 안 그래?" 루이스는 돌려놓았다고 여러 번 맹세했지만 다들 루이스의 짓이라고 생각해서 소동이 일어났어. 어쩔 수 없이 크레인 양이 돈을 지불했지."

"루이스가 칼을 가져갔나요?" 이야기에 푹 빠진 네트가 물었다.

"곧 알게 될 거란다. 이제 가여운 루이스는 또 다른 시련을 겪게 되었지. 소년들이 계속 이렇게 놀렸거든. '진주 손잡이 칼 좀 빌려줘, 늙은 구스베리.' 루이스는 너무 불행해서 집에 보내달라고 간청했어. 크레인 양이 최선을 다해서 타일렀지만, 놀림을 막을 수가 없었어. 그게 남자아이들을 가르칠 때 가장 힘든 부분 중 하나야. 그들은 '쓰러져 있을 때 공격'하지는 않지만 자잘한 방식으로 고문하고 차라리 결판날 때까지 싸움을 벌이는 게 낫다고 생각하게 만들지."

"그건 제가 잘 알아요." 댄이 말했다.

"저도요." 네트가 조용히 덧붙였다.

잭은 아무 말도 하지 않았지만 꽤 동의했다. 그는 친구들이 자신을 싫어해서 혼자 내버려둔다는 것을 알았다.

"가여운 루이스 이야기를 계속해주세요, 조 이모. 그가 칼을 가져갔다고 생각하지 않지만 확실히 알고 싶어요." 데이지가 안달했다.

"그래. 몇 주가 흘렀어. 소년들은 계속 루이스를 피했고, 가여운 아이는 몸이 아픈 지경에 이르렀단다. 그는 다시는 거짓말을 하지 않겠다고 맹세하고 열심히 노력해서, 크레인 양은 루이스가 칼을 가져가지 않았다고 믿었지. 그런데 두 달 후, 행상이 다시 찾아왔어. '저…… 칼을 찾았어요. 가방 안감 뒤쪽에 떨어져 있더군요. 어제 새로 물건을 채워 넣는데 스르르 빠져나왔답니다. 연락을 드리려다가, 부인이 돈을 지불하셨고 좋아하실 것 같아 이렇게 가져왔어요.' 소년들은 다들 엄청나게 부끄러웠지. 아이들은 루이스에게 진심으로 사과했고 그는 사과를 받아들였지. 크레인 양은 칼을 루이스에게 선물했고. 루이스는 그 칼을 간직하면서 자신의 작은 거짓말 때문에 생겨났던 큰 문제를 잊지 않고 기억했어."

"음식을 몰래 먹으면 배탈이 나고 식탁에서 정식으로 먹으면 안 그런가요?" 스터피가 진지하게 물었다.

"아마도 양심이 위장에 영향을 미쳤을 거야." 조가 웃었다.

"스터피는 오이를 생각하고 있어요."

네드의 말에 폭소가 터졌다. 스터피는 최근에 몰래 커다란 오이 두 개를 훔쳐먹고 배탈이 났고, 너무 아파서 네드에게 털어놓으며 하소연했다. 네드는 자상하게 배에 겨자 연고를 바른 후 발에 뜨거운 다리미를 갖다대라고 알려주었다. 그런데 그만 스터피가 순서를 까먹어서 연고를 발에 바르고 다리미를 배에 올리는 바람에, 가엾게도 발바닥에 물집이 잡히고 재킷이 탄 채로 헛간에서 발견되었다.

"정말 재미있는 이야기였어요. 다른 것도 해주세요."

웃음소리가 잦아들자 네트가 졸랐다. 조가 이 만족할 줄 모르는 올리버 트위스트를 거절하기 전에 로브가 이불을 질질 끌며 들어와 깜찍한 표정으로 가장 안락한 엄마 품으로 파고들었다.

"큰 소리가 들려서 무슨 좋은 일이 있는 줄 알았지요."

"내가 널 혼자 놔둘 것 같았니, 우리 장난꾸러기?"

어머니가 엄한 표정을 지으려고 애쓰며 물었다.

"아뇨. 하지만 여기서 절 보면 기분이 더 좋으시잖아요."

어린 꼬마가 아첨하듯 대답했다.

"잠자리에서 널 보는 게 더 좋단다. 얼른 방으로 가렴, 로브."

"여기에 들어온 사람은 이야기를 하나씩 해야 하는데 넌 못 하니까 그만 가봐."

"아니, 나도 할 수 있어! 난 테디한테 아주 많은 이야기를 해줘. 곰과 달과 윙윙거리며 대화하는 작은 곤충들에 관한 거였어."

에밀의 말에 로브가 어떻게든 이 자리에 남으려고 버텼다.

"그럼 지금 바로 하나 해봐."

댄이 어깨를 잡아 내보낼 준비를 하며 말했다.

"좋아, 할게. 잠깐만 생각하고."

로브는 다시 어머니의 무릎으로 올라가서 품에 꼭 안겼다.

"엉뚱한 시간에 침대에서 나오는 건 우리 가족의 내력이야. 데미도 그랬고 나도 밤새 들락날락했지. 메그 이모는 예전에 집에 불이 날까봐 걱정해서 자꾸 나를 순찰을 보냈는데 난 그걸 즐겼지. 지금 너처럼, 이 말썽꾸러기 아들."

"이제 생각이 났어."

로브가 이 근사한 모임에 끼고 싶어 안달이 난 목소리로 말했다.

모두 기대 가득한 얼굴로 로브를 쳐다보고 귀를 기울였다. 아이는 엄마 무릎에 앉아 이불을 휘감은 채로 짧지만 비극적인 이야기를 아주 진지하게 했다.

"옛날에 엄청 자식이 많은 부인이 살았고, 그중에 착한 아들이 하나 있었어. 부인은 위층에 올라가서 말했어. '밭에 나가 일하거라.' 그래서 아들이 내려왔고 우물에 빠져서 죽었어."

"그게 다야?"

프란츠가 묻자 로브가 숨을 내쉬며 눈을 동그랗게 떴다.

"아니, 더 있어."

로브는 뽀송뽀송한 눈썹을 한데 모으며 억지로 생각해내려고 애썼다. 어머니가 로브를 도와주려고 나섰다.

"아들이 우물에 빠졌을 때 부인이 어떻게 했니?"

"아, 아들을 두레박으로 끌어 올려서 신문으로 싼 뒤에 씨앗을 말려두는 선반에 놓았어요."

이 놀라운 결론에 웃음이 터져나왔다. 조가 아들의 곱슬머리를 쓰다듬으며 진지하게 말했다.

"넌 이야기를 쓰는 내 재능을 물려받았구나. 계속 노력해보렴."

"그럼 이제 여기 있어도 되죠? 재밌는 이야기였죠?"

대성공에 기분이 좋아진 로브가 물었다.

"팝콘 열두 알을 먹을 때까지만."

어머니는 로브가 한입에 다 먹을 걸 예상하고 말했다. 그러나 눈치 빠른 로브는 하나씩 아주 천천히 먹었다.

"로브를 기다리는 동안 다른 이야기를 해주시는 게 어때요?"

데미가 1분 1초도 아깝다는 듯이 안달했다.

"장작통 이야기 말고는 떠오르는 게 없는데."

조가 로브가 이제 막 일곱 알째 먹는 것을 보고 말했다.

"그 이야기에 소년이 나와요?"

"소년의 이야기란다."

"실제로 있었던 일이에요?"

"전부 다 사실이지."

"잘됐네요! 그 이야기를 해주세요."

"제임스 스노는 어머니와 함께 뉴햄프셔에 있는 작은 집에 살았지. 가난했는데, 제임스는 어머니를 도와 일을 하는 대신 책만 읽었어. 온종일 집에 앉아서 공부를 하고 싶었단다."

"말도 안 돼! 난 책은 싫고 일이 좋은데." 댄이 발끈했다.

"세상에는 다양한 사람이 있어. 일꾼도 학생도 다 필요하고 모두가 머물 자리가 있지. 하지만 일꾼도 공부를 좀 해야 하고 학생도 필요하다면 일하는 법을 알아야 한단다."

조가 의미심장한 표정으로 댄과 데미를 쳐다보았다.

"저도 일할 수 있어요."

데미는 자기 손바닥의 군은살 세 개를 자랑스럽게 내보였다.

"저도 공부를 할 수 있어요."

하지만 댄은 숫자가 빼곡하게 적힌 칠판을 향해 한숨을 내쉬었다.

"제임스는 어땠을까? 그 아이는 이기적인 마음은 아니었어. 어머니도 아들이 자랑스러워서 자신이 일해서 책을 사주며 공부하라고 놔두셨어. 어느 가을 제임스는 학교에도 가고 근사한 옷과 책도 사고 싶어서 목사를 찾아가 도와달라고 부탁했단다. 그런데 목사는 제임스가 빈둥거린다는 소문을 들었기에 거절했어. 어머니를 힘들게 내버려두는 아이라면 학교 공부가 무슨 소용이냐고 생각한 거야. 하지만 제임스의 진심을 느끼자 아이가 정말 잘해냈으면 하는 마음에 특이한 제안을 했지. '옷과 책을 주마. 단, 한 가지 조건이 있다. 어머니의 장작통이 올 겨울 내내 비지 않도록 살피고 네가 직접 그 통을 채우렴. 실패하면 학교에 갈 수 없단다.' 제임스는 이 이상한 조건을 비웃으며 선뜻 동의했어.

제임스는 학교에 갔고 한동안은 장작통을 잘 채웠어. 가을이라 나무 조각과 불쏘시개가 사방에 널려 있었거든. 아침 저녁 산책을 나가서 장작통을 채우고 작은 조리용 난로에 넣을 땔감을 잘랐어. 어머니도 아들을 위해 땔감을 아껴 쓰셨지. 그런데 11월에 서리가 내리자 날이 추워져서 땔감은 빨리 떨어졌어. 어머니가 직접 돈을 벌어서 땔감을 샀지만 마치 눈 녹듯 없어지고 제임스가 더 구해오기도 전에 거의 바닥이 났어. 스노 부인은 몸이 약하고 류머티즘 때문에 거동이 불편해 전처럼 일을 할 수 없어서 제임스는 책을 내려놓고 자신이 무엇을 할 수 있는지 살폈어.

그는 공부가 좋아서 밥 먹고 잠 자는 시간 빼고는 공부를 놓기 싫었기에 힘든 결정이었어. 하지만 목사가 자신이 한 말을 지킬 것을 알기에 자신의 욕심을 꺾고 남는 시간에 돈을 벌어 장작통이 비지 않도록 하기로 했어. 이웃의 소를 돌보고 일요일마다 교회관리인의 일을 돕고 교회에 불을 피우는 등 온갖 심부름을 다 했지. 조금이나마 땔감을 살 돈을 받았단다. 하지만 일은 힘들었고 해가 짧아지고 겨울은 너무 추워서 소중한 시간이 빠르게 지나갔고 근사한 책은 너무 매력적이라 끝이 없어 보이는 지루한 일을 하려고 책을 내버려두는 것이 너무 슬펐어.

목사는 조용히 지켜보면서 제임스가 공부를 내려놓고 열심히 일한다는 것을 알게 되었어. 종종 숲에서 나무 썰매를 몰다가 제임스를 보았는데, 거기서 남자들이 나무를 베고 제임스는 느리게 걷는 황소들 옆을 터벅터벅 걸으며 책을 보거나 공부를 하면서 1분도 허투루 쓰지 않았어. '저 소년은 도와줄 가치가 있어. 이 일로 그가 교훈을 얻는다면 그걸 깨닫는 대로 더 쉬운 일을 줘야겠어.' 목사는 생각했지. 크리스마스이브에 엄청나게 많은 땔감이 작은 집 앞에 조용히 쌓였고, 새 톱과 메모가 적힌 종이 한 장이 놓여 있었어.

'하늘은 스스로 돕는 자를 돕는다.'

가여운 제임스는 아무 기대 없이 추운 크리스마스 아침에 잠에서 깨어 어머니가 뻣뻣하고 아픈 손가락으로 뜬 따뜻한 엄지장갑을 보았어. 그 선물에 엄청 감동했지만 어머니의 입맞춤과 '우리 착한 아들'이라고 그를 부르며 바라보는 온화한 표정이 더 좋았지. 어머니를 따뜻하게 해드리려고 그는 자신의 가슴부터 먼저 데웠고 지난 몇 달간 충실하게 해온 것처럼 장작통을 채우려고 나갔어. 그때 책보다 더 좋은 것이 있다는 점을 느끼고, 학교에서 선생님에게 배운 것과 더불어 하나님의 교훈을 익히려고 애썼단다.

문 앞에 가득 쌓인 장작과 메모를 보자 제임스는 목사의 계획을 이해했어. 그에게 감사하면서 최선을 다해서 일했지. 다른 아이들은 그날 장난을 치며 놀았지만 제임스는 나무를 베었어. 아마 마을 소년들 중에서 가장 행복한 아이는 새 엄지장갑을 끼고 어머니의 장작통을 채우며 찌르레기처럼 휘파람을 부는 소년이었을 거야."

"정말 훌륭한 이야기예요! 전 제임스가 마음에 들어요."

댄은 근사한 동화보다 이렇게 소박한 이야기가 더 좋았다.

"저도 조 이모를 위해 나무를 자를 수 있어요!"

데미는 어머니를 위해 돈을 버는 새로운 방법을 찾은 것 같았다.

"나쁜 남자아이 이야기도 해주세요. 전 그런 아이가 제일 좋아요."

"잘 토라지는 말괄량이 여자아이 이야기가 더 낫겠어요."

낸과 토미가 티격태격했다. 토미에게 그날 밤 사과는 썼고 팝콘은 눅눅했고 군밤 껍질은 안 까졌다. 네드와 낸이 긴 의자에 같이 앉은 모습이 인생의 짐처럼 무겁게 느껴졌다.

그러나 조의 이야기는 거기까지였다. 로브가 마지막 남은 팝콘 알을 토실토실한 손에 꽉 쥔 채로 잠들었기 때문이다. 어머니는 아들을 이불째로 안아 들고 침실로 올라갔다.

"이제 또 누가 들어올지 보자."

에밀이 문을 슬쩍 열어두었다. 메리 앤이 지나가길래 불렀지만, 그녀는 사일러스의 경고를 들은 터라 웃으며 서둘러 지나갔다. 잠시 후 묵직한 중저음의 독일어 노랫소리가 복도를 울렸다.

"내가 이렇게 슬퍼해봐야 무슨 소용이 있을까."

"프리츠 외삼촌이셔. 다들 크게 웃어. 그러면 틀림없이 이리로 들어오실 거야." 에밀이 말했다.

과연 교실 안이 웃음바다가 되자 불쑥 베어 교수가 들어왔다.

"무슨 장난을 하고 있니, 얘들아?"

"잡혔어요! 잡혔어요! 이제 재밌는 얘기를 안 해주면 못 나가요."

아이들이 문을 닫으며 소리쳤다.

"그렇구나! 그게 장난이니? 그렇다면 나갈 생각이 없어. 여기 있는 게 아주 즐겁거든. 곧바로 내 벌칙을 받을게."

베어 교수는 자리에 앉자마자 이야기를 시작했다.

"데미야, 오래전에 너희 할아버지가 고아들을 위한 집을 마련할 돈을 벌고자 대도시로 강연을 나가셨단다. 강연은 아주 훌륭했고 할아버지는 꽤 큰돈을 받아 주머니에 넣고 아주 기뻐하셨지. 그리고 늦은 오후에 다른 마을로 마차를 몰고 가는데, 한적한 길을 지나며 '강도가 숨어 있기 좋겠네' 하고 생각하는 찰나 험상궂은 남성이 숲에서 나오더니 마차가 멈추기를 기다리듯 천천히 다가오는 거야. 돈 생각에 할아버지는 아주 불안해서 그냥 마차를 돌려 가버릴까 생각하셨지만, 사람을 의심하고 싶지 않아서 그냥 가셨단다. 점점 가까워져서 보니 누더기를 걸친 몹시 가난하고 병든 사람이었대. 할아버지는 마음이 아파 마차를 멈추고 친절한 목소리로 말했어.

'이봐요, 지쳐 보이는군요. 태워줄 테니 타요.'

그 남자는 놀란 눈치였고 잠시 머뭇거리더니 마차에 올라탔어. 그는 대화를 나누려고 하지 않았지만 할아버지는 지혜를 발휘해 친절한 목소리로 올해가 얼마나 힘들었고 가난한 사람들이 얼마나 고통을 받는지, 생계를 이어나가는 일은 참으로 힘들다는 이야기를 했어. 남자는 조금씩 표정이 풀렸고 마침내 자신의 이야기를 들려주었어. 일하다가 병에 걸렸는데, 그 병 때문에 직장을 잃어서 집에 있는 아이들이 굶고 있다고 말이야. 할아버지는 그 소리를 듣고 가여워서 두려움도 잊고 이웃 마을에 친구가 살고 있으니 거기서 일자리를 찾아주겠다고 했어. 이름과 주소를 받아 적으려고 연필과 종이를 꺼내다가 할아버지가 두둑한 지갑을 꺼냈는데, 그 순간 남자의 눈길이 지갑을 응시했지. 할아버지는 그 속에 든 돈이 기억났고 걱정이 되었지만 침착하게 말했어.

'맞아요, 여기에 가난한 고아들을 위한 돈이 좀 들어 있어요. 내 돈이라면 당신에게 조금이라도 줄 수 있겠지요. 난 부자는 아니지만 가난한 사람들의 어려움을 잘 알아요. 이 5달러가 내 돈입니다. 당신에게 줄 테니 아이들을 위해 쓰세요.'

남자의 거칠고 굶주린 눈동자가 호의로 건넨 적은 돈에 감사하는 눈길로 바뀌었고, 고아들을 위한 돈은 무사히 지킬 수 있었어. 시내에 도착해서 그를 내려주는데, 그가 할아버지와 악수를 하고 돌아서다가 불쑥 이렇게 말했어.

'사실 아까 전 절박한 심정으로 당신에게 강도질을 하려고 했습니다. 하지만 당신이 너무 친절해서 그럴 수가 없었어요. 저를 붙잡으신 건 다 하나님이 당신에게 내려준 은총입니다!'"

"할아버지는 그 사람을 다시 만났나요?"

"아니야, 데이지. 그렇지만 난 그가 일자리를 찾고 더 이상 도둑질을 하지 않았을 거라고 믿는단다."

"참 신기한 방식으로 사람을 다루셨네요. 저라면 당장 쓰러뜨렸을 거예요."

"친절은 늘 힘보다 강한 법이란다, 댄. 한번 시도해보렴."

베어 교수가 자리에서 일어나면서 말했다.

"다른 이야기도 들려주세요." 데이지가 간청했다.

"그러셔야 해요. 조 이모도 그랬어요." 데미도 덧붙였다.

"그렇다면 더더욱 안 되지. 대신 다음에 이야기를 들려줄게. 너무 많은 이야기를 듣는 건 사탕을 많이 먹는 것처럼 나쁘단다. 난 벌칙을 다 받았으니 이만 가보마."

베어 교수가 얼른 뛰쳐나가자 모든 아이들이 우르르 따라나섰다. 하지만 그가 무사히 자신의 서재까지 재빨리 들어간 덕분에 폭동을 일으킨 소년들은 되돌아왔다.

한바탕 뛴 아이들은 잔뜩 들떠버렸다. 까막잡기*를 시작했는데 마지막 이야기의 교훈을 가슴에 새긴 토미가 낸에게 붙들리자 귓속 말로 속삭였다. "잘 토라지는 여자애라고 불러서 미안해."

낸은 그 친절함에 뒤지지 않으려고 '단추, 단추, 누가 단추를 가졌을까?' 놀이에서 자기 차례가 되자 아주 친절한 미소와 함께 이렇게 말해주었다. "내가 준 걸 전부 다 가지고 있어." 토미의 손에는 단추 대신 말털 반지가 있었다. 다들 자러 갈 때 토미는 낸에게 마지막 남은 사과의 제일 맛있는 부분을 내주었다. 낸은 토미의 통통한 손가락에 낀 반지를 보고 사과를 받아먹었다. 둘에게 평화가 찾아왔다. 서로 잠시 차갑게 군 것을 부끄러워했고 둘 다 "내가 나빴어. 용서해 줘."라고 말하는 걸 서슴지 않았다. 우정은 깨지지 않았고 버드나무 둥지도 아이들의 즐거운 작은 성으로 오래 남았다.

---

* 술래가 수건으로 눈을 가리고 다른 사람을 잡는 놀이. 잡힌 사람이 그다음 술래다.

21

추수감사절 축제

플럼필드에서는 어떤 일이 있어도 추수감사절 축제를 엄격한 전통에 따라 풍성하게 치렀다. 추수감사절 며칠 전부터 소녀들은 아시아와 조를 도와서 식품 저장실과 주방에서 파이와 푸딩을 만들고 과일을 분류하고 접시의 먼지를 털었다. 소년들은 주방 주위를 맴돌며 짭조름한 음식 냄새를 맡고 신기한 요리를 준비하는 모습을 엿보았다. 간간이 들어와 맛있는 요리를 맛볼 기회도 얻었다.

그런데 올해는 유달리 특별한 기운이 감돌았다. 소녀들이 더 바쁘게 오르락거렸고, 소년들도 교실과 헛간에서 부산스럽게 움직여 학교 전체가 떠들썩했다. 낡은 리본, 화려한 옷, 금박 종이, 엄청난 양의 지푸라기, 회색 면직물, 플란넬, 커다란 검은 구슬 등 베어 부부의 물

건에서 대대적인 보물찾기가 이뤄졌다. 네드는 작업장에서 처음 보는 기계를 놓고 망치질을 했고, 데미와 토미는 뭔가를 계속 웅얼거렸다. 에밀의 방에서 간간이 무서운 소리가 들렸고, 로브와 테디는 함께 놀이방에 한 시간씩 꼬박 숨어서 놀며 웃음을 터트렸다.

그러나 베어 교수를 가장 혼란스럽게 한 것은 로브의 거대한 호박이었다. 그것은 주방으로 가서 열두 개의 금빛 파이가 되었다고 했다. 하지만 파이에 4분의 1 분량도 채 들지 않은 것 같은데? 호박이 종적을 감췄다고 알려줘도 로브는 빙그레 웃으며 "아빠, 기다려보세요"라고 말할 뿐이었다. 결국 뭔진 모르겠지만 파더 베어가 끝까지 몰라야 하는 일인 모양이었다.

그래서 그는 눈과 귀와 입을 닫았다. 사방에 떠도는 풍문도 듣지 않고, 주변에서 벌어지는 미스터리를 궁금해하지 않았다. 독일 사람으로 그는 이런 가정 축제를 좋아했기에 진심으로 그들을 응원했다. 축제 준비의 흥겨움에 아이들도 다른 장난은 생각도 하지 않았다.

마침내 추수감사절이 되었다. 소년들은 긴 산책에 나서며 식욕을 가득 돋웠다. 마치 언제는 안 그랬던 것처럼! 낸과 데이지는 집에 남아 상 차리는 일을 돕고 여러 음식의 마지막 점검을 서둘러 마쳤다. 교실은 하루 전에 문이 굳게 닫혔고 베어 교수의 입장이 금지되었다. 테디가 어린 용처럼 문을 지키고 있다가 아빠를 막았다. 사실 테디는 말하고 싶어 안달이 났지만 아빠가 안 들으려고 열심히 애쓴 덕분에 엄청난 비밀은 누설되지 않았다.

"다 끝났어. 정말 눈부셔." 낸이 뿌듯한 목소리로 소리쳤다.

"그거 있잖아, 그건 이제 사일러스 아저씨가 알아서 하시겠지." 데이지가 말할 수 없는 부분은 건너뛰고 성공을 기뻐했다.

"내 평생 이처럼 귀여운 건 처음 봐. 특히나 저거 말이야." 사일러스는 비밀을 듣고서 아이처럼 웃었다.

"그들이 오고 있어. 에밀이 '풋내기 선원들은 납작 엎드려라' 하고 외치는 소리를 들었거든. 어서 가서 옷을 갈아입자." 낸이 소리치며 데이지와 함께 후다닥 위층으로 올라갔다.

소년들은 칠면조가 살아 있다면 두려워서 떨 정도로 엄청난 식욕을 품고 집으로 돌아왔다. 그들도 역시 옷을 갈아입었다. 무려 30분이나 어느 단정한 여성이 봐도 칭찬할 정도로 씻고 빗질하고 매무새를 다듬었다. 드디어 식사 종이 울리자 깨끗한 얼굴에 빛나는 머릿결, 깔끔한 칼라에 가장 좋은 재킷을 입은 아이들이 식당을 가득 채웠다. 조는 검은 실크 원피스에 제일 좋아하는 흰 국화를 가슴에 달고 식탁 상석에 앉았다. 인사를 하려고 일어날 때마다 아이들이 "멋져요"라고 칭찬했다. 데이지와 낸은 새 겨울 원피스에 밝은 어깨띠와 머리 리본을 달아 꽃처럼 아름다웠다. 진홍색 메리노 블라우스에 제일 좋은 버튼 부츠를 신은 테디는 아주 앙증맞아 투트 씨의 손목밴드처럼 주의를 끌었다.

베어 부부가 긴 식탁에서 서로를 흘끗 쳐다보고 양쪽으로 쭉 앉은 행복한 아이들의 얼굴과 함께 자신들의 작은 추수감사절을 즐기고 아무 말 없이 서로 마음속으로 이렇게 속삭였다.

'우리의 텃밭이 잘 자랐으니 감사하고 계속 노력합시다.'

한동안 나이프와 포크가 달그락거리는 소리에 말소리가 묻혔다. 메리 앤의 머리에 묶은 근사한 분홍 리본이 상쾌하게 '날아다니며'

접시를 건네고 그레이비소스를 듬뿍 뿌려주었다. 모두가 연회를 즐겼다. 대화가 각자가 키운 농작물 이야기로 넘어갔다.

"이보다 질 좋은 감자를 본 적 없을걸." 잭이 자신의 포슬포슬한 감자를 네 번이나 받아먹으며 자신 있게 말했다.

"내가 키운 허브가 칠면조 소에 들어 있어서 아주 맛있는 거야." 낸이 만족하면서 입 안 가득 칠면조 고기를 밀어 넣었다.

"어쨌든 내가 키우는 오리들이 최고야. 아시아 아주머니가 그렇게 토실한 오리는 처음 요리해본다고 하셨어." 토미가 덧붙였다.

"우리가 키운 당근, 예쁘지 않아? 우리 파스닙도 수확하면 아주 근사할 거야." 딕의 말에 돌리는 먹고 있던 뼈다귀 너머로 동의한다는 듯 웅얼거렸다.

"내 호박이 파이로 나왔어." 로브가 크게 웃으며 머그잔에 입술을 댔다.

"사이다에 내 사과가 들어갔지." 데미가 말했다.

"소스에 들어간 크랜베리는 내가 딴 거야." 네트가 말했다.

"난 호두와 땅콩을 주웠지." 댄이 덧붙였다.

그렇게 식탁에 둘러앉은 사람들이 모두 돌아가며 말했다.

"추수감사절은 누가 만들었어요?" 최근에 재킷과 바지를 입게 된 로브는 자기 나라의 관습에 새롭게 흥미를 느끼기 시작했다.

"이 질문에 누가 대답해볼까?" 베어 교수가 역사를 가장 잘 아는 소년 한둘에게 고개를 끄덕였다.

"제가 알아요. 순례자들이 만들었어요." 데미가 말했다.

"왜?" 순례자들이 누군지 배우지도 않은 로브가 물었다.

"이유는 까먹었어." 데미가 말끝을 흐렸다.

"그들이 굶주리다가 풍성하게 수확을 하게 되자 하나님에게 감사드리기로 했대. 그렇게 이날이 탄생하고 추수감사절이라는 이름이 붙었고." 믿음을 지키기 위해 고결한 고통을 감내하는 용감한 남성의 이야기를 좋아하는 댄이 설명했다.

"잘했다! 난 네가 자연사에만 관심이 있는 줄 알았단다."

베어 교수가 제자에게 칭찬의 뜻으로 식탁을 가볍게 두드렸다. 댄은 기뻐했다.

"이제 알겠니, 로브?" 조가 큰아들에게 물었다.

"아뇨. 순례자가 바위에 사는 큰 새 아니에요? 데미 형 책에서 봤는데."

"세상에, 그건 펭귄이야!" 데미가 웃음을 터트렸다.

"비웃지 말고 네가 더 자세히 말해주렴."

로브의 실수에 다른 아이들까지 웃자 베어 교수는 아들에게 크랜베리 소스를 넉넉히 부어주면서 달랬다.

"네, 그럴게요."

데미가 잠시 생각을 정리하더니 필그림 파더스(Pilgrim Fathers)*의 여정을 말했는데, 작고한 그들이 들었다면 뿌듯해서 기뻐할 정도로 잘 설명했다.

"있잖아, 로브. 영국에 살던 사람들이 여왕이 마음에 들지 않았거나 뭐 그런 이유로 배를 타고 이 나라로 건너왔어. 여긴 인디언과 곰,

---

* 1620년 영국의 종교 탄압을 피해 범선 메이플라워호를 타고 미국의 뉴잉글랜드에 처음 이주한 102명의 청교도.

야생 동물이 많았고 그들은 요새에서 살며 힘든 시간을 보냈지."

"곰들이?" 로브가 흥미로워하며 물었다.

"아니, 순례자들이. 왜냐하면 인디언들이 괴롭혔거든. 순례자들은 음식이 부족했고 총을 들고 교회에 가야 했고 아주 많은 이들이 죽었어. 그들은 바위에 부딪힌 배에서 탈출했는데 그 바위를 플리머스의 바위라고 불러. 그러니까 할아버지의 할아버지의 할아버지가 배를 타고 이리로 온 거야. 그 배가 메이플라워호인데 그 배를 타고 온 사람들이 추수감사절을 만들어서 지금 우리의 축제일이 되었어. 난 그게 마음에 들어. 칠면조를 좀 더 주세요."

"데미는 역사학자가 되겠는걸. 제대로 순서에 맞게 잘 설명했어."

프리츠 이모부는 순례자의 후손에게 칠면조 고기를 세 번째 더 덜어주며 조 이모에게 웃는 눈빛을 보냈다.

"추수감사절이 가장 많이 먹는 날인 줄 알았는데 프란츠가 많이 먹으면 안 되는 날이래요."

스터피는 나쁜 소식이라도 들은 것처럼 보였다. 조가 말했다.

"프란츠의 말이 맞아. 그러니 나이프와 포크를 신중하게 다루고 적당히 먹으렴. 아니면 곧 있을 놀라운 일에 참석하지 못할 테니까."

"조심할게요. 하지만 다들 많이 먹잖아요. 저도 적당히보다 많이 먹을래요."

스터피는 추수감사절은 기절할 정도까지 가득 먹고 소화불량이나 두통을 느끼며 자리를 뜨는 거라는 생각이 더 마음에 들었다.

모두 사이다까지 마시고 마침내 식탁에서 일어날 때 조가 말했다.

"자, 나의 '순례자들'아, 티타임까지 조용히 즐기렴. 오늘 저녁에 아주 신나는 일이 기다리고 있으니까."

"모두를 데리고 드라이브를 다녀올게요. 아주 즐거울 거예요. 그동안 당신은 좀 쉬어요. 안 그러면 오늘 저녁에 너무 지칠 거예요."

베어 교수가 덧붙였다. 곧 코트와 모자를 쓰고 한 무리가 커다란 마차를 타고 길고 멋진 드라이브에 나섰고 조는 고요함 속에서 쉬며 잡다한 일들을 마쳤다.

이윽고 가벼운 다과 시간을 위해 다들 머리를 손질하고 손을 씻었다. 아이들은 초대 손님들을 애타게 기다렸다. 오로지 가족만 초대받았다. 왜냐하면 추수감사절 축제는 철저하게 마치 가의 집안 행사였고, 축제를 슬프게 하는 일은 일체 허락되지 않았기 때문이다. 모두가 도착했다. 마치 부부가 메그와 함께 왔는데, 검은 원피스에 작은 미망인 모자를 썼지만 평온해 보였다. 로리와 에이미도 왔다. 에이미는 동화에 나오는 공주보다 더 공주처럼 하늘색 드레스에 온실에서 키운 꽃을 한 아름 가져와 소년들의 가슴에 하나씩 꽂아주어 그들이 한층 귀족적인 축제를 즐기는 것처럼 느끼게 해주었다. 미지의 인물이 한 사람 등장했는데 로리가 이 신사를 베어 부부에게 소개했다.

"이쪽은 하이드 씨예요. 댄을 만나러 오셨어요. 댄이 얼마나 잘 지내는지 보여드리려고 모셔왔어요."

베어 부부는 댄의 손님을 진심으로 맞이했고 그 아이를 잊지 않은 사람이 있다는 데 감사했다. 몇 분간 대화를 나눈 뒤 그들은 하이드 씨가 아주 친절하고 솔직하고 흥미로운 사람임을 알았다. 옛 친구를 보고 소년의 얼굴이 불을 켠 듯이 환해졌다. 하이드 씨도 댄의 외모나 예의범절이 좋아진 것에 크게 놀라고 기뻐했다. 남자어른과 소년이 한 귀퉁이에 앉아 문화와 계층의 차이를 잊고 관심사인 자연에 대해 서로의 노트를 비교하고 진지하게 대화하는 모습은 참 보기 좋았다.

"곧 행사를 시작합니다. 안 그러면 우리 배우들이 잠이 들고 말 거라서요." 첫 번째 환영식이 끝나자 조가 말했다.

그래서 다들 교실로 들어갔다. 앞에 침대 커버 두 장으로 만든 커튼이 드리워져 있었다. 아이들이 자취를 감췄는데 곧 커튼 뒤에서 우스꽝스러운 작은 함성이 터져나와 그들의 행방을 알렸다.

첫 무대는 프란츠가 이끄는 열정적인 운동선수들이 열었다. 나이가 있는 여섯 소년이 파란 바지에 빨간 셔츠를 입고 아령, 곤봉, 추를 들고 무대 뒤에서 조가 연주하는 피아노 음악에 맞춰 멋진 근육을 자랑했다. 댄이 열정이 과해져서 옆자리의 아이를 넘어뜨릴 뻔하거나 콩주머니를 관중 사이로 윙윙 소리를 내며 던져서 좀 위험했다. 댄은 하이드 씨가 와서 더욱 신났고 자신의 스승에게 보답하려는 욕망에 불타올랐다.

"참 훌륭하고 건강하게 자랐네요. 1~2년 안에 남아메리카로 여행을 갈 때 저 애를 데려가도 될까요, 베어 씨?" 하이드 씨가 말했다.

"그럼요, 당연히 환영이죠. 물론 우리는 어린 헤라클레스가 많이 그립겠지만, 그에게는 좋은 세상을 구경하는 게 좋아요. 댄도 기꺼이 따라갈 거라고 확신합니다."

댄은 물음과 대답을 모두 다 들었고 하이드 씨와 외국으로 여행을 간다는 생각에 가슴이 마구 뛰었다. 모두가 자신에게 기대하는 모습이 되어보려고 노력한 보상이 엄청나서 감사하는 마음이 더 커졌다.

그 다음에 데미와 토미가 고전 만담 〈돈은 고집 센 암당나귀도 가게 만든다〉를 선보였다. 데미도 잘했지만 늙은 농부 역할의 토미가 압권이었다. 사일러스 흉내가 너무 실감나서 다들 웃었고, 특히 복도에서 듣던 사일러스는 너무 많이 웃다가 사레가 들려서 아시아가 등을 때려주어야 했다.

제복을 빼입은 에밀이 호흡을 가다듬고 바다의 노래인 〈폭풍〉, 〈바람이 부는 해안〉과 〈소년이여, 뱃머리를 돌려라〉의 합창 부분을 교실이 쩌렁쩌렁 울리게 불렀다. 네드는 코믹한 중국 춤을 춘 다음 커다란 개구리처럼 폴짝 뛰어서 탑 같은 모자 안으로 들어갔다. 플럼필드에서 이런 공연을 선보인 건 처음이어서 빠른 연산하기, 철자 말하기, 낭독회도 시도했다. 잭이 칠판에 빠르게 계산하는 모습을 보여 보는 이를 놀라게 했다. 토미는 철자 말하기 시합에서 우승했고 데미는 프랑스 우화를 아주 잘 읽어서 테디 이모부를 매료시켰다.

그런데 막이 내릴 때까지 꼬맹이들은 등장하지 않았다.

"어린아이들은 어디에 있나요?" 다들 수군거렸다.

"아, 그건 깜짝 쇼랍니다. 너무 사랑스러운데 미리 알려드릴 순 없어요."

데미가 이렇게 말하고 어머니에게 입을 맞추러 갔고 옆에 앉아서 곧 나타날 신비로운 쇼에 대해 설명했다.

조가 금발의 공주님을 안고 등장하자 로리가 깜짝 놀라서 베어 교수에게 기대감을 내비쳤다. "베스가! 무슨 일이 벌어지겠군요."

한참 부스럭거리고 뚱땅거리고 무대 관리자가 관중에게 다 들리도록 지시까지 내리더니, 마침내 커튼이 올라갔다. 잔잔한 음악이 흐르는 가운데 베스가 갈색 종이로 만든 벽난로 옆 스툴에 앉아 있었다. 너무나 사랑스러운 신데렐라였다. 회색 원피스는 많이 해졌고 작은 신발도 다 닳았으며 금발 아래로 드러난 예쁜 얼굴에 매우 낙담한 표정이 드러나서 보는 이들은 눈물과 동시에 미소를 지으며 아기 배우를 애정 어린 눈길로 쳐다보았다.

베스가 가만히 앉아 있으니 한 목소리가 속삭였다.

"지금이야!"

그러자 베스가 살짝 우습게 한숨을 쉬더니 말했다.

"아, 나도 무도회에 갈 수 있었으면!"

대사가 너무 자연스러워서 딸의 아버지는 열정적으로 박수를 쳤고 어머니는 "우리 공주님!" 하고 소리쳤다. 이런 상당히 부적절한 관객 반응에 신데렐라는 제 역할을 잊어버리고 그들을 향해 고개를 흔들며 꾸짖듯이 말했다.

"나한테 말하면 안 돼."

곧바로 침묵이 이어지고 벽을 두드리는 소리가 났다. 똑똑똑. 신데렐라는 놀란 것처럼 보였지만 곧 대사를 기억해냈다.

"무슨 일이지?"

종이 벽난로가 문처럼 열리더니 머리에 뾰족한 모자를 쓴 요정 대모가 좀 힘들게 비집고 들어왔다. 낸이 붉은 망토에 모자를 쓰고 지팡이를 흔들며 진지하게 말했다.

"너도 무도회에 가게 될 거란다, 신데렐라야."

"그럼 얼른 내 예쁜 드레스를 보여줘."

신데렐라가 자신의 갈색 원피스를 잡아당기며 말했다.

"아니, 지금은 아니야. 넌 이렇게 말해야지. '이런 옷을 입고 어떻게 가요?'" 대모가 대신 말해주었다.

"아 맞다, 내가 그래야지."

공주님이 자신이 잊어버린 것은 개의치 않고 대사를 했다.

"너의 누더기 옷을 근사한 드레스로 바꿔주마. 그건 네가 착한 아이기 때문이란다."

대모가 연극조로 말했다. 그리고 갈색 앞치마를 벗겨내자 아름다운 옷이 등장했다. 어린 공주는 모든 왕자님이 다 돌아볼 정도로 아주 예뻤다. 분홍색 실크 드레스에 새틴 속치마 차림, 여기저기 꽃 장식까지 아주 사랑스러웠다. 대모는 거기에 분홍색과 흰색 깃털을 단 왕관을 머리에 씌워주고 은색 종이 구두를 한 켤레 주었다. 신데렐라가 구두를 신고 자리에 서서 치맛자락을 들어 올려 관중에게 보여주며 자신만만하게 말했다.

"구두 예쁘죠?"

베스는 또 대사가 생각나지 않아서 즉흥적으로 말했다.

"하지만 전 마차가 없어요, 대모."

"나와라, 짠!"

낸이 과장된 동작으로 지팡이를 흔들다 공주의 왕관을 넘어뜨릴 뻔했다. 그러자 엄청난 노력의 결과물이 등장했다. 바닥에서 밧줄이 퍼덕이더니 홱 당겨지면서 에밀의 목소리가 들렸다.

"어이, 들어 올려요!"

그러자 사일러스의 걸걸한 목소리가 대답했다.

"고정해, 지금, 고정하라고!"

이어서 네 마리의 커다란 회색 쥐가 등장하자 객석에서 웃음이 터졌다. 특이한 꼬리가 달린 쥐들은 어설프게 다리를 덜덜 떨었지만 머리는 제대로여서 검은 구슬이 진짜 살아 있는 눈처럼 빛났다. 마차를 끌러 나온 모양이었다. 이내 커다란 호박의 남은 절반으로 만든 거대한 마차가 테디의 장난감 마차의 바퀴 위에 올려져 등장했다. 마차는 회색 객차와 어울리도록 노란색으로 칠했다. 탈지면 가발과 삼각모를 쓰고 보라색 반바지에 레이스가 달린 코트 차림으로 즐겁게 객차 앞쪽에 앉아 있는 어린 마부는 길게 채찍을 휘두르고 붉은 고삐를 아주 열정적으로 당겨서 회색 말들이 아주 잘 달렸다. 마부 테디가 눈빛을 보내자 네 마리 쥐가 한 바퀴를 돌았다. 로리가 말했다. "저렇게 진지한 마부가 있다면 이 자리에서 계약을 할 거야." 마차가 멈췄고 대모가 공주를 내려주었다. 은색 종이로 만든 유리 구두는 앞쪽으로 쏠리고 분홍 드레스 자락은 질질 끌렸지만, 공주는 우아하게 걸으며 관중에게 손 인사를 했다. 하지만 솔직히 말하면, 마차가 우아하긴 해도 공주가 타기엔 조금 작았다.

다음 장면은 무도회였다. 낸과 데이지가 아름답게 치장하고 등장했다. 낸은 백설공주의 오만한 자매 역으로 왕궁을 휩쓸고 다니며 상상 속 숙녀들을 매료시키는 시늉을 했는데 연기력이 뛰어났다. 왕자는 어딘가 허술한 왕관을 쓰고 홀로 앉아 있는데, 왕관 크기에 눌려 눈을 내리깔고 검으로 장난을 치고 자기 신발의 장미문양을 보고 감탄하고 있었다. 그러다가 신데렐라가 등장하자 벌떡 일어나 우아함보다는 따뜻한 목소리로 외쳤다.

"이럴 수가! 저 숙녀는 누구지?"

그러더니 곧바로 숙녀와 춤을 추었다. 자매들은 인상을 찌푸리며 모퉁이에 서서 턱을 치켜들고 지켜보았다. 어린 한 쌍의 위풍당당하고 아름다운 춤, 진지한 표정, 세련된 의상, 특이한 스텝이 합해져서 바토(Jean Antoine Watteau)*의 부채에 그려진 인물들처럼 보였다. 베스 공주는 옷자락이 자꾸 휘감기고 로브 왕자는 검에 발이 걸려 여러 차례 넘어질 뻔했다. 그러나 이런 장애에도 둘은 아주 근사하게 춤을 마무리했다.

"신발 한 짝을 떨어뜨려야지."

공주가 자리에 앉으려는데 조가 속삭였다.

"어머, 깜박했네!"

신데렐라는 은색 유리구두 한 짝을 벗어 조심스럽게 무대 한가운데 놓더니 로브에게 "이제 날 찾으러 와야 해"라고 말하고는 급히 자리를 떴다. 왕자는 신데렐라가 시킨 대로 구두를 주워 그녀를 쫓아 종종걸음을 옮겼다.

세 번째 장면은 모두가 다 아는, 전령이 구두를 들고 와 신어보게 하는 부분이었다. 여전히 마부 옷차림의 테디가 나와 깡통으로 만든 색소폰을 불며 나타나자 잘난 척하는 자매들이 각각 구두를 신어보았다. 낸은 날카로운 칼로 발을 자르는 시늉을 했는데 너무 실감나게 잘해서 전령이 놀라 "제발 조심해"라고 애원했다. 신데렐라의 이름이 불리자 긴 앞치마를 반을 접어서 걸친 베스가 신발을 신어보고 만족하며 말했다. "제가 바로 그 공주예요."

* 18세기 프랑스의 로코코 회화를 대표하는 화가

데이지는 훌쩍이며 용서를 구했다. 그러나 낸은 비극을 좋아해서 이야기를 각색해 바닥으로 쓰러졌고 그렇게 누워서 나머지 연극을 편안하게 즐겼다. 얼마 지나지 않아 왕자가 뛰어와 무릎을 꿇고 금발의 공주님 손에 아주 사랑스럽게 입을 맞췄다. 그때 전령이 너무 세게 피리를 불어서 관중은 귀가 먹을 뻔했다. 커튼이 아직 내려지지 않았는데 왕자가 무대에서 내려와 아빠에게 가서 "나 잘했죠?" 하고 물었고 공주와 전령은 뿔피리와 나무 검으로 칼싸움을 벌였다.

"정말 아름다운 연극이었어."

탄성이 좀 잦아들자 네트가 손에 바이올린을 들고 등장했다.

"쉿! 조용히 해요!"

아이들이 소리치자 주위가 조용해졌고 소년의 수줍음 타는 모습과 호소력 짙은 눈동자로 모두의 이목이 쏠렸다.

베어 부부는 그가 잘 아는 슬픈 옛날 곡을 선곡했을 줄 알았는데, 놀랍게도 사랑스러운 곡을 부드럽고 달콤하게 연주해서 네트가 맞나 싶었다. 말없이 사람을 감동시키는 노래였다. 편안한 가정의 희망과 기쁨을 담은 이 단순한 곡조는 듣는 이의 마음을 달래고 기운이 돋게 해주었다. 메그는 데미의 어깨에 머리를 기댔고 마치 부인은 눈물을 훔쳤고 조는 목이 멘 채 로리에게 속삭였다.

"네가 작사한 곡이잖아."

"네 학생이 자신만의 방식으로 네게 고마움을 전하게 해준 거야."

네트가 인사를 하고 들어가려는데 많은 사람들이 앵콜을 연호했다. 그는 아주 행복한 얼굴로 연주를 해서 보기 좋았고, 최선을 다해서 청중에게 친근한 옛 노래를 들려주어 다들 가만히 있지 못하고 발을 들썩거렸다.

"자리를 비워주세요!"

에밀이 외쳤다. 이내 의자를 뒤쪽으로 밀어내고 어른들은 안전하게 모퉁이로 가고 아이들이 한가운데 모였다.

"신사의 매너를 보여줍시다!"

에밀의 외침에 소년들이 숙녀들에게 다가가서, 달변가 딕 스위블러*처럼 "어지럽게 발을 움직여볼까요?" 하고 예의 바르게 요청했다. 어린 소년들은 거의 다 금발의 공주님에게 다가갔는데 그녀는 친절한 숙녀답게 딕을 선택했다. 조도 춤을 출 수밖에 없었다. 에이미는 프란츠를 거절하고 말할 수 없는 기쁨으로 댄을 선택했다. 당연히 냇은 토미와 짝을 이루었고 네트와 데이지가 한 쌍이 되고 로리는 '춤추기'를 간절히 원하는 아시아에게 다가갔다. 사일러스와 메리 앤은 복도에서 단둘이 춤을 추었다. 그렇게 30분 동안 플럼필드는 아주 즐거웠다.

파티는 공주가 호박 마차에 오르고 앞에서 마부가 끌고 쥐들이 신나게 환호하면서 모두가 웅장한 행진을 벌이며 끝났다.

아이들이 이 마지막 유흥을 즐길 동안 어른들이 응접실에 앉아 부모와 친구로서 아이들에 관해 이야기를 나누었다.

"행복한 얼굴을 하고 혼자 무슨 생각을 하는 거야, 조?"

로리가 소파의 옆자리에 앉으며 물었다.

"이번 여름을 생각했어, 테디. 내 아이들의 미래를 상상하니까 너

---

* 찰스 디킨스의 소설《골동품 상점》에 나오는 악당

무 기쁜 거 있지." 그녀는 로리에게 자리를 내주면서 웃었다.

"시인, 화가, 정치가, 유명한 군인, 혹은 적어도 큰 상인이 되겠지."

"아니, 난 예전처럼 출세를 바라지는 않아. 아이들이 정직한 어른으로 자라면 만족할 것 같아. 하지만 솔직히, 탁월한 영광과 업적을 이루는 아이가 나왔으면 하는 기대도 있어. 데미가 언어적 재능이 탁월하니까 뭔가 훌륭하고 근사한 일을 할 것 같아. 다른 아이들도 잘하길 바라고. 특히 플럼필드에 가장 나중에 온 두 아이가. 오늘 밤 네트의 연주를 듣고 나니 천재적인 재능 같더라."

"그런 말을 하긴 아직 일러. 확실히 네트는 재능이 있고 자기가 좋아하는 음악으로 밥벌이를 할 수 있을 거라는 데는 동의해. 한두 해더 네 밑에 두었다가 내가 데려가려고 해."

"불과 6개월 전에 천애고아로 이곳에 온 가여운 네트에게는 아주 근사한 계획이야. 댄의 미래는 내가 준비하고 있어. 하이드 씨가 곧 남미에 데려갈 텐데, 댄은 용감하고 충실한 아이니까 잘 해낼 거야. 그 아이에겐 자신만의 방식으로 미래를 개척하는 힘이 있어. 그래, 한 아이는 나약하고 한 아이는 아주 거칠지. 이 두 아이의 성공이 난 너무 행복해. 둘 다 한층 좋아졌고 촉망받는 미래가 그려져."

"대체 어떤 마법을 부린 거야, 조?"

"그저 아이들을 사랑해주고 그걸 알게 해줬을 뿐이야. 나머지는 프리츠가 다 했지."

"세상에! '그저 사랑해주는' 일이 얼마나 힘든지 알잖아."

로리는 조가 소녀일 때보다 더 애정 어린 존경을 표현했다.

"난 나이 들어 가지만 아주 행복해. 그러니 걱정할 필요 없어, 테디."

"그래, 네 계획은 매년 점점 더 좋아지는 것 같아."

로리가 눈앞의 즐거운 광경에 동의한다는 듯 고개를 끄덕였다.

"네가 그렇게 많이 도와주는데 어떻게 내가 실패할 수 있겠어?"

조가 자신의 가장 호의적인 후원자를 바라보았다.

"네 학교, 플럼필드의 성공이 로런스 가문의 가장 큰 기쁨이야. 우리가 기대했던 미래와는 사뭇 다르지만 결국 넌 아주 잘 해냈어. 그 사실이 늘 내게 영감을 줘, 조."

"흥! 하지만 처음에는 날 놀렸잖아. 지금도 틈만 나면 날 놀리는 장난을 치려고 안달이고. 남녀공학은 절대로 안 된다고 하지 않았어? 자, 얼마나 잘하고 있는지 봐."

조는 다정하고 훌륭한 친구가 되어 다 같이 춤추고 노래하고 재잘거리는 행복한 아이들을 가리켰다.

"내가 졌어. 우리 금발의 공주님도 좀 더 자라면 네게 보낼 거야. 그보다 더 좋은 대답이 있어?"

"네 어린 보물을 내게 믿고 맡겨준다면 너무 뿌듯할 거야. 하지만 테디, 정말로 저 소녀들이 가져온 효과가 아주 커. 비웃어도 상관없어. 난 익숙하니까. 내가 가장 바라는 한 가지를 말해줄게. 난 플럼필드라는 공동체를 하나의 작은 세상으로 보기 때문에, 그 속에서 내소년들이 성장하고 내 어린 소녀들과 어울려 잘 지내면서 좋은 영향을 주고받는 걸 보는 게 좋아. 가정적인 데이지를 통해 소년들이 차분하고 포용적인 해결 방식에 매력을 느끼고 있어. 낸은 열정적이고 강인한 몸과 마음을 가졌지. 소년들은 낸의 용기와 의지에 감탄해서 자신들과 동등한 기회를 줬어. 너의 베스는 타고난 우아함과 세련미, 아름다움으로 가득 찬 숙녀야. 그 애는 무의식적으로 소년들을 밝혀 주겠지. 부드럽지만 강력한 영향력으로 소년들을 인생의 거칠고 힘든 나락에서 건져서, 근사한 옛 속담처럼 '신사'가 되게 해주었어."

"숙녀가 늘 최고인 것만은 아니야, 조. 가끔은 용감하고 강인한 여성이 남자아이를 휘젓고 남자답게 만들기도 해."

로리가 의미심장한 웃음과 함께 그녀에게 고개를 끄덕였다.

"아니. 네가 매력을 느껴 결혼한 우아한 여성이, 어린 시절의 말괄량이 소녀보다 널 더 너답게 만들어주었잖아. 아니, 더 좋은 건 현명하고 모성애 깊은 여성이 지켜보고 데이지가 데미를 잘 살피듯 그를 제대로 된 사람이 될 수 있게 해준 거야."

조는 어머니에게로 몸을 돌렸다. 다정한 우아함과 기품 있는 아름다움으로 깃든 어머니는 조금 떨어진 곳에 메그와 함께 앉아 있었다. 로리는 그녀에게 자식으로서의 존중과 사랑을 전했고 진심으로 이렇게 말했다.

"세 사람이 전부 많은 영향을 미쳤지. 아, 이제 소녀들이 어떻게 네 소년들을 돕는지 알 것 같아."

"반대로 소년들도 소녀들을 돕고 있어. 그건 상호작용이야. 네트는 음악으로 데이지에게 많은 영감을 줘. 댄은 누구보다 낸을 잘 다루고. 데미는 네 금발의 공주님을 아주 잘 가르쳐줘서 프리츠가 그 둘을 로저 애스컴(Roger Ascham)*과 레이디 제인 그레이(Lady

---

* 16세기 영국의 유명한 교육가. 체형體刑의 가혹함을 비판하고 전인교육을 창도하는 등 당시의 시대풍조를 훨씬 앞선 견해를 제시했다.

Jane Gray)*라고 불러. 맙소사! 남자와 여자가 우리 아이들만큼 서로 믿고 이해하고 돕는다면 세상은 더 나은 곳이 될 텐데!"

조의 눈동자가 플럼필드의 아이들처럼 모두가 행복하고 정직하게 잘 지내는 새롭고 매력적인 사회를 상상하는 듯 멍해졌다.

"넌 좋은 시대가 올 수 있도록 최선을 다하고 있어, 조. 계속 꾸준히 그렇게 믿고 노력하고 작은 시도를 성공시키며 그 가능성을 입증해주렴."

지나가던 마치 씨가 우연히 딸의 말을 듣고 멈춰서 격려의 말을 해주었다. 그는 결코 인류에 대한 믿음을 저버리지 않고 여전히 평화, 선의, 행복이 지상에 자리하길 바랐다.

"아버지, 전 그 정도까지 야망이 크진 않아요. 그저 아이들이 세상에 나가서 자신들만의 전투를 벌일 때 그들의 삶이 덜 힘들도록 돕는 단순한 것들을 가르칠 뿐인걸요. 정직, 용기, 근면, 하나님, 주변 이웃, 스스로에 대한 믿음을요. 그게 제가 하는 일의 전부예요."

"그게 다란다. 아이들이 남성과 여성으로서 자신의 삶을 이끌어갈 수 있도록 도와주는 거 말이야. 성공하든 실패하든 그들 모두가 너의 노력을 기억하고 축복할 거야. 내 착한 아들이자 딸아."

베어 교수가 합류했고 마치 씨가 말을 하면서 둘의 손을 잡은 뒤 축복을 해주며 자리를 나섰다. 조와 프리츠는 잠시 서서 조용히 이야기를 나눈 뒤에 자신들이 공들인 여름 텃밭이 아버지가 인정한 것처럼 아주 잘 되었다고 느꼈다. 로리가 복도로 나와서 아이들에게

---

* 영국 최초의 여왕으로 메리 1세에 의해 9일 만에 폐위되고 이듬해 런던탑에서 참수당했다. 그녀도 긴 금발이어서 베스를 이렇게 비유했다.

뭐라고 말하자 갑자기 모두가 응접실로 들어와서 파더 베어와 마더 베어의 손을 잡고 춤을 추며 즐겁게 노래를 불렀다.

여름이 끝났어.

여름 농사도 끝났지.

근사하게 수확했어,

하나씩

이제 성대한 수확물을 먹으며

놀이로 마무리를 하지.

하지만 한 가지 의식이

우리의 추수감사절에 남아 있다네.
친애하는 하나님의 보살핌 아래서
가장 좋은 수확은
오늘 밤 집에 있는
행복한 아이들이라고.
우리는 나가서
고마움을 전할 사람에게 가서
감사하는 마음과 목소리로 말하네.
아버지, 어머니 덕분이에요.

마지막 말과 함께 원이 차츰 좁아져 훌륭한 교수와 그의 아내는
팔들에 둘러싸이고 주변에서 웃고 있는 아이들의 얼굴에 반쯤 가려
져 한 식물이 뿌리를 내리고 모든 작은 정원에서 아름답게 피어났음
을 증명했다. 사랑은 어떤 땅에서도 자라는 꽃과 같고 그 달콤한 기
적은 가을 서리나 겨울 눈에 굴하지 않고 한 해 내내 아름답고 향기
롭게 피어서 그 꽃을 주고받는 이를 축복한다.

22

10년 후, 플럼필드 대학

"누군가 10년 전에 '플럼필드가 이렇게 변할 거야!'라고 예언했다면 나는 믿지 않았을 거야."

조가 메그에게 말했다. 여름날 현관에 앉아 플럼필드의 정경을 둘러보는 두 사람의 얼굴에 뿌듯함과 기쁨이 떠올랐다.

"재물과 선한 마음이 어우러질 때 일어나는 마법 같은 일이지. 로런스 할아버지가 기부하신 돈으로 세운 대학이니, 이보다 더 고귀한 기념비는 없을 거야. 그리고 이 집 덕분에 마치 대고모님에 대한 기억도 오래도록 푸르게 간직할 테고."

곁에 없는 이들을 칭송하는 일에 뛰어난 메그가 답했다.

"기억나, 언니? 우린 동화 속 요정을 믿었지. 요정에게 어떤 세 가지 소원을 들어달라고 할까 계획을 세우곤 했잖아. 그런데 내 소원이 정말로 이루어진 것 같지 않아? 돈, 명예, 잔뜩 쌓인 원고들까지."

조는 그렇게 말하며 어릴 때 하던 것처럼 머리 위에서 두 손을 마주 잡으려다가 그만 머리를 헝클고 말았다.

"내 소원도 마찬가지야. 그러고 보니 에이미도 원하던 걸 이루며 살고 있구나. 베스와 존, 그리고 사랑하는 어머니가 이 자리에 있었더라면 더없이 완벽했을 텐데."

메그의 목소리가 부드럽게 떨렸다. 새삼 어머니의 빈 자리가 크게 느껴졌다. 조는 언니의 손에 자기 손을 포갰다. 두 사람은 슬픔과 행복이 뒤엉킨 눈으로 잠시 아무 말 없이 눈앞에 펼쳐진 쾌적한 풍경을 바라보았다.

정말이지, 누군가 마술이라도 부린 것 같았다. 조용하고 작던 플럼필드가 바삐 돌아가는 큰 세상으로 변했으니 말이다. 집은 그 어느 때보다 잘 가꿔져 있었다. 새로 한 칠과 부속건물, 잘 가꾼 잔디와 정원 덕분에 한결 산뜻해졌고 사방을 휘젓고 다니던 시끌벅적한 녀석들이 사라져서 그런지 번영의 기운까지 느껴졌다.

베어 부부가 좀처럼 동시에 누리기 어려운 두 가지였다. 연을 날리던 언덕에는 로런스 할아버지의 아낌없는 기부가 남긴 유산인 우수한 대학이 우뚝 서 있다. 아이들이 맨발로 신나게 뛰놀던 길로 이제는 대학생들이 바삐 오갔다. 이곳에서 많은 젊은 남녀가 부, 지혜, 자선이 베푸는 유익을 누리는 중이다.

플럼필드의 대문을 열고 들어가면 나무 사이로 예쁜 갈색 집이 보인다. 도브코트와 매우 흡사한 집이다. 잔디 깔린 비탈길을 따라 서

쪽으로 올라가면 로리의 하얀 기둥 저택이 나오는데, 햇빛을 받으면 반짝인다. 도시가 급격히 성장하면서 메그의 보금자리가 사라지고 그 자리에 비누 공장이 들어섰다. 이 일로 로런스 할아버지가 잔뜩 화가 나고 우리 친구들이 플럼필드로 이사하게 되면서 엄청난 변화가 시작되었다.

유쾌한 변화였다. 사랑하는 이들을 잃은 것은 슬펐지만 그들이 남긴 유산은 축복이 되어 여기 속한 모든 이들에게 베풀어졌다. 대학 총장인 베어 교수와 교목인 마치 씨에겐 그들의 오랜 염원이 아름답게 실현된 셈이다.

학생 관리는 자매들이 각자 장점을 살려서 나누어 맡았다. 메그는 여학생들의 어머니 같은 존재였고, 조는 남학생들이 비밀을 털어놓는 상대이자 그들의 전적인 옹호자였으며, 여성 자선가로 통하는 에이미는 형편이 어려운 학생들을 섬세한 방식으로 도왔다. 학생들이 에이미의 아늑한 집을 파르나소스 산(Mount Parnassus)*이라고 부르는 건 어찌 보면 당연했다. 굶주린 젊은이들이 열망하는 음악과 아름다움과 문화로 가득 차 있었으니까.

그러는 사이 원래 이곳에 살던 열두 아이들은 자라서 뿔뿔이 흩어졌다. 하지만 어디에 있든지 플럼필드에서의 특별한 추억을 떠올리며 그리워했다. 그들은 지구 곳곳으로 나갔다가도 이곳으로 되돌아와 경험담을 나누고 옛이야기로 웃음꽃을 피우고 새로운 힘과 용기를 얻었다. 이곳을 찾으면 행복했던 어린 시절이 떠올라 고향에 온

---

* 그리스 중부의 산. 신화 속에서 아폴론과 그의 뮤즈들이 머무는 곳이다.

듯 마음이 편안해지고 남을 도울 마음의 여유가 저절로 생겼다. 이제 이들이 각자 어떤 삶을 살고 있는지 간략하게 정리해서 들려주겠다. 본격적인 이야기는 다음 장부터 하고.

스물여섯 살이 된 프란츠는 상인인 친척과 함부르크에서 지내고 있었다. 에밀은 '푸른 대양을 향해'* 하는 행복한 선원 중에서도 가장 쾌활한 이였다. 외삼촌인 베어 교수가 에밀을 질리게 할 심산으로 긴 항해에 내보냈는데, 에밀은 뱃사람이 천직임을 확인하고 신이 나서 돌아왔다. 마침 독일의 친척이 배 탈 기회를 주었다.

댄은 여전히 방랑자였다. 남미에서 지질 조사를 하고 호주로 건너가 양 목장을 운영했고 지금은 캘리포니아에서 금광을 찾고 있다. 네트는 음악학교에서 음악에 전념 중인데 독일로 한두 해 유학을 갈 계획이다.

의학도가 된 토미는 의학 공부를 좋아하려고 노력 중이다. 잭은 아버지와 사업을 하는데 부자가 되기로 단단히 마음을 먹은 모양이었다. 돌리는 스터피, 네드와 함께 대학에서 법을 공부한다. 불쌍한 딕은 세상을 떠났다. 빌리도 마찬가지였다. 다들 깊이 슬퍼하며 그들의 평안을 기도했다. 그들과 같은 몸과 마음의 고통 속에서 행복하기가 쉽지는 않았으리라.

로브와 테디는 '사자와 어린 양'으로 불렸다. 테디가 짐승의 왕처럼 사나웠고, 로브는 '매애' 우는 양처럼 온순했다. 조는 섬세한 효심을 가진 큰아들 로브를 '딸'이라고 부르곤 했지만, 조용한 예의범

---

* 콜럼버스의 신대륙 발견을 기리는 시의 한 구절이다.

절과 온순한 성품 이면에 남자다운 용기와 결단력도 보았다. 하지만 테디에게는 온갖 말썽, 변덕, 야심, 장난기만 보였다. 어린 시절 조의 성품이 새로운 형태로 구현된 듯했다. 항상 야생마처럼 헝클어진 황갈색 머리카락, 긴 팔과 다리, 큰 목소리, 잠시도 쉬지 않는 활동성으로 테디는 플럼필드에서 항상 눈에 띄었다. 이따금 침울했고 일주일에 한 번은 절망의 구렁텅이*에 빠졌는데, 그럴 때면 인내심 많은 로브나 어머니가 끌어냈다. 어머니는 테디를 언제 혼자 내버려두어야 할지, 언제 흔들어 깨워야 할지 잘 알았다. 테디는 어머니에게 큰 자랑이자 기쁨이면서 동시에 고통을 안겨주는 존재였다. 하지만 또래에 비해 유달리 똑똑하고 온갖 새로운 재능을 가진 아이였기에 조의 모성은 이 특별한 아이가 어떤 사람으로 자랄지 기대가 컸다.

데미는 대학을 우등으로 졸업했다. 메그는 아들이 목사가 되기를 바랐다. 아들이 첫 설교를 하는 날을 꿈꾸고, 오래도록 존경받으며 사는 삶을 상상했다. 하지만 존은 (이제 메그는 그를 존이라고 부른다) 신학교 진학을 완강히 거부했다. 책이라면 이미 물리도록 봤으니, 이제는 사람과 세상에 대해 좀 더 배우고 싶다는 것이 이유였다. 아들이 결국 신문기자가 되기로 결심하자 착한 어머니는 실의에 빠졌다. 하지만 메그는 젊은이의 마음은 부모 뜻대로 움직일 수 없음을, 그들에게는 경험이 최고의 교사임을 알고 있었다. 그렇기에 여전히 존이 강대상에 서는 날을 소망하면서도 자신의 바람을 좇아가도록 내버려두기로 했다. 오히려 조가 조카가 기자가 되겠다고 하자

---

* 존 버니언의 《천로역정》에 등장하는 장소.

그 자리에서 '젠킨스(Jenkins)*'라고 부를 정도로 화를 냈다. 조는 조카가 가진 문학성은 높이 평했지만, 그가 폴 프라이(Paul Pry)**가 되는 건 몹시 못마땅했다. 그렇게 여긴 이유는 따로 있는데, 나중에 알게 될 것이다. 하지만 데미는 자기 자신을 잘 알았기에 어머니나 이모의 염려 섞인 잔소리나 친구들의 조롱에 아랑곳하지 않고 조용히 자신의 계획을 밀고 나갔다. 로리 이모부만 그를 격려했다. 디킨스를 비롯한 많은 유명인사도 신문기자로 시작해 유명한 소설가나 언론인이 되었다며 그의 선택을 지지했다.

소녀들은 한창 피어나고 있었다. 한층 더 사랑스럽고 가정적인 소녀가 된 데이지는 어머니의 총애를 받는 귀여운 딸이자 어머니의 친구였다. 막내 조시는 그 누구보다 개성이 강했고 장난기와 독특함으로 가득한 소녀였다. 최근 조시는 연극에 몰두하고 있었다. 그 덕분에 조용한 성품의 어머니와 언니에게 한시름과 즐거움을 동시에 안겼다.

베스는 키가 크고 아름다운 소녀로 자랐는데 제 나이보다 몇 살은 더 들어 보이는 성숙함을 풍겼다. 베스에게는 공주에게나 있을 법한 우아한 몸짓과 조신한 취향, 그리고 부모에게서 물려받은 예술적 재능이 있었고, 그것은 돈과 사랑이라는 양분을 먹고 쑥쑥 자라나는 중이었다.

하지만 플럼필드의 가장 큰 자랑은 단연 말괄량이 낸이었다. 잠시

---

* 19세기 영국에서, 허풍스럽고 비굴한 사회부 기자를 비하하는 표현.
** 19세기 영국 익살극의 제목이자 주인공. 대놓고 남의 사생활을 캐묻는 사람을 일컫는 옛 표현.

도 가만히 있지 않고 제멋대로 날뛰던 아이들이 흔히 그렇듯, 낸 역시 잠재력이 넘치는 전도유망한 아가씨로 성장했다. 야망을 품고 구하는 자가 자기에게 딱 맞는 일을 만났을 때 갑자기 만개하듯, 낸은 열여섯 살에 의학을 공부하기 시작했고 스무 살에 용감히 사회로 진출했다. 그녀 앞에 총명하고 지적인 여성들이 있었던 덕분에 대학과 병원들은 그녀를 기꺼이 받아주었다. 어릴 때부터 낸의 목표는 한 번도 흔들리지 않다. "집안일로 호들갑 떨기 싫어. 수많은 약병과 서랍과 막자가 놓인 사무실을 열어서 말과 마차를 몰고 다니며 아픈 사람을 치료해줄래"라고 말해 데이지를 놀라게 한 순간부터 말이다. 어린 소녀가 스스로 예언한 미래를 젊은 여성이 빠른 속도로 성취해 냈다. 낸은 그 일을 통해 행복을 찾았기에 그녀를 이 천직에서 떼어 낼 수 있는 것은 아무것도 없었다. 꽤 괜찮은 젊은 신사들이 그녀에 게 다가왔고, 데이지처럼 '멋진 집과 사랑스러운 가족을 돌보는' 선택을 하도록 설득했다. 하지만 낸은 호탕하게 웃으며 사랑을 고백하는 이들의 혀를 진찰하려 하거나 사랑을 갈구하며 내미는 남자들의 손목 맥박을 짚었다. 낸이 직업 정신을 활용해서 모든 구혼자들을 돌려보내자, 한 젊은이만 남았다. 헌신적인 트래들스* 같은 사람.

토미였다. '막자사발'을 향한 낸의 마음이 그러하듯, 어린 시절 첫 사랑을 향한 토미의 마음도 변할 줄을 몰랐다. 토미의 일편단심은 낸의 마음에도 큰 감동이었다. 의학에 전혀 흥미도 없고 상인을 꿈 꾸던 토미가 의학을 택한 건 순전히 낸 때문이었다. 낸은 단호했지

---

* 찰스 디킨스의 《데이비드 코퍼필드》속 등장인물인 '토미 트래들스'.

만, 토미도 끈질겼다. 토미가 의사가 된 후 많은 사람을 죽이지 않기만을 바랄 뿐이었다. 아무튼 두 사람은 둘도 없이 좋은 친구였고, 두 사람의 유쾌하고도 우여곡절 많은 사랑의 추격전은 친구들에게 재미난 볼거리였다.

메그와 조가 현관에 앉아 담소를 나누던 그날 오후에도 역시 낸과 토미, 두 사람이 추격전을 벌이고 있었다. 사실은 토미만의 추격전이라는 게 더 정확한 표현이리라. 플럼필드에 가는 길이었다. 낸이 흥미로운 환자에 대해 골똘히 생각하며 쾌적한 길을 홀로 씩씩하게 걸어갈 때, 토미는 낸 뒤를 쫓아가며 교외를 벗어나는 지점에서 그녀를 앞지르는 '우연을 가장한 만남'을 궁리 중이었다. 토미다운 장난이었다.

낸은 외모가 수려한 여성이었다. 삶의 목표가 뚜렷한 젊은 여성들이 흔히 그러하듯 얼굴에 화색이 돌고 눈빛이 맑았으며 입가에 미소를 띠면서 표정은 차분했다. 옷차림은 수수하면서도 예의를 갖췄고 걸음걸이는 편안했다. 넓은 어깨를 뒤로 젖히고 두 팔을 자유롭게 흔들며 걷는 활기찬 모습에서 젊음의 탄력과 건강이 느껴졌다. 화창한 날씨에 쾌활하고 행복한 모습으로 시골길을 걷는 모습이 어찌나 유쾌해 보이던지 행인들이 고개를 돌려 다시 쳐다보았다. 그런 그녀 뒤로 한 남자가 보였는데, 모자를 들어 인사할 때마다 붉게 상기된 얼굴과 곱슬머리가 보였다. 그 젊은이 역시 행인들이 낸을 보며 느끼는 감정에 동의하는 것 같았다.

"안녕."

낸에게 누군가가 온화한 목소리로 말을 걸었다. 산들바람을 타고 들려온 목소리에 낸은 잠시 멈추고 깜짝 놀란 표정을 지어보려 했지만 여지없이 실패했다. 대신 다정한 목소리로 이렇게 대꾸했다.

"토미, 너지?"

"그래. 오늘은 네가 플럼필드에 갈 것 같더라니."

토미의 명랑한 얼굴이 기쁨으로 환하게 빛났다.

"알고 있었구나. 목은 좀 어때?"

딱딱한 의사 말투다. 과도한 황홀감을 잠재우려면 이 방법이 딱이다.

"목? 아, 맞다. 이제 생각나네. 목은 괜찮아. 처방해준 약의 효과가 훌륭하던걸. 앞으론 절대로 동종요법을 사이비라고 부르지 않을게."

"이번엔 네가 사이비 환자였어. 내가 준 건 설탕과 우유 알갱이었는데, 디프테리아가 치료되다니 놀라운걸. 꼭 기억해둘게. 오, 토미, 토미, 대체 언제까지 이런 장난을 칠 셈이오?"

"오, 낸, 낸, 대체 언제까지 나의 멋진 모습을 봐주지 않을 셈이오?"

두 사람은 옛날처럼 서로 마주 보며 웃음을 터뜨렸다. 플럼필드를 방문할 때면 언제나 생생하게 되살아나는 기운이다.

"그게, 네 진료실로 전화할 변명거리를 지어내지 않았다간 일주일 동안 널 못 보잖아. 넌 항상 죽도록 바쁘니, 어디 내가 끼어들 틈이 있어야 말이지."

"너도 바빠야 해. 시답잖은 농담이나 할 때가 아니라니까. 정말이지, 토미, 강의에 더 신경 쓰지 않으면 절대로 졸업하지 못할 거야."

낸이 진지해졌다. 토미는 넌덜머리가 난다는 표정이 되었다.

"그 얘기라면 지긋지긋하게 듣고 있어. 오늘도 온종일 시체를 해부했다고. 젊은이가 즐길 줄도 알아야지. 난 온종일 공부할 순 없어. 누군가는 그걸 대단히 즐기는 것 같더라만."

"그럼 아예 그만두는 건 어때? 네게 잘 맞는 걸 하는 편이 낫지 않겠니? 난 네가 이러는 게 어리석은 짓 같아."

낸은 걱정스러운 목소리로 말하면서 혹시나 볼드윈 사과처럼 발그레한 토미의 얼굴에 아픈 기색은 없는지 유심히 살폈다.

"너도 내가 왜 이 길을 택했는지 알잖아. 왜 의학 공부 때문에 죽을 지경인데도 버티고 있는지. 내가 연약해 보이지 않겠지만 내 안엔 깊은 심장병이 있다고. 이게 언젠간 나를 죽일 거야. 이 병을 고칠 수 있는 의사는 세상에 단 한 명인데 그녀는 고쳐주려고 하지 않아."

수심과 체념을 표현하는 토미가 재미있어 웃음이 나면서도 한편으로 안쓰러웠다. 이렇게 진심으로 자신의 마음을 드러내고 있는데도 한 톨만큼의 격려도 받지 못하는 신세라니.

낸은 얼굴을 찡그렸다. 하지만 이는 낸에게도 익숙한 일, 이런 상황에서 토미를 어떻게 다뤄야 하는지도 알고 있었다.

"그 의사가 최고의 치료법이자 유일한 치료법으로 고치는 중이라지. 하지만 의사 말을 듣지 않는 환자들에겐 가망이 없다더라고. 내가 시키는 대로 그 무도회엔 갔어?"

"그랬지."

"아름다운 웨스트 양에게 헌신해보라는 건?"

"저녁 내내 그녀와 춤을 췄지."

"그런데도 네 예민한 심장에 아무런 인상도 남지 않았단 말이야?"

"전혀. 그녀의 얼굴을 한번 멍하게 바라봤고, 식사 시중을 드는 것도 잊어버렸고, 마침내 그녀의 어머니 손에 그녀를 넘겨주면서 안도의 숨을 내쉬었을 뿐."

"그렇다면 약을 반복해서 써야겠네. 최대한 자주 써보고 증상을 기록해둬. 조만간 약 좀 더 달라고 떼쓸 것 같으니."

"절대로 그런 일은 없을걸! 내 체질엔 영 안 맞는 약이란 말이야."

"한번 봅시다. 의사 말에 순종이나 하시지!"

낸이 단호하게 말하자, 토미가 온순하게 대답했다.

"네, 선생님."

잠시 정적이 흘렀다. 그러자 친숙함이 불러일으키는 유쾌한 기억이 되살아났다. 낸이 갑자기 입을 열었다.

"저 숲에서 우리 정말 재미있게 놀았는데! 너 커다란 개암나무에서 굴러떨어진 것 기억나? 쇄골이 부러질 뻔했지, 그때?"

"당연히 기억나지! 그리고 네가 나를 약쑥으로 범벅을 해놔서 내가 멋진 마호가니색으로 변했잖아. 조 선생님이 내 망가진 재킷을 보고 엄청 슬퍼하셨지."

토미가 웃음을 터뜨렸다. 어느새 다시 소년으로 돌아가 있었다.

"네가 집에 불을 지른 것도?"

"넌 네 밴드박스(bandbox)*를 챙기러 달려갔었지."

"그 후에 '천둥 거북이'라는 말을 써본 적 있어?"

"지금도 사람들이 널 '말괄량이'라고 부르기도 해?"

---

* 원래는 분리형 칼라를 보관하는 용도로 제작되었으나 소품이나 잡동사니를 넣어두는 용도로 사용되었다.

"데이지가 그렇게 불러. 사랑스러운 데이지. 일주일이나 못 봤네."

"아침에 만났어. 데미 말로는 데이지가 마더 베어를 대신해서 플럼필드의 살림을 맡고 있다던데."

"조 선생님이 바쁘실 때면 데이지가 항상 돕잖아. 데이지는 모범적인 가정주부야. 네가 아내를 찾는다면 데이지만 한 여자가 없을 거야."

"혹여나 그런 암시라도 했다간 네트가 내 머리를 바이올린으로 내려칠걸. 사양하겠어. 내 마음엔 팔에 새겨진 푸른 닻처럼, 지울 수 없이 새겨진 다른 이름이 있다니까. 내 모토는 '희망'이야. 네 모토는 '항복 불가'겠지. 누가 더 오래 버티나 보자고."

"너희 남자아이들이란, 어릴 때나 커서나 연인이 꼭 있어야 한다고 생각하지. 하지만 우리는 그러지 말자. 와, 여기서 파르나소스 산이 한눈에 보이네!"

낸이 별안간 화제를 바꾸었다.

"정말 멋진 집이지만 내겐 예전 플럼필드가 최고야. 여기에 변한 모습을 마치 대고모님이 보셨다가는 오싹할 정도로 노려보시겠지?"

토미가 대답했다. 두 사람은 잠시 말없이 거대한 대문 앞에 서서 눈 앞에 펼쳐진 멋진 광경을 감상했다.

갑자기 요란한 소리가 들려와 정신이 번쩍 들었다. 헝클어진 노란 머리에 키가 큰 소년이 캥거루처럼 울타리를 뛰어넘었다. 곧이어 날씬한 여자아이가 그 뒤를 쫓다가 산사나무에 걸려서 그대로 주저앉아 마녀처럼 웃었다. 짙은 색 곱슬머리, 초롱초롱한 눈, 표정이 풍부한 예쁜 소녀였다. 모자는 등 뒤로 넘어가 있었고 시내를 건너고 나무에 기어오른 터라 치마는 상태가 심각했다. 게다가 조금 전 뛰어내리려고 시도한 탓에 올이 잔뜩 뜯겨 있었다.

"낸 언니, 나 좀 꺼내줘. 토미 오빠는 테디 좀 잡아주고. 테디가 내 책을 가져갔어. 반드시 찾아야 해."

낸과 토미는 불쑥 튀어나온 아이들을 보고도 놀라는 기색이 없다. 토미는 잽싸게 달려가 도둑의 옷깃을 잡아챘다. 낸은 가시덤불 위에서 조시를 내려주었다. 잔소리는 한마디도 하지 않았다. 낸 자신이 엄청난 말괄량이였기에 비슷한 기질을 가진 아이들에게 관대했다.

"무슨 일이니, 조시?"

낸이 가장 길게 찢어진 치맛자락에 핀을 꽂아주며 제 손 상처를 살펴보는 조시에게 물었다.

"버드나무 둥지에 앉아서 내가 맡은 배역을 연습하고 있는데 테디가 몰래 다가와서는 막대기를 뻗어서 내 책을 채갔어. 내가 나무에서 기어 내려오기도 전에 도망갔다니까. 야, 이 웬수야, 당장 내놓지 않으면 귀쌈을 날려버린다!"

조시가 악을 썼다. 숨에서 웃음과 잔소리가 동시에 느껴졌다.

토미를 뿌리치며 테디는 감상적인 허세를 부렸다. 흠뻑 젖고 찢어진 옷으로 자기 앞에 처참한 몰골로 서 있는 친구에게 부드러운 눈길을 보내면서 클로드 멜노트*의 유명한 대사를 나른하게 읊는 것이다. 그 광경을 보면 누구나 웃음을 터뜨릴 수밖에 없었다. "그대,

---

* 에드워드 불워 리턴의 희곡《리옹 부인(the Lady of Lyons)》의 주인공.

사랑하는 이여, 이 그림이 마음에 드나요?"라고 마무리하는 부분에서는 긴 두 다리를 꼬고 얼굴을 괴상하게 찡그리며 자신을 그림으로 만들어 보이기까지 했다.

현관에서 박수 소리가 들려와 이 익살극은 막을 내렸다. 젊은이들은 예전처럼 가로수길을 올라갔다. 토미가 마차의 마부가 되고, 낸이 무리 중 최고의 말 흉내를 내면서. 발갛게 상기된 얼굴로 숨을 헐떡이며 잔뜩 신난 이들은 조와 메그에게 인사를 하고 계단에 걸터앉아 숨을 돌렸다. 메그는 딸의 찢어진 치마를 꿰매고, 조는 아들의 사자 갈기 같은 머리카락을 쓰다듬으며 책을 그의 손에서 받아냈다. 데이지도 막 도착해서 친구를 반갑게 맞이했다.

테디가 제법 환대하는 어조로 말했다.

"차에 곁들일 머핀을 구웠어. 그러니 머핀을 먹고 가는 게 좋을걸. 데이지 누나의 머핀은 결코 실패하는 법이 없으니까."

"맛은 기가 막히게 알지. 지난번엔 아홉 개나 먹었다지 뭐야. 그래서 저렇게 뚱뚱해진 거라고."

조시가 나무 막대기처럼 비쩍 마른 사촌을 무섭게 노려보며 덧붙였다.

"난 루시 도브를 진찰하러 가야 해. 생인손을 앓고 있는데 곪은 부위를 제거할 때가 되었거든. 차는 돌아와서 마실게."

낸이 주머니에 손을 넣어 필요한 도구가 든 케이스를 가져왔나 확인하며 대답했다.

"고맙지만 나도 가봐야 해. 톰 메리웨더 눈꺼풀이 까끌까끌해졌는데 내가 치료해주기로 약속했어. 톰은 진찰비를 아끼고 내게는 실습이 되니 좋지. 내 솜씨가 영 서툴러서 말이야."

토미는 이렇게 해서라도 자신의 우상 곁에 있고 싶은 마음이었다.

"쳇. 데이지 누나는 뼈톱 같은 얘기에 관심 없어. 머핀 얘기나 해, 알았지?"

테디가 곧 줄을 서서 머핀을 받을 때 데이지의 특별 대우를 기대하며 다정한 미소를 지었다. 토미가 물었다.

"에밀 제독에게선 아무런 소식이 없나요?"

"집으로 돌아오는 중이라고 하더구나. 댄도 얼른 오고 싶어 하고. 우리 아들들이 함께 있는 모습을 다시 보고 싶구나. 그래서 방랑자들에게 늦어도 추수감사절엔 집에서 모이자고 사정을 했단다."

그렇게 말하는 조의 얼굴이 기대감으로 빛났다.

"올 거예요. 올 수 있다면 전부 다요. 심지어 잭도 함께하는 식사한 끼를 위해서는 한 푼 덜 버는 것쯤은 개의치 않을 걸요."

"내가 그 만찬을 위해 칠면조를 살찌우고 있어요. 쫓아다니며 괴롭히지 않거든요. 그 대신 먹이를 잘 주니까 '눈에 띄게 붙고' 있어요. 녀석의 다리를 축복하소서!"

테디가 자신에게 닥친 운명도 모르고 들판을 유유자적 걷고 있는 칠면조를 가리켰다.

"네트가 이달 말일에 떠나니까 송별 파티를 겸하면 어때요? 이제 우리 쩍쩍이는 제2의 올레 불(Ole Bull)*이 되어 돌아오겠어요."

낸의 말에 데이지의 뺨이 발갛게 달아올랐다. 숨을 가쁘게 몰아쉬

---

* 노르웨이 출신의 바이올린 연주자 겸 작곡가.

어 가슴께의 모슬린 주름이 부풀었다 가라앉기를 반복했지만, 대답만은 차분하게 했다.

"로리 이모부 말씀이, 네트는 진짜 재능이 있대. 외국 유학만 잘 마치고 돌아오면 여기서 풍족한 삶을 누릴 수 있을 거라고 하셨어. 굳이 유명해지지 않더라도 말이야."

딸의 말에 메그가 조용히 한숨을 쉬었다.

"젊은 사람들의 미래는 좀처럼 예측과 맞지 않아. 그러니 뭔가를 미리 기대하는 건 어리석은 일이란다. 우리 아이들이 모두 선하고 가치 있는 신사, 숙녀가 된다면 그것만으로도 만족해야겠지만 그래도 이왕이면 모두 우수해지고 성공하길 바라는 건 어쩔 수 없어."

"다 내 병아리들과 비슷한 거죠. 불확실하기가 매한가지니까요. 보세요, 저 멀쩡하게 생긴 어린 수탉이 무리에서 가장 멍청한 녀석이고요, 다리만 기다란 못생긴 저 녀석이 이 마당의 주인이란 말이에요. 아주 똘똘한데다가 어찌나 힘차게 우는지 에베소의 잠든 7인을 깨울 지경이라고요. 그런데 저 잘생긴 놈은 꺽꺽거리기만 하는 둘도 없는 겁쟁이예요. 흥, 나를 무시했어? 기다려, 내가 다 자랄 때까지. 그때 보자고."

테디가 다리가 긴 자기 애완동물과 같은 표정을 지었다. 모두가 그의 겸손한 예견에 웃음을 터뜨렸다.

"댄은 어디든 정착을 하면 좋으련만. 스물다섯 살인데 여전히 매인 데 없이 세상을 떠돌아다니고 있으니. 여기 빼곤 말이다."

메그가 턱으로 동생을 가리키며 말했다.

"댄도 결국엔 자리를 잡겠지. 그에게 최고의 선생은 경험이니까.

여전히 거칠지만 집에 올 때마다 발전한 모습이 보여. 난 그 아이에 대한 믿음을 버린 적이 없어. 대단한 인물이나 큰 부자가 되진 않더라도 마음이 곧은 녀석이라서 좋아. 그걸로 충분해."

언제나 양 무리 중 검은 양, 즉 골칫거리를 싸고도는 사람이 조다.

"맞습니다, 어머니. 댄 형의 편이 돼주세요! 돈 자랑이나 하고 영향력 있는 사람이 될 궁리나 하는 잭이나 네드를 한 다스로 가져와도 형과 바꿀 수 없어요. 훨씬 훌륭한 사람이라고요. 두고 보세요. 형은 틀림없이 자랑스러운 일을 하는 사람이 되어 다른 사람들의 코를 납작하게 만들 테니까요."

테디는 언제나 '우리 대니' 편이었다. 댄에 대한 애정은 용감하고 모험심 많은 남자가 되고 싶은 열망이 더해지면서 더 커졌다.

"그러면 좋겠다, 정말. 댄은 무모하게 돌진해서도 결국 잘 해낸단 말이야. 마터호른산을 등반하질 않나, 나이아가라폭포에서 거꾸로 낙하하질 않나, 금덩어리를 찾아내질 않나. 제 방식으로 부리는 난봉인 게지. 어쩌면 우리가 사는 방식보다 더 나은지도 모르겠어."

토미가 신중하게 말했다. 그 역시 의학도가 되고서 꽤 많은 경험을 했으니 하는 말이다. 조가 맞장구쳤다.

"낫고 말고! 로브와 테디도 그런 식으로 세상을 경험하도록 내보내고 싶은걸. 유혹으로 가득한 도시에 혼자 남겨두는 것보다 훨씬 나은 방법이지. 돈, 시간, 건강을 낭비하는 것 말고는 아무것도 할 것이 없는 도시 말이다. 낭비하는 것이 어디 그뿐이겠니. 댄은 자기 길을 찾을 거야. 자기에게 용기, 인내심, 자립심을 길러줄 그런 길 말이다. 난 그 아이는 별로 걱정이 되지 않아. 오히려 대학에 간 조지나

455

돌리가 걱정이다. 아기들이 스스로를 돌보는 형국이라니."

"존은요? 신문사 일을 하면서 온 동네를 쑤시고 다니고 온갖 일을 다 취재하잖아요. 설교부터 프로 권투 시합까지요."

토미는 의학 강의나 병동보다는 오히려 그런 삶이 자기 취향에 더 맞는다고 생각하는 중이었다.

"데미에겐 보호장치가 세 겹이나 있지. 바른 원칙, 세련된 취미, 그리고 현명한 어머니. 그러니 데미에게 나쁜 일은 일어나지 않을 거야. 그런 경험이 글을 쓰기 시작할 때 유용하게 쓰일걸. 장담하는데, 그 아인 곧 글을 쓰게 될 거야."

예언자 같은 말투였다. 사실 조는 자신의 오리 중에서 백조가 나오기를 바라는 마음이 간절했다.

"젠킨스 얘기가 나와서 말인데요. 곧 신문 바스락거리는 소리를 들으실 거예요."

토미가 외쳤다. 정말로 가로수길에 건강한 얼굴에 갈색 눈을 한 젊은이가 나타났다. 머리 위로 신문을 흔들면서.

"자, 〈이브닝 태틀러〉지가 나왔어요. 따끈따끈한 뉴스! 끔찍한 살인사건! 은행직원 종적 감춰! 방앗간 폭발사고! 라틴어 학교 남학생들의 파업!"

테디가 고래고래 소리를 지르며 사촌을 맞이하러 나갔다. 어린 기린의 우아한 걸음걸이로.

"제독이 입항했대요. 하선하자마자 그곳 사람들을 두고 바람처럼 달려서 이곳으로 올 거예요."

데미가 기쁜 소식을 전했다. 다가오며 점점 얼굴에 미소가 피어올랐다.

　잠시 다 같이 떠들었다. 한 사람씩 신문을 돌려보며 함부르크에서 출발한 브렌다호(號)가 안전하게 입항했다는 소식에 기뻐했다.

　"내일이면 휘청거리며 걸어올 거예요. 보나 마나 해상 괴물들과 생생한 모험 이야기들을 들고서요. 신나 보이더라고요. 커피 열매처럼 그을고 탄내를 풍겨요. 순조로운 항해였고 이등항해사가 되길 희망하고 있대요. 다른 친구가 다리가 부러져서 드러누웠다죠."

　데미가 덧붙였다.

　"내가 그 자리에 있으면 봐주는 건데."

　낸이 혼잣말을 하며 제법 의사 같은 자세로 손목을 비틀었다.

　"프란츠는 어떠니?" 조가 물었다.

　"곧 결혼한대요! 이모, 이제 우리 무리의 맏이, 프란츠 형에게 작별 인사를 하셔야겠어요. 결혼할 여성의 이름은 루드밀라 헬데가르트 블루멘탈. 좋은 집안에 부유한 환경에서 자랐고 예뻐요. 물론 마음도 천사 같고요. 이모의 조카님이 외삼촌의 허락을 받고 싶어 해요. 그래야 행복한 가정을 꾸리고 정직한 시민으로 살 수 있을 테니까요. 장수의 축복이 있기를!"

　"반가운 소식이구나. 나 역시 우리 아이들이 좋은 아내와 멋진 집에서 가정을 꾸리기를 간절히 기다린단다. 모든 일이 순조롭게 풀린다면 프란츠를 이제 내 마음에서 떠나보내도 괜찮겠구나."

　조는 흐뭇하게 두 손을 포개며 말했다. 사실 그동안 조는 정신 팔린 암탉 같은 기분을 종종 느꼈다. 여러 종류의 병아리와 오리 새끼를 동시에 키우느라 말이다.

토미가 낸의 눈치를 슬쩍 살피며 말을 보탰다.

"저도 그래요. 그래서 결혼을 하는 거겠죠, 안정을 찾으려고? 훌륭한 아가씨들도 얼른 결혼해야 좋을 테고요. 안 그래, 데미?"

"주변에 괜찮은 남성이 충분히 있다면야. 알다시피 여성 인구가 남성 인구를 초과하잖아. 특히 뉴잉글랜드가 심하대. 우리의 높은 문화 상태를 설명하는 이유로 풀이될 수 있겠지, 아마도."

어머니의 의자에 몸을 기대고 오늘의 일과를 속삭여 들려주던 존이 대답했다.

"그건 긍휼의 섭리란다, 얘들아. 남자 한 명을 어른으로 만들어서 사회로 내보내려면 여자 서너 명의 손을 거쳐야 하거든. 그런 면에서 너희 남자들은 손이 많이 가는 피조물들이란다. 어머니들, 자매들, 아내들, 딸들이 각자의 의무에 애정을 가지고 잘 수행해주니 망정이지, 안 그랬다간 너희들은 이 땅에서 자취를 감추게 될 게다."

조가 단호하게 말하며 다 떨어진 양말들이 담긴 바구니를 집어 들었다. 베어 교수의 양말은 여전히 문제였다. 그리고 아들들은 그 점에서 아버지를 닮았다.

"그런 사정이니까 '여자들이 아무리 많아도' 할 일이 많겠죠. 구제 불능의 남자들과 그 가족을 돌봐야 할 테니까요. 그 점이 날마다 분명해지고 있어요. 내 직업 덕분에 가치 있고 행복하며 독립적인 독신여성으로 살 수 있어서 정말 다행이에요. 감사한 일이고요."

낸이 마지막 말을 힘주어 말하자 토미가 신음소리를 냈고 나머지 사람들은 일제히 웃음을 터뜨렸다.

"낸, 너를 볼 때마다 뿌듯하고 흐뭇하구나. 네가 꼭 성공하길 바란다. 이 세상에는 너처럼 가치 있는 여성이 반드시 필요하거든. 나 역시 내가 천직으로 생각했던 일이 그리워질 때면 독신으로 남았으면 어땠을까 하는 생각을 하지. 물론 지금의 삶을 너무 사랑해서 후회하지는 않아."

조가 낡고 커다란 푸른 양말을 가슴에 포개며 말했다.

"저도 마찬가지예요. 소중한 어머니가 안 계셨다면 제가 어떻게 살았겠어요?"

테디가 읽던 신문을 손에 든 채로 어머니를 와락 안는 바람에 두 사람은 신문지 뒤로 잠시 사라졌다.

"내 사랑하는 아들, 손을 어쩌다 가끔이라도 씻었더라면 네 애정 어린 손길 때문에 내 옷깃이 이렇게 망가지진 않았을 텐데. 하지만 괜찮다, 우리 귀여운 더벅머리. 풀이나 흙이 묻더라도 나는 아들이 안아주는 편이 더 좋으니까."

짧은 일식을 마치고 다시 나타난 조의 얼굴이 해처럼 빛났다. 비록 뒷머리가 테디의 단추에 끼이고 옷깃이 귀까지 올라가긴 했지만.

현관의 다른 끄트머리에서 자신의 배역을 열심히 연구하던 조시가 갑자기 질식할 듯한 비명과 함께 무덤 속 줄리엣의 독백을 읊기 시작했다. 어찌나 근사하던지 소년들은 박수를 쳤고 데이지는 소름이 끼쳐 몸을 부르르 떨었으며 낸은 혼잣말을 했다.

"나이에 비해 지적 흥분이 과도하군."

"메그 언니, 아무래도 곧 마음의 준비를 해야겠네. 저 아이는 천생 배우야. 우리 중 아무도 저 아이만큼 뛰어난 연기를 한 사람은 없었어. 심지어 〈마녀의 저주(Witch's Curse)〉에서도."

조는 색색 가지 양말로 꽃다발을 만들어 얼굴이 빨개져서 숨을 가쁘게 쉬는 조카딸의 발치에 던졌다. 때마침 조시가 우아한 자태로 현관 매트 위로 쓰러졌다.

"내가 소녀 시절에 그렇게 연극이 하고 싶었는데 그 화살이 되돌아왔나 봐. 내가 배우의 길을 허락해달라고 했을 때 어머니가 어떤 마음이셨을지 이제야 알 것 같아. 절대로 동의하고 싶지 않지만 결국 내 바람과 희망과 계획을 또다시 포기해야만 하겠지."

어머니의 목소리에서 자책이 느껴지자 데미가 얼른 동생을 부드럽게 흔들어 일으켜 세운 뒤 단호한 말투로 나무랐다.

"사람들 앞에서 실없는 행동은 그만둬."

"어허, 하인이 어디 감히! 얼른 그 손 떼지 못할까! 안 그랬다간 최악의 웃음소리로 미치광이 신부가 되어버릴 테니, 하하!"

조시는 공격받은 새끼 고양이처럼 오빠를 노려보며 악을 쓰더니, 일어서서 관중을 향해 근사한 몸짓으로 허리 굽혀 인사했다. 그리고 극적인 말투로 "워핑턴 부인의 마차를 대기시켰나이다"라고 외치더니 데이지의 진홍색 숄을 위엄 있게 두르고는 계단을 휩쓸고 내려가 모퉁이를 돌아나갔다.

"너무 재미있지 않아, 형? 난 조시의 활기찬 모습 덕분에 이 지겨운 곳에서 견뎠어. 쟤가 요조숙녀가 되는 날, 난 여길 떠날 거야. 그러니 저 아이의 싹을 함부로 자르지 않게 조심해줘."

테디가 데미에게 말했다. 어느새 데미는 계단에 걸터앉아 속기로 뭔가를 열심히 적는 중이었다.

"너희 둘은 한 팀이야. 너희 둘을 움직이려면 완력을 써야 하지만

나는 그편이 마음에 드는구나. 언니, 아무래도 조시가 내 딸이고, 로브가 언니 아들인가 봐. 그랬다면 언니 집은 지극히 평화로웠을 거고 우리 집은 아수라장이었겠지. 자, 나는 이제 로리에게 가서 이 소식을 들려줘야겠어. 언니, 같이 가자. 걷는 게 우리에게 좋아."

조가 그렇게 말하며 테디의 밀짚모자를 머리에 쓰고 메그와 같이 현관 계단을 내려갔다. 이제 데이지는 머핀을 굽고, 테디는 조시를 달래주고, 토미와 낸은 각자의 환자를 방문하여 아픈 한때를 선사할 차례였다.

23
파르나소스 산

'파르나소스 산'이라니, 참으로 잘 붙인 이름이었다. 비탈길을 걸어 올라가는 두 사람을 맞이해준 광경과 소리를 듣고, 열린 창문을 통해 들여다보니 그날 뮤즈들이 집에 있었던 모양이다. 서재는 클리오, 칼리오페, 우라니아가 관장하고 있었고, 젊은이들이 춤을 추며 연극 연습을 하는 거실에서는 멜포메네와 탈리아가 까불며 놀고 있었으며, 에라토는 연인과 함께 정원을 거닐고 있었고, 아폴론은 음악실에서 아름다운 가락의 합창을 연습 중이었다.

물론 가장 성숙한 이는 아폴론, 우리의 오랜 친구 로리다. 잘생긴 얼굴과 다정한 성품은 예전 그대로인데, 세월이 장난꾸러기 로리를 기품 있는 신사로 바꾸어놓았다. 안락과 행복뿐 아니라 걱정과 슬픔

을 겪으며 로리의 성품은 다듬어졌다. 책임감과 성실함으로 할아버지의 뜻을 이뤄가는 중이다. 풍요가 잘 어울리는 이들이 있다. 밝은 햇살 속에서 가장 풍성하게 꽃피우는 이들이다. 반면 어떤 이들은 그늘이 필요해서, 서릿발이 날리는 속에서 향을 발한다. 로리가 전자라면 에이미는 후자다. 그래서 두 사람이 함께한 삶은 한 편의 시와 같았다. 조화롭고 행복했을 뿐 아니라 풍요와 지혜가 손을 잡으면서 아름다운 자선으로 이어져 성실하고 풍성하고 가치 있게 변했다.

집은 아름답고 안락했으나 젠체하지 않았고 예술을 사랑하는 집주인과 안주인은 모든 분야의 예술가들을 초청해 접대하기를 즐겼다. 로리는 이제 뛰어난 음악적 안목으로, 도움이 필요한 인재들을 위해 아낌없이 베푸는 후원자였다. 에이미는 야망 있는 젊은 화가와 조각가 중에서 제자들을 뽑아 키웠다. 그리고 딸이 어머니의 수고와 즐거움을 공유할 정도로 성장하자 자신의 재능을 두 배로 감사히 여기게 되었다. 에이미는 여자들도 신이 내린 재능을 희생시키지 않고 자기와 타인의 유익을 위해 사용하면서도, 동시에 아내와 어머니 역할을 성실하게 수행할 수 있음을 증명해 보인 여성이었다.

조는 어디로 가면 에이미를 만날 수 있는지 잘 알았기에 곧장 모녀의 작업 공간인 스튜디오로 향했다. 베스는 어린아이의 흉상 작업에 열중해 있고 에이미는 남편의 머리를 마무리하는 중이었다. 에이미를 보면 시간이 멈춘 것만 같다. 행복이 그녀의 젊음을 유지해주고 풍요로움이 교양을 선사한 덕분이다. 위엄과 기품을 갖춘 이 여인은 품격 있는 수수함이 무엇인지 보여주었다. 드레스를 고르는 안목과 드레스를 걸친 우아한 자태가 그랬다. 누군가 이렇게 말했다.

"로런스 부인은 대체 무슨 드레스를 입는 건지, 뭘 입어도 가장 멋지게 차려입은 사람으로 보인단 말이야."

그녀는 딸을 끔찍이 아꼈는데 당연했다. 그녀가 오랫동안 추구한 아름다움을 자신의 어린 분신이 그대로 구현했으니 말이다. 어머니의 애틋한 눈에는 그랬다. 베스는 어머니에게서 다이애나 여신과 같은 몸매, 파란 눈, 흰 피부를 물려받았다. 동그랗게 말아올린 황금빛 머리칼도 그랬다. 또한, 아아…… 이는 에이미에게 끝없는 기쁨의 원천이었으니, 아버지의 잘생긴 코와 입은 베스에게로 와서 여성스럽게 잘 자리 잡았다. 긴 리넨 멜빵 치마가 풍기는 검소함이 그녀에게 잘 어울렸다. 베스는 자신을 지긋이 바라보는 눈길도 알아채지 못한 채 진정한 예술가가 그러하듯 완전히 작업에 몰두해 있었다. 조 이모가 다가와서 외칠 때에야 정신이 들었다.

"나의 사랑스러운 여인들이여, 진흙 놀이는 잠시 멈추고 내가 가져온 소식에 귀 기울이는 것은 어떨지!"

두 예술가는 당장 작업 도구를 내려놓고 활기찬 이 여인을 반가이 맞이했다. 한창 예술적 영감이 발동한 상태였고 조의 출현에 소중한 순간을 망쳤지만 아랑곳하지 않았다. 메그는 응접실로 갔고, 그녀에게서 소식을 들은 로리가 도착했을 때는 여인들의 수다가 절정에 달해 있었다. 로리는 자연스럽게 자매들 사이에 끼어 앉아서 프란츠와 에밀의 소식을 들었다.

"전염병이 터졌군. 조만간 양 무리에게 닥치겠어. 조, 이제 앞으로 10년간 있을 온갖 연애사건들에 대비해야 할 거야. 젊은이들은 네가 여태까지 본 그 어떤 것보다 처절한 상처의 바다로 언제 뛰어들지 모른다니까."

로리는 조의 얼굴에 기쁨과 절망이 뒤섞여 나타나는 것을 재미있게 보고 있었다.

"알아. 나는 그 바다에서 아이들을 건져내 육지로 안전하게 옮겨놓고 싶어. 하지만 소용 없겠지. 결국 아이들은 나를 찾아와서 무조건 자기들의 연애가 성공하도록 도와달라고 떼쓸 테니까. 메그 언니는 감성적이니까 그런 상황을 즐기겠지."

조는 아직 아들들이 나이가 어린 점에 한결 마음이 편했다.

"네트와 데이지가 더 가까워져도 메그 누나가 좋아할지 궁금하네. 무슨 말인지 알지? 내가 네트의 후원자이자 가까운 친구잖아. 어떤 조언을 해주면 좋을지 알고 싶어서 그래."

"쉿! 아이가 들을라."

조가 베스 쪽으로 고갯짓을 했다. 베스는 다시 작업에 열중하고 있었다.

"천만에! 저 아인 지금 아테네에 가 있어서 귀에 아무 말도 들리지 않을걸. 작업을 좀 쉬엄쉬엄 하면 좋겠는데. 딸아, 아기 좀 자게 하고 너도 나가서 쉬다 오렴. 메그 이모가 응접실에 계시는데, 우리가 갈 때까지 새 그림을 보여드리고 있을래?"

로리가 키 큰 딸을 바라보는 모습은 흡사 피그말리온이 갈라테아를 바라보는 모습 같았다. 실제로 로리는 자기 집에 있는 여러 조각상 중에 자신의 딸이 가장 조각 같다고 여기는 남자였다.

"네, 아빠. 그 전에 이 작업에 대해 아빠 의견은 어떠세요?"

베스는 손은 순순히 작업 도구를 내려놓으면서도 눈길은 작업 중인 흉상에서 떼지 않았다.

"내 소중한 딸, 진실을 말하자면 한쪽 뺨이 다른 쪽 뺨보다 좀 더 통통해 보이는구나. 아기의 곱슬머리가 뿔이 난 것처럼 보이고. 그것만 빼면 라파엘로의 〈노래하는 천사들〉에 버금갈 정도로 훌륭한데. 아빠는 네가 자랑스럽다."

로리는 딸의 첫 시도들이 에이미의 초기 작품들과 너무 닮아서 웃음을 터뜨리지 않을 수 없었다. 그래서 열성적인 엄마처럼 진지하게 봐주기는 불가능했다.

"아빠는 음악 외에는 보는 눈이 없으신 거예요."

베스가 황금빛 머리를 절레절레 흔들었다. 커다란 스튜디오의 차가운 북광 속에서 그녀의 머리색은 단연 돋보였다.

"난 너의 아름다움을 알아보는걸. 네가 예술작품이 아니라면 대체 뭐가 예술작품이겠니? 아빠라면 거기에 자연을 더하고 싶구나. 네가 이 차가운 진흙 덩어리와 대리석에서 벗어나 다른 아이들처럼 햇살을 받으며 춤추고 노래하면 좋겠다. 아빠는 회색 앞치마를 걸치고 자신의 작품에만 골몰한 예쁜 조각품 말고, 살과 피가 있는 인간적인 딸이 보고 싶단다."

베스가 로리에게 다가와 흙이 잔뜩 묻은 두 손을 아빠 목에 감으며 사랑스러운 입술로 말했다.

"아빠의 말씀을 명심할게요. 하지만 저는 아빠가 자랑스러워하실 아름다운 무언가를 만들고 싶어요. 엄마도 종종 제게 작업을 멈추고 쉬라고 하시죠. 하지만 여기에 들어서는 순간 바깥세상의 존재를 잊는걸요. 정신없이 바쁘지만 그만큼 행복해요. 그럼, 이제 나가서 뛰고 노래할게요. 아빠를 즐겁게 해드리는 딸이 될게요."

그러고는 앞치마를 벗고 방 안에 머문 빛을 전부 끌고 나갈 태세로 스튜디오에서 사라졌다.

"고마워요, 여보. 우리 아이는 어린아이치고 예술적 기운에 지나치게 빠져 있어요. 내 잘못이죠. 하지만 너무 공감되니 어쩌면 좋아요. 현명해지는 법을 잊어버리나 봐요."

에이미는 젖은 수건을 가져다가 아기 조각상이 마르지 않도록 조심스럽게 덮어주며 한숨을 쉬었다. 조가 입을 열었다.

"난 아이들 안에 내재된 생명력이 세상에서 가장 사랑스러운 것이라고 생각해. 하지만 어머니가 메그 언니에게 하신 말을 잊지 않으려고 애쓰고 있어. 아버지도 딸과 아들의 교육에서 해야 할 몫이 존재한다는 말. 그래서 테디를 최대한 프리츠에게 맡기려고 해. 프리츠는 내게 로브를 맡겼지. 로브의 조용한 성품이 내게 휴식을 주고 도움이 되거든. 테디의 기질이 아이 아빠에게 도움이 되듯이 말이야. 그러니 에이미, 베스에게 점토 덩어리는 잠시 내려놓고 로리와 음악을 즐기게 해주면 어떨까. 베스도 균형적으로 자라고, 로리도 질투하지 않도록 말이야."

조의 말에 기분이 한껏 좋아진 로리가 외쳤다.

"옳소, 옳소! 다니엘의 지혜로군. 암, 그렇고 말고! 조, 너라면 내 편이 되어줄 줄 알았어. 실제로 에이미, 당신에게 질투심을 느끼고 있었거든. 우리 딸을 혼자 독차지하는 것 같아서 말이지. 그러니 부인, 이번 여름엔 내가 딸과 시간을 보낼 수 있게 해주겠소? 내년에 로마에 갈 때는 당신과 고품격 미술을 즐기게 해줄 테니. 이만하면 공정한 거래가 아니겠소?"

"동의해요. 하지만 당신이 좋아하는 음악과 자연으로 베스를 이끌 때 잊지 말아야 할 게 있어요. 우리 베스는 겨우 열다섯 살이지만 또래보다 성숙해서, 절대로 아이 취급을 하면 안 된다는 점이에요. 베스는 내게 정말 소중한 아이예요. 영원히 내 품에 품어서 순수하고 아름답게 지켜주고 싶을 정도라고요. 아이가 그토록 아끼는 대리석처럼."

사랑하는 딸과 행복한 시간을 보낸 방을 둘러보는 에이미의 얼굴에 아쉬움이 묻어났다. 조가 씩씩한 어조로 말했다.

"순서대로 차례를 지켜야 페어플레이'잖아. 어릴 때 우리가 서로

엘렌 나무를 타고 싶어 하거나 적갈색 부츠를 신고 싶었을 때 했던 말처럼. 그러니 딸에 대한 것도 부부 사이에 공평하게 나눴다가, 누가 베스에게 더 잘했나 보면 되잖아."

아이 사랑이 지극한 이 부모는 조 덕분에 기억난 오래된 격언에 웃음을 터뜨리며 대답했다.

"그렇게 해볼게. 그 오래된 사과나무 가지를 타고 방방거리던 게 얼마나 신나던지! 진짜 말을 타도 그 재미의 반에도 미치지 못할걸. 승마 연습이 따로 없었으니까."

마치 오래전 기억 속의 과수원이 창밖에 있고 거기서 어린 소녀들이 뛰어놀고 있기라도 한 것처럼 에이미가 높은 유리창을 내다보며 말했다. 조도 따라 웃었다.

"그 부츠 덕분에도 얼마나 즐거웠게! 그 유물은 내가 간직하고 있지. 아들 녀석들이 걸레 조각처럼 만들어버렸지만, 여전히 내겐 사랑스러운 부츠야. 이상하게 그 부츠만 신으면 멋쟁이처럼 으스대면서 걷게 되더라."

"내가 제일 좋아하는 건 탕파와 소시지가 뒤엉킨 기억이지. 실없는 장난을 참 많이도 쳤는데! 아아, 아득한 옛날이여!"

로리는 그렇게 말하며 자기 앞에 앉은 두 여인을 바라보았다. 이들이 진정 철없는 막내 에이미와 반항적인 조란 말인가.

"설마 우리가 늙어가고 있다고 말하려는 것은 아니겠죠, 여보. 우린 이제 막 꽃피우기 시작한걸요. 우리가 모이면 얼마나 멋진 꽃다발을 이룬다고요."

에이미가 장밋빛 모슬린 블라우스의 주름을 펴며 말했다. 새 드레스를 장만해 입은 여자아이처럼 앙증맞고 만족스러운 몸짓이었다.

"가시와 낙엽을 빼놓을 수 없긴 하지."

조가 한숨을 내쉬었다. 조의 인생은 그리 순탄하지만은 않았고 지금도 인생 안팎으로 시끄러운 일들이 여전히 존재한다.

"나의 옛 친구, 우리와 차 한잔하면서 아이들이 어떻게 하고 있나보러 가지 않겠어? 지금 너는 많이 지친 상태야. '건포도로 힘을 돕고 사과로 시원하게'* 할 필요가 있겠어."

로리가 두 자매에게 팔짱을 끼도록 양팔을 내주고 오후의 다과가열리는 곳으로 안내했다. 홍차가 고대 파르나소스 산의 넥타처럼 무한정으로 제공되는 곳이다.

일행은 여름 응접실에서 메그를 찾았다. 바람이 잘 통하는 쾌적한 곳이다. 오후 햇살과 나뭇잎이 흔들리며 부딪히는 소리가 응접실을 가득 메우고 있었다. 세 개의 기다란 창문은 정원을 향해 열려 있고 복도 끝에는 거대한 음악실이 있다. 다른 쪽 끄트머리, 자줏빛 커튼을 드리운 벽 쪽으로 작은 사당이 꾸며져 있다. 세 개의 초상화가걸려 있고 구석에는 두 개의 대리석 흉상이 있다. 가구는 긴 의자와꽃이 담긴 단지가 놓인 타원형 탁자가 전부다. 존 브룩과 베스의 흉상 조각은 에이미의 작품이다. 두 사람을 꼭 닮았다. 그 잔잔한 아름다움에 '흙은 생명을, 석고는 죽음을, 대리석은 불멸을'** 이라는 구절이 떠오른다. 오른편에는 이 집의 설립자인 로런스 할아버지의 초

---

* 성경 〈아가서〉 2장 5절 인용.
** 스코틀랜드 시인 이언 해밀턴 핀들리가 이탈리아 조각가 안토니오 카노바의 작품을 보고 한 말.

상이 걸려 있는데 자부심과 자비심이 뒤섞인 표정이 표현되어 있다. 이 초상화를 보고 감탄하던 조를 로런스 씨가 발견하던 때의 그 모습처럼 여전히 싱싱하고 매력적이다. 반대편에는 마치 대고모가 있다. 에이미에게 남겨진 유산이다. 그림 속 마치 고모는 인상적인 터번식 모자를 쓰고 거대한 소매가 달린 옷에 기다란 장갑을 끼고 자두색 새틴 드레스 위로 기품 있게 팔짱을 끼고 있다. 시간이 흐른 탓인지 고모의 엄격함도 한결 꺾여 보인다. 어쩌면 맞은편에 걸린 수려한 외모의 나이 든 신사의 고정된 시선 덕에 수년간 날카로운 호령을 내려보지 못한 고모의 입술에서 쾌활한 정감이 느껴지는 것인지도.

햇살이 따스하게 비추고 초록빛 화환이 둘린 영광의 자리에는 어머니의 사랑스러운 얼굴이 걸려 있다. 가난한 무명 시절부터 에이미와 친구가 되어 지금은 이름을 날리는 저명한 화가가 그린 초상화다. 어찌나 실물처럼 아름답게 그려졌는지 그림 속 미소 띤 얼굴이 딸들을 향해 유쾌하게 말하고 있는 듯하다. "행복하렴. 엄마는 언제나 너희와 함께 있으니."

세 자매는 따스한 존경심과 영원히 떠나지 않을 그리움을 가득 담은 눈으로 어머니의 초상을 올려다보았다. 이 고귀한 어머니가 자매들에게 갖는 의미가 워낙 컸기에 그 빈 자리를 채울 수가 없었다. 남은 가족들이 어머니 없는 삶을 새로이 살고 새로이 사랑하게 된 지 두 해가 흘렀지만 그녀가 남기고 간 달콤한 기억은 여전히 모든 이에게 강력한 영감과 위로가 되었다. 나란히 서서 올려다보고 있는 지금 더욱 그랬다. 로리가 자신의 절절한 마음을 표현했다.

"내 아이가 장모님과 같은 여인으로 자라는 것보다 더 큰 소원은 없어. 하나님, 우리 아이가 그런 여인이 되게 하소서. 제발 그렇게 되길, 제가 이 성녀와 같은 분께 진 빚이 많나이다."

바로 그때 음악실에서 누군가 청아한 목소리로 〈아베마리아〉를 불렀다. 때마침 베스가 아버지의 소원에 순종하고 아버지의 기도 소리에 화답했다. 어머니가 곧잘 부르시던 부드러운 곡조에 그들은 잠시나마 옛생각에 잠겼다. 지금은 세상을 떠난 사랑하는 이들에게 손을 뻗어 붙잡고 싶은 심정이었다. 자매들은 열린 창가에 함께 앉아 음악을 감상했고 로리는 차를 내왔다. 그의 애정과 타인을 보살피는 본성 덕에 그는 언제나 이런 봉사를 유쾌한 일로 여겼다.

네트가 데미와 함께 도착했다. 곧이어 테디와 조시, 베어 교수와 효자 로브도 들어왔다. 모두 '아들들' 소식을 듣고 싶어 안달이었다. 컵과 컵이 부딪혀 쨍그랑거리는 소리, 말과 말이 부딪혀 재잘거리는 소리가 점점 활기를 띠었다. 다양한 일과를 마치고 휴식을 취하려는 이들 머리 위로 지는 해가 마지막 햇살을 비추었다.

베어 교수는 이제 머리가 희끗희끗한데 기운차고 다정다감한 모습은 그대로였다. 학교 일을 어찌나 사랑하고 전심으로 하는지 대학 곳곳에서 그의 아름다운 영향력이 느껴졌다. 로브는 아버지와 무척 닮았다. 아들이니 그럴 만도 하거니와 벌써부터 '아들 교수'라는 별명으로 불렸다. 공부를 좋아하기도 하고 모든 면에서 아버지를 닮고 싶어 하는 아들이었다.

"내 소중한 당신, 조카 녀석들이 돌아온다니 사실이에요? 그것도 둘 다. 이렇게 기쁠 데가!"

베어 교수가 환한 얼굴로 아내의 손을 잡았다.

"오, 프리츠, 에밀 소식에 어쩌나 기뻤는지 몰라요. 프란츠 일도 당신만 허락한다면. 루드밀라에 대해 알고 있었나요? 두 사람이 좋은 짝이 될까요?"

조가 남편에게 홍차를 건네며 가까이 다가앉아 물었다. 그는 기쁠 때나 슬플 때나 함께하는 그녀의 피난처였다.

"프란츠를 함부르크에 정착시키러 갔을 때 그 메드헨(Mädchen)[*]을 만난 적이 있는데, 아직 어릴 때였는데도 매우 다정하고 단아했어요. 블루멘탈 가문도 프란츠를 흡족해하니 얼마나 행복한 일인지! 프란츠는 독일인의 기질이 강해서 조국에서 떨어져 지내는 것이 흡족하진 않을 거예요. 그러니 그 아이가 옛 나라와 새 나라 사이의 연결고리가 되도록 둡시다. 그것만으로도 벌써부터 내 마음은 기쁨으로 벅차오르네요."

"에밀도 이등항해사가 된다니, 정말 멋진 일이죠? 조카들이 모두 그렇게 훌륭하게 자라다니 정말 기뻐요. 그애들과 그 어머니를 위해 당신이 참 많은 희생을 했죠. 당신은 별일 아니라고 말할 테지만 나는 잊을 수가 없는걸요."

조가 남편에게 손을 얹었다. 다시금 프리츠가 구애하던 때의 소녀로 돌아간 듯 감상적이 되었다. 그는 특유의 호탕한 소리로 웃고는 조의 부채 뒤에 숨어서 속삭였다.

"이 아이들을 위해 미국까지 오지 않았더라면 나는 결코 나의 조

---

[*] 독일어로 '소녀, 아가씨'라는 뜻.

를 만나지 못했을 테죠. 고생 끝에 낙이 온다고 내가 잃어버린 모든 것이 주의 은혜라오. 그 덕분에 이리 큰 복을 받았으니."

"얼레리 꼴레리! 여기 누가 몰래 연애하고 있대요!"

때마침 부채 뒤를 엿본 테디가 소리쳤다. 어머니는 몹시 당황했고 아버지는 무척 즐거워했다. 베어 교수는 지금까지도 주저 없이 자신의 아내를 세상에서 가장 사랑스러운 여인으로 꼽았다. 로브가 동생을 얼른 창가에서 쫓아냈지만, 테디는 곧바로 다음 창문에서 나타났다. 조가 부채를 접고 경거망동에 대해 단단히 야단치려고 테디가 다가오기만을 기다렸다.

베어 교수가 네트에게 티스푼으로 신호를 보냈다. 네트가 다가왔다. 얼굴에 존경심과 애정이 가득했다. 네트는 베어 교수가 자기를 위해 얼마나 많이 애써주는지 잘 알았다.

"널 위해 편지를 써두었단다. 라이프치히에 사는 내 오랜 친구 두 명 앞으로 말이야. 그곳에서 시작될 너의 새로운 인생에서 좋은 친구가 될 사람들이야. 이 편지를 가져가면 도움이 될 거야. 초반에 향수병으로 힘들 텐데, 큰 위로가 되었으면 한다."

베어 교수가 네트에게 편지를 몇 통 건넸다.

"고맙습니다, 선생님. 초반의 외로움은 각오하고 있어요. 본격적으로 음악 공부를 하고 희망이 생기면 힘을 좀 얻겠지요."

네트의 마음은 유학에 대한 열망과 정든 친구들을 두고 새로운 친구들을 다시 사귀어야 한다는 두려움으로 뒤엉켰다.

네트는 어느새 어른이 되었다. 파란 눈은 그 어느 때보다도 정직하게 빛났으나 입매는 여전히 유약해 보였다. 정성껏 기른 수염도 큰 소용이 없었다. 전보다 더 넓어진 이마는 음악을 사랑하는 청춘을 배반하는 중이었다.

조는 겸손하고 다정하며 순종적인 네트를 사랑했지만, 특출한 인재로 여기지는 않았고 예의 바른 청년임에 만족했다. 그가 언제나 최선을 다할 것은 믿었지만, 대단히 두각을 나타내리라고 기대하지는 않았다. 유학 중에 얻을 자극과 독립심이 뛰어난 음악가로 만들고 더 강한 사내로 만들어주지 않는 한 말이다.

"옷가지에 모두 이름을 새겨놓았단다. 내가 했다기보다는 데이지가 했지. 책을 찾으면 짐을 싸기 시작해보자꾸나."

조는 이미 지구 곳곳으로 아이들을 보내보았기에 설령 누군가 북극으로 떠난다 해도 두렵지 않았다.

네트의 얼굴이 붉게 달아올랐다. 아니면 저무는 태양의 마지막 햇살이 창백한 볼에 비친 것일까? 자신의 낡은 양말과 손수건에 이니셜 N과 B를 새겨넣는 데이지의 모습을 떠올리자 행복감에 심장이 터질 것 같았다. 네트는 데이지를 좋아했다. 그는 음악가로 이름을 날려 이 천사 같은 여인을 아내로 맞기를 꿈꿨다. 베어 교수의 조언이나 조의 보살핌 혹은 로리의 후원보다도 바로 이 희망으로 그는 전진했다. 데이지를 생각하며 열심히 연습했다. 언젠가 데이지가 그를 위해 집 안을 가꾸고 그는 바이올린으로 큰돈을 벌어 그녀의 품에 행복한 미래를 안겨주는 상상을 하며 인내했다.

조는 네트의 마음을 알았다. 네트가 조카에게 최고의 배필은 아니더라도 그가 데이지처럼 사랑과 보살핌을 줄 수 있는 여자를 만나야 한다고 생각했다. 그게 없으면 네트는 목적 없는 한량이 될 위험성이 큰 아이였다. 바른 안내자 없이는 세상을 이겨낼 힘을 잃고 실패할 타입이었다. 그랬기에 메그는 이 가여운 젊은이의 사랑이 영 못마땅했다. 어차피 메그는 지구상에서 최고의 남편감이 나타나지 않는 한 소중한 딸을 시집보낼 생각이 없었다. 그녀는 친절하고 온화한 성품을 가진 이들이 흔히 그렇듯 대단히 단호한 면이 있었다. 그렇기에 네트는 조의 그늘에서 위로를 구했다. 언제나 아이들의 유익을 진심으로 옹호해주는 조가 아닌가.

앞서 말했듯이 아이들이 자라면서 조에게는 새로운 걱정거리가 느는 중이다. 이미 양 무리 안에서 싹트기 시작한 연애 감정은 조에게 즐거움을 주기도 하지만 동시에 장차 걱정거리가 끊임없을 것이 훤히 내다보였다.

메그는 평소에 조를 아낌없이 지원하는 아군이지만, 네트에 대해서만은 마음이 돌덩이처럼 굳어서 동맹군의 간청에 귀를 닫았다.

"그 애는 남자로서 충분하지 않아. 가족도 잘 모르겠고, 음악가의 삶도 결코 평탄하지 않지. 무엇보다도 데이지는 너무 어려. 5~6년 후에도 같은 마음이라면 모를까. 하지만 서로 떨어져 있는 사이에 애들의 감정이 여전할지 모르겠네. 한번 두고보자."

대화는 늘 그렇게 끊겼다. 새끼를 위해서라면 마지막 남은 깃털까지 뽑고 마지막 피 한 방울까지 내줄 수 있는 엄마 펠리컨이지만 한번 성나면 대단히 완고해졌다.

조는 남편과 라이프치히에 관해 대화를 나누는 네트를 바라보며 이런 생각에 잠겨 있었다. 네트가 떠나기 전에 이야기를 나눠 몇 가지를 분명히 해줘야겠다 싶었다. 그녀는 비밀을 잘 지켜주는 어른이었고, 그동안 모든 아이들과 사회에 나가 겪게 될 시련과 유혹에 관해, 제때에 바른 조언을 따르지 않으면 그것이 어떻게 해롭게 작용하는지 허심탄회하게 얘기를 나눠왔다. 조에게 익숙한 일이었다.

이는 부모로서의 핵심 의무이기도 했다. 괜히 존중해준답시고 말을 아꼈다가는 집이라는 안전한 울타리를 떠나는 젊은이들이 반드시 알아야 할 주의사항과 경계할 점, 위험에 대한 경고를 못 듣는 수가 있다. 자기 인식과 자기 절제가 그들의 인생에서 나침반과 키잡이 역할을 해야 한다.

"플라톤 선생님과 제자들이 오십니다."

테디가 할아버지를 발견하고 반가워서 까불었다. 마치 씨가 젊은 남녀 여럿과 걸어오고 있었다. 마치 씨는 모두에게 사랑받는 지혜로운 노인이었다. 양 무리를 아름답게 돌본 덕에 많은 학생들이 그에게 정신적으로나 영적으로 큰 도움을 받았고 진심으로 감사했다.

베스가 할아버지에게 달려갔다. 할머니가 돌아가신 후 할아버지를 극진히 돌보는 손녀가 바로 베스였다. 할아버지를 위해 안락의자를 끌고 나와서 황금빛 머리를 할아버지의 은빛 머리 위로 숙이고 다정하고 싹싹하게 할아버지 시중을 드는 모습이 사랑스러웠다.

"아버님, 맛있는 홍차를 드시겠습니까? 맛있는 다과를 곁들이시면 더 좋습니다."

로리가 물었다. 한 손에 설탕 그릇을, 다른 손에는 케이크 쟁반을 들고 사람들 사이를 돌아다니며 시중을 들던 참이었다. 찻잔에 설탕을 넣어주고 배고픈 이들을 먹이는 일은 그가 좋아하는 일이었다.

"괜찮다. 고맙구나. 이 아이가 나를 잘 돌보고 있단다."

마치 씨가 베스를 돌아보았다. 베스는 우유 잔을 들고 할아버지의 의자 팔걸이에 걸터앉아 있었다.

"아버님을 돌보는 이 아이에게 축복을! 지금 보니 '노인과 젊은이는 함께 살 수 없다네'*라는 시가 얼마나 모순인지 알겠군요."

로리가 두 사람을 흐뭇한 눈길로 바라보며 대답했다.

"그냥 노인이 아니라 '고집쟁이 노인'이에요, 아빠. 안 그러면 완전히 다른 이야기가 돼요."

시를 좋아하고 낭송도 일품인 베스가 재빨리 정정했다.

> 그대 보았는가, 눈 덮인 새하얀 들판에서
> 갓 피어난 장미가 자라는 모습을.

마치 씨가 인용했다. 어느새 다가와 다른 쪽 팔걸이에 걸터앉은 조시가 잔뜩 가시 돋은 작은 장미처럼 보였다. 테디와 열렬히 논쟁을 벌이다가 처참하게 진 직후였다.

"할아버지, 여자들은 언제나 남자에게 순종하고 남자들이 가장 현명한 존재라고 말해야 해요? 남자들이 힘이 세니까요?"

조시가 뒤로 슬금슬금 다가와 도발적인 미소를 짓고 있는 사촌을 무섭게 노려보며 외쳤다. 껑충한 키에 개구쟁이 소년의 얼굴을 한 테드가 계속 소녀를 약 올렸다.

---

* 셰익스피어의 시 〈열렬한 순례(the Passionate Pilgrim)〉의 한 구절.

"흠, 얘야, 그건 구닥다리 생각이야. 그 생각이 바뀌려면 시간이 좀 걸릴 게다. 하지만 할아버지 생각에는 이미 여자들의 시대가 도래한 것 같아. 남자들이 분발해야 할 것 같은데? 여자들이 어깨를 나란히 하고 따라잡고 있단다. 어쩌면 결승점에 먼저 도달할지도 모르지."

마치 씨가 여학생들의 밝은 얼굴을 둘러보며 대답했다. 대학에서 가장 우수한 학생들이었다.

"가여운 아탈란테*들이 자기들 앞에 던져진 장애물 때문에 안타깝게도 집중력을 잃고 늘어지고 있을 뿐. 황금 사과는 분명 아니지만 말이다. 하지만 달리는 법을 제대로 배운다면 결국에는 공정한 기회가 있을 거야."

로리가 바람에 날리는 조시의 머리를 쓰다듬으며 웃었다. 화가 잔뜩 난 새끼 고양이의 털처럼 삐죽거렸다.

"경주만 시작해봐. 사과가 참나무통 가득 들었어도 날 못 막을걸. 테디 열두 명이라도 날 넘어뜨리지 못해. 제아무리 애를 쓴다 해도 어림없지! 여자도 남자 못지않게 해낼 수 있다는 걸 보여줄 테다. 내 머리 크기가 테디보다 작다고 그만큼 머리도 나쁘다니, 말도 안 되는 소리야!" 잔뜩 약이 오른 조시가 악을 썼다.

"그렇게 세게 머리를 흔들었다간 머릿속에 든 게 죄다 뒤죽박죽이 될걸. 나라면 조심스럽게 다룰 텐데." 테디가 놀렸다.

"대체 무슨 연유로 이런 내전을 벌이는 게냐?"

할아버지가 내전의 '내' 자에 부드럽게 힘을 주어 말하자 전투대

---

* 그리스 신화에 등장하는 처녀 사냥꾼. 구혼자가 던진 황금 사과에 정신이 팔려 경주에서 패배한다.

원들도 기세를 한풀 꺾었다.

"아 글쎄, 《일리아스》를 읽다가 주피터가 유노*에게 자기 계획에 관해 묻지 말라고 하면서 채찍으로 때리겠다고 말하는 장면이 나왔거든요. 그랬더니 조시가 펄쩍 뛰어요. 유노가 가만히 있었다고요. 그래서 제가 '다 괜찮다, 나도 주피터 영감의 말에 동의한다, 여자들이 아는 것이 많지 않으니 남자에게 순종해야 하지 않느냐'라고 말했더니 이래요."

테디가 궁금해하는 청중에게 사건의 전말을 설명했다.

"여신들은 자기들 하고 싶은 대로 해! 그리스 여인이나 트로이 여인들이 심약했지. 팔라스,** 비너스, 유노에게 떠밀리며 지레 싸움을 포기하는 남자들의 말을 듣잖아. 두 부대나 되는 병사들이 전부 멈춰 서서 그 한가운데서 서로 돌팔매를 던지는 이들을 구경하다니! 난 《일리아스》가 아주 별로야. 무슨 영웅 이야기야? 차라리 나폴레옹이나 그랜트가 영웅이겠다."

조시가 테디를 꾸짖는 모습이 벌새가 타조를 쪼는 듯 재미있었다. 조시가 그 불멸의 시에 코웃음을 치며 신들을 비판하는 모습에 그 자리에 있던 가족들이 모두 큰 웃음을 터뜨렸다.

"그럼 나폴레옹의 아내는 행복했다는 거야? 하여튼 여자애들은 이렇다니까요. 이렇게 주장했다가 안 통하면 다른 쪽으로 우기고."

"새뮤얼 존슨의 '왔다리 갔다리 하고 단정 짓지 못하는' 아가씨처

---

* 제우스(주피터)의 아내 '헤라'의 로마식 이름.

** 아테나의 또다른 이름

럼?" 로리 이모부가 두 아이의 전쟁을 흥미롭게 듣고 있었다.

"난 그들을 군인으로서 말한 거야. 여자 입장에서 말해보겠다면, 좋아, 그랜트 장군이 아내가 당연히 할 법한 질문을 했다고 해서 아내에게 채찍질하겠다고 협박하진 않았지. 나폴레옹도 그래. 조세핀에게 잘못한 것이 있지만, 그러면 싸웠지, 미네르바까지 불러가면서 소란을 피우지 않았다고. 하지만 《일리아스》를 봐. 멋쟁이 파리스부터 자기 배에서 골이 나서 부루퉁해 있는 아킬레스까지, 멍청하기 짝이 없는 사람들이라니까. 그리스의 헥토르와 아가멤논에 대한 내 의견을 바꿀 생각은 없어." 조시가 지지 않고 맞섰다.

"트로이인처럼 싸우면 되지. 암, 그렇고 말고. 너와 테디가 결판 짓는 사이 우리는 두 부대의 군인이 되어 조용히 구경이나 하련다."

전사가 창에 기대어 선 듯한 모습으로 로리 이모부가 말했다.

"휴전해야겠는데. 팔라스가 내려와서 헥토르를 데려가려고 하고 있으니." 마치 씨가 미소를 지으며 말했다. 조가 저녁 식사가 준비되었다고 알리러 왔다.

"이 싸움은 나중에 이어서 하자. 여신들이 나타나 방해하지 않는 시간에." 테디가 괴상한 동작으로 날렵하게 몸을 휙 돌리더니 뛰어갔다. 머핀이 생각났기 때문이다.

"아이쿠, 주피터시여, 머핀 하나에 정복이 되고 마는구나!"

조시가 테디의 뒤통수에 대고 외쳤다. 잔뜩 의기양양해져서는 여성에게는 금기시되던 고전적 표현을 거침없이 사용했다.

하지만 테디는 질서정연한 자세로 퇴각하며 고결한 부인들의 미덕을 인용한 파르티안 궁법을 날렸다. "순종은 군인의 제일 의무라."

여인의 특권을 십분 활용하여 최후 발언을 하기로 작정한 조시는 테디의 뒤를 쫓아갔다. 하지만 독설을 내뱉을 기회를 놓쳐버렸다. 푸른 제복을 입은 구릿빛의 사내가 계단을 뛰어 올라온 것이다.

"어어이, 어어이, 다들 어디 있는 거야?"

"에밀! 에밀 오빠!"

조시가 외쳤다. 테디도 되돌아왔다. 둘은 조금 전까지 치열한 전투를 벌였건만 금세 휴전하고 손님을 기쁘게 맞이했다. 머핀 따위는 잊었다. 두 동생이 예인선이 되어 최고급 상선이라도 모시듯 야단법석을 떨며 응접실로 데려갔다. 에밀은 응접실로 모여든 모든 숙녀와 키스를, 모든 신사와 악수를 나눴다. 프리츠 외삼촌만 예외였다. 외삼촌과는 독일식으로 부둥켜안았다. 참으로 흐뭇한 장면이었다.

"오늘 하선할 줄 몰랐다가, 내리게 돼서 당장 플럼필드로 달려갔죠. 그런데 아무도 없잖아요. 그래서 파르나소스 산으로 뱃머리를 돌리고 항진했답니다. 역시나, 모두들 여기에 모였네요. 모두의 영혼에 축복을. 이렇게 다시 뵈니 정말 기뻐요!"

청년이 눈빛을 반짝이며 모두를 둘러보며 외쳤다. 두 다리를 벌리고 선 모습이 흔들리는 갑판에 버티고 선 뱃사람 같았다.

"'모두의 영혼에 축복을' 대신 '영혼까지 떨릴지어다!'라고 말해야 하는 것 아니야, 에밀 오빠? 그래야 항해사답지. 우와, 오빠한테 뭔가 멋진 냄새가 나. 배 냄새인가? 타르 냄새 같기도 하고……."

조시가 에밀에게 다가가 킁킁거렸다. 에밀이 기분 좋은 바다 냄새를 몰고 왔다. 에밀은 조시가 제일 좋아하는 사촌이었고, 에밀도 조시를 귀여워했다. 푸른 재킷 주머니가 불룩한 모양이 선물이 든 게 분명했다. 조시는 다른 사람은 몰라도 제 것은 있다고 직감했다.

"멈춰라, 장난꾸러기. 다이빙하기 전에 수심을 재야 하니."

에밀이 웃으면서 한 손으로 조시의 어리광을 저지하고, 다른 손으로 잡다한 이국적인 상자와 포장을 꺼냈다. 각각 이름이 적혀 있었다. 에밀의 익살 덕분에 하나하나 선물을 건네니 웃음꽃이 피었다.

"작은 배라면 5분쯤 거뜬히 붙들어 매줄 굵은 밧줄을 가져왔지."

그러면서 예쁜 핑크빛 산호 목걸이를 조시의 목에 걸어주었다. 베스에게는 은줄에 진주조개 껍데기를 엮은 목걸이를 건넸다.

"이건 인어가 운디네(물의 요정)에게 보내는 선물. 데이지는 바이올린을 갖고 싶을 테니. 활*은 네가 찾아주겠지?"

뱃사람이 앙증맞은 세공을 한 바이올린 모양의 브로치를 내놨다.

"물론이지. 내가 전달할게."

네트가 브로치를 받아들고 바람같이 사라졌다. 즐겁고도 쉬운 심부름이었다. 네트는 언디서든 데이지를 금방 찾아내니까.

에밀은 키득거리면서 곰 모양 앤티크 조각상을 꺼냈다. 머리가 열리는 큼직한 잉크스탠드였다. 그가 조 숙모에게 깍듯이 절했다.

"숙모님은 이런 정교한 동물들을 좋아하시니, 이를 숙모님의 펜에게 바칩니다."

"아주 멋지다, 제독! 고맙구나!"

조는 선물이 무척 흡족했다. 베어 교수는 잉크스탠드의 깊이만큼이나 깊은 '셰익스피어 작품'이 탄생하겠다고 예언했다. 사랑스러운

---

* 남자 친구를 뜻하는 'beau'와 바이올린의 활을 뜻하는 'bow'가 소리가 같음을 이용한 언어유희.

곰(bear)*의 영감을 받을 테니 더더욱 그렇다고.

"메그 숙모님은 여전히 젊으시지만 모자를 자주 쓰시니까 루드밀라에게 부탁해서 레이스를 구해왔어요. 마음에 드셨으면 좋겠어요."

부드러운 종이 포장을 펼치니 얇아서 훤히 비치는 천들이 나왔다. 메그가 한 장을 들어서 머리에 쓰니 아리따운 머리 위로 눈송이가 내려앉은 것처럼 보였다.

"에이미 숙모님은 없는 게 없으시니 뭘 드릴지 찾을 수가 있어야죠. 그래서 작은 그림을 골랐답니다. 베스가 아기였을 때의 숙모님이 떠오르는 그림이라서요."

그러면서 코끼리 상아로 만든 타원형 로켓(locket)**을 꺼냈다. 푸른 천에 장밋빛 아기를 품에 안은 황금빛 머리칼의 마리아 그림이 그려져 있었다.

"세상에, 정말 예쁘다!"

모두가 감탄했다. 에이미는 즉시 베스 머리에서 파란 리본을 떼어서 로켓에 걸어 목걸이로 만들었다. 그녀 인생에서 가장 행복하던 시기를 떠올리게 하는 매혹적인 선물이었다.

"자, 내가 장담하건대, 이건 낸에게 딱 알맞은 선물이야. 예쁜데 흔치 않은, 일종의 표식이라고 할까? 의사에게 아주 어울리는 것이지."

에밀이 꺼낸 것은 작은 해골 모양의 귀걸이 한 쌍이었다.

"에구머니나!"

---

* 베어 교수의 영문 이름 'Bhaer'와 소리가 같다.

** 사진 등을 넣어 목걸이에 매다는 것.

베스가 비명을 질렀다. 베스는 못생긴 것을 지독히 싫어했다. 얼른 자기가 받은 예쁜 조개 목걸이로 눈길을 돌렸다.

"낸 언니는 귀걸이 안 할 텐데."

"그렇다면 네 귀에 구멍을 뚫어줄 때 쓰겠지. 다른 사람을 쫓아가서 칼로 찌르려고 할 때만큼 신나하는 것을 본 적이 없거든."

조시의 걱정에도 에밀은 아랑곳하지 않았다.

"내 보물상자엔 남성분들을 위한 약탈물도 한가득 있답니다. 하지만 여인들의 선물을 먼저 다 풀어야 평화가 찾아오는 법이지요. 자, 그럼 그동안 있었던 일을 들려드릴게요."

뱃사람은 에이미가 가장 아끼는 대리석 상판을 깐 테이블 앞에 앉아 두 다리를 흔들며 시속 10노트의 속도로 이야기하기 시작했다. 그 이야기는 조가 '에밀 제독을 위한 특별 티타임'으로 오라고 부를 때까지 계속되었다.

24

유명 인사의 고충

마치 가는 다양한 모습들로 인생을 경험하면서 놀라운 일을 여러 번 마주했는데, 가장 큰 사건은 미운 오리 새끼가 백조를 넘어 무려 황금알을 낳는 거위로 탈바꿈한 일이었다. 조가 낳은 '문학'이라는 황금알이 기대하지 않았던 시장을 만나서, 10년 만에 조의 가장 소중하고도 터무니없던 꿈이 실현된 것이다. 조는 어떻게, 왜 그런 일이 일어났는지 의아했다. 그냥 어느 날 갑자기, 유명 인사가 되어 있었다. 그러자 유명세보다 조촐하나마 주머니로 꼬박꼬박 들어오는 돈이 반가웠다. 덕분에 재정적인 부담을 덜고 아들들의 미래도 어느 정도 보장할 수 있게 되었다.

그 일은 플럼필드에서 모든 일이 꼬이던 힘든 해에 시작되었다.

형편이 어려워지자 학교는 축소되었고 조는 바쁜 학교 일에 병까지 얻었다. 마침 로리와 에이미는 해외에 나가 있었는데, 베어 부부는 얼마든지 도움의 손길을 내밀어줬을 그들에게 알리지 않고 스스로 해결하려고 애썼다. 조는 방에 틀어박혀서 절망에 빠져 있다가, 오랜 세월 손에서 놨던 펜을 다시 꺼내들었다. 부족한 수입을 메우기 위해 조가 할 수 있는 유일한 일이었다. 마침 소녀들의 이야기를 원하는 출판사가 있어서 조는 서둘러 짧은 글을 썼다. 자기 자신과 자매들 사이에 있었던 장면과 모험 일부를 갖다 쓰기도 했다. 조는 남자아이들 이야기를 쓰고 싶었지만 원고료에 대한 기대, 거기에 성공에 대한 실낱같은 희망으로 원고를 출판사에 보냈다.

조의 예상과 정반대의 상황이 펼쳐졌다. 큰 야망과 기대에 부풀어 출항했던 처녀작은 수년간의 노력에도 불구하고 침몰했었다. 그 이후에도 난파선은 한동안 떠다녔고 출판사도 몇 푼 못 건졌다. 그러나 돈에 대한 절박한 심정으로 급히 써내려간 이야기는, 뜻밖에 현명한 키잡이와 순풍을 만나 '대중의 호평'까지 순조롭게 항해했고, 그 과정에서 예상치 못한 화물, 황금과 영광이 가득 실렸다.

가장 놀란 사람은 다름 아닌 조세핀 베어, 자신이었다. 그녀의 작은 배가 깃발을 휘날리며 항구에 다다르니 오랫동안 쉬던 대포가 신나게 꽝꽝 축포를 터뜨렸다. 게다가 많은 이들이 친절한 얼굴로 함께 기뻐해주고 기꺼이 악수하며 축하해주는 게 아닌가. 이후로는 항해마다 순조롭기 그지없었다. 배에 짐을 실어 보내기만 하면 여지없이 온갖 보상을 싣고 귀항했다.

그녀는 명성에 별로 가치를 두지 않았다. 요즘은 군불을 조금만 지펴도 엄청난 양의 연기가 만들어지는 세상 아닌가. 또한 악명이라면 결코 영광스럽지 않다. 돈은 의심 없이 감사한 마음으로 받았다다. 세상에서 떠들어대는 것에 절반도 안 되는 금액이긴 했지만. 파도가 계속 커져서 가족들은 안전한 항구에 정박했으니, 어른들은 풍랑을 피해 쉬었고 아이들은 자기 삶의 첫발을 내딛었다.

그 시절에 행복과 평화와 풍요가 흘러넘쳐서, 인내하며 기다리는 이들, 소망을 품은 일꾼들, 독실한 신자들이 축복을 받았다. 지혜와 공의의 하나님은 과연 실망, 가난, 슬픔을 보내어 인간 마음에 담긴 사랑을 시험하고 잘 견디는 이에게 더 큰 성공의 축복을 주셨다. 세상은 번영을, 마음이 착한 이들은 가족의 형편이 나아진 것을 성공으로 보았다. 하지만 조에게 있어서 성공은, 행복이었다.

바로 어머니, 마치 부인의 말년을 행복하고 평안하게 꾸며드리는 힘이었다. 평생 가족을 돌보느라 지친 손에 휴식을 드리고 싶었다. 얼굴에서 수심이 사라지게, 늘 원하시던 대로 불쌍한 이웃을 돕는 일을 하실 수 있게 해드리고 싶었다. 소녀 시절에 조의 바람이, 고달픈 삶을 용기 있게 걸어오신 어머니에게 편히 쉴 방을 마련해드리는 것이었다. 그 꿈이 이뤄졌다! 어머니는 안락하고 쾌적하게 꾸민 방에서 딸들의 극진한 보살핌과, 든든한 남편과의 시간과, 노년의 기쁨인 손주들의 사랑을 듬뿍 누렸다. 모두에게 소중한 시간이었다. 마치 부인은 자신이 뿌린 씨앗을 추수하는 삶을 살았다. 그녀의 기도는 응답받았다. 소망이 현실로 피어나고, 좋은 재능마다 열매를 맺고, 가정에 평강과 번영의 축복이 가득했다. 그런 후에 마침내, 자신의 임무를 잘 마친 용감하고 인내심 많은 천사들이 그러하듯, 천국을 바라보며 영원한 안식에 들었다.

여기까지는 달콤하고 성스러운 변화였다. 하지만 우리가 사는
이 호기심 많은 세상에는 가시 돋친 면도 공존한다. 조 역시 처음에
는 유명세에 놀라고 기뻤지만, 유명세에 시달리게 되자 변덕스럽게
도 지겨워지기 시작했다. 자유를 빼앗긴 기분이었다. 대중이 그녀에
게 함부로 굴고, 그녀 주변에 사사건건, 그러니까 과거, 현재, 미래까
지 간섭했다. 낯선 이들이 불쑥 찾아와 그녀의 얼굴을 보고 질문하
고 조언하고 경고하고 축하하며 혼을 쏙 빼놓았다. 아무리 좋은 뜻
이어도 그런 모습의 관심은 사람의 진을 뺀다. 그렇다고 대중을 멀
리하면 즉시 비난자로 돌변했다. 애완동물 자선행사나 친척의 기부
요구를 거절하거나, 세상의 모든 병과 시련에 동정하는 모습을 보이
지 않으면 대번에 '매정하고 이기적이고 오만하다'고 몰아세웠다.
팬레터의 양이 어마어마해서 도저히 답장을 할 수 없는 지경이지만,
대중의 사랑을 우습게 여긴다고, 작가로서의 의무 태만이라고 비난
받기 일쑤였다. 기자들의 요구에 따라 포즈를 취해야 하는 무대보다
집에서 홀로 있는 시간을 선호한다고 하면, 글 좀 쓰는 작가라고 뻐
긴다며 공공연히 욕을 먹었다.

조는 아이들을 위해 최선을 다했다. 조에게는 그들이 대중이었다.
게걸스레 이야기를 먹어대는 어린 학생들을 위해 조는 결연한 자세
로 열심히 글을 썼다. '이야기를 더 주세요. 더, 당장!' 가족들은 그러
다간 건강을 해칠 거라며 반대했다. 하지만 당시 조는 기꺼이 '청소
년 문학'의 제단에 자신을 바쳤다. 자신의 성공이 아이들과의 20년

세월에서 체득한 시선 덕분이라고 생각했기 때문이다.

하지만 인내심이 결국 바닥을 드러냈다. 사자로 살아가는 것에 지쳐버린 베어 부인은 이름처럼 숲속의 곰*이 되어 굴로 돌아갔고 누가 불러낼 때마다 사납게 으르렁거렸다. 가족들은 조가 겪는 시련을 잠깐 동정했지만, 각자 나름의 즐거운 시간을 보내기에 바빴다. 하지만 조에게는 그때가 자기 삶에서 최악의 시간이었다. 목숨처럼 아끼는 것이 '자유'인데 이 자유가 자신을 떠난 것처럼 보였기 때문이다. 환하게 주목받는 삶은 매력이 없었다. 그렇게 살기엔 그녀는 이미 너무 나이가 들고 지치고 바빴다.

그녀의 서명, 사진, 자전적 이야기가 전국을 뒤덮을 즈음, 초상화가들이 정원에 맘대로 들어와 그림을 그렸다. 기자들은 진을 치고 있다가 언뜻언뜻 엿보이는 그녀의 어두운 모습을 캐내어 기사를 썼다. 열정적인 기숙학교 학생들은 전리품을 챙길 심산으로 정원을 헤집었고, 문학 순례자들은 성지순례 하는 마음으로 문턱이 닳도록 드나들었다. 온종일 울려대는 벨 소리에 지친 하인들이 일주일이 멀다 하고 그만두었다. 남편의 보호가 없으면 제때 식사도 할 수 없는 지경에 이르고, 곤란한 순간에 기별 없이 불쑥 들이닥친 손님을 피해 그녀가 뒷창문으로 도망치도록 아들들이 망을 봤다.

당시의 일상을 한눈에 볼 수 있도록 어느 하루를 예로 들겠다. 그러면 이 불행한 여인을 변호하고 싶어질 것이며, 서명 수집광이 날뛰던 당시를 조금이나마 이해하게 될 것이다. 이건 조금의 보탬도

---

* 결혼해서 얻은 조의 성 'Bhaer'와 곰을 뜻하는 'bear'의 발음이 같다.

없는 실화니 말이다.

"불행한 작가들을 보호할 법이 제정되어야 해."

조가 불평했다. 에밀이 도착하고 며칠 후, 아침에 우체부가 평소보다 양이 많고 다양한 편지를 내려놓고 간 직후였다.

"내겐 이 문제가 국제 지적 재산권보다 더 심각한 문제라니까. 시간은 돈이고 평화는 건강이야. 난 지금 보상도 없이 그 두 가지를 잃어가는 중이지. 타인을 존중하는 마음은 사라지고 광야로 떠나고 싶은 야생적 충동만 남았어. 이 자유의 나라 미국에서 내 집 현관문도 마음대로 닫지 못하는 신세라니."

"'사자 사냥꾼들'*이 먹이를 발견했을 때는 무시무시하죠. 입장을 바꿔 생각해보면 금방 알 텐데. '멋진 작품에 대한 나의 존경심을 표현하기 위해 일부러 찾아가봐야' 지루한 것만 보고 올 것이라는 걸!"

테디는 인용구까지 섞어서 서명을 보내달라는 열두 통의 편지에 미간을 찌푸린 어머니에게 꾸벅 절하며 말했다. 조는 매우 단호한 어조로 말했다.

"결심했어. 이런 편지엔 답을 하지 않기로. 이 소년에게 답장을 적어도 여섯 번은 보냈는데, 아무래도 내 편지를 내다 파는 모양이다. 이 기숙학교 여학생에게 답장을 했다간 그 학교의 모든 여학생이 편지를 보내겠지. 다들 '이러는 것이 실례라는 것을 알지만'이라든가 '선생님께 불편을 드려서 죄송하지만' 따위의 문구로 편지를 시작해놓고는 결국 그 실례와 불편을 끼치고야 만다니까. '남자아이들을

---

* 유명인과 사귀는 것을 지상 목표로 삼은 이들을 일컫는다.

예뻐하시잖아요,' '선생님 책을 좋아해서요,' '딱 한 번만요,' 이런 편지들을 에머슨이나 휘티어 같은 분들은 쓰레기통에 버린다더구나. 내 아무리 젊은이들을 격려하는 문학 보모라지만 이것만큼은 이 저명한 작가들에게 배워야겠어. 몰상식한 아이들까지 만족시키려 들었다간 먹고 잘 시간마저 빼앗길 판이다."

조가 한숨을 내쉬며 편지 뭉치를 밀어냈다.

"나머지는 제가 열어볼 테니 먼저 아침 식사부터 하세요, 리베 무터(liebe Mutter).* 이건 남부에서 온 편지네요."

로브는 종종 어머니의 비서 노릇을 했다. 그가 봉인이 인상적인 편지를 뜯어 읽었다.

부인, 하늘로부터 커다란 재물의 복을 받으셨기에 서슴지 않고 이런 부탁을 드립니다. 우리 교회가 성찬 예배 용품을 새로 구입하는 데 필요한 자금을 보태주실 수 있으신지요. 어느 교단 소속이신지는 모르나 이런 부탁에 후하게 응하시리라 믿습니다.

존경하는 마음을 담아
X. Y. 자비에 부인 드림

"정중한 거절 편지를 보내주렴, 로브. 그럴 돈이 있다면 내 이웃의 가난한 이들의 먹을 것과 입을 것을 사야지. 그게 성공에 대한 보답 아니겠니. 계속해보렴."

* 독일어로 '사랑하는 어머니'라는 뜻.

어머니는 그렇게 말하며 감사하는 눈으로 집 안을 둘러보았다.

"열여덟 살의 젊은 문학도가 자신이 쓴 소설에 어머니 이름을 넣어달라고 부탁하네요. 초판 이후로는 어머니 이름을 빼고 자기 이름을 넣겠대요. 어떻게 이렇게 뻔뻔스러운 제안을 하죠? 당연히 거절하시겠지요. 아무리 어머니가 젊은 작가들에게 관대하셔도요."

"있을 수 없는 일이지. 그럴 수 없다고 친절하게 말해주렴. 절대로 원고를 보내오게 해선 안 돼. 지금도 읽어야 할 원고가 일곱 편이나 된다. 정작 내 원고 읽을 새도 없어."

조가 수심에 잠겨 조그만 편지 봉투를 꺼내 들었다. 주소를 쓴 줄이 한쪽으로 기우는 걸 봐서는 어린아이가 쓴 것이 분명했다.

"이 편지는 내가 직접 답하마. 어린 소녀가 투병 중인데 책을 갖고 싶다는구나. 당연히 보내줘야지. 그렇다고 이 아이 기쁘게 해주자고 모든 책의 속편을 쓸 수는 없는 노릇이지. 계속 더 달라고 칭얼대는 올리버 트위스트들 요구를 다 들어주다간 끝이 없어. 다음은 어떤 편지니, 로브?"

"이번 것은 짧고 사랑스러운 편지네요."

베어 부인께,

부인이 쓰신 책에 대한 제 의견을 드리려고 합니다. 저는 부인의 책을 전부 다, 그것도 여러 번 읽었답니다. 모두 더할 나위 없이 훌륭한 책들입니다. 부디 계속 써주십시오.

당신을 존경하는 빌리 뱁콕 드림

"그 편지는 마음에 드는구나. 빌리라는 이는 지각이 있는 양반이요, 곁에 두면 좋을 평론가로군. 의견을 내기 전에 먼저 내 책을 여러 차례 읽었다니 말이다. 게다가 답장을 부탁하지도 않았잖니. 그러니 감사와 안부 인사를 전해다오."

"이 부인은 영국 사람인데 딸이 일곱이나 있대요. 교육에 대한 어머니의 고견을 듣고 싶다고 썼어요. 딸들이 어떤 직업을 가지면 좋을지도요. 첫째가 열두 살이라고 하네요. 하긴 오죽 걱정이겠어요."

로브가 웃었다.

"내가 답을 하도록 애써보마. 하지만 난 딸이 없는데 무슨 도움이 될지 모르겠다. 괜히 충격만 안겨줄지도 몰라. 직업을 논하기 전에 실컷 뛰어놀게 해서 건강하고 튼튼한 몸을 만드는 것이 우선이라고 말해줄 셈이거든. 아이들은 내버려두면 스스로 자신이 원하는 것을 찾아낸단다. 몽땅 하나의 틀에 구겨 넣어서는 안 돼."

"어떤 여성과 결혼할지 묻는 이도 있어요. 어머니 소설의 등장인물 중에서 골라 예를 들어주실 수 있냐고요."

"낸 누나의 주소를 알려주면 어때? 그리고 어떤 일이 벌어질지 지켜보는 거야."

테디가 끼어들었다. 테디는 정말로 그렇게 해볼 작정이었다.

"이 부인은 어머니가 자기 아이를 입양해서 몇 년간 외국에 미술 유학을 보내주라고 부탁하네. 한번 해보세요. 딸도 키워보셔야죠, 어머니."

"고맙지만 사양한다. 내가 원래 하던 일이나 제대로 하련다. 얼룩 묻은 그 편지는 무슨 내용이니? 잉크 자국을 보아하니 끔찍한 내용일 듯싶구나."

　조는 겉봉투만 보고 내용을 맞히는 놀이라도 해서 지루함을 달래볼 심산이었다. 열어보니 시가 한 편 들어 있었다. 문체에 일관성이 없는 걸 보니 미치광이 팬이 쓴 시가 분명했다.

　　J. M. B.(조세핀 마치 베어)에게 바치는 시

　　아, 내가 쥐오줌풀이라면

　　나는 시를 지어

　　향긋한 산들바람을

　　그대에게 불어보내리, 아무도 몰래

　　그대는 위용을 자랑하는 느릅나무 같아

　　태양신 아폴론이 아침 햇살에 황금을 입히네

　　그대의 두 뺨은 해저 같아

　　오월에 장미를 꽃피우네

　　그대의 말에는 지혜와 명철이 있어

　　나는 그 말을 그대에게 유산으로 남기네

　　그대의 영혼이 떠나가는 날

　　천국에서 꽃으로 피어나리

　　내 혀는 달콤한 언어를 하고

이보다 달콤한 침묵은 없었네

가장 바쁜 거리에서 혹은 가장 외로운 골짜기에서

나는 나의 펜을 부려 그대를 데려가네

백합화를 보라, 어떻게 자라는지

수고하지도 않으나 여전히 아름답도다

보석과 꽃과 솔로몬의 봉인

이 세상의 제라늄, 그대는 J. M. 베어.

제임스 지음

아들들이 무엇이 진짜 시인의 감정이냐를 놓고 토론을 벌이는 사이 어머니는 편지들을 살펴보았다. 무료로 원고를 달라는 신생 잡지사, 가장 좋아하는 주인공이 죽어서 슬픔이 가시지 않으니 '베어 부인이 해피 엔딩으로 다시 써달라'는 소녀, 서명 요청을 거절했다고 저주(자신을 비롯한 누구의 서명, 사진, 작가 프로필 요청을 들어주지 않을 경우 돈을 다 잃고 인기도 떨어질 거다!)를 퍼붓는 소년, 종교가 무엇이냐고 묻는 성직자, 두 명의 구혼자 중 누구와 결혼할지 조언해 달라는 젊은이…… 이만하면 독자들은 상황을 충분히 짐작하고 모든 편지에 일일이 답할 수 없는 조를 기꺼이 용서하리라 믿는다.

"이 정도면 됐다. 이제 먼지 좀 털고 글 쓰러 가야지. 자꾸 밀려서 큰일이네. 연재물은 늦으면 안 되는데. 메리, 누가 날 찾으면 없다고 해줘요. 오늘은 빅토리아 여왕님이 오셔도 만날 수 없으니까."

베어 부인은 모든 만물에 저항이라도 하듯 냅킨을 벗어 던졌다.

"오늘 그대의 하루가 무탈하길."

남편이 대답했다. 그 역시 자신에게 온 서신을 일일이 읽느라 바쁜 시간을 보내고 있었다.

"오늘은 플록 교수와 식사할 예정이에요. 오늘 학교를 방문하거든. 아이들은 파르나소스 산에서 점심을 하면 되겠지요. 그러니 그대에게 부디 평화로운 하루가 되길."

이 점잖은 신사는 작별 키스로 아내 미간에 진 주름을 펴주고 사라졌다. 양 주머니는 책으로 불룩하고 한 손에는 우산을, 다른 손에는 지질학 수업에 쓸 돌멩이 자루를 든 채로.

"모든 여류 문학가에게 당신처럼 사려 깊고 천사 같은 남편이 있었다면 일찍 죽지 않고 더 많은 글을 썼을 거예요. 아, 어쩌면 그게 세상에는 축복이 아닐 수도 있겠네요. 우리 대부분이 글을 너무 많이 써내고 있으니까."

조가 손에 들고 있던 깃털로 만든 먼지떨이를 남편을 향해 흔들었다. 그는 현관을 나서며 우산을 흔들어보였다.

로브도 학교로 향했다. 책가방을 든 모습이나 각진 어깨와 성실한 분위기가, 여러모로 아버지와 꼭 같았다. 어머니는 웃음을 터뜨리며 돌아섰다. 그리고 진심을 담아 이렇게 말했다.

"나의 사랑하는 두 교수님에게 축복이 있기를. 이들보다 선한 이들이 어디 있을까!"

에밀도 이미 배로 출근한 후였다. 테디만 집에 남아서 어떻게 하면 냅의 주소를 훔칠까, 설탕 단지를 공략할까, '엄마'와 대화할까 궁리 중이었다. 테디와 조는 장단이 잘 맞는 사이였다. 조는 거실은 언제나 직접 정리했다. 거실이 시원하고 깨끗해 보이도록 꽃병의 물을 갈고 이것저것 손을 보았다. 그런데 커튼을 걷으려고 창에 다가갔다가 웬 낯선 화가가 잔디밭에서 스케치하고 있는 것을 발견했다. 조는 소스라치게 놀라 황급히 뒷창문 쪽으로 몸을 피했다. 먼지떨이를 손에 든 채로.

그 순간 초인종이 울렸다. 길에서 마차 바퀴 소리가 들려왔다.

"내가 갈게요. 메리가 맞이하고 있어요."

테디가 머리칼을 매만지고 거실로 향했다.

"아무도 안 만날 거야. 얼른 위층으로 뛰어 올라갈 틈을 다오."

조가 도망갈 채비를 하며 작은 소리로 말했다. 하지만 어느새 남자가 문가에 나타나 명함을 내밀었다. 테디는 뻣뻣한 태도로 그를 맞았다. 조는 창문 커튼 뒤에 숨었다.

"〈새터데이 태틀러〉지에서 연재를 담당하는 기자입니다. 베어 부인을 뵈러 왔습니다만."

기자 특유의 환심을 사려는 말투였는데, 두 눈동자는 집 안에서 목격한 것은 하나도 놓치지 않고 다 담아가려고 바삐 움직였다. 짧은 방문 시간을 최대한 활용할 줄 아는 노련한 사람이었다.

"베어 부인은 기자를 만나지 않으십니다, 선생님."

"아주 잠깐이면 됩니다. 잠깐이면 제가 묻고 싶은 것을 다 물을 수 있어요."

남자가 슬슬 안으로 밀고 들어왔다.

"만나실 수 없다니까요. 부인께서는 외출하셨습니다."

테디가 대답하며 슬쩍 뒤를 보니 불행한 모친은 사라지고 없었다. '창문을 통해 나가셨군.' 곤란한 처지에 종종 애용하는 통로였다.

"정말 미안합니다. 다시 전화드리지요. 이게 부인의 서재인가요? 정말 멋진 곳이로군요!"

침략자는 거실로 향했다. 죽을 고비에서도 기삿거리를 건질 사람이었다. 테디는 어머니가 탈출에 성공하셨기를 간절히 바랐다.

"베어 부인의 생일과 출생지나 결혼일이나 자제분 수나, 뭐든 말씀해주시면 대단히 감사하겠습니다."

방문객은 현관 매트에 걸려 넘어질 뻔했는데도 당황하는 기색도 없이 막무가내로 말을 이어갔다.

"나이는 예순 전후, 캐나다 노바 젬블라 출생, 40년 전 오늘 결혼해서 따님만 열한 분을 두셨죠. 더 궁금하신 점은요, 선생님?"

얼굴색 하나 변하지 않고 말짱한 얼굴로 거짓말하는 테디를 보고 있자니 그의 어처구니없는 대답과 대조가 되어 더욱 웃음이 났다. 기자도 완패를 인정하고 웃으며 사라졌다. 그때 막 어떤 부인이 세 딸을 앞세워 현관문 앞에 나타났다.

"우리는 멀리 오시코시에서 오는 길이랍니다. 존경하는 조 부인을 뵙지 못하고는 집으로 돌아갈 수 없어요. 제 딸들은 부인의 책을 너무나 사랑한답니다. 부인을 직접 뵐 기대에 한껏 부풀었지요. 너무 이른 시간인 줄은 알지만 저희에겐 여기가 첫 번째 방문지거든요. 오시코시의 에라스투스 킹스베리 파르말리 부인이 왔노라고 전해주세요. 얼마든지 기다리죠. 아직 손님 맞이 준비가 덜 되셨다면 그동안 집 안 구경을 하고 있을게요."

어찌나 속사포처럼 쏘아대던지 테디는 이 아담한 아가씨들을 멍하니 바라보고 서 있었다. 여섯 개의 애원하는 파란 눈동자 앞에서 마음이 약해졌다. 최소한 거절을 해도 정중하게 해야 했다.

"베어 부인은 여기 안 계십니다. 아, 그러니까 방금 외출하셨어요. 그런 것 같아요. 하지만 집과 정원은 마음껏 둘러보셔도 됩니다."

황홀한 얼굴로 두리번거리며 마구잡이로 밀고 들어오는 네 여인에게 밀려 뒷걸음질 치면서 중얼거렸다.

"이렇게 고마울 데가! 얼마나 예쁘고 아름다운 곳일지! 저기서 부인이 글을 쓰시나요, 그렇죠? 저 그림은 부인을 그린 게 맞나요? 세상에, 내가 상상하던 모습 그대로네!"

여자들은 노튼 경 부인의 섬세한 판화 앞에 서서 떠들었다. 노튼 경 부인은 손에 펜을 쥐고 뭔가에 홀린 듯한 표정을 짓고 있었다. 머리에 작은 왕관을 쓰고 목에는 진주 목걸이를 걸었다.

테디는 터지는 웃음을 간신히 참으며 조를 흉물스럽게 그린, 문 뒤에 걸린 초상을 가리켰다. 희한한 빛의 효과로 코끝과 양 볼이 그녀가 앉은 빨간 의자만큼이나 붉게 물들었는데도 음울해 보이는 사진이었다. 조는 바로 그 점을 재미있어했다.

"저희 어머니세요. 잘 그린 그림이라고 말하긴 어렵지만요."

테디는 소녀들이 고통스러워하는 모습을 보는 것이 재미있었다. 현실과 이상의 간극이 너무 커서 어찌할지 몰라 했다. 열두 살짜리 막내딸은 고개를 돌려버렸다. 하긴, 오랫동안 숭배하던 우상이 지극히 평범한 사람인 걸 알게 되면 누구라도 그럴 것이다.

"열여섯 살 감성을 가지고, 머리를 양 갈래로 땋아 뒤로 넘긴 분이

실 줄 알았는데. 그분을 굳이 뵙지 않아도 될 것 같아요."

정직한 소녀는 거실 쪽으로 걸어가 버렸다. 민망한 어머니가 대신 사과를 했고 다른 자매들은 그 흉측한 초상이 '완벽하게 사랑스럽고 생생하고 시적이며, 특히 눈썹 부분이 그렇다'며 연신 변명했다.

"얘들아, 이제 가자꾸나. 오늘 다 돌아보려면 말이다. 가져온 앨범은 두고 가거라. 베어 부인이 뭐라도 써서 보내주시겠지. 네, 그렇게 해주시면 천 번이라도 감사하겠어요. 어머니께 우리가 보내는 최고의 안부를 전해주세요. 오늘 못 뵙고 가서 유감이라는 말도요."

이 말을 막 끝내는 에라스투스 킹스베리 파르말리 부인의 눈에 체크무늬 앞치마를 두른 중년여성이 들어왔다. 머릿수건을 쓰고 서재처럼 보이는 복도 끝방의 먼지를 바삐 털고 있었다.

"부인이 안 계신다고 하니 성소를 잠시 엿봐도 괜찮겠지요?"

열정적인 부인이 딸들을 데리고 거실을 가로질러 성큼성큼 걸어갔다. 테디가 탈출로가 막힌 어머니에게 경고할 새도 주지 않고서 말이다. 집 앞에는 화가가, 집 뒤에는 아직도 떠나지 않은 신문기자가 진을 쳤는데, 집 안까지 여인들이 저렇게 행군 중이니. 테디는 우스꽝스러운 신음소리를 냈다.

'다 들통났군. 초상을 봤으니 하녀 흉내를 내신들 무슨 소용이람.'

조는 최선을 다했다. 실로 배우 뺨치는 연기를 했기에 저 치명적인 초상만 아니었더라면 무사히 빠져나갔으리라. 파르말리 부인이 책상 앞에서 걸음을 멈췄다. 해포석 담배 파이프나 곁에 놓인 남자 실내화, 겉봉투에 'F. 베어 박사 귀하'라고 쓰인 가득 쌓인 편지들엔 눈길도 주지 않은 채 두 손을 맞잡고 깊은 감동에서 우러난 감탄사를 연발했다.

"애들아, 바로 이곳이 부인께서 그 사랑스럽고 도덕적인 이야기들을 쓰신 곳이란다. 그분의 이야기가 우리의 영혼을 얼마나 울렸던지! 여기 있는 종이들을 좀 가져가도 될까요? 아니면 낡은 펜이나, 안 되면 우표라도? 위대한 재능을 타고나신 여인을 기억할 무엇이라도?"

"그럼요, 부인. 마음대로 가져가셔도 됩니다."

하녀가 대답하고는 젊은이에게 눈총을 주며 지나갔다. 테디는 터지는 웃음을 억누르지 못해 어쩔 줄 몰라 했다.

큰딸이 이 장면을 목격하고 눈치챘다. 앞치마를 두른 여인을 잽싸게 훑어보고 혐의를 굳혔다. 재빨리 어머니에게 다가가 속삭였다.

"엄마, 이분이 베어 부인이세요. 확실해요."

"그럴 리가? 진짜? 그렇구나! 세상에, 어떻게 이런 일이!"

부인이 황급히 그 불행한 여인을 뒤쫓아갔다. 조는 막 문을 지나는 참이었다. 파르말리 부인이 간절한 목소리로 외쳤다.

"저기 괜찮으시다면! 부인께서 바쁘신 건 잘 알고 있습니다만, 손 한 번만 잡아보게 해주시면 곧 떠나겠어요!"

퇴로가 막힌 조가 체념하고 몸을 돌려 손을 내밀었다. 찻쟁반을 내밀듯 손을 쭉 뻗고는 파르말리 부인이 실컷 붙들고 흔들도록 내버려두었다. 예상치 못한 친절에 은근히 놀란 부인이 말했다.

"오시코시에 오시면 부인의 발이 땅에 닿을 새가 없을 거예요. 사람들이 번쩍 들고 모시고 다닐 테니까요. 선생님을 직접 본다면 다들 죽도록 기뻐할 거예요."

속으로는 그런 야단스러운 동네에는 결코 가지 않으리라 결심하면서 조는 겉으로는 최선을 다해 예의를 갖추었다. 앨범에 일일이 서명을 해주고 기념품을 하나씩 안겨준 후 한 사람씩 키스를 해주니 마침내 방문객들이 떠났다. 다음 목적지는 '롱펠로, 홈스를 비롯한 다른 문인들'이란다. 부디 그분들도 전부 외출 중이길.

"요 악당, 왜 내게 빠져나갈 기회를 주지 않았어? 세상에, 네가 기자 양반에게 한 거짓말이란! 너나 나나 오늘 저지른 일에 대해서 죄사함을 받아야 할 텐데. 하지만 이들을 피하지 않았다간 대체 우리는 어떤 지경이 되겠느냔 말이다. 한 사람에게 이렇게 떼거리로 덤비는데 이게 어떻게 공평하냐고."

조는 앞치마를 풀어서 거실의 옷장에 걸었다. 한숨이 나왔다.

막 학교에 가려고 계단을 나서던 테디가 뒤를 돌아보고 고함쳤다.

"어머니, 더 많은 사람들이 길을 따라 올라오고 있어요! 아직 들킬 위험이 없을 때 빨리 숨으세요. 제가 나가서 막아볼게요!"

조가 황급히 위층으로 올라가 방문을 잠갔다. 잔디밭에 기숙학교 여학생들이 진을 치는 것이 보였다. 집 입장을 저지당하자 정원에서 꽃을 꺾고, 서로 머리를 땋아주고, 도시락을 꺼내먹고, 이 집과 집주인에 대해 이런저런 평가를 제멋대로 지껄이기로 한 모양이었다.

몇 시간이 그렇게 조용히 지나갔다. 조는 밀린 일을 하며 긴 오후 시간을 보내고 있었다. 로브가 마침 학교에서 돌아와 기독청년회가 대학을 방문했는데 조를 만나고 싶어 한다는 말을 전했다.

"비가 오면 안 올 수도 있지만, 혹시 모르니까 미리 어머니께 말씀드려 준비하고 계시는 게 좋겠다고 아버지께서 전하셨어요. 원래 남학생들은 잘 만나주시잖아요. 불쌍한 여학생들은 별로 기회를 얻지 못하지만요."

로브는 이미 동생에게 아침 나절의 소동을 전해들은 터였다.

"남학생들은 감정이 폭발하는 법이 없으니 참아주는 거야. 지난번에 여학생들을 집에 들였더니 한 아이가 내 품에 쓰러지면서 '선생님께 사랑받고 싶어요!' 그러는 거야. 냅다 밀쳐내고 싶더라니까."

조가 펜에 묻은 잉크를 힘 있게 닦아내며 말했다.

"이 남학생들은 절대로 그런 일은 없을 거예요. 하지만 어머니의 사인은 원하겠죠. 수십 장 준비해 두시는 게 좋겠어요."

로브가 종이 한 묶음을 펼쳐보였다. 손님에게 친절하기도 하지만 무엇보다 어머니를 존경하는 마음으로 무작정 찾아오는 이들을 측은히 여기는 로브였다.

"그 여학생들보다 더할 순 없을 게다. 요전날은 하루에 300장이 넘게 사인을 했어. 탁자에 산더미 같은 카드와 앨범을 두고 나왔지. 이렇게 황당하고 지긋지긋한 광적인 행동은 세상에 심각한 해를 입히는 거라고 생각해."

그럼에도 조는 자기 이름을 십수 번쯤 써 갈긴 후 검은색 실크를 걸치고 곧 나타날 방문객을 기다렸다. 운명으로 받아들일 수밖에. 제발 비를 내려주소서, 그렇게 기도하며 다시 일에 몰두했다.

소나기가 내렸다. 조는 안도하고 머리를 헝클고 옷단을 푼 채 쓰던 챕터를 마무리하려고 서둘렀다. 하루에 30쪽씩 쓰는 게 목표였다. 저녁 식사 전에 끝내고 싶었다. 조시가 꽃을 가져와 꽃병에 꽂으려고 손질할 때, 여러 개의 우산이 머리를 맞대고 언덕을 내려오는 것이 눈에 띄었다.

"이모, 와요! 이모부가 들판을 가로질러 맞으러 뛰어가세요."

조시가 계단 발치에 서서 위층을 향해 외쳤다.

"잘 지켜보다가 그들이 가로수길에 들어서면 알려주렴. 얼른 정리하고 내려가는 데 1분밖에 안 걸리니까."

조는 대답하면서도 맹렬하게 글을 써내려갔다. 연재물은 하루도 늦을 수 없다. 기독교연맹 할아버지가 오셨어도 어쩔 수 없다.

"두세 사람이 아닌데요. 대여섯은 족히 되겠어요!"

현관문 앞에 서 있던 메리가 외쳤다.

"아니, 열둘이에요! 틀림없어요. 이모, 보세요. 저기 와요. 이제 우린 어떻게 하죠?"

조시는 빠른 속도로 다가오는 시커먼 군중에 덜컥 겁이 났다.

"주여, 자비를 베풀어주소서. 적들은 수백 명이나 됩니다! 조시, 뛰어가서 대야를 가져다가 뒷문에 두렴. 우산에서 뚝뚝 떨어지는 물을 받을 수 있게. 손님들은 거실로 안내하거라. 모자는 탁자에 쌓아두게 하고. 모자걸이가 충분하지 않을 테니까. 깔개는 깔아도 소용이 없겠지. 아, 소중한 나의 카페트!"

조가 비장하게 1층으로 내려갔다. 조시와 하녀들은 진흙 범벅의 장화들을 처리할 생각에 경악하며 이리저리 뛰어다녔다.

마침내 그들이 도착했다. 현관 앞에 우산들이 기다란 장사진을 이루었다. 우산 아래로 흙탕물이 튄 다리들과 붉게 상기된 얼굴들이 나타났다. 이 신사 양반들은 비쯤은 아랑곳하지 않고 시내를 돌며 좋은 시간을 보낸 후였다. 베어 교수가 정문에서 간단한 환영사를 하는 중이었다. 마침 문간에 나타난 조는 비를 쫄딱 맞은 모습에 마음이 약해져서 어서 들어오라고 손짓했다. 정작 집주인은 우산도 쓰지 않고 비를 맞으며 연설을 하고 있는데, 해맑고 마음이 따스하며 열정이 넘치는 청년들은 앞다투어 계단을 올라와 모자를 획 낚아채듯 벗으며 현관에 들어섰다. 그러다가 행렬을 지어 집합하라는 명령이 떨어지자 제군들은 거추장스러운 우산을 들고 쩔쩔맸다.

저벅, 저벅, 저벅, 복도를 따라 일흔다섯 켤레의 장화가 걸어갔다. 곧 일흔다섯 개의 우산이 물받이 대야에 사이좋게 모여 앉아 물방울을 흘려보내는 사이, 우산 주인들은 1층을 통째로 점령했다. 안주인은 군소리 없이 일흔다섯 개의 충심 어린 손을 일일이 잡고 악수했다. 빗물에 젖은 손도 있고, 아주 따뜻한 손도 있었다. 대부분 그날의 전리품이 손에 들려 있었다. 한 극성스러운 청년이 부인에게 경의를 표하면서 손에 있는 작은 거북을 흔들어 보였다. 다른 청년은 유명한 관광지에서 꺾은 나뭇가지를 한 아름 들고 있었다. 그리고 모두 플럼필드의 기념품이 될 만한 것을 달라고 애원했다. 순식간에 탁자 위에 카드가 한 뭉치 쌓였다. 전부 사인을 요청하는 내용이었다. 아침에 한 결심은 다 잊었는지 조는 모두에게 일일이 사인을 해주었다. 그사이 남편과 아들들은 집주인 역할을 톡톡히 해냈다.

조시는 얼른 뒷방으로 도망갔지만 얼마 안 있어 집 안을 여기저기 탐험하던 청년들에게 발각되었는데, 그중 한 명에게 치명적인 모욕을 당했다. 한 청년이 혹시 베어 부인이시냐고 물어본 것이다.

접견은 짧게 끝났다. 시작보다 마무리가 더 좋았다. 비가 그쳐 무지개가 아름답게 떴고 이 선량한 청년들이 마당에 서서 작별의 합창을 불렀다. 길조였다. 젊은이들의 머리 위로 아치 모양을 그린 언약의 무지개. 천국이 그들을 향해 기쁨의 미소를 지어주는 것 같았다. 진흙 덮인 땅과 비에 젖은 하늘 위로 여전히 태양은 모두를 비추고 있었다. 청년들은 마지막으로 만세 삼창을 하고 떠나갔다. 이들의 방문은 카페트에 붙은 진흙을 삽으로 긁어 떼어내고 물이 반쯤 찬 대야를 비우면서 나눌 유쾌한 이야깃거리를 남겼다.

"참 착하고 정직한 성실한 청년들이야. 그들과 함께한 30분이 하나도 원망스럽지 않구나. 하지만 난 원고를 끝내야 해. 그러니 티타임까지는 아무도 들이지 말아줘."

조가 메리에게 대문을 걸어 잠그라고 일렀다. 아버지와 아들들은 손님들을 배웅하러 나갔다. 조시는 방금 조 이모 집에서 일어난 재미있는 사건을 전하러 자기 집으로 뛰어갔다.

한 시간쯤 평화로운가 싶더니 초인종이 울렸다. 메리가 킥킥거리며 올라왔다.

"어떤 괴상한 부인이 정원에서 메뚜기를 잡아도 되냐고 묻는데요."

"뭘 잡는다고?"

조가 놀라서 큰 소리로 묻다가 펜을 떨어뜨렸다. 잉크 자국이 남았다. 이상한 요청을 많이 받아봤지만, 이번만큼 이상하랴.

"메뚜기요, 마님. 마님은 바쁘시다고 했더니, 글쎄 '유명인들 마당에 사는 메뚜기를 수집하고 있어요. 플럼필드에 사는 메뚜기도 내 소장품에 넣고 싶어요'라네요. 나 참!"

메리는 그 부인을 떠올리며 다시 키득거렸다.

"그 부인께 몽땅 가져가시라고, 얼마든지 환영이라고 전해주렴. 싹 사라지면 정말 고맙겠구나. 그놈들이 어찌나 얼굴로 뛰어오르고 치맛단 속으로 들어가는지."

조도 함께 웃었다. 메리가 사라졌다가 금방 다시 나타났다. 이번에는 웃느라 말을 못 할 지경이었다.

"그 부인께서 황공하시답니다. 덧붙여 마님이 입으시던 헌 옷이나 낡은 스타킹을 주면 지금 만들고 있는 깔개에 넣겠대요. 이미 에머슨 선생님의 조끼, 홈스 선생님의 바지, 스토 부인의 드레스는 구했다면서요. 정신이 이상한 사람이에요!"

"내 낡은 빨간 숄을 갖다 주렴. 빨간색 덕분에 그 희한한 깔개를 이룬 위대한 옷가지들 사이에서 내 존재가 꽤나 튀어 보일 테니까. 네 말이 맞아. 저들은 다 미치광이야. 유명인과 친해지려고 쫓아다니는 이들 전부가 그래. 하지만 이번 미치광이는 그다지 해로운 사람 같지는 않구나. 내 시간을 빼앗지도 않고 오히려 큰 웃음을 주니 말이야."

조가 다시 원고 쓰는 일에 열중했다. 창문으로 힐끗 내다보니 키가 크고 마른 체격에 빛바랜 검은색 드레스를 입은 부인이 잔디밭을 사방으로 펄쩍펄쩍 뛰어다니고 있었다.

해가 저물 때까지는 방해꾼이 없었다. 메리가 문틈으로 머리를 내밀고 "베어 부인을 만나겠다는 신사가 문 앞에 와 있는데, 거절해도 꿈쩍도 하지 않는다"고 말하기 전까지는.

"안 된다고 전해라. 절대로 내려가지 않을 테니까. 이미 힘든 하루를 보냈기 때문에 더는 방해받고 싶지 않아."

잔뜩 불쾌해진 작가가 대꾸했다. 조는 이번 호에 실릴 원고의 마지막을 쓰던 참이었다.

"저도 그렇게 말했는데요, 마님. 얼굴에 무슨 철판을 깔았는지 집

안까지 밀고 들어왔어요. 또 다른 미치광이인가 싶은데, 이 사람은 좀 무서워요. 덩치가 크고 얼굴은 시커멓다니까요. 게다가 오이처럼 차가워서는. 뭐, 생긴 건 잘생겼더라고요."

메리가 배시시 웃으며 덧붙였다. 뻔뻔한 손님이지만 메리의 호의를 얻은 모양이었다.

"나는 오늘 하루 충분히 시달렸어. 원고를 마치려면 마지막 30분이 정말 중요해. 그러니 내려가는 일은 없을 줄 알아."

조의 목소리에 날이 섰다.

메리가 나갔다. 하지만 조는 들려오는 소리에 자기도 모르게 귀를 기울였다. 웅얼거리는 목소리만 들리더니 별안간 메리의 비명이 들려왔다. 기자들의 행태를 잘 알고 있는 데다가 메리가 예쁘장하면서 겁이 많다는 점이 생각나 베어 부인은 메리를 구하려고 일어났다. 일부러 위엄 있는 태도로 계단을 내려가다가 산적 같은 풍채의 침략자와 마주쳤다. 어딘지 낯익었다. 유심히 살펴보았다. 죽을힘을 다해 계단을 가로막고 서 있는 메리를 당장이라도 밀치고 뛰어 올라올 기세였다. 조가 최대한 근엄한 목소리를 짜내어 물었다.

"내가 만나지 않겠다고 일렀는데도 버티는 이분은 누구시지?"

"정말 모르겠어요, 마님. 이름은 안 알려주고 자기를 만나지 않으면 마님이 후회하실 거라는 말만 해요."

얼굴이 벌게지고 화가 잔뜩 난 메리가 물러서며 대답했다.

"후회 안 하시겠습니까?"

낯선 사내가 웃음으로 가득한 검은 눈을 들어 위를 쳐다보았다. 긴 수염 사이로 하얀 이가 반짝였다. 그러고는 겁도 없이 격노한 조를 향해 두 팔을 쭉 뻗으며 다가갔다.

조는 매서운 눈으로 그를 살펴봤다. 음성고 귀에 익었다. 메리는 어리둥절할 뿐이었다. 별안간 조가 산적 같은 사내의 목을 두 팔로 끌어안으며 외쳤다.

"우리 아들이구나! 어디서 오는 길이니?"

"캘리포니아에서요. 마더 베어를 만나 뵈러 왔지요. 자, 이것 보세요, 제가 그냥 갔으면 후회하셨겠지요?"

"1년 동안 네가 어찌나 보고 싶던지, 그래서 네가 오면 널 집에서 쫓아낼 작정이었다."

조가 웃었다. 방랑자는 더 크게 웃었다. 그녀는 방랑자와 즐거운 대화를 나누기 위해 계단을 내려갔다.

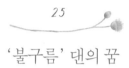

25

'불구름' 댄의 꿈

조는 종종 댄에게 인디언의 피가 흐르는 게 분명하다고 생각했다. 단순히 야생마 같은 데가 있고 방랑을 좋아해서가 아니었다. 외모가 그랬다. 성인이 되니 그 점이 더욱 눈에 띄었다. 이제 스물다섯인 그는 훤칠한 근육질의 체격, 짙은 피부색에 각진 얼굴이 매서웠다. 모든 감각이 펄펄 살아 있는 듯한 기민한 모습이다. 거친 매너와 넘치는 에너지, 여전히 말보다 주먹이 먼저 나가고, 눈빛엔 열정이 그대로 드러났다. 경계하는 것이 몸에 배었는지 항상 무언가를 감시하는 듯한 분위기를 풍겼다. 그에게서 전반적으로 느껴지는 활력과 생기는 그의 모험적인 삶이 갖는 위험성과 즐거움을 잘 아는 이들에게 매력적으로 느껴졌다. '마더 베어'와 앉아서 대화를 나누고 있는 그의 모습은 그 어느 때보다 멋져 보였다. 그녀의 손을 잡은 구릿빛 손은 강해 보였고 음성에서는 애정이 묻어나왔다.

"옛 친구들을 잊다뇨! 제게 집은 이곳 한곳뿐인데 어떻게 여길 잊어요? 아니, 얼마나 빨리 오고 싶었으면 단장도 안 하고 곧장 왔겠습니까? 제게 일어난 행운을 빨리 들려드리고 싶어서요. 물론 지금 제 모습이야말로 그 어느 때보다 야생 버팔로처럼 보이겠지만."

댄이 텁수룩한 검은 머리를 흔들어 보이고 수염을 잡아당겼다. 웃음소리가 거실을 쩌렁쩌렁 울렸다.

"썩 괜찮아 보이는데. 난 언제나 산적을 동경했지. 지금 네 모습이 딱 그렇구나. 메리가 네 모습과 태도에 겁을 집어먹은 모양이야. 조시는 몰라도 테디는 대니 형을 단번에 알아볼 게다. 수염이 이렇게 길고 사자 갈기 같은 머리를 하고 있어도 말이야. 아이들이 모두 널 만나러 이리 오는 중이야. 그 전에 내게 살아온 이야기를 더 들려주렴. 어머나, 댄, 네가 이곳을 떠난 지 벌써 두 해가 지났구나! 그동안 정말 별일 없었던 거야?"

댄은 캘리포니아에서의 삶과 작은 투자로 거둔 성공을 말했다.

"최고였어요! 전 돈에 큰 관심이 없잖아요. 필요한 것의 세 배 정도만 있었으면 했죠. 돈이 필요하면 그때마다 벌면 되지, 괜히 많이 가지고 있으면 짐만 되잖아요. 돈은 버는 재미, 그리고 베푸는 재미, 그 두 가지가 좋을 뿐이에요. 쌓아두면 뭐해요. 그 돈이 필요하도록 오래 살 것도 아닌데요. 저 같은 성격이 다 그렇잖아요."

그렇게 말하는 표정에서 작은 재물에조차 매이고 싶지 않은 댄의 기질이 느껴졌다.

"하지만 결혼해서 정착을 한다면 말이다, 네게 언젠간 그런 날이 오기를 바란다만, 자금이 필요하지. 그러니 다 써버리지는 말거라. 누구에게나 어려운 시기가 찾아오는데, 그럴 때 누군가에게 의지해서 살아야 한다면 네 성격에 견디기 힘들 거야."

조는 현자처럼 타이르면서도, 한편으로는 이 행운아가 돈 버는 데 혈안이 되지 않았다는 점에 마음이 놓였다.

댄은 고개를 절레절레 흔들더니, 마치 벌써부터 갇힌 기분이 들어 얼른 바깥세상으로 뛰쳐나가고 싶다는 듯 방 안을 두리번거렸다.

"도깨비불 같은 저를 누가 좋아하겠어요? 여자들은 진중한 남자를 좋아하잖아요. 저는 그런 사람이 될 수가 없고요."

"애야, 난 어렸을 때 너처럼 모험심 강한 남자를 좋아했단다. 생기 넘치고 대담하며 자유롭고 낭만적인 것은 여자들의 마음을 항상 설레게 하지. 그러니 포기하지 마. 너도 언젠가는 닻을 내리고 싶어질 때가 올 거야. 돌아다니더라도 전보다 짧은 여행을 하며 집에 가져갈 선물을 가득 싣고 돌아가는 그런 삶 말이다."

"제가 나중에 원주민 여인을 데려오면 뭐라고 하실 건가요?"

댄이 구석의 대리석 조각상을 쳐다보며 물었다. 갈라테아가 뽀얗고 사랑스러운 빛을 발하고 있었다. 댄의 눈에 장난기가 번뜩였다.

"두 팔 벌려 환영이지. 좋은 여자라면 상관없어. 누가 있구나?"

조가 댄의 눈치를 살폈다. 지적인 여성이라도 연애에는 언제나 관심이 가는 법이다.

"아쉽지만, 없습니다. 지금은 너무 바빠서 테디 표현처럼, '여자들과 놀아날' 틈이 없거든요. 참, 테디는 어떻게 지내요?"

댄이 노련하게 화제를 돌렸다. 감성적인 얘기는 그만하자는 투였다. 그 말에 조도 즉시 다른 화젯거리로 넘어갔다. 아들들의 재능과 장점에 대해 막 이야기하는 참인데 갑자기 당사자들이 나타나 어린 곰 두 마리처럼 댄에게 달려들었다. 기쁨을 감추지 못해 뒹구는 모습이 레슬링 경기를 보는 것 같았다. 물론 패배는 두 형제의 몫이었다. 사냥꾼이 금세 제압했기 때문이다. 곧 베어 교수가 뒤따라 들어왔다. 메리가 부엌에서 불을 피우고 음식을 하는 사이 거실에서 어찌나 신나게 떠들었는지 메리 귀에는 방앗간 소리로 들렸단다. 메리는 이 낯선 사내가 아주 귀한 손님임을 직감하고 특별한 식사를 준비하고 있었다.

차를 마신 후 댄은 기다란 방을 왔다 갔다 하며 이야기를 이어갔다. 종종 복도로 나가 신선한 공기를 마시고 오기도 했다. 분명 그의 폐는 이곳 문명인들보다 더 많은 산소가 필요했다. 그러다가 어두운 출입구에 선 새하얀 형상의 여인을 발견하고 멈춰 섰다. 베스도 발걸음을 멈췄다. 오랜 친구를 못 알아봤을뿐더러 자신의 실루엣이 여름밤 부드러운 달빛 아래에서 얼마나 아름다운 자태를 연출하는지도 전혀 깨닫지 못한 채 상대를 물끄러미 바라보았다. 황금빛 머리칼은 머리 주변을 비추는 후광 같았고 새하얀 숄의 끝자락은 빗줄기 사이로 불어오는 시원한 바람에 날개처럼 펄럭였다.

"혹시 댄 오빠?"

그녀가 우아한 미소를 머금고 다가와 손을 뻗었다.

"그런 것 같지. 나도 널 못 알아봤네, 공주님. 유령인가 했다니까."

댄은 경이롭고 부드러운 표정으로 그녀를 내려다보았다.

"나 많이 컸지? 하지만 2년 사이에 오빠도 완전히 달라졌네."

이번에는 베스가 소녀다운 호기심으로 자기 앞에 선 조각 같은 남자를 올려다보았다. 그녀 주변을 맴도는 말쑥하게 차려입은 이들과는 분명 대조적인 모습이었다.

두 사람이 제대로 대화를 시작도 하기 전에 조시가 뛰어들었다. 얼마 전에 새로 습득한 10대 소녀의 위엄 따위는 완전히 잊은 채 어린아이처럼 댄을 향해 펄쩍 뛰어올라 안겼다. 댄은 조시를 품에서 내려놓고서야 꼬맹이 역시 많이 달라졌음을 깨닫고 경악했다.

"아니, 너마저 이렇게 커버린 거야? 난 이제 어떡하라고? 어린아이가 아무도 없으니 누구랑 놀아야 하나? 테디는 콩나무처럼 길쭉해지고 베스는 숙녀로 변신하더니, 나의 귀여운 겨자씨, 너마저 긴 드레스를 입고 분위기를 잡는단 말이야?"

두 여자가 소리 내어 웃었다. 조시는 뒤늦게 얼굴이 빨개졌다. 다짜고짜 품으로 뛰어들다니. 사촌지간의 두 여인은 대조적이었다. 흰 백합과 들장미 같았다. 댄은 둘을 번갈아 보며 흐뭇하게 고개를 끄덕였다. 여행 중에 어여쁜 처녀들을 많이 봐온 터라 이 오랜 친구들도 아름답게 꽃피고 있는 걸 보니 기분이 좋았다.

이때 조의 외침이 들렸다.

"이봐! 누구든 댄을 독점하는 건 반칙이야! 얼른 여기로 끌고 와서 잘 감시하렴. 언제 또 몰래 빠져나가 훌쩍 떠날지 모르니까. 그랬다간 또다시 한두 해는 지나야 댄의 얼굴을 볼 수 있단 말이야."

유쾌한 간수들에게 끌려 거실로 돌아가는 길에 댄은 조시에게 질책을 당했다. 다른 남학생들보다 먼저 어른이 된 것이 잘못이란다.

"에밀 오빠가 나이는 더 많은데 아직 소년 같아. 여전히 지그 춤을 추면서 뱃사람 노래를 부른다고. 그런데 오빠는 서른 살은 된 것 같잖아. 연극 속 악당처럼 덩치도 크고 얼굴도 검고. 아, 〈폼페이 최후의 날〉에서 아르바케스 왕 역을 맡으면 되겠다! 우리 그 연극을 연습 중이거든. 사자와 검투사들, 그리고 화산 폭발은 준비됐어. 토미와 테디가 화산재를 뿌리고 돌들을 굴릴 거야. 이집트인 역할을 맡을 검은 피부의 사람이 필요했는데, 잘됐다. 빨갛고 하얀 숄을 걸치면 정말 멋있겠어. 그렇죠, 이모?"

홍수처럼 쏟아지는 말에 댄은 양손으로 귀를 막아야 했다. 조가 충동적인 조카의 질문에 답을 하기도 전에 로렌스 가족이 메그 가족과 함께 들어섰다. 곧이어 토미와 낸도 도착해서 모두 둘러앉아 댄의 모험담에 귀 기울였다. 간략하면서도 어쩌나 재미있게 이야기를 잘하는지 관객들의 얼굴에 흥미, 놀라움, 즐거움, 긴장감이 그대로 드러났다. 남자들은 당장 캘리포니아로 떠나 큰돈을 벌겠다는 생각에 사로잡혔고 여자들은 그가 여행에서 가져왔다는 진기하고 예쁜 물건들을 빨리 보고 싶어서 안달이었다. 어른들은 야생마 같던 댄에게서 보이는 힘찬 에너지와 유망한 모습에 대단히 흐뭇했다.

"물론 넌 큰 행운을 찾아 다시 떠날 테지. 나 역시 너에게 그런 일이 또 있길 바란다. 하지만 투기는 위험한 게임이야. 그동안의 노력을 한꺼번에 잃을 수 있거든."

로리도 댄의 이야기에 가슴이 뛰었다. 댄과 함께 그런 거친 생활을 해보고 싶어졌다.

"돈은 충분해요. 당분간은요. 투기는 아무래도 도박 같아서요. 전

스릴이 좋지, 돈이 좋은 건 아녜요. 서부로 가서 농장을 운영해볼까 해요. 큰 땅에서 대규모로요. 오랫동안 빈둥거렸더니 오히려 성실하게 일하고 싶어서 몸이 근질거려요. 제가 농장을 마련하면 구색을 갖추도록 플럼필드에서 제일 말 안 듣는 검은 양들은 보내주세요. 제가 호주에서 양을 좀 쳐봐서 검은 놈들 다루는 법은 좀 안답니다."

말을 마치며 호탕하게 웃어젖히니 댄의 얼굴에 도사리던 날카로움이 날아가버렸다. 그가 많이 배우고 성장했음이 느껴졌다.

"댄, 아주 근사한 생각이로구나!"

조가 외쳤다. 댄이 어딘가에서 자리 잡아 남을 도우며 살아가리라고 생각하니 희망적이었다.

"네가 어디에 있을지 꼭 기별해야 해. 그래야 찾아가서 만나지. 세상을 반 바퀴나 돌더라도 말이다. 테디를 꼭 보내마. 이 아이도 잠시도 가만히 있지 못하는 성격이라 좋은 기회가 될 게다. 너라면 이 녀석이 남아도는 에너지를 실컷 쓰도록 맡겨도 안전할 테니까. 사업에 대해서도 건전하게 배우고 말이다."

"기회를 주신다면 착한 아이처럼 '삽과 괭이'를 잘 써보겠습니다! 그런데 스페란자 광산도 끌리는데요."

댄이 베어 교수를 위해 샀다는 광석 샘플을 유심히 살펴보던 테디가 말했다.

"가서 새로운 마을을 건설하면 어떨까. 그 후에 우리가 몽땅 몰려가서 정착하는 거지. 곧 신문사가 필요하겠군. 내겐 신문사를 잘 운영할 묘안이 있어. 지금 내가 하듯이 무작정 열심히만 뛰는 것보단 훨씬 나은 방법이지."

데미가 신중하게 말했다. 제법 신문기자다운 어투였다.

"우리가 가서 대학을 세워도 되겠구나. 다부진 서부인들은 배움에 굶주려 있고 최고를 알아보고 선택하는 데 빠르니 말이다."

마치 씨가 덧붙였다. 나이 들 줄 모르는 그에게서 예언자 같은 지혜가 느껴졌다. 이미 이곳에서 성공시킨 대학의 여러 분교가 광활한 서부 땅 곳곳에 세워지는 꿈을 꾸는 듯했다.

"꼭 이루거라, 댄. 훌륭한 계획이로구나. 우리가 지지하마. 나도 얼마간의 땅과 카우보이들에 기꺼이 투자하고 싶구나."

로리는 스스로 자립하려는 젊은이들을 보면 돕고 싶었다. 든든한 격려와 더불어 지갑도 언제든 열 준비가 되어 있었다.

"돈이 조금 있으면 안정적으로 출발할 수 있어요. 땅에 투자를 해주면 자리를 잡을 수 있고요. 적어도 얼마간은요. 제 힘으로 얼마만큼 해낼지 시험해보고 싶어요. 하지만 어떤 결정이든 미리 상의드릴게요. 제가 한곳에서 수년을 버틸 수 있을지 아직은 잘 모르겠어요. 해보다가 지치면 그만두면 되겠지요."

댄은 다들 자신의 계획에 관심을 보이자 기분이 좋아졌다.

"오빠는 그렇게 사는 걸 좋아하진 않을 거야. 전 세계를 누비던 사람이 농장 하나만 바라보고 살려면 너무 작고 하찮게 느껴질걸."

조시는 방랑자의 삶을 훨씬 더 낭만적으로 보았다. 게다가 돌아올 때마다 얼마나 재미난 이야깃거리와 선물을 들고 오겠는가.

"거기에서도 미술을 할 수 있을까?"

베스가 물었다. 빛으로부터 몸을 반쯤 돌린 자세로 서서 이야기 중인 댄을 보며 흑백으로 그려내면 뛰어난 습작품이 나오겠다고 생각하는 중이었다.

"아름다운 자연을 어디서나 볼 수 있으니 자연이 곧 그림인 셈이지. 멋진 동물을 모델로 삼을 수도 있고 유럽에선 찾아볼 수 없는 풍경들을 화폭에 담을 수도 있겠구나. 거기선 평범한 호박마저도 크기가 어마어마해. 조시, 네가 그중 하나에 들어가서 신데렐라 연극을 해도 될 정도야. 네가 '댄 마을'에 가서 극장을 연다면 말이야."

로리가 말했다. 댄의 새로운 계획에 아무도 찬물을 끼얹는 일이 없길 바랐다. 과연 무대에 서고 싶어 하는 조시는 금세 말려들었다. 극장은 짓지도 않았는데 벌써부터 비극적 주인공은 전부 자기 역할이라고 다짐을 받더니, 댄에게 이 계획을 지체하지 말고 실행해달라고 사정하기에 이르렀다. 베스 역시 자연을 연구하며 배울 게 많고 야생의 풍경이 감각을 향상시킬 것 같다고 고백했다. 섬세하게 세공된 아름다움만 보는 것은 한쪽으로만 치우칠 위험이 있기 때문이다.

"나는 개업을 해야겠다. 댄이 그쪽에서 자리 잡을 때쯤 나도 준비가 되었겠지. 그쪽에서는 마을이 빠르게 성장한다지."

낸든 언제든 새로운 기회를 찾아냈다.

"댄은 마을에 마흔 살 이하의 여자는 들이지 않을걸. 댄이 영 관심이 없어서 말이야. 젊고 예쁜 여자라면 더더욱."

토미가 끼어들었다. 토미는 질투심에 활활 타는 중이었다. 댄의 눈에 드러난 낸을 향한 존경을 보았기 때문이다.

"그런 건 상관없어. 의사는 예외적인 존재거든. '댄 마을'에 병자는 없을 거야. 활발하고 건강한 젊은이들이 모일 테니까. 하지만 사고란 불시에 일어나잖아. 황소 떼의 공격을 받거나 말에서 떨어지거나, 인디언들과 몸싸움이 날 수도 있지. 서부 생활의 저돌성에서 비롯된 사고 말이야. 그런 일에 내가 제격이야. 아아, 골절 환자를 볼 수 있다면! 수술이 너무 재미있는데 여기선 그럴 기회가 거의 없다고."

낸은 제 이름이 쓰인 간판을 걸고 진료를 시작할 날을 꿈꿨다.

"우리 마을에 꼭 와주십시오, 의사 선생님. 동부의 선진 의료 기술을 서부에 소개하게 되다니 영광입니다! 열심히 배우고 있어, 낸. 내가 널 모실 준비를 갖추는 대로 초청할 테니. 특별히 인디언 몇 놈의 머리 가죽을 벗겨두거나 카우보이를 한 다스로 때려눕혀 놓을게."

댄이 웃으며 말했다. 낸은 다른 여자아이들과 달랐다. 댄은 그녀의 에너지와 당찬 태도가 마음에 들었다.

"고마워. 꼭 갈게. 댄, 팔 좀 만져봐도 돼? 정말 멋진 이두박근이네! 어이, 남자들, 여기 좀 보라고. 이런 게 진짜 근육이야."

낸은 댄의 튼튼한 팔을 예로 들며 근육에 관한 짧은 강의를 했다. 토미는 알코브(alcôve)[*]로 가서 창밖 별들을 쏘아보며 누군가에게 주먹을 휘둘러 쓰러뜨리려는 것처럼 오른팔을 힘차게 휘둘렀다.

"그럼 토미 형을 병원지기로 두면 되겠네. 낸 누나가 죽인 환자들을 신나서 묻을 테니까 말이야.[**] 자기 직업에 어울리는 침통한 표정을 짓고 있군 그래. 토미 형도 기억해줘, 댄 형."

테디가 잔뜩 심통이 나 구석에 가 있는 토미를 가리켰다.

하지만 우리의 토미는 결코 오랫동안 골을 내지 않는다. 금세 구

---

[*] 서양식 건축에서, 벽의 한 부분을 쑥 들어가게 만들어놓은 곳. 침대나 의자를 들여놓고 때때로 문이나 난간대로 막아놓기도 한다.

[**] 'sexton'에는 '(교회, 병원 등의) 건물지기' 외에 '송장벌레'라는 뜻도 있다.

석에서 튀어나와 황당한 제안을 했다.

"이건 어때? 시에 얘기해서 황열병, 천연두, 콜레라 등 각종 전염병에 걸린 사람들을 몽땅 댄 마을로 보내자. 그럼 댄도 행복할 거고, 또 환자가 이민자나 범죄자라면 댄이 실수 좀 해도 별 상관없잖아?"

"잭슨빌이나 그와 비슷한 수준의 도시 근처에 자리를 잡으면 어떻겠니? 교양 있는 이들의 모임에도 나가고 말이다. 플라톤 클럽이 그곳에 있다더구나. 철학에 대한 열정이 가장 뜨거운 곳이지. 그곳은 동부에서 온 것이라면 모두 환영을 받는단다. 그런 친절한 토양에서라면 새로운 기업이 잘 성장할 게다."

젊은이들이 만들어내는 생기 넘치는 장면을 즐거이 바라보던 마치 씨가 말했다. 댄이 플라톤을 공부한다니 생각만 해도 웃음이 났다. 하지만 짓궂은 테디를 빼곤 아무도 웃지 않았다. 댄은 머릿속에서 맴돌던 또 다른 계획을 서둘러 꺼냈다.

"농장이 성공할지는 아직 미지수예요. 그런데 저는 오랜 친구들인 몬태나 인디언들에게 관심이 많아요. 평화로운 종족인데 여러모로 도움이 많이 필요해요. 수백 명이 굶주려 죽었어요. 마땅히 받아야 할 몫을 받지 못해서 일어난 일이죠. 반면 수(Sioux)족은 전사들이에요. 3만이나 되는 병력이 두려워서 정부는 그쪽에는 달라는 대로 다 주고 있어요. 빌어먹을, 수치스럽기 짝이 없어요!"

자기도 모르게 욕설이 튀어나오자 댄은 움찔했다. 하지만 그의 눈빛은 진실하게 번뜩였다. 그가 다시 말을 이어갔다.

"정말 그런 식이에요. 욕설에 대한 용서를 구하진 않을게요. 제가 그곳에 있을 때 가진 돈이 있었다면 그 불쌍한 사람들에게 전부 주고 나왔을 거예요. 속아서 몽땅 뺏기고도 하염없이 기다리고만 있는 사람들이에요. 살던 땅에서 쫓겨나 풀 한 포기 자라지 않는 황무지에서 살면서 말이에요. 정직한 중개인들이 나섰더라면 상황이 나았을 거예요. 저라도 가서 돕고 싶은 마음이 있어요. 저는 그들 부족어도 알고, 무엇보다 좋은 사람들이거든요. 지금 몇천 달러쯤 가진 게 있는데 과연 이 돈을 저 자신만을 위해 사용해서 정착하고 즐기는 데 써야 하나 하는 의문이 들어요. 어떻게 생각하세요?"

친구들을 마주한 댄의 모습이 대단히 남자답고 진실해 보였다. 자신이 던진 말의 에너지에 취해 상기된 모습이었다. 그 자리에 앉은 모두의 마음에 부당한 취급을 당한 이들을 향한 동정심이 일었다.

"아무렴, 그렇게 해야지!"

조가 큰 소리로 외쳤다. 남의 행운보다 불행에 항상 더 큰 관심을 두는 그녀였다. 테디가 연극이라도 하듯이 박수를 치며 어머니의 말을 반복했다.

"아무렴, 그렇게 해야지! 나도 데려가, 형. 뭐든지 할게. 나도 그 멋진 친구들과 함께 지내면서 사냥도 하고 싶어."

"조금 더 들어보고 그것이 과연 현명한 선택인지 살펴보자꾸나."

로리가 신중하게 말했다. 하지만 이미 내심 아직 사들이지도 않은 자신의 초원을 몬태나 인디언들에게 주고 후원비를 늘려서 이 부당한 대우를 받고 사는 이들에게 선교사를 파송해야겠다고 결심하는 중이었다.

댄은 즉시 다코타 부족들과 북서부의 인디언 부족들의 역사를 들려주었다. 마치 친형제라도 되듯 그들의 잘못이 무엇인지, 그들의 인내심과 용기는 어떠한지 말했다.

"제게 '불구름 댄'이라는 이름을 주었어요. 제 라이플총이 그들이 본 것 중 최고였다나요. '검은 매'는 정말 누구나 부러워할 만한 좋은 친구예요. 여러 번 제 목숨을 구했죠. 제게 그곳에서 유용한 기술들도 가르쳐주었고요. 지금 그들의 운은 바닥났어요. 제가 가서 빚을 갚을 때가 된 거예요."

흥미진진한 이야기였다. 어느새 댄 마을에 대한 관심은 시들해졌다. 하지만 신중한 베어 교수는 정직한 중개인 한 사람이 혼자 나서서 할 수 있는 일이 많지 않을 것이라며, 의도와 노력은 가상하지만 이 문제를 더 조심스럽게 접근하고 도와줄 수 있는 사람들에게서 영향력과 권위를 끌어내는 편이 지혜롭지 않겠냐고 제안했다. 결정하기 전에 농장 부지도 함께 알아봐야 한다는 조언도 빼먹지 않았다.

"네, 그럴게요. 캔자스에 다녀오려고 해요. 가능성을 좀 알아보려고요. 샌프란시스코에서 그곳에 다녀온 사람을 만났는데 좋게 얘기하더라고요. 실제로 지금은 어딜 가나 할 일이 넘쳐서 무엇부터 손을 대야 할지 모를 지경이래요. 이럴 땐 차라리 가진 돈이 없는 게 낫겠다 싶다니까요."

댄이 눈썹을 찡그리며 대답했다. 선한 영을 가진 사람들이 세상을 도와야 하는 거룩한 부담감을 졌을 때의 당혹감이 내비쳤다.

"그 돈은 네가 마음을 정할 때까지 내가 맡아주마. 넌 충동적이니까 그 돈을 가지고 있다간 길에서 맨 먼저 만난 거지에게 몽땅 줘버리고도 남을 테지. 네가 탐색하는 동안 내가 돈을 굴리고 있다가 네가 투자할 준비가 끝나면 돌려주마. 괜찮겠니?"

로리가 제안했다. 그 역시 방종한 청년 시절을 보낸 적이 있고 이를 통해 지혜를 배운 터였다.

"그래 주시면 고맙죠. 그 돈을 치울 수 있다니 마음이 놓이네요. 제가 달라고 할 때까지 맡아주세요. 그러다 혹 제게 무슨 일이라도 생기면 다른 말썽쟁이들 사람 만드는 데 써주시고요. 저에게 해주신 것처럼요. 제 유언입니다. 여기 계신 모든 분이 증인이에요. 이제야 마음이 편해지네요."

댄은 어깨를 쭉 폈다. 전 재산이 든 혁대를 풀어 건네고 나니 정말 큰 짐을 덜어낸 사람처럼 가뿐해 보였다.

댄이 그 돈을 다시 가지러 오기까지 어떤 일을 겪게 될지, 당시 그 자리에 있던 아무도 알지 못했다. 그 누구도 꿈에서조차 상상하지 못했다. 그의 마지막 유언이자 증언과 어떻게 맞닿을지도. 로리가 이 돈의 투자 계획을 설명하는 사이 시원한 노랫소리가 들려왔다.

페기는 명랑한 아가씨였다네,
어기 영차, 다 같이, 어기 영차!
잭에게 한 잔의 원한도 없다네.
어기 영차, 다 같이, 어기 영차!
그가 큰 파도를 헤치고 항해할 때
그를 향한 그녀의 마음은 변치 않았네.
어기 영차, 다 같이, 어기 영차!

에밀은 항상 이런 식으로 자신의 등장을 알렸다. 곧 그가 네트와 함께 뛰어 들어왔다. 네트는 온종일 시내에서 레슨을 받고 오는 길이었다. 네트가 옛 친구를 보자 환하게 웃으며 다가가 손이 떨어져라 군센 악수를 나눴다. 댄은 지난날 네트에게 신세 진 일을 빠짐없이 기억하며 고마움을 표했다. 자기만의 거친 방식으로 빚을 갚으려는 모습이 보기에 흐뭇했다. 단연 최고는 두 방랑객이 주거니 받거니 서로 안부를 물으며 실타래를 풀어가듯 들려주는 이야기를 듣는 것이었다. 좀처럼 육지를 떠나지 못하는 이들과 집이나 지키며 사는 이들의 귀에는 어찌나 매혹적으로 들리던지.

이제 집은 포화상태가 되어 명랑한 젊은이들의 폭발할 지경이었다. 그래서 그들은 모두 현관으로 몰려가 계단에 둘러앉았다. 야행성 새 떼들처럼 보였다. 마치 씨와 베어 교수는 서재로 돌아갔고 메그와 에이미는 간식을 챙기러 들어갔다. 과일과 케이크를 차릴 예정이었다. 조와 로리는 기다란 창가에 앉아 바깥에서 아이들이 떠드는 소리를 들었다. 그녀가 양 무리를 가리켰다.

"이렇게 다 모이다니, 우리가 키운 뛰어난 아이들이 한자리에! 나머지 아이들은 세상을 떠났거나 우리를 떠나 흩어지고 없네. 하지만 이 일곱 명의 남자아이들과 네 명의 여자아이들은 내 가장 큰 위안이고 자랑이야. 앨리스 히스까지 더하면 한 다스가 되는군. 이 아이들의 인생에 안내자와 조언자가 되어주는 것만으로도 내 할 일은 다 하는 것 같아. 우리가 가진 인간적인 힘이 닿는 한 말이야."

"저들이 얼마나 제각각 다른 모습인지, 출신지, 가정환경······ 그걸 떠올리면 이만하면 꽤 성공적이야."

로리가 진지하게 대답했다. 그의 눈길이 검거나 갈색 머리의 아이들 무리에서 눈에 띄는 밝은색 머리의 아이에게 머물렀다. 초승달이 모두의 머리를 비추고 있는 덕이다.

"여자아이들은 큰 걱정이 없어. 메그 언니가 잘 돌보니까. 현명하고 인내심 있고 온화한 언니의 성품 덕분에 아이들이 잘할 수밖에. 하지만 남자아이들은 갈수록 더 마음이 쓰이네. 아이들이 집을 떠날 때마다 아주 멀리 떠내려가는 것처럼 느껴."

조가 한숨을 쉬고는 말을 이었다.

"저들은 모두 커버리겠지. 나는 언제 끊어질지 모르는 위태롭고 가느다란 줄을 붙들고 있을 뿐. 잭이 그랬고, 네드도 그렇게 떠나갔잖아. 돌리와 조지는 여전히 돌아오고 싶어 하니 그 아이들과는 대화가 가능하겠네. 우리 프란츠는 너무 곧은 아이라 자기 나라로 돌아갈 수밖에 없었을 테고. 하지만 다시 세상에 뛰어들려고 하는 저 세 녀석은 도대체 걱정을 안 하려야 안 할 수가 없어. 에밀은 천성적으로 착해서 바르게 사는 데 도움이 될 거야. 그러길 바라야지. 그리고 이런 노래도 있잖아.

저 하늘에 앉아 내려다보는 사랑스러운 아기 천사
가여운 뱃사람의 인생을 지켜주네.

네트는 세상과 첫 씨름을 하게 되겠지. 네가 그렇게 강하게 키웠는데도 여전히 약골이야. 댄은 여전히 야생마 같고. 저 아이가 길들여지려면 얼마나 더 험난한 일을 겪어야 하나 싶어서 두려워."

"좋은 아이야, 조. 저 녀석이 농장에 정착한다는 것이 아쉽게 느껴질 정도야. 조금만 다듬어주면 멋진 신사가 될 텐데. 우리와 지낸다면 저 녀석이 달라질지 또 알아?"

로리가 조와 나란히 앉으며 말했다. 오래전 둘이서 짓궂은 비밀을 나누던 때처럼 말이다.

"그건 안전하지 않아, 테디. 저 아이가 사랑하는 일과 자유로운 삶이야말로 아이를 멋진 남자로 만들어줄 거야. 어떤 교육보다 나은 방법일걸. 게다가 도시에서 편안하게 사는 것이 아이에겐 더 위험하다고. 우리가 저 아이의 본성을 어떻게 바꾸겠어. 올바른 방향으로 개발되도록 도와줄 수밖에. 여전히 충동적인 면이 있는데 그걸 조절하게 도와줘야겠지. 안 그랬다간 나쁜 길로 들어설 테니까. 여전히 그게 보여. 하지만 우리를 사랑하는 아이의 마음이 보호장치야. 우리가 저 아이를 꼭 붙들고 있어야 해. 아이가 더 나이가 들거나 혹은 아이를 도울 수 있는 짝을 만날 때까지."

조의 말에 진심이 담겨 있었다. 그녀는 누구보다도 댄을 잘 알았다. 야생마 같은 이들의 삶이 순탄치 않다는 것을 알기에 기대와 함께 두려움을 느꼈다. 조는 댄이 떠나기 전 둘만의 조용한 시간이 마련되면 틀림없이 마음을 열고 속마음을 보여주리라고 확신했다. 그때 필요한 충고나 격려를 해주리라. 그녀는 그렇게 때를 기다리며 아이를 면밀히 관찰하는 중이다.

그렇기에 그의 삶에서 유망한 무언가도 빨리 보았고, 세상이 그에게 끼칠 해도 금세 간파했다. 댄이 실패하고 나가떨어지리라고 예측한 다른 이들과 달리 조는 타는 장작 같은 이 아이를 사람 만들기 위해 무척 애를 썼다. 하지만 사람을 찰흙처럼 빚어낼 수는 없음을 깨닫고, 방치된 유년기를 보낸 어린아이를 건실한 어른으로 키워낼 수 있다는 희망을 품는 것으로 만족하기로 했다. 그마저도 과한 욕심인지 그에게는 다루기 힘든 충동과 강한 열정, 무법자적 성향이 넘쳐 났다. 그를 붙들 수 있는 것은 애정뿐이었다. 플럼필드에서의 추억, 변함없는 이곳 친구들을 실망시킬지도 모른다는 두려움, 원칙보다 앞서는 자존심, 이런 것들이 그의 결점과 잘못에도 불구하고 항상 그를 사랑해주고 아껴주는 친구들에 대한 존경심과 관심을 유지해 주는 원동력이었다.

"애간장 태울 필요 없어, 나의 옛 친구. 에밀은 늘 천하태평이지만 어려움을 용케 피해 다니잖아. 네트는 내가 잘 돌볼게. 댄은 잘해나 가고 있고. 캔자스에 다녀오라고 하자. 만일 농장에 대한 관심이 식 으면 그땐 딱한 인디언들에게 돌아가면 되니까. 녀석은 거기서 좋은 덕을 끼치며 살 거야. 남들이 잘 하지 않는 일에 잘 어울리는 아이라, 오히려 나는 그가 그렇게 결심하길 바라고 있어. 압제자들과 싸우고 억압받는 이들과 친구가 되는 편이 그가 가진 위험한 기운을 잠재울 거야. 양을 치거나 농장을 경영하는 일보다 훨씬 더 잘 어울리는걸."

"나도 그래. 그런데 저게 뭐지?"

조가 창 쪽으로 귀를 기울였다. 테디와 조시가 시끌벅적 외치는 소리가 들려왔다.

"무스탕이다! 정말로 살아 있는 야생마 무스탕이네! 우리가 타도 되는 거 맞지? 댄, 형은 정말 최고야!"

"인디언 드레스잖아! 그럼 이제 이 옷을 입고 나미오카 역을 할 수 있겠다. 남자들이 메타모라 역을 해준다면 말이야." 조시가 박수를 치며 좋아라 했다.

"버팔로 물소의 머리라니! 댄, 넌 무슨 생각으로 베스에게 이런 무시무시한 선물을 가져온 거니?" 낸이 물었다.

"이걸 모델 삼아 작품을 만들면 좋겠다 싶었지. 강하고 자연의 정취가 나는 것이잖아. 감상적인 신들의 형상이나 애완용 고양이들만 만들고 있다간 아무것도 안 될 테니까."

댄이 퉁명스럽게 대꾸했다. 지난번 플럼필드를 찾았을 때 베스가 아폴론 두상과 그녀의 페르시안 고양이 사이에서 심란해하던 것을 기억해서 한 말이었다.

"고마워. 그렇게 해볼게. 내가 실패하면 이 물소 머리를 우리 거실에 걸게. 그걸 볼 때마다 오빠 생각을 할 수 있도록 말이야."

베스는 댄이 우상처럼 여기는 신상들에 모욕적인 말을 해서 기분이 상했지만, 교양 있게 그 감정을 드러내지 않았다. 하지만 목소리만은 아이스크림처럼 달콤하면서도 차가웠다.

"아이들이 다 같이 우리의 새로운 마을을 보러 올 때도 넌 안 오겠지? 네겐 너무 거친 곳이지?"

댄은 태도를 바꾸어 조심스레 물었다. 이곳 남자들은 금발의 공주님 앞에서 저절로 공손해졌다.

"로마로 미술 공부를 갈까 해. 세상의 모든 아름다움과 예술이 그곳에 있다지. 그것을 전부 즐기기에 우리 인생은 너무 짧으니까."

"신들의 정원(Garden of the Gods)*이나 로키산맥에 비하면 로

* 미국 콜로라도스프링스에 있는 사암 공원.

마는 곰팡이 핀 무덤이나 다름없어. 난 예술 따위엔 관심이 없어. 자연 그대로가 아니면 참지 못하거든. 나와 같이 가면 네가 좋아하는 미술의 거장들에게 크게 한 방 먹일 만한 것들을 보여줄 텐데. 그러니 한번 와봐. 조시가 말을 타면 그걸 그릴 수도 있어. 백 마리쯤 무리 지어 다니는 야생마들이 네게 감동을 주지 못한다면 나도 바로 포기할게."

댄이 열을 냈다. 야생이 품은 아름다움과 힘을 말로 설명하기가 힘에 부쳤다.

"언젠가 아빠와 함께 가볼게. 산마르코의 말*이나 연방의회의 말보다 더 좋은 말들인지 보러 가야지. 그렇지만 내 신상들을 모독하진 말아줘. 나도 오빠가 좋아하는 것들을 좋아하려고 노력할 테니."

베스는 한 번쯤은 서부를 보러 가도 괜찮겠다고 생각했다. 라파엘로나 미켈란젤로 같은 거장이 서부에서 나왔다는 얘긴 아직 못 들었지만 말이다.

"좋아, 약속한 거다! 난 말이지, 사람들이 외국으로 뛰쳐나가기 전에 자기 나라를 먼저 좀 봐야 한다고 생각해. 사람들이 괜히 새로운 땅을 개척하는 게 아니라고."

그제야 댄은 무기를 거두며 화해 모드로 돌아섰다.

"여기도 좋은 점이 있지. 전부는 아니지만. 영국 여성들은 투표를 할 수 있는데 우리는 아니잖아. 미국이 모든 점에서 앞서지 않는다는 사실이 난 부끄러워."

---

* 베네치아의 산마르코 성당에 있는 사두마차 조각.

낸은 모든 면에서 개혁적이고 진보적인 관점의 소유자로서, 여성의 권리에 관심이 많았고 자신의 권리를 지키기 위해 싸웠다.

"아, 또 그 얘기야? 그 문제만 나오면 사람들이 싸우고 욕설을 퍼붓고 그러면서 절대로 의견을 맞추려고 들지 않잖아. 오늘 저녁은 제발이지 조용하고 행복하게 보내자."

데이지가 간청했다. 논쟁을 즐기는 낸과 달리 데이지는 논쟁이라면 질색이었다. 댄이 웃었다.

"낸, 우리 마을에 오면 실컷 투표할 수 있어. 시장이나 시의원이 돼서 그 문제를 통째로 해결해버려도 좋아. 공기처럼 자유로운 곳으로 만들 거야. 안 그랬다간 내가 살 수가 없을 테니. 와, 빙글뱅글 부인과 셰익스피어 스미스 부인은 여전히 견해차를 좁히지 못했구나."

"모두 의견이 같았다간 아무런 발전이 없을 테니까. 데이지는 상냥하지만 고루하게 굴 때가 있단 말이야. 그래서 내가 데이지를 일부러 자극하는 거라고. 내년 가을엔 데이지도 나와 함께 가서 투표할 거야. 아직 우리에게 허락되지 않은 그 일을 하러 가는 길은 데미가 동행해줄 거고."

"저들을 데려와주시겠소, 디컨(Deacon)?* 와이오밍에서는 여자도 투표를 하거든."

댄이 데미를 옛 별명으로 불렀다.

"그럼, 영광으로 모셔야지. 어머니와 이모들도 매년 가서. 데이지도 나와 함께 갈 거야. 데이지는 내 반쪽인걸. 그러니 어떤 면에서도

---

* 부사제, 집사, 보좌관이라는 뜻.

나보다 뒤처지게 내버려둘 순 없지."

데미가 사랑하는 쌍둥이 동생에게 팔을 두르며 말했다.

댄은 두 사람을 바라보며 사무치게 부러웠다. 저런 혈연이 있다면 얼마나 좋을까. 고독했던 어린 시절을 되돌아보면 당시의 고통이 그렇게 슬프게 느껴질 수가 없었다. 하지만 감상에 젖는 것도 잠시, 토미의 깊은 한숨 덕에 분위기가 깨졌다.

"나도 쌍둥이라면 좋았을 텐데. 기댈 수 있는 사람이 있다면 얼마나 편하고 위안이 되겠어. 아, 세상 여자들은 하나같이 잔인하니!"

토미의 짝사랑 타령은 친구들에겐 언제나 재밋거리였다. 이번에도 여지없이 큰 웃음이 터졌다. 여기에 낸이 별안간 품에서 보미카 약병을 꺼내들더니 짐짓 의사 같은 목소리로 이렇게 말해서 웃음은 폭소로 변했다.

"어쩐지 네가 티타임에 가재 요리를 너무 많이 먹더라. 네 알을 복용하면 소화불량 증세가 완화될 거야. 토미는 과식하면 항상 한숨을 쉬거나 실없는 소리를 해대더라."

"그래, 먹을게. 네가 내게 주는 달콤한 것은 이것뿐이니까."

토미는 우울한 표정으로 약을 삼켰다.

"마음의 병을 고칠 자 누구이며 슬픔의 뿌리 뽑을 자 누구인가?"

난간 위에 걸터앉은 조시가 비극적으로 대사를 읊었다.

"자, 토미, 나랑 가자. 내가 널 남자로 만들어주마. 알약과 가루약 따위는 내려놓고, 마법에 걸린 것처럼 온 세계를 뛰어다니자고. 그럼 곧 네게 심장이 있었는지조차 잊어버릴걸. 혹은 위장이나."

이번에는 댄이 자신의 만병통치약을 제시했다.

"나랑 배를 타는 건 어때, 토미? 뱃멀미 한판이면 다 끝나. 거기에 강렬한 북동풍 한방이면 우울한 기분도 날아가버릴걸. 배에도 의사가 필요해. 편안한 침상에 끝도 없는 농담이 이어지는 곳이라고."

당신의 낸시가 얼굴을 찌푸리고
재킷이 파랗다 멸시하거든
돛을 올려 다른 항구로 가서
더 진실한 아가씨를 찾아보게나

에밀이 토막 노래로 흥을 돋우어 사람들의 근심과 슬픔을 날려보냈다. 그가 친구들에게 줄 수 있는 선물이었다.

"졸업장을 받으면 생각해볼 만한 제안이군. 3년이나 고생했는데 졸업을 못 해서 헛수고로 만들 수는 없지. 일단 그때까지는……."

"나는 절대로 미코버 부인*을 버리지 않겠어요!"

테디가 끼어들어 꺽꺽 흐느껴 우는 흉내를 냈다. 그러자 토미가 테디를 밀어 테디는 계단 밑 잔디밭으로 떨어졌다. 두 사람의 실랑이가 끝날 무렵 스푼 부딪히는 소리가 났다. 티타임의 시작을 알리는 반가운 소리! 이전에는 혼란을 줄이려고 소녀들이 소년들을 거들었지만, 지금은 남자들이 숙녀들 시중을 드느라 바빴다. 이 모습 하나만으로도 그동안 세월이 흐르며 얼마나 많은 변화가 일어났는지 알 수 있다. 얼마나 보기 즐거운 광경인지! 심지어 조시까지 얌전

* 찰스 디킨스의 작품 《데이비드 코퍼필드》의 등장인물. 미코버 부인의 명대사인 "나는 절대로 미코버 씨를 버리지 않겠어요!"를 패러디한 것이다.

히 앉아서 에밀이 산딸기를 가져다주기를 기다렸다. 조시는 제법 귀부인처럼 행동했다. 테디가 그녀의 케이크를 훔치는 순간까지는. 조시는 바로 매너 따위는 집어치우고 테디를 꾸짖었다. 오늘의 귀빈인 댄은 베스의 시중을 드는 특권을 누렸다. 베스는 여전히 이 작은 세상에서 가장 높으신 분으로 군림하고 있었다. 토미는 낸을 위해 가장 좋은 것으로 골라 조심스레 접시에 담았다. 하지만 낸이 한 마디로 토미의 정성을 짓밟았다.

"난 이 시간에 아무것도 안 먹어. 너도 지금 먹으면 악몽을 꿀걸."

결국 토미는 고분고분하게 낸의 말을 따랐다. 배고픔의 고통을 겪은 채 자신의 접시를 데이지에게 양보하고는, 장미 잎사귀를 질겅질겅 씹으며 배고픔을 달랬다.

엄청난 양의 먹거리가 동나자 누군가 외쳤다.

"노래 부르자!"

한 시간가량 다 같이 노래를 불렀다. 네트가 바이올린을, 데미가 파이프를, 댄이 밴조를 연주하는 사이 에밀은 난파한 '바운딩벳시' 호를 노래한 발라드곡을 구슬프게 뽑았다. 그런 후 다들 옛 노래들을 실컷 불렀다. 그들의 합창은 '음악이 공기 중에 퍼지도록' 계속되었다. 지나가던 행인이 이들의 노랫소리를 듣고는 이렇게 말했다. "플럼필드가 오늘 밤 신이 났군!"

모두 자러 간 후에 댄은 여전히 현관에 남아 목초장에서 불어오는 훈훈한 바람을 만끽했다. 파르나소스 산에서 날아오는 꽃내음도 나는 듯했다. 조는 문단속을 하러 나왔다가 달빛을 맞으며 감상에 젖어 기대어 선 댄을 발견했다.

"꿈을 꾸고 있니, 댄?"

조는 마침내 기다리던 말랑말랑한 순간이 찾아왔다고 생각했다. 댄이 서서히 돌아보며 입을 열었다.

"담배 한 대 피우고 싶다고 생각했어요."

조는 허탈하게 웃었다.

"허락해주마. 네 방에서 피우렴. 집에 불내지만 말고."

댄은 조의 얼굴에 살짝 드러난 실망감을 눈치챘는지도 모른다. 소년 시절의 장난기가 발동했을 수도 있다. 댄이 조에게 입을 맞추고는 이렇게 속삭였다.

"안녕히 주무세요, 어머니."

조의 마음에서 실망감이 스르르 풀렸다.

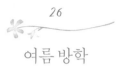

26

여름 방학

이튿날은 휴일이라서 모두 느지막이 일어나서 아침 식사 자리에 모여 앉았다. 그런데 느닷없이 조가 이렇게 외쳤다.

"어머나, 개잖아!"

정말로 문간에 커다란 디어하운드 종이 꼼짝 않고 버티고 서 있는 게 아닌가. 개의 두 눈은 댄에게 고정되어 있었다.

"요 녀석! 내가 데리러갈 때까지 기다리라고 했는데 몰래 도망쳤구나. 그렇다고 실토하고 남자답게 매를 맞도록 하자."

댄이 일어나 개를 맞으러 가면서 말했다. 개는 뒷다리로 서서 주인의 얼굴을 올려다보며 불순종의 비난이 억울하다는 듯이 짖었다.

"오냐, 알았다. 우리 돈은 거짓말을 하지 않으니까."

댄은 이 커다란 짐승을 안아주었다. 창밖을 보니 이번에는 웬 남자가 말을 끌고 이쪽으로 오는 중이었다.

"제가 가져온 전리품을 호텔에 맡겨두었거든요. 여기가 어떻게 변해 있을지 몰라서요. 자, 모두 나와서 옥투와 인사하세요. 제 무스탕이에요. 정말 아름다운 말이죠."

댄이 밖으로 나갔고 나머지 가족들도 새 가족을 맞이하러 우르르 따라나갔다. 말은 주인을 보더니 흥분해서 계단을 타고 현관까지 올라올 기세였다. 고삐를 붙든 사내가 말을 붙잡느라고 애를 먹고 있었다. 댄이 말했다.

"괜찮아요. 두세요. 요 녀석은 고양이처럼 기어오르고 사슴처럼 뛰어오르거든요. 착하지, 옥투. 우리 한바탕 달리고 올까?"

말이 주인이 반가워 말발굽을 들어 올리며 기뻐서 낑낑거렸다. 댄은 말의 코를 쓰다듬고 반짝이는 옆구리를 두드렸다.

"아무렴, 저 정도는 돼야 애마라고 할 수 있지!"

테디가 잔뜩 신이 났다. 댄이 가고 없는 동안 이 말을 대신 돌봐주기로 이미 얘기가 된 터였다.

"눈이 아주 총명하네! 꼭 금세 말을 할 것만 같아."

조가 말했다.

"녀석은 자기만의 방식으로 사람과 대화해요. 모르는 게 거의 없죠. 그렇지, 옥투?"

댄이 제 뺨을 말의 뺨에 부비며 소중히 쓰다듬었다.

"'옥투'라니, 무슨 뜻이야?"

로브가 물었다.

540

"번개. 녀석에게 딱 맞는 이름이지. 곧 보여줄게. 검은 매에게 라이플을 주고 받은 말이야. 서부에서 아주 좋은 시간을 보내다 왔지. 내 목숨도 여러 번 구해줬다고. 여기 상처 보여?"

댄이 작은 상처를 가리켰다. 기다란 갈기 뒤에 반쯤 가려져 있었다. 그가 옥투의 목에 팔을 감고 이야기를 들려줬다.

"검은 매와 함께 물소 사냥을 갔을 때야. 그런데 생각만큼 물소는 안 보이고, 가져간 음식이 다 떨어졌어. 야영 텐트를 친 레드디어강에서 160킬로미터나 떨어진 곳이었는데 말이지. 난 끝장났다고 생각하고 있는데 용감한 검은 매가 이렇게 말하는 거야. '물소 떼를 찾을 때까지 버틸 방법을 알려주지.' 우리는 작은 연못 근처에서 밤을 지새울 계획으로 안장을 풀었어. 짐승 한 마리 보이지 않는 곳이었어. 새조차 없더라고. 몇 마일 밖이 내다보일 정도로 끝없는 평원이 펼쳐진 곳이었어. 우리가 어떻게 했게?"

댄이 자기를 향한 얼굴들을 둘러보았다.

"호주 사람들처럼 벌레를 잡아먹은 거야, 설마?" 로브가 말했다.

"풀을 쪄 먹었나? 아니면 나뭇잎?" 조였다.

"흙으로 배를 채웠을까? 야만인들이 그렇게 한다던데." 베어 교수도 의견을 냈다.

"말을 한 마리 잡았구나!" 테디가 외쳤다. 피가 낭자한 장면이 생생하게 떠올랐다.

"아니야. 한 마리의 피를 흘리긴 했지. 자, 여길 봐. 양철 컵 가득 피를 받아서 야생 세이지 잎을 담그고 물을 부어서 장작불로 데우는 거야. 꽤 먹을 만하더라고. 그거 먹고 잘 잤다니까."

"그렇지만 옥투는 아파서 잠을 못 잤을 텐데?"

조시는 옥투가 불쌍해서 인상을 잔뜩 찌푸리고 말 등을 토닥였다.

"아니, 전혀. 검은 매가 그러는데 우리가 그런 식으로 며칠을 더 버텨도 말들은 끄떡없다는 거야. 심지어 그렇게 하고 장거리 여행도 할 수 있대. 하지만 바로 다음 날 아침에 물소 떼를 발견했지. 내가 총으로 머리를 관통해 맞혀 잡은 물소의 머리가 트렁크에 들어 있어. 벽에 걸어두고 말 안 듣는 아이들 겁주기에 아주 제격이지. 장담하는데, 꽤 효과가 있을걸. 아주 사나운 놈이었거든."

"이 가죽끈은 뭐에 쓰는 거야, 형?"

테디가 가죽끈을 목에 감고 있었다. 그새를 참지 못하고 인디언 안장, 고삐, 안장, 올가미 밧줄을 요리조리 살피는 중이었다.

"말 옆구리에 납작하게 매달릴 때 쓰는 거야. 적이 보지 못하도록. 말이 달리는 사이 말의 목 아래로 총을 숨기고 쏘는 거지. 보여줄게."

댄이 훌쩍 안장에 올라타서 계단을 내려가더니 잔디밭을 내달렸다. 말 등에 앉았나 싶다가, 등자와 가죽끈에 매달려 반쯤 보이다가, 달리는 말의 옆구리에 매달려 완전히 시야에서 사라졌다가, 또다시 나타났다. 질주하는 댄은 정말 즐겁고 자유로워 보였다. 돈이 그 뒤를 따랐다. 자유의 몸이 된 개는 친구들과 함께 신나게 내달렸다.

멋진 광경이었다. 야생의 피조물 셋이 뒹구는 모습에는 왕성한 생명력과 기품, 자유가 넘쳐났다. 고요하던 잔디밭이 광활한 평야로 보이는 순간이었다. 구경하던 이들은 그들이 사는 세계와 전혀 다른 세계를 잠시 엿보았다. 모두 자기들이 사는 세계가 잘 길들여졌으나 생기가 사라진 곳임을 인정할 수밖에 없었다.

"서커스보다 훨씬 스릴 있네!"

조가 외쳤다. 그녀 역시 다시 소녀 시절로 돌아간다면 저 말 등에 올라타고 내질러 이 연쇄 전광의 순간에 동참했을 것이다.

"앞으로 낸이 바빠질 게 눈에 훤하네요. 뼈 좀 맞추려면 말이죠. 테디가 댄을 이겨보겠다고 안간힘을 쓰다가 여기저기 부러질 게 뻔하잖아요?"

"몇 번 굴러떨어져도 괜찮아요. 오히려 말을 돌보는 책임과 재미가 테디에게 유익할 거예요. 다만, 저런 페가수스*를 타던 댄이 쟁기질에 재미를 붙일 수 있을지 걱정이군요."

베어 교수가 아내를 안심시키고는 다른 염려를 내비쳤다.

검은 암말이 울타리 문을 가뿐히 뛰어넘어 가로수길로 진입해 질주하다가 댄의 구령에 맞춰 멈춰서고 몸을 부르르 떨었다. 기수가 말에서 훌쩍 뛰어내렸다.

당연히 우레와 같은 박수갈채가 쏟아졌다. 댄은 자신의 애마에 쏟아지는 칭찬으로 듣고 뿌듯해 했다. 테디는 당장 한 수 가르쳐달라고 졸라댔고, 금세 괴상한 안장에 편히 올라타 순한 양 같은 옥투와 친해져서는 옥투를 타고 학교로 향했다. 친구들에게 자랑할 요량이었다. 베스도 서둘러 언덕을 내려왔다. 그녀는 멀리서 이 광경을 보고 있었다. 모두가 현관에 모여 우편배달부가 현관문 앞에 '내던져둔' 커다란 상자의 뚜껑을 댄이 '뜯어내는' 것을 지켜보았다. (댄 식으로 얘기해본 것이다.)

---

* 그리스 신화에 나오는 날개 달린 말

댄은 짐 없이 가볍게 여행하는 편이었다. 그의 낡디낡은 작은 가방이 감당하지 못할 만큼의 짐을 끌고 다니지 않았다. 하지만 이번에는 돈도 좀 생겼겠다, 자신의 활과 창으로 얻은 갖가지 전리품들을 잔뜩 지고 오기를 마다하지 않았다. 사랑하는 친구들을 위한 선물이었기 때문이다.

'아이쿠, 까딱하면 좀먹겠는걸.'

조가 털이 덥수룩한 두상을 보자마자 든 생각이었다. 뒤이어 조의 발을 위한 선물로 늑대 가죽 깔개가 나왔다. 베어 교수를 위한 곰가죽 깔개도 있었다. 여우 꼬리로 장식한 인디언 의상은 남자아이들 선물이었다. 멋진 의상이지만 7월 날씨에 입기는 더웠다. 그래도 모두 기뻐하며 선물을 받아들었다. 테디와 조시는 지체없이 새로운 의상으로 갈아입고는 인디언 함성을 배워 따라했다. 그러고는 손에 토마호크 도끼와 활과 화살을 들고 집 안팎을 헤집고 다니며 전쟁을 하는 통에 다른 친구들은 깜짝깜짝 놀랐다. 두 사람은 그렇게 실컷 진을 빼고는 휴전을 선언했다.

여자아이들은 예쁜 새의 날개, 깃털같이 부드러운 팜파스그라스, 엮은 조가비 구슬, 비즈와 나무껍질, 깃털로 꾸민 장식품 등에 매료되었다. 광물, 화살촉, 거친 터치의 스케치들은 베어 교수의 관심을 끌었다. 상자 안의 마지막 물건은 로리를 위한 선물이었다. 댄이 자작나무 껍질에 그린 구슬픈 가락의 인디언 노래 악보였다.

"우리 위로 텐트만 치면 완벽하겠는걸. 왠지 저녁 식사로 말린 옥수수와 육포를 내야 할 것 같은 기분이야. 우리 용감한 전사들을 위해서. 이렇게 멋진 파우와우(powwow)*를 치렀는데 완두콩을 곁들인 양고기 요리를 먹고 싶은 사람이 어디 있겠어?"

조가 복도에서 펼쳐지는 기이한 광경을 보며 말했다. 새로운 깔개 위에 누워서 뒹굴고 있는 아이들을 보니 하나같이 깃털이나 모카신 혹은 구슬 장식 정도는 달고 있었다.

"무스의 코, 물소의 혀, 곰 스테이크에 구운 연골이 있으면 딱 좋겠지만 뭐 좀 다른 걸 먹어도 괜찮겠죠. 어머니의 매애매애 고기와 초록 고기도 좋습니다."

그렇게 말하는 댄은 상자 안에 들어가 있었다. 발치에 사냥개를 두고 위엄 있게 앉은 모습이 한 부족의 추장처럼 보였다.

여자아이들이 정리를 시작했지만 큰 진전을 보이지는 않았다. 건드리는 물건마다 거기에 담긴 이야기를 댄이 들려주는데 스릴 넘치고 웃음이 나는 대범한 이야기여서 일손을 놓기가 일쑤였기 때문이다. 마침내 로리가 댄을 데려갈 때까지.

이것은 여름 방학의 시작이었다. 댄과 에밀의 귀향이 이 조용하고 학구적인 동네를 어떻게 유쾌하게 휘저어놓았는지 관찰하는 재미도 쏠쏠했다. 이들이 몰고 온 신선한 바람은 이들이 가는 곳마다 생기를 불어넣는 모양이었다. 대학의 많은 학생이 방학에도 집에 돌아가지 않고 기숙사에 남았다. 플럼필드와 파르나소스 산은 기숙사에 남은 대학생들의 여름이 지루하지 않게 최선을 다했다. 이들은 대부분 먼 주에서 왔거나 가난한 가정 출신이라 이곳이 아니고서는 문화

---

* 아메리카 인디언들의 신령한 의식으로, 잔치 음식과 춤이 수반된다.

나 오락을 즐길 기회가 없었기 때문이다. 에밀은 남녀를 가리지 않고 누구에게나 싹싹하게 굴었다. 그에게는 뱃사람 특유의 흥이 있었다. 반면에 댄은 여자 대학생들 앞에서 얼어붙어서 과묵해졌고, 남학생들과는 잘 어울렸다. 그들이 댄을 영웅으로 추앙해서, 부족한 학벌 때문에 주눅이 들던 댄은 자신감을 얻었다. 그는 종종 자신이 대자연의 웅장함을 통해 배운 것을 과연 책으로 배울 수 있을지 궁금했다. 그가 침묵해도 여학생들은 그의 좋은 면을 금세 알아보고 '스페인 사람'이라고 부르며 큰 관심을 보였다. 그의 검은 눈동자가 혀보다 더 언변이 뛰어났고 그의 동물들도 여러 면에서 매력적이었다.

댄도 이 점을 눈치채고 조심스레 행동했다. 지나치게 자유로운 언행은 삼가고 거친 행동도 부드러운 매너로 다듬었다. 자신의 말과 행동이 미치는 영향을 신경 써서 좋은 인상을 남기려고 애썼다. 이곳의 사교적 분위기에 외로운 마음이 한결 달래졌고 이곳의 문화에 자극을 받아 자신도 좋아지려고 노력했다. 그가 집을 떠났다가 돌아오며 가져온 변화가 플럼필드에 새로운 세상의 기운을 불어넣었다. 친구들과의 이곳 생활은 달콤한 휴식과 같았다. 캘리포니아에서 저지른 잘못이나 후회를 잊을 수 있었고, 이 선한 친구들의 신뢰를 저버리지 않겠다고 다짐하기도 했다.

낮에는 말을 타고 배를 젓고 피크닉을 했고, 밤이면 음악과 춤과 연극으로 시간을 보냈다. 모두 이처럼 재밌는 방학은 몇 년 만이라고 입을 모았다. 베스도 약속을 지켰다. 그토록 좋아하던 점토에 먼지가 쌓이도록 두고 친구들과 놀러 다니거나 아빠와 음악을 공부했다. 로리는 딸의 볼이 장밋빛으로 물들고, 공상에 잠긴 듯한 표정 대신 환하고 건강한 웃음으로 채워지는 것이 기뻤다. 조시와 테디의 싸움도 줄었다. 댄이 바라보기만 해도 둘은 차분해졌다. 하지만 뭐니 뭐니 해도 가장 큰 공은 옥투에게 있었다. 테디는 옥투를 타느라 그토록 아끼던 자전거도 까맣게 잊었다. 밤이고 낮이고 지칠 줄 모르는 옥투를 탄 덕분에 근육과 살이 붙었다. 아들이 콩나무 줄기처럼 기다랗게 자라서 건강을 심히 염려하던 어머니는 기뻤다.

데미는 신문사 일에 시들해져서 친구들 사진 찍는 일에 취미를 붙였다. 친구들에게 앉아라, 서라, 주문하며 열심히 찍어대더니 수많은 실패작 가운데 근사한 작품이 나오기도 했다. 구도를 잡는 감각이 있었고 인내심도 무한한 덕분이었다. 세상을 카메라 렌즈를 통해서만 보느냐고 타박을 받기도 했지만, 그는 모시 천 밑에서 한쪽 눈을 찡그리고 친구들의 모습을 찍는 일이 무척 즐거웠다. 특히 댄이 보물 같은 모델이었다. 흔쾌히 응해줄 뿐만 아니라 멕시코 의상을 입고 말이나 사냥개와 함께 포즈 잡아주는 것도 마다하지 않았기 때문이다. 이런 사진을 찍으면 너도나도 한 장 받고 싶어 했다. 베스도 좋은 모델이었다. 데미는 머리를 앞으로 늘어뜨린 베스의 사진으로 아마추어사진전에서 상을 받았다. 어깨의 하얀 레이스 장식 덕분에 구름 위로 피어오르는 듯한 장면이 연출된 사진이었다. 사진작가는 수상에 고무되어 이 사진을 모두에게 한 장씩 돌렸다. 훗날 그중 한 장에 아름다운 역사가 깃드는데 그 이야기는 조금 더 기다려보자.

네트는 타국으로 멀리 떠나기 전 한순간이라도 더 데이지와 함께 보내고 싶어 했다. 메그의 반대는 어느 정도 수그러든 상태였다. 떨어져 지내면 자연스레 치유될 마음이라고 믿었기 때문이다. 데이지는 거의 말을 하지 않았지만, 온화한 얼굴에 슬픔이 깃들었고 혼자 있을 때면 머리카락으로 정성스레 이니셜을 수놓은 손수건 위로 눈물방울을 떨궜다. 네트가 그녀를 잊지 않을 것은 확실했다. 버드나무 아래에서 파이와 비밀을 나누던 어린 시절부터 쭉 그녀의 친구가 되어준 그가 떠나고 없으리라 생각하니 삶이 허망하게 느껴졌다. 그녀는 순종적인 딸로, 어머니에 대한 사랑과 존경심이 크기에 그녀에게 어머니의 뜻은 곧 법을 의미했다. 사랑이 금지되면 우정만으로 만족해야 했다. 그렇기에 그녀는 슬픔을 몰래 감추고 네트를 향해 밝게 웃어 보였다. 그가 집에서의 남은 나날을 행복하게 지낼 수 있도록 최대한 안락하고 쾌적하게 만들어주고 싶었다. 그래서 그가 혼자 지내게 될 작은 집에서 쓸 만한 물건들로 반짇고리를 가득 채워주고 여행길에 먹을 간식을 챙겨주었다.

토미와 낸은 바쁜 공부 시간을 쪼개어 틈틈이 플럼필드에서 일어나는 장난과 소동에 동참했다. 에밀의 다음 항해는 긴 항해가 될 테고 네트도 기약할 수 없는 유학길에 오르고, 더군다나 댄은 언제 다시 나타날지 아무도 모를 일이었다. 그들의 인생이 점점 진지해지는 것을 피부로 느꼈다. 다 함께 어울려 사랑스러운 여름날을 실컷 즐기면서도 스스로 더는 아이가 아님을 깨닫는 중이었다. 까불며 장난을 치다가도 종종 멈추고는 서로의 미래 계획과 꿈을 나눴다. 서로 멀리 떨어져 각기 다른 방향으로 흘러가기 전에 서로에 대해 좀 더 알고 돕고자 하는 마음도 간절했다.

남은 시간은 고작 몇 주뿐이었다. 곧 브렌다호도 출항 준비를 마칠 것이고 네트도 뉴욕에서 배를 타고 출발하게 될 것이다. 댄이 가는 길을 배웅해주기로 했다. 댄의 머릿속에서 그의 계획은 숙성 중이었기에 얼른 실행에 옮기고 싶어서 안달이었다.

작별 무도회가 파르나소스 산에서 열렸다. 모두들 자기가 가진 최고의 옷으로 차려입고 잔뜩 들뜬 기분으로 모였다. 조지와 돌리는 눈부신 야회복에 오페라 모자를 써서 최신식 하버드 분위기와 품위를 풍겼는데, 조시는 이들 소년 감성의 특별한 자랑거리이자 기쁨을 '벙거지'라고 이름 붙였다. 잭과 네드는 함께하지 못해서 아쉽다는 인사와 함께 안부를 전했지만 그들의 부재는 크지 않았다.

가여운 토미, 이번에도 어김없이 일이 꼬였다. 강한 곱슬머리를 얌전하고 부드럽게 잠재우려다가 향이 지독한 제품을 머리에 덕지덕지 바르고 나타난 것이다. 그의 반항적인 머리칼은 여느 때보다 더 곱슬거렸고 냄새를 지우려고 별짓을 다 해도 독한 이발소향이 파티 내내 그를 감돌았다. 낸은 냄새에 질색하며 곁에 못 오게 했고, 토미가 시야에 나타나기만 해도 연신 부채질을 해댔다. 토미는 마음의 상처를 입었고 낙원에서 쫓겨난 페리 요정이 된 기분에 빠져들었다. 친구들의 놀림거리가 되었음은 당연했다. 좀처럼 마르지 않는 그의 유쾌한 본성이 아니었다면 절망에서 빠져나오지 못했으리라.

새 제복을 말끔히 차려입은 에밀은 눈부시게 빛났다. 그의 춤에는 뱃사람들만 이해하는 자유분방함이 담겨 있었다. 그의 구두는 무도회장 곳곳을 휩쓸고 다녔고 그의 댄스파트너들은 그의 장단에 맞추려다 숨이 차서 헐떡였다. 하지만 모든 여자가 그가 천사처럼 매끈하게 리드한다고 입을 모아 칭찬했다. 게다가 속도가 그렇게 빠른데

단 한 번도 충돌사고가 없는 것도 놀라웠다. 덕분에 에밀은 행복했고 그와 함께 항해할 아가씨들은 절대 부족하지 않았다.

예복을 준비해오지 않은 댄은 주변의 성화에 멕시코 의상을 입었다. 단추가 많이 달린 바지에 헐렁한 재킷, 화려한 색상의 띠를 두르고, 어깨 위로 멕시코 전통의상인 세라페를 걸친 요란한 복장이 댄에게 참으로 잘 어울렸다. 그가 신은 기다란 박차와 어울려 위엄을 떨쳤다. 그는 조시에게 희한한 스텝을 가르쳐주거나, 검은 눈동자로 감히 입에 올리지 못하는 어떤 금발 여인을 주시했다.

어머니들은 알코브에 앉아 핀이나 미소, 친절한 말들을 연신 건네는 역할을 했다. 무도회 경험이 없어 어색한 이들과 낡은 모슬린 드레스와 장갑을 신경 쓰는 수줍음 많은 여학생들을 특히 챙겨주었다.

우아한 에이미가 넓은 이마에 큰 장화를 신은 키 큰 시골 청년의 팔을 붙들고 산책하는 모습이나, 양손을 펌프 손잡이처럼 위아래로 움직이는 부끄럼 타는 소년과 소녀처럼 춤춰주는 조의 모습은 보기 좋은 광경이었다. 소년의 얼굴은 총장 부인과 춤을 춘다는 사실에 뿌듯하면서도 당황스러워서 붉게 상기되었다. 메그는 언제나 자신의 소파에 여학생 두세 명 정도는 앉을 자리를 마련해두었고, 로리는 초라한 드레스를 입은 여학생들에게 춤을 신청했다.

베어 교수는 청량음료처럼 쾌활한 얼굴로 무도회장을 돌아다니며 모두의 안부를 점검했다. 그러는 사이 마치 씨는 무도회같이 경솔한 쾌락에는 결코 마음을 열지 못하는 진지한 신사들과 서재에 앉아 그리스 희곡을 논했다.

기다란 음악실, 응접실, 복도, 현관에 하얀 드레스를 입은 처녀들과 그들의 그림자로 가득했다. 생기 넘치는 소리로 시끌벅적했고 밴드의 요란한 음악에 맞춰 심장과 발이 신나게 움직였으며 친절한 달빛 덕분에 분위기가 한층 무르익었다.

"메그 언니, 여기 핀 좀 꽂아줘. 던바 출신 아이가 나를 '갈가리' 찢어놓을 뻔했지 뭐야. 페거티 부인*이라면 그렇게 말했겠지. 그래도 녀석이 참 즐거워하는 것 같지? 사방으로 친구들과 부딪혀가며 나를 대걸레 자루처럼 끌고 다니면서 말이야. 이번에 보니 내가 이젠 젊지 않군. 발놀림도 더는 가볍지 않고 말이야. 언니, 앞으로 10년이면 우리는 모두 포대 자루처럼 변하겠지? 물러날 때가 되었단 거지."

조는 구석으로 가 털썩 주저앉았다. 자애를 베풀려다가 옷차림이고 머리고 잔뜩 헝클어진 상태였다.

"난 점점 살이 찌고 있어. 조, 너야 뼈에 살이 붙으려면 시간이 걸릴 거야. 에이미도 날씬한 몸매를 계속 유지할 거고. 오늘 밤엔 심지어 열여덟 살로 보이던걸? 하얀 드레스에 장미로 꾸미니 말이야."

메그가 바삐 동생의 찢어진 주름 장식을 꿰매면서 말했다. 그러면서 동시에 막냇동생의 우아한 몸짓을 사랑스러운 눈으로 쫓았다. 막내동생 에이미가 옛날처럼 마냥 예쁘기만 했다.

조가 뚱뚱해진다는 것은 가족들 사이에 우스갯소리였다. 이제야 슬슬 부인네 몸매가 시작되는 중일 뿐인데 말이다. 두 사람은 곧 나타날 이중 턱에 관해 얘기하며 큰 소리로 웃음을 터뜨렸다. 때마침 로리가 쉬고 싶어서 잠시 이곳으로 몸을 피하러 왔다.

*《데이비드 코퍼필드》속 등장인물.

"조, 또 뭐가 망가진 거야? 역시 뭔가 너덜너덜해져야 직성이 풀리는구나. 저녁 먹기 전에 나랑 조용히 걸으면서 마음을 차분하게 가라앉히자. 메그 누나가 혀 짧은 카 양의 황홀한 감탄을 들어주는 사이 네게 보여줄 활인화*가 몇 점 있거든. 카 양을 데미의 파트너로 연결해줬더니 잔뜩 신이 난 모양이야."

로리가 조를 음악실로 안내했다. 한바탕 무도회가 지나가고 젊은 이들은 모두 정원과 복도로 나간 후라 음악실은 텅 비었다. 널따란 발코니를 향해 난 네 개의 기다란 창문 중 첫 번째 창문 앞에 멈춰 서서 바깥에 보이는 무리를 가리킨다. "작품명은 '뱃사람의 상륙.'"

베란다 지붕에서 포도나무 사이로 멋진 구두를 신은 다리가 보였고. 그 다리 주인이 장미꽃들을 흰 새의 무리처럼 계단 난간에 걸터앉은 소녀들의 무릎 위로 떨어뜨렸다. 어디선가 남자 목소리가 '유성처럼 떨어지네'라는 구절을 노래했다. 처량한 노래였다.

메리의 꿈

디강 모래사장 위로 솟은 동쪽 언덕을
달이 기어 올라갔다네
가장 높은 꼭대기에 매달려
높은 탑과 나무 위로 은빛을 비추었네
메리가 잠을 청하려 누웠는데

* tableaux vivant. 사람들이 직접 명화나 역사적인 장면을 정지 자세로 연출하는 것.

(저 멀리 바다 위 샌디 생각에 빠져)

부드럽고 나지막한 목소리가 들렸지

"메리, 더 이상 나를 위해 울지 마오."

누구의 소리인가 알아보려고

베개에서 고개를 살포시 드니

젊은 샌디가 창백한 얼굴, 텅 빈 눈으로

몸을 떨며 서 있었네

오 메리, 나의 사랑, 내 몸은 차가워져서

풍랑 이는 바다 아래 누웠다오.

멀리, 그대로부터 멀리 떨어져

죽음이라는 잠에 빠져 있다오.

"메리, 나의 사랑, 더 이상 나를 위해 울지 마오."

사흘 밤낮으로 풍랑이 일어

우리는 성난 갈기에 이리저리 내둘렸지

배를 구하고자 갖은 애를 썼으나

우리의 노력은 모두 허사가 되었다오.

공포가 내 핏줄을 타고 올라오던 그때에도

내 마음은 그대를 향한 사랑으로 충만했다오.

풍랑은 지나가고 내겐 휴식이 찾아왔다오.

"그러니 메리, 더 이상 나를 위해 울지 마오."

오 나의 아가씨, 나의 사랑, 채비를 하오.

우리는 곧 그 바닷가에서 만날 테요.

의심과 걱정으로부터 해방된 사랑이 있는 그곳에서,

더 이상 이별이 없는 그곳에서!

요란히 수탉이 우니 그림자도 사라졌네

그녀의 샌디는 더 이상 보이지 않고

지나가는 바람이 부드럽게 속삭이네

"사랑스런 메리, 더 이상 나를 위해 울지 마오."

"끝을 모르는 저 유쾌함은 저 아이의 큰 재산이야. 붕붕 떠다니는 저 활기 덕에 물에 가라앉으려야 가라앉을 수가 없겠어."

조가 말했다. 노래를 마치자 큰 박수 소리와 함께 아래로 내려보 냈던 장미들이 다시 하늘로 날아올랐다.

"아무렴. 참으로 감사해야 할 축복이지, 안 그래? 우리처럼 잘 우울해하는 사람들은 그 가치를 알아보잖아. 내 첫 작품을 좋아해주니 기쁘네. 자 이번에는 두 번째 작품이야. 그새 망가지진 않았겠지. 아 까는 정말 아름다웠거든. 제목은 '데스데모나에게 모험 이야기를 들 려주는 오셀로.'"

두 번째 창문으로 가니 세 사람이 그림 같은 장면을 연출하고 있 었다. 마치 씨가 팔걸이 의자에 앉아 있고 베스가 할아버지 발치에 방석을 깔고 앉아서 기둥에 기대 선 댄의 이야기를 듣고 있었다. 댄 이 평소보다 더 활기차 보였다. 마치 씨는 그림자에 가려 있었지만 고개를 위로 향한 어린 데스데모나는 달빛이 가득한 얼굴로 젊은 오 셀로가 들려주는 이야기에 빠져들고 있었다. 댄의 어깨와 구릿빛 피부, 그리고 그의 팔 동작이 어우러져 수려한 모습을 연출했다. 두 관람객은 흐뭇한 표정으로 한동안 아무 말 없이 이 장면을 즐겼다. 마침내 조가 재빨리 귓속말을 했다.

"댄이 떠난다니 다행이지 뭐야. 낭만에 젖어 있는 여학생들이 많은 이곳에 두기에는 너무 눈에 띄잖아. 당당하면서도 우수에 찬 태도, 독특한 분위기는 순진한 아가씨들에게 위험하지."

"걱정 마. 댄은 아직 덜 다듬어진 거야. 많이 좋아지긴 했지만. 야, 저 부드러운 빛 아래서 우리 여왕님이 얼마나 예뻐 보이는지!"

"금발의 공주님은 어디서나 눈에 띄지."

뒤를 돌아보며 그렇게 말하는 조의 얼굴에 조카를 자랑스러워하고 사랑하는 마음이 드러났다. 한참 뒤에 조는 다시금 이 장면을 떠올리게 되리라.

세 번째 작품은 얼핏 보면 비극 같았다. 로리가 터지는 웃음을 간신히 억제하며 속삭였다.

"제목은 '상처 입은 기사.'"

그가 커다란 손수건을 머리에 두른 토미를 가리켰다. 토미가 낸 앞에 무릎을 꿇고 있는데 자세히 보니 그의 손에 박힌 가시를 솜씨 좋게 뽑아내고 있었다. 환자는 황홀한 얼굴이었다.

"아프니?"

낸이 달빛이 닿아 더 잘 보이도록 그의 손을 비틀며 물었다.

"전혀. 계속해. 시원하네."

토미는 무릎이 쿡쿡 쑤시고 가장 아끼는 바지가 다 망가져도 상관없었다.

"금방 끝나."

"몇 시간 걸려도 돼. 너만 괜찮다면. 이렇게 행복해보긴 처음인걸."

이런 부드러운 말로도 꿈쩍 않는 낸이다. 낸은 커다랗고 둥그런 안경을 벗어 내려놓더니 사무적인 어투로 말했다.

"자, 여기 나무 가시. 끝났어."

"내 손에서 피가 나는데 싸매주지도 않을 셈이야?"

토미가 이 상황을 좀 더 끌어볼 심산으로 물었다.

"허튼소리. 입으로 빨면 되잖아. 내일 해부 수업 때나 조심해. 또다시 패혈증에 걸리고 싶지 않다면 말이야."

"그때가 네가 내게 가장 친절한 때였지. 팔이 절단되었더라면 좋으련만."

"차라리 머리 절단을 빌지 그래. 네 머리에서 테레빈유와 등유 냄새가 지독하다고. 정원을 내달리면 냄새가 좀 빠지지 않겠어?"

기사는 절망에 빠져 자리를 떴고 숙녀는 기분 나쁜 냄새를 떨쳐버리려는 듯 기다란 백합꽃에 코를 파묻었다. 행여나 웃음이 터질까 두려워 두 관람객은 서둘러 다음 작품으로 옮겨갔다.

"불쌍한 토미. 인생길이 꽤나 고달프겠어. 저래 봐야 시간만 허비할 뿐인데! 제발 가서 말 좀 해줘, 조. 연애질할 생각은 관두고 공부좀 하라고 말이야."

"그 얘기라면 벌써 했지, 그것도 여러 번. 하지만 저 아인 큰 충격을 받아야 정신 차릴 거야. 그게 어떤 것일지 관심을 갖고 지켜보는 중이지. 아이쿠, 저게 다 뭐야?"

조가 그렇게 물을 만도 했다. 통나무 의자 위에 테디가 한 발로 올라서서 포즈를 취하고 있었다. 다른 발은 쭉 뻗고 두 손은 공중에서 허우적댔다. 조시를 비롯한 어린 친구들은 괴상한 동작을 하는 테디를 유심히 보며 '작은 날개'니, '뒤틀린 철사'니, '얄미운 스컬캡(skull-cap)*이니 각자 자기만의 해석을 냈다.

"이번 작품은 〈날고 싶어 하는 헤르메스〉 어때?"

로리가 레이스 커튼 사이로 내다보며 말했다.

"저 긴 다리 좀 봐! 저렇게 길어서 어떻게 다룬담? 〈아울스다크 대리석상(Owlsdark Marbles)〉이라는 연극을 준비 중인 모양이네. 누가 제대로 알려주지 않았다간 나의 신과 여신들을 온통 뒤죽박죽으로 만들 테지."

조는 눈 앞에 펼쳐진 광경이 마냥 재밌었다.

마침내 테디가 발가락 하나로 버티고 서서 평형을 유지했다. 소녀들이 연신 "잘한다!" "대단해!" "그 자세로 얼마나 오래 버틸 수 있는지 해봐!" 등을 외쳤다. 불행히도 그의 체중은 곧 다른 발로 옮겨갔고 밀짚으로 만든 좌석 부분이 무너지면서 날아가는 헤르메스도 풀썩 떨어졌다. 소녀들에게서 비명 섞인 웃음소리가 터져 나왔다. 땅바닥과 높은 데서 구르는 것에 익숙한 그는 재빨리 털고 일어나 한쪽 다리를 의자에 끼운 채 뛰어다니며 자기가 지어낸 고전적인 지그 춤을 추어 보였다. 조가 말했다.

"네 폭의 그림 모두 잘 봤어. 덕분에 아이디어가 생겼어. 언젠가 활인화 전시를 정기 행사로 만들어봐야겠어. 각자 작품을 만들고 우

---

* 가톨릭 주교가 쓰는 모자로 머리 윗부분만 덮는다.

리가 빙 돌면서 구경하는 거야. 신선하고 충격적일 거야. 매니저에게 얘기해봐야겠다. 영광은 모두 네게 돌릴게."

두 사람은 유리잔과 도자기 접시가 서로 부딪치는 소리가 나며 검은 예복을 입고 불안해하는 이들이 있는 방으로 갔다. 거기서 그들이 젊은이들 사이를 거닐며 그들의 이야기를 엿듣고 문제의 실마리를 찾아 이야기의 실타래를 풀어가는 방법을 들어보자. 조지와 돌리는 저녁 식사 중이었다. 실은 자기들이 챙겨야 하는 숙녀들은 구석에 세워놓은 채 왕성한 식욕을 절제하지 못하고 모든 음식을 흡입하는 중이었다.

"진수성찬이네! 역시 로런스 가 취향이야. 커피도 일등급이고. 그런데 와인이 없다니, 실수로군."

뚱뚱한 몸집에 축 처진 눈, 칙칙한 피부색 때문에 조지는 여전히 '스터피'가 어울렸다.

"로런스 씨가 '술은 남자아이들에게 해롭지'라고 말했잖아. 하! 우리가 술 마시는 모습을 좀 보셔야 하는데. 우리가 술 좀 돌리는 편이잖아. 에밀 표현대로 말이야."

말쑥한 차림의 돌리가 냅킨을 조심스레 펼쳐 반짝이는 셔츠 앞깃에 걸치며 대답했다. 앞깃에 박힌 다이아몬드가 외로운 별처럼 빛났다. 말 더듬는 버릇이 없어진 대신, 조지처럼 젠체하는 말투로 변했다. 하지만 그들의 앳된 얼굴과 그들이 지껄이는 바보 같은 말은 아주 우스꽝스러운 대조를 이뤄서, 어쩐지 심드렁하게 느껴졌다. 둘 다 착한 청년들이지만 대학교 2학년생의 자부심과 대학 생활이 주는 자유에 과도하게 취해 있었다.

"리틀 조는 지독히 예뻐지고 있더라, 안 그래?"

입안 가득 문 아이스크림이 식도로 내려가자 길고 만족스러운 탄성을 내며 조지가 말했다.

"흠, 뭐 그런 편이지. 하지만 공주님이 더 내 취향이야. 난 금발에, 우아하고 여왕 같은 자태를 가진 여자들이 좋더라."

"그건 그래. 조시는 너무 발랄해. 꼭 여치와 춤추는 것 같더라니까. 페리 양은 상냥하고 편안한 상대였어. 독일 춤을 같이 췄지."

"네가 춤을 잘 못 추잖아. 게을러터졌으니. 잘 봐, 내가 상대를 얼마나 멋지게 리드하는지. 춤이야말로 내 무기지."

돌리는 자신의 잘 손질된 발에서부터 가슴팍에서 번쩍이는 보석까지 쭉 훑어보았다. 우쭐대며 걷는 모습이 칠면조와 닮았다.

"그레이 양이 널 찾던데. 먹을 것 좀 더 갖다달란다. 가는 길에 넬슨 양의 접시도 비었나 확인해주고 나 대신 봉사해줘. 난 아이스크림 급하게 먹는 건 딱 질색이거든."

그렇게 말하고 조지는 자기만의 안전한 구석자리에 남았다. 돌리는 자신의 의무를 다하려고 사람들을 헤치고 사라졌다가 씩씩거리며 돌아왔다. 코트 소매깃에 샐러드드레싱이 묻어 있었다.

"저 시골뜨기들! 곤충 떼처럼 이리저리 부딪히며 다니더니 내게 이런 지독한 짓을 저지르다니! 책에나 코 박고 살 것이지 왜 사교 활동을 하겠다고 나서서는. 안 되겠어. 끔찍한 자국이 남겠는걸. 이것 좀 닦아봐. 나 좀 먹게. 아유 배고파. 먹기도 정말 많이 먹더라. 그러니까 여자들은 공부를 많이 하면 안 돼. 남녀공학이 웬 말이야."

돌리는 잔뜩 예민해져서 투덜거렸다.

"정말 그래. 숙녀답지 못하게. 아이스크림이나 케이크 한 조각 정도로 만족하고 예쁘게 먹을 것이지. 여자가 그렇게 먹어대는 모습은 정말 못 봐주겠다니까. 열심히 일하는 우리 남자들이나 그렇게 먹는 거지. 이런, 생각해보니 저 머랭 쿠키가 전부 사라지기 전에 얼른 가져와야겠어. 이봐, 웨이터! 저기 있는 음식 좀 가져와봐. 얼른!"

조지가 남루한 예복 차림의 남자를 쿡 찌르며 명령조로 말했다. 그는 유리잔을 담은 쟁반을 들고 지나가는 길이었다.

그의 명령은 즉각 수행되었다. 하지만 곧 조지는 식욕이 싹 달아나고 말았는데 열심히 코트에 묻은 얼룩을 지우던 돌리가 고개를 들었다가 아연실색하여 이렇게 외쳤기 때문이다.

"넌 이제 망했다! 모튼에게 심부름을 시켰잖아. 베어 교수님의 수제자. 모르는 게 없고, 궁금한 게 있으면 끝까지 파고든다는 이 학교의 수석 학생 말이야. 넌 이제 끝장이야."

돌리는 배가 아프도록 웃어댔는데 그러다가 스푼에 담겨 있던 아이스크림이 날아가 그 아래 앉은 숙녀의 머리로 떨어졌다. 그 역시 궁지에 빠지는 신세가 된 것이다.

절망에 빠진 두 사람은 그렇게 두고 이번에는 두 소녀가 주고받는 귓속말을 들어보자. 편안히 앉아서 각자의 에스코트 파트너들이 식사를 마치길 기다리는 중이다.

"로런스 부부의 파티는 항상 멋져. 안 그래?"

더 어린 소녀가 묻는다. 이런 유의 즐거움에 익숙하지 않아 잔뜩 들떠 있다.

"맞아. 내 드레스가 여기에 어울리지 않는 것 같아서 마음이 불편하지만. 집에서는 괜찮아 보였단 말이야. 오히려 과도하게 차려입은 것처럼 보일까봐 걱정했는데. 그런데 막상 와보니 너무 볼품없고 촌스러워 보이는 거 있지. 혹 미리 알았다 하더라도 새로 장만할 돈도 시간도 없었겠지만 말이야."

다른 소녀가 자기가 입은 밝은 핑크빛 실크 드레스를 내려다보며 대답했다. 싸구려 레이스 장식이 달려 있다.

"그런 문제라면 브룩 부인께 조언을 구해봐. 지난번에 정말 친절히 대해주셨어. 내게도 초록색 실크 드레스가 있는데 이곳의 드레스들에 비하면 너무나 싸구려 같고 후줄근해 보여서 파티에 올 때마다 기분이 안 좋았어. 그래서 브룩 부인에게 로런스 부인이 입으시는 드레스는 얼마쯤 하냐고 여쭤봤지. 우아하지만 디자인이 심플해서 별로 비쌀 것 같지 않았단 말야. 그런데 인도 면사에 발랑시엔 레이스더라고. 절대로 내가 살 수 있는 수준의 옷이 아니었던 거야. 그런데 브룩 부인이 이렇게 얘기해주셨어. '모슬린 천을 초록색 실크 위에 덧대고 분홍색 대신 홉 꽃 같은 흰색 꽃을 머리에 달면 정말 예쁠 것 같구나.' 이것 봐, 정말 예쁘고 잘 어울리지 않아?"

버튼 양은 소녀다운 만족감에 젖어 자기 드레스를 내려다보았다. 끔찍해 보이던 초록색에 약간의 감각을 더하니 한결 부드러워졌고 하얀 홉 꽃송이는 붉은 머리칼을 장미처럼 돋보이게 해주었다.

"정말 예뻐. 항상 예쁘다고 생각했어. 그럼 나도 내 자줏빛 드레스를 어떻게 하면 좋을지 여쭤봐야겠다. 브룩 부인이 전에 내 두통 문제를 해결해주신 적이 있어. 메리 클레이의 소화불량도 커피와 뜨거운 빵을 끊은 뒤 완전히 사라졌대."

"로런스 부인은 내게 걷고 달리라고, 또 체육관을 이용하라고도 조언해주셨어. 굽은 어깨를 고치고 가슴을 펴라고 말이야. 덕분에 자세가 전보다 훨씬 좋아졌어."

"로런스 씨가 아멜리아 메릴의 학비를 내준다는 이야기 들었어? 그 애 아버지 사업 실패로 대학을 그만두게 되었는데 글쎄 그 멋진 신사분이 다 해결해주었다지 뭐야. 그렇지, 베어 교수님도 공부를 힘들어하는 남학생들 몇을 데려다가 저녁마다 집에서 도와준대. 학업을 따라갈 수 있도록 말이야. 작년에 찰스 맥키가 열병에 걸렸을 때 베어 부인이 직접 간호해주셨다더라. 세상에서 가장 친절한 분들이 아닐까 생각해, 난."

"나도 그렇게 생각해. 여기서 보내는 시간이 내 인생에서 가장 행복하고 가치 있는 시간이 될 거야."

어느새 두 소녀는 자신들이 입은 드레스나 저녁 식사는 까맣게 잊은 채 감사와 애정을 듬뿍 담은 눈으로 학생들의 건강과 영혼과 마음을 돌보느라 애쓰는 베어 부부를 떠올렸다.

이번에는 활기찬 파티의 저녁 식사가 이어지고 있는 계단으로 가보자. 여자들은 동동 뜬 거품처럼 꼭대기에 앉았고 무거운 입자들이 가라앉는 기층(基層)에는 남자들이 자리했다. 어디든 기어올라가 걸터앉을 수만 있다면 절대로 내려앉는 법이 없는 에밀은 난간 기둥에 앉았다. 토미, 네트, 데미, 댄이 계단에 앉아 바삐 먹고 있다. 그들이 에스코트하는 숙녀들이 저녁 식사로 바쁜 틈에 잠시 쉬는 중이다.

"남자들이 떠난다니 정말 아쉬워. 그들이 없으면 이곳 생활은 끔찍이도 지루해지겠지. 다들 놀려먹지 않고 예의 바르게 행동하니까 아주 마음에 들던데."

낸은 오늘 밤이 유달리 편안하다. 토미에게 일어난 불행 때문에 토미가 그녀를 귀찮게 하지 않아서다.

"나도 그래. 오늘은 베스마저 우울해 보였어. 평소에는 작품의 모델이 될 만한 기품을 갖춘 남자 외에는 무관심했잖아. 베스는 지금 댄의 머리를 작업 중인데 무섭게 몰입하고 있더라. 정말 근사한 작품이 될 것 같아. 댄이 워낙 체격이 크고 매력적이라 나는 그를 볼 때마다 〈죽어가는 검투사(Dying Gladiator)〉* 같은 고대 인물이 떠올라. 저기, 베스가 오네. 세상에나, 어쩜 저리 예쁠 수가!"

데이지가 할아버지 팔짱을 끼고 지나가는 공주님을 향해 손을 흔들며 말했다.

"댄이 저렇게 멋진 사람이 될 줄이야. 우리가 '못된 아이'라고 부르던 거 기억하지? 이따금 우리를 노려보거나 욕을 내뱉어서 잰 커서 해적이나 뭐 그런 악당이 되겠다고 확신했잖아. 그런데 가장 멋진 남자가 되었어. 이야기도 재미나게 하고 그가 꾸는 꿈도 그렇고. 난 댄이 좋더라. 크고 강하고 독립적이잖아. 응석받이나 책벌레들에겐 질렸어."

낸이 딱 잘라 말했다.

"그래도 네트보다 잘생기진 않았어!"

절개 있는 데이지가 외쳤다. 저 아래 두 얼굴이 대조를 이룬다. 하나는 유달리 쾌활하고 다른 하나는 케이크를 베어 물 때조차 진지한

* 프랑스 조각가 피에르 줄리앙의 작품.

감성이 묻어난다.

"나도 댄이 좋아. 그가 잘 지내서 기쁘고. 하지만 사람을 지치게 하는 데가 있어. 여전히 조금 무섭기도 하고. 내게는 조용한 사람이 더 잘 맞는 것 같아."

"인생은 어차피 전투야. 그래서 난 잘 훈련된 군인이 좋아. 남자들은 세상을 너무 쉽게 살아. 이 모든 게 얼마나 심각한 문제인지 알지도 못하고 맡은 일도 충실히 하려고 하지 않지. 저 황당한 토미 좀 보라고. 자기가 원하는 걸 얻지 못했다는 이유로 시간이나 낭비하면서 스스로를 웃음거리로 만들고 있잖아. 하늘에서 달을 따 달라고 우는 아기나 다름없지 뭐야. 내겐 그따위 허튼수작에 쓸 인내심이 없어."

낸이 쾌활한 토미를 내려다보며 힐난하듯 말했다. 에밀의 구두에 마카롱을 집어넣는 장난을 치고 도망가는 중이다.

"그래도 대부분의 여자라면 저런 일편단심에 감동할걸. 내 눈에는 아름답게만 보이는데 왜 그래."

데이지가 아래편에 앉은 여자아이들이 듣지 못하도록 부채로 얼굴을 가리며 말했다.

"너란 아인 감상적인 거위 같아서 판사가 되긴 틀렸어. 네트야말로 지금보다 두 배는 멋진 남자가 되어서 돌아올 거야. 토미가 차라리 네트와 함께 떠나면 좋으련만. 내 생각엔 말이야, 우리 여자들이 영향력을 행사해야 한다면 말이지, 이 남자 녀석들을 위해서 사용해야 해. 보살펴주고 잘해주기만 하면 우리는 노예가 되고 저들은 군주처럼 굴 뿐이라고. 우리에게 뭘 구하기 전에 왜 우리가 그렇게 해주어야 하는지 증명하게 해야 해. 우리도 동등한 권리를 행사할 수 있도록 말이야. 그래야 우리 여자들이 우리의 위치를 분명히 알고 평생을 두고 후회할 실수를 하지 않게 될 거야."

"옳소!"

앨리스 히스가 외쳤다. 꼭 낸처럼 용감하고 분별력 있게 자신의 커리어를 선택한 여성이었다.

"세상은 우리에게 기회를 주고 우리가 최선을 다할 때까지 참을 성 있게 기다려줘야 해. 이제 사회는 여자들도 남자들처럼 똑똑하길 기대하는데 남자들은 역사적으로 필요한 모든 도움을 받아왔단 말이야. 반면 여자들은 아무런 지원이 없었고. 그러니까 우리도 동등한 기회를 달라! 이에 대한 판단은 몇 세대 지난 후에 해주길. 나는 공정한 게 좋은데 여성들이 공정한 대우를 받은 적이 거의 없지."

"또 자유를 달라고 외치는 중이야? 아예 깃발을 꽂지 그래? 내가 너희들 편에 서서 도움이 필요하다면 기꺼이 도움이 되어주지. 너와 낸이 선봉이 되면 도움은 별로 필요 없을 것 같지만 말이야."

데미가 난간 사이로 들여다보며 물었다. 낸이 말했다.

"큰 위안이 된다, 데미. 위급상황이 닥치면 널 부를게. 넌 정직한 아이니까 네 어머니와 여동생들과 이모들이 네게 어떻게 해주었는지 잊지 않겠지. 난 솔직하게 자신의 실제 모습을 받아들이고 스스로 신이 아님을 인정하는 남자들이 좋더라. 그 위대하다는 남자들께서 계속해서 끔찍한 잘못을 저지르는데 어떻게 우리가 계속 그렇게 봐주겠어? 내가 보는 병든 남자들을 한번 보면 너도 알게 될 거야."

"우리 남자들이 약해졌을 때 때리지는 말아줘. 자비를 베풀어주면 우리가 여자들을 영원히 축복하고 신뢰하며 살 테니까."

데미가 난간의 기둥을 감옥 창살 삼아 간청하듯 말했다.

"너희 남자들이 우리를 공정하게 대한다면 우리도 얼마든지 친절해질 수 있어. 분명히 말하지만, 불쌍히 여겨서 봐주는 게 아니라 공정하게 대해주기를 요청해. 지난겨울에 의회에서 열린 참정권 토론에 참여했는데 이제껏 들은 것들 중에 최악의 거짓말과 헛소리들이 오가더라. 그 남자들이 우리를 대표한다냐? 내가 도리어 부끄러워서 얼굴이 빨개지더라니까. 그자들의 어머니나 아내들을 생각해봐. 만약에 우리에게 투표권이 없어서 남자가 나 대신 투표해야 한다면 반드시 똑똑한 남자여야만 해. 멍청이는 안 돼."

"낸이 연설 중이다. 우리 모두 잘 듣자!"

토미가 외치더니 우산을 펼쳐 머리를 가렸다. 이렇게 하면 낸의 열띤 목소리는 잘 들리면서도 낸의 분노한 눈길은 피할 수 있었다.

"잘한다, 낸! 취재 노트에 잘 정리해서 '박수쳐줍시다' 란에 실어줄게."

데미가 제법 젠킨스다운 분위기를 풍기며 수첩과 연필을 꺼냈다.

데이지가 난간 기둥 사이로 손을 내밀어 데미의 코를 잡고 비틀었다. 동시에 계단 언저리가 아수라장이 되었다. 에밀은 "그만들 하시오! 돌풍이 불어오오!"라고 외쳤고 토미는 손바닥이 아프도록 박수를 쳐댔으며 댄은 싸움판과 흡사한 재미난 구경거리를 흥미로운 눈으로 지켜봤다. 네트는 데미를 도와주러 갔는데 데미의 입장이 유리한 것처럼 보여서였다. 다들 왁자지껄하게 웃고 떠드는 와중에 어느샌가 위층 홀의 발코니에 나타난 베스가 평화의 천사처럼 지상 세계의 소동을 지긋이 내려다보고 있었다. 궁금해진 베스는 미소 띤 얼굴로 물었다.

"대체 무슨 일이야?"

"의분에 가득 찬 의회를 진행 중입니다. 낸과 앨리스는 흥분해서 펄펄 뛰고 우리는 감옥에 갇혀 처분을 기다리고 있어요. 공주님께서 친히 회의를 주재하여 바른 판정을 내려주소서."

데미의 말에 곧바로 소강상태로 접어들었다. 공주님 앞에서 감히 폭동을 일으킬 자가 어디 있단 말인가.

"내겐 그런 현명함이 없는걸. 그냥 듣고만 있을게. 계속들 해봐."

베스가 정의의 여신처럼 차갑고 차분한 자세로 자리 잡고 앉았다. 손에는 칼과 저울 대신 부채와 꽃다발이 들려 있다.

"자, 숙녀 여러분, 생각을 자유롭게 말씀해주십시오. 단, 내일 아침까지는 우리 목숨을 살려주시길. 모두 식사를 마치는 대로 독일 춤을 춰야 하니까요. 파르나소스 산에선 남자들이 자신의 의무를 다해야 하지요. 자, 이제 의장이신 왈가닥 부인, 말씀하십시오."

데미는 플럼필드에서 허용되는 수준의 가벼운 연애보다는 이런 종류의 장난을 더 좋아한다. 플럼필드에서 가벼운 연애가 허용된 이유는, 어차피 완전히 막을 수 없고 남녀공학이건 아니건 어느 정도 교육적일 거라는 단순한 이유에서다. 낸이 장난기와 열의가 뒤섞여 반짝이는 눈으로 침착하게 입을 열었다.

"내가 드리고 싶은 말은 단 한 가지, 이것뿐입니다. 여기 계신 모든 남성분들께 묻고 싶어요. 이 문제에 대해서 정말로 어떻게들 생각하시는지. 댄과 에밀은 세상 구경을 충분히 했으니 각자의 의견이 분명하리라고 생각합니다만. 토미와 네트는 오랫동안 훌륭한 본보기를 보면서 자랐습니다. 데미는 자랑스러운 우리 편이지요. 로브도 그렇고요. 테디는 변덕쟁이고 돌리와 조지는 학교에 별관(the Annex)[*]이 있는데도 여전히 고루하기 짝이 없고요. 그래서 거튼(Girton College)[**] 여학생들이 그곳의 남학생들보다 훨씬 앞서 있다지요. 자, 제독, 대답할 준비가 되셨습니까?"

"어어이, 어어이, 준비되었습니다, 선장!"

"여성 참정권에 동의하십니까?"

"그대의 아름다운 머리에 축복이 깃들기를! 동의합니다. 분부만 하신다면 언제든 여성 선원을 배에 태울 용의가 있습죠. 아무렴 계류장에서 남자들을 끌어내어 강제징집한 것보다 나쁘겠습니까? 우리 배를 항구로 무사히 데려가줄 항해사는 어차피 필요하니까요. 여성들이 배에 타면 안 될 이유가 어딨습니까? 여성이 없다면 어차피 난파될 운명인 것을!"

"좋습니다, 에밀! 그런 멋진 연설 덕에 낸이 그대를 일등항해사로 고용하겠답니다."

데미가 말했다. 여자들은 박수를 쳤지만 토미는 데미를 노려봤다.

"자, 이번에는 댄입니다. 댄, 당신은 목숨만큼 자유를 사랑하지요. 여성 참정권이 과연 필요한 것일까요?"

"얼마든지. 여자들에게 그럴 자격이 없다고 말하는 놈들이 있다면 내가 모조리 때려주겠어."

---

[*] 남학교인 하버드에서 만든 여학생용 부속학교. 명문 여대인 래드클리프의 전신.
[**] 케임브리지대학교의 단과대학 중 하나로 과거에는 여자학교였다.

이 짧고 힘 있는 대답은 열정적인 의장님의 마음에 쏙 들었다. 그녀는 캘리포니아에서 온 신규 회원을 향해 활짝 웃어 보이고는 힘차게 말했다.

"네트는 설마 다른 편이라고 감히 말하지 않겠지요. 혹시 속으로는 그렇다 하더라도 말입니다. 우리 편이 이길 때까지 기다렸다가 이기면 그제야 북 치고 장구 치면서 승리를 기뻐하는 자가 되지 말고 우리가 전장에 나가는 즉시 적극적으로 우리를 응원하기로 결단하셨길 바라는 바입니다만."

말괄량이 부인의 우려는 네트가 입을 열자마자 종식되었다. 미리 날카로운 말을 한 것이 후회될 정도였다. 위를 올려다보는 네트의 얼굴은 비록 빨갛게 상기되어 있었지만 표정과 매너는 남자다웠고, 말투는 많은 이들의 마음을 감동시켰다.

"만일 내가 여성들을 마음과 뜻을 다해 사랑하거나 존경하거나 섬기지 않는다면 나는 아마도 세상에서 가장 감사를 모르는 인간이겠지요. 지금의 나, 그리고 앞으로의 나는 모두 여성들 덕분에 만들어진 것이니까요."

데이지는 박수를 쳤고 베스는 손에 들고 있던 꽃다발을 네트의 무릎 위로 던졌다. 나머지 여자들도 부채를 흔들어 환호했다. 진심이 아니고서는 연설이 이토록 유창할 수 없었다.

"토머스 B. 뱅스 군, 재판정에 출두해 진실만을 말해주십시오."

낸이 장내 소란을 진정시키고자 땅땅 두드리며 말했다. 토미는 우산을 접고 일어나 손을 들고는 엄숙한 말투로 말했다.

"모든 이에게 참정권이 있어야 한다고 생각합니다. 나는 모든 여성을 사랑하며 문제 해결에 도움이 된다면 언제든 그들을 위해 죽을 각오가 되어 있습니다."

"살아서 일하는 것이 더 어려운 일입니다. 그래서 더욱 명예로운 삶이지요. 남자들은 여자들을 위해 죽을 각오가 되어 있다고는 말하면서 여자들의 삶을 더 가치 있게 만드는 노력은 하지 않습니다. 싸구려 감상과 형편없는 논리지요. 토미, 오늘은 일단 넘어가지만 앞으로 헛소리는 삼가주세요. 이제 그만 휴정합니다. 축제의 체조 시간이 다가왔거든요. 플럼필드에서 여섯 명의 진실된 남성들이 배출되어서 대단히 기쁘고, 어디 가든 플럼필드에서 배운 원칙을 잘 지키며 살아가길 바랍니다. 자, 여성분들은 찬바람에 계속 앉아 있지 말고, 남성분들은 덥다고 얼음물을 너무 많이 들이키는 것에 주의하시기 바랍니다."

낸이 지극히 그녀다운 폐회 인사와 함께 퇴장했다. 여자들은 자신들에게 허락된 몇 안 되는 권리를 누리러 들어갔다.

27

마지막 당부

이튿날은 일요일이어서 모두 예배당으로 향했다. 마차를 탔든 걸 어가든 모두가 화창한 날씨와 평온함을 즐기면서 한 주간 젊어지고 다닌 수고와 걱정을 털어내러 가는 길이었다. 조는 데이지의 두통을 보살펴주느라고 집에 남았다. 마음의 병으로 생긴 두통이었다. 나날 이 사랑하는 마음은 커가고 이별의 날이 가까이 다가오고 있으니 두 통이 올 만도 했다.

"데이지는 엄마 마음을 잘 아는 딸이야. 난 그 아이를 믿는다. 네 가 네트를 주의 깊게 지켜보다가 '연애'는 있을 수 없다고 분명히 일 러주렴. 안 그랬다간 편지 주고받는 것도 금지해야 할 테니까. 나도 이렇게 잔인하게 굴긴 싫어. 하지만 데이지의 나이가 어디에 매이기

엔 너무 어리잖니."

메그가 아끼는 회색 실크 드레스를 만지작거렸다. 데미를 기다리는 중이었다. 아들은 어머니의 뜻을 어긴 데 대한 화해의 제스처로 독실한 신자인 어머니를 모시고 매주 빠지지 않고 교회에 갔다.

"그렇게, 언니. 그러잖아도 오늘 세 녀석을 모두 만나볼 작정이야. 그물을 치고 먹잇감이 걸려들기만을 기다리는 거미처럼 기회를 보려고 해. 한 명씩 얘기를 해봐야지. 내가 자기들을 잘 이해해준다는 걸 아니까 내게는 진심을 털어놓을 거야. 언니, 오늘 상냥하고 푸근한 퀘이커교도 아가씨처럼 보이네. 저렇게 장성한 아들을 둔 부인이라고 하면 누가 믿겠어."

조가 데미가 걸어오는 것을 보며 덧붙였다. 포근한 일요일 날씨와 데미가 더불어 반짝인다. 잘 염색된 검은 부츠부터 시작해서 부드러운 갈색 머리칼까지.

"괜한 소리 하기는. 아끼는 학생에 대한 내 마음을 풀어보려는 속셈이지? 조, 네 수가 훤히 보이지만 넘어가지 않을 거야. 그러니 마음 단단히 먹고 내가 곤란한 입장에 빠지지 않게 도와줘. 존에 대해서는, 다른 이들이 어떻게 생각하든 저 아이를 믿어주기로 했어."

메그가 아들이 건네는 스위트피와 미뇨네트로 만든 꽃다발을 받아들고 미소 지었다. 그러고는 비둘기색 장갑의 버튼을 조심스럽게 채우고는 아들의 팔짱을 끼고 도도한 자세로 마차를 타러 나갔다. 에이미와 베스는 이미 마차에 타서 기다리고 있었다. 조는 옛날에 어머니가 하던 대로 자매들이 탄 마차를 향해 외쳤다.

"얘들아, 깨끗한 손수건 하나씩은 챙겼니?"

친숙한 말이 들려오자 자매들은 마차에서 일제히 하얀 손수건을 흔들며 첫 먹잇감을 기다리는 거미를 남긴 채 사라졌다. 오래 기다릴 필요는 없었다. 데이지가 네트와 함께 부르던 찬송가책에 눈물로 젖은 뺨을 대고 잠이 들었고, 조는 잔디밭을 거닐며 산책을 했다. 양산을 든 모습이 멀리서 보면 버섯이 돌아다니는 것처럼 보였다.

댄은 16킬로미터나 되는 거리를 걸어보겠다며 나가고 없었다. 네트는 함께 따라나섰다가 슬쩍 이탈하여 돌아왔다. 마지막 날이니 자신의 여신과 함께할 시간을 잠시라도 놓치기 싫었으리라. 조가 즉시 그를 알아보고 오래된 느릅나무 아래의 정원 의자로 조용히 불렀다. 그곳이라면 비밀스러운 대화를 방해받지 않으리라. 두 사람 모두 포도나무 덩굴에 반쯤 가려진, 하얀 커튼을 드리운 창문을 주시하며 대화를 시작했다.

"참 편안하고 시원한 곳이네요. 오늘은 댄을 따라나서지 않으려고요. 너무 덥기도 하고, 댄이 어찌나 증기기관차같이 빨리 걷는지. 오늘은 그의 애완용 뱀들이 살던 늪지대 쪽으로 간다기에, 오늘만은 제발 빼달라고 사정했지요."

네트는 밀짚모자로 연신 부채질을 해댔다. 그렇게 찌는 듯이 더운 날은 아닌데 말이다.

"잘 생각했다. 여기 앉아 쉬면서 나와 예전처럼 대화나 하자꾸나. 우리 두 사람 모두 최근에 정말 바빴잖니. 네가 어떤 계획을 세우고 있는지 제대로 들을 기회도 없었던 것 같아."

조가 맞장구를 쳤다. 라이프치히 애기로 시작하다 보면 결국은 플럼필드의 이야기가 나올 것이다.

"선생님은 정말 친절하세요. 그래서 이곳을 좋아하지 않을 수가 없답니다. 떠난다는 게 실감이 나지 않네요. 아마도 배를 타고 바다로 나간 후에야 실제로 다가올 것 같아요. 드디어 출발한다니 기대가 됩니다. 지금까지 이끌어주신 로리 선생님과 선생님께 어떻게 감사를 전해야 할지 모르겠어요."

목소리가 갈라졌다. 네트는 받은 친절을 결코 잊지 않는, 여린 마음의 소유자였다.

"성장하는 삶을 사는 것이 보답하는 길이란다. 그곳에서 시작될 새로운 인생에 수많은 시련과 유혹이 도사리고 있을 텐데, 네가 의지할 거라곤 네 자신의 지혜와 슬기밖에 없는 시간이 닥칠 거야. 플럼필드에서 배운 원칙들이 얼마나 단단히 뿌리내렸는지는 두고 보면 알겠지. 당연히 실수도 하겠지. 누구나 그래. 양심을 놓아버리거나 눈을 질끈 감아버리고 휩쓸리지만 않으면 돼. 항상 깨어서 기도하렴, 네트. 손이 기술을 연마하고 머리가 지식으로 자라나는 사이 마음만은 순수하고 따스하게 유지하길. 지금처럼 말이야."

"네, 노력할게요, 마더 베어. 최선을 다해서 은혜를 갚겠습니다. 유학까지 갔으니 음악적인 진보가 당연히 있겠지요. 하지만 더 지혜로운 사람이 될 수 있을지 그게 걱정입니다. 아시겠지만 제가 이곳에 마음을 두고 가잖아요."

네트의 눈은 내내 한 창문만 응시하고 있었다. 사랑과 그리움이 가득 담긴 그의 조용한 얼굴에 남자다움과 슬픔이 엿보였다. 풋풋한 사랑의 힘이 얼마나 그를 강하게 휘두르고 있는지 느껴졌다. 조는 마침내 기회가 찾아와 안도했다.

"그래, 나도 그 이야기를 좀 하고 싶구나. 불편한 이야기가 되더라도 이해해주렴. 나는 언제나 네 편인 것 알지?"

"네, 데이지 얘기라면 얼마든지 말씀해주세요. 지금 제게는 절망뿐이에요. 데이지를 오랫동안 볼 수 없으니까요. 무모한 얘기라는 걸 잘 알지만, 전 그녀를 사랑해요. 이곳을 떠나도 변하지 않는다고요!"

반항심과 절망감이 뒤섞인 외침에 조는 내심 깜짝 놀랐다.

"내 말 좀 들어보렴. 내 말이 네게 좋은 위로와 충고가 되었으면 해. 데이지도 널 좋아하지. 알고 있단다. 하지만 데이지의 어머니가 둘의 관계를 찬성하지 않아. 데이지는 착한 딸이니까 엄마를 실망시키지 않을 테고. 젊을 때는 그 감정이 영원할 것 같지만, 실은 모두 변한단다. 그것도 아주 더 나은 방식으로 말이다. 실제로 상심하여 죽는 사람은 거의 없지."

조는 과거에 이렇게 위로하던 다른 소년이 떠올라 잠시 얼굴에 미소가 피었다. 하지만 곧 이야기를 이어갔다. 네트는 자신의 운명이 조의 입술에 달려 있는 듯 온 정신을 집중해 들었다.

"분명 변화가 일어날 거야. 네가 새로운 여인과 사랑에 빠지거나, 음악에 푹 빠져 지내느라 저절로 둘 사이가 소원해지거나. 네가 떠나면 데이지가 금세 잊을지도 모르지. 나중에 친구로 남은 걸 다행으로 여길 수도 있고. 그러니 아직은 아무것도 약속하지 않는 편이 훨씬 현명할 거야. 그래야 두 사람 모두 자유롭게 지낼 수 있잖니. 한두 해쯤 지나서 다시 만났을 때 지금의 연애 감정의 싹이 일찌감치 잘린 것을 다행으로 여기며 웃으며 얘기할 날이 올지도 모른단다."

"정말 그렇게 생각하세요, 선생님?"

간절한 눈빛이었다. 솔직한 푸른 눈동자에 그의 마음 전부가 고스란히 담겨 있었다. 조는 진심을 털어놓을 수밖에 없었다.

"아니, 실은 그렇지 않아!"

"선생님이 제 입장이라면 어떻게 하실 거예요?"

네트의 어조가 거의 명령에 가깝게 들렸다. 한없이 부드럽기만 하던 그에게서 한 번도 들어보지 못한 목소리였다.

'오 이런, 이토록 애간장이 타는 연인에게 연민에서 우러난 분별력 따위는 집어치우자.'

조는 네트의 남자다운 모습에 놀라기도 하고 기특하기도 했다.

"자, 나라면 이렇게 하겠어. 네 사랑이 강력하고 신실한 것을 증명하는 거야. 데이지의 어머니 입장에서 네게 딸을 보내는 것이 자랑스럽도록 성공하는 거지. 그냥 뛰어난 음악가로는 부족해. 존경과 신뢰를 받는 훌륭한 남자가 되는 게 우선이야. 그래도 데이지 어머니의 마음을 얻지 못할 수도 있지. 안타깝지만 그 덕분에 지금보다 훨씬 나은 남자가 되어 있을 거야. 연인을 위해 최선을 다했다는 경험이 큰 위안을 주기도 하고."

"저도 그럴 셈이었어요. 하지만 확실한 희망의 말을 듣고 싶었어요. 용기를 낼 수 있도록 말이에요."

꺼져가던 불꽃이 격려의 기운에 다시 불타오르는지 네트는 열의에 차 있었다.

"저보다 형편이 더 어렵고 가난하고 똑똑하지 못한 사람들도 위대한 일을 해내고 존경을 받잖아요. 저라고 왜 못하겠어요? 비록 지금은 변변치 못하지만요. 브룩 부인께서 제 출신을 못마땅해하시죠.

하지만 제 아버지는 하는 일마다 실패하셨지만 정직한 분이셨어요. 저는 조금도 부끄럽지 않아요. 다른 분들의 후원과 자선으로 학교를 다닌 점도요. 제 가족이나 제 자신에 대해 절대로 부끄러워하지 않을 거예요. 사람들에게 존경 받는 사람이 될 거예요."

"옳지, 그게 제대로 된 정신이지! 네트, 그 생각 꼭 붙들고 멋진 남자가 되렴. 용감한 업적을 이룬 사람을 누구보다도 빨리 알아보고 존중할 사람이 다름 아닌 나의 언니 메그란다. 그녀는 네 가난이나 과거를 경멸하는 게 아니야. 엄마들이란 딸에 대해 아주 마음이 약해지거든. 우리 마치 가문 여자들은 비록 가난하게 살아왔지만 우리 가문을 자랑스럽게 여긴단다. 돈에는 연연하지 않아. 하지만 대대로 덕을 갖춘 선조들이 있었다는 사실이 자랑스러운 거지."

"블레이크 가문도 좋은 가문이에요. 저도 제 가문이 자랑스러워요. 감옥형이나 교수형 같은 불명예를 당한 적이 없는 가문이에요. 오래전에는 부유하고 존경받았는데 지금은 몹시 가난해졌을 뿐이에요. 하지만 아버지는 구걸하는 대신 길거리 음악가가 되셨답니다. 못된 짓을 저지르고도 멀쩡하게 살아가는 사람들처럼 되기보다는 저 역시 그렇게 살 거예요."

네트가 어찌나 흥분했던지 목소리가 커져서 조가 큰 웃음소리로 그의 목소리를 덮어야 할 정도였다. 네트는 곧 진정했고 두 사람은 조용한 목소리로 계속 대화를 이어갔다.

"메그 언니에게도 그 점을 다 말해줬어. 언니도 기뻐했고. 앞으로 몇 년간 잘만 하면 메그의 마음도 누그러지고 모든 게 다 괜찮아질 거야. 아니면 너희 둘이 내가 아까 말한 대로 변해버릴 수도 있고. 물론 넌 절대 그럴 리 없다고 펄쩍 뛰겠지만. 그러니 미적거리며 우울해하지 말고 기운 내렴. 쾌활하고 씩씩하게 작별 인사를 하자. 너의 남자다운 면모를 보여주어 좋은 기억을 남기는 거야. 우린 모두 네가 잘되길 바라고 네게 큰 기대를 걸고 있단다. 내게 매주 편지를 보내줄래? 그러면 내가 이곳에서 일어나는 일을 시시콜콜 적어서 답장을 보내줄게. 데이지에게 편지를 쓸 때는 감정적으로 폭발하거나 징징거리지 않도록 각별히 조심해야 해. 메그 언니가 다 읽을 테니까 말이야. 너 자신을 보호하고 싶다면 우리 모두에게 보내는 편지에는 되도록 분별 있고 쾌활한 어조를 유지하는 게 중요해."

"그럴게요. 벌써 기분이 좋아지고 희망이 보여요. 제 잘못으로 제 편을 잃는 실수는 하지 않을게요. 제 편이 되어주셔서 고맙습니다, 마더 베어. 다들 제가 데이지에게 턱없이 부족하다고 여겨서 속상하고 심술도 나고…… 자존심이 상했거든요. 아무도 직접 그렇게 말한 적은 없지만 알고 있었어요. 그래서 로리 씨가 저를 유학을 보내시는 이유가 데이지에게서 떨어뜨리려고 그러시나 의심한 적도 있어요. 아, 정말이지 인생은 너무 힘들어요. 안 그래요?"

네트는 두 손으로 제 머리를 감쌌다. 소년 시절은 끝나고 성인기에 접어들었음을 깨닫고 희망과 두려움, 열정과 계획이 온통 뒤섞여 두통이라도 온 것처럼.

"힘들고 말고. 그렇지만 그런 장애물과 고난이 우리에게 유익이 된단다. 곰곰이 생각해보면, 별 힘들이지 않고 일어난 좋은 일도 많았잖니. 하지만 이제는 네가 직접 개척해가야 해. 넌 이미 배에 탔고 열심히 노를 저어야만 하는 상황이야. 거센 물살을 피해 네가 도달하려는 항구를 향해 똑바로 전진하는 법을 배워야 해. 앞으로 네게 어떤 유혹이 닥칠지 모르겠구나. 네겐 나쁜 습관도 없고 음악을 그렇게 사랑하니 적어도 너를 음악에서 끊어낼 만한 유혹은 없겠지. 단지 네가 너무 공부에만 집중하지 않길 바랄 뿐이야."

"지금 같아선 말과 같은 체력으로 공부에 전념하고 싶어요. 빨리 공부를 시작하고 싶어요. 하지만 조심할게요. 아파서 시간을 낭비해도 안 되죠. 오늘 제게 주신 약이 충분해서 그곳에 있는 내내 충분히 버틸 수 있을 것 같은데요."

네트는 조가 자신을 위해 쓴 '복용법 책'이 떠올라서 피식 웃었다. 상황별 지침이 빼곡히 적힌 수첩이었다. 아니나 다를까, 그 말이 떨어지기가 무섭게 조가 추가적인 복용 방법을 설명하기 시작했다.

본격적인 그녀의 취미가 발동이 걸리려는데 불쑥 에밀이 나타났다. 플럼필드의 지붕 위를 걸어다니고 있었다. 그가 제일 좋아하는 산책로였다. 그곳에 서면 갑판 위를 걷는 기분이 들었기 때문이다. 다만 언제나 하늘이 파랗고 공기가 상쾌하다는 점만 달랐다.

"내가 제독이랑 할 말이 있단다. 저 위에서 조용하고 멋진 대화를 나눠야겠다. 가서 데이지에게 연주를 해주겠니? 그러면 데이지도 두통을 잊을 테니 두 사람 모두에게 좋은 시간이 될 게다. 자, 현관에서 연주를 해주렴. 그래야 나도 널 지켜볼 수 있으니까."

조가 아들에게 하듯 네트의 등을 토닥였다. 그렇게 네트에게 즐거운 임무를 주고 집 꼭대기로 올라갔다. 옛날의 조라면 격자구조물을 타고 올라갔을 텐데 지금의 조는 집 내부의 계단을 이용했다.

에밀이 뱃노래 〈해변으로 저어라〉를 흥얼거리며 나뭇조각에 자기 이름의 앞글자를 새기다가 장난기 가득한 얼굴로 숙모를 맞았다.

"승선을 환영합니다, 숙모님! 이 집에 작별의 표식을 남기는 중이지요. 여기 쉬러 올라오실 때마다 저를 기억해주세요."

"이런, 에밀, 내가 너를 어찌 잊겠니? 굳이 나무나 난간마다 네 이름 E. B. H.를 새기지 않아도 나는 뱃사람 조카를 항상 기억할 거야."

조가 푸른색 선원복을 입고 난간에 걸터앉은 조카의 옆에 앉았다. 머릿속으로는 그에게 들려줄 설교를 어떻게 시작할까 궁리했다.

"제가 승선할 때마다 숙모님이 우시거나 곧 울음이 터질 것 같은 얼굴로 절 보셨는데, 오늘은 그러지 않으셔서 큰 위안이 됩니다. 이번에는 화창한 날 사람들의 배웅을 받으며 항구를 떠나고 싶거든요. 특히 이번에는 1년 이상 걸리는 항해니까요."

에밀이 모자를 눌러쓰고는, 이 사랑스러운 플럼필드를 다시는 못 본다는 듯이 주변을 둘러보았다.

"굳이 내 눈물이 아니라도 항상 짠물을 맞으며 살잖니. 난 이제 스파르타의 어머니가 되련다. 그네들은 아들을 전쟁터에 내보내면서 통곡을 하는 것이 아니라 이렇게 명령한다지. '방패를 들고 돌아오거나, 방패에 실려서 돌아오거라.'"

조는 명랑하게 말하고는 잠시 쉬었다가 다시 말을 이었다.

"가끔은 나도 너를 따라 항해하고 싶단다. 언젠간 그런 날이 오겠지. 네가 선장이 되어서 선주가 되는 날? 그럴 날이 머지않았다고 믿는다. 네 뒤에서 든든히 받쳐주시는 헤르만 삼촌이 계시니까."

"그런 날이 온다면 배 이름을 '즐거운 조(Jolly Jo)'호로 짓고 숙모님을 일등항해사로 모실게요. 숙모님이 타면 정말 즐거울 거예요. 전 숙모님을 모시고 세계를 항해하는 자랑스러운 선장이 되겠지요. 오래도록 생각만 하고 가보지 못하신 곳들을 모두 보여드릴게요."

에밀의 머릿속에는 벌써 멋진 미래가 그려지는 중이었다.

"첫 출항은 꼭 너와 함께 하마. 뱃멀미와 풍랑으로 고생깨나 하겠지만 정말 신나겠어. 난 항상 난파선이 궁금했지. 큰 위험을 만나 용맹하게 싸운 후에 모두가 안전히 구출된 난파선 있잖니. 우리는 필리코디 씨처럼 뱃머리 작은 돛과 방수구에 대롱대롱 매달리고."

"아직 난파한 적은 없는데, 승객의 요청이라면 뭐든지 해드리죠. 선장님 말씀이, 저는 운 좋은 녀석이라서 제가 가면 날씨가 갠대요. 하지만 숙모님이 원하신다면, 궂은 날씨 하나쯤 준비할게요."

에밀이 웃었다. 새기고 있던 배의 디자인을 바꾸어 커다란 돛을 새기는 중이었다.

"고마워라. 꼭 그런 날이 오길. 이번에 긴 항해를 통해 새로운 경험을 하겠구나. 해군 장교로서 새로운 임무와 책임을 맡게 되겠지. 마음의 준비는 되었니? 넌 모든 일을 가볍게 받아들이는 편이라 이제 네 임무에 순종뿐 아니라 명령도 포함된다는 점을 깨닫고 있는지 궁금해서 그래. 권력은 위험한 것이야. 그 힘을 남용하거나 네가 그힘에 휘둘리지 않도록 주의하렴."

"네, 명심하겠습니다! 그런 경우를 많이 봐서 저도 조심하고 있어요. 피터스 아래 있는 한 재량권이 크진 않지만, 그자가 '도르래를 당길 때' 부하 선원들이 학대당하지 않도록 신경 쓸게요. 전에는 감히 그런 말을 할 위치가 아니었지만, 이제는 더는 참지 않을 거예요."

"요상한 이야기네. '도르래를 당긴다'니, 뱃사람식 표현이니?"

"술에 취한다는 뜻이에요. 피터스는 그로그주*를 그 누구보다 잘 마시는 사람이에요. 술만 마시면 정신은 말짱한데 북풍만큼이나 흉포해져서는 주변 사람들을 모두 괴롭힌다고요. 한번은 그가 밧줄걸이로 누군가를 흠씬 두드려 패는 걸 보면서도 나서서 도와주지 못했어요. 이제는 도울 수 있는 입장이 되었겠죠. 그랬으면 좋겠네요."

에밀이 미간을 찌푸렸다. 벌써 선미 갑판을 밟고 승선한 듯한 표정이었다.

"괜한 문제는 일으키지 말거라. 너도 알겠지만, 헤르만 삼촌의 지원이 아무리 든든해도 하극상까지 덮어주긴 어려울 게다. 네가 좋은 선원인 것은 이미 증명했잖니. 이번엔 좋은 장교임을 증명해 보이렴. 물론 더 어렵겠지. 정의롭고 친절하게 다스리려면 성품이 곧아야 한다. 철없는 아이 같은 태도는 그만두고 품위를 지켜야 해. 에밀, 이번에 큰 훈련이 될 것 같구나. 좀 차분해질 기회라는 생각이 든다. 그러니 까불고 노는 것은 플럼필드에서만! 네 앞가림 잘하고 네가 받은 배지들의 의미를 항상 기억하거라."

조는 똑똑한 조카의 새 제복을 장식하고 있는 놋쇠 배지들을 톡톡 쳤다. 에밀이 특별히 자랑스럽게 여기는 것들이었다.

"최선을 다할게요. 희희낙락하던 시간이 끝났다는 것을 저도 느껴요. 이젠 정신 차리고 앞을 향해 나아가야죠. 걱정마세요. 뭍에서의 제 모습과 푸른 바다 위의 제 모습은 완전히 다르답니다. 어제 외삼

---

* 선원들이 마시는 음료로, 럼에 물을 타서 만든다.

촌과 오랫동안 이야기를 나눴어요. 제가 명심해야 할 이야기들을 들려주셨죠. 숙모님과 외삼촌의 은혜와 당부들, 모두 절대로 잊지 않을게요. 그리고 다시 말씀드리지만, 제 첫 배는 숙모님 이름을 따서 지을 거예요. 뱃머리에 붙이는 선수상도 숙모의 흉상으로 만들 거랍니다. 그런 날이 올 테니 기다려주세요."

에밀은 숙모에게 맹세의 의미로 입을 맞췄다. 현관에서 네트가 연주하는 부드러운 바이올린 소리가 들려왔다.

"영광이오, 선장. 그렇지만 애야, 한 가지만 더 말하고 그만하마. 남편이 다 얘기했을 테니 나까지 나서서 충고할 필요는 없겠지. 어디선가 읽었는데 영국 해군이 사용하는 밧줄에는 매 인치마다 붉은 실이 섞여 있다지. 어디서 발견되든 영국 배인 것을 단번에 알아볼 수 있게 말이야. 이 점이 내가 하고 싶은 말이다. 존경심, 정직, 용기처럼 사람의 인격을 만드는 덕은 붉은 실과 같아서 훌륭한 사람이 어디에 있든지 알아볼 수 있는 지표가 된단다. 언제나 어디에 가든 그 붉은 실을 반드시 지니길 바란다. 혹 불행한 일이 있어 좌초되더라도 그 표지가 여전히 드러나고 발견될 수 있도록 말이다. 네가 사는 삶은 거칠지. 뱃사람의 삶이 다 그렇다지만, 그 속에서도 진정한 신사가 되어야 한다. 네 몸에 무슨 일이 일어나건 네 영혼을 깨끗하게 유지하고 너를 사랑하는 이들에게 진실된 네 마음을 보여주는 게 네 의무다."

에밀은 자리에서 일어나 모자를 든 채로 경청했다. 상관에게 지시라도 받듯 진지하고 긴장된 얼굴이었다. 조가 말을 마치자 그는 짧지만 진심 어린 대답을 했다.

"도와주소서, 주님. 반드시 그렇게 하겠습니다!"

"그래, 내 말은 여기까지다. 네 걱정은 하지 않는다만, 언제 어떻게 약한 순간이 찾아올지는 아무도 몰라. 이렇게 들은 말이 도움이 되는 때도 있단다. 내 어머니가 내게 하신 말도 느닷없이 떠오르곤 하지. 위안도 되고 아이들 지도할 때도 도움이 되고."

조가 자리를 털고 일어났다. 꼭 해야 할 말은 얼추 다 전한 듯했다.

"마음속에 잘 저장해두었고 필요할 때 어디서 찾아야 할지도 잘 알고 있어요. 당직을 설 때 종종 플럼필드를 떠올렸어요. 숙모님과 외삼촌이 말씀하시던 게 어쩌나 생생하게 기억이 나는지 마치 여기에 와 있는 기분이었다니까요. 맞아요, 선원의 삶은 거칠어요. 하지만 바람 가는 대로 흘러가 닻을 내리고 싶은 사람이라면 이런 삶이 마땅하답니다. 제 걱정은 마세요. 내년에 숙모님 마음을 기쁘게 해드릴 차를 한 상자 들고 올게요. 소설 열두 편은 족히 나오고도 남을 이야기 한 보따리도요. 이제 선실로 내려가십니까? 통로에서 중심 잘 잡으십시오! 케이크 상자를 꺼내실 때쯤이면 저도 가 있을 거예요. 육지에서 하는 편안한 점심도 오늘이 마지막이네요."

조가 계단을 내려갔다. 에밀이 흥겹게 휘파람을 불며 배를 완성했다. 꼭대기 다락방에서 나눈 이 대화가 언제 어디에서 둘 중 한 사람의 기억으로 돌아올지는 상상도 못한 채.

댄과 이야기할 기회를 찾기는 쉽지 않았다. 바쁜 가족에게 고요한 순간이 찾아온 저녁에야 기회가 왔다. 다들 산책을 나간 사이 조가 서재에서 책을 읽고 있는데 댄이 창문으로 얼굴을 들이밀었다.

"이리 와서 좀 쉬렴. 오늘 오래 걸었으니 얼마나 피곤하겠어."

그녀가 턱으로 커다란 소파를 가리켰다. 그녀의 많은 아들이 와서 휴식을 취하는 소파다. 활동적인 짐승들도 가끔 쉬어야 한다.

"제가 방해되는 건 아닐까요?"

댄이 주위를 둘러봤다. 지칠 줄 몰랐지만 지금은 몹시 고단했다.

"전혀. 난 얼마든지 이야기할 준비가 되어 있는걸? 안 그러면 내 이름이 조가 아니게?"

조가 유쾌하게 웃었다. 댄은 어느새 서재로 들어와 소파에 털썩 주저앉았다. 앉은 모습이 참 편안해 보였다.

"마지막 날이 이렇게 지나가네요. 그런데 이번엔 왠지 떠나는 게 내키지 않아요. 보통 때 같으면 한곳에 조금만 길게 머물러도 몸이 근질근질해서 훌쩍 떠나버리곤 했는데 말이죠. 참 이상하죠?"

댄이 머리와 수염에 달라붙은 풀잎들을 떼어내며 진지하게 물었다. 이 고요한 여름밤, 여러 생각이 들어 잔디에 한참을 누워 있었던 것이다. 조가 얼른 대답했다.

"이상하긴. 네가 문명인이 되어가는 게지. 좋은 징조야. 아주 바람직하구나. 그동안 실컷 자유를 누려봤으니 변화를 갖고 싶은 것 아닐까. 농장 일이 좋은 기회가 되면 좋겠구나. 내겐 인디언들 돕는 일이 더 매력적으로 들리지만 말이야. 자기 자신의 이익만을 위해 살기보다는 다른 이들을 위해 사는 삶이 훨씬 훌륭하잖니."

댄이 진심으로 고개를 끄덕였다.

"그건 그래요. 어디선가 뿌리를 내리고 싶어졌나 봐요. 내 가족을 돌보면서요. 어울려 지내는 맛을 봐서 혼자의 삶에 지겨워진 게죠.

전 거칠고 무식하잖아요. 딴 애들처럼 얌전하게 학교 다니지 않고 자연을 헤집고 다니느라 놓친 게 참 많다는 생각이 드네요. 그렇죠?"

조를 쳐다보는 그의 얼굴에 근심이 어려 있었다. 조는 댄의 갑작스러운 고백에 깜짝 놀랐지만 태연한 척했다. 지금까지의 댄은 책이라면 무조건 비웃으며 자유만 가치있다고 부르짖었다.

"아니. 네 경우는 달라. 지금까지는 자유로운 생활이 최선이었지. 이제 네 본성을 전보다 더 잘 다스리지만, 어렸을 땐 왕성한 활동과 모험이 아니고서는 널 다스릴 방도가 없었단다. 야생마 같던 내 망아지, 널 길들인 건 시간이야. 나는 내 망아지가 짐 나르는 말이 되어 배고픈 이들을 돕건 페가수스가 되어 밭을 갈건, 늘 자랑스럽단다."

댄은 조의 비유가 마음에 들었다. 소파에 깊숙이 들어앉아 미소 짓는 그의 눈이 새로운 생각에 잠겨 있음을 말해주었다.

"그렇게 생각하신다니 다행이네요. 사실 저 같은 녀석에게 마구를 채우려면 단단히 각오하고 길들여야 하죠. 저도 그러고 싶고 또 종종 그런 시도를 해보는데, 언제나 봇줄을 벗어 던지고 마구 달려나가게 돼요. 아직 인명 피해는 없었어요. 설사 그런 일이 있었더라도 놀랄 일은 아니겠지만요. 그냥 충돌사고 같은 거요."

"아이쿠, 댄, 그간 위험한 일이 있었던 게냐? 혹시 그런가 하고 생각한 적은 있지만 한 번도 묻지는 않았다. 도움이 필요하면 네가 어련히 알아서 얘기하겠지 싶어서 말이다. 혹시 내 도움이 필요하니?"

조의 눈빛에 깊은 염려가 담겼다. 순간 그의 얼굴에 수심이 깃들더니 이를 숨기려는 듯 몸을 앞으로 숙였다.

"별일은 아니에요. 샌프란시스코가 지상낙원은 아니잖아요. 그곳에서 성자로 살기란 여기서보다 훨씬 어렵답니다."

그는 천천히 그렇게 말하고는 엄마에게 모든 것을 털어놓기로 작정한 아이마냥 자세를 고쳐 앉더니, 반은 건방져 보이고 반은 수치스러워 어쩔 줄 모르는 말투로 빠르게 말했다.

"도박을 했더랬죠. 별로 즐겁지는 않았어요."

"그 돈이 도박으로 번 거였니?"

"아뇨, 단 한 푼도 도박으로 벌지 않았어요! 투기도 큰 의미에서 도박이라고 한다면 할 말 없지만요. 솔직하게 말씀드리는 거예요. 도박으로 큰돈을 땄지만 결국 다 잃거나 나눠주고 말았죠. 도박에 푹 빠지기 전에 아예 싹을 자르려고요."

"천만다행이구나! 다시는 도박에 손대지 말거라. 너뿐 아니라 많은 이에게 도박은 대단히 매력적일 수 있어. 그 유혹을 이길 수 없다면 되도록 산과 들로 다니고 도시는 피하렴, 댄. 목숨은 잃어도 영혼은 지키렴. 한 번의 욕망이 더 나쁜 죄악의 길로 이끄는 법이란다. 이 점은 네가 더 잘 알겠지만 말이다."

댄이 고개를 끄덕였다. 조의 얼굴을 보니 그녀의 근심이 그대로 전해졌다. 그래서 일부러 밝은 목소리로 말했다.

"너무 걱정 마세요. 지금은 멀쩡하니까요. 한번 데어본 개는 불을 무서워하는 법이죠. 술도 끊었어요. 어머니가 걱정하시는 그런 것들엔 손에 대지 않아요. 하지만 한번씩 흥분했을 때 제 안에서 악마 같은 기질이 걷잡을 수 없이 불타오르는 게 문제예요. 무스나 버팔로를 상대로 그렇게 싸운다면야 무슨 걱정이겠어요. 그런데 사람에게 그런 기질이 발동하면, 상대가 아무리 무시무시한 악당이어도 앞뒤

가리지 않고 덤빈다니까요. 이러다가 사람을 해할까봐 무서워요. 정말이지 교활한 인간을 도저히 봐줄 수가 없거든요!"

댄이 주먹으로 탁자를 쾅 내리쳤다. 탁자 위의 등불이 휘청하고 책이 붕 떴다.

"그게 네가 통과해야 할 시험이다, 댄. 네 마음 잘 알아. 나도 평생 내 기질을 다스리며 살고 있거든. 아직도 완전히 다스리지 못하고."

조가 한숨을 내쉬었다.

"아무쪼록 네 안의 악마를 잘 달래며 살길 바란다. 순간의 분노가 네 인생을 완전히 망가뜨릴 수도 있어. 네트에게도 말했다만 항상 주의하고 기도하거라, 우리 아들. 하나님의 사랑과 인내심이 없으면 우리 인간은 구제 불능에 약점투성이일 뿐이지."

조의 눈에 눈물이 그렁그렁했다. 조는 인간의 흉악한 죄성을 다스리는 일이 얼마나 어려운지 너무도 잘 알았다. 댄은 깊이 감동하면서도 어딘지 마음이 불편했다. 종교나 신앙 얘기가 나오면 항상 그랬다. 그 역시 단순한 신조를 세워놓고 그걸 나름대로 지키려고 노력하면서 살긴 했지만 말이다.

"기도는 잘 안 해요. 제 기도는 별 효력이 없더라고요. 하지만 붉은 인디언들이 하듯 주의를 할게요. 회색곰을 경계하는 것이 제 저주받은 기질을 경계하는 것보다 쉽겠지만요. 그 부분이 걱정이에요. 정착한다면 말이에요, 사나운 맹수들은 어떻게 해보겠는데 인간들은 정말 짜증이 나거든요. 곰이나 늑대라면 실컷 싸우겠는데 사람한테 그럴 수 있어야 말이죠. 이 정도면 로키산맥으로 들어가 은둔 생활을 하는 편이 낫겠죠? 제가 괜찮은 사람이 될 때까지요."

댄이 거친 머리를 두 손으로 감쌌다. 낙담한 것처럼 보였다.

"들어봐, 댄. 포기하지 말거라. 책을 읽고 공부를 하면서 좀 더 괜찮은 수준의 사람들을 만나는 거야. 너를 짜증스럽게 하는 게 아니라 너를 진정시키고 기운을 북돋아주는 사람들 말이다. 적어도 우리와 있을 땐 사납게 변한 적이 없잖니. 오히려 양처럼 온순했고 여기 있는 우리 모두를 행복하게 해주었어."

"여기서는 참 좋았어요. 하지만 내내 닭장에 들어간 매가 된 기분이었어요. 솔직히 덮쳐서 갈기갈기 찢고 싶은 생각이 든 적도 있고요. 물론 전보다는 훨씬 덜했지만요."

댄은 자신의 말에 깜짝 놀란 조의 얼굴을 보고 웃음을 터뜨렸다.

"네, 말씀하신 대로 할게요. 이번에는 되도록 좋은 무리와 어울려 보고요. 그렇지만 그게 저처럼 정처 없이 돌아다니는 이에겐 고르고 말고 할 수 있는 게 아니에요."

"이번엔 할 수 있을 거야. 평화로운 일을 하러 가는 길이니, 네가 노력만 한다면 유혹에 빠지지 않을 게야. 책 좀 가져갈래? 책은 잘 고르기만 한다면 정말 좋은 벗이 되어준단다. 내가 몇 권 골라주마."

조가 책이 빼곡히 꽂힌 서가로 걸어갔다. 그녀 마음의 기쁨이며 인생의 위안이 되어주는 곳이었다.

"여행기나 이야기 위주로 골라주세요. 신앙 서적은 말고요. 그런 책들엔 좀체 흥미가 안 생겨서요. 그런 척하고 싶지도 않고요."

댄이 얼른 따라와서, 낡았지만 여전히 고운 책들을 흥미로운 눈으로 들여다봤다. 조가 뒤를 돌아 그의 너른 어깨에 손을 얹고 그의 눈을 똑바로 쳐다보며 또박또박 말했다.

"댄, 똑바로 들거라. 절대로 선한 것을 비웃어서도, 실제 너보다 더 못한 사람인 척해서도 안돼. 거짓된 수치심이 신앙을 무시하게 두어서도 안 된다. 신앙 없이 살 수 있는 사람은 한 명도 없어. 내키지 않으면 굳이 이야기하지 않아도 돼. 하지만 그것이 어떤 모양으로든 네게 찾아올 때 마음을 닫지 않았으면 좋겠구나. 지금은 자연이 너의 신이겠지. 자연이 널 많이 바꾸어놓았어. 자연에 너를 더 맡기렴. 그러면 자연이 자기보다 더 지혜롭고 더 부드러운 교사이자 친구이자 위로자가 있다고 저절로 알려줄 테니까. 그리고 조만간 그분의 필요를 경험하게 될 거야. 아무것도 할 수 없고 어떤 도움도 받을 수 없는 상황에 그분이 너를 찾아와서 붙들어주시리라 믿는다."

댄은 꼼짝 않고 서서 조가 자신의 눈빛에서 마음속 깊은 곳에서 우러나오는 갈망을 읽도록 내버려두었다. 아무 말도 필요 없었다. 조는 댄의 내면에서 모든 인간의 영혼 속에 절대자를 추구하는 불꽃이 이글거리며 타고 있음을 보았다. 그는 아무 말도 하지 않았다. 그는 진심을 속이고 거짓말을 할 필요가 없어서 안도했다. 조는 기회를 놓칠세라 푸근한 어머니처럼 함박 미소를 머금고 말을 이었다.

"네 방에서 내가 오래전에 준 작은 성경책을 보았어. 겉은 아주 낡았지만 속은 읽은 적이 거의 없는지 새것이더구나. 일요일마다 조금씩 읽겠다고 약속해주지 않겠니? 이 어미를 위해서라도? 일요일은 어디서든 조용하니까 말이다. 이 책은 시대나 장소, 어느 쪽으로든 뒤떨어지는 이야기가 아니란다. 네가 어린 시절에 내가 읽어주던 이야기부터 시작해보렴. 다윗이 네가 가장 좋아하던 성경 인물인 것 기억하니? 지금 다시 읽어보면 네게 참 잘 맞는 인물이라는 걸 느낄 거야. 다윗이 지은 죄와 그의 회개를 읽어두면 도움이 된단다. 언젠간 네가 다윗보다 더 하나님의 본이 되는 삶을 살게 되는 날이 오리라고 믿는다. 타는 장작 같은 아들을 언제까지나 사랑하고 그 아들이 구원받기를 간절히 소망하는 마더 베어를 위해서, 그렇게 해줄 수 있겠니?"

"그럴게요."

그렇게 대답하는 댄의 얼굴이 순간적으로 환하게 빛났는데 구름 사이로 비추는 한 줄기 햇빛 같았다. 비록 찰나였고 희미했지만.

조가 즉시 서가 쪽으로 몸을 돌려 책을 보며 이야기를 이어갔다. 댄에게는 너무 길게 얘기해봐야 소용없다는 것을 잘 알기 때문이었다. 댄은 안도했다. 자신의 내면을 드러내는 게 항상 어색했다. 인디언들처럼 고통이나 두려움을 숨기는 것이 그의 자존심이었다.

"오호라, 여기 ≪신트람과 운디네≫가 있네요! 기억나요. 제가 그의 불같은 성질을 참 좋아해서 테디에게 읽어주곤 했어요. 여기가 죽음과 악마와 나란히 달리는 부분이에요."

댄이 거친 골짜기에서 말과 사냥개와 더불어 용감하게 달리는 남자를 그린 삽화를 가리켰다. 그 곁에 동반자들이 나란히 달리고 있었다. 이 세상에 사는 인간의 삶이 그러하듯 말이다. 조에게 한 가지 생각이 번뜩 떠올랐다.

"너로구나, 댄. 지금 네 모습이 꼭 그래. 위험과 죄악이 바로 곁에서 함께 달리지. 기분과 열정이 너에게 고뇌를 안겨주고. 나쁜 아버지는 너를 혼자 싸우도록 두고 떠났고 야생의 기운이 네가 평화와 자제력을 찾아 이 세상을 떠돌게 하고 있잖아. 게다가 말과 사냥개도 있네. 너의 충직한 친구들, 옥투와 돈 말이다. 너와 동행하는 낯선 작자들을 두려워하지 않는 친구들이지. 아직 네게 갑옷은 없지만 내가 지금 네가 그걸 찾을 수 있게 도와주려는 거야. 신트람이 너무나도 그리워하며 찾아 헤매던 어머니 생각나지? 그가 전투에 나가 용맹하게 싸운 뒤 보상으로 어머니를 찾았잖아? 네 어머니를 떠올려 보렴. 난 네게 있는 좋은 성품이 모두 어머니에게서 왔다는 생각을 항상 한단다. 이 아름다운 옛이야기처럼 너 역시 자랑스러운 아들이 되어 어머니에게 보답하면 어떨까?"

조는 이 옛이야기가 댄의 실제 삶과 너무나도 흡사하다는 자각에 잔뜩 들떠서 여러 삽화를 뒤적이며 이야기를 이어갔다. 그러다가 고개를 들어 댄을 보고 깜짝 놀랐다. 충격받은 얼굴로 바짝 관심을 보이고 있었기 때문이다. 댄 같은 기질의 사람들은 외부의 영향에 약했다. 사냥꾼들과 인디언들과 어울려 지내면 자연스레 미신을 믿었다. 꿈을 믿었고 기괴한 이야기들을 좋아했으며 지혜로운 말보다는 눈과 마음을 자극하는 것에 더 생생히 영향을 받았다. 지금은 조의 설명을 듣고 책의 그림을 훑어보다 보니 가난하고 고통받는 신트람의 이야기가 되살아났다. 그의 남모를 내면의 시험을 조가 알고 있는 것보다 훨씬 분명하게 상징하는 것 같았다.

이 순간은 훗날 그에게 중대한 영향을 미친다. 하지만 지금은 그저 이렇게 내뱉는다.

"과연 그럴까요. 저는 천국에서 다시 만난다는 이야기를 믿지 않아요. 어머니가 한참 전에 헤어진 못되고 버릇없는 자식을 기억이나 하시겠어요?"

"어머니는 자식을 잊지 못하니까. 네 어머니는 아들에게 나쁜 영향이 있을까봐 잔인한 남편을 피해 널 데리고 달아나신 거야. 어머니가 살아 계셨다면 네 삶이 훨씬 행복했을 텐데. 언제나 너를 도우시고 위로하시는 친구이신 하나님과 함께 말이다. 어머니가 널 위해 모든 위험을 무릅쓰셨다는 점을 잊으면 안 된다. 어머니의 희생을 헛되게 하면 안 돼."

조의 목소리에서 간곡함이 느껴졌다. 어머니에 대한 기억은 댄이 간직하는 어린 시절의 소중한 기억이다. 그걸 끄집어낼 기회가 생겨서 다행이었다. 신트람이 어머니의 발치에 무릎 꿇은 그림 위로 갑작스레 엄청난 눈물이 쏟아졌다. 신트람은 부상을 당했지만 죄와 사망을 이기고 승리했다.

조는 댄의 마음속 깊은 곳을 건드릴 수 있었음에 감사했다. 하지만 그는 금세 소매로 눈물을 쓱쓱 닦고 수염으로 표정을 감추고는 떨림을 억누르려고 일부러 강한 어조로 말했다.

"이 책, 아무도 읽지 않는다면 제가 가져갈게요. 다시 읽어볼래요. 제게 도움이 될 책 같네요. 어디가 되었든 다시 어머니를 만나고 싶지만 그럴 기회가 제게 과연 있을까 싶어요."

"그래, 가져가렴. 내 어머니가 주신 책이야. 이 책을 읽으며 네 두 어머니 모두 너를 절대로 잊지 않는다는 사실을 믿어보렴."

조가 책을 쓰다듬으며 건넸다.

"고맙습니다. 안녕히 주무세요."

댄이 짧은 인사와 함께 책을 주머니에 쑤셔 넣더니 방을 나가서 곧장 강가로 향했다. 다정함과 신뢰라는 낯선 분위기에서 회복할 시간이 필요했다.

이튿날, 세 명의 방랑자가 패기 넘치는 모습으로 집을 떠났다. 그들이 탄 낡은 마차가 출발하자 배웅하는 이들이 흔드는 하얀 손수건이 흰 구름처럼 하늘을 메웠다. 그들은 떠나가며 모두를 향해 모자를 벗어 흔들고 키스를 보냈다. 특히 마더 베어에게.

그들이 시야에서 사라지자 조가 눈물을 훔치며 마치 예언자처럼 이렇게 말했다.

"왠지 저 아이 중 누군가에게 무슨 일이 일어날 것만 같아. 영영 돌아오지 않거나 아니면 완전히 다른 사람이 되어 오겠지. 아, 내가 무슨 말을 더하랴. 저들 가는 길에 하나님이 함께하시길!"

그리고 하나님은 정말 그러셨다.

28

사자와 어린 양

셋이 떠나자 플럼필드가 다시 잠잠해졌다. 가족들도 각자 다른 곳으로 뿔뿔이 흩어져 여행을 했다. 8월이 되자 모두가 변화의 필요를 느꼈기 때문이다. 베어 부부는 산으로 갔고, 로런스 부부는 바닷가인 로키 누크로 향했다. 메그 가족과 베어 소년들이 남아서 교대로 플럼필드를 관리했다.

그 사건이 일어나던 날에, 메그와 데이지가 당번이었다. 로브와 테디는 로키 누크에서 막 돌아왔고, 낸은 간신히 일주일 짬을 내어와 있었다. 데미와 토미는 자전거 여행 중이었다. 그래서 집을 지킬 남자는 로브였다. 물론 전체를 감독하는 책임은 사일러스의 몫이었지만 말이다.

바닷바람이 테디의 머릿속까지 불어닥쳤는지 테디는 보통 때보다 별나게 굴어 짓궂은 장난으로 온화한 성품의 이모와 불쌍한 형을 괴롭히는 중이었다. 옥투는 테디를 태우고 들판을 열심히 달리느라 지친 상태였고 돈은 어쩐 일인지 점프를 하는 등 재주를 부리라는 명령에 꼼짝도 않고 반항 중이었다. 그러는 사이 여학생들 사이에서 밤마다 교정에 나타난다는 유령과 공부 시간에 들려오는 섬뜩한 노랫가락 이야기로 소동이 일었는데, 이것도 '물과 뭍과 불의 재앙에서 간발의 차이로 도망치며'* 잠시도 가만히 있지 못하는 이 악동의 소행이었다.

그 악명 높은 테디가 일시에 싹 변하는 사건이 일어난 것이다. 두 형제에게 잊지 못할 기억이 되었다. 갑작스레 닥친 위험과 공포심이 사자를 어린 양으로, 어린 양을 사자로 바꾸었으니까.

9월의 첫날이었다. 운 좋았던 낚시 나들이를 마치고 즐겁게 집에 돌아온 두 사람은 헛간에서 쉬고 있었다. 데이지의 친구들이 놀러와서 자리를 피해준 것이었다.

"형, 내가 장담하는데 저 개 말이야, 어디 아픈 것 같아. 놀지도 않고 먹지도 않고 마시지도 않고 이상하게 굴잖아. 돈에게 무슨 일이라도 생기면 댄 형이 돌아와서 우릴 죽일지도 몰라."

테디가 돈을 살펴보며 말했다. 돈은 댄이 머물던 방의 문과 마당의 그늘진 구석을 열심히 오가느라 바쁜 하루를 보낸 터라 자기 집 근처에 누워 쉬고 있었다. 마당의 그 자리는 주인이 자기가 다시 돌

---

* 셰익스피어의 《오셀로》 대사의 일부.

아올 때까지 잘 지키라며 낡은 모자와 함께 맡긴 곳이었다.

"더워서 그렇겠지, 아마도. 가끔은 댄 형을 그리워하느라 저러나 싶기도 해. 개들이 실제로 그렇잖아. 저 불쌍한 녀석도 형이 떠나서 울적한 거야. 가만, 댄 형에게 무슨 일이 일어난 걸까? 돈이 간밤에 그렇게 울더라니까. 개들이 그런다는 이야기를 들은 적이 있거든."

"참 나, 개 주제에 뭘 안다고. 저 자식, 그냥 심술부리는 거야. 내가 펄쩍 뛰게 만들 테다. 심심하던 차에 잘 됐네. 자, 자, 일어나서 까불 어봐!"

테디가 개를 툭툭 쳤다. 돈은 힐끗 쳐다볼 뿐 꿈쩍도 하지 않았다.

"내버려둬. 내일까지 저러면 왓킨스 박사님께 데려가보자. 뭐라고 말씀이 있으시겠지."

로브는 그렇게 말하고 건초더미 위에 앉아서 제비들을 구경하면서 자신이 만든 라틴어 문구를 다듬었다.

테디는 심술이 발동했다. 형이 돈을 괴롭히지 말라고 말하자, 돈을 더 괴롭히고 싶어졌다. 개를 위한 것으로 가장해서 말이다. 하지만 돈은 테디가 토닥이건, 명령하건, 야단치건, 모욕하건 아랑곳하지 않았다. 결국 테디의 인내심이 바닥났다. 근처에 회초리로 쓰기에 적당한 나뭇가지를 발견한 테디는 이 커다란 사냥개를 힘으로 제압하리라는 고집이 생겼다. 온화함으로 순종을 끌어내는 데 실패했으니 도리가 없었다. 일단 돈을 사슬로 묶는 지혜는 발휘했다. 그런데 테디는 예전에도 수차례 이렇게 했기에 돈은 곧바로 기억하며 거칠어졌다. 분노가 자극되자 돈은 으르렁거리며 똑바로 앉았다. 이 소리에 고개를 돌린 로브는 회초리를 든 테디의 손이 올라가는 것을 보고 막으려고 뛰어갔다.

"내버려두라니까! 댄 형이 절대로 그렇게 하지 말라고 했어! 제발 그 불쌍한 녀석을 건드리지 마. 당장 그만두지 못해!"

로브는 좀처럼 명령조로 이야기하지 않는다. 하지만 테디도 이미 흥분한 상태여서, 형의 말이 들리지 않았다. 결국 돈이 으르렁거리며 테디에게 달려드는데, 로브가 둘 사이로 뛰어들었다. 날카로운 이빨이 다리를 뚫고 들어갔다. 한 방 물렸지만 상처가 깊었다. 돈은 문 다리를 바로 놓고 로브의 발치에서 회개라도 하듯이 낑낑거렸다. 실수로 친구를 물어서 당황한 모양이었다. 로브는 용서한다는 의미로 개의 등을 토닥였고 다리를 절면서 헛간으로 걸어갔다. 테디가 바짝 뒤따라갔다. 로브의 양말이 피로 물드는 것을 보자 분노는 온데간데없이 사라지고 수치심과 절망감에 사로잡혔다.

"정말 미안해, 형. 그러니까 왜 뛰어들었어? 이걸로 먼저 닦아내고 있어. 상처 싸맬 것을 가져올게."

테디는 급히 스펀지를 물에 적시면서 주머니에서 꼬질꼬질한 손수건을 끄집어냈다. 평소의 로브라면 대수롭지 않게 넘어가고 상대방이 곤란해하지 않도록 재빨리 용서해주었다. 하지만 지금은 창백한 얼굴로 뻣뻣하게 굳은 표정이어서 테디를 더욱 불안하게 했다. 테디는 억지로 웃으며 이렇게 덧붙였다.

"에이, 형, 왜 그래? 이 정도 상처에 겁먹은 건 아니겠지?"

"광견병이 걱정돼서 그래. 만일 돈이 아프다면 나도 그렇게 되겠지."

로브가 대답했다. 얼굴에 미소를 띠었지만 온 몸을 떨고 있었다.

테디의 얼굴이 형의 얼굴보다 훨씬 더 새하얗게 질렸다. 들고 있던 스펀지와 손수건을 떨어뜨리며 공포에 질린 얼굴로 형을 쳐다봤다. 절망 때문에 목소리도 제대로 나오지 않았다.

"아아, 형, 그런 말 하지 마! 우리 이제 어떻게 해야 해? 어떻게 하냐고?"

"낸을 불러줘. 낸이 알 거야. 이모는 놀래키지 마. 낸 말고는 아무에게도 말하면 안 돼. 아까 보니 낸이 현관에 있더라. 낸을 최대한 빨리 데려와. 나는 여기서 상처를 씻고 있을게. 괜찮아. 아무 일도 아닐 수도 있으니까 그렇게 충격받은 얼굴 하지 않아도 돼, 테디. 최근에 돈이 계속 이상하게 굴었으니까 그런 생각을 해본 것뿐이야."

로브는 태연한 척했다. 하지만 달려나가는 테디의 긴 다리가 후들후들 떨렸다. 가는 길에 아무도 마주치지 않아서 다행이었다. 아무것도 속이지 못하는 그의 얼굴이 아마 그의 의지를 배신했을 테니까.

낸은 해먹에 누워 크루프 병에 대한 논문을 읽으며 느긋한 시간을 보내고 있었는데, 별안간 잔뜩 동요된 남자아이 얼굴이 쑥 들어오더니 팔을 꽉 움켜쥐고 확 당기는 바람에 해먹에서 떨어질 뻔했다.

"빨리, 헛간에 로브가! 돈이 미쳐서 물었어! 어떻게 해야 할지 모르겠어. 다 내 잘못이야. 아무에게도 말하지 마. 아, 제발, 빨리!"

낸도 깜짝 놀라 벌떡 일어섰다. 하지만 침착함은 잃지 않았다. 더이상의 말은 필요 없었다. 둘은 남들 눈에 띄지 않게 빙 돌아서 헛간으로 달려갔다. 거실에서는 데이지가 친구들과 수다를 떨고 있었고 메그 이모는 위층에서 낮잠을 즐기는 중이었다.

로브는 마구실에 있었고 그 어느 때보다 차분해 보였다. 마구실로 몸을 피한 것은 현명한 일이었다. 곧 자초지종을 들은 낸은 잔뜩 풀이 죽어 처량한 모습으로 자기 집에 들어앉은 돈을 힐끗 보고 천천히 입을 열었다. 그녀의 눈은 물 끓이는 냄비에 고정되어 있었다.

"로브, 지금 가장 안전한 방법은 단 한 가지인데 지금 즉시 해야 해. 돈을 의사에게 데려가서 광견병인지 확인할 시간이 없어. 이건 내가 할 수 있는 일이고, 해야만 하는 일이야. 하지만 아주 고통스러울 거야. 널 아프게 하고 싶지 않지만 할 수 없어."

낸은 프로다운 냉정한 겉모습과 달리 목소리가 떨렸다. 날카롭기만 하던 눈도 흐릿해져 있었다.

"알아. 불로 지지려는 거지. 그렇게 해. 테디는 바깥에 피해 있는 게 좋겠다."

로브가 입술을 깨물면서 벌벌 떠는 동생에게 저쪽으로 가 있으라는 고갯짓을 했다.

"무섭지 않아. 형이 참을 수 있다면 나도 참을 수 있어. 나 대신 형이 다친 거잖아!"

테디가 외쳤다. 그는 지금 울음을 터뜨리지 않으려고 안간힘을 쓰는 중이었다. 걱정과 두려움과 수치심에 눌려 더는 남자다운 척할 여력이 없었다.

"테디도 남아서 내 조수 역할을 하게 해줘. 그게 저 아이에게도 도움이 될 거야."

낸이 엄한 말투로 말했지만 그녀 역시 기절하기 직전이었다.

"조용히 하고 있어. 금방 돌아올게."

낸은 집으로 달려갔다. 가는 내내 머리를 굴려서 어떻게 해야 할지 무엇이 최선인지 판단하여 그에 맞는 계획을 세웠다. 그러나 어쨌든 그녀의 처치는 형제에게 끔찍한 기억으로 기억될 것이었다.

그날은 다림질하는 날이었다. 그래서 여전히 뜨거운 불이 남아 있었다. 하녀들은 휴식 시간이라 위층에 가 있었고 부엌에는 아무도 없었다. 낸은 부지깽이를 아궁이에 쑤셔 넣고 식탁에 앉아 달궈지기를 기다리며, 두 손으로 얼굴을 감싸고 급박한 상황에서 힘과 용기와 지혜를 달라고 빌었다. 무엇을 해야 하는지 잘 알았다. 문제는 그걸 해낼 배짱이었다. 낯선 환자라면 오히려 흥미가 발동하여 차분했으리라. 하지만 이 아이는 다름 아닌 착한 로브, 그 아버지의 자랑이자 어머니에게 안식을 주는 아들이며 모두의 좋은 친구 아니던가. 그런 로브가 위험에 빠졌다니 보통 일이 아니었다. 식탁 위로 뜨거운 눈물 방울이 떨어졌다. 그녀는 스스로를 진정시키려고 이런 경우

실제로 광견병에 걸리는 경우가 많지 않음을, 이런 걱정은 지극히 자연스러운 반응이지만 알고 보면 아무 일도 아닐 수 있음을 상기하려 애썼다.

"최대한 대수롭지 않은 일인 척해야겠어. 안 그랬다간 두 녀석이 완전히 무너질 테니까. 공황발작이라도 일어나면 큰일이야. 아직 정확한 상황을 모르니 괜히 사람들에게 알려서 놀래키지 말자. 그래, 그래야지. 로브는 모리슨 박사님에게 바로 데려가고 돈은 수의사에게 보내야겠군. 이게 다 지나가고 나면 우리가 괜한 공포에 떨었다며 크게 웃을 날이 오겠지. 그렇지 않으면 마음의 준비를 하면 되고. 우리 불쌍한 로브를 어쩌나."

낸은 시뻘겋게 달아오른 부지깽이와 얼음물 한 주전자, 빨랫줄에 걸린 손수건 한 뭉치를 집어 들고 헛간으로 향했다. 그녀에게 닥친 '최대 위급 상황'에서 최선의 처치를 할 준비를 갖췄다. 두 소년은 동상처럼 굳은 모습으로 낸을 기다리고 있었다. 한 명이 절망의 조각상이었다면 다른 한 명은 체념의 조각상이었다. 이 일을 빠르고 성공적으로 마치려면 낸의 뽐내는 듯한 용기를 몽땅 끌어내야 했다.

"자, 로브, 1분이면 끝나. 그럼 안전해지는 거야. 테디는 옆에서 대기하고 있어. 형이 기절할 수도 있으니까."

로브는 눈을 질끈 감고 주먹을 꽉 쥐었다. 영웅처럼 늠름한 모습이었다. 테디는 형 곁에 무릎을 꿇었다. 그는 백지장처럼 하얗게 질려서 벌벌 떨었다. 후회와 죄책감으로 정신이 혼미했다. 이 모든 사달이 제 고집 때문에 일어났다는 생각에 심장이 멎을 지경이었다.

일은 순식간에 치러졌다. 로브는 신음소리 한번 냈을 뿐이었다.

낸이 조수에게 물통을 넘겨주려고 돌아보니, 가여운 테디, 진짜 물이 필요한 사람은 그였다. 테디는 이미 기절해서 팔다리를 힘없이 축 늘어뜨린 채 바닥에 누워 있었다.

로브는 웃음이 터졌다. 예상치 못한 환자의 웃음소리에 기운이 난 낸은 손을 떨지도 않고 얼른 상처를 싸맬 수 있었다. 비록 이마에는 굵은 땀방울이 맺혀 있었지만. 그녀는 먼저 1번 환자에게 물을 준 후, 2번 환자를 돌봤다. 테디는 그 중요한 순간에 기절한 것이 너무 부끄러워서 영혼까지 산산이 부서진 것처럼 보였다. 두 사람에게 아무에게도 말하지 말아달라고 싹싹 빌었는데, 그 궁극의 모멸감은 그가 추구하는 남성미는 온데간데없이 신경질적인 울음과 함께 마무리되었다. 결국 환자인 형이 위로하고 의사 선생님이 사일러스 할아버지의 낡은 밀짚모자로 부채질을 해주어야 했다.

"자, 얘들아, 내 말을 잘 들어. 아직은 다른 분들에게 굳이 말해서 놀래킬 때는 아니야. 우리의 걱정이 다 쓸데없는 것일 수 있잖아. 아까 보니 돈이 웅덩이에서 첨벙거리고 놀더라. 나보다 더 제정신같았어. 그렇지만 우리 마음을 가라앉히고 영혼을 달래기 위해, 그리고 다른 가족들이 죄책감이 그대로 드러난 우리 얼굴을 못 보게 하기 위해서라도 시내로 나가서 내 오랜 친구이신 모리슨 박사님을 만나고 오는 게 좋겠어. 나의 처치가 잘 되었는지 보여드리는 차원에서 말이야. 진정제도 좀 받아올 수 있을 거야. 우리 모두 방금 지나간 강풍에 맞아 정신이 없었잖아. 로브, 너는 여기 가만히 앉아 있어. 테디는 내가 모자를 가지러 가서 이모님과 데이지에게 가보겠다고 이야기하는 사이 마차를 준비해. 집에 방문 중인 페니먼 자매들에 대해 아는 건 없지만, 우리가 자리를 비워서 티타임에 자리가 생기면 오히려 좋아하겠지. 우리는 나중에 우리끼리 티타임을 갖자. 그러고는 종달새처럼 명랑하게 집으로 돌아오는 거야."

낸은 평소답지 않게 감정과 기분을 마구 표현했다. 두 형제는 그녀의 계획에 즉시 동의했다. 행동하는 것이 조용히 기다리는 것보다 훨씬 쉽다. 테디는 말에 마구를 채우기 전에 먼저 휘청거리는 다리로 펌프까지 가서 물로 얼굴을 씻었다. 혈색이 돌아올 때까지 얼굴을 박박 문질렀다. 로브는 건초더미 위에 미동도 없이 앉아 있었다. 고개를 들어 제비들을 바라보며 방금 겪은 일이 잊지 못할 기억으로 남으리라고 생각했다. 아직 소년이지만 죽음에 대한 생각이 갑작스레 찾아오는 경험을 한 것이다. 이 일은 그에게 큰 자극을 주었다. 바쁘게만 살다가 느닷없이 이런 커다란 변화를 마주하게 되면 누구나 숙연해진다. 로브는 잘못도 거의 저지르지 않고 회개할 만한 죄의 짐도 없고 그저 무한한 위안이 되는, 행복하고 순종적인 나날을 보내던 아이였다. 그렇기에 로브는 죽음이 두려운 것도 아니고 슬퍼하며 후회할 것도 아니었다. 강하고 단순한 신앙이 그를 지탱했고 힘을 주었다.

"마인 파터(mein Vater)."[*]

그의 머리에 가장 먼저 떠오른 말이었다. 로브는 베어 교수의 마음을 가장 잘 헤아리는 아들로서 베어 교수가 장자를 잃는다는 것은 생각만 해도 끔찍한 일이었다. 떨리는 입술 사이로 흘러나온 이 말

---

[*] 독일어로 '나의 아버지시여'라는 뜻.

은 뜨거운 부지깽이가 태우는 것처럼 강력하고 단단한 것이었다. 또한 하늘에 계신 다른 아버지도 떠올렸다. 언제나 그의 곁에 계시고 언제나 자비로우시고 언제나 도와주시는 그분 말이다. 로브는 그렇게 건초더미에 앉아 새들이 지저귀는 소리를 들으며 두 손을 모으고 그 어느 때보다 마음에서 우러난 기도를 했다. 그렇게 하니 한결 나아졌다. 로브는 마음속 모든 두려움과 의심과 괴로움을 내려놓고 하나님의 손에 맡겼다. 이제 어떠한 결과가 닥쳐도 맞이할 준비가 되었다. 그 순간 이후 그에게 주어진 임무는 단 하나였다. 용감하고 씩씩하게 생활하며 묵묵히 하나님을 소망하는 삶을 사는 것이었다.

낸은 눈에 띄지 않게 모자를 챙겨 데이지의 바늘꽂이에 두 형제를 데리고 드라이브를 다녀오겠다는 메모를 남겼다. 티타임이 끝날 때쯤이면 언제 그랬냐는 듯이 모든 것이 마무리되리라. 그녀는 헛간으로 서둘러 돌아갔다. 두 환자 모두 아까보다 훨씬 나아 보였다. 한 명은 노동을 한 덕에, 다른 하나는 휴식을 취한 덕분이리라. 그들은 준비된 마차에 올라탔다. 로브를 뒷좌석에 다리를 쭉 뻗게 앉히고 출발했다. 세 사람 모두 아무 일도 없다는 듯 즐겁고 여유로운 얼굴로.

모리슨 박사는 별일 아니라는 투였다. 하지만 낸의 응급처치를 극찬했다. 마음이 한결 놓인 두 형제가 계단을 내려가자 박사는 얼른 낸에게 귓속말을 했다.

"그 개를 잠시 멀리 보내고 저 환자를 잘 지켜보렴. 환자가 눈치채지 못하게. 뭔가 이상한 낌새가 있으면 바로 내게 알리고. 이런 일은 어떻게 될지 아무도 모를 일이거든. 조심해서 나쁠 건 없잖아."

낸은 고개를 끄덕였다. 이제야 마음이 편해졌다. 무거운 책임감이 어깨에서 떨어져나간 것 같았다. 그녀는 두 형제를 데리고 왓킨스 박사를 찾아갔다. 그는 곧 집에 와서 돈을 진찰해주겠노라고 약속했다. 세 사람의 티타임은 화기애애했다. 시원한 저녁 시간에 집에 돌아온 그들의 얼굴에서 더는 공포의 흔적을 찾을 수 없었다. 테디의 눈이 약간 부었고 로브가 걸을 때 약간 절뚝거리는 것 외에는 말이다. 손님들은 여전히 집 앞 현관에서 담소 중이라 그들은 뒷문을 통해 집 안으로 들어갔다. 테디는 로브를 해먹에 눕히고 흔들어주면서 죄책감으로 고통받는 자신의 영혼을 차분하게 달랬다. 낸은 수의사가 도착할 때까지 계속 이야기를 들려주었다.

수의사는 돈을 진찰하더니 그저 좀 우울한 상태라고 했다. 마침 회색 고양이가 나타나 그르렁거리자 그 고양이보다도 덜 미친 상태라고 말했다.

"주인이 그리운 게지. 날도 덥고. 너무 잘 먹인 탓일 수도 있겠군. 내가 몇 주 데리고 있다가 괜찮아지면 돌려보내마."

돈은 축 처져서 왓킨스 박사의 손에 큰 머리를 맡긴 채 누워 있었는데, 눈매만은 여전히 영리해 보였다. 드디어 자기의 힘든 마음을 이해하고 올바르게 도와줄 사람을 만나 마음이 놓이는 모양이었다.

그렇게 돈을 떠나보내고, 세 공범은 어떻게 하면 가족들을 걱정시키지 않으면서 로브의 다리가 충분히 쉴 수 있을지 머리를 맞대고 궁리했다. 다행히 그는 서재에 틀어박혀 몇 시간씩 나오지 않기로 유명했다. 그래서 그는 책 하나 들고 소파에 누워서 지내도 다른 이의 의심을 사지 않을 수 있었다. 워낙 성격이 차분해서 무의미한 공포심으로 자기 자신이나 낸을 걱정시킬 사람이 아니었기에 그는 들은 대로 믿기로 하고는 모든 어둠의 가능성을 몰아내고 기분 좋게 집으로 돌아갔다. 그리고 곧 소위 '우리의 공포'가 초래한 충격에서 회복되었다.

하지만 잘 흥분하는 테디는 다루기가 쉽지 않았다. 그가 배반하고 비밀을 털어놓으려는 순간마다 낸이 기지와 지혜를 발휘해 간신히 막았다. 로브를 위해서라도 이 일을 비밀로 하는 것이 최선이었기 때문이다. 테디는 죄책감의 노예가 되었는데, '엄마'에게도 털어놓을 수 없으니 딱하기 짝이 없는 상황이었다.

낮이면 형을 지극정성으로 섬겼다. 형의 시중을 들고 이야기를 들려주고 그러다가 걱정스러운 눈빛으로 형을 바라보곤 해서 형을 걱정시켰다. 로브는 테디가 그렇게 함으로써 위안을 얻는다는 것을 알기에 내버려두었다. 하지만 밤이 되어 사방이 고요해지면 테디의 생생한 상상력과 무거운 마음이 그를 장악하여 밤새 잠들지 못하게 만들거나 잠결에 걸어 다녔다.

낸은 테디를 유심히 지켜보면서 진정제 투약을 하루 한 번 이상으로 늘렸다. 책도 읽어주고 야단도 쳤다. 밤에 몽유병 환자처럼 돌아다니는 모습을 보고는, 침대 밖으로 기어 나오면 가둬버리겠다고 으름장도 놓았다. 다행히 이런 증상은 시간이 지나가면서 점점 사라졌다. 하지만 이 악동에게 찾아온 변화가 컸다. 눈치 빠른 어머니가 돌아와 대체 무슨 일이 있었기에 사자의 기운이 저렇게 빠졌느냐며 묻기도 전에 집 안 모두가 알아챌 정도였다.

테디는 여전히 명랑했지만 정신없이 설치던 것은 사라졌다. 가끔 고집스러운 장난기가 발동하려고 해도 스스로 급히 제동을 걸고는 로브를 힐끗 보았다. 그러고는 혼자 어디론가 가서 시무룩해지곤 했다. 그는 더는 형을 고리타분한 책벌레라고 놀리지 않았다. 그보다는 전에 없던 존경심으로 형을 대했다. 겸손한 성품의 로브는 이를 기뻐하며 고마워했고 주변 사람들은 낯설고 놀라워했다. 테디는 자신의 어리석음에 대해 형에게 빚진 사람처럼 행동했다. 형의 목숨을 값으로 지불할 만한 사건이었으니까 그럴 만도 했다. 의지보다 강한 사랑 덕분에 테디는 자신의 자존감 따위는 내려놓고 정직한 소년처럼 자신의 빚을 갚아나갔다.

"통 이해할 수가 없네요."

조가 막내아들의 참한 행동에 감탄하며 말했다. 여행에서 돌아온 지 일주일이 지난 후였다.

"테디가 성인처럼 변했잖아요. 저 아이가 우릴 떠날 때가 되어서 저러는 건지 걱정이 돼요. 메그 언니의 상냥함 덕분인지, 데이지의 출중한 요리 실력 덕분인지, 아니면 낸이 몰래 주다가 나에게 걸린 그 알약 때문인지 모르겠어요. 내가 없는 사이 무슨 마법에라도 홀린 건지, 어쩜 이 고집쟁이가 이토록 순하고, 말 잘 듣고 조용하게 변했냐고요. 내 아이지만 전혀 모르겠어요."

"아이가 성장하고 있으니까요, 나의 소중한 사람. 조숙한 아이라 일찍 꽃 피우는 중일 거예요. 사실 로브도 변했어요. 전보다 더 남자다워지고 훨씬 더 진지한 아이가 되었잖아요. 크면서 아버지에 대한 사랑도 같이 크는지 내 곁에 꼭 붙어서 떨어지질 않고. 우리 아들들은 앞으로도 이런 식으로 우릴 계속 놀라게 하겠죠. 조, 우리가 할 수 있는 것은 아이들을 보면서 기뻐하고 하나님이 기뻐하시는 존재로 자라도록 내버려두는 것뿐이라오."

베어 교수가 그렇게 말하는데 형제가 함께 계단을 올라왔다. 두 아들을 바라보는 베어 교수의 눈이 자랑스러움으로 빛났다. 테디는 로브의 어깨에 팔을 두른 채 로브가 손에 들고 있는 돌에 대하여 지질학적으로 설명하는 것을 경청하고 있었다. 평소에 테디는 형의 그런 취미를 놀리고, 학생들이 다니는 길에 돌멩이를 갖다 놓거나 그의 베개 아래에 벽돌 조각을 넣어두거나 신발에 자갈을 넣고 흙을 상자에 담아 수신자 란에 'R. M. 베어 교수 앞'이라고 써서 소포로 보냈을 것이다.

그런데 최근에 테디는 로브의 취미에 관심을 갖고 형의 조용한 성품에서 좋은 면을 알아보기 시작했다. 그동안은 형으로서 사랑했을 뿐이었다. 하지만 위기 상황에서 보인 로브의 용기를 본 후, 테디는 형을 존경하게 되었고 그날의 일을 결코 잊지 못했다. 결과가 얼마든지 더 참혹할 수 있었기 때문이다. 다리는 전혀 문제없었으나 걸을 때는 아직 절뚝거렸다. 그럴 때마다 테디는 기꺼이 제 팔을 내줘서 형이 잡고 걷도록 했고, 걱정스러운 눈으로 형을 살펴서 형이 필요한 것을 미리 챙기려고 애썼다. 후회가 여전히 테디의 영혼을 괴롭혔고, 로브의 너그러운 용서는 테디의 괴로움을 더 무겁게 할 뿐이었다. 다행히도 로브는 계단에서 미끄러져서 다쳤다는 핑계를 만들어냈고 낸과 테디 외에는 상처를 본 사람이 없기에 비밀은 잘 지켜지고 있었다.

"막 너희들 얘기 중이었단다. 이리로 와서 우리가 없는 사이 대체 무슨 마법 같은 일이 일어났는지 말해주지 않겠니? 아니면 우리가 떨어져 있는 사이 우리 눈이 선해져서 이런 기분 좋은 변화를 알아보게 된 걸까?"

조가 소파 양쪽을 두드려서 아들들을 앉혔다. 베어 교수는 잔뜩 쌓인 편지를 읽는 것도 잠시 잊고 그 모습을 흐뭇하게 바라보았다. 아들들은 애정 어린 미소를 지었지만 찔리는 표정을 숨길 수는 없었다. 지금까지 '엄마'와 '파터'에게 비밀이 없었기 때문이다.

"아, 그게 말이죠, 로브 형과 내가 둘만 있다 보니 그렇게 된 것 같아요. 우린 쌍둥이 같은 형제잖아요. 저는 좀 자극하는 편이고 형은 그런 저를 진정시키면서요. 어머니와 아버지도 그러시잖아요. 꽤 괜찮은 전략이죠. 아주 만족스러워요."

테디는 그렇게 말하며 위기를 잘 모면했다고 생각했다.

"테디, 너를 어머니에게 비교하면 어머니가 좋아하시겠니? 물론 나를 아버지에게 비교한 것은 기분 좋은 일이다만. 나도 아버지처럼 되고 싶으니까."

로브가 말했다. 모두 테디의 비유에 웃음을 터뜨렸다.

"무슨 소리야, 엄만 좋은걸. 로브, 아버지가 내게 하시는 것의 반만큼이라도 동생에게 하렴. 그럼 네 인생도 썩 괜찮은 인생이 될 거야. 너희 두 형제가 이렇게 서로 돕고 지내는 걸 보니 얼마나 기쁜지 모른단다. 형제라면 응당 그래야지. 가장 가까운 이들의 필요와 좋은 점과 나쁜 점을 빨리 이해할수록 좋아. 사랑에 눈이 멀어 잘못까지 덮어줘서도 안 되고 친하다고 해서 눈에 빨리 보이는 약점을 성급히 비난해서도 안 돼. 그러니, 나의 아들들, 계속 그렇게 하렴. 이런 일이라면 엄마와 아빠를 얼마든지 놀래켜도 좋으니."

"리베 무터 말씀이 다 맞아. 아빠도 역시 형제간의 우애가 좋은 걸보니 기분이 좋구나. 모두에게 좋은 일이야. 너희의 우애가 오래도록지속되면 좋겠구나!"

베어 교수가 두 아들을 보며 고개를 끄덕였다. 형제는 아버지의말에 기쁘면서도 과한 칭찬에 어쩔 줄 몰라서 머뭇거렸다.

로브는 현명하게도 침묵을 선택했다. 너무 많이 말하다가 비밀을누설할까봐 걱정되어서였다. 하지만 테디는 참지 못하고 하지 말아야 할 말을 덜컥 해버렸다.

"사실 저도 형이 얼마나 좋은 사람인지 알게 되고 나서는 제가 형에게 한 짓을 보상하려고 노력 중이에요. 형은 정말 현명한 사람인데 저는 그걸 모르고 형이 유약하다고만 생각했어요. 장난치는 것은안 좋아하고 맨날 책만 보고 양심 타령을 한다고요. 하지만 저는 말만 많고 잘난 체하는 것이 남자다운 게 아니라는 사실을 알게 되었어요. 천만에요! 조용한 로브 형이야말로 영웅이고 최고예요. 형이정말 자랑스러워요. 어머니 아버지도 그 이야기를 들으시면 저와 똑같이 생각하실 거예요."

테디는 로브의 눈길을 보자 황급히 입을 다물었다. 테디는 얼굴이빨개지면서 손으로 입을 틀어막았다.

"흠, 우리가 모르는 게 있는 모양이로구나?"

조가 재빨리 눈치채고 물었다. 그녀의 날카로운 눈은 벌써 위험을감지했으며 그녀와 아들들 사이를 가로막고 있는 뭔가가 있음을 금세 알아차렸다. 그녀의 목소리가 엄숙해졌다.

"애들아. 이 변화가 꼭 성장의 결과만은 아닌 모양이로구나. 엄마 생각엔 테디가 뭔가 사고를 쳤고 로브가 그런 테디를 구출해준 모양 인데. 그래서 말썽꾸러기 아들에겐 상냥한 태도가, 양심적인 아들에 겐 의젓한 태도가 나타난 거야. 엄마에게 아무것도 숨기지 않던 아 들들이 말이다."

로브의 얼굴까지 새빨개졌다. 로브가 잠시 주저하더니 고개를 들 고 안도의 숨을 내쉬며 입을 열었다.

"네, 어머니. 그렇습니다. 하지만 이제 다 끝난 일이고 아무것도 아 닌 일이 되었어요. 그래서 그냥 조용히 넘어가는 편이 낫겠다고 생 각했어요. 적어도 한동안만이라도요. 어머니에게 숨기는 것이 있어 서 죄책감이 들었는데 이제 다 알게 되셨으니 걱정할 필요가 없네 요. 어머니도 걱정하지 않으셔도 돼요. 테디가 많이 미안해하고 있어 요. 저는 괜찮아요. 이 일로 우리 두 사람 모두 많이 배웠답니다."

어머니에게 윙크를 보내는 테디에게서 어느새 남자다운 모습이 묻어났다. 다시 로브를 쳐다봤다. 밝게 웃어 보이는 모습에 안심이 되었지만 어쩐지 예전과 달랐다. 더 성숙하고 한층 더 의젓하면서도 그 어느 때보다도 사랑스러운 모습이었다. 마음과 몸의 상처로 고단 해 보이면서도 피할 수 없는 시련에 순복한 달콤한 결과였다. 아들 들에게 위험한 사고가 있었다는 생각이 번개처럼 스쳐 지나갔다. 그 간 두 아들과 낸이 주고받던 시선을 감지하고 기이하게 여겼던 것이 떠올라 갑자기 두려운 생각이 들었다.

"로브, 내 아들, 테디 때문에 아팠거나 다쳤거나 혹은 괴로운 일을 당한 게냐? 당장 말하거라. 더 이상의 비밀은 용납하지 않을 테니까.

남자아이들은 때로 사고나 실수를 그냥 넘어갔다가 평생 두고 고생하기도 하거든. 프리츠, 당신이 이 아이들 입 좀 열어봐요!"

베어 교수는 들고 있던 서류를 내려놓고 아들들 앞에 다가서서는 부인을 진정시키며 아이들을 부드럽게 타일렀다.

"아들들아, 진실을 말해보겠니? 아빠와 엄마는 얼마든지 받아들일 수 있으니까 말이다. 아무것도 숨기지 말고 다 털어놓거라. 테디는 잘 알지, 우리는 언제나 너를 사랑하고 용서한다는 것을. 그러니 솔직하자꾸나, 너희 둘 다."

테디는 냉큼 소파의 쿠션 사이로 뛰어들어 몸을 숨겼다. 진홍빛으로 물든 두 귀만 쿠션 밖으로 삐죽 나왔다. 그래서 로브가 그간의 일을 간단하고 거짓 없이 설명했다. 그러면서 부모님이 안심할 수 있도록 돈이 광견병에 걸리지 않았고, 상처는 거의 나았으며, 위험한 문제는 아무것도 남지 않았음을 재차 강조했다.

하지만 조의 얼굴은 점점 핏기를 잃어 로브가 두 팔로 안아드려야 했다. 아버지는 뒤돌아서 걸어가며 독일어로 "아아, 하늘이시여!(Ach Himmel!)"라고 외쳤다. 고통과 안도와 감사가 뒤섞인 탄식이었다. 테디는 그 소리가 듣기 괴로워서 쿠션을 더 끌어다가 머리를 아예 덮어버렸다. 잠시 후 모두 마음을 가라앉혔다. 하지만 자식에 관한 이런 소식은 언제나 충격일 수밖에 없다. 이미 위험한 순간이 지나갔다고 하더라도 그렇다. 조는 큰아들을 꼭 안아주었다. 이번에는 아버지가 다가왔다. 두 손으로 아들의 손을 잡고 세차게 악수하며 떨리는 목소리로 말했다.

"남자가 일생일대의 위기에 빠지면 패기를 시험당하게 되지. 잘 참아냈구나. 그렇지만 난 아직 내 사랑하는 아들을 떠나보낼 준비가 되지 않았단다. 하나님, 감사합니다! 이렇게 너를 건강하게 다시 만나다니!"

쿠션 아래서 큭 소리가 들렸다. 목이 막히는 소리 같기도 하고 신음소리 같기도 했다. 쿠션 밖으로 보이는 긴 다리가 비틀린 걸 보니 그의 깊은 고통이 느껴졌다. 어머니가 곧 그에게 다가갔다. 헝클어진 노랑머리 아들을 찾기까지 쿠션 아래로 한참을 파들어가야 했다. 아들을 꺼내서 쓰다듬어주던 조가 더는 참지 못하고 웃음을 터뜨렸다. 두 뺨은 여전히 눈물로 젖어 있었지만 말이다.

"이리 와서 용서를 받으렴, 우리 불쌍한 죄인! 그동안 얼마나 고통받았을지 짐작이 가니 엄마는 더 이상 아무 말도 하지 않으마. 만일 로브에게 무슨 일이 생기기라도 했더라면 더 고통스러울 사람은 너보다 나라는 건 알겠지. 테디, 우리 테디, 너무 늦기 전에 그 고집스러운 성격 좀 고쳐보자!"

"엄마, 그럼요, 노력하고 있어요! 절대로 잊지 못해요. 이 사건으로 제가 달라지길 바라요. 그렇지 않다면 저 같은 건 구원받아야 소용도 없는 존재가 되고 말 거예요."

테디가 머리를 쥐어뜯었다. 그 방법 말고는 자신의 깊은 회한을 표현할 다른 길이 없었다.

"그래, 그렇겠지, 우리 아들. 엄마도 열다섯 살에 꼭 그런 기분이었단다. 에이미 이모가 물에 빠졌을 때였지. 어머니가 나를 도와주셨듯이 나도 너를 도우마. 테디, 엄마에게 오렴. 악한 생각이 너를 사로잡으면 우리 함께 힘을 합쳐서 무찌르자. 하! 내가 아볼루온과 벌인 싸움들을 생각하면! 패배는 거의 내 몫이었지만 항상 그렇지만도 않았단다. 자, 엄마의 방패 아래로 숨으렴. 무찔러 이기는 그 순간까지 같이 싸워보자."

한동안 아무도 말하지 않았다. 테디와 어머니는 손수건 하나를 나눠 쓰며 함께 울고 웃었다. 아버지는 로브 어깨에 팔을 두르고 서서 함께 이 장면을 지켜보았다. 비밀이 사라지고 모두가 용서받는 행복한 순간이었다. 그 일은 잊을 수 없는 사건으로 남겠지만, 누군가에게 큰 유익이 되고 서로 사랑하는 마음을 다시 한번 단단히 확인하는 시간이었다.

테디가 일어나 아버지에게로 갔다. 그러고는 겸손하면서도 씩씩한 말투로 이렇게 말했다.

"저는 벌을 받아야 마땅해요. 제게 벌을 내려주세요. 하지만 벌을 주시기 전에 용서한다고 말씀해주세요. 형이 그런 것처럼요."

"물론이지, 아들아. 일곱 번씩 일흔 번이라도 용서해야지. 그렇지 않다면 나는 아버지라고 불릴 자격도 없지. 아버지 생각에 벌은 이미 받았다고 생각되는구나. 이보다 더한 벌이 어디 있겠니. 이번 경험을 기억하거라. 어머니와 전능하신 하나님 아버지의 도움이 반드시 필요할 게야. 여기, 너희 둘을 위한 자리가 항상 있단다!"

사람 좋은 베어 교수는 두 팔을 활짝 펴고 두 아들을 꼭 끌어안았다. 그는 진정한 독일인답게 말이나 행동으로 부성애를 표현하는 것을 부끄러워하지 않았다. 미국 아버지라면 어깨 한번 툭 치면서 "잘됐구나"라는 한마디로 꾹꾹 눌러 내렸을 그런 감정 말이다.

조는 낭만적인 소녀로 돌아간 기분이었다. 가족들은 함께 앉아 속 깊은 이야기들을 꺼내 편안하게 대화하는 시간을 보내며 사랑이 두려움을 쫓아낼 때 찾아오는 신뢰감 속에서 평안을 누렸다. 이 대화에서 낸을 빼놓을 수는 없었다. 모두가 그녀의 용기와 분별력과 신의에 감사와 보상을 표해야 한다는 점에 동의했다.

"그 아이가 훌륭한 여인으로 자라리라는 것은 익히 예상했으나 이번 사건이 그걸 더욱 확실하게 증명했군. 당황하거나 소리치거나 기절하거나 소란을 부리지도 않고 차분한 태도로 뛰어난 솜씨를 보였다니 말이야. 얘야, 어떻게 낸에게 감사의 마음을 표현하면 좋을까?"

조가 눈을 반짝이며 물었다.

"토미 형이 다시는 누나를 귀찮게 하지 못하게 해주시면 어때요?"

원래의 활기를 거의 되찾은 테디가 재치 있는 제안을 했다. 그래도 여전히 수심이 안개처럼 희미하게 남아 있어서 이전만큼 발랄하지는 않았다.

"그러면 되겠네요! 토미 형이 모기처럼 달라붙어서 못살게 구니까요. 그래서 낸 누나가 여기서 지내는 동안 토미가 아예 나오지 못하도록 짐을 싸서 데미 형과 함께 내보냈다죠. 전 토미 형을 좋아하지만 누나에겐 너무 바보같이 굴더라니까요."

로브는 그렇게 말하고 아버지를 도와 잔뜩 쌓인 편지들을 해결하러 나갔다. 조가 결심한 듯 외쳤다.

"그러면 되겠네! 어리석은 남자아이 하나의 연애 감정 때문에 낸의 커리어를 망칠 순 없지. 저러다가 낸이 지쳐서 포기할까봐 걱정이야. 그랬다간 모든 게 끝장이라고. 많은 현명한 여인들이 그렇게 했다가 평생을 후회하며 살았지. 낸에게는 의사로서 자리를 잡고 자신의 실력을 증명해 보이는 게 우선이야. 암, 결혼은 그다음이지. 그것도 낸이 원한다면 말이야. 그때가 되면 낸이 아깝지 않을 좋은 남자를 찾을 수 있을 거야."

하지만 굳이 조가 나서서 도울 필요가 없어졌다. 사랑과 감사의 마음이 기적처럼 전달된 모양이었다. 여기에 젊음과 아름다움과 우연, 그리고 사진이 더해진다면 성공은 따논 당상이었다. 순진해 빠진, 그렇지만 감수성만큼은 지나치게 예민한 토미의 경우에 그랬다.

29

인어공주 조시

베어 가 소년들이 집에서 진지한 인생 경험을 하는 사이 조시는 로키 누크에서 신나게 놀고 있었다. 로런스 부부는 무료한 여름을 어떻게 매력적이고 유익하게 보내야 하는지 잘 아는 이들이었고 조시는 베스가 아주 예뻐하는 사촌 동생이었다. 에이미는 조카가 배우가 되건 그렇지 않건 간에 교양 있는 여성이 되는 것이 우선이라고 생각했다. 그래서 조카가 어딜 가든 잘 자란 여성임을 드러내 보일 수 있는 사교 예절을 가르쳤다. 발랄한 두 소녀를 데리고 뱃놀이나 승마를 하고 한가롭게 시간을 보내면서 로리도 무척이나 행복했다. 조시는 이러한 자유를 만끽하며 야생화처럼 피어났고, 베스의 양 볼에는 점점 장밋빛 혈색이 돌고 나날이 밝고 명랑해졌다. 두 소녀 모두 바닷가나 아름다운 만을 낀 절벽 꼭대기에 세워진 별장에서 지내는 이웃들의 사랑을 많이 받았다.

장미나무 잎 하나만 구겨져도 조시의 평화가 깨지듯, 이루어지지 않는 소원 하나가 그녀를 괴롭혔다. 간절하기가 광인과 같았고 한시도 가만히 있지 못하고 들썩이는 것은 '해결'하지 못한 사건이 있는 탐정과도 같았다. 이웃 별장에 묵고 있는 위대한 배우, 캐머런 양 때문이었다. 그녀는 거기서 휴식을 취하면서 다음 시즌에 맡을 새로운 배역을 구상 중이었다. 캐머런 양은 한두 명의 친구 외에는 일절 사람을 만나지 않았으며 별장에 전용 해변이 있어서 매일 규칙적으로 드라이브 나오는 것 외에는 모습을 드러내지 않았다. 호기심 많은 작자들은 오페라글라스를 사용해서 바닷속에서 수영하는 푸른색 형체를 발견하곤 한다지만 말이다.

로런스 부부는 그녀와 친분이 있었지만 그녀의 휴식을 존중해주려고 안부 전화 한 통 외에는 먼저 연락하지 않았다. 캐머런 양이 먼저 만나자고 제안하기 전에는 귀찮게 하지 않을 작정이었다. 훗날 그녀는 이 부부의 배려심을 기억하고 보답하는데 그 보답이 어떤 것인지는 독자들도 곧 알게 될 것이다.

조시는 단단히 동여맨 꿀단지 주변을 맴돌기만 하는 배고픈 파리처럼, 자신의 우상인 여배우가 가까이에 있다는 사실만으로도 좋아서 미칠 지경이었다. 조시는 그녀를 직접 보고 이야기하고 이 위대하고 행복한 여인을 연구하고 싶은 마음이 간절했다. 작품으로 수천 명의 관중을 흥분시키고, 덕망과 선행과 미모만으로도 쉽사리 친구를 얻을 수 있는 배우였기에 아무도 그녀가 타고난 배우라는 사실에 이의를 제기하지 않았다. 그녀는 조시의 우상이자 롤모델이었다. 당시 연극 무대는 관객을 즐겁게 하는 동시에 교훈을 전달하는 배우라는 직업을 정화하고 그 위상을 높이고자 캐머런 양 같은 배우들이 반드시 필요했다.

만일 다정한 캐머런 양이 이 어린 소녀의 가슴속에 불타는 사랑과 그리움을 알았더라면, 바위를 깡충깡충 뛰어다니고 해변에서 물장구를 치고 그녀의 대문 앞으로 셰틀랜드포니를 타고 경중경중 뛰어다니는 그 소녀를 무심한 눈으로 지나치는 일은 없었으리라. 소녀를 행복하게 해주려고 기꺼이 눈길을 한번 주거나 친절한 말 한마디를 던져줄 사람이었다. 하지만 겨울에 올린 작품이 이제 끝나서 지쳐 있었고 또 새로 맡을 배역 때문에 바빴던지라 이 대배우에게는 이웃집 어린 소녀에게까지 주의를 기울일 여력이 남아 있지 않았다. 아마도 그녀의 눈에 조시는 그저 바닷가의 갈매기나 들판에서 춤추는 데이지꽃처럼 보였을 것이다. 현관 앞에 놓인 꽃다발이나 정원 담벼락 너머로 들려오는 세레나데, 흠모하는 눈으로 빤히 쳐다보는 눈길들, 이 모든 것들은 그녀에게 너무나 흔한 일들이었기에 거의 관심을 두지 않았다. 그러는 사이 조시는 자신의 크고 작은 시도들이 모두 허사로 돌아가자 점점 조급해졌다.

"저 소나무를 타고 올라가서 현관 지붕 위로 뛰어내려볼까? 말을 타고 가다가 그분 대문 앞에서 떨어져서 기절해버릴까? 그분이 수영하실 때 물에 빠지는 척하면 어떨까? 난 가라앉지도 않을 테고, 그분은 그저 다른 사람을 불러서 나를 건져내게 하겠지. 아, 어떻게 하지?

난 꼭 그분을 만나야 해. 내 꿈을 들려드리고 내가 정말 배우가 될 소질이 있는지 의견을 들어야 한단 말이야. 엄마도 그분 말씀이라면 따를 거야. 그리고 혹시, 아아, 혹시 나더러 그분이 하시는 작품을 같이 연구하자고 하시면⋯⋯. 아아, 얼마나 더할 나위 없이 행복할까?"

어느 날 오후 조시는 베스와 함께 수영할 채비를 하면서 이렇게 떠들어댔다. 두 사람은 낚시 파티 때문에 놓친 아침 수영을 대신하여 오후에 나왔다.

"네 때가 있을 거야, 조시. 그러니 초조할 필요 없어. 아빠가 여름이 지나가기 전에 네게 기회를 준다고 약속하셨잖아. 그러니 분명 멋진 만남을 성사시켜주실 거야. 그걸 기다리는 편이 지금 괜한 장난을 치는 것보다 나을 거야."

베스가 대답했다. 그녀는 예쁜 머리를 하얀 그물로 묶어 자신이 입은 수영복과 색깔을 맞췄다. 반면 진홍색 수영복을 입은 조시는 꼭 바닷가재처럼 보였다.

"기다리는 건 정말 싫어. 그렇지만 뾰족한 수가 있어야 말이지. 썰물 때이긴 하지만 그분도 오늘 수영하러 나오시면 좋을 텐데. 그분이 이모부에게 이 시간에 수영하는 걸 선호한다고 하셨대. 아침에는 사람들이 쳐다보고 전용 해안에 막 들어오고 그래서 힘들다고. 언니, 가자. 저 큰 바위에서 뛰어내려볼래? 오늘은 주변에 유모들과 아기들밖에 없으니 우리끼리 실컷 뛰어놀고 물장구쳐도 되겠어."

두 사람은 한적하게 수영을 즐기러 떠났다. 실제로 그 작은 만에서 수영하는 이는 둘뿐이었고 아기들은 그녀들의 수영 실력에 감탄하며 구경했다. 두 소녀 모두 수영에서는 꽤 실력자였다.

한바탕 수영을 하고 물을 뚝뚝 떨어뜨리며 바위에 앉아서 쉬는데, 조시가 별안간 베스를 꽉 움켜쥐고 비명을 질렀다. 베스는 너무 놀라서 바위에서 떨어질 뻔했다.

"저기야, 저기! 저기 좀 봐! 그분이 수영하러 나왔어! 정말 멋지다! 아아, 물에 잠깐만 빠져도 내가 달려가서 건져드릴 텐데! 아니면 게에게 발가락을 물려도 되고! 뭐든 좋아, 내가 가서 뵙고 말할 기회만 얻는다면!"

"쳐다보는 티 내지 마. 방해받지 않고 조용히 즐기러 나오신 거니까. 문화인답게 못 본 척해 드리자."

베스가 지나가는 하얀 돛의 요트를 쳐다보는 척하면서 말했다.

"우리 모르는 척하고 저쪽으로 수영해서 가볼래? 바닷속 미역이라도 찾는 척하면서. 물속에 누워서 코만 내놓고 있으면 그분도 신경 쓰지 않으시겠지. 그러다가 도저히 못 참고 보고 싶어지면 쉬러 나오는 척하면서 이쪽으로 다시 수영해오면 되잖아. 그렇게 하면 오히려 그분 마음이 흡족해져서 그분을 존중해드린 우리의 예의에 보답하고자 우리를 불러서 고맙다고 하실지 또 알아?"

조시의 상상은 언제나 드라마틱한 상황으로 펼쳐진다.

바위를 타고 미끄러져 내려오려는데 마치 운명의 여신이 나타나기라도 한 것처럼 캐머런 양이 황급히 손을 흔들어 사람을 부르는 것이 아닌가? 그녀는 허리 깊이 정도 되는 물에 서서 물속을 내려다보고 있었다. 캐머런 양은 해안가에 있는 하녀를 부른 것인데 그 하녀 역시 해변가에서 뭔가를 찾는 듯했다. 그러다가 보이지 않으니까 이번에는 두 소녀를 향해 수건을 흔들었다. 캐머런 양에게 가서 도

외주라는 하늘의 신호였다.

"빨리! 어서! 우릴 부르시잖아, 우릴 부르신다고!"

조시는 소리를 지르며 힘이 넘치는 바다거북처럼 곧장 바닷물에 뛰어들었다. 그러고는 오랜 소원인 기쁨의 안식처를 향해 멋지게 헤엄쳐 갔다. 베스는 그 뒤를 천천히 따라갔다. 두 사람은 곧 숨을 헐떡거리며, 하지만 웃는 얼굴로 캐머런 양 앞에 섰다. 캐머런 양은 눈도 들지 않았지만 정말 근사한 목소리로 이렇게 말했다.

"내가 팔찌를 떨어뜨렸어요. 보이긴 하는데 영 집을 수가 없네. 거기 소년이 기다란 막대기 좀 찾아다 주겠어요? 팔찌는 물에 휩쓸려 가지 않도록 내가 계속 보고 있을 테니까."

"제가 물속으로 들어가 가져올게요. 그리고 저 남자 아니에요."

조시가 곱슬머리를 흔들어 털며 웃음을 터뜨렸다. 이 숙녀께서 멀리서 조시의 머리만 보고 착각하신 모양이었다.

"어머나, 미안해요. 그럼 그렇게 해주세요, 얼른. 순식간에 모래 속으로 빠져들 수 있으니까. 내가 정말 소중히 여기는 건데 글쎄 빼놓고 나온다는 걸 깜빡했지 뭐예요."

"제가 찾아오겠습니다!"

그렇게 말하고 조시는 물속으로 들어갔다. 금방 나오긴 했는데 손에 쥔 것은 전부 자갈뿐, 팔찌는 없었다.

"잃어버렸나 보네. 괜찮아요, 내 잘못이니까."

캐머런 양은 실망했지만 눈에서 물을 털어내며 씩씩하게 숨을 몰아쉬는 소녀가 짓는 절망스러운 표정이 재미있다고 생각했다.

"아니요, 안 돼요. 제가 찾을 거예요. 밤새 물속을 뒤져서라도요!"

그 말과 함께 조시는 숨을 한 번 크게 들이마시고는 다시 물속으로 들어갔다. 보이는 것은 수면 위로 흔들리는 두 발뿐이었다.

"저러다 큰일 나면 어쩌죠."

캐머런 양이 베스를 보았다. 그녀는 베스의 얼굴에서 어머니의 얼굴을 금방 발견해냈다.

"아, 아니에요. 조시는 물고기인걸요. 저러는 걸 좋아해요."

베스가 웃었다. 그녀는 사촌 동생의 소원이 멋지게 현실로 이루어지는 것 같아 행복했다.

"로런스 씨의 따님이군요? 맞죠? 반가워요. 아버지께 곧 방문하겠다고 전해드리겠어요? 얼마 전까지는 너무 피곤했거든요. 엉망이었지. 지금은 훨씬 나아졌지만. 아, 저기 우리 잠수 공주가 올라오려고 하네요. 무슨 좋은 소식이라도?"

발꿈치가 밑으로 내려가더니 물이 뚝뚝 떨어지는 머리가 나타났다.

조시는 처음엔 숨이 차서 꺽꺽거리기만 했다. 누가 목이라도 조른 것 같았다. 그녀의 손은 비록 실패했으나 용맹심만은 꺾이지 않았다. 단단히 결심한 듯 젖은 머리를 세차게 흔들며 밝은 얼굴로 큰 키의 숙녀를 바라봤다. 폐에 산소를 채우기 위해 심호흡을 몇 번 하더니 차분한 말투로 말하기 시작했다.

"제 신조가 '포기 불가'거든요. 반드시 찾아낼 거예요. 리버풀까지 헤엄쳐 가서라도요. 자, 그럼!"

그리고 이번에는 인어처럼 물속으로 완전히 사라졌다. 해저를 더듬고 다니는 진짜 바닷가재처럼.

"아주 당돌한 소녀로군요! 마음에 들어요. 저 아이는 누군가요?"

숙녀가 자신의 잠수부를 지켜보려고 물로 반쯤 덮인 바위에 앉으며 물었다. 팔찌는 이미 관심에서 사라져버렸다.

베스는 아버지 같은 설득력 있는 미소를 머금고 설명했다.

"조시는 배우가 되고 싶어 하는 아이예요. 선생님을 만나고 싶어서 한 달이나 기다렸답니다. 지금 이렇게라도 만나 뵙게 되어서 정말 행복할 거예요."

"신의 가호가 있기를! 왜 직접 찾아와서 만나자고 하지 않았을까요? 얼마든지 집 안으로 들였을 텐데. 물론 배우지망생 여자아이들은 기자만큼이나 피하고 싶은 대상이지만 말이에요."

캐머런 양이 웃음을 터뜨렸다.

더 이야기가 진행될 새도 없이 팔찌를 움켜쥔 갈색 손이 바닷물 위로 올라왔다. 뒤이어 자줏빛으로 변한 조시의 얼굴이 나타났다. 아무것도 보이지도 않고 어지러워 베스에게 매달려야 할 정도로 반 익사 상태였지만 승리의 기쁨에 도취해 있었다.

캐머런 양은 조시를 끌어당겨 자신이 앉은 바위에 앉혔다. 눈을 가린 머리칼을 쓸어넘겨주며 정신이 들도록 연신 "브라보! 브라보!"라고 외쳤다. 소녀는 제1막이 성공적이었음을 직감했다.

조시는 종종 이 위대한 여배우를 마침내 만나는 장면을 상상해왔다. 품위를 갖추고 우아한 자세로 다가가서 자신의 야망을 이야기하고 상황에 가장 적절한 드레스를 입고 재치 있는 말을 던지며 자신이 얼마나 장래 유망한 천재인지 은근슬쩍 알리는 그런 장면 말이다. 하지만 이런 조우는 눈곱만큼도 상상해본 적이 없었다. 진홍색 수영복에 모래투성이가 되어 물을 뚝뚝 흘리면서 숨이 차서 말도 못하는 채로 아름다운 물개처럼 보이는 그분의 빛나는 어깨에 기댄 모습이라니. 조시는 그렇게 한동안 눈을 깜빡이며 쌕쌕거리다가 마침내 기쁨의 미소를 지으며 자랑스럽게 외쳤다.

"해냈어요! 너무 기뻐요!"

"숨 먼저 고르렴, 애야. 그리고 나와 함께 기뻐하자꾸나. 나를 위해 이렇게 힘들게 애써주다니 정말 친절한 아이로구나. 이 은혜를 어떻게 갚으면 좋을까?"

숙녀가 아름다운 눈으로 쳐다보며 물었다. 말을 하지 않아도 많은 것을 이야기하는 눈이었다.

조시는 절실함을 표현하기 위해 두 손을 마주 잡았는데 손이 젖어서 짝 소리가 났다. 그렇지만 애원의 말만큼은 캐머런 양의 마음보다 훨씬 단단하게 굳은 마음까지 녹일 정도로 간절하게 들렸다.

"제가 선생님을 찾아가서 만나 뵐 수 있을까요? 딱 한 번이면 돼요! 제 연기 재능에 대한 선생님 의견을 듣고 싶어요. 보시면 아실 테니까요. 말씀하시는 대로 무조건 따를게요. 선생님께서 제 연기가 괜찮다고 생각해주신다면, 물론 공부를 열심히 해서 점점 나아진다는 조건으로요. 그렇다면 저는 세상에서 가장 행복한 사람이 될 거예요. 그렇게 해주실 수 있으세요?"

"그래, 내일 11시에 오거라. 함께 이야기를 나눠보자. 네가 가장 자신 있는 연기를 보여주면 내가 의견을 줄게. 내 의견이 친절하지만은 않다는 사실은 미리 알아두렴."

"그럼요, 선생님이 저더러 바보라고 하셔도 받아들일 거예요. 꼭 해결하고 싶은 점이에요. 어머니도 그걸 원하시고요. 선생님이 배우의 재능이 없다고 하신다면 용감하게 수용하겠습니다. 그리고 배우를 해도 괜찮다고 하신다면 최고가 될 때까지 절대로 포기하지 않겠습니다. 선생님께서 그러신 것처럼요."

"애야, 이 길은 험한 길이란다. 마침내 장미를 얻은 것 같아도 수많은 가시가 딸려오는 것을 경험하게 될 거야. 네겐 용기가 있구나. 끈기가 있다는 것도 증명되었고. 아마도 잘 해낼 것 같구나. 내일 보고 더 얘기하도록 하자."

캐머런 양은 그렇게 말하면서 팔찌를 매만졌다. 그녀의 미소가 어찌나 친절하던지 조시는 하마터면 그녀에게 키스할 뻔했으나 현명하게도 자제했다. 조시에게 감사를 표하는 캐머런 양의 눈은 부드러운 물로 젖어 있었는데 바닷속 그 무엇보다 더 부드러워 보였다.

"조시, 우리가 선생님의 수영을 방해하고 있어. 썰물이 시작되려고 해. 그만 가자, 조시."

사려 깊은 베스가 말했다. 뭐든 너무 지나치면 독이 될 수 있다.

"그래, 해변으로 올라가서 몸을 녹이렴. 정말 고마워, 인어공주 아가씨. 아버지에게는 언제든 딸을 데리고 방문하셔도 좋다고 말씀드려줘요. 안녕."

그녀는 퇴장하는 비극의 여주인공처럼 손을 흔들었다. 해초가 무성한 바위를 왕좌 삼아 앉아서 두 소녀가 유연하게 뻗은 반짝거리는 다리로 모래밭 위를 달려가는 것을 지켜보았다. 그러고는 차분하게 물속을 들락거리며 혼잣말을 했다.

"무대에 알맞은 얼굴을 가졌네. 강렬하고 역동적이야. 눈도 아름답고. 자유분방하고 결단력과 의지가 보여. 괜찮은 배우가 될 수도 있겠어. 혈통도 좋고 더더욱 가문에 흐르는 재능이 있으니. 내일 보면 알겠지."

   당연한 얘기지만 그날 밤 조시는 한숨도 자지 못했고 다음 날 아침이 되자 너무 기쁘고 흥분한 나머지 열병에 걸린 것처럼 보일 지경이었다. 로리 이모부는 전날 일어난 일을 전해듣고 재미있어했고 에이미 이모는 자기 옷장에서 조카에게 닥칠 장려한 순간에 가장 잘 어울릴 하얀 드레스를 골라주었다. 베스는 자신이 가진 모자 중 가장 정교한 것을 기꺼이 내주었고 조시는 숲과 습지를 돌며 들장미, 달콤한 향의 하얀 진달래, 고사리, 갈대를 꺾어 꽃다발을 만들었다. 깊은 감사를 전하는 마음의 선물이었다.

   10시가 되자 조시는 이미 옷을 다 차려입고는 엄숙하게 앉아서 가지런한 장갑과 버클 달린 구두를 노려보며 나갈 시간이 되기만을 기다렸다. 운명이 곧 결정되리라는 생각이 들자 얼굴은 하얗게 질리기 시작했지만 정신은 도리어 말짱해졌다. 세상 젊은이들이 흔히 그렇게 생각하듯 조시 역시 한 사람이 자신이 인생을 결정지을 수 있다고 믿었다. 그동안 하나님의 섭리가 실망을 통해 어떻게 우리를 훈련시키고 예상치 못한 성공으로 우리를 놀라게 했으며 우리 눈에 시련으로 보이는 것들을 축복으로 바꾸셨는지는 까맣게 잊어버린 채 말이다.

   "혼자 갈래요. 그게 더 편할 것 같아요. 아아, 베스 언니, 그분을 통해 바른말을 들을 수 있도록 기도해줘. 그분 말에 모든 게 달렸다고! 웃지 마세요, 이모부! 전 지금 아주 진지하다고요. 캐머런 양도 그걸 알고 계시고 이모부에게도 그렇다고 말할걸요. 에이미 이모, 엄마가 안 계시니 엄마 대신 키스해주세요. 이모 눈에 제가 예뻐보인다면 그걸로 만족이에요. 그럼, 모두 안녕히."

조시는 최대한 자신의 우상과 비슷한 자태로 손을 흔들어 보이고 집을 나섰다. 아주 예쁜 모습이었으나 기분만은 아주 비극적이었다.

문전박대를 당하지 않으리라는 것이 확실했기에 조시는 대담하게 초인종을 눌렀다. 많은 이들이 초인종을 눌렀지만 현관을 통과한 자는 극히 드물었다. 조시는 곧 그늘진 응접실로 안내되었고 기다리는 사이 응접실에 걸린 위대한 배우들의 멋진 초상화에 매료되어 감상했다. 대부분 읽은 작품들로 작품 속 시련과 승리를 너무 잘 알고 있던 조시는 어느새 스스로를 잊고 레이디 맥베스로 분한 시던스 부인*을 흉내 내기 시작했다. 판화 그림에 푹 빠져 가져온 꽃다발을 몽유병 장면의 촛불처럼 치켜들고는 생기 넘치는 눈썹을 고통스럽게 일그러뜨리며 유령 왕비의 대사를 중얼거렸다. 캐머런 양이 몇 분째 지켜보는 줄도 까맣게 모른 채 조시는 정신없이 빠져들었다. 그러다가 갑자기 자신이 최고로 꼽는 장면의 대사와 표정을 멋지게 재현하며 나타난 캐머런 양을 보고 조시는 깜짝 놀랐다.

"저는 선생님처럼 훌륭하게 할 수가 없어요. 하지만 계속 노력할 거예요. 만일 제게 소질이 있다고 말해주신다면요."

조시가 그 순간의 강렬함에 사로잡혀 인사고 뭐고 잊고서 외쳤다.

"자, 그럼 네 연기를 보여주렴."

* 영국의 연극배우 새라 시던스.

여배우는 바로 본론으로 들어갔다. 이 상황에서 인사치레로 하는 일상적인 대화는 무의미했다.

"먼저 이걸 받아주세요. 선생님이 온실에서 자란 꽃보다는 들꽃을 더 좋아하시리라 생각해 만들어 왔답니다. 이걸 꼭 드리고 싶었어요. 선생님의 친절에 대한 감사한 마음을 달리 표현할 길이 없어서요."

조시는 소박한 온기가 향기처럼 퍼지는 꽃다발을 내밀었다.

"내가 제일 좋아하는 게 들꽃이란다. 내 방은 어떤 착한 요정이 문에 걸어놓는 작은 꽃다발들로 가득한걸. 그러고 보니 그 요정이 누군지 알겠네. 이 꽃다발을 보니 바로 알겠는걸."

그녀가 손에 든 꽃다발과 주변을 장식하고 있는, 같은 취향으로 꾸며진 다른 꽃다발을 재빨리 훑어보며 말했다. 조시는 얼굴부터 빨개지고 웃음꽃이 피어오르는 걸 숨길 수가 없었다. 소녀다운 존경심과 겸손이 묻어나는 표정이었다.

"다른 방법이 없었어요. 선생님을 너무나 존경해서 예의가 아니라는 것을 잘 알면서도 그랬답니다. 집 안으로 들어가지 못해도 꽃다발들은 들어가서 선생님을 기쁘게 해드린다고 생각하면 기분이 좋았거든요."

이 아이 안에 있는 무언가와 선물을 가져다준 마음이 여인을 감동시켰다. 그녀는 조시를 자기 쪽으로 끌어당기며 목소리와 표정 모두에서 여배우의 흔적을 지우고 이렇게 말했다.

"정말로 그 꽃다발들을 받아서 기뻤단다. 지금 너도 그렇고. 나는 사람들의 칭찬에 신물이 난 사람이야. 하지만 사랑이란 이 꽃다발처럼 단순하고 진심이 담겨 있을 때 정말 달콤한 것이 된단다."

조시는 수년 전 캐머런 양이 사랑하는 연인을 잃었다는 기사를 읽었던 기억이 났다. 그녀가 예술만 추구하는 삶을 산 것이 화근이라는 기사였다. 그 이야기가 사실일 수 있겠다는 생각이 들었다. 그녀의 화려하지만 고독한 삶이 그녀의 표정을 이토록 풍부하고 감사할 줄 아는 얼굴로 만들었다고 생각하니 연민의 마음이 들었다. 그때 조시의 새로운 친구인 캐머런 양은 마치 과거를 잊고 싶다는 듯이 갑자기 명령조로 말투를 바꿨다. 조시는 그것이 오히려 자연스럽게 느껴졌다.

"할 수 있는 연기를 해봐. 물론 줄리엣이겠지. 다들 줄리엣 연기로 시작하니까. 불쌍한 줄리엣, 끔찍한 살해를 당하다니!"

조시도 원래는 로미오의 끈기 있는 연인으로 시작해서 비앙카, 폴린, 그리고 여타 배우지망생들의 레퍼토리를 따라할 생각이었다. 하지만 조시는 똘똘한 소녀였다. 불현듯 로리 이모부의 조언이 떠올라 계획을 바꾸었다. 캐머런 양의 기대와 달리 조시는 가여운 오필리아가 광인이 되는 장면을 연기했다. 썩 훌륭했다. 대학교수에게 웅변 훈련을 받은 데다 여러 번 연습한 장면이었다. 물론 조시는 오필리아를 연기하기엔 너무 어렸지만 조시가 입은 하얀 드레스와 풀어헤친 머리, 그리고 진짜 꽃으로 상상 속 무덤에 꽃을 흩뿌리니 시각적 효과까지 더해졌다. 조시는 달콤한 목소리로 노래하고 비련의 여인처럼 청중에게 인사하고는 방을 둘로 가른 커튼 뒤로 사라졌다. 흘깃 돌아보니 까다로운 심사위원이 놀라 박수를 치고 있었다. 한껏 기운이 난 조시는 자신이 종종 연기하던 익살극의 말괄량이 소녀처럼 뛰어들어가 처음에는 재미있고 짓궂은 이야기로 시작해서 끝에는 회개의 눈물과 용서를 구하는 절절한 기도로 끝을 맺었다.

"정말 훌륭해! 다시 해보자. 생각한 것보다 훨씬 잘하는데."

조시의 귀에는 신탁의 음성으로 들렸다.

조시는 포샤*를 연기했다. 꽤 훌륭하게 대사를 읊었고 적재적소에 적절히 힘주어 말하는 것도 잊지 않았다. 그러고는 도저히 더는 참을 수가 없어서 그녀가 가장 자신 있는 줄리엣의 발코니 장면을 연기하기 시작했고 독약과 무덤 장면으로 끝을 맺었다. 스스로 평가할 때 아주 뛰어난 연기였기에 박수 소리를 기대했다. 그런데 웬걸, 낭랑한 웃음소리가 들려오는 것이 아닌가. 조시는 당황스럽기도 하고 실망스럽기도 하여 얼굴이 화끈거렸다. 조시는 캐머런 양 앞으로 다가가 가만히 서서 매우 예의 바르게 자신의 의견을 밝혔다.

"이 부분은 항상 잘한다는 평가를 받았는데요. 그렇게 생각하지 않으신다면 유감입니다."

"정말 형편없더구나, 애야. 어쩜 그럴 수가. 어린아이가 사랑과 두려움과 죽음을 알면 얼마나 알겠니? 아직은 시도하지 말거라. 비극은 나중에 네가 준비되었을 때 해."

"하지만 오필리아를 연기했을 때는 박수를 쳐주셨잖아요."

"그랬지, 그건 정말 예뻤거든. 똘똘한 여자아이라면 얼마든지 효과를 살릴 수 있는 역이었어. 하지만 셰익스피어 작품에 담긴 진짜 의미를 깨닫기엔 넌 아직 너무 어리단다. 지금으로서는 익살극이 가장 잘 어울리는 것 같구나. 거기에 네 진짜 재능이 있어. 웃음이 나면

---

* 《베니스의 상인》의 등장인물.

서도 애처로운 마음이 들도록 잘하던데. 그게 네가 가진 재능이야. 그걸 잃지 않도록 하렴. 포샤의 웅변도 잘해냈어. 그와 비슷한 역할을 계속해보렴. 발성 훈련도 되고 다양한 표현법도 배울 수 있을 거야. 넌 목소리가 좋고 자연스러운 기품이 있으니 큰 도움이 될 게다. 두 가지 모두 타고나는 것이지 노력으로 얻을 수 있는 게 아니거든."

"그나마 그런 것이라도 있다니 다행이네요."

조시가 한숨을 내쉬며 온순한 태도로 스툴에 걸터앉았다. 그렇다고 기가 죽은 것은 아니었다. 여전히 하고 싶은 말은 다 할 기세였다.

"애야, 내 평가를 듣는 게 쉬운 일이 아니라고 미리 말했잖니? 진짜 도움을 주려면 솔직하게 말하는 수밖에 없단다. 너 같은 많은 아이들을 위해 이렇게 해주었고, 덕분에 많은 이들이 나를 지금도 절대로 용서하지 않지. 결국 내 충고대로 조용한 가정주부나 행복한 엄마로 살면서 말이다. 몇 명만 배우가 됐지. 한 사람은 너도 곧 알게 될 거야. 그 아이는 뛰어난 재능과 꿋꿋한 인내심, 아름다운 외모와 마음을 모두 가진 아이지. 너는 아직 너무 어려서 네가 장차 어떤 부류의 배우가 될지 아직은 모르겠구나. 천재란 어쩌다 가끔 나는 거야. 특히 열네 살 아이의 연기를 보고 미래를 점치기란 쉬운 일이 아니지."

"저도 제가 천재라고 생각하지는 않아요!"

조시가 외쳤다. 캐머런 양의 구르는 듯한 목소리를 듣고, 강하고 진실하며 다정한 자신감으로 가득찬 그녀의 풍부한 표정을 보고 있노라니 어느새 마음이 진정되었고 생각도 차분해졌다.

"저는 그저 제 안에 앞으로 연기를 계속해도 괜찮을 만큼의 소질이 있는지, 그래서 몇 년간 공부를 하면 사람들이 아무리 봐도 질리지 않는 좋은 작품들을 연기해낼 수 있을지, 그걸 알고 싶을 뿐이에요. 시던스 부인이나 캐머런 양 같은 대단한 배우를 꿈꾸는 게 아니에요. 물론 그렇게 된다면 원이 없겠지만요.

제게는 연기 외에 다른 재능은 없는 것 같아요. 저는 연기할 때 완전한 행복감을 경험해요. 살아 있는 것 같고 저만의 세상에 있는 것 같죠. 새로운 배역을 접할 때마다 새로운 친구를 만나는 기분이고요. 셰익스피어 작품을 좋아해요. 그가 창조해낸 인물들은 절대로 질리지 않거든요. 물론, 아직 전부를 이해하지는 못하지만 그 작품들을 접할 때마다 밤중에 별이 가득한, 장엄하고 웅장한 산속에 혼자 있는 기분이 들어요. 해가 떠오르는 모습을 상상하면 모든 게 영광스럽고 분명하게 그려져요. 눈에 보이지 않아도 그 아름다움이 느껴지면서 그걸 표현해내고 싶어 못 견디겠어요."

완전히 이야기에 몰입한 조시의 얼굴은 흥분으로 창백해졌고 눈은 반짝였으며 입술은 떨렸다. 그녀의 영혼이 넘쳐흐르는 감정을 말로 표현하고자 애쓰는 것 같았다. 캐머런 양은 이 모습에서 조시의 열정이 단순한 소녀 시절의 변덕이 아님을 읽었다. 이후 그녀의 대답에서는 한 차원 높은 연민이, 표정에서는 부쩍 흥미가 느껴졌다. 그러나 아직은 전부 말해줄 때가 아니라고 여겨 자제했다. 젊은이들에게 말을 한 번 잘못했다가는 그 위로 공중누각을 지을 수도 있고, 그 찬란한 거품이 터질 때 얼마나 쓰라린지 잘 알기 때문이었다.

"네가 그렇게 느낀다면 계속 연기를 사랑하고 위대한 셰익스피어의 작품을 계속 연구하라는 것 외에는 다른 조언을 해줄 수가 없구나."

그녀는 천천히 말했지만 조시는 캐머런 양의 어조에 생긴 변화를 즉시 감지하고는 짜릿한 기쁨을 느꼈다. 새로 친구가 된 이 위대한 여배우는 지금 동료를 대하듯 말하는 중이었다.

"그 자체로 교육적인 역할을 하거든. 인생이란 우리에게 인생의 모든 비밀을 가르쳐줄 만큼 길지 않아. 인생이 하는 말을 그대로 따라 살고 싶다고 생각하기 전에 네가 스스로 해야 할 일들이 많이 있단다. 이 길을 걷기 위해, 또 미래를 위해서는 느리고 고통스럽지만 기초 닦는 것이 우선인데, 여기에 필요한 인내심, 용기, 힘을 가지고 있니? 명성이란 진주와 같아. 많은 이들을 바다에 뛰어들게 하지만 실제로 찾아내는 이는 많지 않단다. 게다가 진주를 찾아내도 아직 다듬어진 보석의 모습이 아니지. 사람들은 그걸 얻으려고 탄식하며 발버둥 치다가 그만 더 좋은 것을 잃곤 한단다."

마지막 말은 조시에게 들려주는 말이라기보다는 스스로에게 하는 말 같았다. 조시는 미소와 풍부한 표현을 사용해 얼른 대답했다.

"제가 팔찌를 찾으려다 바닷물 때문에 눈이 따가워졌듯이요?"

"그럼, 그랬지. 잊지 않고 있단다. 그걸 좋은 징조로 받아들이자."

캐머런 양은 조시의 미소에 따스한 햇살 같은 미소로 답했고 마치 보이지 않는 선물을 받는 것처럼 하얀 손을 쭉 뻗었다. 그러고는 어조를 바꿔 자기가 하는 말이 앞에 앉은 소녀의 얼굴에 변화를 주는지 관찰했다.

"이 얘기를 들으면 실망할 테지. 난 네게 함께 작품을 연구하자고 하지도, 이류 무대에라도 서서 당장 연기를 시작하라고 말해주지도 않을 셈이거든. 난 그보다는 네가 학교로 돌아가 공부를 마치라고 조언해주고 싶구나. 그게 성공하기 위한 첫 단계란다. 재능 하나만으로는 몹시 불완전한 배우가 되고 말 거야. 먼저 정신과 신체, 마음과 영혼을 잘 가꾸고 다듬거라. 지성과 품위, 아름다움과 건강을 모두 갖춘 소녀가 되도록 노력하렴. 그러다가 열여덟이나 스무 살이 되었을 때 본격적으로 연기 수업을 받으면서 네 능력을 시험해보거라. 전장에 뛰어들기 전에 무기 정비가 잘 되어 있는 편이 유리하지 않겠니? 너무 서두르면 쉽게 배울 일도 멀리 돌아가게 되는 법이지. 때때로 모든 것을 타고난 천재들이 나타나기도 하지만 그건 매우 드문 일이란다. 우리는 천천히 산 정상까지 올라야 해. 미끄러지고 떨어지는 일도 겪어가면서 말이다. 꾸준히 노력하면서 기다릴 수 있겠니?"

"그렇게 할게요!"

"그래, 어디 한번 보자. 내가 연극을 그만둘 때 내 뒤로 잘 훈련되고 성실하며 재능 있는 동지들이 우리 집을 가득 채우고도 남을 정도로 많다면, 그래서 그들이 연극계를 정화하자는 나의 바람을 계속 이어가는 모습을 볼 수만 있다면 바랄 게 없을 것 같아. 혹시 아니, 너도 그들 중 하나가 될지. 하지만 기억하거라. 얼굴 예쁘다고, 비싼 드레스를 걸친다고 배우가 되는 게 아니란 걸. 똑똑해서 유명한 대사를 진짜처럼 읊는다고 해서 되는 일도 아니고. 전부 겉으로만 화려한 엉터리일 뿐, 망신스럽고 실망스러울 뿐이란다. 대중은 왜 그런 익살스러운 희가극이나 사회극이라는 이름으로 불리는 쓰레기에 열광하는 걸까? 해석하고 감상할 진리와 아름다움, 시와 페이소스가 이렇게 많은데도?"

캐머런 양은 이미 이야기 상대가 누군지 잊은 듯했다. 방 안을 왔다 갔다 하며 문화 교양 인사들이 그러하듯 요즘 연극계의 저속함을 한탄하는 고귀한 유감을 마음껏 토해냈다.

"로리 이모부도 그렇게 말씀하세요. 로리 이모부와 조 이모는 진실하고 사랑스러운 것들에 대한 연극을 구상 중이시랍니다. 소박한 가정에서 일어나는 일들로 사람들의 마음을 건드려 웃고 울면서 그들의 마음을 정화해보자고요. 이모부 역시 비극보다는 그런 내용이 저랑 더 잘 어울릴 것 같다고 하셨어요. 하지만 제게는 여전히 일상복을 입고 제 원래 모습을 보이기보다는 왕관을 쓰거나 벨벳 가운을 늘어뜨리며 무대를 휩쓰는 게 더 멋져 보여요. 뭐 평상시 모습을 연기하는 게 훨씬 쉽긴 하겠지요."

"아니, 그게 진짜 고차원의 예술이란다, 애야. 대배우가 되려면 먼저 그런 것들을 갖추어야 해. 네가 이미 가지고 있는 재능을 잘 가꿔보렴. 다른 이의 눈물과 웃음을 끌어내는 것, 그건 특별한 선물과도 같은 재능이란다. 사람의 마음을 움직이는 것이 피를 얼어붙게 하거나 상상력에 불을 지피는 것보다 더 귀한 일이란다. 이모부께 당신 말씀이 옳다고 전해주겠니? 이모께는 너를 위한 극을 써달라고 부탁하렴. 네가 준비되면 내가 보러 가마."

"정말이요? 우와! 정말이죠? 크리스마스에 공연할 건데 제가 좋은 역을 맡았어요. 소박한 인물이지만 잘할 수 있어요. 선생님이 와주시면 정말이지 너무나 자랑스럽고 행복할 것 같아요."

조시는 그렇게 말하면서 일어섰다. 시계를 보고 너무 많은 시간이 지났다는 것을 깨달았다. 이 역사적인 만남을 끝내고 싶지 않았지만 가야 했다. 조시는 모자를 집어 들고 캐머런 양에게 갔다. 그녀가 서서 조시를 바라보는 눈빛이 얼마나 예리하던지 조시는 자신이 유리창처럼 투명해지는 것 같았다. 얼굴을 빨갛게 물들이며 조시는 그녀를 올려다보았다. 감사를 표현하는 목소리가 미세하게 떨렸다.

"이렇게 시간을 내주시고 고견을 나눠주신 것에 대해 어떻게 감사드려야 할지 모르겠어요. 선생님 조언대로 노력하겠습니다. 제가 다시 공부에 매진한다면 엄마가 정말 기뻐하실 거예요. 이제는 열심히 공부할 수 있을 것 같아요. 과도한 희망을 품는 대신 열심히 노력하면서 기다릴게요. 그래서 반드시 선생님을 기쁘게 해드리겠습니다. 그게 제가 선생님께 보답하는 유일한 길일 테니까요."

"네 말을 듣고 나니 나도 내 빚을 갚지 못했다는 생각이 드는구나. 나의 작은 친구, 나를 위해 이걸 가지렴. 인어공주에게 잘 어울릴 거야. 이걸 볼 때마다 네 첫 입수를 기억하렴. 다음번엔 더 멋진 보석을 건져내길. 입안에 씁쓸한 물은 남기지 말고."

캐머런 양은 목에 두른 레이스에서 아쿠아마린 보석이 박힌 핀을 뽑아, 조시의 벅찬 가슴에 훈장처럼 달아주고 소녀의 작고 행복한 얼굴에 부드럽게 키스했다. 조시가 떠나는 모습을 보며 앞으로 소녀의 인생에 있을 수많은 시련과 성공을 내다보았다. 캐머런 양도 익히 알고 겪은 것들이다.

베스는 조시가 황홀감과 흥분에 취해 훨훨 날아서 들어오거나 잔뜩 풀이 죽어서 눈물을 흘리며 돌아오거나, 둘 중 하나일 것이라고 예상했다. 하지만 놀랍게도 조시는 만족스럽지만 차분하며 결의에 찬 표정으로 돌아왔다. 자랑스러움과 만족감, 그리고 책임감이라는 새로운 감정까지 더하여 조시는 어느 때보다 차분하고 안정적으로 보였다. 지금만 같다면 지루한 공부나 오랜 기다림도 얼마든지 참을 수 있을 것 같았다. 찬란한 미래에 배우로서 성공하고 오랫동안 흠모해온 새 친구의 자랑스러운 동료가 될 수만 있다면 말이다.

조시는 궁금해서 눈을 반짝이는 청중을 모아놓고 캐머런 양과의 만남을 들려주었다. 모두 캐머런 양이 좋은 조언을 해주었다고 생각했다. 에이미는 조금이나마 뒤로 연기된 것에 안도했다. 조카가 배우가 되지 않기를, 이것이 잠시 지나는 꿈이길 바랐기 때문이다.

로리는 조카를 위한 멋진 계획과 예언의 말들을 들려주었고 이웃 친구가 보여준 친절에 대해 최고의 찬사를 담아 멋들어진 감사 편지를 쓰는 것도 잊지 않았다. 그 와중에, 모든 형태의 예술을 사랑하는 베스는 사촌의 야심에 공감하면서도 동시에 왜 그런 예술혼을 대리석 조각이 아닌 몸으로만 표현하려고 하는지 궁금했다.

이 첫 만남은 마지막 만남이 되지 않았다. 캐머런 양은 여러 차례 로런스 가족과 만나면서 조시에게 진심 어린 관심을 보였고 잊지 못할 깊은 대화도 나누었다. 조시와 베스도 동석하여 어른들이 주고받는 모든 말을 예술가가 자기만의 세상에서 느끼는 즐거움으로 귀담아들었고, 재능이 얼마나 신성한 것인지, 이를 생명력을 불어넣는 고상한 목적을 위하여 교육하고 개선하고 얼마나 영향력 있고 성실하게 사용해야 하는지도 배웠다.

조시는 어머니에게 장문의 편지를 썼다. 여름 휴가를 마치고 돌아온 막내딸의 달라진 모습에 어머니를 매우 기뻤다. 본체만체하던 책을 다시 꺼내 공부하며 인내력을 발휘하는 모습에 모두가 놀랐다.

심지어 프랑스어 공부나 피아노 연습까지 꾸준히 했다. 이번에는 조시가 제대로 된 동아줄을 잡은 모양이었다. 작은 것에서부터 하나하나 성취감을 얻어가는 것이 중요하다는 것을 깨우친 덕이었다. 이제 의복이나 매너, 습관, 이 모든 게 조시의 관심사가 되었다. '정신과 신체, 마음과 영혼을 반드시 가꾸어야 한다'던 선생님의 말씀처럼 말이다. '지성, 우아, 건강을 갖춘 소녀'가 되기 위해 자신을 단련하는 사이 조시는 자기도 모르는 사이에 '위대한 매니저'*가 그녀를 위해 어떤 무대를 예비했건 맡겨진 배역을 잘 소화해낼 여인이 되어가고 있었다.

* 신을 지칭한다.

30

당나귀의 약혼

9월의 오후, 멋진 자전거 두 대가 반짝이며 플럼필드의 진입로로 들어섰다. 두 사람 모두 갈색으로 그을린 얼굴에 먼지를 뽀얗게 뒤집어쓴 걸 보니 자전거 여행을 성공적으로 마치고 돌아오는 길인 듯했다. 다리는 꽤 지쳤겠지만 높은 자전거 안장 위에 앉아 세상을 내려다보는 얼굴은 고요한 만족감으로 빛났다. 자전거를 제대로 타는 법을 배우고 난 후에 볼 수 있는 만족감이었다. 그런 행복한 지점에 이르기 전에는 표정에 심적 괴로움과 신체적 고통이 그대로 묻어나는 법이다.

"얼른 가서 말씀드려, 토미. 난 이만 들어간다. 나중에 보자."

데미가 입구에 이르러 자전거에서 풀쩍 뛰어내렸다.

"아직 아무에게도 말하면 안 돼. 내가 먼저 마더 베어께 말씀드릴 테니."

토미가 자전거 페달을 밟으며 깊은 한숨을 내쉬었다.

데미는 웃음이 나왔다. 친구가 가로수길을 향해 천천히 올라가는 길에 아무도 마주치지 않길 간절히 바랐다. 그가 지금 지고 가는 놀라운 소식이 플럼필드를 발칵 뒤집을 만한 것이었기 때문이다.

다행히 조는 산더미 같은 교정지에 파묻혀 혼자 작업 중이었다. 그녀는 돌아온 방랑자를 보고 당장 일감을 내려놓고 맞이했다. 한눈에 심상치 않은 분위기를 직감했다. 최근 일어난 사건도 있고 해서 그녀는 어느 때보다도 의심의 눈초리가 날카로워진 터였다.

"토미, 무슨 일이니?"

토미는 아리송한 표정을 지으며 안락의자에 깊숙이 앉았다. 벽돌색으로 탄 얼굴에 공포, 수치심, 즐거움, 고통이 온통 뒤섞여 있었다.

"제가 지금 끔찍하고 곤란한 상황에 빠졌어요, 선생님."

"그런 것 같구나. 난 네가 여기에 나타날 때마다 뭔가 곤란한 상황이 닥칠 것을 알고 마음의 준비를 한단다. 무슨 일인데 그러니? 자전거로 나이 든 숙녀라도 친 게야? 법정으로 가자고 하더냐?"

조가 쾌활하게 물었다. 토미는 신음소리를 냈다.

"그것보다 더 나쁜 일이에요."

"처방을 부탁한 환자에게 독을 먹인 것은 아니겠지, 설마?"

"그것보다 더 나빠요."

"데미에게 끔찍한 장난을 치고 그대로 내버려두고 온 게야?"

"더 나쁜 일이라니까요."

"아, 기권이야. 얼른 말해주렴. 나쁜 소식 듣는 걸 기다리는 것은 질색이니까."

바짝 긴장한 조에게 토미가 청천벽력 같은 한마디를 던졌다. 그러고는 어떤 후폭풍이 닥칠지 관망하고자 뒤로 기대어 앉았다.

"저 약혼했어요!"

조가 두 손을 갑자기 맞잡느라 책상 위에 있던 교정지가 하늘로 날아올랐다. 그녀는 절망스러운 목소리로 외쳤다.

"낸이 결국 넘어갔구나. 아!"

"낸은 안 넘어왔는데요. 다른 여자라고요."

이 말을 하는 토미의 표정에 조는 픔 웃음이 났다. 부끄러워하면서도 행복한, 그러면서 동시에 당혹스럽고 걱정스러워 보였다.

"세상에, 그럼 누구니? 약혼이라고? 금방 결혼하겠구나! 어서, 이제 전부 말해보거라."

조가 명령하듯 다그쳤다. 어찌나 안심이 되었는지 이제는 무슨 이야기라도 들어줄 수 있을 것 같았다.

"낸이 알면 뭐라고 할까요?"

자신이 처한 곤경에 보이는 조의 반응에 되레 놀란 토미가 의아한 얼굴로 물었다.

"오랫동안 자기를 괴롭힌 모기를 제거해서 기쁘겠지. 낸 걱정은 말거라. '다른 여자'는 대체 누구니?"

"데미가 편지로 아무 말 않던가요?"

"네가 퀴트노에서 웨스트 양을 화나게 했다는 얘기만 짤막하게 썼지. 난 그것만으로도 충분한 곤경거리라고 생각했다만."

"그건 기나긴 곤경의 시작일 뿐이었어요. 제 운수가 그렇죠, 뭐! 제가 그 불쌍한 여자애를 물에 빠뜨렸으니 제가 돌봐야하잖아요? 그래서 꼼짝 못하다가, 어느새 구제불능의 상황에 빠져들었더라고요. 다 데미 잘못이에요. 거기서 지내면서 사진 타령한 것은 데미니까요. 경치가 정말 좋긴 했고 여자애들이 누구나 데미의 카메라에 찍히고 싶어 했거든요. 이 사진들 좀 보실래요, 선생님? 우리가 테니스를 치지 않을 때는 이러면서 시간을 보냈답니다."

토미가 주머니에서 사진을 한 뭉치 꺼냈다. 그가 또렷이 나온 사진들이었는데 주로 바위 위에 앉은 예쁜 젊은 여성을 위해 양산을 받쳐 들었거나 그녀의 발치에 누웠거나, 그것도 아니면 편안한 해변 복장으로 다른 커플들과 현관 난간에 걸터앉은 사진이었다.

"이 처자로구나?"

조가 주름장식을 단 옷에 쾌활한 모자를 쓰고 화려한 구두를 신은 아가씨를 가리켰다. 손에는 라켓이 들려 있었다.

"도라예요. 정말 사랑스럽죠?"

토미의 목소리가 커졌다. 자신에게 닥친 고난은 어느새 잊고 사랑에 빠진 티를 흠뻑 내고 있었다.

"보기엔 아주 좋은 아이 같구나. 설마 디킨스 도라* 같지는 않겠지? 저 곱슬머리가 그래 보이는데."

"전혀요. 아주 영리한 친구예요. 집안일도 잘하고 바느질이나 여러 가지 모두요. 제가 장담해요, 선생님. 다른 여자아이들도 모두 좋아하고, 온순하고 밝은 성격이랍니다. 노래도 꾀꼬리처럼 잘하고 춤도 정말 예쁘게 추죠. 책 읽는 것도 좋아하고요. 선생님의 책을 정말 좋아한대요. 제게 계속해서 선생님 이야기를 들려달라고 졸랐어요."

"그 마지막 말은 내 기분을 좋게 해서 이 곤경에서 빠져나갈 수 있도록 널 도와달라는 말로 들리는데? 일단 어떻게 시작된 건지 그것부터 들려주렴."

조는 흥미진진한 이야기를 듣기 위해 자리를 잡고 앉았다. 연애 이야기는 아무리 들어도 질리지 않는다. 토미는 머리를 마구 긁어대더니 마침내 결심한 듯 이야기를 시작했다.

"그게 말이죠. 알고 보니 우리가 이전에 만났더라고요. 제가 알아보지 못했을 뿐이고요. 데미가 누군가를 만나러 간다기에 같이 갔거든요. 가보니 시원하고 좋은 곳이었어요. 그래서 일요일까지 머물렀죠. 그곳에서 만난 좋은 사람들과 뱃놀이를 갔는데 도라가 제가 노

---

* 《데이비드 코퍼필드》의 등장인물 도라 스펜로우. 데이비드와 결혼하지만 살림도 못하고 책임감도 없는 캐릭터다.

를 젓는 배에 탔어요. 그런데 배가 그만 빌어먹을 바위에 부딪힌 거예요. 다행히 도라는 수영을 할 줄 알았고 다치지도 않았어요. 그저 놀란 데다가 드레스가 좀 망가졌죠. 도라가 그 상황을 편하게 받아들여줘서 우리는 금세 친해졌어요. 도리가 있나요. 다들 우릴 보고 웃는 중에 그 괴물 같은 보트에 다시 기어 올라가야 했으니까요. 결국 우리는 하루 더 머무르기로 했죠. 도라가 괜찮은지 확인해야 해서요. 그건 데미가 원한 거예요. 앨리스 히스도 거기 있었고 우리 학교 여학생 둘이 더 있었죠. 그래서 우리는 다 같이 어울려 놀았어요. 데미는 계속 사진을 찍었고 우리는 함께 춤추고 테니스 경기도 했어요. 자전거 타는 것만큼이나 좋은 운동 같아요. 사실 테니스는 위험한 운동이랍니다, 선생님. 테니스 코트에서 많은 코트(courting)* 가 일어나고 공을 서브 넣듯이 또 여자들을 '서브'하는 즐거움이 있잖아요. 아시죠?"

"내가 젊었을 때는 테니스를 많이 안 쳤다만, 어쨌건 무슨 말인지는 완벽하게 이해가 되는구나."

"맹세코 저는 진지하게 생각한 것이 아니었어요."

말소리가 느려졌다. 하기 어려운 이야기를 꺼내려는 듯했다.

"그런데 모두가 짝지어서 속닥이잖아요. 그래서 저도 그렇게 했죠. 도라도 좋아하는 것 같더라고요. 기대한 것 같기도 하고. 저도 저를 반가워해주니 기분이 좋았고요. 그 애는 저를 괜찮은 사람이라고 여겨요. 낸한테는 맨날 퇴짜만 맞았는데, 인정을 받으니까 좋았어요.

---

* '구애, 연애'라는 뜻.

맞아요, 기분이 날아갈 것 같았어요. 사랑스러운 여자애가 온종일 제게 웃어주고 제가 친절한 말을 건네면 볼이 빨개지고 제가 나타나면 좋아하고 헤어지면 서운해하고 제가 하는 것마다 다 대단하게 여겨주니, 진짜 남자가 된 것 같고 더 잘하고 싶어지더라고요. 남자들은 그런 대우를 받아야 좋아하나 봐요. 그래야 정신도 차리고 행동도 똑바로 하고요. 어릴 때부터 쭉 좋아해왔는데 긴 세월 동안 일편단심으로 좋아해도 돌아오는 건 조소와 찬바람뿐이라니, 이건 정말 아니잖아요. 억울해요. 정말 참기 힘들었다고요!"

토미는 그동안 받은 모욕을 생각하니 점점 분이 오르는지 격앙되었다. 자리에서 벌떡 일어나서 방 안을 이리저리 오가며 머리를 흔들면서 평상시에 느끼던 서글픈 기분을 끄집어내려고 노력했다. 그러다가 문득 깨달았다. 마음이 더는 아프지 않다는 사실을.

"나라도 그랬겠어. 어릴 적 마음은 잊어버리렴. 지금 와서 보니 아무 일도 아니었잖아. 그보다는 새로운 기회를 놓치면 안 되지. 만일 그게 진정한 사랑이라면 말이다. 그런데 어떻게 청혼까지 하게 된 거니, 토미? 뭐라도 했으니 약혼했다고 말했을 것 아니니?"

조는 이야기의 절정을 빨리 듣고 싶어 안달이 났다.

"아, 그건 우연이었어요. 정말 그럴 생각은 아니었거든요. 당나귀가 한 짓이죠. 아시겠지만 저는 도라에게 상처를 주지 않고는 그 곤경에서 빠져나올 방도가 없었어요."

결정적인 순간이 다가오고 있었다.

"그러니까, 당나귀처럼 명청한 짓을 했다, 그런 얘기구나?"

"놀리지 마세요! 웃긴 이야기처럼 들리긴 하지만, 사실은 정말 끔찍하게 끝날 수도 있었던 얘기에요."

토미가 음울한 얼굴로 대답했다. 여전히 눈이 반짝이는 걸 보면 사랑의 시련이 모험의 희극적인 면모를 알아보는 눈까지 앗아가진 않은 것 같았다.

"여자아이들이 우리의 새 자전거를 정말 좋아했어요. 우리도 물론 뽐냈고요. 그래서 여자아이들을 태우고 놀러 다녔지요. 그런데 어느 날 도라를 뒤에 태우고 하이킹을 가는데 웬 늙은 당나귀 한 마리가 길 앞에 떡 나타난 거예요. 그 녀석이 피하겠지 했는데 그대로 서버려서…… 결국 그놈을 자전거로 치고 그놈이 다시 우리를 걷어차고…… 다 같이 넘어졌어요. 당나귀까지 같이요. 정말 어처구니없는 상황이었죠! 그때 도라 생각밖에 안 나더라고요. 그 애는 히스테리 발작을 일으켰어요. 그래도 웃긴 했어요. 울음이 터지기 전까지는요. 그리고 그 짐승 녀석도 막 울어대는 거예요. 저는 완전히 넋이 나가버렸고요. 누구든 그 상황이면 그랬을 거예요. 여자애는 길바닥에서 숨이 넘어가고 있지, 남자는 정신없이 눈물을 닦아주며 용서를 구하고 있지…… 뼈라도 부러졌으면 큰일이잖아요. 저는 잔뜩 당황한 가운데 그 아이를 '자기야'라고 부르질 않나, 아무튼 그런 바보짓을 계속했어요. 그러다가 마침내 도라가 진정이 되었어요. 그러고는 상냥한 얼굴로 이렇게 말하는 거예요. '용서해줄게요, 토미. 나 좀 일으켜줘요. 하이킹 계속해야죠.' 제가 그 애를 두 번이나 다치게 했는데 그렇게 말해주다니 너무 사랑스럽지 않나요? 전 크게 감동해서 말했죠. 당신과 같은 천사라면 영원히 같이 자전거를 타고 싶다고요. 음, 사실 뭐라고 말했는지도 잘 모르겠어요. 하지만 그때 제 옆에 계셨다면 저를 깃털로만 건드려도 뒤로 넘어갔을 거예요. 그 애가 내 목에 팔을 두르고 속삭였거든요. '토미, 당신과 함께라면 저는 사자를 만나도 두렵지 않아요.' 사자가 아니라 당나귀였던가. 아무튼 그 애는 진심이었어요. 정말 착하고 사랑스러운 소녀랍니다. 그런데 문제는 사랑하는 여인이 둘이라는 점이에요. 곤경이 겹으로 찾아온 이중 곤경에 처했다고요."

너무나도 토미다운 이야기에 조는 그만 웃음이 터졌다. 눈물이 볼을 타고 줄줄 흘러내리도록 웃음이 멈추지 않았다. 토미의 책망하는 듯한 표정마저도 조의 웃음을 더 키웠다. 결국 토미까지 합세하여 방이 떠나가라 웃어젖혔다. 조가 간신히 숨을 고르며 말했다.

"토미 뱅스! 토미 뱅스! 너 아니면 누구에게 그런 대참사가 일어난단 말이냐?"

"정말 어느 구석으로 보나 엉망진창이죠? 모두가 저를 죽도록 놀려대지 않을까요? 당분간 학교를 관둘까 봐요."

토미가 손수건으로 얼굴을 닦으며 말했다. 생각해보니 자기 앞에 닥친 환란이 보통 환란이 아니었다.

"아니, 그렇지 않을 거야. 내가 네 편이 되어줄게. 내가 볼 때 올 여름 최고의 에피소드가 될 것 같구나. 하지만 이야기가 어떻게 마무리되었는지도 말해줘야지. 정말 진지한 마음이니, 그냥 여름방학의 불장난인 거니? 나는 용납할 수 없다만 청춘 남녀들은 날카로운 도구를 가지고 놀다가 손가락을 다치곤 하잖니."

"그게, 도라는 자기가 약혼했다고 여기고 있어요. 곧바로 자기 가족들에게 편지를 써서 알렸다니까요. 그 애가 그렇게 진지하게 받아들이고 행복해하는데 저는 아무 말도 할 수가 없었어요. 그 애는 겨우 열일곱 살이에요. 이전에 다른 남자를 좋아해본 적도 없고 모든 일은 다 잘될 거라고만 믿는 소녀라고요. 게다가 개네 아버지가 우리 아버지를 아신대요. 개네 집도 풍족한 가정이고요. 저는 너무 당황해서 말했죠. '글쎄, 당신이 나에 대해 별로 아는 게 없으니 사랑한다고 할 수 없지 않을까요?' 그랬더니 그 애의 예쁜 마음이 바로 이렇게 말했어요. '아뇨, 토미, 저는 당신을 사랑해요. 당신처럼 유쾌하고 친절하고 정직한 사람을 어떻게 사랑하지 않을 수 있겠어요?' 제가 어쩌겠어요? 있는 동안 그 애를 행복하게 해주고 나중에 가서 복잡하게 얽힌 상황을 푸는 건 운에 맡기는 수밖에요."

"이 일을 그렇게 편하게 생각하다니, 참으로 너답구나. 아버지께는 바로 말씀드렸겠지?"

"그럼요. 바로 편지를 썼죠. 세 줄로요. '친애하는 아버지, 도라 웨스트 양과 약혼을 했는데 그녀가 아버지 마음에 들면 좋겠습니다. 저에게는 최고의 짝이거든요. 사랑하는 아들, 토미 드림.' 이렇게요. 아버지는 좋아하셨어요. 아시겠지만 그동안 낸을 탐탁지 않게 여기셨거든요. 하지만 도라는 아버지가 아주 마음에 들어할 여자예요."

토미는 그렇게 말하며 자신의 요령과 취향에 흡족해했다.

"이 급속도로 발전한 재미난 연애 사건을 두고 데미는 뭐라고 하더냐? 화를 내지는 않든?"

조는 또다시 낭만과는 정반대인 당나귀, 자전거, 소년과 소녀의 조합이 떠올라 웃음이 터지려는 것을 꾹 눌러 참았다.

"전혀요. 오히려 큰 관심을 가지고 친절히 대해주었어요. 아버지

같이 조언도 해주고요. 남자가 진득해야 한다면서요. 제가 도라와 저 자신에게 솔직하면 좋겠다, 이 순간을 가벼이 여기지 말라고도 말해 주었죠. 데미는 솔로몬같이 지혜로운 친구예요. 같은 배를 탔을 때는 더욱 그렇고 말고요."

토미가 짐짓 현자 같은 표정으로 말했다.

"혹시, 너, 지금 그 말은……?"

조가 침을 꼴딱 삼켰다. 연애사건이 여기서 끝이 아닌가 보았다.

"맞아요, 선생님. 처음부터 그 녀석 계획이었어요. 데미가 그랬거 든요. 퀴트노에 프레드 윌리스를 만나러 간다고요. 그런데 정작 프레 드 윌리스라는 친구는 요트 여행을 떠나서 내내 그곳에 없었죠. 알 고 보니 앨리스를 만나러 간 거예요. 두 사람이 그 대단하신 카메라 를 들고 연애하는 동안 저는 제 운명에 완전히 던져졌고요. 그러니 까 이 사건에 등장하는 당나귀는 세 마리랍니다. 제가 최악은 아니 라고 생각하지만, 웃음거리는 제 몫이겠죠. 데미는 순진하고 침착해 보여서 그에게는 아무도 뭐라고 하지 않을 테니까요."

"한여름의 광란이 터진 게로군. 다음번엔 누구 차례일지 모를 일 이야. 그래, 데미 일은 그 애 엄마에게 맡기자꾸나. 우리는 네 문제부 터 해결해야지."

"저도 어떻게 해야 할지 모르겠어요. 두 여인과 동시에 사랑에 빠 지다니. 이럴 땐 어떻게 해야 할까요?"

"상식적인 선에서 문제를 바라보는 게 제일 중요해. 도라는 널 사 랑하고 또 너도 자기를 사랑한다고 믿고 있지. 낸은 네게 관심도 없 고 너 역시 그 애를 친구로만 대하고 있어. 비록 너는 그보다 더한 관계를 원했지만. 내 의견은 말이다, 토미 너도 도라를 사랑하는 것 같아. 적어도 점점 그쪽으로 마음이 기우는 중이지. 왜냐하면 지난 수년간 나는 네가 지금 도라에 대해 이야기하는 것처럼 열정적으로 낸을 언급하는 것을 단 한 번도 듣지 못했거든. 아마 낸이 거부하니까 도리어 반작용으로 네가 더욱 매달린 게 아닐까? 이제 네가 진짜 매력을 느끼는 여자를 만났잖니. 자, 옛사랑은 친구로 간직하고 새 사랑을 연인으로 받아들이면 어떨까? 그렇게 시간이 흐르다가 그 감정이 진짜라는 확신이 들면 그때 그 애랑 결혼하렴."

조의 말에 일말의 의심이라도 있었다면 토미의 얼굴이 그것의 진위를 바로 가려내어 증명했으리라. 조의 말을 듣는 그의 두 눈은 반짝였고 입술은 미소를 띠었으며, 검게 그을리고 먼지까지 뒤집어쓴 얼굴이 행복감으로 빛이 났다. 그는 잠시 선 채로 조용히 젊은 청년의 마음에 진정한 사랑이 찾아올 때 일어나는 아름다운 기적을 곰곰이 되새기는 중이었다.

"사실대로 말씀드리면, 처음엔 낸의 질투심을 불러일으킬 심산이었어요. 낸도 도라를 아니까 우리 이야기를 전해들을 테니까요. 무시당하는 것에 지쳐 있었거든요. 그래서 더는 지겨운 놈이나 웃기는 놈 취급받지 않도록 나가 떨어져주마, 그렇게 생각한 거예요."

그는 제 안의 의심, 걱정, 희망, 기쁨을 오랜 친구에게 모조리 쏟아내기라도 하는 것처럼 느리게 말했다.

"그런데 그게 생각보다 쉽고 기분이 좋기까지 한 거예요. 그렇다고 낸을 힘들게 할 생각은 없었고, 그냥 자연스럽게 두고 싶었어요. 그래서 데미한테 데이지에게 편지 쓸 때 내 얘기도 쓰라고 일렀죠.

그러면 그 이야기가 낸에게도 전해질 테니까요. 그래놓고 제가 낸에 관해서 완전히 잊어버린 거예요. 그저 도라만 보고 싶고 이야기하고 싶고 감정을 알고 싶고 걱정해주고 싶더라고요. 당나귀가 그 애를 번쩍 들어서 내 품에 안겨줄 때까지 말이에요. 오, 당나귀에게 축복을! 그러고서 그 애가 저를 사랑한다는 것을 알게 되었어요. 제 영혼을 걸고 맹세컨대, 사실 아직도 그 애가 왜 저를 좋아하는지 모르겠다니까요! 저는 괜찮은 남자의 반절에도 못 미치는 놈이잖아요."

"정직한 남자라면 누구나 순진한 소녀가 손을 내밀 때 그런 생각을 한단다. 이제 그 애를 위해서라도 괜찮은 남자가 되어보렴. 그 애는 천사가 아니란다. 그 애도 네가 눈감아주고 용서해주어야 할 흠이 많은 여자일 뿐이란다. 두 사람이 서로 돕고 사는 것이 결혼이지."

'세상에, 지금 내 앞에 있는 진지한 청년이 말썽꾸러기 토미라니!'

"제가 괴로운 부분은 처음 시작이 정직하지 않았다는 점이에요. 그 사랑스러운 아이를 낸을 괴롭히는 데 이용하려고 했다니, 분명 잘못된 일이잖아요. 그런 면에서 저는 행복할 자격이 없어요. 제가 처했던 모든 곤경이 지금과 같은 결말을 맞이했더라면 저는 아마 궁극의 축복 상태에 있었을걸요!"

토미가 또다시 황홀한 감정에 빠져 눈이 빛났다. 조가 토미의 진지함을 눈치채고 침착하게 대답했다.

"애야, 이건 곤경이 아니야. 사랑이란 게 갑자기 찾아와 네가 당황했을 뿐이지. 이 사랑을 현명하게 누리고 소중히 여기렴. 여인의 사랑과 신뢰를 받아들이는 것은 아주 진지한 일이란다. 그걸 받았다면 그 애가 너를 항상 온화하고 진실한 눈길로 존경할 수 있도록 잘 보살펴주어야 해. 도라의 진심을 헛된 것으로 만들면 안 돼. 모든 면에서 그녀를 위하여 남자답게 행동하거라. 이 사랑이 두 사람 모두에게 축복이 되도록."

"노력할게요. 네, 저는 정말 도라를 사랑해요. 아직 그 사실이 믿어지지 않을 뿐이죠. 선생님도 그 애를 알고 계시면 좋을 텐데. 아, 그 애가 벌써부터 보고 싶어지네요. 지난밤 헤어질 때 그 애가 울었답니다. 저도 떠나고 싶지 않았고요."

토미가 손으로 자기 볼을 만졌다. 도라가 자기를 잊지 않겠다는 토미의 약속을 봉인하는 의미에서 해준 장밋빛 키스가 지금도 느껴지는 것 같았다. 낙천적이기만 하던 토미는 처음으로 감정과 감상의 차이를 이해했다. 낸을 떠올릴 때는 한 번도 도라를 생각할 때 찾아오는 부드러운 설렘을 느껴본 적이 없다. 그 오랜 우정은 낭만과 놀람과 사랑과 즐거움이 한데 뒤섞인 유쾌한 감정과 비교하면 평범하고 따분한 것이었다.

"정말이지 무거운 짐을 던 기분이에요. 하지만 낸이 알게 되면, 대체 뭐라고 할까요?"

그가 키득거리며 외쳤다.

"알긴 뭘 알게 된다는 거야?"

갑자기 들려온 맑은 목소리에 두 사람은 깜짝 놀라 뒤돌았다. 낸이 문간에 서서 두 사람을 바라보고 있었다.

토미를 위기에서 건져주어야 한다는 생각과 낸이 이 소식을 어떻게 받아들일지에 대한 걱정에 조가 얼른 나섰다.

"토미가 도라 웨스트와 약혼을 했다는구나."

"정말요?"

낸이 어찌나 놀라던지 조는 혹시 낸이 소꿉친구를 친구 이상으로 여기고 있던 것인지 걱정이 되었다. 하지만 그녀의 다음 말에 순식간에 모든 상황이 편안하고 유쾌하게 바뀌었다.

"제 처방이 기적을 일으킬 줄 알았다니까요. 토미가 장복하기만 한다면 말이에요. 나의 친구 토미, 정말 기쁘다. 축하해, 축하해!"

그녀는 진심 어린 애정을 담아 그의 두 손을 잡고 흔들었다.

"우연이었어, 낸. 그러려는 것은 아니었는데, 내가 원래 항상 사고를 치잖아. 그런데 이번 사고는 빠져나올 방도가 없더라고. 이야기의 전말은 마더 베어께서 들려주실 거야. 전 이제 가서 정리 좀 해야겠어요. 데미와 차를 마시기로 했거든요."

토미는 쑥스럽기도 하고 기쁘기도 해서 빨개진 얼굴로 더듬거리며 황급히 빠져나갔다. 나이가 지긋한 숙녀가 젊은 숙녀를 잘 계몽시켜주기를 바라면서. 둘은 '우연'이라고 불리는 새로운 연애 사건을 다시 이야기하며 한바탕 웃으리라. 낸은 큰 관심을 보였다. 사실은 도라처럼 착하고 귀여운 여자아이가 토미와 잘 어울릴 것이라고 전부터 예상하던 터였다. 도라는 전부터 토미를 좋아하고 있었고 토미를 '인정'해주는 소녀였던 것이다.

"물론 아쉽기도 해요. 제게도 토미에게도 잘된 일이에요. 저 때문에 적성에 안 맞는 의학까지 공부하다니, 잘못된 일이잖아요. 이제 아버지를 따라 사업을 할 테죠. 토미는 잘해낼 거예요. 모두를 기쁘게 하는 결정이네요. 도라에게 결혼 선물로 아주 우아한 약장을 사줘야겠어요. 쓰는 법은 도라에게 가르쳐주고요. 토미는 안 돼요. 사일러스 할아버지보다 더 그 직업에 어울리지 않는 아이예요."

낸이 마지막에 한 말 덕분에 조는 마음을 놓았다. 처음에는 낸이 뭔가 중요한 것을 잃어버린 사람처럼 주변을 두리번거렸는데 약장을 언급하면서부터는 다시 기분이 좋아진 것처럼 보였다. 토미가 좀더 '안전'한 직업을 찾을 것이라는 생각도 큰 위안이 된 모양이었다.

"낸, 지렁이도 밟으면 꿈틀한다더니 정말 이런 일이 다 있구나. 네 껍딱지가 떨어져 나간 거야. 자유롭게 보내주고 이참에 공부에만 매진하거라. 너는 그 직업에 잘 어울리는 아이인 데다가 점점 그 분야에서 성공할 아이니까."

낸을 바라보는 조의 얼굴에서 뿌듯함이 느껴졌다.

"그러길 바라야죠. 아, 그 말씀을 들으니 생각이 나네요. 마을에 홍역이 발생했어요. 여자아이들에게 어린이가 있는 곳에 가지 말라고 일러두시는 게 좋겠어요. 학기가 시작하는데 옮으면 큰일이니까요. 전 이제 데이지를 만나러 갈게요. 그 애가 토미에 대해 뭐라고 말할지 궁금하네요. 토미, 정말 재밌는 아이죠?"

낸이 활짝 웃으면서 방에서 나갔다. '저 처녀의 사심 없는 명상'*에는 토미에 대한 어떤 감상적인 후회도 남지 않은 모양이었다.

"데미를 눈여겨봐야겠군. 하지만 아무 말도 말아야지. 메그 언니에겐 아이들을 다루는 자기만의 방식이 있고 언니의 방식은 현명하니까. 하지만 자기 아들도 이번 여름에 유행하는 이 전염병에 걸렸다는 걸 알면 어미 펠리컨이 꽤나 놀라겠는걸."

---

* 셰익스피어의 《한여름 밤의 꿈》 중 오베론의 대사를 인용한 것이다.

과연 플럼필드에 사랑의 열병이 돌고 있었다. 이 병은 보통 겨울의 흥겨움과 여름의 나른함이 약혼으로 이어지는 봄과 가을에 창궐하고, 이때 젊은 남녀가 사이좋은 새처럼 연인이 된다. 최초 발병자는 프란츠였다. 네트가 만성 환자라면 토미는 급성 환자다. 데미에게는 초기 증세가 나타나고 있다. 하지만 최악은 테디가 바로 며칠 전에 차분한 목소리로 이런 얘기를 했다는 점이다.

"엄마, 제게도 연인이 있으면 더 행복할 것 같아요. 형들처럼요."

그녀의 소중한 아들이 다이너마이트를 장난감으로 사달라고 했다고 하더라도 그렇게까지 놀라거나 황당한 제안이라면서 딱 자르지 않았으리라.

"배리 모건이 그러는데 제게도 여자친구가 있어야 한다면서 우리 집 여자 중에서 괜찮은 여자로 골라보라는 거예요. 그래서 조시에게 먼저 물었죠. 그랬더니 바로 비웃고 가더라고요. 그래서 배리에게 찾아봐달라고 하려고요. 엄마도 그러셨잖아요. 남자가 진득해야 한다고. 저도 진득해지고 싶어요."

테디의 어조가 사뭇 진지했다. 보통 때 같으면 아들이 그런 얘기를 하면 웃음을 터뜨렸을 것이다.

"아이쿠야, 요즘 세상이 어떻게 돌아가는지 모르겠구나. 아기들과 소년들이 그런 요구를 하다니. 연애와 사랑이란 인생에서 가장 신성한 것이거늘 사랑을 가지고 장난을 치겠다?"

조는 아들에게 세상의 이치가 어떠한지 짧은 이야기로 들려주고는 그런 걸 궁리할 시간에 나가서 건전하게 야구를 하거나 옥투와 뛰어 놀라며 집 밖으로 내보냈다.

곧 토미의 폭탄이 이 집 한가운데 떨어질 예정이다. 대규모 참사를 가져올지도 모른다. 제비 한 마리가 돌아왔다고 바로 여름이 온 것은 아니지만, 한 명의 약혼이 여럿의 약혼을 몰고 올지도 모를 일이다. 그녀의 아들들이 하나같이 격정의 시기를 보내는 중이라 불꽃 하나만 튀어도 큰불을 낼 수도 있다. 개중에는 곧 깜빡이며 타들어가는 불도 있을 것이고 오래도록 꺼지지 않고 따스하게 타는 불도 있을 것이다. 이 사태를 막을 도리는 없다. 그보다는 아이들이 현명한 선택을 할 수 있도록 도와주고 좋은 남자가 되는 법을 가르쳐주어야 한다.

하지만 조는 아이들에게 가르쳐주는 수많은 교훈 중 이것이 가장 가르치기 어려웠다. 사랑은 성자나 현자라도 순식간에 광인으로 만들어버리는 힘이 있기 때문이다. 그렇기에 젊은이들은 이 광란이 가져다주는 달콤한 기쁨을 맛보지만, 동시에 망상, 실망, 실수의 늪에서 허우적거릴 수밖에 없는 것이다.

'미국이라는 곳에 사는 한 피해갈 수는 없겠지. 굳이 미리 걱정하지는 말자. 그보다는 이 신교육이라는 것이 진실하고 행복하며 능력 있고 지적인 여성들을 많이 배출해내서 서로에게 좋은 짝이 되길 바라는 수밖에. 열두 아들이 전부 내 책임이 아니라는 것만 해도 어찌나 다행인지. 그랬더라면 내 머리가 어떻게 되었을지도 몰라. 토미의 보트, 자전거, 당나귀, 도라 사건보다 훨씬 더 복잡하고 골치 아픈 문제들이 일어날 것이 벌써 내다보이니 말이야.'

조는 잠시 접어둔 교정지를 검토하러 다시 책상으로 돌아갔다.

토미는 자신의 약혼이 플럼필드에 일으킨 파장이 만족스러웠다. 데미의 예언대로, 친구들은 어찌나 놀랐던지 토미를 놀릴 생각도 못했다. 그렇게 일편단심이던 토미가 자기 우상을 버리고 낯선 여인에게 가다니, 낭만주의자들에게는 충격이요, 유약한 이들에게는 경고였다. 요즘 토미의 태도는 꽤 볼 만하다. 사건의 가장 웃긴 부분은 진실을 아는 이들의 친절 덕분에 망각의 늪에 수장되었고, 토미는 익사할 뻔한 여인을 구하고 용맹한 행동으로 미녀를 얻은 영웅으로 둔갑했다. 도라 역시 비밀을 지켜주었다. 마더 베어를 비롯한 가족들에게 정식으로 인사하러 왔을 때 그녀는 그 얘기를 하면서 재미있어했다. 쾌활하고 매력적인 도라는 모두의 마음을 단번에 사로잡았다. 생기 넘치고 솔직하고 밝은 그녀가 순수한 마음으로 토미를 자랑스러워하는 것이 예쁘게 보였다.

토미는 이전과 전혀 다른 새로운 소년이 되었다. 아니, 남자라고 하는 편이 옳겠다. 이 일로 그의 인생도 큰 변화가 찾아왔다. 여전히 명랑하고 충동적이지만 도라의 믿음에 부응해서 살려고 애쓰다 보니 어느새 좋은 면을 보여주는 게 일상이 되었다. 사실 다들 토미에게 좋은 자질이 이렇게 많았다는 사실을 깨닫고 놀라는 중이었다. 약혼자로서의 존엄성을 유지하고자 하는 그의 노력은 다소 엉뚱했다. 낸에게 하듯 고분고분하고 굴욕적이던 토미는 온데간데없고, 약혼녀를 대하는 태도에서 어딘지 오만한 분위기가 풍겼다. 그도 그럴 것이 도라는 자신의 소중한 토미에게 어떤 흠이나 잘못도 있을 수 없다고 굳게 믿고 있었다. 두 사람 모두에게 잘된 변화였다. 말라 죽어가던 나뭇가지가 인정과 사랑과 신뢰라는 계절이 찾아오니 화사하게 꽃을 피우고 있었다. 그는 약혼녀를 매우 좋아했지만 더는 여인의 노예가 되지 않았다. 자기를 쥐고 흔들던 폭군에게서 벗어나 새로 얻은 자유를 실컷 누렸다.

아버지는 아들이 의학을 포기하고 사업에 동참할 것이라는 소식에 매우 기뻤다. 부유한 상인인 그는 아들의 미래를 착실히 준비해 왔고, 돈 많은 웨스트 가문 딸과의 혼사도 매우 흡족했다.

토미에게 펼쳐진 장미 화단에 가시가 하나 있었으니, 이 모든 사단에 대해 낸이 보이는 무심한 태도였다. 토미의 배신에 안도하는 것까지 눈에 보이니 더욱 그랬다. 낸이 속앓이를 하기를 바란 것은 아니지만, 멋진 남자를 놓친 것에 대해 조금은 후회하는 모습이 있을 줄 알았다. 그가 도라와 팔짱을 끼고 지나갈 때 약간의 멜랑콜리, 원망 섞인 말투, 부러움의 눈길만이라도 보였더라면. 그렇게 오래도록 일편단심으로 따라다니고 정성을 쏟았는데 그 정도는 해줄 수 있는 것 아닌가. 하지만 낸은 토미가 화가 날 정도로 어머니가 아들을 대하듯이 대했고, 도라에게는 줄리아 밀스*처럼 쭈글쭈글한 독신녀 분위기를 풍기며 그녀의 곱슬머리를 쓰다듬었다.

오래된 감정과 새로운 감정이 안정적으로 자리 잡는 데는 시간이 걸렸지만 조 선생님의 도움과 로리 씨의 현명한 조언 덕에 토미는 인간의 마음이 얼마만큼이나 체조를 할 수 있는지 알게 되었다. 진실과 상식이라는 균형봉만 제대로 붙잡으면 이 과정이 훨씬 쉬워진다는 것을 알게 되었다. 마침내 우리의 토미는 새로운 상황에 적응

---

*《데이비드 코퍼필드》의 등장인물.

했고 가을이 오자 플럼필드에서 그를 보는 일은 거의 없어졌다. 이제 그의 새로운 북극성은 도심에 있었고 사업을 하느라 바빠졌기 때문이다. 토미가 제자리를 찾은 것은 누가 봐도 확실했고, 그는 얼마 안 되어 성공가도를 달리기 시작했다. 토미의 아버지는 무척 만족스러웠다. 토미 특유의 친화력은 조용하던 회사에 생기를 불어넣었고, 그의 재치와 기지는 질병 연구나 해골에 대한 부적절한 농담보다 사람과 비즈니스를 경영하는 일에 더 적절했다.

토미 이야기는 여기까지만 하고, 이제 그의 친구들이 펼치는 좀 더 진지한 모험을 살펴보자. 이 재미난 약혼 소동으로 우리의 재간둥이 토미가 행복해지고 진짜 남자가 되었으니 말이다.

31

데미의 미래

"어머니, 제가 진지하게 드릴 말씀이 있어요."

어느 날 저녁, 데미가 어머니에게 말했다. 그들은 이 계절의 첫 벽난로 불을 지피고 함께 앉아서 즐기는 중이었다. 데이지는 위층에서 편지를 쓰고, 조시는 가까이에 있는 작은 서재에서 공부 중이었다.

"물론이지, 애야. 나쁜 소식은 아니면 좋겠는데?"

메그가 뜨개질을 하다가 고개를 들었다. 우려와 반가움이 뒤섞인 표정이다. 큰아들이 할 말이 있다고 할 땐 허튼소리를 하려는 게 아니었다.

"어머니는 좋아하실 소식 같아요."

데미가 손에 들고 있던 신문을 놓고 어머니 곁으로 다가가 앉았다. 두 명이 앉으면 딱 맞는 소파였다.

"그렇다면 들어볼까, 지금?"

"어머니는 제가 기자로 사는 것을 좋아하지 않으시잖아요. 제가 그 일을 그만둘 생각이라고 말씀드리면 기뻐하시겠지요?"

"참 잘됐구나! 그 일은 불확실하기도 하고 장기적으로 볼 때 유망하지 않아. 그보다는 좋은 곳에 자리 잡아서 더 늦기 전에 돈을 벌면 좋겠어. 난 네가 목사가 되기를 바란다만, 그 일이 싫다면 깨끗하고 안정적인 일을 하면 좋겠구나."

"철도회사는 어떠세요?"

"거긴 싫다. 시끄럽기도 하고 정신없는 곳이잖니. 거친 남자들이 있는 곳이고. 설마, 그곳에서 일하려는 거니?"

"글쎄요. 가죽도매상에서 회계장부 정리하는 일은요? 그건 아까 것보다 마음에 드세요?"

"아니. 높은 책상 앞에서 구부리고 앉아 장부 정리만 하다가는 등이 굽고 말 게야. 한번 경리는 영원히 경리라는 말도 있더구나."

"그렇다면 여행사 직원은요?"

"그것도 마음에 안 들어. 끔찍한 사고를 당할 수도 있고 여기저기 돌아다니면서 질 나쁜 음식을 먹는 것도 싫다. 결국 사고로 죽거나 건강을 잃게 될지도 몰라."

"문학가의 개인비서가 되는 건요? 월급이 적고 언제 그만두게 될지 모른다는 단점이 있지만요."

"그건 괜찮겠다. 내가 원하는 게 그런 거란다. 네가 하려는 일마다 반대하려는 것은 아니야. 하지만 우리 아들이 한창때에 어두운 사무실에 앉아서 돈이나 뒤적이면서 시간을 보내거나 성공하려고 야단 법석 싸움판에 뛰어드는 게 내키지 않아. 그보다는 네 취향과 재능 을 계발하고 유용하게 사용되는 곳에서 일하면 좋겠구나. 계속 성장 할 수 있고 그러면서 재산도 모으고 그러다가 나중에는 동업자가 될 수 있는 일 말이다. 몇 년의 수습 기간이 아깝지 않을 일, 가치 있는 일이어서 다른 이들에게서 존경도 받는, 훌륭한 사람들과 나란히 설 수 있는 일을 하면 좋겠어. 이 이야기는 네가 어렸을 때 네 아버지와 나누던 대화란다. 네 아버지가 살아 계신다면 말이 아니라 몸소 보 여주셨을 테고 네가 아버지 같은 사람이 되도록 도우셨을 게다."

메그가 조용히 흐르는 눈물을 훔쳤다. 남편을 떠올릴 때마다 그 녀의 마음은 부드러워졌다. 그녀에게 자식 교육은 신성한 일이었다. 자신이 마음과 일생을 바쳤기 때문이다. 그리고 지금까지 그녀는 그 일을 훌륭히 해냈다. 그녀의 멋진 아들과 사랑스러운 딸들이 이를 증명해 보여주었다. 데미는 어머니를 가볍게 포옹하며 말했다. 목소 리가 자기 아버지와 똑같아서 그녀 귀에는 달콤한 음악처럼 들렸다.

"어머니, 아무래도 제가 어머니 원하시는 일을 하게 될 것 같습니 다. 그러니 혹시 제가 어머니가 바라는 모습이 되지 않더라도 이젠 제 잘못이 아니에요. 어떻게 된 일인지 다 말씀드릴게요. 확실해질 때까지 말씀드리지 않으려고 했어요. 괜한 걱정만 끼쳐드리게 될까 봐서요. 그간 조 이모와 함께 다른 일자리를 찾아보고 있었는데 그 러다가 이 일을 알게 되었어요. 이모 책을 출판하는 타이버 씨 아시 지요? 출판업계에서 가장 성공한 한 분이시죠. 그뿐 아니라 관대하 고 친절하기까지 한 존경받는 분이랍니다. 그분이 조 이모를 어떻게 대하는지 잘 아시잖아요. 저는 그런 일을 정말 하고 싶었어요. 제가 워낙 책을 좋아하잖아요. 책을 쓰지 못한다면 출판이라도 해보고 싶어요. 그러려면 문학적 소양과 비판적 시각이 있어야 하고, 또 그 일을 하다 보면 많은 문화계 인사들을 만나게 되겠죠. 제겐 그 자체만으로도 배울 게 많은 일이에요. 조 이모를 대신해서 타이버 씨를 방문할 때면 그의 커다랗고 근사한 사무실이 참 좋아서 오래도록 머물고 싶다고 생각했었지요. 서가에 책이 가지런히 꽂혀 있고 멋진 그림들이 걸려 있으며 유명한 사람들이 오가는 곳이거든요. 타이버 씨는 책상에 왕처럼 앉아서 백성을 맞이해요. 제아무리 날고 기는 작가들이라도 타이버 씨 앞에 가면 순한 양처럼 변해서 임금님 입에서 나올 대답을 가슴 졸이며 기다린다니까요. 물론 저랑은 전혀 상관없는 일이기도 하고 앞으로도 그럴 일이 없을 수도 있지만, 그걸 보는 것만으로도 좋아요. 어두침침한 사무실이나 물건을 팔고 사느라고 야단법석을 떠는 곳과는 분위기가 완전히 달라요. 그런 곳에서는 다들 돈 얘기만 하잖아요. 하지만 출판사는 다른 세상이에요. 그리고 저는 그곳이 오히려 집처럼 편안하고요. 커다란 가죽 가게에서 많은 월급을 받고 경리부장으로 일하느니 문지기를 하거나 아궁이에 불을 지피더라도 출판사에서 일해보고 싶어요."

데미는 잠시 멈추고 숨을 가다듬었다. 얼굴이 점점 환하게 밝아진 메그가 열띤 목소리로 외쳤다.

"내가 원하는 게 바로 그런 것이지! 그래서 취직이 된 거니? 오, 우리 아들, 그런 안정적이고 번창하는 곳에서 일한다면 돈도 모을 수 있을 게야. 아는 분들이 있다니 그곳에서 적응하는 데도 도움이 되겠구나!"

"그런 것 같아요. 하지만 두고 봐야죠. 어쩌면 제게 어울리지 않는 일일 수도 있고요. 일단 임시 채용이에요. 신입사원으로 시작하게 될 테고 그러면서 차근차근 착실하게 올라가야죠. 타이버 씨는 정말 친절한 분이에요. 모두에게 공정한 한도 내에서 저를 밀어주실 거예요. 물론 제가 그럴 자격이 있다는 것을 증명하는 게 우선이지만요. 다음 달 첫날부터 출근해요. 서가에서 주문서를 작성하는 일부터 하게 된대요. 돌아다니면서 주문을 받기도 하고 그 밖에 다른 다양한 일을 하게 되겠죠. 책에 관한 일이라면 뭐든지 할 준비가 되어 있고 기대도 돼요. 책에 쌓인 먼지 터는 일까지도요."

데미가 웃었다. 마침내 자기가 좋아하는 일, 자신의 미래를 발견해낸 것이다.

"너의 책 사랑은 할아버지에게 물려받았단다. 할아버지는 책 없이 못 사실 분이야. 엄마도 기쁘구나. 그런 취향이 있다는 것은 천성적으로 고상하다는 뜻으로 그 자체만으로 인생에 위안과 도움이 된단다. 존, 네가 마침내 만족하는 곳에 취직해서 자리 잡게 된다니 엄마는 기쁘고 감사하구나. 사내 녀석들을 사회에 일찍 내보내는 게 좋다고들 하지만 나는 그렇게 일찍부터 세상을 마주하게 할 필요가 없다고 생각해. 아직 몸과 영혼이 어려서 가정의 돌봄과 보살핌이 필요한 때잖니. 그런데 이제는 정말 어른이 되었으니 스스로 네 인생을 꾸려보거라. 네 아버지처럼 모든 일에 최선을 다하고 정직하고 쾌활하며 쓸모 있는 사람이 되거라. 돈은 많이 벌지 못해도 괜찮아."

"노력할게요, 어머니. 정말 좋은 기회라고 생각해요. 타이버 출판사는 직원을 신사처럼 대해주고 성실한 직원에게는 월급도 많이 주는 곳이에요. 건강하게 운영되는 회사라는 점이 제 마음에 들어요. 약속을 지키지 않거나 변덕을 부리거나 억압적인 방식으로 운영하는 곳은 질색이에요. 타이버 씨가 이렇게 말했어요. '브룩, 자네가 기본부터 배울 수 있도록 여기에 배치하는 걸세. 시간이 지나면 다른 일들도 맡겨보겠네.' 조 이모가 타이버 씨에게 제가 신문사에서 신간 소개글도 쓰고 문학에 뜻이 있는 아이라고 말해주셨지요. 아직 '셰익스피어 작품'까지는 아니더라도 나중에 뭐라도 써낼 아이라고요. 그렇게 되지 못해도 괜찮아요. 세상에 좋은 책을 선별하여 알리는 것만으로도 충분히 훌륭하고 고상한 일이니까요. 그 과정에서 작은 보탬이라도 되는 걸로 만족해요."

"아주 기특한 생각이구나. 자기 일을 사랑하고 기쁨으로 할 때 다른 이들까지 행복하게 만들 수 있지. 엄마는 가르치는 일을 그다지 즐기지 않았단다. 그렇지만 내 가족을 위해 집안을 가꾸고 살림하는 것은 엄마의 큰 기쁨이었어. 집안일이 훨씬 더 힘든 일인데도 말이다. 조 이모도 기뻐하시지?"

메그는 벌써부터 '타이버 앤드 브룩 출판사'라고 새겨진 멋진 간판이 그 유명한 출판사 건물 외벽에 걸리는 모습이 눈에 선했다.

"그럼요. 이모가 당장 이 비밀을 털어놓자고 하셔서 막느라 혼났다고요. 제가 그동안 계획만 많이 세우고 어머니를 자주 실망시켜드렸잖아요. 그래서 이번에는 확정된 다음에 말씀드리고 싶었어요. 오늘 밤에도 이모가 당장에 여기로 와서 어머니께 직접 얘기하시려고 해서 로브와 테디에게 뇌물을 먹여 막아둔 상태예요. 이모께서 저를 위해 지어주신 성이 어찌나 큰지 스페인이 통째로 들어가고도 남을 지경이었어요. 그 안에 들어가서 운명을 기다리는 시간도 행복했어요. 타이버 씨는 서두르지 않는 성격이에요. 하지만 일단 결정하면 확실하게 보장해주시는 분이래요. 순조로운 항해가 될 것 같아요."

"기쁘구나, 데미! 주님의 축복이 너와 함께하길! 엄마는 오늘 정말 행복하구나. 혹시나 내가 나의 아들, 너를 너무 느슨하게 키워서 그 많은 재능을 가지고 별 볼 일 없는 일에 낭비하는 것은 아닌지 걱정했는데, 이제는 걱정의 끈을 놓아도 되겠어. 데이지가 행복해지고 조시가 배우의 꿈만 포기하면 이제 엄마는 더 바랄 게 없겠어."

데미는 어머니가 이 순간을 마음껏 즐기도록 몇 분간 아무 말도 하지 않고 있었다. 털어놓지 못한 다른 꿈도 있지만, 그건 아직 말할 때가 아닌 것 같았다. 그래서 여동생들 이야기로 화제를 돌렸는데 정작 자신은 의식하지 못했지만, 그 말투가 꼭 제 아버지 같았다.

"동생들은 제가 신경 쓸게요. 하지만 저는 할아버지 말씀에 동의해요. 하나님과 자연이 우리를 지으신 모습대로 살아야 한다는 점요. 우리가 바꾸려야 바꿀 수도 없어요. 우리가 할 수 있는 일이라곤 좋은 점을 찾아서 개발하고 나쁜 요소는 조절하는 정도 뿐이죠. 저도 좌충우돌하다가 이제야 제 자리를 찾았잖아요. 적어도 그랬기를 바라요. 그러니 데이지도 데이지의 방식대로 행복하게 해주세요. 데이지는 이미 착하고 여자답잖아요. 네트가 괜찮은 모습으로 돌아오면 '너희를 축복한다'라고 하시고 두 사람이 가정을 꾸리게 해주세요. 그 다음에 어머니와 제가 우리 리틀 조의 무대가 '온 세상'인지 아니면 '즐거운 나의 집'인지 찾을 수 있게 도와주기로 해요."

"그래, 그럴 수밖에 없겠지, 존. 하지만 엄마는 자꾸만 계획을 세우고 그것이 이루어지기만 노심초사 바라고 있구나. 데이지와 네트를 내 뜻대로 떨어뜨려놓을 수 없다는 것은 잘 알아. 네트가 데이지와 비교해서 부족하지 않은 남자가 되어 돌아온다면, 그들 방식으로 행복을 영위할 수 있게 도와줘야겠지. 내 부모님이 날 위해 그렇게 하셨듯이 말이야. 하지만 조시 문제는 녹록지 않을 것 같구나. 나 역시 연극에 열정이 있었고 지금도 그렇지만, 내 딸이 연극배우가 되는 것은 받아들이기가 힘들어. 조시 안에 있는 확실한 재능을 보면서도 그게 어렵구나."

"그럼 그게 누구 잘못일까요?"

데미가 웃으며 되물었다. 그는 어머니가 어린 시절 연극을 꽤 잘했다는 이야기와, 지금도 학생들을 데리고 하는 연극 공연에 지대한 관심과 노력을 기울이는 모습을 떠올렸다.

"그래, 나 때문이야. 말도 트이지 않은 너와 데이지를 데리고 〈숲속에 버려진 아이(Babes in the Wood)〉라는 연극을 했지. 요람에 있는 조시에게 마더구스의 대사를 따라하게 하고. 그렇네! 엄마의 기질이 아이들에게 그대로 전해진다더니, 속죄할 사람은 그 기질이 제멋대로 흘러가도록 내버려둔 그 모친이로구나."

메그가 웃음을 터뜨렸다. 여전히 마치 가문에 연극배우의 피가 흐른다는 사실을 애써 부인하는 중이었다.

"우리 가문에서 위대한 배우가 탄생하는 것도 좋잖아요. 위대한 작가와 목사, 장래가 촉망되는 출판인은 이미 있으니까요? 우리는 자신이 타고날 재능을 선택할 수 없지만 그렇다고 이미 가진 재능이 내 마음에 들지 않는다는 이유로 수건 아래 숨겨놓아서도 안 된다고 생각해요. 그러니 어머니, 조시가 자기 길을 찾을 수 있도록 해주세요. 제가 잘 지켜볼게요. 어머니도 부인하지 못하실걸요. 조시의 무대 의상을 고쳐주시고, 조명을 받으며 무대에 선 조시를 보시며 행복해하셨잖아요. 왜냐하면 바로 그 자리가 어머니도 어린 시절에 꿈꾸던 곳이니까요. 어머니, 어차피 울리는 풍악, 기쁜 마음으로 맞이하시면 어떨까요. 어머니의 고집스러운 아이들은 스코틀랜드 표현처럼 결국 '제 식대로 제 길을 갈' 테니까요."

"그렇게 해야지 어쩌겠니. 그러고 나서 '결과는 주님께 맡기는' 수밖에. 나의 어머니가 어떤 결정을 내려야 하는데 한 치 앞도 보이지 않을 때 이렇게 말씀하시곤 했지. 아아, 내 소중한 딸이 자신의 선택으로 상처받는 일도 없고 뒤늦게 불행해지지 않을 것임을 내가 미리 알 수만 있어도 나 역시 지금 이 순간을 실컷 즐길 수 있을 텐데! 간절히 하고 싶은 일을 포기하는 것처럼 힘든 일은 없단다. 엄마도 조금은 알지. 네 아버지를 만나지 않았더라면 난 어쩌면 마치 대고모님을 비롯한 존경하는 선조들의 반대를 무릅쓰고서라도 배우가 되었을지도 몰라."

"조시가 우리 가문의 영광이 되게 해주세요. 좋은 환경에서 가문의 재능을 빛낼 수 있도록요. 제가 용 배역을 맡아 그 아이를 지키고 어머니는 간호사 배역을 맡아 돌봐주신다면 아무도 우리의 귀여운 줄리엣을 해치지 못할 거예요. 조시의 발코니에 로미오가 떼 지어 몰려든다고 하더라도요. 어머니, 한번 생각해보세요. 다음 크리스마스에 올릴 조 이모 연극에서 주인공이 되어 관객들을 사로잡을 부인께서 딸의 연극배우 꿈을 반대하시다니요. 이보다 더 애처로운 상황이 어디 있겠어요. 어머니가 배우의 꿈을 이루지 못해서 아쉽습니다. 물론 그러셨다면 우리는 태어나지 못했겠지만요."

어느새 데미는 벽난로를 등지고 서 있었다. 원하는 대로 일이 풀릴 때 혹은 어떤 문제를 강압적으로 밀어붙이고자 할 때 남자들이 흔히 취하는 오만한 자세였다.

메그는 아들의 진심 어린 연설에 얼굴을 붉히며 아주 오래전 〈마녀의 저주〉와 〈무어 처녀의 맹세〉를 연극할 때 받은 달콤한 박수갈채를 떠올렸다.

"내가 주인공이 되다니 황당하기 짝이 없는 일이다만, 조와 로리가 그렇게 강권하니 거절할 수가 있어야지. 게다가 너희도 다 같이 한다니까 받아들였다. 어머니의 옛날 옷을 꺼내 걸치는데 어찌나 짜릿하던지 순간 나를 잊어버렸고 종소리가 들리니 어릴 때 다락방에 모여서 우리끼리 연극할 때의 흥분이 그대로 살아나더구나. 더군다나 너와 조시도 상대역으로 함께하니 더 설레고."

"특히 병원 장면 있잖아요, 부상당한 아들을 찾으러 오시는 장면이요. 지난번 연습 때 제 얼굴까지 다 젖은 거 아세요? 어머니가 제 위에 엎드려 우시느라고요. 가족 모두가 함께 울었대요. 하지만 다음번엔 눈물 훔치는 것 잊지 마세요. 안 그러면 제가 재채기할 거예요."

데미가 어머니의 명연기를 떠올리며 웃음을 터뜨렸다.

"그러마. 하지만 네가 그렇게 핏기 없이 늘어져 있으니 어찌나 마음이 아프던지. 내 생에 다시는 전쟁을 보고 싶지 않아. 그랬다간 너를 전장에 내보내야 하는데, 정말이지 우리가 아버지와 겪은 일을 다시는 겪고 싶지 않아."

"그런데 그 역은 데이지보다 앨리스가 낫지 않을까요? 데이지는 연기에 소질도 없는데 앨리스는 지루한 대사에도 생기를 불어넣는 재주가 있거든요. 그런 면에서 후작 부인이 딱 어울릴 것 같아요."

데미는 갑작스레 얼굴이 붉어진 것이 난로의 온기 때문인 양 방안을 왔다 갔다 했다.

"나도 그렇게 생각해. 사랑스러운 아이지. 난 그 아이가 자랑스럽기도 하고 참 좋더라. 그 아이는 지금 어디에 있으려나?"

"그리스어 공부하느라 바쁠 거예요. 아마도요. 저녁이면 언제나 공부를 하더라고요. 유감스러운 일이죠."

데미가 작은 목소리로 지나가듯 말하면서 서가를 뚫어지게 쳐다봤다. 그렇다고 책 제목들이 눈에 들어오는 것도 아니었다.

"그래, 난 그 아이가 참 마음에 들더구나. 예쁘고 교양이 있으면서도 가정적이어서 착하고 똑똑한 남자를 만나면 좋은 배필이자 친구가 될 거야. 그 아이에게 좋은 사람이 생기면 좋겠구나."

"저도요."

데미가 웅얼거렸다. 메그는 만들다 만 단춧구멍을 자세히 들여다보느라 아들의 얼굴에 드러난 표정을 놓쳤다. 그 순간 데미는 선반에 나란히 세워진 시인들에게 환한 미소를 보내고 있었다. 시인들은 비록 책장의 유리 감옥에 갇힌 신세였지만 이 위대한 사랑의 장밋빛 동이 트는 순간, 데미와 함께 기뻐하며 축하해주었다. 그런 연애 감정이라면 누구보다도 그 시인들이 전문가이니 말이다. 하지만 데미는 돌다리도 두드려보고 건너는 신중한 청년이었고 아직 자기 마음에 대한 확신도 없었다. 그래서 일단은 감정이 누에고치를 탈출하여 햇살 속에서 날개를 퍼덕이며 사랑하는 임이 있는 곳으로 날아갈 준비가 될 때까지 기다리기로 하고 아무 말도 하지 않았다. 하지만 그의 갈색 눈동자는 많은 이야기를 하고 있었고 그와 앨리스 히스의 멋진 호흡을 볼 수 있는 여러 편의 연극에는 무의식적인 복선이 깔려 있었다. 앨리스는 공부하느라 바빴고 곧 앞둔 졸업에서 우등생으로 표창을 받을 예정이었으며 데미 역시 모두에게 문이 열려 있는 사회라는 더 큰 대학에서 살아남기 위해 애쓰는 중이었다. 그곳에선 이기건 지건 각자의 상을 스스로 챙겨야 한다. 겸손한 성품의 데미는 자기 자신밖에는 내세울 것이 없고 그조차도 볼품없다고 여겼다. 그렇기에 사랑하는 여인의 행복을 책임지기 위해서는 어느 정도 삶을 꾸려갈 능력을 먼저 증명해 보여야 한다고 믿었다.

그는 자신이 이 유행성 열병에 걸린 것을 아무도 알아채지 못하도록 조심했지만 눈치 빠른 막냇동생 조시는 속일 수 없었다. 하지만 조시는 오빠가 선을 넘으면 무서운 사람이 될 수 있다는 것을 잘 알았기에 함부로 티를 내지 않았다. 대신 고양이처럼 숨어서 관찰하는 데 만족하다가 상대의 약점을 발견하는 순간 덮치기로 했다. 데미는 밤이면 자기 방에서 깊은 생각에 잠겨 플루트를 연주했다. 이 아름다운 선율을 내는 악기를 친구 삼아 자신의 마음을 가득 채운 간절한 소망과 두려움을 악기에 불어넣었다. 메그는 집안일에 푹 빠져 있었고, 네트의 바이올린 연주 외에는 음악에 큰 관심을 보이지 않는 데이지에게는 오빠가 연주하는 실내악은 귀에도 들어오지 않았다. 하지만 조시는 짓궂은 미소를 지으며 혼잣말을 했다.

"딕 스위블러가 소피 와클스*를 생각하시나 보군."

마침내 그동안 오빠가 자기에게 저지른 크고 작은 잘못들을 갚아줄 때가 온 것 같았다. 흥, 항상 데이지 언니 편만 들었겠지! 데이지가 제멋대로인 막냇동생을 혼낼 때를 말하는 것이다.

그날 저녁은 조시에게 찾아온 절호의 찬스였다. 메그는 단춧구멍 만드는 일을 마무리하는 중이었고, 데미는 여전히 안절부절못한 채 방 안을 거닐고 있었다. 별안간 서재 쪽에서 책을 탁 내려놓는 소리가 나더니 누군가 큰 소리로 하품을 하며 문간에 나타났다. 쏟아지는 잠과 짓궂은 장난이 서로 자기가 주인이라고 다투는 것 같은 얼굴이었다.

"내 이름이 들리던데, 두 분이 내 험담이라도 하신 거예요?"

조시가 안락의자의 팔걸이에 걸터앉으면서 따지듯 물었다.

어머니는 조시에게 오빠의 좋은 소식을 전해주었고 조시는 오빠에게 축하의 말을 건넸다. 온화한 얼굴로 축하를 받는 오빠를 보며 조시는 속으로, 과도한 행복은 해로우니 데미의 장미 화단에 가시를 하나 꽂아주어야겠다는 심술이 올라왔다.

"우리가 할 연극 말이에요. 갑자기 좋은 생각이 떠올랐어요. 제 파트에 활기를 불어넣기 위해 노래를 하나 넣을까 해요."

조시는 피아노 앞에 앉아 처음 듣는 가사를 〈캐슬린 매버닌 (Kathleen Mavourneen)〉**의 곡조에 맞춰 부르기 시작했다.

---

* 두 사람 모두 디킨스의 《골동품 상점》의 등장인물.
** 미국 남북전쟁 당시에 유행한 노래.

사랑스러운 아가씨, 오, 어떻게 말할까

내게 세상을 온통 바꾸어놓은 그 사랑

그리움에 사무쳐 부푸는 내 가슴

그대를 위해 인생을 바칠 꿈을 꿀 때마다

조시는 거기서 노래를 멈춰야 했다. 분노로 시뻘겋게 달아오른 데미가 달려들었기 때문이다. 소녀는 민첩하게 탁자와 의자를 피해 이리저리 달아났고 미래의 타이버 출판사 동업자는 그 뒤를 쫓았다.

"요 못된 원숭이 같으니, 감히 내가 쓴 글을 훔쳐?"

잔뜩 약이 오른 시인이 소리쳤다. 못된 소녀를 붙잡아보려고 애썼지만 허탕만 칠 뿐이었다. 조시는 앞뒤로 깡총거리고 손에 든 종이를 흔들면서 오빠의 애간장을 태웠다.

"무슨 소리야, 훔치긴! 커다란 책 안에서 발견했는걸! 그러게 쓰레기를 아무 데나 두지 말랬지? 내가 부른 이 노래 마음에 들지 않아? 아이, 사랑스러워라."

"내 물건 당장에 돌려주지 않으면 가만두지 않겠어!"

"직접 와서 가져가시던가!"

조시는 이 문제를 조용히 처리하고자 서재로 사라졌다. 메그가 이미 이렇게 말했기 때문이다.

"얘들아, 얘들아! 그만 싸우거라."

데미가 서재에 도착하니 그 종이는 이미 불에 들어가 있었다. 그는 문제의 근원이 불에 타는 것을 보고 곧바로 평정을 찾았다.

"불에 타버려서 다행이네. 별로 마음에 들지도 않던 글이야. 어떤 여자애를 위해 노랫말을 써본 것뿐이니까. 하지만 좋게 말할 때 내 물건에는 손대지 말아줘. 안 그랬다간 내가 오늘 밤 어머니께 네가 계속 연극을 할 수 있게 내버려두시라고 말씀드린 걸 철회해버릴 수도 있으니까."

조시는 중대한 위협을 느끼고 바로 태도를 바꿨다. 애교를 부리며 엄마에게 무슨 말을 했는지 알려달라고 졸랐다. 데미는 원수의 머리에 핀 숯을 놓는 심정으로 자초지종을 들려주었고 이 외교적 행위 덕분에 그는 즉석에서 아군을 얻었다.

"착한 우리 오빠! 앞으로는 오빠가 밤낮으로 공상에 빠져 히죽거려도 절대로 놀리지 않을게. 오빠가 내 편이 되어주면 나도 오빠 편이 되어서 입 꼭 다물고 있을게. 이것 봐! 앨리스 언니가 오빠에게 전해주라는 쪽지야. 이만하면 평화협정의 징표가 될 만하지? 화난 오빠 감정도 누그러뜨리고 말이야."

조시가 고깔모자 모양으로 접은 쪽지를 치켜드는 걸 보고 데미의 눈이 순간적으로 번쩍였으나 그 안에 적혀 있을 말이 무엇일지 짐작이 갔기에 그는 선수를 치기로 했다. 일부러 무심하게 말하여 김새게 할 작정이었다.

"별 얘기 아니야. 내일 밤 함께 콘서트에 갈 건지 묻는 얘기겠지. 원한다면 네가 읽어도 좋아."

여자들만의 심술인지, 조시는 직접 읽어도 된다는 오빠의 말을 듣는 즉시 호기심이 사라져서 심드렁하게 쪽지를 오빠에게 건넸다. 하지만 조시는 쪽지를 펼쳐서 그 안에 담긴 두 줄을 읽고는 바로 불에 던져 태워버리는 오빠를 유심히 살펴보았다.

"왜 그랬어, 오빠? 나 같으면 '사랑스러운 아가씨'와 관련된 것이라면 뭐든지 소중하게 보관할 텐데. 앨리스 언니 좋아하는 것 아니었어?"

"매우 좋아하지. 우리가 모두 그렇듯이. 하지만 네가 쓴 품격있는 표현처럼 '공상에 빠져 시시덕거리는' 것은 내 방식이 아니란다. 나의 사랑스러운 동생아, 연극을 하다가 낭만에 빠져버린 나의 동생아, 앨리스와 내가 연인을 연기한다고 하니 네 어리석은 머릿속에서는 우리를 진짜 연인으로 엮어주고 싶은 모양이구나? 허무한 일 쫓아다니느라 시간 낭비하지 말고 너는 네 일이나 잘 챙기고 내 일은 내게 맡겨줘. 이번 일은 용서해줄게. 하지만 다시는 이러면 안 돼. 못된 장난이야. 비극의 여주인공은 이런 법석을 떨지 않는다고."

오빠의 마지막 말에 조시는 잠잠해졌고 오빠에게 얌전히 사과하고는 자러 갔다. 데미도 침실로 향하면서 이 위기를 무사히 넘기고, 동시에 매사에 꼬치꼬치 캐묻는 동생의 입을 한동안 막을 수 있을 거라며 안심했다. 하지만 자신이 연주하는 섬세한 플루트 연주 소리를 듣고 동생이 어떤 표정을 지었는지 보았다면 저렇게 함부로 장담하지 못했을 텐데. 조시는 까치처럼 얄미운 얼굴로 콧방귀를 뀌며 이렇게 말했다.

"훗, 나를 속여? 딕이 소피 와클스를 위해 세레나데를 불러주는 중이란 걸 내가 다 알고 있는데?"

32

에밀의 추수감사절

브렌다호는 바람을 타고 순항하는 중이었다. 입항이 얼마 남지 않았다. 모든 이들이 갑판 위로 올라와 환호성을 지르며 기뻐했다. 기나긴 항해가 드디어 끝나가기 때문이었다.

"4주만 지나면 말입니다, 하디 부인, 제가 두 분께 최고의 차를 대접해드리지요."

이등항해사 에밀 호프만이 갑판의 그늘진 곳에 자리한 두 명의 숙녀에게 말을 건넸다.

"차 대접도 반갑지만, 제 두 발이 곧 뭍에 닿는다고 생각하니 더 반갑군요."

나이가 더 많은 쪽이 미소를 지으며 대답했다. 우리의 에밀은 그곳에서 큰 사랑을 받고 있었다. 그도 그럴 것이 이번 항해 내내 에밀이 선장의 아내와 딸, 그러니까 이 배의 유일한 승객 두 명을 정성껏 시중들어왔으니 말이다.

"저도 그래요. 중국제 싸구려 신발을 신고서라도 뭍을 밟는다면 그저 좋겠어요. 갑판 위를 하도 오르락내리락했더니 구두가 다 닳아서 곧 도착하지 않았다가는 맨발로 다닐 지경이에요."

부인의 딸, 메리가 함께 오르락내리락해준 친구를 올려다보며 자신의 해진 부츠를 보여주고는 크게 웃었다. 여행 내내 어머니와 자기를 참으로 즐겁게 해준 고마운 사람이라고 메리는 생각했다.

"하지만 중국에 그렇게 작은 구두가 있을지 모르겠군요."

에밀은 뱃사람 특유의 기개를 보이며 대답했다. 그러면서 속으로는 내리자마자 가장 아름다운 구두를 찾아보겠다고 결심했다.

"호프만 군이 아니었더라면 네가 운동이라도 했을까 싶구나. 덕분에 네가 매일 걸었잖니. 배 위에서의 느긋한 생활은 젊은 사람들에겐 좋지 않아. 나 같은 늙은이라면 모를까. 우리는 날씨만 잔잔하다면 이런 생활이 좋지. 그런데, 강풍이 오려는 건가요?"

하디 부인이 걱정스러운 눈으로 서쪽을 바라보며 물었다. 해가 빨갛게 지고 있었다.

"산들바람일 뿐입니다, 부인. 이 바람이 저희를 신나게 몰고 가줄 겁니다."

에밀이 배 위와 아래를 두루 살피며 대답했다.

"노래를 불러줘요, 호프만 씨. 이 순간에 음악이 함께한다면 정말 멋질 거예요. 뭍에 내리면 이런 순간들이 무척이나 그립겠지요."

메리가 어찌나 간청하던지 지나가던 상어라도 노래를 한 곡조 뽑고 갔을 것이다. 그런 일이 가능하다면 말이다.

지난 몇 달간 에밀은 자신의 재주 덕을 종종 봤다. 그의 노래는 긴 긴 낮 시간에 사람들의 기운을 북돋웠고 석양이 질 무렵이면 사람들의 마음을 행복하게 만들었다. 물론 바람과 날씨가 협조해줄 때 얘기다. 그는 기꺼이 파이프를 튜닝하고 아가씨와 가까운 쪽의 선미 난간에 기대어 서서 그녀의 곱게 땋은 갈색 머리가 바람에 휘날리는 것을 바라보며 자신이 가장 좋아하는 노래를 부르기 시작했다.

상쾌한 바람아, 불어라, 나의 아들들,
잔뜩 부푼 새하얀 돛,
배는 밀려오는 파도를 헤치며

모든 돌풍을 다스리네.

뱃사람의 인생이여,

어찌 그리 자유롭고 담대하며 용맹스러운지

그의 무덤은 산호초라네.

마지막 소절을 부르는 우렁찬 목소리도 잦아들 때쯤, 하디 부인이 갑자기 놀라 물었다.

"저게 뭐죠?"

에밀이 재빨리 살펴보니 화물창고에서 연기가 올라오고 있는 것이 아닌가. 연기가 절대로 나서는 안 될 곳이었다. 심장이 멎는 것 같았다. '화재'라는 끔찍한 단어가 번뜩 떠올랐다. 그는 최대한 차분하게 그곳을 빠져나오며 조용히 말했다.

"이 배는 금연인데 누군가 담배를 피우다니, 제가 가서 얘기하고 오겠습니다."

하지만 에밀의 안색은 그 자리를 떠난 즉시 바뀌었고 곧장 화물창고로 뛰어 내려갔다.

"만일 불이 났다면 정말로 산호초가 내 무덤이 되겠는걸!"

그렇게 말하며 웃는 에밀의 표정이 일그러졌다.

몇 분간 사라졌다가 다시 나타난 에밀은 이미 연기에 반쯤 질식한 것 같았고 구릿빛 피부가 무색할 정도로 하얗게 질린 상태였다. 하지만 그는 냉정하고 침착하게 이 일을 선장에게 보고했다.

"선창에 불이 붙었습니다, 선장님."

"여자분들이 당황하지 않도록 해주게."

그것이 하디 선장의 첫 번째 명령이었다. 하지만 두 사람은 곧 원수의 위력을 확인하고는 정신이 아찔해졌다. 이 원수를 완전히 궤멸할 수 있을지 미지수였다.

브렌다호에 실린 화물은 가연성이 높은 것들이었다. 선창에 아무리 물을 갖다 부어도 배가 곧 운명을 다할 것임은 자명했다. 연기가 배의 널빤지들 사이사이로 스며 나오기 시작했다. 게다가 거세어진 바람은 불난 집에 부채질하는 꼴이 되어 여기저기서 화염이 올라왔다. 무서운 진실은 더 숨길 수 없을 정도로 솔직하게 드러났다. 하디 부인과 메리는 곧 배를 버려야 한다는 충격적인 이야기를 듣고도 침착을 잃지 않았다. 선원들은 급히 구명보트들을 준비했고 화염이 빠져나와 번지지 않도록 모든 허술한 구멍을 막는 데 온힘을 다했다. 브렌다호는 금세 바다 위의 용광로가 되었고 "구명보트에 옮겨타시오!"라는 명령이 떨어졌다. 물론 여자들이 우선이었다. 다행히 브렌다호는 상선이라 이 두 사람 외에는 다른 승객이 없었다. 그렇기에 당황하지 않고 구명보트를 질서 있게 바다로 내릴 수 있었다. 여자들을 태운 보트는 멀리 가지 않고 기다렸는데 가장 마지막에 배를 떠나기로 한 선장의 용감한 결정 때문이었다.

에밀은 끝까지 선장 곁에 남으려고 했으나 결국은 가라는 명령을 받고 어쩔 수 없이 탈출했다. 하지만 그때 떠나길 천만다행이었다. 그가 보트에 오르는 순간 배의 하부가 심하게 흔들리더니 연기 기둥에 반쯤 가려 보이지 않던 돛대가 부러졌다. 배의 내부가 불에 타버리면서 일어난 일이었다. 부러진 돛대가 넘어지면서 하디 선장을 쳤고 하디 선장은 돛대에 맞고 곧장 물속으로 빠졌다. 보트가 급히 다가갔고 그는 곧 물 위로 떠올랐다. 에밀은 선장을 구하기 위해 바다로 뛰어들었다. 선장은 부상으로 의식을 잃은 상태였다. 이 사고로 이등항해사에게 통솔권이 주어졌다. 에밀은 즉시 부하들에게 있는 힘껏 노를 저어 최대한 먼 곳으로 피하라고 명령했다. 브렌다호가 언제 폭발할지 모르는 일이었다.

다른 구명보트들은 위험지역을 빠져나가 바다 위에 떠서 불타는 배를 바라보았다. 바다 위에서 배가 불타는 모습은 실로 장관이었다. 불타는 배는 밤하늘을 붉게 물들였으며 수면 위로는 강렬하고 환한 빛을 내뿜었다. 바다 위에 둥둥 뜬 연약한 구명보트마다 창백한 얼굴들이 일제히 고개를 한곳으로 돌리고 브렌다호의 최후를 감상했다. 브렌다호는 바닷속 자기 무덤을 향해 천천히 가라앉고 있었다. 하지만 브렌다호의 마지막 모습은 아무도 보지 못했다. 갑자기 돌풍이 불어 보트들을 멀리 밀어 보냈기 때문이다. 그 결과 구명보트들은 뿔뿔이 흩어졌다. 그들 가운데는 바다가 망자를 토해낼 때까지 영영 만나지 못하게 된 이들도 있었다.

이제부터 우리가 따라가게 될 운명의 보트는 새벽 동이 트도록 혼자 남아 있었다. 보트 위 생존자들은 자기들에게 닥친 운명을 확인했다. 다행히 얼마간의 식량과 물은 옮겨놓았으나 고갈되는 것은 시간문제였다. 심한 부상을 입은 사내와 두 여인, 일곱 명의 선원들이 먹다 보면 금세 바닥날 것이었다. 절박하게 구조를 기다릴 수밖에 없었다. 그들의 유일한 희망은 지나가는 배의 눈에 띄는 것인데 밤새 불어닥친 돌풍에 항로에서 한참 벗어난 터라 막막할 뿐이었다.

이 실낱같은 희망 하나만 붙들고 지루한 시간을 견뎌야 했다. 수평선을 바라보며 서로를 격려하고 신속한 구조를 예언하는 것 외에는 할 수 있는 게 없었다.

이등항해사 호프만은 예상치 못하게 어깨에 지워진 책임의 무게가 부담스러웠지만, 항상 씩씩했고 언제든 사람들을 기꺼이 돕고자 했다. 선장의 상황은 절망적이었다. 하디 부인이 딱해서 에밀은 마음이 찢어졌다. 딸 메리는 에밀이 모두를 살려내리라는 맹목적인 믿음을 가지고 있었다. 거기에는 어떠한 의심이나 두려움의 그림자도 보이지 않았다. 나머지 선원들도 아직은 제 역할을 해냈다. 하지만 굶주림과 절망이 엄습하는 순간, 얼마든지 야수로 돌변할 수 있는 이들임을 에밀은 잘 알았다. 그런 일이 일어날 경우, 지휘관의 역할은 끔찍한 것이 되리라. 그래서 에밀은 양손으로 용기를 단단히 움켜쥐고 남자다움을 잃지 않고 기회가 있을 때마다 밝고 명랑한 태도를 보이기로 결심했다. 결국 보트에 탄 모든 이들이 안내나 도움이 필요할 때마다 당연히 그를 찾았다.

첫째 날은 비교적 순탄하게 지나갔다. 하지만 셋째 날이 되니 상황이 암울해지면서 소망이 끊어지는 것 같았다. 부상당한 선장은 헛소리를 하기 시작했고 부인은 걱정과 불안으로 지쳐갔다. 자기 몫의 비스킷 절반은 어머니에게, 물의 절반은 바짝 말라가는 아버지의 입술을 축이는 데 양보한 딸은 굶주림으로 날로 쇠약해졌다. 선원들은 노 젓기를 멈췄고 음울한 분위기로 기다리기만 했다. 자기들의 의견을 들어주지 않는다면서 지휘관을 대놓고 질책하거나 먹을 것을 더 내놓으라고 요구했다. 결핍과 고통이 인간 안에 숨은 동물적 본능을 끄집어내면서 상황은 점점 악화되어 위험한 수준에 이르렀다.

에밀은 최선을 다했지만 인간은 역시 한계가 있는 동물일 뿐이었다. 비 한 방울 내려주지 않는 냉혹한 하늘이 원망스러웠다. 광활하게 펼쳐진 바다에는 그들의 간절한 바람과 달리 돛끝 하나 보이지 않았다. 에밀은 온종일 보트에 탄 사람들을 격려하고 기운을 북돋아 주려고 노력했지만 배고픔이 그의 속을 물어뜯고 갈증으로 말라비틀어질 지경이었으며 공포심이 심장을 나날이 옥죄었다. 선원들에게 이야기를 들려주었고 불쌍한 숙녀분들을 봐서라도 참아보자고 간청했으며 잃어버린 항로를 찾을 힘이 아직 있는 동안 열심히 노를 젓는 이에게 보상을 약속했다. 항로 가까이라도 다가간다면 구조될 확률도 높아질 것이다. 그는 돛천을 이용하여 고통받는 선장 위로 차양을 만들어 해를 가려주며 아들이 아버지에게 하듯 보살폈고 부인을 위로했으며 창백해진 딸을 위해서는 열심히 노래도 불러주고 자신이 육지와 바다에서 겪은 다양한 모험 이야기를 들려주면서 미소를 짓고 기운을 내도록 도와주었다.

넷째 날에는 식량과 물이 거의 동났다. 에밀은 환자와 여자들을 위해 남겨두자고 제안했지만 두 명의 선원이 자기네 몫을 내놓으라고 난동을 부렸다. 에밀이 본이 되고자 자기 몫을 내놓으니 마음 좋은 다른 선원들도 그를 따랐다. 거칠고 남자다운 본성에서 종종 찾을 수 있는 조용하지만 영웅적인 행동이었다. 이 사건은 그 두 선원을 부끄럽게 했고, 그 결과 이 고통과 긴장이 가득한 작은 사회에 불길한 평화가 찾아왔다.

그날 밤, 에밀이 피곤에 지쳐 가장 믿을 만한 선원에게 보초를 맡기고 한 시간가량 눈을 붙인 사이, 그 두 명의 선원이 창고를 뒤져 마지막 남은 빵과 물과 브랜디 한 병을 훔쳤다. 그 술은 선원들의 사기를 진작시키고 짠 바닷물을 먹을 만한 물로 바꾸려고 아껴둔 것인데 갈증으로 반쯤 실성한 이들이 욕심에 눈이 멀어 다 마셔버린 것이다. 아침이 되니 한 사람은 인사불성이 되어 영영 깨어나지 못했고 다른 사람은 술에 취해 몸부림치고 있었다. 에밀이 진정시키려 했으나 도리어 그는 구명보트 밖으로 뛰어내리더니 물속으로 사라져버렸다. 이 무시무시한 광경에 공포에 질린 나머지 선원들은 즉각적으로 지휘관의 지시에 순종적으로 변했다. 고통받는 영과 육이라는 서글픈 화물을 실은 구명보트는 그렇게 떠내려갔다.

이들을 더 깊은 절망으로 밀어넣는 또 다른 시련이 찾아왔다. 배 한 척이 나타나 잠시 동안 다들 환호하며 좋아했는데 그냥 지나가버리는 바람에 모두 크게 실망한 사건이었다. 너무 멀리 떨어진 탓에 이들이 아무리 손을 흔들어도 보지 못하고 아무리 미친 듯이 소리를 질러도 듣지 못한 것이다.

에밀도 기운이 빠졌다. 선장은 죽어가고 있었고 여자들도 이대로 두면 얼마 버티지 못할 것 같았다. 그는 밤이 오도록 잠들지 않고 깨어 있다가 부상당한 선장의 가냘픈 신음소리와 부인의 나지막한 기도 소리, 그리고 끝없이 부서지는 파도 소리를 들으며 어둠 속에서 얼굴을 파묻고 한 시간 동안 소리도 내지 못하고 깊은 고뇌와 절망과 싸웠다.

그 짧은 며칠 사이 그는 부쩍 늙었다. 예전처럼 즐겁게 지냈더라면 몇 년이 지났어도 그 정도로 변하지는 않았으리라. 그를 괴롭히는 것은 육체적 고통이 아니었다. 결핍과 약함이 그를 고문했다. 이들에게 닥친 잔인한 운명마저 정복해버리는 끔찍한 무기력함이 그것이었다. 부하 선원들은 별로 걱정되지 않았다. 이마저도 그들이 선택한 삶의 일부이니 말이다. 하지만 그가 존경하는 선장과 그에게 친절한 선량한 부인, 긴 항해를 하는 동안 모두를 즐겁게 해준 사랑스럽고 매력적인 딸…… 에밀은 이 끔찍한 죽음으로부터 이들만이라도 살릴 수 있다면 자신의 목숨이라도 기꺼이 내놓고 싶었다.

젊은 날 찾아온 첫 시련 앞에 무너진 채, 에밀은 두 손에 머리를 파묻고 망연자실해서 앉아 있었다. 밤하늘에 별빛 하나 없었고 발밑으로 시커먼 바다가 쉴새 없이 움직였다. 고통받는 이들을 보면서도 자신이 도울 수 있는 것이 아무것도 없었다. 그때 어디선가 정적을 깨고 부드러운 목소리가 들려왔다. 꿈인가 싶어 귀를 기울였다. 메리였다. 기나긴 비통함에 지쳐 자신의 품에 안겨 흐느끼는 어머니에게 노래를 불러주고 있었다. 갈라지는 목소리에는 아무런 힘이 없었는데 소녀의 입술이 갈증으로 메마른 탓이었다. 하지만 이 절망 가운데 사랑을 잃지 않은 소녀의 갸륵한 마음은 하늘에 닿았고 자비로운 하나님은 소녀의 가녀린 외침을 들으셨다. 플럼필드에서 종종 부르던 오래된 찬송가였다. 그 노래를 듣고 있으니 에밀은 처절한 현재를 어느새 잊고 행복했던 플럼필드로 돌아가 있었다. 지붕 위에서 조 숙모와 이야기를 나누던 것이 바로 어제 일 같았다. 자책감에 괴로워하던 그에게 이런 생각이 들었다.

"그래, 붉은 실! 그걸 기억하면서 끝까지 내 임무를 다하자! 정면을 향해 가자! 끝까지 항구가 나오지 않는다면, 그때는 돛을 모두 올리고 바다 밑으로 전진하자."

지친 어머니를 잠재우려는 부드러운 노랫소리를 들으며 에밀은 잠깐이지만 플럼필드를 꿈꾸며 자신의 어깨에 지워진 짐을 잊었다. 꿈속에서 그는 가족 모두를 만났고 그들의 목소리를 들었으며 자신을 맞이하는 힘찬 손길을 느꼈다. 에밀은 혼잣말로 중얼거렸다.

"다시 만나지 못한다고 하더라도 가족들이 나를 부끄러워하지는 않게 하겠어."

갑작스러운 함성소리에 그는 깜짝 놀라 일어났다. 이마에 빗방울이 떨어지고 있었다. 구원의 비였다. 배고픔이나 더위, 추위보다 더 참기 어려운 것이 갈증이었다. 모두 환호하며 비를 맞이했다. 하늘을 향해 갈라진 입술을 벌렸고 두 손을 뻗었으며 굵은 빗방울을 받을 천을 펼쳤다. 곧 비가 쏟아져 병자의 열을 식혀주고 목마름을 해소하고 보트 위 모든 지친 육신에 생기를 불어넣어줄 것이다. 비는 밤새도록 내렸다. 조난자들은 밤새도록 축제 분위기에서 구원의 소나기를 즐기며 기운을 차렸다. 죽어가던 식물이 하늘의 이슬을 먹고 살아나는 모습이었다.

새벽이 되자 구름이 걷혔다. 에밀은 자리에서 벌떡 일어났다. 지난 몇 시간 동안 놀라운 힘과 기운을 얻은 덕이었다. 그는 하늘을 우러러보면서 그들의 기도에 응답해주심에 조용히 감사했다. 하지만 응답은 거기서 끝나지 않았다. 수평선 너머 장밋빛 하늘을 배경으로 하얀 돛을 단 배가 햇빛을 받아 반짝이고 있었다. 어찌나 가까운 거리에 있던지 돛대 꼭대기에 달린 깃발과 갑판 위에서 움직이는 검은 물체들까지 눈에 들어왔다.

구명보트에 탄 모든 이들이 힘을 합하여 한목소리로 외쳤다. 남자들은 모자와 손수건을 격렬하게 흔들었고 여자들은 애절한 손을 뻗었다. 마침내 그들의 간절한 목소리는 바다 건너까지 전달되었다. 흰 옷 입고 나타난 구원의 천사는 모든 돛에 신선한 바람을 가득 싣고 다가오기 시작했다.

이번에는 실망할 필요가 없었다. 그 배는 신호를 금세 알아챘다. 여인들은 황홀감에 에밀의 목을 끌어안고 벅차오르는 감사의 마음을 주체하지 못해 눈물을 흘렸다. 그는 훗날 그 보트 위에서 메리를 팔로 안고 있던 이때가 자기 인생에서 가장 자랑스러운 순간이었다고 말하곤 했다. 오랜 시간을 견뎌온 용감한 소녀는 반쯤 기절한 채로 그에게 매달려 있었다. 그녀의 어머니는 병약자를 돌보느라 바빴고, 선장은 기쁨의 충격에 정신이 조금 돌아왔는지 여전히 불타버린 배의 갑판에 선 것처럼 명령을 내리기 시작했다.

소란은 곧 진정되었다. 모두 '유라니아호'에 안전하게 올랐기 때문이다. 그 배는 마침 집으로 가는 배였다. 에밀은 자기 자신은 챙기지도 않고 친구들이 친절한 보살핌을 받고 자기 선원들이 그 배의 선원들과 어울리는 것을 확인하고는 난파 사고 정황을 이야기했다. 어디선가 구수한 냄새가 나서 보니 여자들이 머무는 선실로 가져가는 수프 냄새였다. 갑작스러운 허기에 압도당한 그는 별안간 휘청거리면서 쓰러졌다. 다른 이들을 돕다가 정작 자신은 반쯤 죽은 상태가 된 것도 모르고 있던 그는 즉시 선실로 옮겨졌다. 이번에는 에밀이 먹고 입고 휴식을 취할 때였다. 선실에서 나가는 의사를 향해 에밀은 갈라진 목소리로 물었다.

"선생님, 오늘이 무슨 요일이죠? 머릿속이 복잡해서요. 판단력을 잃은 것 같아요."

"추수감사절이라네, 친구! 자네만 좋다면 뉴잉글랜드식 추수감사절 저녁 식사에 초대하고 싶은데."

의사가 따뜻하게 말했다. 하지만 에밀은 여전히 너무 고단했다. 가만히 누워서 어느 때보다도 더 절절한 마음으로 생명이라는 귀한 선물을 축복으로 주심에 대한 감사기도를 하는 것 외에는 할 수 있는 것이 없었다. 자신의 임무를 충실히 수행하고 얻은 것이기에 더욱 달콤한 선물이었다.

33

댄의 크리스마스

댄은 어디에 있었을까? 감옥이다. 아아, 가여운 조! 플럼필드가 크리스마스 분위기로 왁자지껄할 때 아들이 홀로 감방에 앉아 잃어버린 모든 것에 대한 향수와 그리움에 사무쳐 어떤 육체적 고통에도 흘려본 적 없는 눈물로 시야가 흐려진 채로 그녀가 준 작은 책을 읽고 있었다는 사실을 알았더라면 그녀의 마음이 갈기갈기 찢어졌을 것이다.

그렇다, 댄은 감옥에 갇혀 있었다. 하지만 절박한 상황에서도 도와달라고 외치지 않은 인디언들처럼 홀로 끔찍한 위험에 빠져 있었다. 끝내 염려하던 가슴속 악마가 튀어나와 그를 이곳까지 데려왔고, 그는 이 쓰디쓴 시간을 통해 무법의 영혼을 다스리고 자기 절제를 배우게 될 터였다.

그가 어쩌다 이 지경으로 몰락했을까. 호사다마라고 했던가, 이 사건은 그가 이상하리만치 높은 희망과 새로운 각오를 품고 더 나은 삶을 살고자 하던 순간에 일어났다. 댄은 여행길에 쾌활한 소년을 만나 친해졌다. 블레어라는 이름의 소년은 캔자스의 농장에서 일하는 형들을 만나러 가는 길이었다. 열차의 흡연칸에서 카드놀이가 한창인데 스무 살도 채 안 되었던 블레어는 긴 여행에 지루했는지 게임에 끼었다. 소년은 원기왕성했고 서부의 자유로움에 들떠 있었다. 댄은 맹세한 것이 있기에 카드놀이에 끼지 않고 구경만 했다. 그런데 가만히 보니 두 명이 소년의 돈을 갈취하려는 사기꾼들이 아닌가? 블레어가 경솔하게도 두둑한 지갑을 보여준 탓이었다. 언제나 자기보다 어리거나 힘없는 존재들에게 마음이 약해지는 댄의 천성도 있고 더욱이 이 소년을 보면 테디가 떠올랐기에 댄은 블레어에게 그들에 대해 경고해주었다.

물론 허사였다. 기차가 큰 도시에 정차하여 그곳에서 하룻밤을 묵느라 모두가 내렸는데 댄은 소년을 안전하게 보호하고자 호텔에 갔다가 그곳에서 소년을 잃어버렸다. 누가 데려갔는지 충분히 짐작되었기에 댄은 그를 찾아 나섰다. 자진해서 이런 상황에 뛰어드는 게 어리석다는 걸 알았지만 자신을 의지하는 소년이 위험에 빠지도록 내버려둘 수는 없었다.

마침내 어느 허름한 곳에서 그 사기꾼들과 카드놀이를 하는 소년을 발견했다. 자신을 보고 크게 안도하는 블레어의 얼굴에서 댄은 일이 단단히 잘못되었음을 직감했다. 이미 너무 늦었다.

"아직은 안 돼요. 돈을 잃었거든요. 내 돈이 아닌데. 다시 찾아야 해요. 안 그랬다간 형들이 날 가만히 두지 않을 거예요."

더 잃기 전에 자리를 뜨자는 댄의 말에 소년이 낮은 목소리로 대답했다. 수치와 공포가 그를 절박하게 만들었고 그는 잃은 돈을 되찾을 수 있으리라는 망상에 빠져 계속 게임을 했다. 사기꾼들은 댄의 단호한 표정과 날카로운 눈매, 그리고 오랜 방랑 생활에서 얻은 노련함을 발견하고는 겁을 먹어서 댄이 보는 앞에서는 사기를 치지 못했다. 덕분에 소년은 돈을 조금 되찾았는데 이들은 이미 걸려든 먹잇감을 내어줄 생각이 없었다. 댄이 소년 뒤를 지키고 서서 떠나지 않자 두 남자는 불길한 시선을 교환했다.

'이 자식부터 없애야겠는데?'

댄도 낌새를 알아채고 경계에 들어갔다. 그와 블레어는 이방인이었고 그런 곳에서는 범죄가 아무렇지도 않게 일어날뿐더러 모두가 입을 다물어버리면 쥐도 새도 모르게 사라질 수 있었다. 그렇다고 그 불쌍한 소년을 두고 갈 수는 없었다. 오가는 카드를 주의 깊게 살펴보다가 속임수를 발견하고 바로 그들에게 따졌다. 이제껏 신중한 태도를 유지했으나 언성이 높아지면서 시비가 붙자 분노가 올라와 댄을 집어삼키기 시작했다. 사기꾼들이 욕설을 퍼부으며 돈을 내놓기를 거부하다가 마침내 권총까지 꺼내자 댄의 불같은 성질이 폭발했다. 주먹 한 방을 날렸을 뿐인데 하필 그자가 넘어지면서 난로에 머리를 정통으로 부딪친 것이다. 그가 바닥으로 힘없이 굴러떨어지며 피가 흘러나왔다. 이후 난투극이 벌어졌고 댄은 소년에게 얼른 귓속말을 했다.

"도망쳐. 아무 말도 하지 마. 내 걱정은 말고."

공포에 질리고 잔뜩 겁을 먹은 블레어는 즉시 그 도시를 떠났고 댄은 구치소에서 하루를 보냈다. 며칠 후 그는 법정에 섰고 과실치사로 기소되었다. 그 남자가 결국 죽었던 것이다. 댄은 그곳에서 이방인이었고 사건의 전말에 대해 한번 간단히 설명한 이후로는 입을 열지 않았다. 집의 가족들에게 소식이 전해질까봐 걱정되어서였다. 심지어 데이비드 켄트라는 가명을 사용했다. 이전에도 위급상황에서 여러 차례 썼던 이름이었다. 모든 일은 순식간에 진행되었다. 그나마 정상 참작이 되어 1년의 징역형과 강제노동형이 내려졌다.

얼마나 일사천리로 진행되었던지 댄은 등 뒤로 철문이 철컹 닫히고 나서야 자신이 처한 끔찍한 현실을 직시했다. 어느새 무덤처럼 좁고 차갑고 적막한 감방에 외로이 앉아 있었다. 한 마디면 로리 씨가 당장 달려와서 도와줄 것을 알았지만, 댄은 도저히 불명예를 마주할 자신이 없었다. 그에게 큰 기대를 걸고 있는 친구들이 슬픔과 수치로 무너지는 것을 보고 싶지 않았다. 그는 주먹을 꽉 쥐었다.

"절대로 그럴 순 없어. 차라리 죽은 걸로 하자. 여기 오래 있다면 어차피 죽게 될 테지."

그는 벌떡 일어나 우리에 갇힌 사자처럼 감방의 돌바닥을 서성였다. 분노와 슬픔, 반항심과 후회가 마음과 머리에서 부글부글 끓었다. 마침내 그는 실성한 사람처럼 감방 벽을 주먹으로 내리쳤다. 그에게 목숨처럼 소중한 자유를 가로막은 벽이었다. 며칠간 그는 끔찍한 고통 가운데 몸부림쳤으나 곧 힘이 빠졌다. 분노한 댄을 보는 것보다 더 슬픈 것이 검은 비애에 빠져든 그를 보는 것이었다.

거친 교도관은 불필요한 가혹 행위로 적대감을 일으켰지만 그곳의 목사는 마음이 따뜻하고 친절하며 죄수들을 정성껏 챙겼다. 그는 댄의 마음을 열기 위해 애를 많이 썼으나 댄은 꿈쩍도 하지 않았다. 그는 별수 없이 고된 노동이 잔뜩 날카로워진 댄의 신경을 잠재우고, 수감 생활이 고통조차 드러내지 않느려는 댄의 오만함과 자존심을 꺾는 날을 기다릴 수밖에 없었다.

댄은 빗자루를 만드는 작업장에 배정되었다. 노동이 유일한 구원책이라고 느낀 댄은 미친 듯이 일에 몰두했다. 덕분에 얼마 안 있어 작업반장에게 인정을 받았고 기술이 부족한 다른 수감원들의 부러움을 샀다. 댄은 날마다 정해진 자리에 앉아서 무장한 감독관의 감시를 받으며 일했다. 필요한 말 외에는 허락되지 않았고 감독관 외에 다른 수감원들과는 교류도 할 수 없었다. 감방과 작업장 사이를 오가는 것 외에는 아무 데도 가지 못했고 한 줄로 서서 한 손을 다른 이의 어깨에 얹고 발맞춰 걸으며 두 곳을 왕복하는 것이 댄이 하는 유일한 운동이었다. 그 행진은 우렁찬 고함소리와 함께 힘차게 걷는 군인들의 행진과는 너무나도 다른 것이었다. 수척한 얼굴의 댄은 음울한 분위기를 풍기며 할당 업무를 묵묵히 마쳤고 쓴 빵을 먹었으며 명령에 순순히 응했다. 하지만 그의 눈빛만은 반항적으로 번뜩여 교도관은 이렇게 말하곤 했다.

"위험한 놈이야. 잘 감시해. 언젠가 탈옥하고도 남을 놈이야."

그곳에는 댄보다 더 위험한 인물들이 있었다. 전과 경력도 화려하고 긴 수감 생활의 단조로움에 변화를 주고자 언제든 사고 칠 준비가 된 이들이었다. 이들은 댄이 풍기는 기운을 금세 감지하고 재소자들만의 기발하고 희한한 방법으로 한 달이 채 지나기 전에 댄에게 자신들의 계획을 알렸다. 폭동 계획이었다. 추수감사절은 재소자들이 서로 대화를 나눌 수 있는 1년 중 몇 안 되는 날로 한 시간 동안교도소 마당에서 명절을 즐기는 자유가 주어졌다. 그때쯤이면 어느정도 준비가 되어 기회가 오는 즉시 일을 착수할 수 있을 것이다. 유혈사태의 가능성도 충분히 있었다. 대부분 실패로 끝날 테지만 몇몇은 자유를 얻으리라. 댄은 탈출 계획을 이미 꾸며놓고 때가 오기만을 기다리고 있었다. 댄은 날마다 음울해지고 광폭해지고 반항적으로 변해갔다. 자유의 상실이 그의 영혼과 육체를 갉아먹고 있었다. 자유롭고 건강하던 삶이 하루아침에 좁고 우울하고 비참하게 바뀐 것은 댄과 같은 기질의 젊은이들에게 치명적일 수밖에 없었다.

그는 망가진 자신의 인생을 곱씹고 자신이 꿈꾸던 행복한 희망과 계획을 포기하면서 다시는 그리운 플럼필드로 돌아가지도, 핏자국 묻은 손으로 사랑하는 이들의 손을 잡지도 못하리라는 것을 깨달았다. 자신이 죽인 비열한 인간은 마음에 걸리지 않았다. 그런 인생이라면 일찍 마감한 것이 오히려 잘된 일이었다. 짧게 깎은 머리는 다시 자랄 것이고 잿빛 죄수복은 갈아입으면 되고 쇠빗장과 철창살은 떠나면 그만이지만, 전과자라는 불명예는 결코 지울 수 없을 터였다.

"모든 게 끝이야. 망한 인생 따위 잊어버리자. 좋은 사람이 되려고 노력할 필요가 없어졌으니 내 마음대로, 하고 싶은 대로 실컷 즐기며 살겠어. 내가 죽었다고 믿는다면 적어도 나를 그리워해 주겠지. 내 진짜 모습은 영영 몰라야 해. 불쌍한 마더 베어! 나를 그렇게 도우려고 하셨는데 이렇게 물거품이 되다니. 타는 장작은 구원받을 길이 없거든."

그는 낮은 침상에 앉아 두 손에 머리를 파묻고 영원히 잃은 것들을 애도했다. 눈물조차 나지 않는 비참한 기분이었다. 잠이 자비를 베풀어준다면 꿈에서나마 위로받을 텐데. 플럼필드의 아이들과 어울려 노는 어린 시절에 대한 꿈, 혹은 좀 더 커서 모두가 그에게 미소를 지어주던, 더욱 행복하던 시절에 대한 꿈 말이다.

댄의 작업장에는 댄보다 더 처지가 딱한 사람이 있었다. 봄이면 형이 만료되는데, 몸이 허약하여 그때까지 견딜 수 있을지가 미지수인 메이슨이라는 노인이었다. 그곳에서 가장 냉혈 인간으로 통하는 댄도 메이슨을 동정했는데, 그는 좁은 감방이 떠나가라 기침을 해대면서 아내와 아이들 만날 날만을 손꼽아 기다렸다. 사정을 설명하고 사면을 청하면 조금이라도 빨리 나갈 희망이 있었지만 그에게는 그렇게 동분서주해줄 친구가 없었다. 임박한 것은 심판자이신 하나님의 사면뿐이었다. 그러면 그의 기나긴 고통도 끝이 나리라.

댄은 메이슨을 불쌍히 여겼으나 겉으로는 드러내지 않았다. 이 암흑의 시기에 이런 부드러운 감정이 생겨나는 것은 교도소의 돌밭 사이로 비어져 올라온 한 송이 꽃과 같아 포로된 자를 절망에서 끄집어내주었다. 메이슨이 기력이 없어 할당된 일을 마치지 못하면 댄이 대신해 주었는데 그때마다 메이슨이 보내는 감사의 눈빛은 혼자 있는 댄의 감방을 비춰주는 햇살과도 같았다. 메이슨은 이웃이 가진 강인한 체력을 부러워하며 젊은이가 감옥에 갇혀 체력을 낭비한다고 안타까워했다. 메이슨은 온화한 성품의 사내였다. 그는 댄이 '나쁜 종자들'과 어울릴 때마다 속삭이는 목소리와 눈빛의 힘이 닿는 대로 댄을 말리려고 애썼다. 나쁜 종자들이란 폭동을 일으키려는 무리를 부르는 이름이었다. 하지만 이미 빛을 등지기로 한 댄은 더 깊은 나락으로 떨어지고자 했다. 폭동이 일어나 폭군 같은 간수에게 복수하고 싸워서 자유를 쟁취하는 상상을 하며 사악한 만족감을 느꼈고 그 한 시간이 내면에 짓눌린 울화를 분출할 반가운 기회라고 믿었다. 여러 야생동물을 길들인 경험이 있는 댄이지만 자신의 무법성은 감당하기 어려웠다. 그것은 자기를 자기 주인으로 만들어주는 절제력이 요구되는 일이었다.

추수감사절 직전의 일요일이었다. 댄이 예배당에 앉아 있는데 외부 방문객들이 들어와 손님석에 앉았다. 그는 유심히 살폈다. 플럼필드에서 누군가 별안간 찾아올지 모른다는 불안감에서였다. 아, 아무도 없다. 다행히도 모두 낯선 이들이었다. 그리고 댄은 목사의 쾌활한 목소리와 무거운 짐 진 자들이 부르는 슬픈 노래를 듣느라 방문객들에 관해 잊었다. 교도소 방문자들은 종종 예배당에서 재소자들을 대상으로 설교를 했기 때문에 그날 어떤 방문객이 일어서서 이야기를 들려주겠다고 했을 때도 별 생각이 없었다. 단조로운 교도소의 삶에서는 아무리 작은 변화라도 반가운 것이기에 젊은 재소자들은 열심히 들을 준비를 했고 나이 든 재소자들마저 관심을 보였다.

검은 옷을 차려입은 중년의 여인이 앞으로 나왔다. 얼굴에서는 긍휼이, 눈에서는 연민이 느껴졌으며, 목소리에는 듣는 이들의 마음을 따스하게 하는 힘이 있었다. 어쩐지 어머니 같은 포근함을 가진 부인을 보고 있자니 조가 떠올라서 그녀가 하는 말을 주의 깊게 들었다. 이상하게도 그녀가 하는 한 마디 한 마디가 전부 자기를 두고 하는 말 같았다. 그 이야기는 마치 우연처럼, 댄에게 따스한 기억이 간절히 필요한 순간에 그를 찾아왔다. 그의 안에 있는 절망의 얼음을 깨뜨릴 기억이었다. 절망의 얼음은 그의 본성이 가진 선한 충동마저 병들게 하는 중이었다.

그녀의 이야기는 단순했지만 그곳 사내들은 큰 관심을 보였다. 최근에 일어난 전쟁 중 야전병원에 입원한 두 군인에 관한 이야기였다. 두 사람 모두 오른팔에 심한 부상을 입었고 둘 다 집안의 가장이기에 빨리 완쾌되어 고향으로 돌아갈 날만 손꼽아 기다리고 있었다.

한 사람은 참을성 있고 온순하여 명령에 흔쾌히 순종하는 사람이었는데 팔을 절단할지도 모른다는 소식을 들을 때에도 그랬다. 그는 이를 받아들였고 고통스러운 회복기를 거쳤다. 비록 더는 전쟁터에서 싸우지 못하게 되었지만 목숨을 건진 것을 감사히 여겼다. 하지만 다른 이는 반항아였다. 어떤 충고도 듣지 않고 절단을 거부하며 시간을 끌다가 결국 고통 속에서 죽었다. 뒤늦게 자신의 어리석음을 처절히 후회했지만 돌이키기에는 너무 늦은 상황이었다.

"자, 모든 이야기가 그렇듯 이번 이야기에도 교훈이 담겨 있지요."

그 부인은 미소를 지으며 덧붙였다. 그녀는 자기 앞에 줄지어 앉은 젊은이들을 바라보며 저들이 대체 무슨 일로 여기까지 왔는지 궁금해했다.

"이곳은 인생이라는 전투에서 싸우는 군인들을 위한 병원입니다. 아픈 영혼과 약한 의지, 비정상적 분노와 눈먼 양심들이 찾아오는 병원. 이 모든 병은 위법에서 비롯된 것으로 결과적으로 피할 수 없는 고통과 형벌이 따라옵니다. 하지만 누구나 소망할 수 있고 누구나 도움을 받을 수 있습니다. 하나님의 자비하심은 무한하고 인간의 너그러움은 위대하기 때문입니다. 하지만 회개와 순복이 치유의 선제조건입니다. 잘못한 것이 있으면 남자답게 대가를 지불하십시오. 그것이 정의이기 때문입니다. 고통과 수치 속에서 고귀한 삶을 살아낼 수 있는 새로운 힘이 나옵니다. 상처는 남겠지요. 하지만 남자가 영혼을 잃는 것보다 차라리 두 팔을 잃는 게 낫지 않습니까? 지금 여기서 보내는 이 시간은 결코 잃어버리는 것이 아닙니다. 이 시간을 통해서 자기를 다스리는 법을 배운다면 어쩌면 지금이 당신의 인생을 통틀어 가장 귀한 시간이 될지도 모릅니다. 오, 친구들이여, 쓰라린 과거에 갇히지 마십시오. 죄를 씻고 새 인생을 시작하십시오. 지금 자기 자신을 위해서 그렇게 하라면 내키지 않을 수도 있을 것입니다. 그렇다면 사랑하는 어머니와 아내와 자녀들을 위해서는 어떻습니까? 여러분을 위해 오래 참고 기다리고 희망을 버리지 않는 분들입니다. 그들을 기억하시고 그들의 사랑과 기다림을 헛된 것으로 만들지 마십시오. 만일 이곳에 걱정해주는 친구 하나 없이 버려진 영혼이 있다면, 돌아온 탕자를 향해 언제나 팔을 활짝 벌리며 맞아주시고, 용서해주시고, 위로해주시는 아버지 하나님이 계심을 기억하십시오. 그분은 최후의 순간까지 여러분들을 기다리십니다."

그렇게 짧은 설교가 끝이 났다. 설교자는 자신의 말이 허공으로 사라지지 않았음을 알았다. 누군가는 고개를 푹 숙인 채 들지 못했고 몇몇은 마음속 연약한 부분이 건드려져 한결 부드러운 얼굴을 하고 있었다. 댄은 입술을 움직이지 않으려고 꽉 다물었다. 기다리며 희망을 버리지 않는 친구들을 말하는 대목에서 갑자기 눈물이 맺히는 바람에 얼른 눈을 내리깔았다. 그는 다시 독방으로 돌아온 것을 다행으로 여겼다. 이번에는 모든 것을 잊기 위해 잠을 청하는 대신, 침상에 앉아 깊은 생각에 빠져들었다. 분명, 오늘의 설교는 자신을 위한 것 같았다. 지금 자신이 처한 상황을 정확히 말해주고 며칠 후 행할 일이 자신의 운명을 어떻게 결정 지을지 분명하게 경고하는 것 같았다. '나쁜 종자들'이 꾸미는 일에 가담하는 것이 바른 선택일까? 자칫했다간 기존의 전과에 죄목을 하나 더하게 될 것이며, 이미 견디기 힘든 형량을 늘리게 될 것이고, 결국 모든 선한 것에서 등을 돌리게 되어 어쩌면 구원받을 기회가 있을지도 모르는 미래에 치명적인 상처만 내는 꼴이 될지도 모른다. 이야기 속의 현명한 군인처럼 결과에 순복하고 정의의 처벌을 받으며 더 나은 사람이 되고자 노력하는 것이 좋을까? 상처는 남겠지만 어쩌면 그 상처는 아직 패배하지 않은 전투를 상기시켜주는 흔적이 될지도 모른다. 순수함은 잃었어도 영혼을 지켰다는 점에서 말이다. 그렇게만 된다면 그는 용기를 내어 집으로 돌아가 죄를 고백하고 자신을 불쌍히 여기고 위로해주는 이들, 절대로 자신을 포기하지 않는 이들과 어울려 지내면서 새로운 힘을 얻을 수 있을지도 모른다.

그날 밤, 댄의 마음속에서는 선과 악이 싸움을 벌였다. 신트람을 위해 천사와 악마가 전투를 한 것과 비슷했다. 정복자는 무법자적 본성이 될지, 사랑하는 마음이 될지 가늠하기 어려웠다. 회한과 원망, 수치심과 슬픔, 자존심과 분노가 뒤엉켜 싸우느라 그 좁은 감방은 전쟁터가 되었다. 불쌍한 댄, 이제 그의 앞에 있는 적들은 방황하고 방랑하던 시절에 만난 상대들보다 훨씬 더 무시무시해 보였다. 우리의 신비로운 마음속에서 흔히 일어나듯, 작은 것 하나가 저울추의 무게 중심을 옮겼고, 작은 연민의 마음이 전투의 흐름을 바꾸는 결정을 했다. 축복의 길이냐, 저주의 길이냐를 선택하는 문제였다.

동트기 전 가장 어두운 시간, 침상에 누워 있었으나 정신은 말짱했다. 철창 사이로 빛 한줄기가 들어오면서 감방의 빗장이 조심스레 움직이더니 한 사내가 들어왔다. 목사였다. 자녀의 고통을 감지하는 어머니의 본능처럼 오랜 세월 아픈 영혼들을 돌봐온 그는 재소자의 굳은 얼굴에 피어나는 소망의 징후를 금방 알아챘고 시련과 고통 속에 있는 영혼들에게 언제 위로와 치유의 말이 필요한지, 언제 기도가 필요한지 분별하는 눈을 가졌다. 그가 의외의 시간에 불쑥 댄을 찾아온 것이 처음은 아니었다. 하지만 이전에는 댄이 항상 화나 있거나 외면하거나 반항적으로 나와서 매번 돌아가야 했다. 목사는 드디어 때가 왔음을 알았다. 빛줄기가 비춘 댄의 얼굴에 안도의 표정이 어려 있었다. 밤새 독방에 갇혀 분노, 의심, 공포의 속삭임에 괴로움을 당한 터라 사람 목소리를 들으니 이상하리만치 편안했다. 악의 힘에 실망한 상태였고 선한 싸움을 싸우기 위해서는 도움이 필요하다는 것을 깨닫는 중이었다. 그에게는 '전신갑주'가 없으니까.

"켄트, 가엾은 메이슨이 막 세상을 떠났네. 그가 자네에게 전갈을 남겼는데 어쩐지 당장 전해주어야 할 것 같아서 말이야. 자네, 오늘 예배 중에 마음이 움직이는 것처럼 보이더군. 어쩌면 메이슨이 전해주려는 것이 지금 자네에게 꼭 필요한 것일 수도 있겠어."

목사는 자리를 잡고 앉으며 침상에 누운 우울한 사내에게 친절한 눈길을 보냈다.

"고맙습니다, 목사님. 들려주세요."

댄의 대답은 짧았지만, 아내와 아이에게 마지막 인사도 하지 못한 채 감방에서 홀로 죽어간 불쌍한 양반 생각에 마음이 미어져 자신은 완전히 잊어버린 상태였다.

"갑자기 떠났어. 하지만 자네 얘기를 하며 이 말을 꼭 전해달라고 애원했네. '그 일, 하지 말라고 전해주십시오. 끝까지 잘 버티고 최선을 다하라고요. 형량을 다 채워 출소하면 메리에게 곧장 가보라고도 말해주십시오. 저 대신 환영해줄 겁니다. 나가도 이쪽에 친구가 없으

704

니 외로울 텐데 남자가 어려운 일을 당할 때는 여자가 안식처가 되어줄 수 있잖아요. 그 아이에게 사랑한다는 말과 함께 작별 인사를 전해주십시오. 제게 항상 친절한 아이였지요. 하나님께서 그 점을 보시고 그 아이를 축복하실 겁니다.' 그렇게 말하고 조용히 눈을 감았다네. 내일이면 하나님의 사면을 받아 본향으로 돌아가겠지. 사람의 사면은 너무 늦었지만 말이네."

댄은 아무 말도 하지 않았다. 얼굴에 팔을 올리고 미동도 없이 가만히 있었다. 목사는 그 가여운 노인이 보낸 전갈의 효과가 자신의 기대 이상임을 알았다. 목사가 아버지 같은 목소리로 댄에게 들려준 말은 '고향'으로 돌아가기를 간절히 바라지만 그럴 권리를 상실했다고 믿는 이 가여운 수감자에게 큰 위로가 되었다.

"마지막 순간까지 자네 걱정을 한 이 겸손한 양반을 실망시키지 않길 바라네. 말썽을 일으키려는 자들이 있다는 것은 나도 알고 있지. 나 역시 자네가 그쪽에 가담할까봐 두려운 마음이 드는군. 부탁이니, 하지 말게. 그 계획은 성공하지 못해. 언제나 그랬듯이 말이야. 지금까지 잘해왔는데 괜한 흠을 낸다면 참으로 안타까운 일이 아니겠는가. 나의 아들, 용기를 내게. 1년 후, 이 힘든 시간을 통해 더 나빠진 것이 아니라 더 나아진 모습으로 형량을 마치자고. 친구가 없더라도 고마움을 보답하고 싶어 하는 부인이 반갑게 맞이해준다고 하지 않나. 그리고 자네에게 친구가 있다면 그들을 봐서라도 최선을 다하게. 우리, 하나님께 도움을 청하세. 이런 일을 도울 수 있는 분은 하나님 한 분뿐이니 말일세."

그리고 이 선량한 사내는 댄의 대답도 기다리지 않고 바로 진심 어린 기도를 시작했다. 댄은 기도에 귀를 기울였다. 이전에 한번도 해본 적 없는 행동이었다. 고독의 시간과 임종 메시지, 갑자기 고개를 든 양심은 그를 구원하고 위로하려고 나타난 천사들 같았다.

그날 밤 이후 댄의 내면에서 변화가 일어났다. 물론 목사 외에는 아무도 눈치채지 못했다. 그는 여전히 과묵하고 근엄하고 비사교적으로 굴었다. 나쁜 무리나 착한 이들 모두 할 것 없이 일절 교제하지 않고 등을 돌렸다. 유일한 낙은 친구가 가져다준 책을 읽는 것이었다. 빗방울이 바위를 뚫는다고, 이 인내심 많고 친절한 목사는 마침내 댄의 신뢰를 얻었다. 이 목사 덕분에 댄은 겸손의 골짜기*를 빠져나와 산을 향해 걸었다. 비록 아직은 구름이 끼어 있긴 해도 그 사이로 천상의 도시**를 엿보았다. 모든 순례자가 애절한 눈과 휘청거리는 다리로 향하는 그곳 말이다. 가는 길에 뒤로 미끄러지기도 여러 번이요, 절망의 거인이나 마귀 아볼루온***을 만나 씨름을 하기도 하고, 삶의 가치를 찾을 수도 없고 메이슨이 탈출한 방법만이 유일한 희망으로 보이는 고통스러운 시간을 보내야 한다. 하지만 친절한 손을 붙들고 형제의 목소리를 들으며 과거에 저지른 잘못을 속죄하고 집으로 돌아갈 권리를 회복하고자 하는 열망 덕분에 댄은 대임을 묵묵히 감당하는 중이었다. 어느새 한 해가 끝나가고 새로운 해가 댄의 인생이라는 책에서 새로운 장을 펼치려고 기다리고 있었다.

* 존 버니언의 《천로역정》에 등장하는 장소로 주인공이 통과해야 하는 관문 중 하나.
** 《천로역정》에서 주인공이 도달해야 하는 최종 목적지.
*** 절망의 거인이나 아볼루온 모두 《천로역정》에 나오는 등장인물이다.

그는 그 책에서 가장 어려운 부분을 지나는 중이었다.

크리스마스가 되자 그는 플럼필드가 무척 그리웠다. 그래서 걱정하는 그들에게 안부를 전하고 자신의 마음도 위로를 얻을 방법을 생각해냈다. 그는 다른 주에 사는 메리 메이슨에게 편지를 써서 자신이 동봉한 편지를 부쳐달라고 부탁했다. 그 편지에는 자신은 잘 지내고 있으며 농장 일은 포기했지만 다른 일을 계획 중이라고, 그 얘기는 나중에 들려주겠다고, 가을이나 되어야 집에 갈 수 있을 것이라고, 편지는 자주 못 해도 잘 지내고 있으니 걱정 말라고만 적었다. 그리고 모두에게 메리 크리스마스라는 말과 함께 사랑을 전했다.

그리고 그는 또다시 고독한 생활을 이어가며 남자답게 자신의 잘못에 대한 대가를 치렀다.

34

네트의 새해

"에밀은 기대하지 않지만 네트는 꼬박꼬박 편지를 보내잖아요. 하지만 댄은 어디에 있는 걸까요? 떠난 이후로 두세 통이 전부예요. 에너지가 넘치는 아이니 지금쯤이면 캔자스에 있는 농장을 몽땅 사들이고도 남았을 텐데."

어느 날 아침 조가 도착한 우편물을 들춰보다가 하소연했다.

"댄은 원래 편지를 자주 쓰지 않잖아요. 자기 일을 다 마치면 집으로 돌아올 거예요. 그 아이에겐 몇 달이나 몇 년이 그리 오랜 시간이 아니니, 시간도 잊은 채 어디 야생의 들판을 탐험하고 있겠지요."

베어 교수가 대답했다. 그는 네트가 라이프치히에서 보내온 장문의 편지를 읽는 중이었다.

"하지만 어떻게 지내는지 소식을 전하겠다고 내게 약속한걸요. 댄은 약속을 지키는 아이라고요. 무슨 일이 일어난 건 아닌지……."

제 주인의 이름이 들려서인지 돈이 다가와서 조를 바라보았다. 슬픈 눈동자였다. 조는 돈의 머리를 쓰다듬으며 위안을 얻었다.

"걱정 마세요, 어머니. 댄 형에게는 아무 일도 일어나지 않아요. 어느 날 멀쩡한 모습으로 나타날걸요. 한 손에는 금광을, 다른 손에는 초원을 들고서 우리 뒤로 나타나 깜짝 놀래킬 거라고요. 귀뚜라미처럼 쾌활하게요."

테디가 말했다. 댄이 너무 빨리 돌아오면 옥투를 제 주인에게 떠나보내야 하는데 그걸 생각하면 좀 아쉽기도 했다.

"어쩌면 농장 일은 애초에 접고 몬태나로 갔을지도 몰라요. 형의 가장 큰 관심은 인디언들 같던걸요."

로브는 그렇게 말하고 정리해야 할 편지가 잔뜩 밀린 어머니를 돕겠다며 어머니 쪽으로 갔다.

"그랬으면. 그게 그 아이에게 가장 잘 어울리는 일이지. 하지만 계획이 바뀌었다면 우리에게 알리지 않았을까? 돈을 보내달라는 전갈도 왔어야 하고. 아무래도 뭔가 잘못된 것 같구나."

조가 실내용 모자를 뒤집어쓴 운명의 여신처럼 엄숙하게 말했다.

"그랬다면 당연히 연락이 왔겠지요. 나쁜 소식이 원래 빨리 전해지는 법이잖소. 조, 괜한 걱정 사서 하지 말고 네트가 얼마나 잘 지내는지나 들어봐요. 난 이 녀석이 음악 외엔 아무것에도 관심이 없는 줄 알았는데. 나의 좋은 친구 바움가르텐이 네트가 그곳에서 잘 시작하도록 도움을 주고 있으니 네트도 정신만 잘 차린다면 잘할 거요. 착한 아이지만 세상은 처음이잖소. 라이프치히는 방심했다가는 덫에 걸리기 쉬운 곳이고. 주님이 그 아이와 함께하시길!"

베어 교수가 네트의 편지를 읽었다. 문학인들이나 음악인들의 파티에 참석한 이야기, 오페라의 웅장함, 새로 사귄 친구들의 친절함, 베르크만 교수 같은 명장 밑에서 공부하는 즐거움, 빠른 성장에의 기대, 그리고 자신에게 이런 황홀한 기회를 허락해준 모든 분에 대한 감사가 담겨 있었다.

"만족스럽고 위안이 되는 소식이네요. 나도 네트 속에 숨어 있는 뜻밖의 힘을 그 아이가 떠나기 전에 알게 되었어요. 참으로 남자답고 훌륭한 계획을 하고 있더군요."

조가 뿌듯한 어조로 말했다.

"두고 봅시다. 거기 있는 동안 뭔가를 배워서 더 나은 사람이 될 것은 분명하니까. 우리도 젊은 날에 그런 경험을 하지 않았소. 선량한 젊은이에게 세상이 너무 혹독하지 않기만을 바랄 뿐이오."

그는 독일에서의 학창 시절을 떠올리며 현자 같은 미소를 지었다.

그의 말이 옳았다. 네트는 빠른 속도로 인생 교훈을 배우는 중이었다. 플럼필드의 친구들이 봤다면 깜짝 놀랐을 것이다. 조가 발견했던 남자다움이 예상치 못한 방식으로 개발되는 중이었고 조용하기만 하던 네트는 이 즐거운 도시가 주는 무해한 방탕함에 풍덩 뛰어들었다. 순진한 청년이 처음 맛보는 쾌락이었다. 완전한 자유와 자립심은 달콤했다. 항상 도움만 받고 누군가에게 의지해서 살아온 그는 그것이 부담이었기에 자신의 두 다리로 일어서서 자기만의 방식으로 살아보고 싶은 생각이 간절했다. 거기선 아무도 그의 과거를 알지 못했다. 옷장에는 근사한 옷들이 가득했고 은행에는 쓸 돈이 넉넉히 있었다. 라이프치히 최고 음대 교수의 제자가 된 그는 촉망받는 젊은 신사로 사교계에 데뷔했다. 존경받는 베어 교수와 부유한 로런스 씨라는 든든한 후원자의 이름에 많은 이들이 기꺼이 자신의 집을 열었다. 이 후원자들과 유창한 독일어 실력, 겸손한 매너, 부인할 수 없는 음악적 재능 덕에 그는 이방인임에도 많은 젊은이가 진출하기를 애쓰지만 허탕을 치고 만다는 사교계에 단번에 들어갔다.

네트는 새로운 세계에 눈을 떴다. 휘황찬란한 오페라하우스에 앉아 공연을 관람하거나 특별한 커피 파티에 초대되어 숙녀들에게 둘러싸여 이야기꽃을 피우거나 저명한 교수의 고명딸을 데이지라고 상상하며 같이 춤을 출 때면, 이 사교적인 청년이 과연 플럼필드 대문 앞에서 비를 맞으며 서 있던 가난한 거리의 악사와 동일 인물인지 스스로 묻곤 했다. 그의 마음은 진심이었고 자극은 선한 것이었으며 야망은 높았다. 하지만 나약함이 문제였다. 그는 곧 허영에 빠졌고 쾌락에 취했으며 이 새롭고 매력적인 삶이 제공하는 즐거움만 생각하게 되었다. 사람들이 그를 좋은 가문의 귀한 자제로 상상하도록 내버려두었다. 로리 씨의 재산과 영향력을 은근히 과시했으며 베어 교수의 명성을 자기 것처럼를 내세웠다. 조의 책을 읽은 감성파 프롤라인(Fräulein)*들에게는 조와의 친분을 앞세워 관심을 얻었고 자기에게 호의적인 부인들에게는 자신이 두고 온 메드헨

* 독일어로 '아가씨'라는 뜻.

(Mädchen)*의 이야기를 털어놓으며 그녀의 매력과 덕을 늘어놓기도 했다. 철없는 자랑과 순진한 허영심으로 그는 당연히 사람들의 입방아에 오르내리기 시작했다. 그만큼 그의 존재가 중요해진 것은 놀랍고도 감사할 일이지만 거기에는 창피가 좀 따르기도 했다.

그가 뿌린 씨앗은 쓴 열매를 맺었다. 상류층 출신으로 알려진 이상 더 이상 남루한 동네에 살 수 없었다. 계획표대로 열심히 공부만 하며 조용히 지낼 수도 없었다. 대학생, 젊은 장교, 그밖에 다양한 부류의 유쾌한 이들을 만나야 했고 그들이 보여주는 관심에 잔뜩 들떴다. 그렇지만 그 쾌락에는 돈이 들었고 후회의 가시가 정직한 양심을 찔렀다. 좀 더 화려한 거리에 있는 더 나은 방을 얻어 뽐내며 지내고 싶은 유혹에 빠져 이웃인 선량한 텟첼 부인과 예술가 포겔슈타인 양을 뒤로하고 떠났다. 텟첼 부인은 그가 떠나는 것을 슬퍼했고 포겔슈타인 양은 회색 곱슬머리를 흔들며 그가 애처롭지만 더 현명한 사람이 되어 돌아올 것이라고 예언하며 그를 보내주었다.

네트의 생활비와 그가 바쁜 사교계 생활을 영위하기 위하여 사용하는 최소한의 유흥비만 해도 어마어마하게 큰돈이었다. 하지만 로리 씨가 처음 제안한 액수에 비하면 적었다. 베어 교수는 네트가 돈을 관리하는 법에 익숙하지 않은 것을 보고 절약하는 습관을 지녀야 한다고 조언했다. 쾌락에 빠질 수 있는 나이의 남자에게 두둑한 지갑이 주어지면 유혹이 따른다는 것을 잘 알았기 때문이다. 그러는 사이 네트는 새로 얻은 멋진 아파트를 마음껏 즐겼다. 눈치 못 채

---

* 독일어로 '소녀'라는 뜻으로 데이지를 지칭한다.

는 사이 점점 더 큰 사치와 호화가 그의 삶으로 비집고 들어왔다. 네트는 수업은 놓치는 일이 없었지만 연습하는 데 써야 하는 시간들이 극장, 무도회, 맥주 파티, 클럽 등지에서 낭비되었다. 물론 귀중한 시간을 함부로 사용하는 것, 자신의 돈이 아닌 후원금을 펑펑 쓰는 것 외에는 남에게 해를 끼치지 않았고 신사답게 유희를 즐기고 있었다. 여태까지는 그랬다. 하지만 상황은 점점 나쁜 쪽으로 기울었고 네트도 그것을 느끼기 시작했다. 처음에는 꽃길을 걷는 것 같았으나 계속 내리막길로 치달았고 올라가는 길이 보이지 않았다. 자신에게 기대를 건 이들을 배신한다는 죄책감이 그를 괴롭히기 시작했다. 행복한 나날이 계속되었지만 그가 혼자서 조용히 있는 시간이면 모든 게 잘못되어간다는 생각에 사로잡혀 고통스러워했다.

"딱 한 달만 더 이렇게 살자. 그런 다음에 제자리로 돌아가자."

그는 입버릇처럼 말했다. 그러고는 모든 게 자신에게 새롭다는 사실과 플럼필드의 친구들은 모두 자신이 행복하기를 바란다는 점과 이곳 사교계에서 품위를 배우고 있다는 점을 핑계 삼아 제자리 돌아가기를 차일피일 미루었다. 한 달, 또 한 달이 지나갈수록 빠져나오는 것은 점점 더 힘들어졌다. 시간은 그렇게 지나갔고 분위기에 휩쓸려가는 것은 정말이지 너무 쉬워서 네트는 계속 이 핑계 저 핑계를 대며 그 속에서 빠져나오지 못하고 있었다.

유익했던 여름의 유흥이 지나가고 축제 분위기인 겨울이 이어졌다. 네트는 겨울의 사교계가 돈이 더 많이 든다는 사실을 알게 되었다. 이번에는 낯선 이방인을 환대해준 숙녀들에게 보답할 차례였다. 마차, 꽃다발, 연극 관람을 비롯한 온갖 시시콜콜한 비용까지, 네트로서는 부담스럽지만 피할 길이 없었고 그의 지갑도 마침내 바닥이 보이기 시작했다. 로리 씨를 롤모델로 삼은 네트는 꽤 정중하고 멋진 청년으로 통했고 사교계에서 두루 사랑받는 인물이었다. 기존의 좋은 성품인 정직함과 순수함이 새로 익힌 분위기와 품위라는 날개를 달고 주변 사람들에게서 더 큰 신망과 애정을 얻었다.

음악을 사랑하는 딸을 둔 다정한 노부인이 있었다. 좋은 가문에서 태어났으나 집이 가난하여 딸을 부유한 집에 시집보내고 싶어 하는 이였다. 그녀는 네트의 배경과 친구들에 관한 작은 소설에 혹했고, 딸 민나 역시 그의 음악적 재능과 깍듯한 매너에 매료되었다. 그 집의 조용한 거실에 있으면 네트는 집에 온 것처럼 편안했고 시끌벅적한 사교계를 벗어나 쉴 수 있는 안식처 같았다. 노부인은 그를 상냥하고 편안하게 대해주었고 예쁘장한 딸의 부드러운 푸른 눈은 그가 올 때면 반가움으로, 떠날 때에는 아쉬움으로, 그가 연주할 때면 감탄과 존경으로 빛났다. 네트로서는 이런 곳을 멀리하기엔 너무 유혹이 컸다. 순진하기만 한 네트는 어머니 같은 이 부인에게 약혼녀가 있음을 털어놓았다. 노부인의 마음속에 어떤 야심이 숨어 있는지, 낭만적인 독일 소녀에게 존경받는 것에 어떤 위험이 도사리고 있는지 전혀 눈치채지 못한 채, 소녀에게는 상처를, 자신에게는 큰 후회를 줄 때까지 그 집을 계속 드나들었다.

물론 그가 새롭고 쾌락적인 삶에 빠진 낌새는 그가 매주 쓰는 장문의 편지에 드러나지 않을 수 없었다. 네트는 아무리 신나게 놀러다니고, 아무리 바쁘고, 아무리 피곤해도 집으로 보내는 편지만은 꼬박꼬박 썼다. 데이지는 그의 행복과 성공에 마냥 기뻐했지만 다른 소년들은 '쩍쩍이가 사교계 인사로 변신'했다며 웃었는데 큰 녀석들 사이에선 이런 얘기도 오갔다.

"속도가 너무 빠른데. 곧 경고의 말을 듣거나 골치 아픈 일에 휘말리겠어."

하지만 로리는 이렇게 말했다.

"어때, 실컷 즐기라고 해. 그간 너무 오랫동안 의존적이고 억눌려서 살아왔잖아. 가진 돈이 한계가 있어서 너무 멀리 가지도 못할 거야. 빚을 지거나 할 인물이 아니니 걱정하지 않아도 될 거야. 무모한 행동을 하기엔 유약하고 정직한 아이니까. 그가 맛보는 첫 자유이니 즐기도록 두는 게 좋겠어. 장담컨대, 점점 나아질 거야. 두고 봐."

그렇기에 경고 대신 아주 부드러운 권고만 전달되었다. 선량한 플럼필드 사람들은 네트가 '화려한 생활'을 접고 다시 공부에 매진한다는 소식을 보내오기를 손꼽아 기다렸다. 데이지는 편지에 종종 등장하는 민나, 힐데가르데, 롯트헨 같은 이름의 여자들이 자신의 소중한 네트를 빼앗아갈까봐 걱정했고 가슴이 찔리는 듯한 고통을 느꼈다. 하지만 절대로 내색하지 않았고 답장은 언제나 차분하고 쾌활한 어조를 유지했다. 그저 그가 보내온 편지를 너덜너덜해질 때까지 읽고 또 읽으며 혹시 변심한 흔적이 있나 유심히 들여다볼 뿐이었다.

그런 식으로 몇 달이 흘렀다. 마침내 선물과 축하와 화려한 파티로 가득한 크리스마스가 다가왔다. 네트도 그곳에서 보내는 크리스마스에 대한 기대가 컸고 처음에는 즐겁기만 했다. 독일의 화려한 크리스마스 장식은 볼 것이 많았다. 하지만 신나게 보내는 그 주는 그가 나중에 방종의 대가를 톡톡히 치르는 잊을 수 없는 한 주가 되었다. 그리고 찾아온 새해 첫날은 심판의 날이었다. 못된 요정이 준비한 마법처럼, 그의 행복한 세계는 하루아침에 뒤집어져 거짓말처럼 황량하고 절망스러운 곳으로 돌변했다. 판토마임 속 극적인 변화를 보는 것같이 말이다.

첫 번째 사건은 아침에 일어났다. 그는 값비싼 꽃다발과 초콜릿 봉봉을 준비하여 민나와 노부인을 찾아갔다. 물망초 모양으로 수를 놓은 멜빵과 민첩한 손놀림으로 직접 짠 실크 양말을 선물로 준 부인에게 고마움을 표하기 위해서였다. 부인은 따뜻하게 그를 맞이했지만, 그가 민나의 안부를 묻자 어떤 의도로 자신의 딸을 찾느냐고 단도직입적으로 물었다. 그녀의 귀에까지 들려온 소문이 있어 그가 딸에 대한 입장을 확실히 밝히거나 그렇지 않을 경우엔 더는 찾아오지 않으면 좋겠다는 요구였다. 딸의 마음에 상처를 줄 수는 없다는 것이었다. 네트는 예상치 못한 말에 당황했다. 미국인다운 정중함이 순진한 따님에게 오해를 불러일으켰다고 변명해봐야 이미 늦은 일이었다. 잘못 말했다간 그 말이 영악한 노부인에게 잘못 사용되어 더 큰 곤란을 당할 터였다. 진실만이 그를 이 상황에서 벗어나게 할 수 있었다. 정직하고 명예를 중시하는 네트는 모든 것을 솔직하게 털어놓았다. 네트는 거짓된 화려함을 모두 벗어버리고 자기가 사실은 가난한 학생에 불과하다고 실토하며 그들이 베풀어준 호의에 취해 경솔하게 방종했다며 용서를 구했다. 그러자 서글픈 광경이 이어졌다. 숌부르크 부인의 숨은 동기나 욕망이 가감 없이 드러났던 것이다. 그녀는 자신이 쌓아올린 사상누각이 무너지자 숨기지 않고 실망감을 표시하며 경멸하는 태도로 네트를 격렬히 비난했다.

진심으로 참회하는 네트의 모습에 그녀의 태도도 조금 누그러들어 간신히 민나와 작별 인사를 할 기회를 허락했다. 민나는 열쇠구멍 틈으로 이 모든 것을 엿듣고 있다가 그 말에 뛰쳐나와 네트의 품에 와락 안기며 눈물을 쏟았다. "오, 나의 그대, 내 마음은 이렇게 무너지지만 저는 결코 그대를 잊지 않겠어요!" 다부진 숌부르크 부인마저 울기 시작했다. 한바탕 독일식의 격한 감정과 한탄이 오간 후에야 그는 간신히 그 집을 빠져나왔다. 베르테르가 된 기분이었다. 버림받은 로테는 초콜릿 봉봉으로, 노부인은 그보다 좀 더 값비싼 선물로 각자의 마음을 진정시켰다.

두 번째 사건은 바움가르텐 교수와 식사할 때 일어났다. 아침에 당한 일로 식욕이 떨어진 상태였는데 함께 자리한 다른 제자의 말에 네트는 기운이 완전히 꺾였다. 자신이 곧 미국에 가게 되었다며 들떠서는 마땅히 '친애하는 베어 교수'를 꼭 찾아뵙고 그의 제자가 라이프치히에서 얼마나 흥청망청 잘 놀고 있는지 전하겠다는 것이 아닌가? 이 모든 이야기가 플럼필드에 전해질 생각을 하니 심장이 멎는 것 같았다. 일부러 속일 생각은 없었지만, 편지에는 결코 쓰지 않는 수많은 일들이 있지 않은가. 게다가 칼센이 어여쁜 민나와 자신의 '마음의 벗'이 약혼했다는 사실도 슬쩍 암시하겠노라고 하면서 장난스러운 윙크를 보내자, 네트는 이 겨울에 일어난 일련의 사건들이 플럼필드에 전해져 평지풍파를 일으키기 전에 녀석이 탄 배가 난파되어 바다속에 가라앉으면 좋겠다는 생각을 하기에 이르렀다.

간신히 마음을 가라앉힌 네트는 칼센에게 그가 지금 우쭐해진 것은 사악한 예술이라고 경고한 뒤 그에게 플럼필드 가는 길을 설명해주었는데, 기적이 일어나지 않는 한 절대로 베어 교수를 만날 수 없을 만큼 엉뚱한 길을 가르쳐주었다. 그럼에도 만찬 내내 네트의 기분은 엉망이었다. 그래서 최대한 빨리 그 자리를 빠져나와 암담한 기분으로 길거리를 헤매고 다녔다. 그날 저녁 명랑한 친구들과 함께 가기로 한 극장에도, 연극 관람 이후 함께하려던 식사 자리에도 가지 않았다. 그 대신 네트는 구걸하는 이들에게 돈을 쥐여주고 금박을 입힌 진저브레드를 사서 아이 둘을 행복하게 해주었으며 혼자 맥주를 마시면서 마음을 달래보았다. 데이지를 상상하며 허공에 건배하고 스스로에게는 내년이 올해보다 더 나은 해가 되기를 기원했다.

그렇게 한참을 방황하다가 집으로 돌아가니 세 번째 사건이 그를 기다리고 있었다. 집 앞에 눈보라처럼 몰려와 잔뜩 쌓인 고지서들을 보고 있노라니 회한과 절망, 그리고 자기 혐오라는 눈사태에 깔려 질식할 것 같았다. 고지서들의 부피와 지불할 금액을 확인한 네트는 기절할 듯이 놀랐다. 베어 교수가 현명하게 예견했듯 그는 돈 문제에 둔했다. 이 고지서들을 모두 해결하려면 은행에 예치된 돈을 전부 긁어다 써야 할 판이었다. 그러면 앞으로 여섯 달 동안은 무일푼 신세가 되고 만다. 플럼필드에 돈을 더 보내달라는 전갈을 하지 않는 한 말이다. 하지만 그러느니 차라리 굶는 게 낫겠다고 생각했다. 도박장 생각이 가장 먼저 들었다. 그렇지 않아도 새로 사귄 친구들이 몇 번이나 그를 끌어들이려고 했다. 하지만 그는 유혹을 이기라는 베어 교수와의 약속을 기억했다. 당시에는 전혀 자신에게 일어날 것 같지 않던 일들이었다. 게다가 그동안 저지른 잘못도 이미 많은데 거기에 하나 더 추가할 생각은 없었다. 빌리고 싶지도, 구걸

718

하고 싶지도 않았다. 그렇다면 어쩌면 좋은가? 간담이 서늘해질 정도로 많은 이 고지서들을 처리해야 하고 레슨도 계속 받아야만 한다. 안 그랬다간 야심 차게 떠난 유학은 수치스러운 실패로 끝나고 말 것이다. 그러니 당분간은 살아야 한다. 하지만 어떻게? 최근에 저지른 어리석은 일들을 한탄해보지만 이미 너무 멀리 와버렸다. 그는 몇 시간 동안 낙담의 늪(Slough of Despond)*에서 허우적거리며 자신의 호화로운 방을 서성였다. 자신을 끌어당겨 건져줄 구원의 손길이 간절했다. 적어도 새로운 우편물이 도착할 때까지는 그랬다. 새로 도착한 고지서 더미 위로 미국 소인이 찍힌 봉투가 놓여 있었다. 먼 길을 오느라 겉봉투는 다 닳아 있었다.

세상에, 이렇게 반가울 데가! 집에서 온 소식이었다. 가족들의 애정이 듬뿍 묻어나는 여러 장의 편지였다. 그는 너무나 반가운 마음으로 당장에 읽기 시작했다. 모두가 한 줄씩 안부를 적었고 끝에는 그리운 이름들이 모두 적혀 있었다. 편지를 읽어내려가는 눈이 점점 흐려졌다. "주님의 축복이 우리 네트와 함께 하길, 마더 베어 씀"이라는 대목에 이르러 울음이 터졌다. 두 팔로 머리를 감싸고 눈물을 쏟는 바람에 편지가 젖어버렸다. 눈물 줄기는 억눌린 양심으로 무거워진 마음을 위로하고 어린 치기로 저지른 죄들을 씻어주었다.

"사랑하는 가족들이 나를 이토록 사랑해주고 믿어주는데! 내가 어떤 멍청이인지 알게 되면 얼마나 가슴 아파하며 실망할까! 그래, 이런 분들에게 도움을 요청하기보다는 거리의 악사로 돌아가자!"

*《천로역정》에서 주인공이 빠지는 늪.

네트는 눈물을 훔치며 외쳤다. 그 눈물 덕에 마음이 진정되기도 했지만 여전히 부끄러운 것은 어쩔 수 없었다.

그러고 나니 무엇을 어떻게 해야 할지 좀 더 분명해졌다. 바다 너머로 도움의 손길이 뻗어왔고 '사랑', 즉 고마운 전도자*가 늪에서 꺼내주며 가야 할 좁은 길을 보여주었다. 그 길을 따라가면 구원을 얻으리라. 네트는 편지를 다시 읽으며 편지지 구석에 그려진 데이지꽃에 열렬히 입을 맞췄다. 그러고 나니 한결 담대한 기분이 들어 닥쳐올 최악의 상황을 맞이하고 그것을 해결할 힘이 생긴 것 같았다. 고지서의 금액은 모조리 지불할 것이다. 팔 수 있는 것은 닥치는 대로 팔아버리자. 이 비싼 아파트를 포기하고 저렴한 텟첼 부인의 하숙집으로 돌아가면 된다. 일을 찾으면 생활비는 어떻게 해결이 될 것이다. 다른 학생들도 어차피 그렇게 생계를 유지하고 있지 않은가. 새로 사귄 친구들은 그만 만나고 화려한 생활도 접고 나비가 되려고 발버둥 치는 것도 멈추기로 했다. 이 가엾은 친구더러 그동안 누리던 작은 사치를 모조리 때려 부수라는 것이나, 젊은이더러 즐거운 오락을 포기하라는 것, 자신의 잘못을 인정하고 받아들이며, 자신이 지금 있는 자리에서 내려와 사람들의 동정과 비웃음을 받으며 잊힌 존재가 되라는 것은 결코 말처럼 쉬운 일이 아니었다.

이 일을 해내기 위해 네트는 자존심과 용기를 모두 끌어모아야만 했다. 예민한 성격의 그는 자존심이 셌고 명예를 중요시했으며 실패는 견디기 어려운 쓰라림이었다. 그러나 그는 천성적으로 비열함과

*《천로역정》의 등장인물.

속임수를 경멸했기에 남에게 도움을 요청하거나 부정직한 방법으로 자신의 필요를 숨기는 짓은 할 수 없었다. 밤에 혼자 앉아 있는데 베어 교수의 말이 이상하리만치 또렷하게 떠올랐다. 그는 어느새 플럼 필드의 어린 소년으로 돌아가 있었다. 겁이 나서 거짓말을 한 대가로 선생님을 대신 벌 주는 벌을 받는 중이었다.

"그래, 나 때문에 선생님을 다시 고통받게 할 수는 없어. 바보일지언정 야비한 인간이 되지는 않을 거야. 당장 바움가르텐 교수님을 찾아가서 사실대로 말씀드리고 그분의 조언을 들어야겠어. 비난이 대포처럼 날아오더라도 해야만 하는 일이야. 뱁새가 황새를 따라가려다 가랑이 찢어지지 말고 정직한 가난뱅이로 살자."

네트는 고통 중에서도 미소를 지었다. 방을 장식하고 있는 사치품들을 돌아보며 자신의 출신을 다시 한번 상기했다.

그는 남자답게 자신과의 약속을 지켰다. 감사하게도 교수가 제자 중에 이런 경우를 여럿 보아왔다고 말해주어 위안을 받기도 했다. 현명한 바움가르텐 교수는 네트에게 필요한 것이 훈육과 절제라고 생각하며 그의 계획을 받아들여주었고 도움이 필요하면 언제든지 알려달라는 말과 함께 베어 교수에게는 네트가 제자리를 찾을 때까지 비밀을 지켜주겠노라고 약속했다.

새해의 첫 주는 우리의 돌아온 탕자가 참회하는 자세로 자신의 계획을 이행하느라 바쁘게 지나갔다. 그는 생일을 텟첼 부인의 하숙집 꼭대기 방에서 홀로 보냈다. 방 안에 이전의 화려함은 사라지고 없었다. 아담한 아가씨들에게서 받은 내다 팔지도 못하는 잡다한 물건들만 남아 방 안을 메우고 있었다. 그녀들은 네트의 빈자리를 매우 애석하게 여겼지만 남자들은 그를 조롱하고 동정하다가 곧 그를 떠났다. 그를 위해 기꺼이 지갑을 열어주고 곁을 지켜주겠다고 약속한 한두 명을 제외하고는 모두 그랬다. 그는 고독하고 침울했다. 작은 벽난로 곁에 앉아 플럼필드에서 보낸 작년 새해를 기억했다. 작년 이 시간에 그는 데이지와 춤을 추고 있었다.

누군가 문을 두드렸다. 그는 궁금해할 힘도 없어서 그저 "들어오세요(Herein)."라고 독일어로 말했다. 누가 군이 자신을 만나겠다고 이 높은 다락방까지 올라왔을까 궁금했다. 선량한 집주인 텟첼 부인이 와인 한 병과 갖가지 색깔의 사탕으로 장식한 멋들어진 케이크를 쟁반에 받쳐 들고 들어왔다. 포겔슈타인 양이 그 뒤를 따라 꽃이 핀 장미 나무 화분을 들고 들어왔다. 그녀의 회색 머리는 여전히 곱슬거렸다. 기쁨으로 환하게 빛나는 얼굴로 그녀는 이렇게 외쳤다,

"친애하는 블레이크 군, 작은 선물과 함께 축하해주러 왔어요. 기억에 남을 오늘이 되어야 하니까요. 생일 축하해요! 당신의 올해가 아름답게 꽃피우기를, 당신의 친구들인 우리가 소망합니다."

텟첼 부인이 덧붙였다.

"그럼, 그럼, 우린 정말 그러길 바란다우, 우리 학생 양반. 자, 여기 '기쁨으로 구운' 케이크를 맛봐요. 이 와인으로 멀리 고향에 있는 사랑하는 이들의 건강을 위해 건배를 드시우."

네트의 무거운 마음이 한결 풀렸다. 그는 선량한 이들의 호의에 감동해서 감사 인사를 하고는 자신과 함께 케이크와 와인으로 생일을 축하하자고 제안했다. 젊은이를 아끼는 어머니 같은 두 여인은 흔쾌히 그러겠노라고 했다. 이들은 네트가 어떤 곤경에 처했는지 알

고 있었고 친절한 말과 맛있는 케이크와 와인을 넘어선, 실질적으로 도움이 될 제의를 해주었다.

텟첼 부인은 조금 망설이더니 자신의 친구 이야기를 꺼냈다. 이류 극장에서 오케스트라 단원으로 일하던 친구인데 병에 걸려 그 자리가 비게 되었다는 것이다. 그러면서 누추한 자리라도 괜찮다면 네트에게 그 자리를 물려주고 싶다고 했다. 부끄럼타는 소녀처럼 장밋빛으로 물든 얼굴로 장미를 만지작거리던 노처녀 포겔슈타인 양은 네트만 괜찮다면 여학교에서 영어를 가르칠 수도 있다고 말했다. 포겔슈타인 양이 미술 교사로 일하는 곳이었다. 적지만 월급도 있을 것이라는 이야기도 빼놓지 않았다.

네트는 감사한 마음으로 두 제의를 모두 받아들였다. 이렇게 하면 간신히 생계는 유지해갈 수 있으리라. 게다가 교수님이 약속하신 음악과 관련한 하찮은 일까지 하면 레슨비도 어떻게 해결이 될 것이다. 자신들의 깜찍한 계획이 성공적으로 끝난 것에 흡족해하며 두 친절한 이웃은 그의 손을 따뜻하게 잡아주고 유쾌하게 작별 인사를 했다. 네트가 두 여인의 볼에 진심을 담아 입을 맞추자 두 사람의 얼굴이 환하게 빛났다. 지금 네트가 그 두 이웃이 베풀어준 실질적인 도움과 친절에 보답할 수 있는 것은 그것밖에 없었다.

그 이후 네트가 보는 세상은 희한하게도 더 밝아졌다. 희망은 와인보다 더 센 술이기 때문이다. 그 작은 장미 나무가 네트의 방 안을 향기로 가득 메우듯 선한 결심도 생기 있게 피어났다. 네트는 예전의 순수한 기운을 다시 일깨웠다. 그리고 이제야 음악이 자신에게 가장 큰 안식처임을 깨닫고는 음악의 충신이 되겠노라고 맹세했다.

35

플럼필드의 실험극

샬럿 메리 영의 소설에 아이들이 최소 열두 명 이상은 등장하듯이, 마치 가문의 역사를 기록할 때 역시 연극을 빼놓을 수 없으리라. 그러니 이 장에서 플럼필드의 크리스마스 연극을 소개함으로써 지난 장의 고통을 잠시 잊고 기운을 내보려 한다. 이 연극이 우리 등장인물 중 여럿의 운명을 결정지은 점도 빠뜨릴 수는 없다.

대학이 처음 세워질 때 로리는 멋진 극장을 추가로 지었다. 연극뿐 아니라 웅변, 강의, 콘서트 등으로 두루 사용할 목적이었다. 무대의 막으로 쓰는 커튼에 뮤즈들에게 둘러싸인 아폴론이 그려져 있는데 화가가 기증자를 기념해서 그린 것이다. 그런데 그 얼굴이 로리와 매우 닮아서 사람들이 두고두고 화젯거리로 삼았다. 한 집에서 배우와 극단, 오케스트라, 무대배경 화가까지 모두 배출되었고 덕분에 놀랄 만큼 뛰어난 공연을 이 무대에 올릴 수 있었다.

조는 당시 유행이던 프랑스식 연극을 각색한 것 말고 연극계를 한 단계 상승시킬 제대로 된 미국식 극을 쓰고 싶어서 꽤 오랫동안 애써왔다. 당시의 연극에는 화려한 의상, 거짓 감상, 허약한 재치가 우스꽝스럽게 뒤섞여서, 도대체 구원할 방도가 없었다. 고급스러운 대사와 스릴 넘치는 상황으로 가득한 연극을 머릿속으로 상상하기는 쉽지만, 글로 옮기는 건 정말 어렵다. 조는 희극적이면서도 애처로운 인물들이 뒤섞인 소박한 삶을 보여주는 짧은 극을 몇 개 완성했다. 등장인물을 연기할 배역을 정하면서 이번 연극이 우리의 삶에서 진실함과 소박함이 매력을 잃지 않았음을 관객에게 증명하는 기회가 되기를 바랐다. 로리까지 합세해서, 두 사람은 자신들을 보몬트와 플레처(Beaumont and Fletcher)*라고 부르며 즐겁게 공동작업을 했다. 극예술에 관한 보몬트의 지식은 플레처의 야심찬 집필욕을 진정시키는 데 큰 도움이 되었다. 두 사람은 자기들이 직접 제작한 연극이 멋지고 효과적인 실험작이 될 것이라며 들떠 있었다.

모든 준비를 마쳤다. 크리스마스 당일은 최종 리허설로 대단히 분주했다. 겁 많은 배우들은 당황해서 어쩔 줄을 모르고 잃어버린 소품들을 찾느라 소란스러웠으며 무대 꾸미는 일도 여전히 한창이었다. 숲에서 꺾어온 상록수와 호랑가시나무 가지, 파르나소스 산의 온실에서 가져온 막 꽃이 피려고 하는 식물들, 세계 각지에서 방문하

* 합작으로 유명한 영국의 극작가들이다.

는 손님들을 위해 걸어 놓은 만국기······. 그중 최고의 무대 장식은 단연 캐머런 양이었다. 그녀는 약속을 지켰다. 오케스트라 단원들은 각별히 신경 써서 자신의 악기를 조율했고 무대장치를 담당한 이들은 무대를 풍성하고 우아하게 설치했다. 프롬프터 역할을 맡은 이는 구석진 곳을 배정받아 영웅처럼 자리를 잡았으며 배우들은 떨리는 손으로 의상을 입다가 핀을 떨어뜨리고 눈썹에서 땀이 흘러 아무리 분장을 하려고 해도 파우더가 발라지지 않는 일도 생겼다.

보몬트와 플레처는 곳곳을 다니며 최종 점검을 했는데 오늘 공연의 성패가 그들의 문학가로서의 생명을 좌지우지할 것만 같은 기분이 들었다. 우호적인 평론가들을 여럿 초청했고 기자들도 객석에 앉아 있었기 때문이다. 기자들은 위대한 인간의 임종 침상이든 싸구려 볼거리든 세상에서 일어나는 모든 상황에 얼굴을 들이미는, 모기같이 귀찮은 존재들이다. "그분 오셨어?" 무대 뒤의 배우들과 스태프들이 그날 가장 많이 한 질문이었다. 노인 역을 하는 토미가 각광(footlight)* 사이로 특유의 긴 다리가 드러나는 위험을 무릅쓰고 몰래 내다보고는 상석에 앉은 캐머런 양의 멋진 머리를 보았다고 말했다. 그 소식에 모두가 설레고 기뻐했으며 조시는 너무 흥분하여 생애 최초로 무대공포증이 생길 것 같다며 호들갑을 떨었다.

"그랬다간 내가 널 정신 차리게 해주마."

조가 말했다. 여기저기서 너무 많은 일을 하느라 부스스하고 흐트러진 모습이었다. 굳이 넝마를 걸치거나 머리를 더 헝클지 않더라도

---

* 무대 앞쪽 아래에 장치하여 배우를 비추는 광선.

충분히 매지 와일드라이프*로 분할 수 있을 것 같았다.

"우리가 맡은 공연을 하는 동안 시간이 있으니 그사이 마음을 가라앉힐 수 있을 거야. 우리가 이걸 한두 번 해보나. 시계처럼 차분하게 할 수 있을 테니 걱정 마."

데미가 앨리스를 향해 고개를 끄덕이며 대답했다. 의상을 예쁘게 차려입고 필요한 소품 준비를 마친 앨리스는 무대에 오르기만 하면 되었다.

하지만 두 시계 모두 평상시보다 빨리 가는 것처럼 보였다. 흥분으로 얼굴이 달아오르고 눈은 반짝이며 레이스와 벨벳 의상으로도 숨기지 못하는 빠른 떨림이 전해졌다. 두 사람은 오프닝 공연으로 짧은 극을 선보일 예정이었다. 이전에도 같이 공연한 적이 있다. 앨리스는 검은 머리에 검은 눈을 한 키 큰 소녀로 지성과 건강미와 행복한 마음이 어우러진 아름다운 얼굴을 하고 있다. 그녀는 지금 그어느 때보다도 아름다워 보인다. 두꺼운 양단과 깃털 장식, 화장까지 하고 후작 부인으로 분한 모습이 그녀의 우아한 자태와 잘 어울린다. 데미는 궁중예복을 차려입고 칼을 찼으며 머리에는 하얀 가발과 삼각모를 썼는데 꽤 근사한 남작이 되었다. 하녀 역의 조시는 정말 감쪽같이 예쁘고 당돌하면서 참견하기 좋아하는 프랑스 하녀로 변신했다. 등장인물은 이 세 사람이다. 이 첫 공연의 성패는 툭하면 싸우는 연인들의 변덕스러운 기분을 어떻게 표현하느냐, 대사를 얼마나 재치 있게 소화하느냐, 부차적으로 극의 시대에 맞는 궁정 연애

* 월터 스콧의 소설 《미들로디안의 심장(The Heart of Midlothian)》의 등장인물로 정신이 온전하지 못한 여자로 묘사된다.

727

의 분위기를 얼마나 잘 살리느냐에 달렸다.

요란한 변덕으로 관객을 시종일관 웃게 한 멋쟁이 신사와 요염한 숙녀가 사실은 진지한 존과 학구파 앨리스라는 것을 눈치챈 이는 거의 없었다. 화려한 의상도 볼거리였고 편안하고 우아한 연기도 일품이었다. 조시는 도도한 자세로 코를 높이 쳐들고 앞치마 주머니에 두 손을 쑤셔 넣은 자세로 열쇠 구멍을 통해 엿듣고 메모를 훔쳐보며 엉뚱한 순간에 나타나는 등 극의 감초 역할을 톡톡히 수행했다. 경쾌한 하녀 모자 꼭대기에 달린 리본부터 슬리퍼의 빨간 발뒤꿈치까지 호기심으로 가득한 하녀의 분위기를 충실히 담아냈다.

모든 것이 순조로웠다. 그런데 변덕스러운 후작 부인이 헌신적인 남작을 실컷 고문하다가 기지와 재치의 전쟁에서 남작의 승리를 마침내 받아들이며 남작에게 손을 내미는 순간 우지끈하는 소리가 들려왔다. 화려하게 장식한 무대 보조장치가 앞으로 넘어지려는 것이 아닌가? 당장 앨리스 위로 덮칠 것 같았다. 그 순간 데미가 재빨리 그녀 앞으로 달려나가 넘어지는 무대장치를 두 손으로 막았다. 넘어지는 벽체를 막아선 모습이 현대판 삼손을 보는 것 같았다.

위험한 순간이 무사히 지나가고 데미가 마지막 대사를 막 읊으려는 순간이었다. 어린 무대장치 담당자가 망가진 무대를 수리하러 사다리를 타고 올라가면서 데미 쪽으로 몸을 숙여 "이제 괜찮아요."라고 말하며 무대장치를 붙들어서 데미도 날개를 펼친 독수리 같은 자세에서 벗어났다. 그때 무대장치 담당자의 주머니에서 망치가 미끄러져 나오면서 막 고개를 위로 쳐든 데미에게 떨어졌다. 망치는 그의 얼굴에 일격을 가하면서 말 그대로 그의 머리에서 남작의 대사를 깨끗이 지워버렸다.

"빨리, 막 내려!"

그 바람에 관객들은 대본에 없던 사랑스러운 장면을 관람할 기회를 놓쳤는데, 후작 부인이 남작에게 달려가 피를 닦아주며 외치는 장면이었다.

"어머나, 존, 어떡해! 다쳤잖아! 나한테 얼른 기대."

존은 흐뭇한 마음으로 그 말에 순종했다. 비록 머리는 멍했지만 자신을 쓰다듬는 부드러운 손길과 자신의 얼굴에 바짝 갖다댄 걱정스러운 얼굴 덕분에 황홀했다. 이만한 선물을 받을 수만 있다면 망치가 소나기처럼 내리고 학교 전체가 자기 위로 무너져도 괜찮았다.

낸이 즉시 구급함을 들고 나타났다. 그녀는 언제나 구급함을 상비하고 다녔다. 조가 도착했을 때는 이미 상처가 잘 치료된 후였다. 조가 비탄에 젖어 외쳤다.

"무대에 올라가기 어렵겠니? 그러면 정말 큰일인데!"

"오히려 이제 그 역할에 딱 맞는 걸요, 이모. 상처가 생겼으니 흉터 분장을 할 필요가 없잖아요. 곧 나갈 준비할게요. 걱정 마세요."

데미가 가발을 집어들고 일어섰다. 후작 부인에게는 고맙다고 말하면서 의미심장한 표정을 보냈다. 후작 부인의 장갑이 데미의 핏자국으로 다 망가졌는데도 그녀는 개의치 않았다. 팔꿈치까지 올라오는 꽤나 비싼 장갑인데도 말이다.

"기분이 어때, 플레처?"

로리가 함께 서 있던 조에게 물었다. 종이 울리기 전 숨 막히는 마지막 1분이다.

"당신만큼이나 차분하지, 보몬트."

하지만 그녀는 메그에게 모자를 고쳐 쓰라며 요란한 동작으로 신호를 보내는 중이다.

"잘해봅시다, 파트너! 무슨 일이 있어도 내가 곁에 있을 테니!"

"반드시 그래야지. 별 것 아니라고 할 수도 있겠지만 사실 여기에 들어간 우리의 정직한 노력과 진심이 얼마나 크다고. 그나저나 메그 언니, 정말 나이 든 시골 아줌마처럼 보이지 않아?"

정말 그랬다. 농가 부엌의 기분 좋게 타오르는 불 옆에 앉은 메그는 요람을 흔들며 양말을 깁는 중이다. 평생 그것만 하고 산 사람처럼 보인다. 막이 올라가자 회색 머리에 감쪽같이 그려낸 이마의 주름, 수수한 옷차림에 모자를 뒤집어쓰고 숄을 걸치고 체크무늬 앞치마를 두른 메그는 영락없는 편안하고 푸근한 아주머니가 되어 있었다. 그녀는 깊고 조용한 소리로 흥얼거렸다. 짧은 독백으로 입대하고 싶어 하는 아들 샘, 시골 생활에 불만을 품고 도시의 안락함과 쾌락을 꿈꾸는 딸 돌리, 결혼에 실패하고 집으로 돌아와 아기를 맡기며 못된 남편이 찾으러 와도 지켜달라고 부탁하고 죽는 가여운 딸 '엘리지'에 대해 들려준다. 이야기는 그렇게 소박하게 시작된다. 난로 위로는 기다란 쇠막대기에 매달린 주전자가 실제로 끓고 있고 커다란 괘종시계가 똑딱거리고 공중에 매달린 파란 실로 짠 신발 한 켤레가 아기의 부드러운 옹알이 소리에 맞춰 이따금 흔들려 다양한 감각적 효과를 냈다. 모양이 일그러진 아기 신발이 가장 먼저 박수갈채를 받았다. 로리는 너무 만족스러워 품위 지키는 것도 잊은 채 부감독에게 속삭였다.

"난 아기가 신발을 잡아당길 거라고 생각했는데!"

"저 아기가 엉뚱한 순간에 악쓰며 울지만 않아도 성공이야. 하지만 위험하긴 해. 메그가 품에 안아줘도 소용 없는 순간이 올 수 있으니 그런 순간이 오면 얼른 가서 데려올 준비를 하고 있어야 해."

조가 별안간 로리의 팔을 움켜쥐었다. 초췌한 얼굴의 남자가 유리창에 나타났기 때문이다.

"데미가 나왔어! 저 아이가 등장할 때 아무도 알아보지 못해야 하는데. 네가 악당 역을 안 해준 걸 두고두고 원망할 테니 그리 알아."

"무대 감독까지 하면서 무슨 수로 연기까지 하나. 저 녀석 분장이 훌륭하게 되었네. 극적인 연기를 좋아하니 잘됐지."

"아아, 이 장면이 뒤로 갔어야 했나. 하지만 나는 저 어머니가 여주인공이라는 사실을 최대한 빨리 알려주고 싶었거든. 사랑 병에 걸린 여자애들 이야기나 도망간 아내 이야기라면 이제 지긋지긋해서 말이야. 나이 든 여인이 주인공인 이야기도 가능하다는 걸 증명해 보이고 말 거야. 저기 나온다!"

구부정한 자세에 질 나빠 보이는 남자가 들어온다. 머리는 덥수룩하고 수염도 깎지 않았으며 눈빛도 악하다. 그는 거들먹거리며 평온하게 앉아 있는 노파를 경멸하는 눈초리로 쳐다보면서 아기를 내놓으라며 큰소리를 친다. 다음 장면은 매우 극적이다. 가정적이고 품위 있는 부인으로 알려진 메그는 그녀를 가장 잘 알고 있다고 믿는 이들까지 깜짝 놀래켰다. 그 노파는 만나고 싶지 않던 남자를 위엄 있게 맞이하고, 그가 거칠게 자신의 주장을 강요하자 죽어가는 아이 엄마에게 약속한 대로 아이를 보호하기 위하여 떨리는 목소리와 손으로 그에게 애원한다. 그런데도 그가 강제로 아기를 빼앗으려 하자 노파는 벌떡 일어나 요람에서 아이를 낚아채어 꼭 붙들고는 신성한 안식처에서 아기를 빼앗으려는 그에게 하나님의 이름으로 용감히 맞선다. 그 장면에서 관객 모두가 전율을 느꼈다. 훌륭한 연기였다. 분노한 노파와 그녀의 목을 끌어안고 발그레한 얼굴로 눈을 깜빡이는 아기, 그리고 힘없는 어린 아기를 지키는 용맹스러운 옹호자 앞에서 악한 목적을 달성하지도 못하고 기가 죽어버린 악당이 어우러져 하나의 멋진 활인화가 완성되는 순간이었다. 큰 박수가 터져 나왔다. 두 작가는 자신들의 첫 번째 공연이 성공리에 막이 올랐음을 확인할 수 있었다.

두 번째 공연은 한층 조용하게 시작되었다. 조시가 어여쁜 시골 아가씨로 분했다. 저질스러운 농담을 하며 저녁상을 차리는 중이다. 심통이 나서 신경질적으로 접시를 내려놓고 컵을 밀치고 큼직한 고기 덩어리를 자르면서 여자아이다운 고민과 야망을 늘어놓는 장면은 정말 볼 만했다. 조는 캐머런 양의 표정을 계속 살폈는데 그녀는 조시가 보이는 자연스러운 어조와 몸동작, 능란하게 곁들이는 맛깔스러운 연기, 어린 나이치고 표정의 변화가 4월의 봄날처럼 변덕스러운 것을 보며 꽤 여러 번 고개를 끄덕였다. 구이용 포크를 들고 어쩔 줄 모르는 연기에 웃음이 터져 나왔고 황설탕을 우습게 여기면서도 하기 싫은 일을 억지로 하는 대가로 몰래 그것을 찍어 먹으면서 좋아하는 장면에서도 그랬다. 난로 근처에 신데렐라처럼 앉아서는 아늑한 방 안에 불꽃이 춤추는 것을 슬픈 눈으로 바라보며 눈물 흘리는 장면에서는 객석의 한 소녀가 참지 못하고 이렇게 외쳤다. "아이, 불쌍해! 저 아이에게 신나는 일이 조금만 일어나도 좋으련만!"

곧이어 노파가 등장한다. 모녀 사이에 한바탕 소란이 일어난다. 딸은 어머니를 조르고 협박했다가 키스하고 울음을 터뜨린다. 어머니는 마지못해 도시에 사는 부자 친척을 방문하러 가도 된다고 허락한다. 작은 뇌운(雷雲)처럼 굴던 돌리는 자기 고집대로 이뤄지자 곧 넋을 빼놓을 듯 명랑하고 착한 딸로 변신한다. 불쌍한 노파가 방금 일어난 일로 상한 마음을 추스르기도 전에 아들이 들이닥친다. 파란 군복을 입고 와서는 입대를 하러 떠난다고 말한다. 노모는 견디기 힘든 순간이지만 애국심으로 잘 이겨낸다. 기쁜 소식을 전하러 간다며 경솔한 자녀들이 급히 떠난 후에야 무너진다. 노모 혼자 앉아서 자식들 생각에 눈물짓고 있는 시골 부엌이 더없이 처량해보였다. 노모는 하얗게 센 머리를 두 손에 파묻고 무릎 꿇고 앉아 슬피 울며 기도한다. 그녀의 다정하고 신실한 마음을 위로해줄 이는 아기뿐이다.

이 장의 후반부에서는 내내 훌쩍거리는 소리가 들렸다. 막이 내려올 때 사람들은 황급히 눈물을 훔치느라 박수 치는 것도 잊었다. 이럴 때는 고요함이 소란스러운 환호보다 더 반갑다. 조가 언니의 얼굴에 흐르는 진짜 눈물을 닦아주며 진지하게 말했다. 제 코끝에 붉은 볼연지가 묻은 것은 모르고서.

"언니 덕분에 내 작품이 살았어! 어째서 언니는 진짜 배우가 아닌 거지? 난 왜 진짜 극작가가 아닌 거고?"

"진정해, 조. 그러지 말고 조시 옷 입는 것 좀 도와줘. 잔뜩 흥분해 떨고 있어서 나 혼자는 감당이 안 될 것 같아. 곧 그 애를 위한 부분이 시작될 예정이잖니."

정말 그랬다. 이모는 특히 조카를 염두에 두고 이 장을 썼다. 리틀 조는 매혹적인 드레스를 입게 되어 행복했다. 드레스 자락을 길게 늘어뜨리며 걷는 꿈이 실현되는 순간이다. 부자 친척의 거실은 축제 분위기였다. 시골에서 온 사촌이 질질 끌리는 주름 치맛단을 돌아보며 어찌나 순진한 황홀감에 젖어 들어오던지 빌린 깃털 장식을 단 귀여운 어치새를 보고 감히 비웃을 수 있는 사람은 아무도 없었다. 그녀는 거울을 보며 자신의 모습에 꽤 뿌듯해했다. 거울은 빛나는 것이 모두 금이 아님을, 쾌락, 사치, 아첨의 말보다 더 큰 유혹이 기다리고 있음을 분명히 보여주었다. 부유한 남자에게서 구애를 받지만 그녀의 정직한 마음은 그가 제시하는 유혹에 넘어가지 않는다. 그녀는 혼란에 빠져 위로와 조언을 해줄 '어머니'를 무척 그리워한다.

도라, 낸, 베스와 몇몇 남학생들이 출연한 무도회 장면은 미망인 모자를 쓰고, 낡은 숄을 걸치고, 커다란 우산을 받쳐 들고, 바구니를 손에 든 노파의 수수한 모습과 좋은 대조를 이루었다. 노파가 놀란 얼굴로 남몰래 화려한 무도회 장면을 들여다보며 커튼을 쓰다듬고 자신의 낡은 장갑을 매만지는 장면은 특히 뛰어났다. 조시가 어머니를 발견하고 놀라는 모습과 "어쩜, 어머니가 저기 계시네!"라고 외치는 모습이 어찌나 자연스럽던지 그녀가 가장 가까운 안식처인 어머니의 품에 안기려고 서둘러 뛰어가다가 치맛자락에 걸려 넘어지는 부분은 없어도 될 뻔했다.

그리고 애인이 등장한다. 노파의 탐색하는 질문과 애인의 직설적인 대답에 관객들은 마냥 즐겁다. 이 대화를 통해 소녀는 그의 사랑이 얼마나 얄팍한지 자신이 하마터면 가여운 '엘리지'처럼 인생을 망칠 뻔했음을 깨닫는다. 그녀는 남자에게 솔직하게 말해 그를 떠나 보낸 뒤 어머니와 둘만 남았을 때 야하게 치장한 자신의 모습과 어머니의 남루한 드레스, 거칠어진 손, 온화한 얼굴을 번갈아 쳐다보다가 회한의 울음을 터뜨리며 어머니에게 입을 맞춘다. "집에 데려가 주세요, 어머니. 안전한 곳으로요. 이곳은 정말 지긋지긋해요!"

"마리아, 딱 너를 위한 얘기구나. 잊지 말거라." 막이 내려가는데 객석에서 한 부인이 딸에게 하는 이야기가 들려왔다. 그러자 딸이 대답한다. "글쎄요, 이게 왜 감동을 주는 건지 이해는 할 수 없지만…… 그래요, 감동적이긴 하군요." 그녀가 젖은 레이스 손수건을 말리려고 잘 펴고 있었다.

토미와 낸이 힘차게 걸어 나왔다. 군병원의 병동이 배경이다. 외과의사와 간호사로 분하여 병상을 옮겨 다니며 환자들의 맥박을 재고 약을 처방하며 환자들의 고충을 듣는 두 사람의 넘치는 활기와 엄숙함에 관객들은 포복절도했다. 그 시대와 배경에서는 희극적인 장면에서도 비극적 요소를 빼놓을 수가 없다. 환자의 팔에 붕대를 감으며 의사가 간호사에게 아들을 찾으러 병원을 뒤지고 다니는 노파 이야기를 한다. 노파는 며칠 밤과 낮을 전쟁터와 앰뷸런스, 웬만한 여자들이라면 벌써 죽고 말았을 위험한 곳들까지 뒤졌다.

"여기에도 곧 나타날걸. 방금 세상을 떠난 저 가여운 병사가 그 노파의 아들일까봐 두렵군. 그런 용맹한 여인을 마주하느니 차라리 대포를 맞고 말겠소. 그들이 가진 희망과 용기와 거대한 슬픔 말이오."

"아아, 가여운 어머니들, 마음이 아프네요!"

간호사가 커다란 앞치마로 눈물을 훔친다.

그때 메그가 입장한다. 여전히 똑같은 옷에 바구니와 우산을 들었다. 시골스러운 말투에 행동은 투박하다. 하지만 평온하던 부인을 사나운 눈빛에 지저분한 발, 떨리는 손, 비통과 결단과 절망이 뒤섞인 표정을 가진 초췌한 노파로 만든 것은 그녀가 겪은 끔찍한 불행들이다. 볼썽사나운 모습이지만 그 모습이 내뿜는 비극적 위엄과 힘은 보는 이들의 마음을 울렸다. 아들을 찾아다녔으나 허탕만 친 이야기를 잠시 늘어놓더니 또다시 슬픈 탐색을 시작한다. 관객들은 간호사의 안내를 받아 그 노파가 병상을 일일이 확인하며 얼굴에 희망, 공포, 쓰라린 실망감이 번갈아 나타나는 것을 숨죽이며 지켜본다. 좁은 임시 침상에 키 큰 남자가 누워 있고 그 위로 흰 천이 덮여 있다. 노파는 여기에 멈춰 서서 한 손은 자신의 가슴에 올리고, 다른 손은 자신의 눈을 가린다. 이름 없이 죽어간 이의 시체를 바라볼 용기를 모으려는 것처럼 보인다. 마침내 흰 천을 걷는다. 떨리는 긴 한숨, 안도의 숨이 밀려 나온다. 그녀는 부드러운 어조로 말한다.

"제 아들이 아니군요. 오, 주님, 감사합니다. 하지만 누군가의 아들이겠군요."

시신 위로 고개를 숙이고 그 차가운 이마에 부드럽게 입을 맞춰준다. 누군가 흐느껴 우는 소리가 들려왔다. 캐머런 양도 눈에서 흐르는 눈물 방울을 재빨리 털어냈다. 이미 지치고 체력이 바닥난 가여운 노모가 긴 병상 행렬을 힘들게 지나가며 보여주는 표정이나 제스처를 단 하나도 놓치고 싶지 않아서다. 마침내 그녀의 고생이 행복한 결말을 맞이한다. 어머니의 목소리에 열병으로 잠을 자던 아들이 침상에서 벌떡 일어난다. 수척해지고 사나운 눈빛을 한 아들은 두 팔을 어머니에게 뻗으며 방이 쩌렁쩌렁 울리도록 큰 소리로 말한다.

"어머니! 어머니! 반드시 오실 것이라고 생각했어요!"

어머니는 아들에게 달려갔다. 사랑과 기쁨에서 터져 나오는 비명에 관객들은 전율한다. 어머니는 아들을 얼싸안고 눈물을 흘리며 정이 많고 신실한 노모만 할 수 있는 감사와 축복의 기도를 한다.

마지막 장은 이와는 대조적으로 매우 경쾌했다. 시골 부엌은 크리스마스 장식으로 환하게 빛났고 부상당한 전쟁 영웅은 안대를 하고 목발을 든 채로 난롯가에 앉았다. 그가 앉은 낡은 의자의 삐걱거리는 소리가 친근하고 편안하게 들린다. 예쁘장한 돌리는 바삐 돌아다니며 서랍장, 긴 나무 의자, 높다란 벽난로 선반, 구닥다리 요람 등을 겨우살이와 호랑가시나무로 장식하는 중이다. 어머니는 사랑스러운 아기를 무릎에 앉힌 채 아들 곁에서 편안히 쉬고 있다. 이 어린 배우는 낮잠을 자고 밥도 잘 먹어서인지 신이 나서 깡총거리며 관객들을 향해 알 수 없는 말로 옹알거리다가 반짝이는 각광을 보고는 장난감인 줄 알았는지 만족스럽게 눈을 깜빡이더니 손을 뻗어 만지려고 시도하기도 한다. 메그가 아기의 등을 두드려주는 모습, 토실토실한 다리를 꼭 안아주는 모습, 설탕 덩어리를 먹고 싶어 찡찡거리는 아기를 달래주는 모습은 보기 좋은 광경이었다. 마침내 아기가 노파를 와락 껴안자 관객들은 아기를 향해 큰 박수를 보냈다.

가족의 행복하고 고요한 순간은 바깥에서 들려오는 노랫소리로 흩어진다. 달빛 비치는 눈밭에서 들려오는 캐롤이 끝나자 이웃 사람들이 크리스마스 선물과 카드를 들고 몰려온다. 여러 배우의 다양한 연기가 이 장면을 더욱 생동감 넘치게 만들었다. 샘의 애인이 나타나 후작 부인이 남작에게는 미처 보이지 못한 애교를 보여주고 돌리는 그녀를 숭배하는 시골 청년과 겨우살이 밑에 숨어서 시시덕거리는 중이다. 짙은 색 가발과 수염을 붙이고 투박한 외투에 소가죽 부츠를 신으니 영락없는 햄 페거티*다. 가죽 부츠로도 가려지지 않는 긴 다리만 아니었어도 아무도 그가 테디인지 알아채지 못했으리라.

연극은 이웃들이 가져온 음식으로 시골스러운 잔치가 열리는 장면으로 끝났다. 모두가 도넛, 치즈, 호박파이 등 각종 별미로 가득 메운 식탁에 둘러앉았고 샘이 목발을 짚고 일어나 축배를 들었다. 사과주가 담긴 머그잔을 높이 들고 경례를 붙이더니 목멘 소리로 말한다. "어머니, 주님의 축복이 어머니와 함께하시길!" 모두 자리에서 일어나서 잔을 들고 마신다. 돌리는 노모의 목에 팔을 두른다. 노모는 딸 가슴에 얼굴을 묻고 남몰래 행복한 눈물을 흘린다. 넘치는 활력을 억누를 길이 없는 아기는 숟가락으로 탁자 때리기에 열을 올렸다. 막이 내려가는데도 아기의 빽빽거리는 소리가 계속 들렸다.

막이 곧 다시 올라갔다. 주인공들이 커튼콜을 받았기 때문이다. 꽃다발 세례가 이어졌다. 소나기처럼 쏟아지는 꽃다발을 보고 아기 로시우스(Roscius)**는 신이 났다. 하지만 날아온 두툼한 장미 송이가 코를 때리는 바람에 깜짝 놀라 그만 스콜 같은 울음을 터뜨렸다. 물론 보는 이들에게 더 큰 웃음을 준 것은 말할 것도 없다.

"흠, 시작치고 썩 괜찮군."

---

* 《데이비드 코퍼필드》의 등장인물.
** 로마의 희극 배우.

막이 마지막으로 내려가고 배우들이 폐막작을 위해 옷을 갈아입으러 흩어지자 보몬트가 안도의 숨을 내쉬었다.

"실험작인데 이만하면 성공한 거지. 그럼 이제 우리가 위대한 미국식 연극의 시대를 본격적으로 열어볼까?"

조는 앞으로 유명해질 희곡에 대한 굉장한 아이디어들이 떠올라 벌써부터 기분이 좋았다. 하지만 하나 덧붙이자면, 조는 그 작품을 그해에 쓰지 못한다. 가족에게 너무 많은 일이 일어났기 때문이다.

〈아울스다크 대리석상(The Owlsdark Marbles)〉 공연으로 그날의 폐막을 알렸다. 새로운 시도였는데 너그러운 관중들은 꽤 재미있어 했다. 파르나소스 산의 신과 여신들이 밀의를 나누는 모습이 그려졌는데, 에이미의 뛰어난 재단과 자세 잡는 기술 덕에 하얀 가발과 면 플란넬 드레스의 조합이 완벽했고 우아했다. 잡다한 현대식 장식이 그 효과를 반감시키긴 했지만. 참석한 연극 기획자들은 팁을 얻었다. 로리가 모자와 가운을 걸치고 아울스다크 교수로 분했다. 거창한 소개가 끝나자 자신의 대리석상을 보여주며 설명하기 시작했다.

첫 번째로는 위엄 있는 미네르바가 등장했다. 자세히 볼수록 웃음이 났다. 방패에는 '여성의 권리'라는 말이 새겨져 있었고 창끝에 앉은 부엉이가 물고 있는 두루마리에는 '더 일찍, 더 자주 투표하라'라는 문구가 쓰여 있었으며 투구에는 조그만 막자와 막자사발 장식이 달려 있었기 때문이다. 사람들의 관심이 그녀의 앙다문 입과 꿰뚫을 듯 날카로운 눈에 쏠렸다가, 현대의 여성들이 그들의 의무를 다하지 않고 있다는 질책의 말들로 옮겨졌다.

다음으로 헤르메스가 등장했다. 자유로운 성품의 신을 가만히 묶어두는 게 어렵다는 것을 보여주기라도 하듯이 다리를 떨었지만 헤르메스의 유려한 태도를 연기하는 모습이 일품이었다. 잠시도 가만히 있지 못하는 성격과 말썽꾸러기 같은 면은 이 불멸의 메신저에게 주어진 못된 성격을 표현하기에 적절했고, 친구들이 이 장면에 대단히 즐거워하자 관객 눈에 보일 정도로 대리석 코를 찡그렸다.

이번엔 매력적인 헤베 차례다. 은주전자에 담긴 넥타를 푸른색 도자기 찻잔에 따르고 있다. 그녀 역시 도덕적 교훈을 이야기했다. 아울스다크 교수가 고대의 넥타는 기분을 좋게 만들되 취하게 하지는 않는다고 설명하면서 이 고전적 양조주를 미국 여성들이 과도하게 즐기는 것은 유감이며 문화가 낳은 두뇌의 위대한 발전 덕분에 그것이 해롭다는 것이 증명되었다고 덧붙였다. 교양 있는 시녀로 분한 현대판 하인은 관객들의 큰 박수를 받고 분칠 아래서 볼을 발갛게 물들였다. 관객들이 시녀가 연극의 돌리 역할 배우임을 알아봤다.

주피터가 위엄 있게 그 뒤를 이었다. 그와 그의 아내는 중앙에 놓인 받침대에 올라서자 그 뒤로 다른 신들이 반원을 그리며 섰다. 눈부신 주피터는 훤칠한 이마 위로 머리를 모두 쓸어 올렸으며 신성한 수염을 달았고 한 손에 천둥, 다른 한 손에 낡은 막대기를 들었다. 박물관에서 가져온 거대한 박제 독수리를 그의 발치에 놓았다. 위엄 있고 인자한 얼굴에 시종일관 미소를 지었다. 그도 그럴 것이 그의 현명한 통치력, 평화 정치, 강력한 두뇌에서 매년 태어나는 팔방미인 팔라스에 대해서도 아낌없는 칭찬을 들은 상태였다. 교수의 이 말과 다른 유쾌한 칭찬에 사람들이 환호했고 천둥의 신은 고개를 숙여 감사를 표했다. 칭찬은 신과 인간을 가리지 않고 마음을 얻는 방법인가 보다. "주피터도 고개를 숙인다."라는 표현이 이리 적절할 수가 없었다.

짜깁기 바늘과 펜, 국자를 들고 공작새와 함께 서 있는 유노 부인은 쉽게 빠져나가지 못했다. 교수가 그녀를 사람들의 놀림거리가 되도록 비난하고 정죄하다 못해 모욕을 주었기 때문이다. 그는 그녀의 복잡한 가정사, 참견하기 좋아하는 기질, 독설, 불같은 성격과 질투심을 언급했다. 하지만 상처 입은 자들을 돌보고 영웅들 사이의 싸움을 중재하는 데 뛰어난 기술을 가지고 있으며 올림푸스와 지상의 젊은이들에 대한 그녀의 애정을 높이 사는 말로 마무리했다. 관중석에서 와자지껄한 웃음소리가 터져나왔다. 아무리 농담이라고 해도 마더 베어에 대한 결례라고 분개한 소년들의 야유도 함께 흘러나왔다. 정작 마더 베어는 아주 재미있어 했다. 눈이 반짝이며 입가에 잔주름이 잡히는 바람에 이를 속일 수가 없었다.

유쾌한 바쿠스는 술통을 탄 채 등장했다. 한 손에 맥주잔을, 다른 손에 샴페인 병을 들고 있는 모습이 꽤 편안해 보인다. 곱슬거리는 머리 위에 포도덩굴이 올라가 있다. 그는 짧은 절제 강의의 예시로 사용되었다. 강당의 벽면에 줄지어 앉은 젊은 신사들을 직접적으로 겨냥한 강의였다. 어느 지점에 이르자 조지 콜이 기둥 뒤로 숨는 것이 보였다. 또 다른 지점에서는 돌리가 옆 친구를 쿡 찔렀는데 교수가 커다란 안경 사이로 두 사람을 뚫어지게 바라보며 그들이 흥청망청 즐기는 술 파티를 언급하며 조롱거리를 만들자 그 줄에서 일제히 웃음이 터져 나왔다.

처단을 마친 학자는 사랑스러운 다이애나 쪽으로 몸을 돌렸다. 다이애나는 샌들을 신고 활을 들고 머리에는 초승달을 인 채 석고로 만든 사슴 조각상과 함께 하얗고 고요한 자태로 서 있었다. 완벽한 자태였다. 이번 극에 등장한 조각들 중 단연 최고였다. 비평가는 아버지처럼 부드럽게 그녀를 대했다. 그녀의 독신 맹세나 스포츠 취미, 신탁에 대해서는 거의 언급도 하지 않은 채 진정한 예술에 관해 설명하고는 마지막 조각상으로 옮겨갔다.

마지막으로 소개할 신은 화려하게 치장한 아폴론이었다. 곱슬거리는 머리칼을 기술적으로 이용하여 눈 위쪽에 붙인 붕대를 가렸고 잘생긴 두 다리로는 멋진 포즈를 취했으며 그의 재능 많은 손가락은 석쇠에 은을 입혀 표현한 수금(lyra)*을 당장에라도 뜯으며 신들의 음악을 뽑아낼 것 같았다. 그가 가진 신적 성품을 소개하면서 그의 어리석음과 실수도 빼놓지 않았다. 사진과 플루트 연주에 취약하다는 점과 신문사를 운영해보려던 시도, 뮤즈들의 사회를 동경하는 마음이 여기에 해당했다. 후자의 일격에 관중석에서 킥킥거리는 소리가 흘러나왔고 여자 졸업생들 사이에 얼굴이 붉어지는 이들도 있었으며 사회생활을 하며 찌든 삶을 사는 젊은이들은 마냥 즐거워했다. 동병상련이라고 이 공연 이후 이들은 모이기 시작했다.

우스꽝스러운 결말과 함께 아울스다크 교수는 관중을 향해 허리 숙여 인사하며 감사를 전했다. 여러 차례의 커튼콜 후 마침내 막이 내렸다. 드디어 자유가 된 다리를 마구 흔들어댄 헤르메스나 찻주전

---

* 하프와 비슷한 고대 그리스의 현악기.

자를 떨어뜨린 헤베, 술통 위에서 한바탕 구른 바쿠스, 무례한 아울 스다크의 머리를 주피터의 지팡이로 한 대 치는 유노 부인을 미처 숨겨주지는 못했지만 말이다.

관중이 홀에 차려진 식사를 하기 위해 몰려나가는 사이 무대는 신과 여신들, 농부들과 남작들, 하녀들과 목수들이 한데 뒤엉켜 서로를 축하하고 성공을 기뻐하느라 엄청난 혼돈에 빠졌다. 배우들은 의상을 그대로 입고 손님들과 어울려 커피와 사람들이 퍼부어주는 칭찬을 함께 마셨으며 아이스크림으로 달아오른 얼굴을 진정시켰다. 메그는 그날 가장 뿌듯하고 행복한 여인이었다. 데미가 서빙하는 음식을 받으며 조시와 함께 앉아 있는데 캐머런 양이 다가와서는 어찌나 다정하게 말하던지 빈말로 하는 칭찬이 아님을 알 수 있었다.

"브룩 부인, 자제분들의 재능이 대체 어디서 왔는지 궁금해할 필요가 없어졌네요. 남작의 연기는 훌륭했어요. 그리고 조시, 다음 여름에는 해변에서 '돌리'를 제자 삼아 가르치고 싶구나."

조시가 이 제안에 얼마나 기뻐했을지 누구나 상상할 수 있을 것이다. 보몬트와 플레처 역시 평론가들에게 따스한 찬사를 들었다. 그들은 이번 것은 뛰어난 대본이나 웅장한 배경의 도움 없이 그저 자연과 예술을 연결하기 위한 시도였을 뿐, 아직은 보잘것없는 작품이라고 겸손히 대답했다. 모두의 행복감은 최고조에 달했고 '예쁜 돌리'가 특히 그랬다. 그녀는 날렵한 헤르메스와 함께 도깨비불처럼 춤을 추었다. 아폴론은 후작 부인의 팔짱을 끼고 산책을 나갔다. 후작 부인은 요염한 교태를 볼연지와 함께 분장실에 두고 온 것 같았다.

모든 게 끝난 후 유노 부인은 주피터의 팔을 붙들고 말했다. 두 사람은 눈길을 느릿느릿 걸어 집으로 돌아가는 길이었다.

"프리츠, 크리스마스는 새로운 결심을 세우기에 좋은 때잖아요. 그래서 결심을 하나 했어요. 내 사랑하는 남편에게 절대로 불만을 터뜨리거나 안달 내지 않기로요. 내가 그런 편인 것 잘 알아요. 당신은 아니라고 하겠지만요. 로리가 장난스럽게 한 말이지만 사실은 그 안에 진실이 들어 있었어요. 내 약한 부분에 한 대 맞는 기분이었다고나 할까요. 더 노력할게요. 그렇지 않고서는 이렇게 멋지고 사랑스러운 남자를 남편으로 둘 자격이 없을 테니까요."

달빛 아래 선 유노 부인은 극적인 분위기에 빠져 자신의 위대한 주피터를 꼭 안아주었다. 그 장면은 뒤에서 따라오던 이들에게 큰 즐거움을 선사했다.

이렇게 모든 공연은 성공리에 막을 내렸고 즐거운 크리스마스 밤은 마치 가족에게 잊지 못할 밤이 되었다. 데미는 감히 입 밖으로 내지 못하던 질문에 대한 답을 얻었고, 조시는 꿈에 그리던 소원을 성취했으며, 아울스다크 교수의 익살 덕에 새로운 결심을 하게 된 조는 그 결심을 지켜 베어 교수의 바쁜 일상을 장미 화단으로 만들어주었다. 며칠 후 그녀는 이런 덕행에 대한 보상을 받았다. 댄에게서 편지가 온 것이다. 조는 매우 행복해졌고 그간의 걱정을 편히 내려놓을 수 있었다. 주소가 적혀 있지 않아 그 점을 답장으로 말해줄 수 없는 점은 참으로 아쉬웠지만 말이다.

36
기다림

"나의 아내여, 그대에게 전할 안 좋은 소식이 있어요."

1월 초의 어느 날, 베어 교수가 다가와 말했다.

"지체 말고 빨리 말해줘요, 프리츠. 난 성격이 급하다고요."

조가 하던 일을 당장에 내려놓고 자리에서 벌떡 일어났다. 날아오는 총알을 용감히 맞겠노라고 작정한 사람 같았다.

"그렇지만 우리는 기다리고 기대해야만 하오, 내 소중한 당신. 자, 우리 함께 견뎌봅시다. 에밀의 배가 실종되었다는군요. 그렇지만 아직 다른 소식이 있는 것은 아니에요."

남편이 튼튼한 팔로 붙들어서 망정이지 조는 그대로 쓰러질 뻔했다. 하지만 금세 정신을 차리고 남편 옆에 앉아서 자초지종을 들었

다. 생존자들 일부가 함부르크에 있는 선주에게 기별했고, 그 소식을 프란츠가 듣고 외삼촌에게 바로 연락했다. 보트 한 척이 무사히 돌아왔으니 추가 생존자가 있으리라는 희망이 있었다. 두 척은 강풍에 쓸려 바다 밑으로 사라졌지만 말이다. 이것도 쾌속증기선에서 얻어들은 소식이니 언제고 더 행복한 소식이 도착할지 모를 일이었다. 속 깊은 프란츠는 선장이 탄 보트가 돛대에 맞았으니 필시 난파되었을 것이라는 의견은 전하지 않았다. 연기에 가려 그 배가 탈출하는 것을 보지 못했고 곧바로 돌풍이 불어서 모두를 흩어버렸기 때문이다. 하지만 이 슬픈 루머도 곧 플럼필드에 도달했다. 모두 언제나 밝고 명랑하던 제독을 깊이 애도했고 그의 노랫소리를 다시 듣지 못하는 것을 슬퍼했다.

조는 그 소식을 부정했다. 에밀은 어떤 폭풍우라도 견뎌낼 것이고 멀쩡히 살아서 밝은 모습으로 돌아올 것이라고 우겼다. 조라도 희망을 버리지 않아서 다행이었다. 가엾게도 베어 교수는 조카를 잃어버린 슬픔에서 헤어나오지 못했다. 누이의 아들이지만 친아들과 다름없이 키워왔다. 드디어 유노 부인이 자신의 새해 결심을 지킬 때가 왔다. 조는 희망이 점점 사라져 자신의 마음이 무거워지는 순간에도 일부러 에밀에 관해 좋은 이야기와 기억을 끄집어냈다.

이러한 베어 부부에게 위로가 된 것은 플럼필드의 모든 이들이 보여준 애정과 애도였다. 프란츠는 열심히 여러 소식을 전해왔고 네트는 라이프치히에서 편지를 보내왔으며 토미는 해운업자들에게 소식을 알아오라고 재촉했다. 바쁜 잭마저 평소답지 않게 따뜻한 편지를 보냈다. 돌리와 조지는 플럼필드를 자주 방문하여 조의 기운을 북돋

아주고 슬픔에 잠긴 조시를 위로하고자 예쁜 꽃이나 앙증맞은 초콜릿 봉봉을 가져왔다. 마음씨 좋은 네드는 시카고에서 일부러 찾아와 눈물 젖은 얼굴로 두 사람의 손을 꼭 잡으며 말했다.

"우리 친구 에밀 소식을 듣고 어찌나 걱정이 되던지 달려오지 않을 수가 없었어요."

"정말 마음이 놓여요. 내가 우리 아이들에게 아무것도 가르친 것이 없다고 해도 이렇게 평생 서로를 돌봐주는 형제애를 심어준 것만으로도 만족스러워요."

네드가 떠난 후 조가 한 말이다.

위로 편지들에 일일이 답하는 것은 로브의 몫이었다. 이를 통해 그들에게 얼마나 많은 친구가 있는지 다시 한번 확인할 수 있었다. 망자에 대한 칭찬의 말들을 들어보면 에밀은 영웅이나 성인이었다. 전부 사실이라면 말이다. 인생이라는 학교가 주는 어려운 가르침에 순응하는 법을 배운 나이 든 이들은 조용히 이를 받아들였지만 젊은 사람들은 반항했다. 가망이 없는데도 희망을 버리지 않고 버티는 이들이 있는가 하면 단번에 절망에 빠져버린 이들도 있었다.

에밀이 가장 예뻐하는 사촌 동생이자 놀이 친구인 조시는 충격에서 헤어나오지 못했다. 그녀를 달랠 길이 없었다. 낸이 약도 줘봤지만 허사였고, 데이지가 기운을 북돋우는 말도 해봤으나 바람과 함께 사라져버렸으며, 베스가 조시의 기분을 풀어주려고 고안해낸 것들도 모두 실패했다. 엄마 품에 안겨서 한바탕 울고 난파선에 관해 이야기하는 것 외에는 아무것도 하려고 하지 않았다. 난파선이 꿈에까지 등장해 그녀를 괴롭혔다.

메그의 걱정이 점점 커져갈 즈음 캐머런 양에게서 전갈이 왔다. 현실 속 비극을 통해 용감하게 배우는 것이 그녀가 제자에게 주는 첫 번째 레슨이라고, 조시가 연기하고 싶어 하는 자기희생적 여주인공처럼 되라는 내용이었다. 그 편지는 조시에게 힘이 되었다. 테디와 옥투의 도움을 받아 노력하기 시작했다. 테디는 반딧불이 같던 조시가 순식간에 날개와 빛을 잃자 크게 놀랐고 그것을 무척 그리워하게 되었다. 그래서 날마다 조시를 불러내어 검은 말 뒤에 태우고 오래도록 달렸다. 옥투는 목에 걸린 은방울 소리가 조시 귀에 흥겨운 음악 소리로 들릴 때까지, 눈길을 빠르게 달려 조시의 혈관에서 피가 춤을 출 때까지, 그래서 햇빛과 시원한 공기, 그리고 마음이 맞는 이들 덕분에 원기를 회복하고 위로를 받을 때까지 열심히 달리고 달렸다. 이 세 가지는 고통받는 젊은이에게 없으면 안 될 동반자다.

에밀은 배에서 건강하고 안전하게 하디 선장을 돌보고 있었기에 이렇게들 애통해하는 것은 헛된 일로 보였지만 실은 그렇지 않았다. 이 사건을 통해 많은 사람의 마음이 공통의 슬픔으로 모였고 이는 누군가에게는 인내를, 누군가에게는 공감을, 또 잘못을 저지른 상대방이 사라졌을 때 찾아오는 무거운 양심의 가책을 느끼는 누군가에게는 후회를 가르쳐주었다. 그리고 모두는 언제 부름이 있을지 모르므로 항상 준비되어 있어야 한다는 엄숙한 교훈을 배웠다.

몇 주간 침묵이 플럼필드를 덮었고 언덕 위 대학의 학생들 얼굴에도 언덕 아래 사람들의 슬픔이 그대로 묻어 있었다. 파르나소스 산에서는 신성한 음악이 흘러나와 듣는 모든 이의 마음을 적셨고 갈색 오두막에는 어린 상제들을 위한 애도의 선물들이 쌓여갔다. 지붕 위에는 에밀에게 조의를 표하기 위한 반기가 걸렸다. 그가 조 숙모와 마지막으로 앉아 대화를 나눈 곳이었다.

몇 주가 무겁게 흘러갔다. 그러던 어느 날, 마른 하늘에 치는 천둥처럼 갑작스러운 소식이 들려왔다.

"안전함. 곧 편지 도착 예정."

즉시 깃발은 끝까지 올라갔고 대학은 요란하게 종을 쳤으며 테디는 오랫동안 쓰지 않던 대포를 쏘았고 성가대는 행복한 목소리로 '주님께 감사'를 외쳤다. 사람들은 함께 웃고 울고 껴안으며 기쁨을 나눴다. 기다리던 편지들이 마침내 하나씩 도착했고 난파선에 관한 자세한 이야기를 들을 수 있었다. 에밀의 편지는 간략했으나 하디 부인의 편지로 자세한 이야기를 들을 수 있었다. 거기에는 하디 선장이 쓴 감사의 말도 있었고 메리도 몇 마디 함께 적었는데 읽는 이들의 마음에 감동을 주는 따스한 말이었다.

이 편지는 이 사람 저 사람의 손을 끝없이 옮겨 다니며 울리고 웃기고 읽히고 또 읽혔다. 이 편지들은 베어 부부의 주머니로 돌아왔다. 두 사람은 밤마다 기도할 때 꺼내서 다시 들여다보았다. 이제 베어 교수는 교실을 이동할 때 커다란 벌처럼 흥얼거렸다. 마더 베어의 이마에 졌던 주름도 펴지는 중이었다. 축하 메시지가 쇄도했다. 모두가 환하게 빛나는 얼굴로 서로에게 인사했다.

로브는 나이보다 훨씬 성숙한 시를 지어 부모를 놀래켰고 데미는 여기에 음악을 입혔다. 뱃사람이 돌아오는 날 불러줄 계획이었다. 테디는 말 그대로 물구나무를 선 채로 옥토를 타고 동네를 질주했는데 제2의 폴 리비어*를 보는 것 같았다. 차이가 있다면 테디가 전하는 기별은 좋은 소식이라는 것이다. 가장 반가운 것은 조시의 변화였다. 설강화(snowdrop)가 그러하듯 조시의 고개도 들렸고 꽃을 피우기 시작했다. 그새 키가 크면서 차분해졌고, 지나간 슬픔의 그림자 덕분에 넘치는 생기도 한결 부드러워졌다. 인생이라는 실제 무대에서 누구나 맡은 역이 있으며 조시 역시 자신의 역할을 잘 수행하려고 노력한 결과 얻은 깨우침 같았다.

새로운 기다림이 시작되었다. 나그네들은 지금 함부르크로 향하는 중이고, 거기서 당분간 머물다가 귀향할 예정이라고 했다. 브렌다 호의 선주가 헤르만 삼촌이기에 선장은 선주에게 보고할 것도 있었고 더군다나 에밀은 곧 있을 형 프란츠의 결혼식까지 머물 작정이었다. 동생이 실종되는 바람에 프란츠는 결혼을 미루고 있었다. 고통스러운 시간을 겪은 덕에 이런 계획은 두 배로 반갑고 유쾌했다. 올해 봄처럼 아름다운 봄은 없을 것이다. 테디의 표현을 들어보자.

불만의 계절 겨울,
베어의 아들들로
영광스럽게 빛나는도다!

프란츠와 에밀은 진짜 '베어 아들들'보다 나이가 많았고 이들은 로브와 테디에게 친형들이나 다름없었다.

---

* 미국 독립전쟁 중 밤새도록 말을 타고 가서 영국의 공습을 알린 건국 영웅.

부인들이 집 안 곳곳을 박박 문지르고 먼지를 털며 대청소를 했다. 졸업 축하 행사만을 위한 것이 아니라 신랑과 신부를 맞이하기 위해서였다. 그들은 신혼여행으로 이곳을 방문하기로 했다. 계획이 성대하게 세워지고 선물을 준비하는 등 프란츠를 다시 만난다는 생각에 모두 들떴다. 물론 이들과 동행하는 에밀이 가장 위대한 영웅이 될 테지만 말이다. 어떤 일이 벌어질지 아무도 예상하지 못한 채, 모두 함께 모여 가장 맏형과 그들의 카사비앙카*를 환영할 계획을 순수하게 세우고 있었다.

이들이 행복한 기분으로 기다리고 준비하는 사이, 이 자리에 함께하지 못한 아들들은 어떤 꿈을 꾸면서 살아가는지 살펴보자. 네트는 자신이 선택한 현명한 길을 열심히 따라가는 중이었다. 더는 꽃길이 아니었다. 금단의 열매를 한 입 베어 물고 안락과 쾌락의 맛을 본 네트에게는 더더욱 힘든 가시밭길이었다. 하지만 야생 귀리의 수확, 즉 어린 날의 방종에 대한 대가치고는 가벼운 것이었다. 그리고 그는 마침내 눈물로 뿌린 씨앗을 거두었고 잡초 사이에서 좋은 밀을 찾아 냈다. 낮에는 가르치고 밤에는 허름한 극장에서 연주를 했다. 어찌나 성실히 공부하던지 교수는 무척 흡족해서 좋은 기회만 찾아오면 네트를 먼저 떠올렸다. 흥청망청 놀기 좋아하던 친구들은 그를 잊었지만 오랜 친구들은 그의 곁을 든든히 지켜주었고 하임베(Heimweh)**

---

* 뱃사람을 부르는 표현. 영국 시인 펠리시아 헤먼즈의 〈카사비앙카〉에서 유래했다.
** 독일어로 '향수병'.

가 찾아올 때마다 그를 달래주었다.

봄이 되자 상황이 나아졌다. 씀씀이는 줄었고 일에 재미를 붙였으며 날이 따뜻해진 덕에 얇은 옷을 입어도 겨울의 매서운 바람이 등을 후려치지 않았고 낡은 부츠를 신어도 동상이 걸릴 듯 시리지 않았다. 어느새 빚도 다 갚았다. 그러는 사이 유학 생활도 거의 끝나갔다. 만일 더 머물길 원한다면 베르크만 교수가 당분간 독립적으로 살 수 있도록 지지해주리라. 보리수나무 길을 걷는 그의 마음이 한결 가벼웠다. 5월에는 저녁마다 순회 밴드에 합류하여 시내를 다니면서 남의 집 앞에서 음악을 연주했다. 이전에는 손님으로 앉아서 연주를 듣던 바로 그 집들이었다. 객석에서 예전에 어울렸던 이들을 발견하기도 했지만 어둠 속이라 아무도 그를 알아보지 못했다. 한번은 민나가 그에게 돈을 던졌는데 그는 회개하고 참회하는 마음으로 그 돈을 겸허히 받았다.

보상은 생각보다 빨리 찾아왔다. 그 소식에 뛸 듯이 기뻤지만 한편으로는 자신의 노력에 비해 보상이 너무 커서 미안한 마음이 들 정도로 좋은 일이었다. 어느 날 교수가 그를 불러서 7월에 런던에서 큰 음악 축제가 열리는데 네트가 가장 유망한 제자들과 함께 선발되었다고 말했다. 바이올리니스트로서 영광스러운 일이기도 했지만 집에 돌아갈 날이 가까워졌다는 사실에 더욱 행복했다. 연주가로서 정식으로 데뷔도 하고 돈도 버는 기회였다.

"런던에서 바흐마이스터를 찾아가게. 자네가 영어를 하니 쓸모가 있을 걸세. 그와 일이 잘되면 바흐마이스터는 자네를 미국에 데려갈 거야. 겨울 연주회를 준비하러 이른 가을에 간다고 했네. 최근 자네가 열심히 하는 모습을 보아 자네에게 거는 기대가 크다네."

거장인 베르크만 교수는 학생 칭찬에 인색했다. 그렇기에 네트의 영혼은 자부심과 기쁨으로 부풀었다. 그는 거장의 예언이 성취되도록 더 열심히 공부했다. 영국으로 연주 여행을 가는 것만으로도 충분히 행복하다고 생각했는데 더 기쁜 일이 있었다. 6월 초에 프란츠와 에밀이 그를 방문한 것이다. 두 사람은 온갖 좋은 소식과 격려의 말로 외로운 네트를 위로했다. 오랜만에 옛 친구를 만나니 부둥켜안고 엉엉 울고 싶은 심정이었다. 나태한 신사의 모습으로 빌린 돈을 흥청망청 쓰며 사는 모습이 아니라 허름한 방에서 지내며 열심히 공부하는 모습을 보여서 어찌나 다행이던지! 그는 자랑스럽게 자신의 계획을 나누고 빚이 하나도 없다는 점을 거듭 강조했다. 두 형제는 네트가 음악적인 진보를 보이는 점과 경제적으로도 안정되었다는 점에서 크게 칭찬하며 존경을 표했다. 네트가 그간의 일을 솔직하게 털어놓자 그들은 웃음을 터뜨리며 자신들도 비슷한 경험을 통해 현명함을 배웠다고 말해주어 네트에게 큰 위안을 주었다. 네트는 신랑 들러리를 서기로 한 이상 프란츠가 주문해주겠다고 고집하는 양복을 받지 않을 수가 없었다. 그리고 그 즈음 집에서 보낸 수표가 도착했다. 백만장자가 된 기분이었다. 수표와 함께 그의 성공을 기뻐하고 축하하는 편지가 도착했다. 자신의 노력으로 얻은 결과라고 생각하니 더욱 기뻤다. 네트는 아이처럼 크리스마스가 오기만을 기다렸다.

한편 댄은 출소를 기다리고 있었다. 몇 주만 있으면 8월에 그곳을 나가게 될 것이다. 그렇다고 네트처럼 프란츠의 결혼식에 갈 수도,

크리스마스에 집을 방문할 것도 아니었다. 출소 날 찾아와줄 친구도 없고 출소 후 어떻게 살아갈지도 막막했다. 고향으로 돌아갈 수 있는 처지가 아니었다. 그럼에도 그가 이룬 성공은 네트의 그것보다 훨씬 더 큰 것이었다. 댄에게 무슨 일이 있었는지는 하나님과 교도소 안의 선량한 목사만 알았다. 댄은 힘겹게 싸워 마침내 승리했다. 그리고 앞으로 다시는 끔찍한 싸움을 하지 않을 것이다. 물론 원수가 그의 안과 밖에서 여전히 공격을 하겠지만 그는 크리스천*이 품에 지니고 다니던 작은 안내 책자를 발견했기 때문이다. 사랑, 참회, 기도라는 세 자매는 그를 안전하게 지켜줄 갑옷을 선물했다. 입는 법은 아직 배우지 못했고 갑옷에 쓸려서 아프겠지만 이제 댄은 그 가치를 잘 알았다. 힘든 시간을 보내는 동안 그의 곁을 지켜준 신실한 친구 덕분이다.

곧 그는 다시 자유의 몸이 될 것이다. 싸우느라 지치고 상처도 생겼지만 태양과 공기라는 축복 속에서 사는 이들 사이에 다시 섞이게 되리라. 생각에 여기에 미치자 댄은 더는 견디기 힘들다는 생각이 들면서 당장에 감옥을 박차고 나가 훨훨 날고 싶었다. 돌로 된 관을 깨고 나와 고사리 풀을 타고 올라가 하늘 높이 날아오르는 시냇가 애벌레처럼 말이다. 밤이면 밤마다 앞으로의 계획을 세웠고 이를 자장가 삼아 잠을 청했다. 메이슨과의 약속을 지키기 위해 메리 메이슨을 만난 후에는 곧장 오랜 친구인 인디언들을 만나러 갈 수도 있으리라. 그곳의 거친 들판에서 지내다 보면 불명예도 덮어지고 상처

*《천로역정》의 주인공.

도 치유받을 수 있을지 모른다. 많은 이들을 살리는 일을 하다 보면 한 사람에 대한 살인죄를 사함받는 날도 오리라. 그곳에서 옛날처럼 자유롭게 지내다 보면 그를 괴롭히던 도시의 유혹으로부터 안전하리라.

"언젠가 더 나은 인간이 되어서, 그래서 부끄럽지 않을 일을 이룩하고 나면, 그때 집으로 돌아가자."

사실은 당장에라도 집으로 달려가고 싶었다. 그 강렬한 마음을 억누르기란 들판에서 야생마를 길들이는 것만큼이나 어려웠다.

"아직은 안 돼. 이 상황을 극복하는 게 우선이야. 내가 지금 간다면 그들은 내게서 감옥의 흔적을 알아보고 냄새 맡고 느끼겠지. 가족들의 얼굴에 대고 거짓말을 할 수는 없어. 테디의 사랑과 마더 베어의 신뢰, 소녀들이 보여준 존경심을 이렇게 저버릴 수는 없어. 그들은 내가 가진 힘을 높이 샀는데 이제는 아무도 나를 건드리고 싶어 하지 않겠지."

가여운 댄, 자기도 모르게 꽉 움켜쥔 구릿빛 주먹을 보다가 그 위에 포개진 그를 신뢰하는 작고 하얀 손이 떠올랐고, 그 이후 자신이 그 손으로 저지른 일을 기억하고는 몸서리를 쳤다.

"그들에게 자랑스러운 사람이 되자. 이곳의 끔찍한 1년은 아무도 몰라야 해. 이 기억을 다 지우자. 반드시. 나를 도우소서, 하나님!"

그는 잃어버린 지난 1년을 선한 것으로 바꾸어놓고 말겠다고 엄숙히 맹세하듯, 움켜쥔 주먹을 하늘 높이 쳐들었다. 결단과 회개로 기적을 일으킬 수만 있다면.

37

테니스 코트에서

플럼필드에서는 스포츠가 한창이었다. 한때 어린 소년들을 싣고 되똑거리던 펀트 배가 다니거나 백합을 따려는 소녀들의 비명이 울려 퍼지던 강은 지금은 길쭉한 나룻배부터 화려한 쿠션과 차양, 펄럭이는 깃발로 근사하게 꾸민 유람선까지, 온갖 배가 떠다니는 활기찬 곳으로 바뀌었다. 모두가 노를 저었고 여자들과 남자들은 경주를 즐기며 가장 과학적인 방법으로 근력을 키웠다. 강가의 오래된 버드나무 근처에 펼쳐진 넓고 평평한 목초지는 대학교의 운동장이 되어 항상 야구 시합으로 왁자지껄했다. 미식축구, 높이 뛰기 등 온갖 종목의 경기가 열려 야심을 부렸다가는 손가락을 삐긋하거나 갈비뼈가 부러지거나 허리를 다치기도 했다. 평온한 휴식을 즐기려는 아가씨들은 이 샹드마르스(Champ de Mars)*에서 멀찍이 자리 잡았다. 가장자리에 늘어선 느릅나무 아래에서는 크로케 막대가 나무공을 치는 소리가 경쾌하게 들려왔고 테니스 코트에서는 라켓이 연신 힘차게 오르락내리락했다. 울타리의 문 높이가 서로 달라 뛰어넘기 연습을 하기에도 제격이었는데 소녀들은 언젠간 성난 황소가 달려들 때 목숨을 구할 수 있으리라 기대하며 열심히 뛰어넘기 연습을 했다. 실제로 그런 일이 일어난 적은 없지만 말이다.

한 군데는 '조의 코트'로 불렸는데, 리틀 조가 테니스의 여왕처럼 군림했기 때문이다. 테니스를 무척이나 좋아하는 데다가 완벽의 경지에 이르겠다고 작정을 하고 덤비는 중이었다. 조시는 잠깐이라도 짬이 생기면 테니스장으로 달려가 상대만 있으면 그 상대가 애처로울 정도로 맹연습을 했다. 어느 화창한 토요일 오후였고 조시는 시합에서 베스를 막 이긴 상태였다. 공주님은 우아하기로는 조시보다 뛰어나지만 운동감각은 사촌 동생을 따라가지 못했다. 그녀가 교양을 쌓는 방식은 조시의 방법보다 좀 더 차분하다고나 할까.

"아아, 언니! 언니는 벌써 지쳤고 내 상대가 될 만한 축복받은 남자아이들은 전부 야구장에 가 있으니, 난 이제 누구와 치란 말이야?"

조시가 한숨을 쉬며 커다란 빨간 모자를 뒤로 젖혔다. 시무룩한 눈으로 주변을 두리번거리며 상대가 될 만한 사람이 지나가는지 유심히 탐색했다.

"조금 있다가 다시 쳐줄게. 먼저 땀 좀 식히고. 하지만 난 계속 지

---

* 프랑스 혁명 당시 대학살이 일어난 파리의 광장.

기만 하니까 재미가 없어."

베스가 커다란 나뭇잎을 주워서 부채질을 해대며 말했다.

조시가 정원 벤치에 앉은 베스 옆에 막 자리를 잡으려는데 멀리서 하얀 플란넬 셔츠에 푸른색 바지를 입은 두 사람이 야구장 쪽으로 걸어가는 것이 보였다. 조시가 반가운 비명을 지르며 그들에게 달려갔다. 하늘이 보낸 병력이니 절대로 놓칠 수 없었다. 한걸음에 달려오는 조시를 보고 두 사람은 발걸음을 멈추고 모자를 들어 인사했다. 아, 인사하는 모습이 어찌나 다른지! 덩치 큰 쪽은 나른하게 모자를 슬쩍 들었다 놓을 뿐이었다. 마지못해 의무를 이행하는 것 같다. 하지만 진홍색 타이를 맨 날렵한 쪽은 우아하게 목례를 하며 모자를 들어 올리고는 발그레한 얼굴에 숨이 차서 헐떡이는 아가씨에게 다가가 말을 거는 내내 모자를 내리지 않았다. 조시가 얌전하게 가르마를 탄 그의 새카만 머리와 눈썹 위로 늘어뜨린 곱슬머리 한 가닥을 볼 수 있을 때까지. 그는 집을 나서기 전 거울에 자신을 비춰보며 인사를 연습한다. 그에게 인사 동작은 예술의 그것과 같은데 그의 여성 숭배자 중 가장 아름답고 마음에 드는 여인들만을 위해 아껴둔 것이다. 그는 실제로 꽤 미남인데 스스로 아도니스라고 착각하는 경향이 있었다.

물론 테니스를 치고 싶은 마음뿐인 조시는 그가 그녀에게 하사한 영광을 알아보지 못했다. 조시는 그저 간절한 눈으로 두 남자에게 애원할 뿐이었다.

"빨리 와서 나랑 테니스 치자. 저기 가면 덥기만 하고 남자아이들과 놀다간 옷만 더러워질 뿐이야."

'덥다'와 '더러워진다'는 두 단어가 설득력이 있었다. 스터피는 이미 더워서 힘들어했고 돌리는 자기에게 썩 잘 어울리는 새 양복을 최대한 새것처럼 유지하고 싶었기 때문이다.

"기꺼이." 예의 바른 쪽이 다시 목례를 하며 대답했다.

"너나 쳐라. 난 쉬련다." 뚱뚱한 쪽은 시원한 그늘에서 공주님과 앉아 다정한 대화나 주고받으며 쉬고 싶을 뿐이었다.

"그럼 오빠는 베스 언니 좀 위로해줘. 내가 방금 언니를 완전히 이겨버렸거든. 그래서 즐거운 일이 필요할 거야. 오빠 주머니에는 항상 맛있는 게 들었던데, 언니에게 좀 나눠주면 어때? 돌리 오빠가 언니의 라켓을 쓰면 되겠네. 자, 그럼, 시작할까?"

조시는 먹잇감을 앞세우고 승자처럼 당당히 코트에 들어섰다.

스터피가 육중한 몸을 던지니 벤치가 삐걱거렸다. 사실 지금은 아무도 감히 스터피라고 부르지 않지만 우리는 계속 그렇게 부르도록 하자. 그가 주머니에서 작은 사탕 상자를 꺼내서(스터피는 이것 없이 아무 데도 안 간다.) 설탕 입힌 제비꽃 등을 꺼내어 베스에게 바치는 사이, 돌리는 최고의 적수와 시합을 벌이느라 땀을 흘리고 있었다. 운 나쁘게 넘어지지만 않았어도 이겼을지 모른다. 돌리는 새로 장만한 반바지에 생긴 흉한 얼룩에 온통 정신이 팔려서 경기에 집중하지 못했다. 조시는 승리에 잔뜩 도취해서 상대에게 잠시 휴식을 허락한 뒤, 패배를 위로한답시고 한 말로 더 마음을 짓눌렀다.

"계집애처럼 그러지 좀 마. 옷은 빨면 되지. 뭐가 조금만 묻어도 못 참으니, 전생에 고양이였나. 아니면 평생 남의 옷만 짓고 산 양복장이거나."

"그래, 알았어. 그러잖아도 힘이 빠진 오빠를 이렇게 공격하기냐?"

돌리는 잔디에 누운 채로 대답했다. 돌리와 스터피는 여자들을 위해 벤치를 양보하고 잔디에 누워 있었다. 돌리는 손수건 한 장은 바닥에 깔아 몸을 누이고 다른 한 장은 몸을 기댄 쪽 팔꿈치 밑에 받쳤다. 슬픈 눈으로 초록색과 갈색이 뒤섞인 얼룩을 바라보는 그는 가슴이 미어지는 듯했다.

"난 깔끔한 게 좋아. 숙녀들 앞에서 낡은 구두를 신거나 잿빛으로 변한 플란넬 셔츠를 입고 돌아다니는 것은 문화인답지 않은 짓이지. 우리 학교 사람들은 신사거든. 그러니 옷도 그렇게 입어야지."

'양복장이'라는 말이 영 맘에 걸리는 모양이었다. 그 양복장이라는 멋쟁이 중 하나에게서 날아온 청구서가 불편할 정도로 컸으니까.

"그건 우리 학교도 그렇지. 하지만 여기선 좋은 옷을 입었다고 해서 무조건 신사가 되지 않아. 신사가 되려면 그것 말고도 요구되는 것이 얼마나 많은 줄 알아?"

조시가 쏘아붙였다. 팔짱을 끼고 자기 학교를 옹호했다.

"오빠와 그 멋쟁이 신사들은 타이를 매만지고 머리에 향수를 뿌리느라 세상에서 잊히는 사이 '낡은 구두에 잿빛 플란넬 셔츠'를 입은 사람들이 활약하더라는 소문을 곧 듣게 될걸? 나는 오래된 부츠가 좋던데. 신기도 편하고. 너무 말끔한 건 싫더라. 안 그래, 언니?"

"깔끔쟁이라도 친절하기만 하면야. 특히 옛 친구라면 더더욱."

베스는 돌리에게 고맙다는 표시로 고개를 끄덕이며 말했다. 그는 베스의 적갈색 구두 위로 기어가는 호기심 많은 애벌레를 조심스럽게 떼어내는 중이었다.

"나는 공손한 숙녀가 좋던데. 남자가 자기 나름의 생각이 있다는데 군이 시비 걸려고 달려드는 여자 말고. 안 그래, 조지?"

돌리가 베스에게는 가장 신사다운 미소를, 조시에게는 가장 하버드다운 반감 어린 눈초리를 보냈다.

평온하게 코 고는 소리가 스터피가 들려줄 수 있는 대답의 전부였다. 다 같이 웃음이 터지며 잠시 다시 평화가 찾아왔다. 하지만 조시는 자기가 잘났다고 생각하는 만물의 영장이 있으면 꼭 못살게 굴고 싶었다. 그래서 테니스를 다시 치자고 제안하여 공격할 기회를 노렸다. 돌리는 여자들을 위해 충성을 맹세한 기사였기 때문에 어쩔 수 없이 조시의 부름에 순종했다. 그는 등 대고 누워 다리를 꼰 채로 자고 있는 스터피와 스케치하는 베스를 두고 조시를 따라 일어섰다. 스터피의 빨갛고 둥근 얼굴은 모자에 가려 부분일식이 일어나고 있었다. 이번 시합은 조시의 패배였기에 그녀는 잔뜩 심통이 나서 돌아왔다. 지푸라기로 자고 있는 사람의 코를 괜히 간질여 스터피가 재채기를 하느라 벌떡 일어나 앉게 만들었다. 그는 단단히 화가 나 '빌어먹을 파리'를 두리번거리며 찾았다.

"그만 일어나, 오빠. 품격 있는 대화를 해보자고. 오빠들처럼 '맵시꾼들'이 우리의 생각이나 매너를 고쳐줘야 하잖아. 우리는 '촌스러운 옷과 모자를 쓴 시골 여자들'이니까."

잔소리꾼이 먼저 전투를 개시했다. 조시는 돌리가 무심결에 뱉은 말을 교묘히 걸고넘어졌다. 그는 교양보다 책을 더 좋아하는 공부만 하는 아가씨들을 이렇게 평한 적이 있다.

"너희가 그렇다는 얘기가 아니었어! 너희들 드레스는 괜찮아. 모자도 최신 유행이고."

가여운 돌리, 변명을 했지만 자신의 죄를 인정하는 꼴이 되었다.

"내가 그때 알아봤지. 나는 오빠들이 모두 신사인 줄 알았거든. 교양 있고 친절한 남자들 말이야. 하지만 오빠는 옷을 잘 못 입은 여자애들을 비웃잖아. 남자답지 못한 행동이야. 우리 어머니 말씀이지."

조시는 잘 가꾸고 꾸민 여자들만 숭배하는 이 젠체하는 인간에게 한 방 먹인 것 같아 속이 다 시원했다.

"딱 걸렸네! 쟤 말이 맞아. 나는 옷에 대해선 이러쿵저러쿵하지 않는다고."

스터피가 하품을 꾹꾹 눌러 참으며 말했다. 스터피는 봉봉 하나만 더 먹으면 좋겠다고 생각했다. 그럼 기분이 개운해질 것 같았다.

"대신 오빠는 온통 먹는 얘기뿐이잖아. 그건 남자로서 더 심각한 문제야. 차라리 요리사와 결혼해서 음식점을 차리면 어때?"

조시는 스터피를 한 방에 넘어뜨리고는 큰 소리로 웃어젖혔다. 스터피는 한동안 아무 말도 못 하고 가만히 있었다. 하지만 돌리가 슬쩍 주제를 바꾸더니 적진으로 들어와 다시 반격했다.

"네가 매너를 가르쳐달라고 부탁하니 하는 말인데, 사교계 아가씨들은 개인적 의견을 강요하거나 설교하려 들지 않아. 아직 사교계에 진출하지 않은 어린아이들은 그걸 대단히 재치 있는 것으로 여기는 모양인데, 그건 결코 바른 예법이 아니야."

조시는 잠시 가만히 있었다. '어린아이'라고 불린 충격에서 회복해야 했다. 열네 살 생일이 되었다고 축하받은 것이 지금도 생생한데 어린아이라니. 뒤이어 들려온 베스의 고귀한 어조는 그 효과로 따지면 조시의 무례한 방식보다 훨씬 큰 치명타를 남겼다.

"그건 사실이야. 하지만 우리는 평생을 어른들과 살아왔지. 그래서 오빠들이 말하는 젊은 아가씨들식의 사교적 대화법은 아는 게 없어. 합리적으로 우리의 잘못을 이야기함으로써 서로를 돕는 방식에 너무 익숙해서인지 가십거리를 전달하는 일엔 관심이 없어."

공주님에게 꾸지람을 듣는 것은 그리 기분이 나쁘지 않았다. 그래서 돌리는 침묵하기로 했다. 사촌 언니의 지지에 신이 난 조시가 목소리를 높였다.

"우리 학교 남학생들은 우리와 함께 대화하는 것을 좋아해. 우리가 불만을 말하면 친절하게 수용할 줄도 알지. 자기들이 다 아는 것처럼 오만을 부리지도 않고 열여덟 살 주제에 다 컸다고 생각하지도 않아. 그런데 보아하니 하버드 남자들은 그러는 것 같더라. 어린 학생들일수록 더 그렇다지."

조시는 되받아칠 수 있게 되어 기분이 아주 좋아졌다. 돌리는 정말 한 방 먹은 것 같았다. 돌리는 야구장에서 더운 날 흙먼지를 날리며 소란스럽게 노는 무리를 거만한 태도로 내려다보면서 잔뜩 약이 오른 목소리로 대답했다.

"저기 네 동급생들에게 네가 품위와 교양을 좀 가르쳐주면 되겠네. 쟤들에게 그렇게라도 배울 기회가 있다니 얼마나 다행이야. 우리 학교 남자들은 대부분 이 나라 최고의 가문 출신이라 여자들에게 배울 게 없거든."

"그곳에 우리 학교 남학생들 같은 사람들이 없다니 아쉽네. 우리 학교 남자들은 대학이 주는 가치와 효용을 잘 이해하고 있거든. 적어도 공부는 안 하고 놀기만 하면서 빠져나갈 궁리나 하진 않아. 내가 오빠 같은 '남자들'이 아버지 이야기하는 걸 들었는데, 아들들이 대학을 저렇게 간신히 다닐 줄 알았더라면 돈과 시간을 낭비하지 않았을 거라고 하신다며? 만일 그 학교에도 여학생들이 있었다면 오빠들의 삶의 수준도 한결 나아졌을 텐데. 여자들이 오빠들같이 게으른 사람들을 끌어올려주었을 테니까. 우리가 여기서 그러는 것처럼."

"우리 학교 알기를 그렇게 우습게 안다면서 어째서 우리 학교 대표색을 입는 거지?"

돌리가 물었다. 자기가 모교의 이름에 합당한 수준으로 살고 있지 않음을 알기에 조시의 말을 듣는 것이 고통스러웠다. 하지만 일단 방어는 하기로 했다.

"아닌데? 내 모자는 주홍색이야, 진홍색이 아니라. 색깔에 대해서 좀 배우지그래."

조시가 코웃음을 쳤다.

"그렇게 빨간색을 붙이고 다니면 성난 황소가 쫓아올지 모르니까 조심하셔."

돌리가 쏘아붙였다.

"흥, 덤비라고 해. 오빠네 젊은 아가씨들은 이런 거 할 줄 아나? 아니면 오빠라도?"

조시는 최근 터득한 기술을 자랑하고 싶어서 안달이 났다. 당장에 가까운 울타리문으로 달려가 한 손으로 난간을 짚고는 새처럼 가볍게 울타리를 뛰어넘었다.

베스는 고개를 절레절레 저었다. 스터피는 건성으로 박수를 쳤다.

하지만 여자아이에게 도전을 받은 돌리는 지지 않으려고 도움닫기를 해서 멀리 뛰기로 조시 옆에 가뿐하게 착지했다.

"이건 할 수 있어?"

"아직은. 하지만 머지않아 하게 될 거야."

적수가 금세 풀이 죽자 돌리도 마음을 누그러뜨렸다. 하지만 자신이 끔찍한 덫에 걸려든 것을 전혀 깨닫지 못한 채 돌리는 친절하게도 이런저런 동작을 선보였다. 이전에 아무도 이 울타리를 이토록 과격하게 잡은 적이 없어서 울타리에 칠한 칙칙한 붉은색 페인트가 벗겨지면서 뒤돌기 동작을 하는 그의 어깨에 붉은 줄을 몇 개 긋고 만 것이다. 돌리는 찬사를 기대하며 웃는 얼굴로 제자리로 돌아왔으나 그만 더 약이 오르고 말았다.

"아하, 진홍색이 무슨 색인지 알고 싶으면 오빠 등을 보면 되겠네. 예쁘게 도장이 찍혔어. 빨아도 안 지워질 것 같은데, 이 일을 어째."

"어, 이게 뭐야?"

돌리가 외쳤다. 아무리 등을 보려 해도 뜻대로 되지 않자 넌더리를 내며 포기했다.

"그만 가자, 돌리."

평화를 사랑하는 스터피가 제안했다. 자기편이 패배한 것 같아 보였기에 또 다른 불꽃 튀는 접전이 있기 전에 서둘러 후퇴하는 편이 현명하겠다고 판단한 것이다.

"오빠들, 서둘러 가지 말고 더 놀다 가. 이번 주 내내 두뇌 쓰느라 고생 많았는데 쉬는 시간도 있어야지. 우리는 이제 그리스어 배우러 가야 해. 언니, 가자. 신사 오빠들, 안녕!"

조시는 얌전한 자세로 인사하고 앞장서서 걸었다. 그녀 머리 위의 찌그러진 모자를 보니 전쟁을 마치고 돌아가는 병사 같다. 라켓은 승리의 깃발처럼 어깨 위에 얹고 간다. 최후 발언을 자기가 했다고 생각하니 이 정도 승리의 기쁨은 맛봐도 좋겠다고 생각한 모양이다.

돌리는 베스에게 자신이 할 수 있는 가장 멋진 방식으로 인사를 보내지만 분위기는 차가웠다. 스터피는 다리를 하늘로 향한 채 아주 편안한 자세로 드러누워서는 꿈꾸는 듯한 목소리로 중얼거렸다.

"리틀 조가 오늘 예민하네. 난 들어가서 낮잠 좀 자야겠어. 너무 더워서 아무것도 할 수가 없다고."

"그러게. 근데 이 얼룩에 대해 저 불쏘시개가 한 말이 사실일까?"

돌리는 자리 잡고 앉아서 마른 손수건을 꺼내 들고 한참을 닦아보려고 끙끙댔다.

"자는 거야?"

돌리가 갑자기 물었다. 자기는 이렇게 몹시 화가 나 있는데 친구라는 자식은 너무 편안한 거 아닌가 싶었다.

"아니. 우리가 꾀부리고 있다는 조시의 이야기가 꼭 틀린 것 같지만은 않아서 생각하는 중이었어. 모튼이나 토리 같은 녀석들이 죽어라고 공부할 때 이렇게 안 하고 있는 것은 창피한 일이긴 하잖아. 난 원래 대학 같은 건 가고 싶지 않았어. 나의 총독께서 가라고 하시니까 간 거지. 아버지와 나 두 사람에게 참으로 좋은 일 하는 셈이지!"

스터피가 신음소리를 내며 대답했다. 공부를 싫어하는 그에게는 앞으로 남은 2년도 마냥 길었다.

"명문대 학벌이 생기는 것으로 만족하면 되지 굳이 열심히 할 것

까진 없어. 나라면 즐거운 한때나 보내고 '맵시꾼' 소리 들으며 살겠어. 우리끼리 하는 얘기지만 여자아이들과 학교를 같이 다니면 한없이 행복할 텐데. 공부 따위 교수형에 처하라지! 하지만 우리가 뭔가 힘든 일을 해야만 한다면 도움을 줄 수 있는 예쁜이들을 곁에 두는 것도 썩 좋은 생각이잖아? 지금 같은 상황에 그런 애들이 있다고 생각해봐."

"그렇다면 세 명이 필요해. 한 명은 부채질을 하고 한 명은 내게 키스를 하고 한 명은 내게 시원한 레모네이드를 가져다주는 거지!"

스터피가 탄식하듯 말했다. 간절한 눈빛으로 집 쪽을 바라보았으나 그런 여인은 나타나지 않았다.

"레모네이드 대신 루트비어(root-beer)*는 어떻겠니?"

등 뒤에서 들려온 목소리에 돌리는 깜짝 놀라 벌떡 일어났고 스터피는 놀란 돌고래처럼 한 바퀴를 굴렀다.

돌아보니 조가 울타리 계단에 걸터앉아 있었다. 음료 두 주전자를 어깨에 끈으로 매달고 손에는 양철 컵 여러 개가 들려 있었으며 머리에는 구식 선보닛을 쓰고 있었다.

"남자 녀석들이 얼음물이라면 사족을 못 쓰기에 가지고 나왔지. 나의 건강하고 맛있는 음료를 들고 돌아다니면서 따라주었단다. 물고기처럼 마셔대던걸. 하지만 사일러스가 같이 다녀줘서 내 단지에는 아직 마실 게 들어 있지. 마시겠니?"

"네, 정말 감사합니다. 저희가 따를게요."

---

* 사사프라스 뿌리로 만든 무알코올 음료.

돌리가 컵을 들고 스터피가 신나게 따랐다. 두 사람 모두 시원한 음료를 마시게 되어 고마웠지만 그 전에 자기들이 하던 이야기를 조 선생님이 들었을까봐 조마조마했다.

두 사람은 조의 양옆에 앉아서 음료수를 마셨다. 주전자와 컵을 든 모습이 꼭 중년의 비방디에르(vivandière)* 같았다. 조의 다음 말로 그들은 그녀가 이야기를 들었음을 확인했다.

"대학교에 여학생이 있으면 좋겠다고 생각한다니 기쁘구나. 하지만 여학생을 존중하면서 말하는 법부터 배우면 어떻겠니? 안 그랬다가는 여학생들에게서 그것부터 배워야 할 테니까 말이다."

"선생님, 농담이었어요. 정말이에요."

스터피가 당황하여 음료수를 꿀꺽 삼키며 말했다.

"저도요. 저, 저는 여성들을 헌신적으로 위한다고요."

돌리는 당황한 나머지 말까지 더듬었다. 어떤 식으로든 따끔한 말을 듣게 될 터였다.

"그 헌신의 방법이 바르지는 않은 것 같구나. 경솔한 여자애들이라면 '예쁜이들'이라고 불리고 싶어 할지 모르겠다만 공부하기를 좋아하는 여학생들은 이성적 존재로 대우받고 싶어 한단다. 여자를 인형처럼 가지고 노는 대상으로 생각하면 안 돼. 그래, 내가 오늘은 너희에게 설교 좀 하마. 어차피 그게 내 일이기도 하지. 자, 일어나서 남자답게 받아들이자고."

조는 소리 내 웃었지만, 진심이었다. 지난 겨울방학을 지나면서

---

* 프랑스 군대의 종군 여상인.

다양한 암시와 조짐들을 통해 이 녀석들이 세상을 다른 방식, 그러니까 그녀가 동의하지 않는 방식으로 보기 시작했음을 이미 눈치채고 있었다. 두 녀석 모두 집에서 떨어져 지냈고, 낭비해도 좋을 만큼 돈도 충분했으며, 그 나이 또래 남자아이들이 다 그렇듯 미숙하고 호기심 많고 어수룩했다. 책을 좋아하지 않다 보니 상식적으로 알 만한 자기 보호 방법에도 서툴렀다.

한 녀석은 제멋대로에 나태하여 감각이 원하는 대로 실컷 사치를 즐겼다. 다른 녀석은 예쁘장하게 생긴 사내들이 다 그렇듯 허영과 자만심에 가득 차서 인기를 위해서라면 뭐든 희생할 준비가 되어 있었다. 이러한 기질과 결점 때문에 그러잖아도 쾌락을 좋아하고 의지가 약한 두 사람 모두 유혹에 취약할 수밖에 없었다. 조는 이 점을 정확히 알고 있었기에 이들이 대학에 간 이래로 계속 경고의 말을 했다. 하지만 최근 들어보니 이들은 그녀의 친절한 암시 중 일부를 영 못 알아들은 모양이다. 그래서 마침 기회가 왔으니 알아듣도록 잘 설명하기로 작정한 것이다. 수년간 남자아이들을 돌봐온 조는 침묵에 묻힌 위험 요소를 잘 알아봤고 이를 다루는 대담함과 노련미도 갖추게 되었다. 너무 늦기 전에 바로잡아야 한다. 안 그랬다간 유감과 책망만 남을 뿐이다.

"너희 어머니들이 멀리 계시니 나를 어머니라고 생각하고 들어주렴. 세상에는 어머니들만 해결할 수 있는 문제들이 있지. 물론 자기 본분을 다하는 어머니들에게 해당하는 이야기겠지만 말이다."

그녀는 보닛을 쓴 채로 엄숙한 말투로 시작했다.

'이런, 꼼짝없이 걸려들었군!'

돌리는 소리 없이 경악했다. 스터피는 루트비어나 좀 더 마시면서 버텨보려다가 첫 번째로 지목을 당했다.

"그 음료는 해롭지 않다만 네가 마시는 다른 음료에 대해 경고하고 싶구나, 조지. 뭐든 과식이 안 좋다는 것은 알고 있겠지. 몇 번 배탈이 나면 저절로 현명해지잖니. 하지만 술 마시는 것은 과식보다 더 심각한 문제란다. 술은 네 몸에 그 어떤 것보다도 나쁜 해를 끼칠 수 있어. 네가 와인 얘기하는 것을 들으니 마치 네가 술 전문가에 애호가라도 되는 것처럼 말하더구나. 못된 장난을 두고 농담하는 것도 여러 번 들었고. 하지만 얘야, '재미'로라도 이 위험한 맛을 가지고 장난칠 생각일랑 아예 하지 말길 바란다. 이것은 패션 같아서 유행처럼 다른 아이들이 따라 하거든. 그러니 당장 그만두거라. 모든 것에서 절제하는 것이 가장 안전한 규칙임을 배워야 한다."

"제 명예를 걸고 말씀드리는데, 저는 와인과 철분을 함께 섭취할 뿐이라고요. 어머니 말씀이 제가 공부하면서 손상된 뇌 조직을 복구하려면 토닉이 필요하다고 하셨거든요."

스터피가 항변했다. 뜨거운 것에 손을 데기라도 한 것처럼 머그잔을 얼른 내려놓았다.

"좋은 소고기와 오트밀로도 손상된 뇌 조직은 충분히 되살릴 수 있단다. 어떤 종류의 토닉보다도 훨씬 효과가 있지. 네게 필요한 것이 공부와 규칙적인 식사인 모양이다. 할 수만 있다면 너를 여기서 몇 달간 데리고 살고 싶구나. 위험한 습관을 고칠 수 있도록 말이다. 나라면 네게 밴팅 요법을 쓰겠어. 그러면 달릴 때 숨이 차서 헐떡이지도 않을 것이고 하루에 네다섯 끼씩 먹지 않아도 괜찮아질 텐데.

아이쿠, 남자애 손이 그게 뭐니? 부끄럽게시리!"

조는 오동통하여 관절마다 보조개가 쏙쏙 들어간 조지의 주먹을 발견했다. 하지만 그것은 벨트 위로 비어져 나온 허릿살에 비하면 새 발의 피였다. 조지의 허릿살은 나이에 비해 과도하게 두툼했다.

"어쩔 수가 없어요. 우리 가족은 다 이래요. 유전이라고요."

스터피는 자기방어에 들어갔다.

"그렇다면 더 조심스럽게 건강을 돌봐야지. 설마 일찍 죽거나, 혹은 살아도 아무런 소용 없는 존재로 살고 싶은 것은 아니겠지?"

"물론이죠, 선생님!"

스터피는 진짜로 겁을 먹은 것 같았다. 그래서 조는 더는 캐묻지 않았다. 그가 가진 문제의 많은 부분이 무조건 오냐오냐하면서 키운 어머니에게서 온 것이었기 때문이다. 조는 목소리를 한층 상냥하게 바꾸고 조지의 통통한 손등을 손으로 살짝 때렸다. 어린 조지가 조그마한 손으로 설탕 그릇에서 설탕을 훔쳐갈 때 그랬던 것처럼.

"그렇다면 조심하거라. 남자는 자신의 인격을 얼굴에 쓴다잖니. 네 얼굴에 식탐과 무절제라고 쓰고 싶지는 않겠지?"

"절대로 그러고 싶지 않아요! 건강한 식단을 짜주세요. 그럼 제가 지켜볼게요. 저도 나날이 불어가는 저 자신이 싫어요. 간에 무리가 갔는지 가슴이 두근거리고 두통이 와요. 어머니는 과로 때문이라고 그러시는데, 과식 때문인지도 모르겠네요."

스터피는 후회와 안도가 뒤섞인 한숨을 내뱉었는데, 그가 그동안 거부해온 좋은 것들에 대한 후회요, 이제 손을 빼면 얼른 벨트를 풀 수 있게 되었다는 안도였다.

"그래, 써주마. 대신 잘 지켜야 한다. 그렇게 1년만 잘하면 음식 자루가 아닌 인간으로 거듭날 수 있을 거야. 자, 이번에는 돌리."

조가 다음 죄수에게 몸을 돌렸다. 그는 불안에 떨며 여기에 온 것을 후회하는 중이었다.

"지난겨울처럼 여전히 프랑스어 공부에 열중하고 있지?"

"아니요, 선생님. 프랑스어는 관심 없고요. 아, 그게, 지금은 그, 그리스어를 배우느라고 바빠서요."

처음에는 자신 있게 대답했으나 돌리는 별안간 과거의 기억이 떠오르면서 질문의 의도를 파악하고는 말을 더듬으며 눈길을 신발 끝으로 떨어뜨렸다.

"아, 얘가 프랑스어를 공부한 것은 아니고요, 그냥 프랑스어로 된 소설을 읽고 희가극단이 오면 극장에 가는 것뿐이에요."

스터피가 순진하게도 조의 의심에 확신을 주었다.

"알고 있단다. 바로 그 점을 얘기하려는 거야. 테디도 어느 날 갑자기 프랑스어를 공부하겠다고 하더구나. 네 말을 듣고서 말이야, 돌리. 그래서 내가 직접 가봤는데 점잖은 학생이 갈 만한 곳이 아니더구나. 너희 남자들이 총출동했던데 젊은이들 중 일부가 나와 똑같이 수치심을 느끼는 걸 보고 오히려 다행스럽게 여겨지던걸. 나이 든 남자들은 좋다고 히히덕거리고 있고. 극이 끝나서 밖으로 나와보니 난잡해 보이는 여자들을 데리고 놀러 가려고 기다리고들 있던데, 너도 그래본 적 있니?"

"딱 한 번요."

"재미있었니?"

"아뇨, 선생님. 그, 그게 저는 일찍 나왔어요."

돌리가 말을 더듬었다. 얼굴이 목에 맨 화려한 타이만큼이나 빨갛게 달아올랐다.

"그래도 얼굴이 빨개지는 것을 보니 품위를 완전히 잃지는 않은 것 같아 안심이 되는구나. 하지만 계속 그렇게 지내다 보면 점점 부끄러워하는 법을 잊어버려서 곧 아무렇지도 않게 될 게다. 그런 여자들과 어울리기 시작하면 좋은 여자들과 교제하기가 힘들어져. 그들은 너를 말썽과 죄와 수치심으로 이끌 뿐이야. 아아, 왜 시 정부는 그런 악행을 법으로 금지하지 않는 것일까? 얼마나 나쁜지 다들 잘 알고 있으면서 말이다. 그러는 남자아이들을 보는데 내 마음이 찢어지더구나. 집에서 잠을 자야 할 시간에 몹쓸 유흥에 빠져 있다니, 그건 인생을 완전히 파괴해버릴 수도 있는 행위야."

두 젊은이는 당시 한창 유행이던 쾌락거리를 조 선생님이 이토록 강력하게 반대하는 것에 겁을 먹었다. 그리고 양심의 가책을 느껴 아무 말도 하지 못했다. 스터피는 그런 유흥의 자리에 한 번도 가지 않은 것을 다행으로 여겼고 돌리는 '일찍 나온' 것을 감사히 여겼다. 조는 눈빛에서 힘을 풀고 두 사람의 어깨에 각각 한 손씩 얹고는 가장 어머니다운 어조로 다른 어떤 여인도 시도하지 않은 예민한 이야기를 하는 중이었다. 최대한 친절한 어조를 유지하려고 애썼다.

"내 아들들, 내가 너희를 사랑하지 않았다면 이 얘기도 안 하겠지. 듣기에 유쾌하진 않을 게다. 하지만 내가 이 말을 하지 않아서 세상을 저주하고 많은 젊은이를 파멸로 몰고 간 가장 큰 두 가지 죄로부터 너희를 지키지 못하면 내 양심이 나를 가만히 두지 않을 테지. 지금 너희는 막 그런 죄의 유혹에 눈을 뜨기 시작했고 조금 지나면 돌이키는 것이 힘들어질 게다. 그러니 제발, 지금 당장 멈추거라. 너희들 자신의 영혼을 악에서 건질 뿐 아니라 너희들의 용기 있는 행동이 모범이 되어 다른 이들까지도 살릴 수 있을 것이야. 혼자 힘으로 힘들다면 언제든 나를 찾아오렴. 두려워할 것도 부끄러워할 것도 없어. 너희들이 내게 할 그 어떤 말보다 훨씬 더 슬픈 고백을 많이 들어보았고 가여운 영혼들을 많이 위로해보았단다. 제때 들어야 할 말을 듣지 못해서 타락의 길을 들어선 이들이지. 그러니 내 말 명심하거라. 나중에 너희 어머니에게 깨끗한 입술로 입맞춤할 수 있도록. 그렇게 하면 순결한 여인들에게 사랑을 구할 자격도 생기게 된단다."

"네, 선생님. 감사합니다. 선생님 말씀이 맞는 것 같아요. 하지만 아가씨들이 술을 주고, 신사들이 딸을 데리고 에이메[*]의 공연을 보러 왔을 때는 규칙을 따르기란 쉽지 않아요."

돌리는 지금이 '멈출' 때라는 것을 잘 알면서도 앞으로 닥칠 시련을 미리 내다보듯이 말했다.

"물론 그렇지. 하지만 그렇기 때문에 대중이 뭐라고 하든지 맞설 수 있으며, 악하고 부주의한 남녀의 타협한 도덕성을 틀렸다고 말할 수 있을 만큼 용감하고 현명한 사람들이 존경을 받는 것이란다. 너희가 가장 존경하는 이들을 떠올려보렴. 그들의 행동을 모방하는 것만으로도 너를 바라보는 이들의 존경은 지킬 수 있을 거야. 나는 우리 아이들이 한번 잃어버리면 절대로 되찾을 수 없는 순결과 자기존

---

[*] 19세기 프랑스 오페라 배우 마리 에이메(Marie Aimée)를 말한다. 프랑스보다 미국에서 더 큰 인기를 끌었다.

중감을 잃어버리는 것을 보느니, 차라리 사람들에게 조롱과 냉대를 당하는 편을 보는 게 낫다고 생각해. 규칙을 지키는 것이 어렵다는 말, 무슨 말인지 안다. 책, 그림, 무도회, 극장, 길거리에서 유혹의 손길이 끊이지 않으니 말이다. 하지만 너희는 얼마든지 이겨낼 수 있어. 의지만 있다면 말이야. 지난겨울, 브룩 부인은 존이 밤늦게까지 밖에서 취재 다니는 것 때문에 걱정이 많으셨지. 늦은 밤 그가 사무실과 취재현장을 오가면서 보게 되는 것들, 듣게 되는 말들에 대해 그 아이가 이렇게 말했다는구나. '어머니, 무슨 말씀 하시는지 잘 알아요. 하지만 누군가 나쁜 길에 들어서는 건, 그 사람이 원해서 그렇게 되는 것이랍니다.'라고 말이다."

"참으로 디컨다운 말이네요!"

스터피가 외쳤다. 오동통한 얼굴에 수긍하는 미소가 피어올랐다.

"말씀 고맙습니다, 선생님. 그래요, 데미 형 말이 맞아요. 그가 나쁜 길로 가길 원하지 않는다는 바로 그 점 때문에 우리가 형을 존경하는 것이죠."

돌리가 덧붙였다. 그는 이제야 고개를 들었다. 돌리의 표정을 보니 이번 설교는 효과가 있는 모양이라 그의 멘토도 안심했다. 모범이 되는 본을 제시하는 것이 그녀의 어떤 말보다도 더 효과가 있으리라. 조는 흡족해서 문제를 일으킨 장본인들이 이미 재판을 받아 유죄판결을 받았으나 선처를 구하니 이쯤에서 떠나겠다고 말했다.

"존이 그랬듯이 너희도 다른 이에게 모범이 되거라. 이런 곤란한 얘기를 해서 미안하지만 오늘 들은 훈계는 잘 기억하렴. 언젠가 그 유익을 깨닫는 날이 올 거야. 나는 그런 날이 오는 것을 영영 알지 못할 수도 있겠지. 친절에서 우러나와 무심코 던진 말이 놀라운 일을 일으키기도 하거든. 나이 든 사람들이 여기에 있는 것도 그런 이유야. 그분들의 소중한 경험이 이렇게 쓰이지 못한다면 그게 다 무슨 소용이겠니. 자, 가서 다른 아이들을 찾아보자꾸나. 너희들에게 플럼 필드의 문이 닫히는 날이 절대로 오지 않기를 바란단다. 너희 '신사'들 중 몇에게 그런 일이 일어난 적이 있긴 하지만 말이다. 나는 우리 아들들과 딸들을 모두 안전하게 지키고 이곳 플럼필드가 오래된 좋은 미덕이 살아 있고 그것을 배우는 건강한 장소가 되길 바란단다."

조의 협박성 경고에 큰 감명을 받은 돌리는 그녀를 향한 깊은 존경심으로 그녀가 계단에서 내려오는 것을 도와주었다. 스터피는 텅 빈 주전자를 들어주며 앞으로 루트비어를 제외한 모든 발효음료는 완전히 끊겠노라고 엄숙하게 다짐했다. 연약한 육체가 저항할 수 있는 한 말이다. 물론 이 사내 녀석들은 둘만 남게 되자 '마더 베어의 일장연설'에 코웃음을 쳤다. 그래야 '우리 계층의 남자들' 사이에서 면을 구기지 않기 때문이었다. 하지만 마음 깊은 곳에서는 자기들의 철없는 양심을 건드려준 조에게 감사했다. 그렇게 이 테니스 코트에서의 30분은 앞으로 두고두고 기억될 일로 남았다.

38

바느질 교실

이 책에서 이야기하는 '조의 아이들'에 여자아이들도 빠질 수 없다. 소녀들은 이 작은 공화국에서 차지하는 위치가 상당할 뿐 아니라, 장차 더 큰 공화국에서도 더 많은 기회를 얻고 더 중요한 역할들을 해낼 수 있도록 특별히 신경 쓴 교육을 받았다. 사실 학습보다 그곳 사회에서 받는 영향력이 더 좋은 교육이었다. 교육은 책에 한정된 게 아니기 때문이다. 가장 위대한 사람들 중에는 대학을 나오지 않은 이들도 있으니, 그들에겐 경험이 스승이요, 인생이 책이다.

대부분은 정신적 교양을 쌓는 일만 신경 써서 학습에 과도하게 몰두했다. 어떤 대가를 치르더라도 교육을 받아야 한다는 뉴잉글랜드식 망상을 믿어서, 건강과 지혜가 더 중요한 것임을 망각했다. 가난한 집안의 여학생들은 자신이 뭘 원하는지도 모른 채, 사회에 나가 돈 버는 일이라면 뭐든지 닥치는 대로 하려고 했다. 경제적으로 필요해서, 재능이 애매하다고 느끼는 절박함에서, 혹은 불만족스러운 좁은 세상에서 탈출하고자 하는 강력한 욕구에서 그렇게 했다.

플럼필드에서는 누구나 자신에게 필요한 도움을 찾아냈다. 성장 중인 이 학교에는 아직 메디아나 페르시아 같은 내규가 없어서, 누구에게나 성별, 피부색, 종교, 학벌 구분 없이 동등한 권리가 주어졌다. 시골 출신의 초라한 남학생이든, 서부에서 온 열성적인 여학생이든, 자유를 얻었지만 아직은 어색하기만 한 남부 출신의 청년들이든, 좋은 집안 출신이지만 가난해서 수업료가 비싼 다른 학교에 가지 못하는 학생들이든, 누구든 두드리는 자에게 활짝 열린 곳이었다.

상류층에서는 여전히 편견을 가지고 조롱하고 무시했으며, 이들의 실패를 당연시 여겼다. 하지만 이곳의 쾌활하고 낙관적인 남녀 교수진들은, 작은 풀뿌리에서 움튼 위대한 개혁의 싹이 폭풍우의 계절을 지나 아름답게 만개하고 이 나라에 번영과 영광을 가져다주는 것을 보아왔다. 그렇기에 묵묵히 일하며 견뎠다. 매년 학생 수가 늘고 계획들이 성취되는 것을 보면서 옳은 길을 가고 있다는 확신이 커졌고, 사람 키우는 일을 한다는 자부심은 가장 달콤한 보상이었다.

자연스럽게 생겨난 전통들 중에서 특히 '딸들'(이곳의 젊은 여성들은 그렇게 불리는 것을 좋아했다)에게 유용하고 흥미로운 것이 있었다. 마치 자매들은 어린 시절부터 바느질 시간을 가졌는데, 조그맣던 반짇고리가 온갖 집안 수선감으로 가득 찬 커다란 바구니로 바뀌고도 한참이 지나도록 계속해 오고 있었다. 셋 다 각자의 일로 바빴지만, 아무리 바빠도 토요일마다 어느 한 집의 재봉실에 모였다. 그 웅장한 파르나소스 산에도 한 켠에 재봉실이 마련되어 있고, 에이미가 하인들 속에 함께 앉아서 살림살이를 만들거나 고치는 법을 알려주었다. 하인들은 부유한 마나님이 양말을 깁거나 단추 다는 일을 하찮게 여기지 않는 모습에서 자연스레 절약 정신을 배웠다. 이 가사 은신처에 마치 자매들은 책과 일감을 들고, 딸들을 대동하고 모여 앉아, 함께 읽고 바느질하고 수다를 떨며 이 집안 여성들끼리만 통하는 사담을 나눴다. 요리와 화학, 식탁보와 신학, 집안일과 좋은 시가 한데 어울려 지혜를 이끌어내는 매우 유용한 시간이기도 했다.

이 작은 공동체를 확대하자고 맨 처음 제안한 사람은 메그였다. 그녀는 대학의 여학생들을 어머니처럼 돌보는 역할이었는데, 교육과정에 그녀들이 반드시 배워야 할 정리정돈법, 가사 기술, 부지런함에 대한 훈련이 없어서 안타까웠던 것이다. 여학생들의 라틴어, 그리스어, 고등 수학, 과학 실력은 눈부시게 발전하고 있었다. 하지만 반짇고리에 먼지가 쌓여가고 팔꿈치가 해진 채로 방치되었으며 양말들이 구멍 난 채 돌아다녔다. 메그는 '우리 딸들'도 학식 있는 여성들을 향한 대중의 조롱을 그대로 받게 될 것이 걱정돼서, 가장 단정치 못해 보이는 여학생 두셋을 조용히 집으로 불러 함께 유쾌한 바느질 시간을 가지며 친절하게 가르쳐주었다. 그랬더니 여학생들이 부인의 깊은 뜻을 깨닫고 감사하며 또 가르쳐달라고 부탁한 것이다. 곧 다른 학생들도 합세했다. 영 하기 싫던 주말 당번일 대신 이 모임에 오면 안 되겠냐는 것이었다. 어느덧 이 모임에 참석하는 것은 여학생들 사이에 큰 특권처럼 되었다. 결국 예전 박물관에 재봉틀, 테이블, 흔들의자에 벽난로까지 설치했고, 날이 맑거나 궂거나 바느질이 쉴 틈 없이 계속되었다.

이곳은 메그의 왕국이었다. 여왕처럼 서서 커다란 전지가위를 흔들며 백색 자수를 만들어내고 드레스를 재단했다. 특별 조수인 데이지가 모자를 장식하고 단순한 디자인의 의상에 우아함을 더하여 가난하거나 바쁜 여학생들의 시간과 돈을 절약해줄 레이스와 리본 따위를 만드는 걸 도왔다. 에이미는 미적 안목으로 피부색에 어울리는 색깔의 옷감을 찾아주었다. 예뻐 보이고 싶은 욕구가 없는 여자는 없을 것이다. 학식 있는 여성도 마찬가지다. 평범한 얼굴이라도 열심히 가꿔서 예뻐 보이고 싶어 하지만, 많은 이들이 미적 안목과 기술이 없어서 예쁜 얼굴을 가지고도 오히려 미모를 가리고 다녔다.

에이미는 책을 선정하는 역할도 맡았는데 예술이 강점인 만큼 러스킨, 해머튼, 제임슨 부인 등 시간이 지나도 구닥다리가 되지 않는 책들이 주를 이뤘다. 베스는 이 책들을 낭독했고, 때로는 조시가 이모부가 추천해준 낭만소설, 시, 희곡 등을 읽었다. 조는 건강, 종교, 정치를 비롯하여 누구나 관심을 가질 만한 다양한 주제를 골라 짧은 강의를 했는데 코브 양의 《여성의 의무》, 브래킷 양의 《미국 여성의 교육》, 더피 부인의 《성차별 없는 교육》, 울슨 부인의 《의복 개혁》, 그 외에 다른 현명한 여성들이 여성 동지들을 위해 쓴 훌륭한 책들에서 발췌한 내용을 교재로 삼았다. 그러면 의식이 깨어난 여학생들이 이렇게 물었다. "그렇다면 우리가 할 일은 무엇일까요?"

무지를 깨닫고 무관심이 관심으로 바뀌고 지성이 살아나며 편견이 사라지는 모습을 보는 것은 꽤 흥미로웠다. 강의는 토론으로 이어졌고, 재치 있고 활발한 언변들이 재미를 더했다. 그 결과 여학생들은 발에 잘 기운 양말을 신고, 머리는 더 현명해져서 돌아갔다. 예쁜 드레스로 감싼 마음에는 더 높은 이상을 품었고, 펜과 사전과 천구의(天球儀)를 드느라 골무를 내려놓았던 손으로 삶의 과제들을 집어들었다. 요람을 흔들거나, 아픈 이를 돌보거나, 세상의 위대한 일을 돕는 것들 말이다.

하루는 여성의 직업에 관해 열띤 토론이 벌어졌다. 조가 주제에 맞는 글을 읽어주고는 방 안의 여학생들 열두어 명에게 대학을 졸업하면 뭘 할 생각이냐고 물었다. 답들은 다양했다. 선생님이 되겠다, 어머니의 집안일을 돕겠다, 의학이나 미술을 공부하겠다……. 그러나 끝말은 거의 다 똑같았다.

"결혼할 때까지만요."

"결혼을 하지 않으면, 그땐 어떡할래?"

조가 다시 여학생이 된 기분으로 듣고 있다가 이렇게 반문했다. 그러고는 그 진지하거나 명랑하거나 열정적인 얼굴을 쳐다보았다.

"노처녀가 되겠죠. 끔찍하지만 어쩔 수 없잖아요. 여자들이 넘쳐나게 될 테니까요."

어느 활발한 소녀가 대답했다. 무척 예뻐서, 자신의 선택이 아니라면 독신의 은사를 두려워할 필요가 없을 것 같았다.

"그건 잘 숙고해보는 게 좋아. '남아도는 여성'이 아니라 제 몫을 해내는 여성이 되는 것 말이야. 아, 이건 대개 미망인들을 말하는 거니까, 처녀들을 비하한 표현이라고 생각하지는 않길 바란다."

"다행이네요! 결혼을 안 해도 예전보다 훨씬 덜 무시당하니까요.

그리고 여성이 반쪽짜리 사람이 아니라 완전하고 독립적인 개인임을 증명한 유명인사들도 있잖아요."

"모두가 그렇게 유명해질 수 있는 건 아니지. 우리가 전부 나이팅게일 양이나 펠프스 양처럼 될 수는 없단다."

그러자 한 여학생이 불만스러운 얼굴로 물었다.

"구석에 앉아서 구경하는 것 외에 우리가 할 수 있는 게 있나요?"

"쾌활함과 자족하는 법은 기를 수 있잖니. 할 수 있는 게 아무것도 없더라도 말이야. 하지만 세상에는 별의별 잡다하고 특별한 일들이 있어서. 내가 굳이 선택하지 않는 한 '구석에 앉아서 구경'만 할 필요가 전혀 없지."

메그가 미소를 지으며 그 여학생의 머리 위에 방금 새로 단장한 모자를 씌워주었다.

"고맙습니다. 브룩 부인, 무슨 말씀인지 알겠어요. 작은 일이지만 저를 기분 좋게 해주고 행복하게 만드는 일을 찾으란 말씀이신 거죠. 그리고 감사한 마음으로 할 수 있는 일을요."

소녀가 빛나는 눈으로 올려다보며, 메그가 몸소 보여준 사랑에서 우러난 노동과 친절한 가르침을 기꺼이 받아들였다.

"내가 아는 최고의 여성이자 가장 큰 사랑을 받은 여성이 그랬단다. 주님을 위해 수년간 허드렛일을 하셨지. 두 손이 관에 들어가는 그 순간까지 멈추지 않으셨어. 버려진 아이들에게 안전한 집을 찾아주고, 길 잃은 영혼들을 구원하고, 가난하고 곤경에 처한 여인들을 돌보셨지. 매일 돈 한 푼 받지 않고 그들을 위해 바느질과 뜨개질을 하고, 방문하고, 도움을 요청하셨단다. 보상이라면 오직 빈자들의 감사, 성녀 마틸다 같은 분을 사회복지사로 고용한 부자들의 사랑과 존경이었어. 그런 게 바로 가치 있는 삶이란다. 난 땅에서 이름을 날린 사람들보다 그렇게 조용하게 살다 가신 여성들이 하늘에서 더 높은 자리에 계시리라고 믿어."

"저도 그런 삶이 멋진 삶이라는 것을 알아요, 베어 부인. 하지만 젊은이들에겐 재미없는 일처럼 보이거든요. 우리는 인생을 진지하게 마주하기 전에 재미있게 살고 싶다고요."

기민해 보이는 서부 출신의 여학생이 말했다.

"재미있게 살아야지, 물론. 하지만 네가 생활비를 벌려고 일하면 쾌활한 자세로 즐겁게 하거라. 마음에 안 드는 일이라고 날마다 후회하면서 억지로 하지 말고. 나도 내 운명이 매정하다고 생각하던 시절이 있었어. 까탈스러운 노부인을 보살펴야 했었거든. 하지만 그 외로운 서재에서 읽었던 책들이 내게 엄청난 유익을 주었단다. 그리고 그 노부인이 내게 '쾌활한 보살핌과 애정어린 돌봄'의 대가로 이 플럼필드를 물려주셨어. 난 선물을 받을 자격이 없었지만 쾌활하고 친절하려고 노력한 것은 사실이란다. 어차피 할 일이라면 최대한 유익을 찾으려고 노력했고. 내 어머니의 도움과 조언 덕분이었지."

"세상에, 그랬군요! 저도 이런 집을 물려받는다면 온종일 노래도 불러드리고 천사처럼 굴 텐데. 하지만 운에 맡기는 수밖에요. 결국 힘만 들고 아무 일도 안 일어날 수도 있잖아요."

서부 소녀가 말했다. 적은 노력으로 이루고자 하는 꿈이 커서 항상 힘들어하는 친구였다.

"보상을 바라고 하면 안 돼. 하지만 보상은 반드시 찾아온단다. 비록 네가 원하는 형태의 상급은 아닐지라도 말이다. 언젠가 나는 겨우내 명성과 돈을 바라며 열심히 노력했는데, 둘 다 못 얻었어. 어찌나 실망스럽던지. 그런데 1년 후에, 내가 이미 상을 두 가지나 받은 걸 깨달았지. 내 필력과 베어 교수였어!"

조의 유쾌한 웃음이 여학생들에게 전파되었다. 생생한 인생 경험을 통해 들으니 더 와닿았다.

"부인은 정말 운이 좋으신 거죠."

불만 많은 아가씨가 말을 꺼냈다. 그녀의 영혼은 새 모자가 반가운 만큼 잔뜩 들떠 하늘 위에 떠 있었는데 이제는 어느 방향으로 가야 할지 몰라 갈피를 잡지 못하고 있었다.

"그녀의 별명은 '불운의 조'였는걸. 원해도 전혀 갖지 못했거든. 가지려는 꿈을 포기하고서야 비로소 진짜 꿈을 찾더구나."

메그가 말했다.

"그럼 저도 당장 희망을 포기할래요. 그리고 내 바람이 정말로 이루어지나 지켜봐야겠어요. 제 꿈은 그저 가족들을 돕고 좋은 학교 나오는 것뿐인걸요."

"이 격언을 기억하렴. '실패(絲牌)를 준비하라. 그러면 주님이 아마 실을 보내실 것이다.'"

조가 끼어들었다. 예쁘장한 여학생이 명랑하게 말했다.

"우리 모두 그렇게 하는 게 좋겠어요. 독신 여성이 될 수도 있을 테니. 독신으로 살아도 좋을 것 같아요. 독립적인 여자들이잖아요. 제니 이모만 봐도 하고 싶은 것을 다 하고 사세요. 누구의 허락도 구하지 않고 말예요. 우리 엄마는 모든 걸 아빠에게 물어보시는데. 그래,

샐리, 너에게 내 기회를 양보하고 내가 '수페르플루엄(superfluum)'*
이 될게. 플록 선생님 말씀처럼 말이야."

"내가 보기엔 네가 우리 중에 가장 먼저 결혼할 것 같은데? 어디
두고 보자. 어쨌든 양보해준다니 황송하구나."

"어쨌건 나는 내 실패를 준비하고 있을래. 운명이 내게 어떤 실을
보내줄지는 두고 볼 일이야. 그게 외줄이 될지, 겹줄이 될지. 운명의
신이 원하는 대로 되겠지."

"잘 생각했다, 넬리. 그 생각 변치 말거라. 용감한 마음과 뭐든지
하고자 하는 손, 그리고 산더미 같은 할 일이 있는 인생은 행복한 인
생이라는 것을 알게 될 거야."

"엄청난 집안일이나 유행하는 오락거리를 즐기겠다고 하면 아무
도 반대하지 않으면서, 공부를 시작한다고 하면 다들 우리가 못해낼
거라면서 조심하라고 경고해요. 다른 것에도 관심을 가져봤는데 금
방 질려서 대학에 왔어요. 가족들은 제가 신경쇠약에 걸리거나 명이
짧아질 거라고 걱정해요. 공부하는 게 그렇게 위험한 걸까요?"

우아한 기품을 가진 여학생이 반대편에 있는 거울로 자신의 꽃다
운 얼굴을 슬쩍 비춰보며 물었다.

"윈스로프 양, 이곳에 도착하던 2년 전과 비교해서 지금의 너는 더
강해졌니, 약해졌니?"

"몸은 건강해졌고, 마음은 더 편해졌어요. 그전엔 제가 따분해서
죽어가던 것 같아요. 의사들 말로는 유전적으로 연약한 체질을 물려

* 라틴어로 '과잉, 초과'라는 뜻.

받아서 그렇대요. 그래서 엄마가 그렇게 걱정하시나 봐요. 저도 너무 빨리 죽고 싶지는 않고요."

"그건 걱정 마라, 얘야. 네 활동적인 두뇌가 먹을 게 없어 굶어 죽어가던 중이었던 게야. 지금은 두뇌의 양식이 풍부하니 사치하고 탐진하는 삶보다 검소한 생활이 더 어울리겠다. 여자는 남자보다 공부를 못 한다는 건 말도 안 되는 소리야. 벼락치기 공부야 남녀 누구에게나 어렵지만, 적절히 주의를 기울여 공부하면 누구든 성과를 내는 법이란다. 그러니 네 본능이 이끄는 대로 인생을 즐기렴. 그래서 이런 류의 연약함이라면 소파에 늘어져서 토닉을 홀짝거리며 연애 소설을 읽는 것보다 머리 쓰는 정신노동이 더 효과 좋은 치료약임을 증명하자꾸나. 요즘 우리 학교 여학생들이 그러면서 자신을 망가뜨리고 있다던데, 그건 양초의 양 끝을 태우는 것 같아서 심신이 몹시 지쳐. 그래 놓고 쓰러지면 무도회가 아니라 공부 탓을 하지."

"낸 선생님 환자 중에 자신이 심장병에 걸렸다고 믿는 이가 있었는데, 코르셋을 벗고 커피와 밤새 춤추러 다니는 것을 끊고 제시간에 먹고 자고 산책하면서 규칙적으로 생활하게 하니 바로 낫더래요. 낸 선생님은 명의예요. 상식 대 관습의 싸움. 낸 선생님 말씀이에요."

"나도 여기 온 후로 두통이 없어져서, 집에서보다 두 배나 많이 공부할 수 있게 됐어. 아무래도 공기가 좋아서 그런가 봐. 남학생들 앞서가는 재미도 쏠쏠하고 말이야."

또 다른 여학생이 골무로 자기의 넓은 이마를 톡톡 쳤다. 마치 그 속에 든 활기찬 두뇌가 제대로 일하고 있으며 그녀가 날마다 시켜주는 두뇌 운동에 두뇌가 만족스러워한다고 말하는 것 같았다.

"결국 양이 아니라 질로 승부하는 거잖아. 우리 두뇌는 작을지 몰라도 그 기능은 전혀 부족하지 않아. 내가 틀리지 않았다면 우리 반에서 가장 머리 큰 남학생이 가장 멍청하거든."

그렇게 말하는 넬리의 표정이 어찌나 엄숙하던지 모두 한바탕 웃었다. 그녀가 언급한 그 골리앗이 이 다윗의 재치에 은유적으로 여러 차례 쓰러졌음을 모두 알고 있었기 때문이다. 당사자와 그의 친구들 입장에서는 불쾌한 일이겠지만 말이다.

"브룩 부인, 바깥쪽 치수를 재나요? 아니면 뒤집어서요?"

반에서 가장 그리스어를 잘하는 여학생이 혼란스러운 표정으로 검은색 실크 앞치마를 들여다보며 질문했다.

"바깥쪽 치수를 재렴, 피어슨 양. 주름 사이에 공간을 남기면 더 예쁜 옷이 될 거야."

"더는 못 만들겠어요. 하지만 앞으로 드레스에 잉크 얼룩 남길 일은 없어진 셈이죠. 내가 이걸 해냈다니 정말 기뻐요."

학구적인 피어슨 양은 바느질에 집중하면서 이 일이 그리스어 어원 찾기보다 훨씬 더 어렵다고 생각했다.

"종이에 잉크 자국 내는 게 업인 우리 같은 사람들은 방패 만드는 법을 배워야 해. 안 그러면 패배하고 말 테니까. 우리 표현대로, 내가 '유혈사태'를 일으킬 때마다 쓰던 작업용 앞치마의 본을 줄게."

조는 자신의 작품을 넣어두던 주석 조리대를 잠시 떠올렸다.

"작가 얘기를 하시니 드리는 말씀인데, 제 꿈이 조지 엘리엇[*]처

---

[*] 영국의 소설가. 여성인데 남성의 이름을 필명으로 사용했다.

럼 되어 세상을 열광시키는 것이랍니다! 그런 힘을 가진 사람이 된다면 정말 대단한 기분일 것 같아요. 게다가 저더러 '남성적 지성'의 소유자라고 말해준다면 더욱 그렇겠지요! 저는 여자들이 쓴 소설은 별로 관심이 없어요. 하지만 그녀의 소설은 정말 대단하죠. 그렇게 생각하지 않으세요, 베어 부인?"

이마가 넓은 소녀가 말했다. 스커트에 달린 술이 찢어져 있다.

"네 말이 맞아. 하지만 내게는 샬럿 브론테의 소설처럼 별 감흥이 없더구나. 머리는 있는데 마음은 빠진 느낌이랄까. 나도 조지 엘리엇을 존경하지만 그다지 팬은 아니야. 게다가 그녀의 인생은 브론테 양의 인생보다 훨씬 더 슬프게 느껴져. 천재인데다가 사랑과 명성을 얻었지만, 영혼을 진정으로 위대하고 선하고 행복하게 만드는 빛을 놓쳤기 때문이겠지."

"네, 부인. 저도 알아요. 하지만 너무 낭만적이잖아요. 어딘지 새롭고 신비롭고요. 어떤 면에서는 위대하죠. 신경 이상과 소화불량을 앓았다는 점이 그 환상을 깨긴 하지만요. 하지만 저는 유명인들을 동경해요. 언젠가는 런던에 가서 모두 만나고 올 거예요."

"내가 추천한 책들에서도 그런 위인들을 찾을 수 있을 거야. 훌륭한 여성을 만나고 싶다면 로런스 부인이 오늘 이곳에 모시고 올 분을 만나보렴. 레이디 애버크롬비께서 오늘 로런스 부인과 점심을 같이 하실 예정이거든. 대학을 둘러보신 후 우리 집을 방문하실 거란다. 특히 우리의 바느질 교실을 궁금해 하신다는구나. 당신 집에서도 시작하고 싶으신가봐."

"세상에! 저는 귀족과 귀부인들은 삼각모를 쓰고 옷자락이 긴 드레스에 깃털 장식이나 하고는 여섯 필짜리 마차나 타고 돌아다니며 무도회나 다니고 여왕 폐하 접견하는 것 외엔 아무것도 하지 않는 사람들이라고 생각했는데!"

메인주의 들판에서 온 소박한 차림의 여학생이 외쳤다. 그곳은 그림 신문이나 이따금 도달하는 곳이다.

"전혀 그렇지 않아. 애버크롬비 경은 미국의 교도소 제도를 연구하러 오셨는걸. 부인은 학교 방문으로 바쁜 일정을 보내고 계시고. 두 분 다 좋은 가문 출신인데 최근에 뵌 분 중에 가장 소박하고 실용적인 분들이야. 두 분 다 젊지도, 잘생기거나 예쁘지도 않으시고 옷도 평범하게 입으시지. 그러니 화려한 것을 구경하리라는 기대는 접는 게 좋을 거야. 어제 로런스 씨가 말해주기를, 한 친구가 애버크롬비 경을 현관에서 마주쳤는데 붉은 얼굴과 투박한 외투 때문에 마부로 착각해서 이렇게 말했다지 뭐니. '이봐, 무슨 일이지?' 애버크롬비 경이 자신은 애버크롬비인데, 저녁 식사에 초대되어 왔다고 부드럽게 일러주었대. 집주인이 얼마나 부끄럽고 당황했겠어. 그래서 이렇게 말했다는구나. '아니, 왜 왕실 훈장 같은 걸 안 달고 오신 게야? 그래야 사람들이 경인 것을 알아볼 텐데 말이야.'"

또 웃음이 터졌다. 그리고 칭호를 단 손님이 도착하기 전 조금이라도 옷매무새를 다듬느라 잠시 소란이 일었다. 조도 옷깃을 다듬었고, 메그는 모자가 너무 꽉 낀다는 느낌을 받았으며, 베스는 곱슬머리가 더욱 탱글거리도록 매만졌고, 조시는 저돌적으로 거울을 살펴보았다. 철학과 자선활동을 논해도 이들은 결국 모두 여자였다.

"모두 일어서야겠지요?"

곧 귀족을 실제로 만나게 된다는 사실에 깊이 감명을 받은 여학생 하나가 물었다.

"그러는 게 예의겠지."

"악수를 하게 되나요?"

"아니, 너희들은 내가 단체로 소개할 예정이란다. 그러니 밝은 미소를 짓고 있는 것만으로도 충분해."

"제일 좋은 옷을 입을걸. 미리 말씀해주시면 좋았을 텐데."

샐리가 속삭였다.

"진짜 귀부인이 우리를 방문했다는 걸 가족들에게 말하면 정말 놀라겠지?" 다른 여학생이 말했다.

"상류층 귀부인을 처음 만나는 티를 내면 안 돼, 밀리. 우리가 모두 들판 출신은 아니니까."

우아한 자태의 아가씨가 말했다. 그녀의 조상은 메이플라워호를 타고 건너온 이들이라 자신을 유럽의 왕가 사람들과 동격이라고 여기는 아가씨였다.

"쉿, 오신다! 세상에나, 어쩜 좋아!"

명랑한 여학생이 방백이라도 하듯 모두를 향해 속삭였다. 다들 점잖은 척했지만 모두의 시선이 로런스 부인과 그녀의 손님을 맞이하기 위해 열리는 문으로 쏠렸다.

의례적인 소개가 끝났다. 평범한 드레스에 낡은 보닛을 쓰고 한 손에는 신문이 든 가방을, 다른 손에는 공책을 들고 선 다부진 체격의 여인이 몇백 년에 걸친 백작 가문의 따님이라는 사실은 충격적이었다. 하지만 그 얼굴은 자애로운 인상이 풍겼고 낭랑한 목소리에서 다정한 기운이 느껴졌다. 그녀의 상냥한 매너는 사람의 마음을 끌었고 전반적으로 어딘지 좋은 가문 출신다운, 말로 표현하기 힘든 분위기가 느껴졌다. 미모도 중요하지 않고 의상도 망각하게 만드는 분위기였다. 이런 것을 놓치지 않고 알아보는 날카로운 관찰력을 가진 여학생들에게는 잊을 수 없는 순간으로 남았다.

이 바느질 교실이 어떻게 시작되고 성장했으며 어떤 성과를 거두었는지 짧은 대화가 오간 후, 조는 대화를 자연스럽게 이 영국 귀부인의 업적으로 이끌었다. 여학생들에게 지위가 어떻게 노동의 품위를 높이는지, 자선이 부를 어떻게 축복하는지 알려주고 싶었다.

자기들도 아는 유명한 여성들이 야간 학교를 후원하고 가르친다는 이야기를 들은 것은 이들에게 좋은 일이었다. 학대받는 아내들을 보호하는 법을 수호하고자 코브 양이 펼친 시위와 연설, 길을 잃은 영혼을 구원한 버틀러 부인의 이야기, 역사적인 건물인 자기 집에서 방 하나를 하인들에게 내어주어 그들의 도서관으로 쓰게 한 테일러 부인, 런던 빈민가에 세워질 새로운 공동주택 일로 한창인 새프츠베리 경, 교도소 개혁 등, 이 모든 것이 하나님의 이름으로 낮고 가난한 이들을 위하여 부유하고 알려진 이들이 하고 있는 용감한 일들이었다.

이 만남은 조용한 강의실에서 듣는 수많은 강의보다도 훨씬 더 효과가 있었다. 여학생들은 자신의 때가 왔을 때 누군가를 돕는 삶을 살겠다고 결심했다. 영광스러운 미국이지만 진실하고 정의롭고 자유로우며 위대한 국가로 거듭나기 위해서는 여전히 처리해야 할 일이 많다는 것을 모두가 잘 알고 있었기 때문이다. 그들은 또한 레이디 애버크롬비가 우아한 로런스 부인부터 시작해서 어린 조시까지 그곳에 있는 모든 사람을 평등하게 대한다는 것도 눈치챘다. 여학생들은 이 모든 것을 마음에 담았고 밑창이 두툼한 영국식 부츠를 곧장 만하리라고 다짐했다. 그녀는 런던에는 큰 집이, 웨일스엔 성이, 스코틀랜드의 시골에는 웅장한 대저택이 있다는 사실을 전혀 내색하지 않고 파르나소스 산을 감탄하고 플럼필드를 '정겨운 고향 집'이라고 표현하며 대학 관계자 전원에게 존경을 표한다고 얘기했다. 그녀는 모두에게 일일이 따뜻한 영국 귀부인의 악수를 해주고는 오래도록 기억에 남을 말을 남기고 떠났다.

"등한시되어온 여성 교육이 여기서 이렇게 활발하게 진행되는 것을 보니 매우 기쁘군요. 나의 친구 로런스 부인에게 감사드립니다. 미국에서 본 그림 중 가장 예쁜 그림을 보게 해주셨으니까요. '소녀들 사이의 페넬로페'*라고 이름을 붙이고 싶군요."

여학생들은 웃는 얼굴로 무리 지어 서서 레이디 애버크롬비가 시야에서 완전히 사라질 때까지 그녀의 튼튼한 부츠를 지켜보았고 그녀의 낡은 보닛을 바라보았다. 그들은 자신들을 찾아준 귀부인을 진심으로 존경하게 되었는데, 누군가 여섯 필짜리 마차를 타고 다이아몬드로 치장하고 나타났어도 이만한 존경심은 생기지 않았을 것이다. 여기저기서 수군거렸다.

"'잡다하고 특별한 일'이라도 괜찮을 것 같아. 레이디 애버크롬비만큼만 해낼 수 있다면 얼마나 좋을까."

* 그리스 신화의 오디세우스의 아내로 남편이 전쟁에 나간 사이 끝까지 정절을 지키며 기다린다.

"나는 내 단춧구멍이 예쁘게 나와줘서 너무 고마워. 그분이 보시고 이렇게 말해주셨거든. '정말이지, 솜씨가 아주 좋군요.'"

그녀는 자신의 깅엄 체크 드레스가 자랑스러웠다.

"그분의 매너가 브룩 부인의 매너만큼이나 다정하고 친절하시던데요. 조금도 오만하거나 잘난 체하는 면이 없으셨어요. 언젠가 베어 부인께서 하신 말씀이 이제야 이해가 되네요. 어느 나라 사람이건 가정교육을 잘 받은 사람들은 다 똑같다고요."

메그는 그 학생의 칭찬에 고개 숙여 답례했다. 조가 말했다.

"난 그런 사람들을 단번에 알아볼 수 있는데 정작 나는 저런 몸가짐의 모범이 되지는 못할 것 같아. 너희들이 손님의 방문을 즐거워해줘서 기쁘구나. 자, 이제 영국이 여러 면에서 우리를 앞지르길 원하지 않는다면 우리도 얼른 분발해서 뒤떨어지지 않도록 하자꾸나. 봐서 알겠지만 영국의 우리 자매들은 점잖은 이들이라 자기들 잘 먹고 잘사는 것만 걱정하느라 시간을 낭비하지 않아. 그보다는 어디든 도움이 필요한 곳이 있다면 달려가서 그 일을 하지."

"우리도 최선을 다할게요, 선생님."

진심을 담은 대답이었다. 여학생들은 각자의 반짇고리를 챙겨 들고 숙소로 돌아가면서 해리엇 마티노, 엘리자베스 브라우닝, 조지 엘리엇은 못 되더라도 그만큼 고귀하고 가치 있으며 독립적인 여성이 되겠노라고, 여왕이 내려주는 작위는 없지만 그보다 더 좋은, 가난한 이들의 입술에서 우러나오는 존경을 받으며 살겠노라고 결심했다.

39

졸업 축하 행사

날씨를 관장하는 천사가 젊은이들을 특별히 배려하는 게 분명했다. 매년 졸업 축하 행사일마다 화창하니 말이다. 올해는 특별히 더 사랑스러운 햇살이 플럼필드를 비췄다. 장미꽃, 딸기, 흰 드레스를 입은 여학생들, 빛나는 얼굴의 남학생들, 뿌듯해하는 친구들, 올해도 한 해 농사의 수확에 만족스러운 학교 관계자들이 함께 자리했다. 로런스 대학은 남녀공학이라서 여학생들이 참석한 것만으로도 졸업식에 우아미와 생동감을 더했다. 이 인류의 절반이 그저 아름다운 손님으로 참석한 곳에서는 느낄 수 없는 활기였다. 전공 서적의 종이를 넘기던 손들은 강당을 꽃으로 아름답게 장식하는 솜씨도 뛰어났다. 공부하느라 지쳤던 눈은 축하객들의 따스하고 환대하는 눈빛

을 받아 빛났다. 하얀 모슬린 드레스 아래에서 뛰는 심장은, 양복 아래 남학생들의 심장만큼이나, 야망과 희망과 용기로 고동쳤다.

컬리지힐, 파르나소스 산, 옛 플럼필드로 명랑한 얼굴들이 모여들었다. 손님들, 학생들, 교수들은 안내하고 안내받으며 바삐 오갔다. 마차에서 내리건 걸어서 도착하건 자랑스러운 아들과 딸의 행복한 날을 축하해주러 왔다면 누구나 진심으로 환영받았다. 졸업생들뿐 아니라 참석한 모두가 서로에게 기쁨으로 상을 주고받는 날이기 때문이었다. 접대를 맡은 로런스 부부의 아름다운 집은 손님들로 넘쳐났다. 메그는 두 딸을 보조 삼아 여학생들을 도왔다. 늦게 도착한 학생들이 드레스를 갖춰 입는 걸 돕고, 연회장의 음식과 장식을 점검했다. 조는 총장 부인과 테디의 엄마 역할을 동시에 하느라 눈코 뜰 새 없었다. 조의 에너지로도 아들에게 나들이옷 한번 입히기가 보통 힘든 게 아니었다.

테디가 옷에 관심이 없어서가 아니었다. 그 반대로 너무 잘 입고 싶어 해서 탈이었다. 테디는 멋쟁이 친구에게 미리 물려받아둔 연미복을 입겠다고 했다. 문제는 키는 컸지만 앳된 얼굴과 체형이라서 연미복 입은 모습이 우스꽝스러웠는데, 그는 온갖 놀림에도 불구하고 우겨서 그 옷을 입었다. 비버 펠트로 만든 탑햇만은 부모님이 엄격하게 선을 그었다. 영국에서는 열 살 소년도 그 모자를 쓰고 '끝없는 귀족스러움'을 과시한다고 사정했지만, 어머니는 아들의 노란 사자 갈기를 쓰다듬으며 달랬다.

"아들아, 지금 이 모습만으로도 충분히 우스꽝스럽단다! 높다란 모자까지 쓰고 나타나면 플럼필드는 우리를 감당하지 못할 거야. 모두의 놀림거리와 비웃음거리가 될 텐데 괜찮겠니? 오늘은 유령 웨이터처럼 보이는 것으로 만족하렴. 세상에서 가장 우스꽝스러운 머리 장식을 하겠다는 말은 그만하거라."

귀족스러운 남성미의 소품을 거부당한 테디는 엄청나게 높고 빳빳한 칼라를 옷깃에 달고 여인들이 기겁할 만한 이상한 타이를 매는 것으로 상처 입은 영혼을 달랬다. 일부러 괴상한 복장을 하여 매정한 어머니에게 복수할 심산이었다. 칼라는 좀처럼 제 모양이 잡히지 않아 세탁부를 절망에 빠뜨렸고 타이는 여자 셋이 매달려서 '실패에 실패'를 거듭한 끝에야 마침내 보 브럼멜*의 입에서 반가운 말이 나왔다. "이만하면 괜찮겠어." 로브는 동생을 위해 이 괴로운 시간을 함께 해주느라고 자신의 몸단장은 속도, 단순, 깔끔, 이 세 가지만으로 승부를 걸 수밖에 없었다.

테디가 옷을 갖춰 입을 때면 대개 광란이 일었다. 그의 사자굴에

---

* Beau Brummell. 섭정 시대 댄디즘의 아버지로 근대 남성복 스타일의 선구자.

서 울부짖음, 휘파람, 명령, 신음소리 등이 들려왔다. 그날도 사자는 성나서 날뛰었고 양은 참을성 있게 노역을 감당했다. 조는 묵묵히 참으며 듣고 있다가 부츠 집어 던지는 소리, 머리빗들이 바닥으로 쏟아지는 소리가 들리자 장남의 안위가 걱정되어 뛰어들어갔다. 그러고는 농담과 권위를 적절히 섞어가며 마침내 테디가 '영원한 기쁨'까지는 안 되어도 '아름다운 모습'*이라고 설득했다.

마침내 *그가* 위풍당당하게 걸어나왔다. 찰스 디킨스의 고뇌하는 바일러(Biler)**가 입은 것마냥 단이 높은 칼라는 오히려 사소한 문제여서 굳이 말하지 않겠다. 어깨 부분이 조금 헐렁했지만 광택 나는 가슴장식은 귀족적인 넓은 가슴을 잘 드러냈으며 적절한 각도로 무심한 듯 늘어뜨린 행커치프는 꽤 괜찮은 효과를 주었다. 반짝이는 부츠는 발에 꼭 맞아 (조시가 붙여준 별명대로) '기다란 검정 빨래집게'의 한쪽 끝을 빛내고 있었다. 집게의 다른 쪽 끝에는 더 길어졌다 가는 척추만곡을 유발할 만한 각도로 어리지만 엄숙한 얼굴이 자리 잡고 있었다. 얇은 장갑과 지팡이, 그리고 부끄러운 밀짚모자(오오, 기쁨의 술잔에 떨어진 한 방울의 쓴 물이여!)가 그의 스타일을 완성해주었다. 심혈을 기울인 부토니에르***와 장식용 회중시곗줄은 말할 것도 없었다.

"자, 어때요?"

그는 어머니와 사촌들 앞에 나타나 물었다. 테디가 이 특별한 날,

---

* 존 키츠의 시구 'a thing of beauty is a joy forever'를 인용한 것.
**《돔비와 아들》의 등장인물.
*** 남자 상의 깃의 단춧구멍에 꽂는 꽃.

행사장까지 에스코트해야 할 여인들이었다.

모두 와아 하고 웃더니 끔찍하다는 비난을 쏟아냈다. 테디가 연극 무대에서 종종 쓰는 금발 콧수염을 붙이고 있었다. 친애하는 모자를 잃어버린 슬픔을 위로할 수 있는 유일한 고약으로 보였지만 꽤 잘 어울렸다.

"당장 떼거라, 요 뻔뻔한 녀석! 우리가 최고의 모습을 보여야 하는 순간에 네가 이런 짓궂은 장난을 치면 아버지가 뭐라고 하시겠니?"

조는 이렇게 야단치며 눈살을 찌푸리려고 했지만, 속으로는 수많은 남학생 중에 자신의 훤칠한 아들만큼 아름답고 개성 있는 이가 없다고 생각했다.

"그냥 두세요, 이모. 잘 어울리잖아요. 어쨌든 테디 오빠가 열여덟밖에 안 된 걸 아무도 눈치채지 못할 테니까요."

조시가 신이 나서 말했다. 조시에게는 변장해서 다른 인물로 변신한다는 자체가 매력적으로 보였다.

"아버지는 신경도 쓰지 않을 거예요. 주요 인사들과 여학생들에게 파묻혀서 바쁘실 테니까요. 혹시 아버지가 재밌게 보셔서 사람들에게 저를 큰아들로 소개하실지도 모르죠. 제가 이렇게 성장하고 나타나면 로브 형은 상대가 안 될 테니까요."

테디가 비극의 남주인공 같은 자세로 걸으면서 말했다. 연미복을 입고 초커 칼라를 찬 햄릿 같았다.

"아들아, 말 듣거라!"

조의 어조에서 '내 말이 곧 법'이라는 분위기가 느껴졌다. 하지만 결국 테디는 콧수염을 붙이고 나왔고 이곳을 처음 찾은 손님들은 베어 부부에게 아들이 셋이라고 믿게 되었다. 그렇게 테디는 자신의 우울함을 떨칠 한 줄기의 빛을 찾았다.

베어 교수는 시간 맞춰 아래층 좌석에 줄지어 앉은 학생들의 얼굴을 보며 자랑스럽고 행복한 기분이 들었다. 그들을 보고 있노라니 작은 화단이 떠올랐다. 몇 년 전에 소망과 믿음을 품고 좋은 씨앗을 뿌린 곳이다. 곧 아름다운 추수를 하게 될 것이다. 마치 씨의 연륜 있는 온화한 얼굴은 평온한 만족감으로 빛나고 있었다. 그가 오래도록 견디고 기다려온 꿈이 마침내 실현되는 순간이었다. 그를 올려다보는 젊은 남성들과 여성들의 얼굴에 그를 향한 존경과 사랑이 묻어 있었다. 그가 그토록 꿈꾸던 일이, 보상이 그의 것이 되었다. 로리는 이런 행사에서는 예의만 갖추고 최대한 자신을 드러내지 않았다. 누구나 이 학교의 설립자와 그의 고귀한 자선 행위에 대한 감사의 마음을 노래와 시와 연설로 보답하려고 했기 때문이다. 세 자매는 다른 부인들 사이에 앉아 행사를 관람했는데 자신들이 사랑하는 남자들이 받는 영광을 보며 자랑스러워했다. 스스로를 '플럼 출신'이라고 부르는 그들의 아이들은 이 행사에서 주도적인 역할을 했는데 손님들이 보내는 호기심과 존경과 부러움의 시선을 자랑스럽게 즐겼고, 이는 보는 이에게 웃음을 자아냈다.

음악은 훌륭했다. 그도 그럴 것이 아폴론이 지휘봉을 잡았다. 이런 행사에 빠질 수 없는 시 낭송은 다양한 방식으로 행사를 돋보이게 했다. 학생 연사들은 오래된 진리를 새로운 말로 담으려고 애썼고 그들의 진지한 얼굴과 낭랑한 목소리가 진리에 힘을 더했다. 여학생들이 남학생들의 시 낭송을 진지하게 듣는 모습은 아름다운 광경이었다. 그들이 박수를 치자 화단에 바람이 불어 꽃들이 부딪히는 듯한 소리가 났다. 그보다 더 보기 좋은 광경은 검은 옷으로 차려입은 귀빈들을 배경으로 선 여학생의 희고 날씬한 대조적인 모습과 그것을 바라보는 남학생들의 얼굴이었다. 긴장으로 그녀의 볼이 상기되고 피부는 창백했으며 입술은 가늘게 떨렸다. 하지만 목적의식이 처음 연단에 올라왔다는 두려움을 잠재우자 그녀의 심장과 두뇌에 담긴 것들이 입술을 통해 거침없이 흘러나왔다. 소망과 의심, 그리고 포부와 보상, 모두가 반드시 알고 꿈꾸고 얻기 위해 노력해야 하는 것이었다. 그녀의 나긋나긋하지만 분명한 어조는 그 자리에 앉은 모든 젊은이의 가장 고귀한 영혼을 건드려 일깨웠고 그들이 함께 공부하며 애쓴 시간들을 봉인하여 영원히 잊을 수 없는 신성한 기억으로 만들었다.

앨리스 히스의 연설이 그 행사의 하이라이트였다고 모두가 입을 모았다. 그녀는 첫 연단에 서는 젊은이들이 흔히 사용하는 미사여구나 감상적인 표현을 버리고 진심과 이성이 담긴 말로 사람들을 감화시켜 우레와 같은 박수를 받으며 무대에서 내려왔다. 〈라 마르세예즈(La Marseillaise)〉*를 외쳐 부르는 것처럼 '어깨를 나란히 하고 행진'하자는 그녀의 연설에 많은 이들이 자극을 받았다. 한 청년은 감동한 나머지 무대에서 내려오는 그녀를 맞이하려고 좌석을 뛰쳐나갔는데, 다행히 앨리스는 그녀가 자랑스러워 눈물을 흘리며 환호해주는 친구들에게 둘러싸여 있었다. 분별력 있는 한 여학생이 붙잡아

---

* 프랑스 혁명가로 현재 프랑스의 국가로 불리고 있다.

앉힌 덕에 그는 끝까지 침착하게 앉아서 총장의 연설을 들었다.

베어 교수는 아버지가 인생이라는 전쟁터로 내보내는 자녀에게 들려주는 듯한 어조로 짧은 축사를 했다. 누구나 귀 기울여 들을 가치가 있는 내용이었다. 그의 온화하고 지혜롭고 실질적인 충고는 훗날 다른 찬사는 다 잊었어도 졸업생들의 마음속에 오랫동안 남았다. 이후 플럼필드만의 특별한 순서가 몇 가지 더 이어진 후 오전 행사가 막을 내렸다. 젊은이들이 건강한 폐로 폐회송을 우렁차게 불러댔는데 어째서 강당 지붕이 날아가지 않았는지 영원히 수수께끼로 남을 것 같다. 어쨌건 지붕은 날아가지 않고 제자리에 붙어 있었으며 노래의 물결이 고조되었다가 사그라들어감에 따라 시들어가는 화환의 꽃들만 파르르 떨릴 뿐이었다. 그 노랫소리는 다음 해를 기약하며 달콤한 메아리를 남겼다.

오후 일정은 만찬과 리셉션으로 이어졌다. 해 질 녘이 되자 들뜬 분위기가 어느 정도 가라앉았고 저녁 행사가 시작될 때까지 다들 잠시 쉬고 싶어 했다. 총장 연회는 모두가 기다리는 즐거운 순서였다. 파르나소스 산에서 열리는 무도회를 중심으로, 막 학교를 졸업한 청춘남녀가 몇 시간 동안 함께 걷고 노래하고 즐기는 시간이었다.

마차들이 줄지어 도착했고 미리 와서 포치와 잔디와 창틀에 삼삼오오 진 친 이들은 명랑하게 떠들면서 누가 가장 멋진 모습으로 나타나는지 구경하고 있었다. 먼지를 뒤집어쓴 마차 한 대가 짐가방을 잔뜩 싣고 활짝 열린 베어 교수 집 현관에 도착하자 호기심 어린 시선들이 수군거렸다. 마차에서 이국적인 외모의 신사 두 명이 뛰어내리고 그 뒤로 젊은 여인 둘이 따라 내렸는데 베어 가족들이 모두 나와 기뻐 비명을 지르며 반기자 호기심은 더욱 증폭되었다. 모두 집 안으로 사라졌고 짐가방들도 함께 들어갔다. 한 여학생이 아마도 베어 교수의 조카들일 것이며 한 명은 막 결혼식을 마치고 오는 길일 것이라는 타당한 결론을 내려주었다.

그랬다. 프란츠는 아담한 금발의 신부를 자랑스럽게 소개했다. 신부가 축하 인사와 키스를 채 받기도 전에 이번에는 에밀이 아리따운 영국 소녀 메리의 손을 잡아끌더니 잔뜩 신이 난 목소리로 외쳤다.

"외삼촌, 외숙모, 여기 딸 한 명을 더 데려왔어요! 제 아내의 자리도 있을까요?"

물론이었다. 메리는 새로 생긴 친척들이 너도나도 다가와 포옹을 하는 통에 정신이 하나도 없었다. 모두 이 젊은 커플이 얼마나 험난한 과정을 같이 겪었는지 잘 알았고 둘의 결혼이야말로 그런 길고 험한 항해를 마치는 지극히 자연스럽고 행복한 결말임에 동의했다.

"왜 미리 말하지 않았어? 그랬더라면 우리가 신부 한 명이 아닌 두 명을 맞이할 준비를 했을 텐데."

조는 자기 방에서 저녁 행사를 준비하다가 이들의 도착 소식에 가운 바람에 머리에 인두를 단 채로 급히 뛰어내려온 참이라서 정신이 없어 보였다. 에밀이 웃으며 말했다.

"로리 삼촌의 결혼을 다들 재미있게 여기셨잖아요. 그래서 저도 가족들을 깜짝 놀라게 해드리려고 했지요. 지금이 마침 비번이라 바람과 물결의 힘을 이용하기에 딱 좋은 때잖아요. 형도 호위해줄 겸요. 어제 도착하고 싶었는데 시간이 안 맞았어요. 그래도 한바탕 잔치가 시작될 시간엔 맞춰서 왔네요."

"아아, 나의 아들들, 너희 두 사람을 이렇게 행복한 모습으로 집에서 다시 만나니 '감정이 가득'하구나. 이 감사를 무슨 말로 표현해야 할지. 힘멜(Himmel)*에 계신 우리 고트(Gott)**께서 너희를 축복하고 지켜주시기를 기도하는 수밖에 없구나."

베어 교수가 네 사람을 한꺼번에 안으려고 애쓰며 외쳤다. 그의 눈에서는 눈물이, 입에서는 엉터리 영어가 흘러나왔다.

4월의 소나기가 지나가면서 하늘이 화창하게 개었고 행복한 가족들의 벅찬 가슴도 진정되면서 모두가 입을 열어 이야기를 시작했다. 프란츠와 루드밀라는 외삼촌과 독일어로 이야기하고 에밀과 메리는 이모들과 이야기했다. 이들 주변으로 젊은 세대가 둘러서서 난파와 구조, 귀항에 대한 이야기를 듣겠다고 난리를 부렸다. 실제로 들으니 편지로 읽은 것과는 영 딴판이었다. 에밀이 생생한 표현으로 이야기를 들려주면 중간중간 메리가 부드러운 목소리로 끼어들어 에밀이 보여준 용기와 인내심과 희생정신을 언급했다. 이 행복해보이는 두 사람에게 닥친 위기와 극적인 구출 과정을 직접 듣고 있자니 실로 엄숙하고 비장한 이야기였다.

"이제는 빗방울 떨어지는 소리만 들려도 기도가 저절로 나오고 여자만 봐도 모자를 벗고 정중하게 인사를 하고 싶어진답니다. 여자들은 제가 본 어떤 남자보다도 용감해요."

* 독일어로 '하늘'이라는 뜻.
** 독일어로 '하나님'이라는 뜻.

확실히 에밀은 전보다 진지했고 태도는 훨씬 온화했다.

"여자들이 용감하다면, 어떤 남자들은 여자만큼이나 부드럽고 희생적이랍니다. 어느 날 밤 자기가 먹을 식량을 여자의 주머니에 몰래 넣어준 남자를 알고 있어요. 자기도 배고파 죽을 지경이면서요. 그리고 아픈 사람을 품에 안고 밤새도록 흔들어 재워주었다죠. 아니야, 자기, 얘기할 거야. 얘기하게 해줘!"

메리가 외쳤다. 에밀이 와서 그녀의 입을 막자 두 손으로 그 손을 뿌리치려 했다.

"그저 마땅히 할 일을 했을 뿐인걸요. 그 고문 같은 상황이 더 오래 지속되었더라면 저도 불쌍한 배리나 갑판장 같은 운명이 되고 말았을 거예요. 그날 밤, 정말 끔찍했지?"

에밀은 그때를 회상하며 몸을 부르르 떨었다.

"생각하지 마, 자기. 유라니아호에서 보낸 행복한 시간에 대해 이야기하자. 아빠가 점점 나아지시고 우리도 모두 안전하게 귀항하던 이야기 말이야."

메리가 신뢰 가득한 얼굴로 부드럽게 손을 대니 에밀을 사로잡고 있던 어둠이 사라지면서 긍정적인 기억이 되살아나는 듯했다. 에밀은 금방 다시 기분이 좋아져서는 진짜 뱃사람 같은 자세로 한 팔을 사랑스러운 '자기'에게 두르고는 그 이야기가 어떻게 행복한 결말을 맺었는지 들려주었다.

"함부르크에서는 정말 즐거웠어요! 헤르만 삼촌이 선장님에게 정말 잘해주셨어요. 어머님이 선장님을 보살피는 사이 메리는 저를 돌봤고요. 배를 수리하러 부두에 가야 했는데 불에 눈을 다친 데다가 배를 지키느라 잠을 못 자서 런던 안개처럼 앞이 뿌옇게 보이는 거예요. 메리가 제 안내자가 되어 저를 데리고 들어가주었답니다. 그러니 제가 메리와 헤어질 수가 있어야죠. 그래서 메리가 일등항해사가 되어 승선을 해준 덕에 이제 저는 영광을 향해 항해 중이지요."

"쉿, 자기, 창피하게 왜 그래."

메리가 속삭였다. 이번에는 메리가 에밀을 말릴 차례였다. 남사스러운 이야기에 대한 영국식 수줍음이었다. 에밀은 메리의 손을 잡고 그 손가락에 끼워진 반지를 흐뭇한 표정으로 매만지며 기함에 올라탄 장군 같은 분위기로 이야기를 이어나갔다.

"선장님은 잠깐 기다려보라고 하셨지만 저는 우리가 이미 최악의 날씨를 같이 겪었고 이렇게 1년을 보내고도 서로를 충분히 알지 못한다면 아마 앞으로도 영원히 모를 거라고 말씀드렸죠. 타륜 위에 이 손이 없다면 저는 배를 탈 가치가 없다는 것을 확신했어요. 그래서 저는 제 뜻을 따랐고 저의 용감한 여인이 저의 긴 항해에 동참했지요. 주님의 축복이 있기를!"

"그래서 정말 같이 항해하기로 한 거예요?"

데이지가 물었다. 메리의 용기가 대단해 보이면서도 바다를 생각하니 무서워서 고양이처럼 몸이 움츠러들었다. 메리가 믿음직스러운 얼굴로 말했다.

"전 두렵지 않아요. 나의 선장님과 화창한 날에도, 궂은 날에도 함께했으니까요. 또다시 배가 난파하는 일이 일어난다면, 그때는 바닷가에서 기다리며 그 소식을 듣느니 배에 이이와 함께 있겠어요."

"진정한 여인이여, 천생 뱃사람의 아내로구나! 에밀, 행복한 줄 알아라. 이번 항해는 축복받은 항해가 될 게야. 아아, 나의 사랑하는 아들, 난 네가 살아 돌아올 줄 알았지. 그래서 모두가 절망에 빠졌을 때도 포기한 적이 없단다. 넌 분명 살아서 뱃머리 작은 돛에라도 대롱대롱 매달려 있을 거라고 우겼지 뭐니."

조는 바닷물의 짠 내가 느껴지는 이들의 사랑을 보며 기쁨의 탄성을 내지르더니, 필리코디 씨처럼 익살스러운 몸짓으로 에밀의 팔을 붙들며 당시 상황을 설명했다.

"정말 그랬어요! 숙모와 삼촌이 제게 말씀해 주셨던 그 '뱃머리 작은 돛', 그게 저를 살렸답니다. 그 기나긴 밤에 수만 가지 생각이 오가는 와중에 '밧줄의 붉은 실'이 또렷하게 떠올랐어요. 기억나시죠? 영국 해군 이야기요. 그 의미가 정말 마음에 들더라고요. 그래서 제 밧줄이 떠내려가게 된다면 붉은 실이 반드시 거기 있게 해야겠다고 결심했어요."

"그래, 에밀, 그랬지! 하디 선장님이 바로 그 증거이시지. 그리고 네가 받은 상은 여기에 있고."

조는 메리에게 어머니 같은 자상함으로 키스를 했다. 이로써 그녀가 파란 눈의 독일 수레국화보다 영국 장미를 더 좋아한다는 사실을 들키고 말았다. 수레국화도 사랑스럽고 얌전했지만 말이다. 에밀이 흐뭇하게 바라보다가 자기가 다시는 보지 못하리라 생각한 그 방을 둘러보았다.

"참 이상하죠? 절체절명의 순간에 그런 사소한 기억이 떠오르다니요. 반쯤 굶어 죽어가는 상태로 절망에 빠져 표류하는 바다 위에서, 이곳 플럼필드의 종소리와 테디가 아래층에서 쿵쾅거리는 소리, 숙

807

모님이 외치는 소리가 들렸어요. '얘들아, 일어날 시간이다!' 우리가 마시던 커피 향도 맡았고요. 아시아 아주머니가 만든 생강 쿠키 꿈을 꾸다가 깨서 울음을 터뜨릴 뻔했던 밤도 있었어요. 단언컨대, 배고픔에 허덕이는 상황에서 생강 향이 코를 찌르는 것만큼 격렬한 실망감은 세상에 없어요! 생강 쿠키 있으면 제발 하나만 먹게 해주세요!"

안쓰러워 이모들과 사촌들이 웅성거리는 사이 에밀은 그토록 그리던 쿠키가 나타나자마자 정신없이 먹어치웠다. 플럼필드에서 생강 쿠키가 떨어지는 날은 없으니 언제든 대령할 수 있었다. 조와 메그는 프란츠가 네트에 대해 이야기하는 것을 듣기 위해 다른 무리로 옮겨갔다.

"비쩍 마르고 수척해진 모습을 보자마자 그에게 문제가 생긴 걸 직감했어요. 네트는 아무렇지 않은 척했지만요. 우리를 어찌나 반가워하던지 저도 간단한 얘기만 듣고 더 묻지 않았어요. 바움가르텐 교수님과 베르크만 교수님을 뵈러 가서야 네트가 돈을 흥청망청 써서 고된 노동과 희생을 하며 과거를 속죄하고 있다는 자세한 이야기를 들었죠. 바움가르텐 교수님은 이것이 유익한 경험이 될 것이기에 제가 갈 때까지 모른 척하셨대요. 정말 네트에게 잘된 일이에요. 빚도 다 갚았고 생활비도 스스로 벌고 있으니까요. 정직하게 사는 법을 배우고 있어요."

"네트가 참 기특하구나. 이런 것이 내가 말하는 교훈이란다. 그 아이가 그걸 잘 배우고 있다니 기쁘다. 남자답게 극복해냈으니 베르크만 교수가 베푸는 기회를 누릴 자격이 충분한 셈이지."

베어 교수가 흡족한 미소를 지었다. 프란츠가 그간의 사건들을 추가로 들려주었는데 우리는 이미 아는 내용이니 넘어가자.

"말했지, 언니, 그 애는 좋은 자질을 가진 아이라고. 데이지를 사랑하는 마음이 그 아이를 바르게 지켰을 거야. 아아, 이 자리에 네트도 함께 있다면 얼마나 좋을까!"

조는 너무 기쁜 나머지 몇 달 전 자신을 괴롭힌 의심과 불안을 전부 잊어버렸다. 메그도 체념한 투로 말했다.

"정말 기쁜 소식이로구나. 이번에도 역시나 내가 항복해야겠네. 특히나 지금처럼 광적인 열기가 극성일 때에는 더더욱. 너와 에밀이 이 열기에 불을 붙였으니 이제 조시는 내가 돌아서기도 전에 애인 내놓으라고 성화를 하겠어."

하지만 조는 언니가 네트가 시험을 이겨낸 것에 감동했음을 눈치챘다. 그래서 서둘러 몇 마디 덧붙여서 승리를 확실히 했다. 성공이란 언제든 매력적인 무기로 작용하니 말이다.

"베르크만 씨의 제안이 아주 괜찮은 제안이라지, 그렇지?"

그녀는 다 알면서 괜히 프란츠에게 물었다. 네트의 편지를 받은 로리에게 이미 자세히 설명을 들었던 것이다.

"모든 면에서 무척 훌륭한 제안이죠. 네트는 바흐마이스터의 오케스트라에서 정식 훈련을 받고 런던에서도 아주 멋진 경험을 할 거예요. 잘되면 그들과 미국에도 오게 된다네요. 바이올린 주자로서는 아주 괜찮은 시작이래요. 아직 대단히 이름을 날린 건 아니지만 정식으로 데뷔하는 셈이죠. 제가 축하해주니까 네트가 아주 기뻐하며 이렇게 말했어요. '데이지에게도 꼭 전해줘. 하나도 빠뜨리지 말고 전부.' 역시 데이지를 향한 그의 사랑이란! 그건 메그 이모에게 맡길게요. 녀석이 멋진 금발 수염을 기르고 있는 것도 슬쩍 말해주세요. 꽤 잘 어울린답니다. 약점인 입을 가리니까 커다란 눈과, 어떤 여인의 표현처럼, 그의 '멘델스존 눈썹'이 귀족적인 분위기를 풍기더라고요. 루드밀라에게 사진이 있어요."

모두 그 사진을 보고 즐거워했고 네트의 소식을 흥미롭게 들었다. 친절한 프란츠는 자신의 행복만으로도 할 말이 많을 텐데 친구의 소식부터 전했다. 그가 네트의 인내심과 애처로운 상황을 얼마나 생생하고 설득력 있게 전했던지 메그는 이미 반은 넘어갔다. 하지만 민나와의 스캔들이나 맥주집과 길거리에서 바이올린을 연주한 이야기까지 들었더라면 그리 쉽게 마음이 풀어지지는 않았으리라. 그녀는 이날 들은 것을 모두 기억했다. 하지만 데이지와는 서두르지 않고 천천히 이야기해보리라고 다짐했다. 그러다 보면 점차 마음이 누그러져서 '두고 보자.'라는 의심 섞인 말 대신 '그가 잘해냈구나. 행복하거라, 우리 딸.'이라는 다정한 말을 하게 될지도 모르니 말이다.

화기애애한 분위기에서 대화가 한창인 중에 괘종시계가 시간을 알렸다. 조는 낭만에서 퍼뜩 깨어나 현실로 돌아왔다. 손으로 머리 인두를 움켜쥐며 이렇게 외쳤다.

"이런, 모두 얼른 식사하고 쉬도록 하자. 나도 얼른 옷을 갈아입지 않았다간 이런 민망한 모습으로 손님들을 맞이하겠어. 언니가 루드밀라와 메리를 위층으로 안내해줄래? 프란츠는 식당으로 가는 길을 알고 있지. 프리츠, 당신은 이리로 와서 나와 함께 단장해야 해요. 날도 덥고 잔뜩 감정적이 되는 바람에 우리 둘 다 완전히 난파한 모습이라고요."

하얀 장미

여행객들은 휴식을 취하고 총장 부인은 가장 좋은 드레스로 갈아입느라 분투하는 사이, 조시는 신부 부케를 만들려고 정원으로 뛰어나갔다. 낭만적인 조시의 마음이 갑자기 들이닥친 이 흥미로운 여인들 덕분에 더욱 들떴다. 머릿속이 영웅적인 구출과 연애 이야기로 꽉 찼고, 사랑스러운 신부들이 면사포를 쓸지 안 쓸지 무척 궁금했다.

그녀는 하얀 장미 덤불 앞에 서서 부케에 어울릴 완벽한 꽃송이들을 고르고 있었다. 이 꽃다발들을 자신의 팔을 장식한 리본으로 묶어서 새로운 사촌 언니들의 화장대에 놓아둘 셈이었다. 조시다운 세심한 배려였다. 발소리에 소스라치게 놀라 고개를 드니 오빠가 고개를 푹 숙이고 팔짱을 낀 채 오솔길을 따라 걸어오고 있었다. 깊이 생각에 잠긴 듯 멍한 표정이었다.

"소피 와클스로군."

예리한 동생이 말했다. 가시 돋친 가지를 너무 열심히 꺾다가 그만 엄지를 찔려서 입에 손가락을 넣고 빨고 있었지만 얼굴에는 승자의 미소가 서려 있었다.

"여기서 뭐 하고 있니, 말썽쟁이?"

공상에 잠겨 있던 데미는 조시를 봤다기보다는 그 기운을 느꼈기에 어빙스럽게* 깜짝 놀랐다.

"'우리 새신부들'을 위해서 꽃을 꺾는 중이지. 오빠도 받고 싶지 않아?"

조시는 이왕 '말썽쟁이'라고 불렸으니 장난을 치기로 했다.

"신부? 아니면 꽃?"

데미가 차분한 어조로 물었다. 그러면서도 눈은 꽃이 만발한 덤불에 가 있었다. 불현듯 관심이 생긴 듯했다.

"둘 다. 오빠에게 하나가 생기면 다른 건 내가 준비하면 되니까."

"그럴 수라도 있으면 좋겠네!"

데미는 가만히 한숨을 내쉬며 작은 꽃봉오리를 하나 땄다. 오빠의 한숨에 조시의 마음이 약해졌다.

"그럼 그렇게 하면 되잖아? 사람들이 행복해지는 것을 보는 것은 정말 기분 좋은 일인걸. 오빠에게 그런 마음이 든다면 지금이야말로 적기가 아닐까? 그녀가 곧 멀리 떠날 텐데."

---

* 19세기 미국 낭만주의를 대표하는 문학가 워싱턴 어빙(Washington Irving).

"누구 말하는 거야?"

데미가 반쯤 벌어진 봉오리를 당기며 물었다. 그의 안색이 순식간에 변했다. 당황한 모습이 리틀 조는 마냥 재미있었다.

"시치미 떼기는. 앨리스 언니 얘기인 거 다 알면서. 이봐요, 난 오빠를 좋아해. 그러니까 돕고 싶어. 재미있지 않아? 다들 연애에, 결혼에……. 그렇다면 우리도 우리 몫을 챙겨야지. 오빠는 내 조언을 받아들여서 남자답게 고백하는 거야. 앨리스 언니가 떠나기 전에 확실히 해둬야지."

데미는 꼬마 여동생의 당돌한 조언에 웃음이 터졌다. 하지만 기분은 좋았다. 그래서 평소라면 여동생의 말을 무시했겠지만 이번에는 무심한 척 대꾸해주었다.

"정말 고맙구나, 동생. 네가 그렇게 지혜롭다면, 네 고상한 표현대로, 내가 남자답게 '고백'하는 방법도 알려주면 어떨까?"

"응, 방법이야 여러 가지가 있지. 연극을 보면 사랑하는 연인들이 무릎을 꿇잖아. 하지만 다리가 긴 사람에게는 무척 어색하지. 테디라면 몇 시간을 가르쳐도 결코 멋지게 못 해낼 동작이야. 오빠가 '나의 여자가 되어줘!'라고 말할 수도 있겠지만 그러면 담장 너머 니클비 부인*의 집으로 오이를 던진 불쌍한 노인같지. 명랑하고 편안하게 하고 싶은 거라면 모를까. 짧은 시를 써도 좋지만 그건 오빠가 이미 해봤잖아, 내 말이 맞는다면."

"조시, 난 정말로 앨리스를 사랑해. 그녀도 알고 있는 것 같아. 그

---

* 찰스 디킨스의 《니콜라스 니클비》의 등장인물.

래서 난 말하고 싶은 거야. 그런데 앨리스 앞에만 서면 허둥대게 돼. 사람들 앞에서 바보가 되는 것은 상관없지만 말이야. 너라면 묘안이 있으리라 생각했어. 넌 시도 많이 읽고 낭만적인 아이니까."

데미는 자기 입장을 분명히 하려고 시도했지만 그의 사랑이 달콤한 당혹감에 빠지면 어느새 품위와 침착성을 잃고 말았다. 그래서 지금은 여동생에게 결정적인 답변을 끌어내는 좋은 질문을 가르쳐 달라고 조르는 중이다. 행복한 사촌들의 도착으로 그의 모든 현명한 계획은 흐트러졌고 얼마든지 기다리겠다던 결심은 무너졌다. 크리스마스 연극으로 그는 소망과 용기를 얻었고 오늘의 연설을 통해서는 가슴 벅찬 뿌듯함을 맛봤다. 하지만 꽃다운 신부들과 얼굴이 환하게 빛나는 신랑들을 보고 있노라니 부러워져서, 당장 앨리스의 마음을 확인하고 싶어졌다. 그는 쌍둥이 동생 데이지에게 모든 비밀을 다 털어놓는 사이지만 이 얘기만큼은 하지 못했다. 오빠가 되어서 연애가 금지되어 이러지도 저러지도 못하는 여동생에게 자기의 연애 감정을 털어놓는 것이 미안했기 때문이다. 어머니는 그가 누구를 좋아한다고 하면 질투부터 할 것이 분명했다. 하지만 어머니도 앨리스를 좋아하신다는 걸 알게 되고는 용기를 내어 사랑을 키워왔고 조만간 어머니에게 털어놓을 계획으로 아직은 그 비밀을 혼자만 간직하고 있었던 것이다.

이제 조시와 장미 덤불이 이렇게 나타나 그의 부드러운 당혹감에 박차를 가하라고 재촉하고 있다. 그리하여 그는 돕겠다는 동생의 제안을 받아들였다. 가시에 찔린 사자가 쥐의 도움을 기꺼이 받듯이 말이다.

두 사람은 골똘히 묘안을 짜내느라 한동안 아무 말도 하지 않았다. 마침내 데미가 입을 열어 천천히 말했다.

"뭔가 글로 쓰는 편이 좋겠어."

하지만 조시는 팔짝팔짝 뛰면서 외쳤다.

"생각났어! 완벽하게 사랑스러운 방법이야! 앨리스 언니가 좋아할 거야. 오빠도 그렇고! 오빠는 이미 시인이잖아."

"그게 뭔데? 엉뚱하게 굴지 말고 얼른 얘기해."

사랑에 빠진 남자가 사정하듯 물었다. 하지만 동생에게서 특유의 독설을 들을까봐 두렵기도 했다.

"에지워스 양의 소설책에서 사랑하는 여인에게 장미꽃 세 송이를 주는 남자의 이야기를 읽었어. 봉오리 상태의 꽃, 반쯤 핀 꽃, 만개한 꽃 이렇게 세 송이. 꽃 종류는 기억나지 않지만 그 방법만은 멋졌어. 앨리스 언니도 이 이야기를 알아. 우리가 다 같이 읽을 때 그 자리에 있었거든. 여기에 모든 종류의 꽃이 다 있네. 꽃봉오리 두 단은 이미 있고, 가장 예쁜 것으로 오빠가 골라. 그러면 내가 꽃다발로 엮어서 앨리스 언니 방에 갖다 놓을게. 데이지와 함께 드레스를 갈아입으려고 여기로 온다니 기회가 좋아."

데미는 신부의 덤불을 바라보며 골똘히 생각에 잠기더니 마침내 얼굴에 미소가 피어올랐다. 오빠의 그런 표정을 이전에 한 번도 본 적이 없기에 조시는 감동했다. 하지만 못 본 척해주기로 했다. 젊은 남자를 그토록 행복하게 만들어주는 위대한 열정이 깨어나는 순간을 방해하지 않기 위해서였다.

"그렇게 해줘."

그게 데미가 말한 전부였다. 그러고는 활짝 핀 장미를 찾아 꽃장식 연애편지를 마무리했다.

이 낭만 공작에 가담했다는 사실에 한껏 기분이 좋아진 조시는 장미단을 우아한 리본으로 묶었다. 데미가 카드를 쓰는 사이 조시는 마지막 꽃다발을 완성하고 상당히 만족스러워했다.

친애하는 앨리스,

이 꽃이 무엇을 의미하는지는 알고 있으리라 믿소. 오늘 밤, 한 송이, 혹은 전부를 달고 나와 나를 더욱 벅차고 달콤하고 행복한 남자로 만들어주지 않겠소?

완전히 그대의 것인 존

오빠가 카드를 내밀며 건넨 말에 조시는 이 임무의 막중함을 한층 더 깊이 느꼈다.

"조시, 너만 믿는다. 내겐 정말로 중요한 일이야. 네가 나를 사랑한다면, 제발 장난치지 말아줘."

조시는 오빠에게 키스로 모든 것을 약속했다. 그녀는 데미가 페르디난드* 처럼 장미 덤불 속에서 꿈을 꾸도록 남겨두고 자신은 에어리얼** 처럼 '온화한 기분 놀이'를 하러 달려갔다.

메리와 루드밀라는 꽃다발을 선물 받고 행복해했다. 꽃다발 증정

---

* 셰익스피어의 《템페스트》에 등장하는 인물로, 주인공 미란다의 연인.
** 셰익스피어의 《템페스트》에 등장하는 요정.

자는 기꺼이 '우리 신부들'의 단장 시중을 들었고 그들의 짙은 색 머리와 옅은 색 머리에 꽃을 꽂아주며 면사포를 쓰지 않는 데서 온 실망감을 위로받았다.

앨리스는 혼자 몸단장을 하고 있었다. 데이지는 옆방에서 자기 엄마와 함께 있었다. 그 덕분에 그녀는 작은 꽃다발을 발견하고 보인 반가운 눈빛도, 카드를 읽고 어떻게 답할지 생각하며 보인 눈물과 미소도, 붉게 달아오른 볼도 들키지 않았다. 그녀의 마음이 쉽게 짐작된다. 하지만 사실 그녀에게는 무거운 짐이 있었다. 고향에 병약한 어머니와 늙은 아버지가 계셨고, 4년간의 대학교육 덕에 마침내 도와드릴 수 있게 되었다. 연애는 달콤해보였고 존과 꾸릴 가정을 생각하니 지상에서 성취된 천국 같았지만 아직은 때가 아니었다. 그녀는 거울 앞에 앉아 인생이 달린 이 질문에 어떻게 답할지 고민하면서 들고 있던 만개한 꽃을 천천히 내려놓았다.

그에게 기다려달라고 하거나 어떤 약속으로 묶어두는 것, 혹은 그를 향한 그녀의 마음을 솔직하게 말로 표현하는 것이 과연 선하고 지혜로운 방법일까? 아니, 희생은 혼자만으로 충분하다. 그에게서 희망이라는 고통을 덜어주자. 그는 젊으니 곧 잊을 테고 나도 기다리는 연인이 없어야 맡겨진 책임을 더욱 충실히 수행할 것이다. 어쩌면 그렇다는 것이다. 그녀의 눈은 흐릿해졌다. 그가 가시를 손질한 줄기를 쓰다듬고는 반쯤 핀 꽃송이를 만개한 장미 옆에 내려놓으며 스스로 질문을 던졌다. 꽃봉오리라도 달면 어떨까. 다른 꽃 옆에 두니 봉오리는 초라하고 볼품없어 보였다. 하지만 진정한 사랑에서 우러난 자기희생을 결심한 그녀는 아주 작은 희망도 주지 말자고 결심했다. 장담할 수 없다면 약속도 하지 말아야 한다.

점점 깊어가는 애정을 느끼며 사랑의 상징물을 슬픈 눈으로 바라보고 있는데 반쯤 무의식 상태에서 옆방에서 주고받는 대화 소리를 듣게 되었다. 창문이 열려 있고 벽체가 얇은데다가 여름날의 저녁 어스름이 주는 고요함 가운데 앉아 있자니 안 들으려야 안 들을 수가 없었다. 게다가 존에 대한 이야기였다.

"루드밀라가 독일에서 직접 향수병들을 가지고 와서 선물하다니, 정말 고마운 일로구나. 오늘같이 고단한 날에 받는 향수라니, 정말 완벽한 선물이야! 존 것도 챙겨두거라. 그 애도 향수를 좋아하잖니."

"네, 어머니. 그런데 앨리스가 연설을 마쳤을 때 존이 벌떡 일어나는 거 보셨어요? 제가 안 막았으면 당장에 앨리스에게 뛰어갔을 걸요. 얼마나 기쁘고 자랑스러웠겠어요. 충분히 이해해요. 저도 장갑이 망가질 정도로 손뼉을 쳤으니까요. 저는 여자가 연단에 오르는 걸 싫어하는데도 말이에요. 초반의 긴장이 지나고 진심으로 몰입하는 모습이 어찌나 사랑스럽던지."

"얘야, 데미가 혹시 네게 무슨 얘기라도 했니?"

"아뇨. 저도 오빠가 왜 아무 말도 안 하는지 궁금했어요. 워낙 속이 깊으니 저를 불행하게 만들고 싶지 않아서 그랬겠죠. 전혀 그렇지 않은데 말이에요. 하지만 전 오빠를 잘 알아요. 그래서 그냥 지켜보며 오빠와 앨리스를 응원하고 있답니다."

"아무렴, 그래야지. 지각 있는 아가씨라면 우리 존을 거절하지는 않을 게다. 존은 부자도 아니고 앞으로도 그렇지 못하겠지만 말이다. 데이지, 존이 그동안 돈을 어디에 썼는지 네게 말해줄 틈을 찾고 있었단다. 나도 어젯밤에야 들었거든. 글쎄 불쌍한 바튼 군의 입원비를 댔다지 뭐니. 눈 치료를 다 끝낼 때까지 병원에 있도록 치료비를 내주어서 지금은 그 아이가 다시 일도 하고 늙은 부모님을 모실 수 있게 되었다는구나. 아픈데 돈이 없으니 절망적이었는데 자존심 때문에 남에게 손을 벌리지도 못하고 있었대. 그걸 우리 존이 알아보고는 제 돈을 몽땅 털어서 도와준 거야. 내가 캐묻지 않았더라면 자기 어미에게도 말하지 않을 작정이었나봐."

앨리스는 데이지의 대답을 듣지 못했다. 감정을 추스르느라 바빠서였다. 이번에는 행복의 눈물이 분명했다. 그녀가 결심한 듯 빛나는 눈으로 작은 꽃봉오리를 가슴에 달았다. 마치 이렇게 말하는 것 같았다. "자기가 베푼 선행에 대한 보상을 받을 자격이 충분히 있어. 암, 그래야지."

앨리스 귀에 다시 말소리가 들려왔다. 메그 부인이 계속 말하는 중이었고 여전히 존의 이야기였다.

"현명하지 못하고 경솔한 행동이라고 말하는 이들도 있겠지. 가진 것도 얼마 없으면서 그렇게 했다고 말이야. 하지만 난 말이다, 존이 안전하고 튼튼한 곳에 첫 투자를 했다고 생각해. '가난한 자를 불쌍히 여기는 것은 여호와께 꾸어드리는 것'*이라는 말씀이 있잖니. 그 점이 나는 정말 기쁘고 자랑스럽구나. 이걸 망치고 싶지 않아서 그 아이에게 한 푼도 주지 않을 생각이란다."

"오빠가 지금 가만히 있는 이유가 가진 게 아무것도 없어서인가

* 〈잠언〉 19장 17절.

봐요. 정직한 성품에 준비가 되었다고 생각할 때까지 앨리스에게 선뜻 나서지 못하는 거죠. 하지만 오빠가 깜빡 잊은 게 있네요. 사랑이 전부라는 걸요. 그 점에서 오빠는 부자예요. 보기만 해도 알 수 있어요. 여자라면 누구든 그 점을 기쁘게 받을 텐데요."

"네 말이 맞다, 데이지. 엄마 역시 그렇게 느꼈지. 나의 존을 위해서 그와 함께 이겨내고 기다려줄 셈이었단다."

"앨리스도 그래주길요. 두 사람이 서로의 마음을 확인하면 좋겠어요. 하지만 앨리스는 너무 책임감이 강하고 착해서 자기를 위한 행복한 선택을 하지 못할까봐 걱정이에요. 어머니도 앨리스가 마음에 드시지요?"

"물론이고말고. 그 아이만큼 괜찮고 고귀한 아이가 어디 또 있다고. 내 아들의 배필로 더할 나위 없이 좋은 아이지. 할 수만 있다면 그런 사랑스럽고 용감한 아가씨를 놓치고 싶지 않단다. 사랑과 책임감을 모두 감당할 수 있을 만큼 넓은 마음을 가진 아이잖니. 그들이 함께 이 상황을 견딘다면 기다리는 시간이 한결 더 행복해질 텐데. 지금은 기다리는 수밖에 없으니."

"오빠의 선택이 어머니의 마음에 드신다니 정말 기뻐요. 실의에 빠져 슬퍼할 일은 없게 되었으니까요."

그렇게 말하는 데이지의 목소리가 갈라졌다. 그러고는 갑작스레 옷자락이 바스락거리는 소리가 나더니 부드럽게 속삭이는 소리가 들려왔다. 아마도 어머니의 품에 안겨서 위안을 얻는 중인 모양이었다.

앨리스는 죄책감이 들어 더 듣지 않으려고 창문을 닫았다. 하지만 얼굴은 환하게 빛나고 있었다. 경청자에 대한 잠언이 지켜지지 못했기 때문이며 그녀가 꿈꿀 수 있는 이상으로 알게 되었기 때문이다. 갑자기 모든 게 달라진 듯했다. 정말로 자신에게 사랑과 책임 모두를 담을 수 있는 큰마음이 있는 것 같았다. 존의 어머니와 동생 모두에게 환영받을 것을 알았고, 데이지가 처한 안쓰러운 상황과 네트의 고생스러운 유학 생활과 길어지는 타국 일정, 어쩌면 영영 못 만날지도 모르는 그들의 운명을 생각하니 자신의 신중함은 오히려 잔인함으로, 자기희생은 감상적 어리석음으로 느껴졌다. 그 안에는 온전한 진리가 빠져 있었고 이는 그녀의 사랑을 향한 불충이었다.

생각이 여기에 미치자 앨리스는 어느새 반쯤 핀 꽃도 꽃봉오리 옆에 내려놓고 있었다. 그러고는 잠시 멈췄다가 만개한 꽃에 천천히 키스를 했다. 그러고는 달콤하지만 엄숙하게, 맹세라도 하는 듯한 혼잣말로, 옆방의 비밀대화 그룹에 동참했다.

"나의 존을 위해서, 그와 함께 이겨내고 기다리며 사랑하겠어요."

그녀가 계속 쏟아져 들어오는 손님들과 합류하러 아래층으로 내려갔을 때 데미가 마침 그 자리에 없었던 것은 차라리 잘된 일이었다. 그녀의 사려 깊은 얼굴이 여느 때보다 밝게 빛났는데 누군가 그걸 알아챘다 하더라도 오늘 한 그녀의 연설에 대한 사람들의 칭찬에 기분이 좋아져서 그러려니 생각했다. 미세한 동요도 관찰되었는데 한 무리의 신사들이 다가오자 금세 사라졌으며, 그녀의 가슴에 달린 꽃 아래로 매우 행복한 심장이 뛰고 있음을 눈치챈 이도 아무도 없었다.

그사이 데미는 할아버지를 도와 학교와 관련된 덕망 있는 인사들을 안내하고 있었다. 그들은 소크라테스적 방법론, 피타고라스, 페스탈로치, 프뢰벨 등등의 학자들에 관해 한참을 토론했는데 데미는 그들이 몽땅 홍해 밑바닥에 가라앉으면 좋겠다고 바라고 있었다. 그도 그럴 것이 그의 머리와 심장은 온통 사랑과 장미, 소망과 두려움으로 가득했기 때문이다. 그는 마침내 이 '권세 있으시고 근엄하시며 존경받으시는 의원님들'* 을 안전하게 플럼필드로 모시고 와서 이모부와 이모에게 인계했다.

총장과 총장 부인은 그들을 정중히 맞이했다. 한 사람은 진정한 기쁨으로 손님을 맞이했지만 다른 한 사람은 순교자 같은 마음으로 고통을 참으며 미소를 지어야 했는데 귀빈들과 일일이 악수하는 중에 육중한 플록 교수가 뒤로 길게 늘어뜨린 그녀의 우아하고 화려한 벨벳 드레스를 밟고 서서는 통 움직이지 않았기 때문이다.

데미는 긴 안도의 한숨을 내쉬고는 두리번거리며 자신의 사랑스러운 여인을 찾았다. 대부분의 사람은 그런 사랑스러운 천사를 찾기 위해 응접실이나 홀이나 서재로 가서 기다란 하얀 드레스를 늘어뜨리고 있는 이들을 살피겠지만 그의 눈길은 나침반 바늘이 북쪽을 가리키듯 곧장 구석으로 향했다. 사람들 사이로 비죽 올라온, 짙은 색 머리를 땋아올린 여인이 보였는데 그의 눈에는 여왕처럼 보였다. 그렇다, 그녀의 목 언저리에 꽃이 달려 있다. 하나, 둘, 오오, 감사합니다! 그는 방의 반대편 끝에서 이를 발견하고는 황홀한 탄식을 내쉬었는데 그 갑작스러운 바람에 페리 양의 짧은 곱슬머리에 잔물결이

---

* 셰익스피어 《오셀로》의 대사를 인용했다.

일었다. 장미꽃인지는 아직 확인하지 못했다. 레이스에 가려져 있었기 때문이다. 그에게 축복이 단계별로 찾아온 것은 어쩌면 잘된 일이었다. 그 축복들이 한꺼번에 들이닥쳤다가는 그는 당장에 전기 충격을 받고 자신의 우상에게 날아갔을지도 모를 일이었다. 그의 재킷 끝자락을 붙들어줄 데이지도 없는 마당에 말이다.

그런데 이 극적인 순간에 어떤 뚱뚱한 여인이 그를 붙들고 늘어졌고 그는 하는 수 없이 유명인사들을 하나하나 가리키며 그들이 누군지 알려주어야 했다. 그렇지만 그가 발휘한 성자 같은 인내심은 제대로 보상받지 못하고 마는데, 이는 그가 다른 데 정신이 팔려 조리 있게 설명하지 못한 탓이었다. 그가 간신히 탈출하여 사라진 뒤 그 배은망덕한 미망인은 가장 먼저 만난 친구를 붙들고 이렇게 속삭였다.

"잔치에 와인 한잔 보이지 않던데, 그 브룩 가의 아들은 어디서 잔뜩 마시고 왔더라고. 꽤 신사 같은 젊은이던데, 딱하게도 살짝 취했지 뭐야."

아아, 그는 진정 취해 있었으니! 데미는 행사 점심 만찬에 나온 어떤 음료보다 더욱 신성한 와인에 듬뿍 취해 있었다. 그곳 졸업생들 대부분이 익히 알고 있는 맛이었다. 그는 나이 든 숙녀를 처리하고 나서 마침내 부푼 마음으로 젊은 숙녀를 찾아 나섰다. 그저 그녀와 한마디를 나누고 싶은 마음뿐이었다. 앨리스는 여러 명의 신사들과 피아노 옆에 서서 이야기를 나누며 무심하게 악보를 넘기고 있었다. 데미는 최대한 학자 같은 평온함을 가장해서 조바심을 감추고는 그녀 근처를 배회했다. 기회가 왔을 때, 그 행복한 순간을 놓치지 않고 다가가기 위해서였다. 그러면서 속으로는 왜 나이 든 이들은 자꾸 젊은이들과 이야기를 하려고 하는지, 왜 구석에 앉아서 같은 연배의 사람들과 어울리지 않는지 투덜거렸다. 드디어 그 어른들이 퇴장하는 듯하더니 이번에는 성미 급한 젊은이 둘이 나타나 히스 양에게 파르나소스 산에 같이 가서 춤을 추자고 제안하는 것이 아닌가. 데미는 당장에라도 저놈들의 피를 빨아먹을 기세였으나 조지와 돌리가 거절을 당하고도 앨리스 곁을 맴돌며 하는 이야기를 들으며 간신히 마음을 가다듬을 수 있었다.

"정말이지, 난 남녀공학 지지자가 되었어. 여기에 남아서 이 학교에 다니고 싶은 기분이라니까. 여학생들의 존재가 학문에 품위를 더하네. 여학생들이 공부하는 걸 본다면 심지어 그리스어도 배움의 즐거움이 있을 것 같아."

스터피가 말했다. 그에게는 공부라는 잔칫상이 너무 메마르게 느껴져서 어떤 소스를 내와도 무조건 반가워할 상황이었는데 그는 이곳에서 새로운 소스를 찾은 기분이었다.

"그러니까 말이야! 우리 남자들이 정신 똑바로 차리지 않았다간 모든 영예를 여자들에게 빼앗기겠어. 너 오늘 정말 멋지더라. 우리 모두 마법에 걸린 기분이었어. 날이 그렇게 더웠는데도 말이야. 만일 네가 아니라 다른 사람이 연설했다면 난 끝까지 앉아 있지 못했을 거야."

돌리가 말했다. 정중한 척하랴, 또 자신의 헌신적인 마음을 증명하여 감동을 주랴, 돌리는 무진 애를 쓰고 있었다. 더위에 그의 옷깃은 주저앉았고 습기에 머리가 일제히 곱슬거렸으며 장갑도 다 젖어버린 상태였다.

"기회는 누구에게나 있지. 너희가 공부를 우리에게 맡기면 우리가 야구, 보트, 춤, 연애는 너희에게 기꺼이 양보할게. 너희들이 선호하는 분야 같으니."

앨리스가 친절하게 말했다.

"이런, 우리를 이렇게 심하게 대하다니! 우리더러 그 힘든 걸 온종일 하고 있으란 말이야? 너희 숙녀들은 맨 끝의 두 '분야'에서는 우리와 교대로 하더라도 괜찮을 것 같은데."

돌리는 그렇게 받아치면서 조지에게 눈짓을 했다. '내가 한 방 먹였지?'라고 말하는 것 같았다.

"우리 학교에도 1학년 때 그러는 아이들이 있었지. 그러다 나중에는 그런 유치한 짓은 다들 그만두던데. 아, 나 때문에 파르나소스 산에 못 가고 붙잡혀 있는 건 아니지?"

앨리스는 미소 띤 얼굴과 목례로 이 둘을 보내버렸다. 똑똑한 척하지만 뭔가 꼬인 게 있는 청년들이다.

"됐어, 돌리. 이 우월한 여자들과 말싸움은 아예 시도하지 않는 게 좋을 거야. 궤멸당하고 말 거라고. 기병, 보병, 전진하라!"

스터피는 먹을 것이 너무 많아 어딘지 화가 난 것 같은 얼굴로 그렇게 말하고는 느릿느릿 걸어갔다.

"지독하게 냉소적이기는! 우리보다 나이가 많지도 않으면서. 여자들이 원래 먼저 크잖아. 그러니 굳이 분위기 잡으면서 할망구같이 말할 필요도 없다고."

돌리가 투덜거렸다. 은혜를 모르는 팔라스 여신의 제단에 자신의 아이를 희생제물로 바친 기분이 들었다.

"저리로 가서 먹을 거나 찾아보자. 말을 너무 많이 했더니 기절할 지경이야. 플록 노친네가 날 구석으로 몰아넣고 내 머리가 빙빙 돌 정도로 칸트와 헤겔 같은 이야기를 실컷 했다니까."

"난 도라 웨스트에게 춤을 추겠다고 약속했어. 그 애를 찾아야 해. 참 귀여운 아이야. 보조만 맞추면 아무것도 상관하지 않으니까."

두 소년이 팔짱을 끼고 걸어갔다. 앨리스는 남아서 악보를 열심히 뒤적거렸다. 사람들과 어울리는 것은 그다지 흥미가 없었기 때문이다. 페이지를 넘기려고 고개를 숙이는데 피아노 뒤에서 진지한 젊은 남자의 얼굴이 올라오더니 장미를 발견하고는 기쁨에 겨웠는지 말도 못 했다. 그는 그렇게 뚫어지게 쳐다보더니 또다시 지겨운 인간들이 나타나기 전에 서둘러 그녀 옆자리를 차지했다.

"앨리스, 믿어지지 않아. 내 뜻 이해한 거지? 이 고마움을 어떻게 표현하면 좋을까?"

데미가 허리를 굽히며 속삭였다. 마치 자신도 악보를 읽으려는 것처럼 말이다. 하지만 음표 하나 가사 하나 눈에 들어오지 않았다.

"쉿, 여기선 아니야. 물론 이해했어. 내가 그럴 자격이 될지는 모르겠지만. 우린 둘 다 너무 어려. 그러니 기다리자. 하지만 난 지금 너무 자랑스럽고 행복해, 존!"

이때 토미 뱅스가 불쑥 나타나 명랑하게 떠들지만 않았다면 이다음에 어떤 상황이 펼쳐졌을지 생각만 해도 부르르 떨린다.

"음악? 좋지. 사람들이 점점 빠져나가고 다들 한 박자 쉬어가고 싶어 해. 내 두뇌는 지금 과열 상태야. 저녁 내내 어찌나 무슨 주의, 무슨 사상이니 하며 사람들이 토론하는 소리를 들었는지. 그래, 이 노래 하자. 좋다! 스코틀랜드 노래는 언제 들어도 좋더라고."

데미는 못마땅하여 쏘아보았지만 눈치 없는 토미는 아랑곳하지 않았다. 그리고 앨리스는 음악의 세계가 통제 안 되는 감정을 쏟아내기엔 오히려 더 안전한 출구가 되겠다 싶어 즉시 피아노 앞에 자리를 잡고 앉아 노래로 마음을 표현하기 시작했다. 그 어떤 말보다 분명한 답이 되는 노래였다.

> 기다려요 아주 조금만
>
> 고향 집 가난한 나의 늙은 부모
> 그들은 약하고 병들었어요
> 만일 내가 집에 돌아오지 않는다면, 그대
> 그들은 나를 그리워할 거예요
> 곳간은 비었고 시절은 어려워
> 암소는 세 마리뿐
> 아직은 늙은 부모를 떠날 수 없어요
> 기다려요 아주 조금만
>
> 두 분 다 병들까봐 너무 무서워요
> 내가 옆에 앉았을 때
> 천국의 이야기를 진지하게 하셨어요
> 마음이 정말 아팠어요

그러니 그대, 지금은 재촉하지 말아요

지금은 안 돼요

아직은 늙은 부모를 떠날 수 없어요

기다려요 아주 조금만

첫 소절이 끝나기도 전에 방 안이 고요해졌다. 앨리스는 다음 절은 건너뛰기로 했다. 끝내지 못할 것 같아 두려워서였다. 존은 그녀를 바라보고 있었는데 그녀가 이 구슬픈 발라드곡으로 자신의 마음을 말하고 있다는 걸 알았다. 그는 앨리스가 하려는 말을 이해하고 그녀에게 행복한 미소를 지어주었다. 그러자 그녀의 진심이 목소리를 타고 넘어왔다. 잠시 후 앨리스는 노래하다 말고 별안간 벌떡 일어나서는 더위 타령을 했다.

"그래, 피곤하지. 밖으로 나가서 쉬자, 나의 앨리스."

데미는 능숙하고 자연스럽게 앨리스를 데리고 별이 쏟아지는 하늘 아래로 나갔다. 토미는 두 사람을 바라보며 어안이 벙벙하여 눈을 끔벅였다. 로켓이 코 아래에서 발사하기라도 한 듯한 표정이었다.

"아뿔싸, 그래서 디컨이 지난여름부터 저리 진지했던 거로군! 내게 말 한마디도 없이! 도라가 알면 재미있어 하겠지?"

토미는 새로운 소식을 전할 생각에 서둘러 자리를 떴다.

정원에서 둘이 어떤 이야기를 주고받았는지는 정확히 알지 못한다. 하지만 그날 밤 브룩 가족은 늦게까지 모여 앉아 있었다. 누군가 창문으로 들여다봤다면 그가 그날의 낭만적인 사건을 들려줄 때 그 집안의 여자들이 전부 그를 존경스러운 눈으로 쳐다보는 장면을 목격했을 것이다. 조시는 둘이 연결된 데에는 자기 공이 크다며 한껏 생색을 냈고 데이지는 함께 기뻐하며 지지해주었다. 메그는 기분이 어찌나 좋아졌던지 조시가 하얀 면사포 쓰는 꿈을 꾸기 위해 자러 가고 데미는 자기 방에 앉아서 행복에 겨워 〈기다려요 아주 조금만〉의 곡조를 연주하러 가자 데이지와 네트에 관한 대화를 나누었다. 메그는 착실한 딸을 두 팔로 안아주며 이런 말로 선물을 해주었다.

"네트가 돌아올 때까지 기다리렴. 그러면 그때 나의 착한 딸도 하얀 장미를 달게 될 거야."

41

생명으로 생명을

그날 이후 이어진 여름 내내 젊은이들과 어른들 모두가 즐거운 휴식을 만끽했다. 플럼필드를 찾은 행복한 방문객들도 마찬가지였다. 프란츠와 에밀이 헤르만 삼촌과 하디 선장 일로 바쁜 사이 루드밀라와 메리는 모두와 친구가 되었다. 두 사람은 매우 달랐지만 각자 대단히 매력적인 여성이었다. 메그와 데이지는 독일 신부가 하우스프라우* 체질인 점이 마음에 쏙 들었다. 그녀에게 새로운 요리를 배우고 1년에 두 번 있는 계절 맞이 대청소와 함부르크의 멋진 세탁실 이야기를 듣거나 살림의 모든 분야에 관해 함께 흥미로운 의견을 나

---

* 독일어로 '가정주부(hausfrau)'라는 뜻.

눴다. 루드밀라는 많은 것을 가르쳐주기도 했지만 또 새롭고 유용한 것도 많이 배워 자신의 금발 머리 안에 담아서 집으로 가져갔다.

메리는 세상 이곳저곳을 많이 봐서인지 영국 소녀치고는 드물게 활달했다. 그녀의 다양한 경험 덕분에 누구나 그녀와 친구가 되고 싶어 했다. 분별력이 뛰어나고 차분한 성품이었고, 최근 위기와 행복을 함께 겪었기 때문인지 종종 사랑스러운 진지함을 드러냈는데 이는 천성적인 명랑함과 대조를 이루었다.

조는 이 진실하고 사랑스러운 키잡이가 날이 맑건 궂건 간에 에밀을 무사히 항구로 데려다주리라고 확신했기 때문에 안도했다. 또 프란츠가 안락한 생활에 안주하고 돈 버는 일에만 집중하는 시민으로만 살까봐 걱정했었는데, 프란츠 안에 음악을 사랑하는 기질이 있고 차분한 루드밀라가 그의 바쁘고 무미건조한 나날에 시적 정서를 불어넣고 있음을 알고 안심했다. 조는 두 형제에 대해 마음을 놓았고 이들과의 시간을 친어머니 같은 흐뭇한 마음으로 즐겼다. 9월에 헤어질 생각에 너무나 서운했지만 이들이 각자 앞에 놓인 새로운 인생을 향해 출발한다고 생각하니 기대가 되었다.

데미의 약혼식은 직계 가족만 참석한 채로 치러졌다. 두 사람 모두 나이가 어리니까 사랑하며 기다리기로 했다. 그들은 너무 행복해서 시간이 자신들을 위해 멈춘 것처럼 느꼈다. 그렇게 행복한 일주일을 보내고 두 사람은 용감하게 헤어졌다. 앨리스는 앞으로 있을 많은 시련 가운데서도 자신을 지탱해주고 기운을 북돋아줄 희망을 품고 부모님을 돌보러 고향으로 돌아갔다. 존은 보상이 기다리고 있었기에 불가능한 일은 없다는 꿈을 가지고 출판사로 떠났다.

데이지는 오빠의 미래를 함께 기뻐하며 질리지도 않고 계속 이야기를 들어주었다. 자신 또한 소망이 생겼기에 금방 예전의 모습으로 돌아갔다. 언제나 밝고, 바쁘고, 웃고, 다정하고, 언제든 누구든 돕고자 하는 데이지로 말이다. 딸이 다시 노래를 흥얼거리며 집안일을 하자 메그는 과거의 슬픔을 고칠 바른 치료약을 처방했음을 알았다. 이 어미 펠리컨에게는 여전히 의심과 두려움이 남아 있었지만 현명한 여인답게 드러내지는 않고 네트가 돌아왔을 때 이것저것 알아보기 위한 질문을 준비하는 동시에 런던에서 오는 편지도 예의주시했다. 가끔 바다 건너서 수상한 느낌의 내용이 전해지기도 했고 또 데이지의 기분이 네트가 현재 얼마나 유쾌한 상태냐에 따라 좌지우지되었기 때문이다.

네트는 베르테르 시기를 지나고 파우스트* 시기를 약간 맛보기도 했다. 그가 자신의 마르게리테에게 들려준 이야기를 듣고 있자면 실제로 메피스토펠레스와 브로켄산, 아우어바흐 식당이 등장할 것만 같았다. 그리고 지금은 거장들을 따라다니며 도제 생활을 하다 보니 빌헬름 마이스터**가 된 기분이었다. 데이지는 그가 지은 작은 죄와 정직한 회개에 대해 알고 있었기에 그가 보내는 사랑과 철학의 혼합물을 미소 지으며 바라볼 뿐이었다. 젊은 청년이 독일에 살면서 독

---

* 독일의 전설 속 연금술사이자 괴테의 희곡 《파우스트》의 주인공. 파우스트는 악마 메피스토펠레스에게 영혼을 팔고, 마르게리테는 그런 파우스트를 사랑한다. 브로켄산에서 마녀와 악마가 접선하고, 아우어바흐 식당은 극에도 등장하지만 실제로 괴테가 자주 식사하던 곳이었다고 했다.

** 괴테의 《빌헬름 마이스터의 수업 시대》 주인공.

일 정신에 물들지 않기는 어려운 일인 것이다.

"그 아이의 마음은 문제없어. 담배와 맥주와 형이상학의 안개를 벗어나면 머릿속도 깨끗해질 거야. 영국에 가면 그의 상식이 되살아날 것이고 상쾌한 바닷바람에 어리석은 생각도 날려 보내겠지."

조는 자신의 바이올리니스트가 썩 잘 지낸다는 소식에 흐뭇했다. 귀국이 내년 봄으로 미뤄졌는데 네트 입장에서는 유감이었겠지만 실력의 진보 면에서는 잘된 일이었다.

조시는 한 달 동안 캐머런 양과 함께 바닷가에서 지냈다. 온몸을 내던져 스승의 가르침을 배웠고 조시가 보여준 에너지, 약속, 인내심 덕에 두 사람은 좋은 친구가 되었으며, 그렇게 쌓은 둘의 친분은 앞으로 펼쳐질 조시의 바쁘고 빛나는 커리어에 무한한 버팀목이 되어주었다. 리틀 조의 본능은 정확했고 마치 가문에 내려오는 연기 재능이 마침내 많은 사랑을 받는 고결한 배우로 꽃피울 참이었다.

토미와 도라는 평화롭게 결혼이라는 제단을 향해 걸어가고 있었다. 뱅스 씨는 아들이 또 마음이 변해 새로운 직업을 찾겠다고 할까 봐 이른 결혼을 흔쾌히 허락했다. 도라가 변덕스러운 토미를 꽉 붙들어 매줄 닻이 되기를 바라는 마음이었다. 토미로서는 더는 냉대받는다고 불평하지 않았다. 도라만큼 토미를 흠모하는 헌신적인 여인은 없기 때문이었다. 그녀 덕분에 어찌나 즐거운지 토미는 자신을 곤경에 빠뜨리는 능력을 상실한 것 같았고 심지어 성공할 가망이 보이는 남자가 되었다. 사업가의 길은 잘한 선택이었는데 그에게는 부인할 수 없는 상인 기질이 있었기 때문이다.

"저희는 가을에 결혼할까 해요. 당분간은 아버지와 같이 살고요.

아시겠지만 우리 집 총독도 늙어가시니까 저와 아내가 돌봐드려야죠. 나중에 우리 사업체도 시작해야 하고요."

이 말은 그가 이 시기에 가장 애용하던 레퍼토리였는데 이 말을 들은 사람들은 피식 웃곤 했다. 토미 뱅스를 아는 이들이라면 그가 '사업체'의 수장이 된다는 생각만으로도 웃음을 참기가 어려웠다.

모든 일이 순조로웠다. 조가 그해의 시련은 다 끝난 모양이라고 생각할 때쯤, 또다시 감정이 동요되는 사건이 일어났다. 댄이 보낸 여러 통의 엽서가 주기를 두고 띄엄띄엄 도착했는데 댄의 주소지가 'M 메이슨 등 전교(轉交)'라고 쓰여 있었다. 그 주소 덕분에 댄은 그리운 플럼필드 소식을 들었고 또 가족들에게 짧은 소식을 전하여 자신의 정착이 늦어지는 데 대한 가족들의 궁금증도 잠재울 수 있었다. 마지막 소식은 9월에 도착했는데 이번에는 발신지가 '몬태나'였다. 내용은 간단했다.

마침내 이곳에서 광산 일을 다시 시작하려고 함. 하지만 오래 머무르진 않을 예정. 많은 일이 있었음. 농장 계획은 접었음. 곧 소식을 전하겠음. 바쁘게, 잘 지내며 '매우 행복'함.

D. K.

행복을 왜 강조했는지 알았더라면 그 엽서에 대단히 많은 내용이 담겼음을 알 수 있었으리라. 댄은 드디어 형을 마치고 그토록 그리던 자유를 향해 곧장 떠났다. 우연히 옛 친구를 만나 임시로 광산 감독 일을 하게 되었다. 광부들의 사회가 거칠다지만 정이 많은 곳이었고 댄은 근육을 쓰는 고된 노동을 하고 나면 놀라울 정도로 기분 좋아졌다. 빽빽한 감옥에 너무 오랫동안 갇혀있었던 탓이리라. 한 군데를 정해서 스스로 지쳐 나가떨어질 때까지 바위와 흙과 씨름했다. 그런데 피로는 금방 찾아왔다. 늠름하던 체격도 1년이라는 수감 생활을 이기지 못한 탓이었다. 집으로 돌아가고 싶은 마음이 굴뚝같았지만 한 주 한 주 버티면서 자신에게 남은 감옥 얼룩과 얼굴의 초췌한 티를 벗으려 애썼다. 그러는 사이 작업반장들과 인부들과 친구가 되었다. 그들은 그의 과거를 몰랐고 그를 인정해주었다. 그는 그 점이 감사하고 기뻤다. 전과 같은 오만도 원대한 계획도 없었지만 어디서든 무슨 일이든 선한 일을 하며 과거를 지우고 싶었다.

10월의 어느 날, 조는 책상을 정리하고 있었다. 밖에는 비가 퍼붓고 집 안은 고요했다. 조는 댄의 편지 뭉치를 발견하고 한참을 생각에 잠겼다가 '아들들 소식' 서랍장에 넣고, 서명을 요청하는 편지 열한 통은 한데 묶어 쓰레기통에 던져넣으며 중얼거렸다.

"엽서 도착이 늦어지는군. 직접 찾아와서 자기 계획을 알리려나. 올 1년 동안 그 아이가 어디서 무얼 하고 살았는지, 지금은 대체 어떻게 지내는지 정말 궁금하단 말이야."

그 소원은 채 한 시간도 지나지 않아 성취되었다. 테디가 한 손에 신문을, 다른 손에 접은 우산을 들고 헐레벌떡 뛰어 들어와서는 숨도 쉬지 않고 단숨에 이렇게 말했다.

"광산 무너져서, 스무 명 갇혔는데, 탈출구 없고, 여자들 울고, 물차오르는데, 댄이 오래된 수갱 알아서, 목숨 걸고, 구했는데, 대부분

죽고, 신문에 이게 다, 형이 영웅이 될 줄 알았다고요, 댄 형 만세!"

"뭐? 어디서? 언제? 누가? 소리 그만 지르고 신문 이리 내!"

조가 당혹감에 어쩔 줄 몰라 하며 명령했다. 테디는 어머니께 신문을 순순히 내어주고도 계속 끼어들었다. 로브도 빨리 전말을 알고 싶어서 어머니 다음으로 신문을 받아들었다. 새로운 내용은 없었다. 하지만 용기와 헌신은 많은 이들의 마음에 감동을 주고 존경심을 일으킨다. 사고 현장을 생생하게 그렸고 열의가 느껴지는 기사였다. 대니얼 킨이라는 이름, 자신의 목숨이 위태로운 상황에서 다른 이들의 목숨을 먼저 구한 용감한 사내의 이야기는 그날 많은 이들의 입에 오르내렸다. 친구들은 댄의 기사를 읽으며 자랑스러워했다.

댄이 사고의 공포스러운 순간에 오래된 갱도를 기억해낸 유일한 사람인데, 그곳은 봉쇄된 통로였지만 물이 차올라 익사하기 전에 탈출하여 목숨을 건질 수 있는 유일한 희망이었다. 그는 자기가 안전한지 확인하고 올 때까지 다들 물러서 있으라고 이른 뒤 그 아래로 혼자 내려갔다고 한다. 또한 그는 반대편에서 살기 위해 절박하게 벽을 부수고 있는 이들의 소리를 듣고 벽을 두드리는 소리와 외침으로 그들을 안전하게 탈출시켰다. 구조대를 이끌고 늦기 전에 사람들을 끌어내는 일도 했다. 댄이 마지막으로 내려갔다가 올라오는 길에 낡은 밧줄이 끊어지며 끔찍한 추락사고가 있었고 그는 크게 다쳤으나 생명에는 지장이 없다고 했다. 고마워서 어쩔 줄 모르는 아낙들이 그의 시커메진 얼굴과 피 흘리는 손에 키스를 퍼부었고 사내들은 그를 승자처럼 메고 갔으며 광산의 주인들은 그에게 두둑한 상을 주겠노라고 약속했다. 그가 살아나서 받을 수만 있다면 말이다!

"살아나야지. 살아날 거야, 댄은. 움직일 수만 있으면 집으로 와서 여기서 간호를 받아야지. 내가 직접 가서 데려올 수만 있다면! 녀석이 언젠가는 훌륭하고 용맹스러운 일을 할 줄 알았다니까. 너무 거친 일에 휩쓸려 총에 맞거나 교수형에 처하지만 않는다면 말이지."

조가 흥분해서 외쳤다.

"가셔야죠, 어머니. 저도 꼭 데려가세요. 제가 가야 해요. 형이 저를 얼마나 좋아하는데요. 저도 형을 좋아하고요."

테디는 이것이 그동안 자기가 꿈꾸던 모험이 되리라고 생각했다.

어머니가 미처 대답도 하기 전에 로리 이모부가 들어왔다. 잔뜩 흥분한 몸짓과 목소리가 테디와 버금갔다. 그는 석간신문을 들고 흔들며 외쳤다.

"조, 뉴스 봤어? 어떻게 생각해? 내가 당장 가서 그 용감한 녀석을 돌봐야 하지 않을까?"

"그러면 좋겠다. 하지만 기사가 전부 정확한 건 아니야. 소문도 섞여 있을 거라고. 몇 시간 내로 사건의 전말을 정확히 알게 될 테지."

"데미에게 전화해서 알아볼 수 있는 만큼 다 알아보라고 일렀어. 이게 사실이라면 당장 가야지. 댄도 할 수만 있다면 집에 오고 싶어 하겠지. 되도록 집에 데려오고, 그럴 수 없는 상황이면 남아서 돌보고. 댄은 이겨낼 거야. 머리를 박고 떨어진다 해도 죽을 아이가 아니지. 목숨이 아홉 개는 있는 아이잖아. 아직 반도 안 썼다고."

"이모부, 제가 같이 가도 돼요? 이런 여행 꼭 하고 싶었단 말이에요. 이모부와 같이 여행하고 광산도 구경하고 댄도 만나고, 이야기도 듣고, 또 도와주고 그러면 정말 멋진 모험이 될 것 같아요. 제가 간호할 수 있어요. 그렇지, 나 간호 잘하지, 형?"

테디는 로브에게 도움을 청하며 최대한 애교를 부렸다.

"잘하지. 하지만 어머니가 허락하지 않으시고 여전히 이모부가 동행이 필요하시다면 내가 갈 수도 있어."

로브의 차분한 태도는 잔뜩 흥분한 테디와 비교할 때 이번 여행에 훨씬 더 적임자로 보였다. 하지만 조는 이렇게 외쳤다.

"둘 다 못 간다. 내 아들들은 집에 묶어두지 않으면 사고를 치니까. 다른 아이들이야 내가 이러쿵저러쿵 통제할 수 없다만, 너희 둘만은 내 시야를 벗어날 수 없어. 그러다 무슨 일이 생길 것만 같다니까. 세상에, 정말 이상한 한 해야. 난파에 결혼에 홍수에 약혼에, 있을 수 있는 모든 재앙을 만난 한 해로구나!"

"애들 키우다 보면 이런 일은 일어나기 마련이죠, 부인. 바라건대 최악은 지나간 것 같으니 이제 아이들이 각자 삶의 터전을 찾아 흩어질 일만 남았네. 그땐 내가 옆에 있어줄게. 그때가 되면 각종 위로와 지지가 필요하게 될 테니. 특히 테디가 부모 품을 일찍 떠난다면 더욱 그럴걸."

로리가 웃음을 터뜨렸다. 조가 침울해하다니, 낯설었다.

"이젠 웬만한 일로는 놀라지도 않을 것 같아. 하지만 댄은 걱정이야. 누군가 가서 도와줘야 할 것 같아. 거긴 거친 동네라 세심한 간호를 받기도 힘들 텐데. 가엾어라, 그 녀석 인생엔 왜 이리 역경이 많은지. 다 필요해서 겪는 거겠지만. 해나 할머니 말씀처럼 '연화 과정'을 지나는 중일 수도."

"데미가 곧 소식을 알아 올 테니, 듣는 대로 내가 바로 출발할게."

로리는 씩씩한 약속을 남기고 사라졌다. 테디는 어머니의 완고한 고집을 꺾을 수 없다는 걸 깨닫고는 이모부를 구워삶을 요량으로 따라나섰다.

수소문해본 결과 기사가 사실로 판명되자 로리는 곧바로 출발했다. 테디는 시내까지만 같이 가겠다고 따라나섰다. 댄을 만나러 가게 해달라고 간청했지만 허사였기 때문이다. 테디는 그날 온종일 보이지 않았다. 하지만 어머니는 차분했다.

"뜻대로 안 되니까 시무룩해서 투정 부리는 중이지 뭐. 토미나 데미와 같이 있을 테니 걱정 없어. 밤이면 배고파지고 유순해져서 돌아올 거야. 녀석은 내가 알아."

하지만 어머니는 여전히 더 놀랄 여지가 남아 있었다. 저녁이 되어도 테디는 돌아오지 않았고 아무도 그를 본 사람이 없었다. 베어 씨가 막 아들을 찾으러 나가려는데 전보가 도착했다. 로리가 기차가 멈추는 중간 기착지에서 보낸 것이었다.

기차 안에서 테디 발견해서 데려감. 내일 연락하겠음.

T. 로런스

"테디가 어머니 예상보다 일찍 어머니 품을 떠나겠는데요. 걱정 마세요. 이모부가 곁에 계시잖아요. 댄 형도 녀석을 보면 반가워할 테고요."

로브가 말했다. 조는 자리에 앉아서 생각을 추슬렀다. 막내아들이 실제로 황량한 서부를 향해 가는 중이라니!

"부모 말을 거역하다니! 돌아오기만 해봐라, 단단히 벌을 줘야겠어. 로리도 분명히 알면서 눈 감아준 거야. 아주 로리다워. 요 너구리 같은 두 사람이 꽤나 즐거운 시간을 보내겠는걸? 아, 나도 동행했더라면 좋았을 텐데! 이 녀석, 잠옷이나 외투도 안 챙겨갔을 텐데, 돌아오면 돌볼 환자가 두 명 되는 게 아닌지 몰라. 그나마 무사히 돌아오기라도 한다면 말이야. 그 난폭한 급행열차들은 툭하면 낭떠러지로 굴러떨어지거나 불에 타거나 열차끼리 충돌하거나 한단 말이지. 아, 테디, 나의 소중한 아들, 내가 어쩌다 이 아이를 내게서 이렇게 멀리 떠나보냈지?"

조는 어느새 모성애가 끓는 모습으로 돌아와서, 단단히 혼내주겠다던 위협도 잊은 채 침통함에 빠졌다. 그녀의 행복한 망나니 아들은 첫 봉기에 성공하여 신나게 대륙을 횡단하는 중이었다. 로리는 '테디가 부모 품을 떠난다면'이라는 표현을 쓰면서 상당히 즐거워했는데 바로 그 말이 테디의 생각에 불을 지른 듯했다. 그러니 로리의 책임이 컸다. 열차에서 자고 있는 도망자를 발견한 순간 마음씨 좋은 로리는 그러기로 작정했다. 테디는 짐 가방도 없이 달랑 와인 한 병과 구둣솔만 들고 있었다. 와인은 댄을, 구둣솔은 테디 자신을 위한 것이었다. 조의 예상대로 '두 너구리'는 즐거운 시간을 보냈다. 참회의 편지가 적절한 시기에 도착했고 잔뜩 화가 났던 부모는 댄 걱정에 꾸짖는 것도 잊어버렸다. 댄의 상태는 몹시 안 좋았고, 며칠이 지나도록 이들을 알아보지 못했다고 한다. 그러다가 차츰 좋아졌는데 의식이 돌아와 눈을 뜬 댄이 자기를 내려다보는 친숙한 얼굴을 발견하고는 "어이, 테디!"라고 말한 것이 그의 첫 마디였다는 소식을 테디가 자랑스럽게 전했고 그 반가운 소식에 가족들은 이 악동을 용서했다.

"녀석이 거기 있어서 다행이야. 야단치지 말아야겠어. 자, 댄에게 보낼 상자에 뭘 넣으면 좋을까?"

조는 환자를 위한 위문품을 준비했다. 그래야 빨리 댄을 만나지 못하는 데서 오는 조바심을 해소할 수 있었다.

곧 기운 나는 소식들이 전해지기 시작하더니 마침내 댄은 여행을 해도 좋다는 허락을 받았다. 댄은 서둘러 집에 가고 싶어 하는 내색을 하지는 않았지만 두 간호사가 들려주는 집 이야기를 무척 반겼다. 로리는 조에게 편지를 보내 댄과 테디의 변화를 들려주었다.

조에게

댄이 기이할 정도로 다른 사람이 되었어. 아파서 그랬다기보다는 이전에 어떤 사건이 있었던 것 같아. 그게 무슨 일인지는 나도 몰라. 네가 나중에 직접 물어보는 게 좋겠어. 녀석이 의식이 혼미한 상태에서 헛소리를 좀 했는데 작년에 끔찍한 일에 휘말렸던 것 같아. 전보다 10년은 더 늙어 보이지만 훨씬 성숙하고 조용해졌고 우리에게 감사를 표현했어. 녀석이 테디를 바라보는 눈빛이 얼마나 굶주려 있는지 안쓰러울 정도야. 캔자스에 갔던 일은 잘 안 됐다고만 말하고 입을 닫아. 기다려주려고 해. 이곳 사람들이 그를 대단히 사랑하고 댄도 이제는 그런 것의 소중함을 알게 되었더라고. 전에는 감정을 드러내는 걸 그렇게 경멸하더니 이제는 남들에게 좋은 사람으로 보이고 싶어 하고 애정과 존경을 얻으려고 노력하는 모습도 보여. 어쩌면 내가 틀렸을

지도 모르지. 네가 보면 더 잘 알게 될 거야.

테디는 아주 잘 지내. 이번 여행에서 부쩍 자란 것 같아. 다음번 유럽 여행에 내가 데려가도 될까? 엄마 치맛자락에 붙들어놓는 것은 이 아이에게 좋을 게 없어. 내가 네게 워싱턴으로 도망가자고 제안했을 때와 마찬가지로 말이야. 그때 도망가지 않은 걸 후회하지는 않는지?

로리가

특별히 조 앞으로 온 편지였다. 조의 상상력이 잔뜩 들끓었다. 댄에게 닥쳤을지 모를 온갖 범죄와 환란과 복잡한 상황이 떠올랐다. 지금은 너무 허약해져서 캐물을 수 없을 테니, 일단 집에 오면 반드시 알아내리라고 속으로 다짐했다. '타는 장작'은 그녀의 많은 아들 중 가장 흥미로운 녀석이었다. 그녀는 즉시 댄에게 제발 집으로 돌아오라는 편지를 썼다. 그 편지 한 장을 쓰는데 '작품'에서 가장 극적인 장면을 집필할 때보다 더 긴 시간을 들여서 정성껏 썼다.

그 편지를 읽은 사람은 댄뿐이었고 그 편지는 댄을 집으로 데려왔다. 11월의 어느 날 로리 씨를 태운 마차가 플럼필드 현관 앞에 섰고 허약한 사내가 로리 씨의 부축을 받으며 마차에서 내렸다. 마더 베어는 이 방랑자를 잃어버린 아들이 돌아오기라도 한 것처럼 맞이했다. 한편 테디는 불량한 모자를 쓰고 괴상하게 생긴 부츠를 신고 나타나서, 전승 기원 춤 같은 춤을 추며 이들 주위를 빙글빙글 돌았다.

"당장 올라가서 쉬거라. 이제부터는 내가 간호사야. 일단 이 유령에게 뭘 좀 먹여야겠다."

조는 충격을 받았지만 태연한 척, 일부러 씩씩하게 말했다. 떠날 때의 건장한 청년은 온데간데없고, 잔뜩 치이고 망가져서 수척하고 창백한 댄만 있었다.

그는 기꺼이 순종해서, 준비된 방으로 올라가 기다란 소파에 몸을 뉘었다. 새 간호사가 연신 먹을 것과 마실 것을 내오는 사이, 댄은 놀이방과 엄마 품을 되찾은 병든 어린아이처럼 평온하게 주변을 둘러보았다. 조는 목구멍까지 올라오는 질문들을 힘껏 눌렀다. 힘도 없는데 지치기까지 해서 그는 곧바로 잠들었고 그녀는 그 틈을 이용하여 오랜만에 만난 '너구리들'과 시간을 보냈다. 실컷 나무라기도 하고 쓰다듬기도 하고 질문을 퍼붓기도 하고 칭찬하기도 하면서 말이다.

"조, 아무래도 댄이 범죄를 저지르고 고통받은 것 같아."

테디가 친구들에게 부츠를 자랑하고 광부의 삶이 얼마나 위험하고도 멋진지 들려주겠다며 나가자 로리가 입을 열었다.

"이 녀석이 뭔가 끔찍한 일로 정신적으로 큰 타격을 입은 것 같아. 우리가 도착했을 때 제정신이 아니었는데 내가 돌봐주다 보니까 그 누구보다 슬픈 방황을 많이 했다는 것을 듣게 되었어. '교도관'이라질 않나, 누굴 쫓아갔다는 둥, 거기다가 죽은 남자니, 블레어니, 메이슨이니를 부르고, 자꾸 내게 손을 내밀면서 자기 손을 잡고 용서해달라는 거야. 한번은 애가 잔뜩 광포해져서 내가 팔을 붙들었는데 곧 잠잠해지더니 '수갑'만은 채우지 말아달라고 애원하더라고. 녀석이 잠꼬대로 플럼필드와 네 얘기를 하면서 여기서 나가게 해달라고, 집에 가서 죽게 해달라고 할 때는 정말 마음이 아프더라니까."

"죽지 않을 거야. 저지른 죄가 있다면 회개하면서 살아야지. 이 암울한 이야기로 나를 괴롭히는 것은 그만해줘, 테디. 나는 그 애가 십

계명을 어겼더라도 그 애 편에 설 거야. 너도 그럴 테지. 그러니 그가 다시 일어나서 좋은 사람으로 살 수 있게 도와주자. 그는 아직 잘못된 길로 들어서지 않았어. 저 딱한 얼굴만 봐도 알 수 있지. 아무에게도 말하지 마. 곧 내가 진실을 알아낼 테니."

조는 마음이 정말 혼란스러워졌지만 여전히 이 악당을 믿었다.

댄은 며칠간 누워만 있었고 사람들도 거의 만나지 않았다. 따스한 간호와 화기애애한 분위기, 집에 왔다는 안도감이 서서히 작용하면서 그는 서서히 예전의 모습을 찾아갔다. 그렇지만 말을 많이 하지 말라던 의사의 명령을 변명 삼아 최근의 경험들에 관해 거의 입을 열지 않았다. 누구나 그를 만나고 싶어 했지만 그는 옛 친구들을 제외하고는 만나려고 하지 않았으며 테디의 표현대로 '명사가 되는 것에 조금도 관심이 없었다.' 이 용감한 영웅을 친구들에게 자랑하고 싶은 테디로서는 무척이나 실망스러웠다.

"남자라면 누구나 그렇게 했을 거예요. 왜들 이렇게 소란이죠?"

우리의 영웅이 물었다. 부러진 팔이 자랑스럽기보다 부끄러웠다. 팔걸이 붕대에 매달린 자신의 팔이 어색해보였다.

"댄, 스무 명의 목숨을 살린 건 기분 좋은 일 아니니? 네가 남편들과 아들들과 아버지들을 사랑하는 여인들의 품으로 돌려줬잖니?"

어느 날 저녁 조가 물었다. 찾아온 방문객들은 다 집으로 돌아간 후였고 그 자리에는 두 사람만 있었다.

"기분 좋죠! 덕분에 제가 살아난 것 같아요. 그래요, 저는 저에게 대통령이나 뭔가 중요한 인사가 되라고 하면 그보다는 이 일을 선택하겠어요. 제가 스무 명을 구하고 얼마나 위안을 얻었는지 아무도 모를 거예요. 그걸로 제가 진……."

댄은 말을 멈췄다. 감정에 북받쳐 무심코 나온 말인데 그것만으로는 상대가 도통 감을 잡기 어려웠다.

"그렇겠지. 너처럼 자기 목숨을 걸고 다른 이들의 목숨을 구한다는 것은 정말 대단한 일이지. 네 목숨을 잃을 뻔했잖니."

조는 댄이 예전처럼 충동적으로 말을 내뱉었다면 얼마나 좋았을까 하며 속으로 아쉬워했다.

"누구든지 나를 위하여 자기 목숨을 잃는 자는 얻으리라."[*]

댄은 방 안을 환히 비추고 있는 벽난로의 불을 보며 중얼거렸다. 그의 마른 얼굴에 불빛이 비추니 핏기가 돌아온 것처럼 보였다. 조는 그의 입에서 성경 구절이 흘러나오자 깜짝 놀랐다.

"내가 준 작은 책을 읽었구나! 약속을 지킨 거니?"

"처음엔 아니지만 나중에는 많이 읽었어요. 아직 아는 게 많지는 않지만 더 배우고 싶어요. 뭔가 중요한 내용이더라고요."

"그걸로 충분하다. 아, 나의 댄, 얘기해보렴! 네 마음을 짓누르는 어떤 무거운 것이 느껴지는구나. 내가 도와주면 안 되겠니? 그러면 짐이 한결 가벼워질 텐데."

"그럴 것이라는 걸 저도 알아요. 저도 말씀드리고 싶고요. 하지만 이건 어머니도 용서하시기 힘든 일이에요. 어머니마저 외면하시면 저는 더 견디지 못하고 무너질 거예요."

"어머니들은 뭐든 용서할 수 있단다! 그러니 전부 말해보렴. 나는

---

[*] 〈마태복음〉 10장 39절.

절대로 너를 내치지 않아. 온 세상이 네게 등을 돌린대도 말이다."

조는 그의 커다랗고 거친 손을 끌어다가 양손으로 꼭 감쌌다. 그리고 이렇게 계속 잡고 있으면 언젠가는 댄의 마음이 따스하게 녹고 말할 용기를 얻으리라 기대하며 기다렸다. 댄은 예전에 그랬던 것처럼 두 손으로 머리를 감싸더니 천천히 모든 이야기를 들려주었다. 마지막 말을 마치기까지 단 한 번도 고개를 들지 않았다.

"자, 이제 아시겠어요? 살인자를 용서하실 수 있으세요? 전과자를 집 안에 들이실 수 있으신가요?"

조는 그저 댄을 두 팔로 꼭 안아주었다. 아무 말도 할 수 없었다. 그녀는 빡빡 민 그의 머리를 가슴으로 안았다. 눈물이 가득한 눈으로 희미하게나마 그를 괴롭히는 희망과 공포를 보았다.

그것은 그 어떤 말보다 강력했다. 가여운 댄은 감사와 감격에 겨워 어머니의 사랑을 느끼며 안겨 있었다. 그 신성한 사랑은 이를 구하는 모든 이의 마음을 위로하고 깨끗하게 하며 더욱 강하게 하는 선물이었다. 댄이 뺨을 댄 모직 숄 안으로 몇 방울의 크고 쓸쓸한 눈물이 숨어 들어갔다. 오랫동안 딱딱한 베개만 베고 잔 댄이 느꼈을 포근함과 안락함은 그 누구도 상상할 수 없는 것이었다. 오랜 심신의 고통이 고집과 자존심을 모두 깨뜨렸고 마침내 짐을 내려놓으니 안도가 찾아왔다. 그는 잠시 가만히 멈추고 이 말 못할 기쁨을 누렸다.

"불쌍한 내 아들, 네가 자유롭게 훨훨 날아다니고 있을 줄만 알았는데, 이런 고통 속에 있었다니! 왜 말하지 않았어? 댄, 왜 우리에게 도와달라고 하지 않았어? 친구들을 믿지 못한 거니?"

조는 동정심이 밀려와 그만 다른 모든 감정은 잊어버렸다. 그녀는 나무라는 듯한 얼굴로 두 손으로 그의 얼굴을 들어 올리고는 이제야 자신과 시선을 맞추는 그의 텅 빈 두 눈을 들여다보았다.

"창피해서요. 어머니께 충격과 실망을 드리느니 혼자 견디려고 했어요. 지금도 어머니가 티를 안 내시려고 할 뿐이지 당연히 그렇다는 것 알아요. 괜찮아요. 제가 익숙해져야죠."

댄이 눈을 아래로 떨궜다. 자신의 고백이 자신의 가장 친한 친구의 얼굴에 가져온 고통과 절망을 더는 못 보겠다는 듯이.

"그래, 그 죄는 충격적이고 실망스럽지. 하지만 동시에 매우 기쁘고 자랑스럽고 감사하단다. 나의 죄인이 회개하고 속죄하고 뼈아픈 교훈을 통해 배울 준비가 되었다니 말이야. 이 일은 프리츠와 로리 외에는 아무에게도 말하지 않을 생각이다. 당연히 알아야 할 사람들이기도 하고, 두 사람 모두 나와 같은 마음일 게다."

그녀는 지혜로웠다. 이럴 때는 과도한 동정보다 솔직함이 낫다.

"아뇨, 아닐걸요. 남자는 여자처럼 용서에 너그럽지 않아요. 하지만 맞습니다. 저 대신 말씀드려주세요. 빨리 끝내고 싶네요. 로런스 씨는 이미 알고 계실 거예요. 제가 정신이 나가 있을 때 횡설수설했거든요. 그런데도 제게 계속 친절하게 대해주셨죠. 그분들이 아시는 건 견딜 수 있어요. 하지만, 테디는 안 돼요. 여자애들도요!"

댄이 애원하는 얼굴로 팔을 꽉 붙들었다. 조는 두 사람 외에는 아무도 알지 못하게 하겠다며 재차 안심시켰다. 그러자 댄이 잠시 제정신이 아닌 듯 흥분했던 행동을 부끄러워하며 차분하게 말했다.

"그게, 고의적인 살인이 아니라 정당방위로 일어난 사고였어요. 저를 죽이려는 상대에게 방어를 한다는 게 그만……. 솔직히 그자에게 별로 미안하지 않아요. 저는 충분히 죄값을 치렀고 그자는 어린 소년들을 지옥으로 이끄는 악당이었으니까요. 네, 알아요. 제 안에 있는 바로 그런 점이 문제죠. 하지만 어쩔 수 없어요. 저는 살금살금 다니는 코요테만큼이나 그런 사기꾼들이 싫거든요. 그자가 절 해치는 게 더 나았을 수도 있겠네요. 제 인생은 이미 망가졌으니까요."

감옥에서 지낸 음울한 기억을 떠올리는지 그의 얼굴에 먹구름이 끼었다. 조는 그가 빠져나온 불길, 살아서 빠져나오긴 했지만 상처를 남긴 그 불길을 생각하니 오싹했다. 그녀는 그의 주의를 밝은 쪽으로 돌리려고 최대한 명랑하게 말했다.

"아니, 그렇지 않아. 너는 인생을 더욱 소중히 여기는 법을 배웠고 이번 시험을 무사히 통과했잖니. 그런 면에서 지난 1년은 결코 헛되지 않았어. 오히려 네 인생에 가장 유익한 1년이었다는 것을 알게 될 거야. 그러니 이제 다시 시작해보렴. 우리가 도와줄게. 이번 실패를 통해 더 큰 자신감을 가져도 좋아. 인간은 누구나 그런 실패를 경험하고 그것을 벗어나려고 발버둥 치기 마련이거든."

"예전으로 다시는 돌아가지 못할 것 같아요. 예순쯤 된 것 같고 내가 알던 모든 것에 관심이 사라졌어요. 제가 체력을 회복할 때까지만 이곳에 머물게 해주세요. 그러면 그길로 떠나서 다시는 어머니를 힘들게 하지 않을게요."

댄이 힘없이 말했다.

"마음이 약하고 처진 상태로구나. 다 지나갈 거야. 회복되면 인디언들 사이에 들어가서 선교를 하면 어떨까? 네겐 이미 넘치는 에너지가 있고 새로 인내심과 자기 절제, 그리고 지식도 얻었으니 말이다. 교도소에서 만났다는 그 좋은 목사님과 메리 메이슨, 그리고 기가 막힌 시점에 필요한 설교를 해주었다던 그 부인 얘기 좀 더 해보거라. 내 아들에게 어떤 시험이 있었는지 전부 듣고 싶구나."

마침내 댄은 조의 따스한 관심에 마음을 열고 이야기를 시작했다. 얼굴이 점점 환해졌다. 지난 1년간의 일들을 모두 털어놓았다. 이야기하면 할수록 자신의 어깨를 짓누르던 짐이 벗겨지는 것 같았다.

만일 댄이 자신의 이야기가 상대방의 마음을 얼마나 무겁게 짓누를지 알았더라면 입을 다물었으리라. 조는 댄이 이야기를 마치고 편안히 잠들 때까지 평정을 유지했다가, 조용히 방을 나온 후에 큰 소리로 울음을 터뜨렸다. 로리와 프리츠가 깜짝 놀랐지만 자초지종을 들은 후에는 그 슬픔에 동참했다. 그들은 그 해 일어난 최악의 재앙을 해결하기 위해 머리를 맞대고 상의하기 시작했다.

42

아슬라우가의 기사

이후 댄에게 어떤 변화가 찾아왔는지 지켜보는 것은 흥미로웠다. 마음의 짐은 한결 가벼워진 것 같았다. 여전히 충동적 기질이 불쑥불쑥 튀어나오긴 했지만 자신의 진정한 친구들에게 감사와 사랑과 존경을 표하려고 애쓰는 티가 났으며 전에 없던 겸손과 신뢰로 주변 사람들을 따뜻하게 대했는데, 그렇게 하는 것은 그 자신에게도 큰 유익이 되었다. 그간의 일을 다 들은 베어 교수와 로리는 댄의 손을 따스하게 잡아주거나 긍휼하게 바라보며 남자들 식으로 짧은 격려의 말을 던지거나 혹은 한결 더 친절한 태도를 보였을 뿐, 그 일은 전혀 언급하지 않았다. 하지만 그것만으로도 용서의 의미는 충분히 전달되었다. 로리는 댄이 선교사로 나가는 데 도움을 줄 수 있는 유력자들에게 연락했고, 정부가 관여하는 일을 잘 준비할 수 있도록 기계에 기름칠을 하고 시동 거는 일을 맡아주었다. 천생 교사인 베어 교수는 댄의 굶주린 정신을 마음의 양식으로 채워주었으며 목사 역할을 자청하여 댄이 자기 자신을 바르게 이해할 수 있도록 도왔는데 어찌나 아버지같이 그 역할을 잘 수행했는지 댄은 종종 자기가 친아버지를 찾은 것 같다고 말했다.

남자아이들은 그를 데리고 드라이브를 다니며 갖가지 장난과 계획으로 그를 웃게 만들었다. 여인들은 아이나 어른 할 것 없이 그를 지극정성으로 간호하고 돌봤는데 댄은 헌신적인 시녀들에게 둘러싸인 술탄이 된 기분이었다. 손가락만 까딱하면 뭐든지 바로 대령이 되었다. 댄은 '과잉보호'에 대한 남성적 공포심이 있었기에 보살핌은 아주 약간이면 충분했다. 결국 그는 절대 안정을 취하라는 의사의 권고에 반항하기 시작했고, 다친 등과 상처 난 머리가 다 나을 때까지 댄을 소파에 묶어두기 위해서는 조의 권위와 소녀들의 재롱이 전부 동원되어야 했다.

데이지는 요리를 했고 낸은 약 시중을 들었고 조시는 책을 읽어주었다. 베스는 자신의 그림과 조각품을 들고 와 보여주었는데, 댄의 특별 요청을 수락하여 그가 누운 방에 작업대를 설치하고 그가 그녀에게 선물한 버팔로 두상을 주조하기 시작했다. 그런 오후의 한때가 댄은 하루 중 가장 행복했다.

조는 그곳이 내다보이는 서재에서 원고를 쓰면서 조카딸 3인방이 만들어내는 아름다운 광경을 흐뭇한 눈으로 바라보았다. 그들은 자기들의 노력을 댄이 기쁘게 받아주자 더 신이 나서 열심히 했다. 특히 그들은 댄의 기분을 얼른 파악하고 대처하는 데 능했는데, 여자라면 누구나 멜빵 치마를 벗을 때쯤 저절로 익힌다는 기술 덕분이었다. 그의 기분이 좋을 때면 방 안 가득 웃음소리가 들려왔다. 우울할 때면 여자들은 조용히 각자 맡은 일을 하거나 책을 읽으며 기다렸다. 그러면 그녀들의 다정한 인내심에 감화되어 댄이 기운을 냈다. 상처 때문에 아파하면 댄의 표현대로 '천사들'처럼 주변을 떠나지 않고 시중을 들었다. 댄은 조시는 '꼬맹이 엄마'라고 부르며 놀렸지만 베스에게는 항상 '공주님'이라는 호칭을 썼다.

두 사촌을 대하는 그의 태도는 사뭇 달랐다. 조시는 댄이 규칙을 어기려고 하면 자기가 읽고 싶은 긴 희곡을 읽어주거나 엄마같이 잔소리를 해서 댄을 피곤하게 만들었다. 만물의 영장이 자기 손아귀에 있다는 사실이 너무 신이 난 나머지 쇠막대기로 혹독하게 다스리려고 한 것이다. 하지만 상냥한 베스에게만은 댄이 한 번도 조바심을 내거나 피곤한 모습을 보이는 일이 없었고 그녀가 무슨 말을 하든 고분고분 따랐다. 베스가 있을 때면 더욱 잘 보이고 싶어 하는 티가 났고 그녀의 작업에 큰 관심을 보여 누워 있으면서도 한 번도 눈을 떼지 않았다. 그러느라 갖은 기교를 부리며 멋들어지게 책을 읽어주는 조시의 노력은 종종 무시되었다.

이 모습을 관찰하던 조는 두 사람을 '유나와 사자'[*]라고 불렀다. 썩 잘 어울리는 별명이었다. 현실 속 사자의 갈기가 짧게 잘렸고 유

---

[*] 에드먼드 스펜서의 서사시에 등장하는 인물로 19세기 영국에서 발행된 5파운드 금화에 새겨진 그림이다. 사나운 사자가 유나의 순결함에 감화되어 온순해진다는 내용이다.

나는 절대로 사자에게 굴레를 씌우려 하지 않았지만 말이다. 부인들은 그에게 가장 맛있는 음식을 대접했고 필요한 것은 뭐든 채워주고 싶어했다. 하지만 메그는 집안일로 바빴고 에이미는 봄에 떠날 유럽 여행 준비로 정신이 없었으며 조는 최근의 가정사로 아쉽게도 출간이 지연된 책 작업을 하느라 '소용돌이'에 말려들기 직전이었다. 그녀는 책상에 앉아 원고를 정리하거나 생각에 잠겨 펜촉을 질근질근 씹으며 하늘에서 영감이 내려오기를 기다렸고 자신의 눈 앞에 펼쳐진 살아 있는 모델들을 구경하는 일에 정신이 팔려 정작 자신의 소설 속 주인공들에 대해서는 잊어버리기 일쑤였다. 그러다 보니 남들보다 빨리 그들이 주고받는 말과 제스처에서 로맨스의 낌새를 눈치챘다.

방과 방 사이를 구분하는 포르티에르(portière)*는 보통 걷고 지냈기에 커다란 베이윈도(bay-window)** 앞에 모여 있는 그들을 한눈에 볼 수 있었다. 회색 블라우스를 걸친 베스는 한편에서 조형도구들을 들고 바삐 움직이고 있고 조시는 다른 쪽에서 책을 들고 있다. 그 사이로 쿠션이 많은 기다란 소파가 놓여 있고 요란한 색상의 동양풍 가운을 걸친 댄이 누워 있다. 그 가운은 로리가 선물한 것인데 여자아이들을 기쁘게 해주려고 입었을 뿐 정작 환자 당사자는 '거추장스럽게 질질 끌리는 빌어먹을 옷자락'이 달리지 않은 자신의 낡은 재킷이 편했다.

* 문간에 다는 무거운 커튼 혹은 휘장.
** 바깥으로 돌출된 내닫이.

그는 얼굴을 조가 있는 서재 쪽으로 향하고 있으면서도 그녀를 전혀 의식하지 못하고 있었다. 두 눈이 바로 앞에 있는 늘씬한 형체에 고정되어 있었기 때문이다. 가느다란 겨울 햇살이 들어와 그녀의 금발 머리와 솜씨 좋게 점토를 매만지는 세심한 손을 비추고 있었다. 조시는 소파 머리맡에 놓인 작은 의자에 앉아 거세게 몸을 앞뒤로 흔들고 있어서 보이다 말다를 반복하는 중이었다. 꾸준히 책을 읽어 주는 소녀 같은 목소리만이 그 방의 적막을 깨는 유일한 소리였다. 그러다가 책이나 버팔로에 대한 토론이 불쑥 시작되기도 했다.

그 커다란 눈엔 뭔가 특별한 것이 있었다. 마르고 창백한 얼굴 때문에 전보다 더 커지고 더 까매진 눈이 하나의 물체에 고정되어 움직이지 않는 모습을 계속 관찰하고 있으려니 매혹적인 무언가가 느껴졌다. 조는 그 눈동자에 일어나는 변화를 흥미롭게 관찰했다. 댄이 책 읽는 소리를 전혀 듣지 않고 있음은 확실했다. 웃기거나 흥분되는 위기 상황에서 웃음을 터뜨리거나 감탄하는 등의 반응을 종종 잊었기 때문이다. 그의 눈빛은 이따금 부드러워지기도 하고 안타까워 보이기도 했는데 이 두 아가씨가 전혀 눈치채지 못하고 있다는 사실에 관찰자는 일단 마음을 놓았다. 대화가 시작되는 순간 그 눈빛은 바로 사라졌기 때문이다.

가끔은 불길이 활활 타올랐고 반항적이고 불안정한 빛을 띠었는데, 그때마다 댄은 이를 숨기려고 애썼고 참기 어려울 때는 손이나 머리를 마구 흔들기도 했다. 하지만 곧잘 어둡고 슬프고 단호한 빛을 띠었는데 그것은 감옥 밖으로 금지된 빛이나 기쁨을 내다보는 듯한 음울한 기운이었다. 그런 표정이 나타나는 횟수가 잦아지자 조는 걱정이 되었다. 당장에라도 그를 찾아가 어떤 혹독한 기억이 떠올라 그를 침묵하게 만드는지 묻고 싶었다. 그가 저지른 범죄와 그로 인한 형벌이 그의 마음을 무겁게 짓누르고 있음을 조는 잘 알고 있었다. 하지만 젊음과 시간 그리고 새로운 희망이 위안을 가져다줄 것이며 충격적이었던 수감 생활의 쓰라린 기억도 씻어주리라.

하지만 다른 때에는 그런 모습이 드러나지 않았다. 남자아이들과 농담하고 옛 친구들과 대화하고 화창한 날 드라이브를 나갔다가 첫눈을 발견하고 아이처럼 좋아할 때면 상처를 거의 다 잊은 것처럼 보이기도 했다. 그렇다면 왜 이 순진하고 상냥한 소녀들과 있을 때에만 그런 어두운 그림자가 드리우는 것일까? 소녀들은 이런 표정을 한 번도 본 적이 없는 것 같았다. 그들이 쳐다보거나 대화가 시작되면, 댄은 햇빛이 먹구름 사이로 뚫고 나오듯 재빨리 미소를 지어 보이며 아무렇지도 않게 대답을 했다. 그래서 조는 계속 관찰하면서 하나씩 알아가는 중이었다. 그리고 우연한 기회로 그녀의 불안을 확인하는 사건이 일어났다.

어느 날 조시는 심부름이 있어서 방을 나갔고, 작업을 하다 지친 베스가 댄만 괜찮다면 자기가 조시 대신 책을 읽어주겠노라고 제안하고 나섰다.

"좋지. 조시가 읽어주는 것보다 네가 읽어주는 게 더 좋더라. 걔는 너무 빨리 읽어서 내 멍청한 머릿속을 뒤죽박죽으로 만들어버리거든. 그러면 지끈거리며 두통이 시작된단 말이야. 조시에겐 얘기하지 말아줘. 나 같은 곰을 꾹 참고 같이 있어주니 얼마나 착하고 귀여워."

마지막 이야기가 끝나 베스가 새 책을 가지러 탁자로 갈 때만 해도 댄의 얼굴은 미소를 띠고 있었다.

"오빠는 곰이 아니야. 우리는 오빠가 아주 착하고 인내심 많은 사람이라고 생각하는걸. 남자가 이렇게 갇혀 있는 게 얼마나 힘들겠냐고 엄마가 그러시던데. 언제나 자유롭던 오빠 같은 사람에겐 끔찍한 일일 거라고."

베스가 책 제목들을 훑어보고 있지 않았더라면 댄이 움츠러드는 모습을 목격했을 것이다. 그는 베스의 마지막 말에 타격을 받은 것 같았다. 그는 아무런 대답도 하지 않았지만 그를 지켜보던 또 다른 눈은 그가 왜 당장에라도 벌떡 일어나 저 앞의 동산까지 냅다 달려갈 것 같은 표정을 지었는지 알 수 있었다. 그는 전에도 자유에 대한 갈망으로 견디기 어려운 지경에 이르면 그렇게 하곤 했다. 조가 충동적으로 일어나서 바느질감을 들고 두 사람이 있는 곳으로 갔다. 지금 댄은 전기가 찌릿거리는 뇌운 같았다. 상황을 가라앉히려면 비전도체가 필요했다.

"이모, 무슨 책이 좋을까요? 오빠는 아무거나 좋다고 해요. 이모가 오빠 취향을 아시니까 뭔가 차분하고 유쾌하면서 짧은 걸로 골라주세요. 조시가 곧 돌아올 테니까요."

베스는 여전히 소파 탁자 위에 쌓인 책들을 뒤적이고 있었다. 그때 댄이 불쑥 베개 밑에서 낡은 책 한 권을 꺼내더니 베스에게 건넸다.

"세 번째 이야기를 읽어줘. 그게 짧고 아름다워서 내가 좋아하는 이야기야."

책을 펼치니 바로 세 번째 이야기가 나왔다. 자주 펼쳐서 읽는 모양이었다. 베스는 제목을 보더니 웃었다.

"와아, 오빠가 이런 독일 낭만파 이야기를 좋아하는지 몰랐네. 싸우는 장면이 있긴 하지만 대단히 감성적인 이야기잖아. 내 기억이 맞는다면 말이야."

"맞아. 읽은 책이 별로 없다 보니 그냥 단순한 이야기가 제일 좋더라. 다른 읽을거리가 없기도 하고. 그 책은 거의 다 외운 것 같아. 거기 등장하는 전쟁하는 인간들, 악령들과 천사들, 사랑스러운 여인들의 이야기는 아무리 읽어도 질리지 않거든. 너도 '아슬라우가의 기사'를 읽었다고 하니 네가 마음에 들어 할지 한번 보자. 에드왈드는 너무 부드러워서 내 취향은 아니지만 프로다는 최고야. 금발 머리 요정은 항상 너를 떠올리게 하지."

댄이 이야기하는 사이 조는 거울로 그를 지켜볼 수 있는 곳으로 가서 자리를 잡았다. 베스는 커다란 의자를 끌어다가 그를 마주 보고 앉았다. 그리고 숱이 많고 부드러운 곱슬머리를 리본으로 다시 묶으려고 두 팔을 머리 뒤로 올렸다.

"아슬라우가의 머리는 내 머리처럼 성가시진 않았겠지. 내 머리는 이렇게 금방이라도 쏟아질 것 같다니까. 머리만 얼른 다시 묶고 읽어줄게."

"묶지 말고 그냥 내리면 안 될까? 그렇게 하는 게 머리가 빛나서 더 예쁘더라. 네 머리도 쉴 수 있을 테고 이제 읽을 이야기에도 더 잘 어울릴 테니까 그렇게 해줘, 금발의 공주님, 응?"

댄이 베스의 어릴 적 별명까지 불러가며 애원했다. 그는 지금 과거의 그 어느 때보다도 소년 같았다.

베스는 웃음을 터뜨리며 예쁜 머리를 풀어 늘어뜨리고는 읽기 시작했다. 머리를 내려 얼굴을 가릴 수 있어 다행이었다. 누구에게서든 청찬을 들으면 부끄러워지기 때문이었다. 댄은 진지하게 들었다. 조는 바늘에서 거울로 눈을 바삐 움직인 덕에 고개를 돌리지 않고도 댄이 말 한마디 한마디를 소중하게 듣는 모습을 지켜보았다. 마치 그 이야기가 그 어느 독자에게보다 그에게 더 중요한 의미를 전달하기라도 하는 듯 말이다. 그의 얼굴은 경이로움으로 환하게 빛났다. 이야기 속 용감함과 아름다움이 그의 선한 면을 건드리고 영혼을 울리는 것 같았다.

푸케의 《아슬라우가의 기사》는, 지구르트의 아름다운 딸 '아슬라우가'와 그녀의 기사 '프로다'에 대한 이야기였다. 아슬라우가는 일종의 요정으로 연인에게 위험한 일이나 시련이 닥쳐왔을 때, 그리고 승리와 기쁨의 순간에 나타나서는 프로다의 안내자이자 수호자 역할을 하며 용기와 고귀함과 진실함을 불어넣어 그가 전쟁터에서 위대한 업적을 쌓고 그를 사랑하는 이들을 위하여 희생하며 스스로 극복할 수 있도록 돕는다. 그녀의 금빛 머리칼은 그가 전쟁터에 있을 때, 꿈속에 있을 때, 낮과 밤으로 위험한 일이 닥칠 때마다 나타나서 그에게 반짝이는 빛을 비춰준다. 마침내 프로다는 목숨을 다하고 천상에서 자기를 기다리던 이 사랑스러운 요정을 다시 만남으로써 보상을 받는다는 이야기다.

이 책에 담긴 여러 이야기 중에서 댄이 이 이야기를 가장 좋아하리라고는 아무도 생각하지 못했을 것이다. 심지어 조도 댄이 이 작품의 섬세한 이미지와 낭만적 언어를 통해 이야기 속에 담은 교훈을 끄집어냈다는 사실에 깜짝 놀랐다. 그녀는 이 광경을 보고 듣는 중에 댄 안에 숨은 감성과 세련미가 있다는 사실을 깨닫게 되었다. 그것은 돌산에 흐르는 금광맥 같은 것이었다. 그런 이유로 그는 감정적 반응에 빨랐고 꽃들이 물든 색상에 민감했으며 짐승들이 가진 품위를 감상할 줄 알았고 여인들의 다정함과 남자들의 의협심, 사람의 마음과 마음을 엮는 모든 부드러운 연결고리를 알아본 것이다. 단지 모친에게 물려받은 감각과 본능을 드러내는 데 둔했고 이를 표현하는 말주변이 없었을 뿐이다. 심신의 고통을 겪으면서 거친 기질이 누그러졌고 현재 그를 감싸고 있는 사랑과 연민의 분위기가 그의 마음을 정화하고 온기를 불어넣어주니 마침내 오래도록 방치되고 거절되었던 그의 마음이 허기를 인지하고 마음의 양식을 갈구하게 된 것이다. 이 순간 그는 이를 모조리 얼굴에 드러내고 있다. 다만 아무도 알아채지 못하리라 생각할 뿐, 눈앞의 순수하고 아름다운 소녀에게 구현된 아름다움과 평화와 행복을 향한 내면의 그리움을 여과 없이 쏟아내는 중이다.

조는 비극적이지만 지극히 자연스러운 사실을 깨닫고 찌르는 듯한 고통을 느꼈다. 이 그리움이 얼마나 가망 없는 것인지 너무나 잘 알기 때문이었다. 눈처럼 흰 베스와 죄로 얼룩진 댄을 비교하는 것보다 빛과 어둠의 대조가 덜하리라.

저 젊은 여인은 그런 것은 꿈에도 모르고 있다. 아무것도 의식하지 못하는 모습만 봐도 쉽게 알 수 있다. 저렇게 표현이 풍부한 댄의 눈으로 과연 언제까지 진실을 감출 수 있을까. 진실이 드러난 후 댄이 받을 실망감과 베스가 받을 충격은 또 어떻게 감당할 것인가. 지금의 베스는 자신의 대리석상만큼이나 차갑고 고귀하고 순수하며 처녀의 신중함을 가지고 있기에 연애에 대해서는 눈곱만큼도 생각하지 않고 있었다.

'저 가여운 아들에게는 왜 모든 일이 이렇게 어렵기만 할까! 저 아이의 작은 꿈을 내가 어떻게 짓밟으며 이제 막 사랑하고 그리워할 줄 알게 된 저 아이의 선한 영혼에 어떻게 흠을 낼꼬. 지금의 아이들이 각자의 삶을 찾아 정착하고 나면 다시는 다른 아이들은 돌보지 않겠어. 이놈들이 이렇게 마음을 아프게 하니 더는 못할 짓이야.'

조는 새로 닥친 재앙이 너무 혼란스럽고 슬퍼서 허둥대는 바람에, 테디의 외투 소매의 안감을 거꾸로 달고 말았다.

낭독은 금방 끝났다. 베스가 머리를 뒤로 쓸어넘기는데 댄이 어린 아이같이 안달하며 물었다.

"이 이야기 마음에 안 들어?"

"마음에 들어. 정말 아름다운 이야기네. 그 뜻을 알 것 같아. 하지만 내가 제일 좋아하는 이야기는 '운디네'야.'

"그래, 운디네는 너다운 이야기지. 백합과 진주와 영혼과 맑은 물 같은 것들이 그래. 나도 전에는 신트람을 제일 좋아했어. 하지만 지금은 이 이야기가 제일 마음에 들어. 내가, 음, 그러니까, 운이 잘 안 풀려서 힘든 일이 있었을 때, 이걸 읽으면서 도움을 많이 받았거든. 기운이 나기도 하고 영적이기도 한 그런 의미가 담긴 책이잖아, 너도 알겠지만."

베스는 댄의 입에서 '영적'이라는 말이 나오는 걸 들은 적이 없기에 깜짝 놀라 파란 눈을 동그랗게 떴다. 하지만 별다른 말 없이 고개만 끄덕이며 이렇게 말했다.

"여기 있는 시들은 너무 달콤해서 음악을 붙여봐도 좋겠어."

댄이 웃었다.

"나는 그 마지막 노래에 내 멋대로 음을 붙여서 석양을 보며 흥얼거리곤 했지."

천상의 노래를 귀 기울이고
그대의 맑은 시선을
순수한 생명의 빛에 집중하는
그대는 축복받은, 아슬라우가의 기사!

"그게 나였지."

그는 벽에 너울을 그리고 있는 햇살을 응시하며 작은 소리로 중얼거렸다.

"지금의 오빠에겐 이 노래가 더 어울려."

베스는 자신의 관심으로 그를 기쁘게 한 것 같아 기분이 좋았다. 그녀는 부드러운 음성으로 읽었다.

아물거라, 아물거라, 영웅의 상처여,
오 기사여, 어서 강해져라!
사랑을 위한 싸움을,
명예와 목숨을 위한 싸움을,
오, 너무 오래 지체하지 않기를!

"나는 영웅이 아닌걸. 앞으로도 그럴 리 없고. '명예와 목숨'이라는 것도 내겐 큰 의미가 없어. 괜찮으니까 그 신문 좀 읽어줄래. 머리를 한 방 맞았더니 그냥 바보가 되어버렸나봐."

댄의 목소리는 상냥했으나 얼굴을 채우던 빛은 사라지고 없었다. 그는 베고 누운 실크 쿠션에 가시가 잔뜩 박히기라도 한 듯 계속 뒤척거렸다. 댄의 기분이 급변하는 걸 본 베스는 조용히 책을 내려놓고 신문을 집어 들어서는 그가 좋아할 만한 기사를 찾기 시작했다.

"오빠는 금융 시장에 관심이 없고, 음악계 소식도 물론 아니겠지. 여기, 살인 사건 있다. 오빠 그런 기사 좋아했잖아. 이거 읽어줄까? 한 남자가 살인을 저질렀……."

"싫어!"

그 짧은 한마디에 조는 소름이 끼쳤다. 찰나였지만 고자질쟁이가 거울을 들여다볼 엄두가 나지 않았다. 다시 거울을 보니 댄은 한 손으로 눈을 가리고 꼼짝도 하지 않고 누워 있었고 베스는 아무것도 눈치채지 못한 채 예술계 기사를 읽고 있었다. 정작 댄은 단 한 마디도 듣지 않는 것 같았다. 뭔가 다른 사람의 소중한 것을 훔친 도둑이 된 것 같아 조는 얼른 자신의 서재로 갔다. 얼마 안 있어 베스가 뒤따라 나오더니 댄이 잠들었다고 전해주었다.

베스를 집으로 보내며 조는 당분간 베스를 못 오게 해야겠다고 결심했다. 마더 베어는 붉은 노을을 보며 한 시간쯤 가만히 앉아서 깊은 생각에 잠겼다. 옆 방에서 소리가 나서 가보니 잠든 척하다가 그만 진짜로 잠이 든 댄이 숨을 거칠게 쉬고 있었다. 양 볼에 붉은 반점이 있고 한 손은 가슴을 움켜쥐고 있었다. 조는 그 어느 때보다 댄이 가여워서 그의 곁에 있는 작은 의자에 앉았다. 이 꼬인 실타래에서 어떻게 빠져나가면 좋을지 생각하고 있는데 그가 잠결에 손을 밑으로 떨어뜨리면서 그만 목에 걸린 줄이 끊어졌다. 그 바람에 줄에 걸려 있던 작은 주머니가 바닥으로 굴러떨어졌다.

조가 그것을 집어 들었다. 그는 잠에서 깨지 않았다. 조는 댄이 주머니에 어떤 보물을 넣고 다닐지 궁금했다. 그 주머니는 인디언이 만든 작은 함인데 끊어진 줄은 짚을 촘촘하게 짜서 엮은 것이었다. 옅은 노란색을 띠고 향기로운 냄새가 나는 줄이었다.

"이 가여운 녀석의 비밀은 그만 들추자. 줄만 고쳐서 다시 갖다 놓고 내가 녀석의 부적을 봤다는 것을 모르게 하면 되겠지."

그런데 줄이 끊어진 부분을 살펴보려고 주머니를 돌리는데 뭔가 무릎에 툭 떨어졌다. 덮개에 맞춰 테두리를 자른 사진이었고 아래쪽에 두 단어가 쓰여 있었다. '나의 아슬라우가.'

순간적으로 조는 혹시 자기 사진인가 싶었다. 플럼필드의 모든 아이들이 그녀의 사진을 지니고 다녔기 때문이다. 하지만 사진을 덮은 얇은 종이를 여니 지난 행복한 여름날 데미가 찍었던 베스의 사진이 나왔다. 이제는 의심할 여지 없이 확실해졌다. 그녀가 한숨을 내쉬며 사진을 다시 주머니에 넣었다. 괜히 꿰매주었다가 그녀가 알고 있다는 걸 들키면 큰일이었기에 그의 품속에 다시 넣어주려고 몸을 숙이는데 댄이 그녀를 뚫어지게 쳐다보고 있었다. 그녀는 소스라치게 놀랐다. 그는 그녀가 한 번도 본 적 없는 낯선 표정을 하고 있었다.

"네 손이 미끄러져 떨어지면서 이게 떨어졌지 뭐니. 다시 넣어주려던 참이야."

조는 나쁜 짓을 하다가 들킨 못된 아이가 된 기분이었다.

"사진, 보셨군요?"

"그래."

"그럼 제가 얼마나 멍청인지도 아셨겠네요?"

"댄, 정말 마음이 아프구나……."

"걱정 마세요. 전 괜찮아요. 어머니가 아셔서 다행이에요. 말씀드릴 생각은 없었지만요. 물론 저만의 정신 나간 환상일 뿐이에요. 절대로 실현될 수 없는 일인 것도 잘 알아요. 그러길 기대한 적도 없고요. 오 주여, 더 완벽해질 수 없는 그 작은 천사는 이보다 더 선하고 달콤할 수 없는 꿈일 뿐인걸요!"

그의 얼굴과 어조에서 묻어나는 조용한 체념을 보는 것은 주체할 수 없는 열정을 보는 것보다 훨씬 힘든 일이었다. 조는 연민 가득한 얼굴로 이렇게 말하는 것 외에는 달리 해줄 수 있는 것이 없었다.

"정말 힘든 상황이구나, 애야. 하지만 다른 방도가 보이지 않아. 너는 현명하고 용감하니까 이 상황을 잘 이해하리라 믿는다. 이 일은 우리 둘만의 비밀로 간직하자꾸나."

"맹세할게요. 한마디도 하지 않고, 그런 티도 내지 않고요. 제가 참을 수 있는 한 아무도 모르게 할 거예요. 정말 아무도 모르게만 한다면, 제가 이걸 간직하는 것은 문제가 되지 않겠지요? 그 저주받은 곳에서 제가 제정신으로 저를 지킬 수 있었던 것도 이런 상상을 하면서 위로를 받았기 때문이랍니다."

댄은 간절한 얼굴을 하고 있었다. 그는 작고 낡은 주머니를 얼른 숨겼다. 어느 누구에게도 빼앗기지 않겠다는 의지 같았다. 조는 조언해주고 위로해주기에 앞서 모든 것을 알아야 했다. 그래서 조용히 말했다.

"잘 간직해두렴. 그리고 네가 말한 '상상'이라는 게 뭔지 들려주렴. 네 비밀을 알아버렸으니 일이 어쩌다 이렇게 된 건지, 이 짐을 덜어주기 위해 내가 도울 수 있는 일은 무엇인지 같이 얘기해보자."

"들으시면 웃으실 거예요. 하지만 괜찮아요. 어머니는 언제나 우리의 비밀을 알아내서 짐을 덜어주셨으니까요. 제가 책에는 전혀 관심이 없었던 것 아시죠. 하지만 남부에서 악마에게 고문을 당하기 시작하는데, 뭐라도 해야지 안 그랬다간 실성할 지경이더라고요. 그래서 어머니가 주신 두 권의 책을 읽기 시작했어요. 하나는 제 수준으로는 도저히 이해가 되지 않았어요. 나중에 그 착한 목사님이 나타나서는 도와주셨지만요. 그런데 다른 책은, 그러니까 이 책 말이에요. 이 책은 정말이지 제게 큰 위안이 되었어요. 재미있기도 하고 시처럼 아름다웠고요. 저는 여기에 있는 이야기를 전부 좋아해요. 신트람이 가장 많이 닳았어요. 자, 얼마나 낡았는지 한번 보실래요? 그러다가 이 이야기에 빠졌어요. 제 인생 중 행복한 부분에 대한 이야기라고나 할까요. 그러니까, 여기서 보낸 지난여름처럼요."

댄은 잠시 말을 멈추었다. 하고 싶은 말들이 입술을 맴돌았다. 그는 숨을 깊이 들이마시고는 말을 이어갔다. 그로서는 스스로 여인, 사진, 동화를 엮어 만든 어리석은 연애 감정을 날것 그대로 보여주는 것이 쉬운 일만은 아니었다. 단테의 《신곡》에 등장하는 지옥만큼이나 끔찍한 어둠의 장소에서 자신의 베아트리체*를 발견하면서

* 단테의 연인.

시작된 상상이었다.

"그곳에서 저는 잠을 잘 수 없었어요. 그래서 뭐라도 생각할 거리를 만들어내야 했죠. 그래서 저는 제가 폴코*라고 상상하면서 벽에 비친 석양의 그림자에서 아슬라우가의 빛나는 머릿결을 보곤 했어요. 제가 지내던 감방은 천장이 높았어요. 덕분에 한 조각이나마 하늘이 보였는데 가끔 그 조각 안에 별도 나타났어요. 그러면 사람의 얼굴을 보는 것처럼 반가웠죠. 그 푸른 조각이 제겐 정말 소중했어요. 흰 구름이라도 지나가면 세상에서 가장 아름다운 것을 보는 것 같았죠. 그때의 저는 바보에 가까운 상태였던 것 같아요. 하지만 그 덕분에 이겨낼 수 있었어요. 그것들은 제게 엄숙한 진리와도 같기에 절대로 버릴 수 없어요. 사랑스럽게 반짝이는 머리, 하얀 드레스, 별처럼 빛나는 눈, 하늘의 달만큼이나 높은 곳에 있는 그녀를 생각하는 것만으로도 달콤함과 고요를 맛볼 수 있었거든요. 그러니 제발 빼앗지 말아주세요! 저 혼자만의 상상일 뿐이에요. 사람이 무언가를 반드시 사랑해야 한다면, 저는 제가 좋다고 할 보통의 여자들을 사랑하느니 그녀 같은 요정을 사랑하겠어요."

댄의 목소리에 배어 있는 조용한 절망이 조의 마음을 찌르는 것 같았다. 하지만 그녀가 줄 수 있는 희망은 아무것도 없었다. 그럼에도 그녀는 댄의 말이 맞다고 느꼈다. 댄에게는 분명 이 비운의 사랑을 하는 편이 다른 어떤 사랑보다 행복감을 가져다주고 그를 정화시킬 것이다. 지금의 댄과 결혼하고 싶어 하는 여자가 있다면 필히 그

---

* 베아트리체의 아버지.

가 살아가게 될 거친 인생에서 방해가 되거나 도움이 되지 않을 이들뿐이리라. 자칫 친아버지처럼 살게 될 바엔 죽는 날까지 고독한 길을 가는 편이 나을 것이다. 그의 아버지는 미남이었으나 방종한 삶을 살며 여성을 비탄에 빠뜨렸다.

"그래, 댄, 이 순수한 상상이 너에게 도움이 되고 위안이 된다면 너만 간직하는 편이 현명하겠구나. 좀 더 현실적이고 가능한 무언가가 나타나서 너를 행복하게 해줄 때까지 말이다. 네게 희망을 줄 수 있다면 얼마나 좋을까? 하지만 잘 알잖니, 베스는 아버지에게는 눈에 넣어도 아프지 않을 자식이자 어머니에겐 마음속 깊은 곳의 자랑이란다. 제아무리 완벽한 신랑감도 그들 눈에는 결코 차지 않을 거야. 소중한 딸에 비하면 누구든 부족해 보일 테니까. 그 아이는 그냥 네 마음속 높은 하늘에서 빛나는 별로 남겨두자구나. 너를 높은 곳으로 이끌고 너에게 천국을 믿게 할 그런 존재로 말이다."

조는 여기까지 말하고는 울음을 터뜨리고 말았다. 댄의 눈에 그대로 드러난 실낱같은 희망마저 짓밟아버리는 것은 너무나 잔인한 일이었다. 고달픈 인생과 고독한 미래를 앞둔 댄에게 이런 말밖에 해줄 수 없는 자신이 원망스러웠다. 어쩌면 이렇게 울어버리는 것이 그녀가 한 일 중 가장 현명한 일인지도 모른다. 왜냐하면 댄은 그녀의 진심 어린 동정을 보며 자신의 상실감을 위로받았기 때문이다. 이 사건 덕에 얼마 지나지 않아 그는 남자답게 체념하고 이 필연을 순순히 받아들이며 행복한 가능성에 대한 희미한 그림자만 남긴 채 모든 것을 포기하고 정직하게 노력하는 삶을 살기로 결심하게 된다.

두 사람은 어스름 속에서 오래도록 허심탄회하게 이야기를 나눴다. 두 사람이 공유하는 이 두 번째 비밀은 첫 번째 비밀보다 더 둘 사이의 유대감을 튼튼하게 만들어주었는데 이 비밀 안에는 죄도, 수치심도 없었기 때문이다. 그 안에는 다른 모든 성인과 영웅들을 볼품없어 보이게 할 만한 부서지기 쉬운 고통과 인내만 있었다. 그들의 대화는 종이 울릴 때까지, 석양의 영광이 모두 사라질 때까지, 눈 덮인 땅 위로 펼쳐진 겨울 하늘에 부드럽고 밝은 빛을 내는 커다란 별 하나가 걸릴 때까지 이어졌다. 조는 커튼을 내리려고 창문 앞에 섰다가 쾌활하게 말했다.

"댄, 이리로 와서 저녁 별이 얼마나 아름다운지 보렴. 네가 좋아한다고 했잖니."

그는 그녀의 뒤로 와서 섰다. 키가 크고 창백한 모습이 그를 과거의 유령처럼 보이게 했다. 그녀는 따스한 어조로 말했다.

"그리고 기억하렴, 애야. 사랑스러운 그 아이는 너를 거부할지라도 네 오랜 친구가 여기 있다는 사실 말이야. 영원히 너를 사랑하고 믿어주고 언제나 너를 위해 기도해줄 친구 말이다."

조는 이번에는 실망하지 않아도 되었다. 불안과 걱정으로 보낸 수많은 날에 대해 보상을 요구한다면 이것이 보상이었다. 불구덩이에서 타는 장작을 건져낸 그녀의 노고가 헛된 것이 아니었음을 보여주듯 댄이 강한 팔로 그녀를 안으며 이렇게 말했기 때문이다.

"절대로 잊지 못할 거예요. 그분은 내 영혼이 구원받도록 도와주시고 내가 감히 하늘을 올려다보며 '주여, 어머니를 축복하소서'라고 말할 수 있게 해주신 분이니까요!"

43
확실한 마지막 등장

"정말이지, 이건 무슨 화약고 안에서 사는 것도 아니고, 다음엔 대체 어느 화약통이 터져서 나를 내동댕이칠지 알 수가 있어야 말이지."

다음 날 조는 이렇게 혼잣말을 하며 파르나소스 산으로 걸어 올라가고 있었다. 동생에게 세상에서 가장 매력적인 간호사 중 한 명이 당분간 대리석 신상들이 있는 곳으로 돌아가는 게 좋겠다고 일러주러 가는 길이었다. 안 그랬다간 자기도 모르는 사이에 이미 인간 사냥꾼에게 당한 이에게 새로운 상처를 더해줄 수도 있다고 말이다.

조는 비밀을 언급하지 않았지만 약간의 암시만으로도 충분했다.

에이미는 딸이라면 값비싼 진주처럼 극진히 보호하고 나섰기에 딸을 당장에 위험에서 구출할 방법을 금방 구상해냈다. 로리가 댄의 문제로 곧 워싱턴에 갈 일이 있었는데, 에이미가 이번에는 가족과 동행하면 어떻겠느냐며 무심히 제안했고 로리가 선뜻 수락한 것이다. 그렇게 음모는 계획대로 진행되었고 조는 그 어느 때보다 배신자가 된 기분으로 집에 돌아갔다.

걱정과 달리 댄은 이 소식을 담담하게 받아들였다. 전혀 희망 같은 것을 품고 있지 않은 것 같았다. 에이미가 '낭만파인 언니가 착각한 모양'이라고 확신할 정도였다. 하지만 베스가 작별 인사를 하려고 플럼필드에 들렀을 때 베스를 바라보던 댄의 표정을 모성애 넘치는 에이미가 봤더라면 천진난만한 딸보다 훨씬 많은 것을 눈치챘으리라. 조는 자칫 티를 낼까봐 잔뜩 긴장했다. 하지만 혹독한 인생 학교에서 절제를 이미 익힌 그는 담담한 태도를 보였다. 그저 베스의 두 손을 잡고 절절한 어조로 이렇게 말했을 뿐이다.

"잘 가, 공주님. 우리가 혹여 다시 만나지 못한다고 하더라도, 가끔은 옛 친구 댄을 생각해줘."

최근 댄에게 일어난 끔찍한 사고와 못내 아쉬워하는 그의 표정에 마음이 움직인 베스는 평소보다 더 따스한 말로 그 말을 받았다.

"우리가 오빠를 얼마나 자랑스러워하는데 어떻게 오빠 생각을 안 할 수가 있겠어? 오빠의 사명에 주님의 축복이 있기를, 그리고 오빠를 다시 우리 가족의 품으로 무사히 보내주시기를!"

순수한 애정과 이별의 아쉬움이 가득한 얼굴로 베스가 그를 올려다보자 그는 더 이상 견딜 수가 없었다. 눈앞에서 일어나고 있는 상실이 너무나 절절하게 다가왔기 때문이다. 그는 갈라지는 목소리로 "잘 가."라고 말하다 말고 충동을 이기지 못하여 '사랑스러운 황금빛 머리'를 두 손으로 감싸고 키스를 하고 말았다. 그러고는 황급히 자기 방으로 돌아갔다. 그리고 그곳은 다시 감방이 되었다. 파란 하늘 한 조각을 바라보는 것만이 그의 유일한 위안인 그곳 말이다.

이 갑작스러운 애정 표현과 그렇게 사라져버린 모습에 베스는 당황했다. 본능적으로 그 키스가 이전과 다르다는 것을 눈치챘다. 그녀의 볼이 붉어졌고 눈은 당혹감을 감추지 못했다. 조가 얼른 상황을 수습했다.

"댄을 용서하렴, 베스. 최근 정말 어려운 일을 겪었단다. 그러다 보니 친구들과 헤어지는 걸 부쩍 힘들어하는구나. 게다가 댄이 얼마 후면 다시는 안 돌아올 수도 있는 황야로 떠나잖니."

"추락해서 죽을 뻔한 그 일 말씀이세요?"

베스가 순진한 얼굴로 물었다.

"아니, 그보다 더 큰 어려움이었지. 하지만 더는 말해줄 수 없구나. 댄이 용기를 내서 직접 얘기한다면 모를까. 그러니 너도 내가 그러는 것처럼 댄을 믿어주고 존중해주려무나."

"사랑하는 사람을 잃었나 보군요. 가여워라! 우리가 오빠에게 더 잘해줘야겠네요."

베스는 수수께끼가 풀려서 만족하는 것 같았다. 베스의 말이 너무나도 맞는 말이라 조는 고개를 끄덕였다. 베스는 모두가 느끼는 댄의 변화가 사랑하는 사람을 잃은 슬픔에서 비롯된 것이라고, 그래서 지난 1년간 겪은 일을 얘기하고 싶어 하지 않는 것이라고 굳게 믿으며 떠나갔다.

하지만 테디는 그렇게 만만하지 않았다. 댄이 이상하리만치 과묵하게 굴자 그는 도저히 참을 수 없는 지경에 이르렀다. 어머니가 댄이 다 나을 때까지는 이것저것 물어 귀찮게 하지 말라고 경고했지만, 댄의 출발날짜가 점점 다가오자 테디는 댄이 떠나기 전에 반드시 그가 한 모험 이야기를 처음부터 끝까지, 상세하고 만족스럽게 듣고 말리라고 결심했다. 테디는 댄이 띄엄띄엄 들려주는 이야기로도 이미 매혹되었기에 분명 스릴 넘치는 모험일 것이라고 확신했다. 그래서 어느 날 주변에 사람이 아무도 없는 틈을 타 우리의 테디 도련님이 이 환자를 돌보겠다고 직접 나선 것이다. 상황은 대략 이러했다.

"이봐, 자네. 책 읽어주는 걸 듣고 싶지 않으면 자네가 말을 해야하네. 자, 내게 캔자스에 대해 이야기해보게. 그곳의 농장은 어떠한지, 그 동네는 어떠한지. 몬태나에서 한 사업에 대해서는 이미 들어서 알고 있네만 그 전에 무슨 일을 했는지 말해주는 걸 잊어버린 것 같은데. 분발하고, 자, 들어봅시다."

그 모습이 어찌나 어처구니가 없던지 갈색 안락의자에 기댄 댄을 즉각적으로 일으키는 효과가 있었다. 그가 천천히 말했다.

"아니, 안 잊어버렸어. 하지만 다른 사람이 들으면 별로 재미있는 일이 아니라서 말이야. 농장은 가보지도 못했어. 그냥 포기했거든."

"왜?"

"다른 할 일이 생겨서."

"무슨 일?"

"글쎄, 빗자루 만드는 것도 그중 하나지."

"놀리지 말고. 진실을 말하라!"

"진짠데."

"그건 왜 만들었는데?"

"그거나 만들어서 사고 안 치려고 그랬지."

"그건 형이 한 괴상한 일 중에서, 진짜 형은 별 거 다 했지, 아무튼 그중에서 가장 괴상한 일이다!"

테디가 외쳤다. 기대한 것보다 성과가 미미하여 실망스러웠다. 그렇다고 벌써 포기할 테디가 아니다. 다시 시작했다.

"무슨 사고를 쳤는데 그래, 형?"

"알 필요 없어. 애들은 몰라도 돼."

"하지만 난 알고 싶다고. 죽을 만큼 궁금해. 난 형 친구잖아. 형을 무한정 좋아해줄 사람이라고. 언제나 그랬고. 그러니, 어서, 재미난 이야기 실타래 좀 풀어봐. 다른 사람들에게 알려지는 걸 원하지 않는다면 굴처럼 입을 앙다물고 있을게."

"정말 그럴 수 있겠어?"

댄이 그를 쳐다봤다. 이 녀석에게 갑자기 진실을 말해주면 이 소년 같은 얼굴이 어떻게 변할지 궁금해졌다.

"형이 원한다면 내 주먹을 걸고 맹세하지. 분명히 재미있는 이야기일 것 같아. 얼른 듣고 싶어서 병이 날 지경이라고."

"무슨 여자아이처럼 이렇게 호기심이 많아. 너보다 의젓한 여자들도 있다고. 조시처럼. 베스도 단 한 번도 그런 건 묻지 않았어."

"그거야, 걔들은 싸움 같은 것에 관심이 없으니까. 광산업이나 영웅 같은 이야기나 좋아하지. 나도 그래. 나도 펀치*만큼이나 자랑스럽다니까. 하지만 형의 눈을 보니까 그 이전에 무슨 일이 있었던 것 같아. 그래서 나는 블레어니, 메이슨이니 하는 이들이 누군지 알아내야겠어. 대체 누가 맞은 거고 누가 달아난 건지, 그리고 나머지 이야기도 모두."

"뭐라고!"

댄이 놀라 소리치는 통에 테디가 더 놀랐다.

"아니, 자면서 형이 그렇게 중얼거렸단 말이야. 로리 이모부가 궁금해했어. 나도 그랬고. 하지만 괜찮아. 기억나지 않는다면 말이야. 어떤 일은 기억하지 않는 게 더 좋기도 하니까."

"내가 뭐라고 했니? 별난 일이야. 제정신이 아닌 사람의 입에서 나오는 말이란."

"그게 내가 들은 전부야. 하지만 흥미로운 일이 있었던 것처럼 들렸어. 그래서 말해본 거야. 형의 기억이 살아나는 데 도움이 될까 해서."

테디가 예의 바르게 말했다. 댄이 잔뜩 찡그렸기 때문이다.

댄도 얼른 표정을 풀었다. 의자에 앉아서 안절부절못하는 소년을 보니 댄은 그를 조금 즐겁게 해주기로 마음먹었다. 동문서답과 반쪽짜리 진리를 던져주면 그의 호기심도 어느 정도 해소되고 평화가 찾아오리라. 그런 바람이었다.

"어디 보자, 블레어는 말이지, 기차에서 만난 녀석이고, 가여운 메

---

* 영국의 인형극 〈펀치 앤드 주디(Punch and Judy)〉의 주인공.

이슨은, 그러니까, 그래, 병원 같은 데서 만난 사람이야. 나도 어쩌다 그곳에 있게 되었거든. 블레어는 형들에게서 달아났고, 맞은 사람은 메이슨이야. 그곳에서 죽었으니까. 이제 됐어?"

"아니, 전혀. 블레어는 왜 도망갔는데? 다른 한 명을 때린 사람은 또 누구고? 큰 싸움이 있었던 거네, 맞지?"

"맞아!"

"이제야 뭐가 뭔지 알겠다."

"요 악마 같은 녀석, 네가 안다고? 그럼 네 추리를 들어보자. 재미있을 것 같은데."

댄이 애써 편안한 척하면서 말했다.

자신의 상상을 마음껏 펼쳐도 된다는 허락을 받아 신이 난 테디는 수수께끼 같은 사건에 대한 소년다운 추리를 풀어나갔다. 미스터리 사건을 좋아하는 그는 이번에도 뭔가 분명히 미스터리가 존재한다고 느꼈다.

"내 추측이 맞더라도 대답은 안 해도 괜찮아. 형이 발설하지 않기로 맹세했을 수도 있으니까. 형 얼굴만 봐도 내가 알 수 있어. 하지만 말하지는 않을게. 자, 이제 내 말이 맞나 들어봐. 거기서 폭력적인 사건이 일어났어. 형도 거기에 연루가 되었고. 우편 마차 강도나 KKK단* 같은 건 아니야. 그보다는 정착민들을 지키거나 불량배들을 소탕하거나, 그것도 아니면 몇 놈을 쐈거나 그랬을 거야. 사람이 살다 보면 그런 일도 있는 거잖아. 정당방위로 말이야. 아하! 내 말이 맞구

---

* 미국의 백인우월주의 집단 큐 클럭스 클랜(Ku Klux Klan).

나! 그래, 말하지 않아도 돼. 그 번뜩이는 눈빛, 꽉 쥐는 주먹, 예전에 형에게서 본 거야."

테디가 의기양양하게 말했다.

"아주 제법인데. 계속해보셔. 실마리 놓치지 마시고."

댄은 테디의 황당한 추측을 듣고 있자니 이상하게 마음이 편해지면서 진실을 말해주고 싶어졌다. 대담해져서 그런다기보다는 그리움에서였다. 테디에게 범죄 사실은 털어놓을 수 있을 것 같았다. 하지만 그에 따른 형벌까지는 알리고 싶지 않았다. 불명예의 수치가 여전히 그를 짓눌렀다.

"역시 그럴 줄 알았다니까. 나를 오래 속일 수는 없지."

테디가 어찌나 뻐기는지 댄은 웃음이 터졌다.

"마음이 편해졌구나, 형. 그렇지? 짓누르고 있던 게 사라진 것 같지? 이제 비밀이 있으면 나에게 다 털어놔. 내가 비밀을 보장할게. 발설하지 않겠다는 맹세를 했다면 어쩔 수 없지만."

"응, 그랬어."

"아, 그랬구나. 그럼 말하지 마."

테디의 얼굴에 실망한 빛이 스쳤다. 하지만 곧 원래 모습으로 돌아와서는 세상 돌아가는 이치를 다 꿰고 있다는 듯이 폼을 잡으며 말했다.

"다 괜찮아. 내가 다 이해할게. 명예를 건 약속, 무덤까지 가져가는 비밀, 뭐 이런 거지? 병원에서 친구를 지켜줬다니 아주 잘했네. 몇 놈이나 죽인 거야?"

"딱 한 명."

"악당이었겠지, 물론?"

"빌어먹을 악당이었지."

"어, 형, 그렇게 무서운 얼굴 하지 마. 뭐라고 할 생각은 없으니까. 그런 몹쓸 불한당들은 나라도 기꺼이 해치웠을 거야. 그러곤 도망가서 당분간 숨어 살면 되잖아."

"덕분에 꽤 오랫동안 쥐 죽은 듯이 지내야 했지."

"그러다가 괜찮아져서 광산으로 갔다가 그렇게 용감한 일을 한 거구나. 형, 정말 흥미롭고 멋지게 살았네. 다 알게 되어서 정말 기쁘다. 하지만 입도 뻥긋하지 않을게."

"절대로 말하면 안 된다. 들어봐, 테디. 만일 네가 사람을 죽였다면 그 일 때문에 괴롭겠지? 아, 그러니까 악당 말이야."

소년은 "아니, 전혀!"라고 말하려고 입을 열었다가 생각을 고쳐먹었다. 댄의 표정에서 생각을 바꿔야 한다는 메시지라도 읽은 듯이.

"글쎄, 전쟁이나 정당방위처럼 그렇게 하는 것이 내 의무라면 그럴 이유가 없지 않을까? 하지만 그냥 분노를 이기지 못해서 사람을 공격한 거라면, 그러면 나도 정말 괴로울 것 같아. 그자가 유령이 되어 나를 쫓아다니거나 후회가 내 영혼을 갉아먹거나 할 수도 있잖아. 아람*이나 그런 자들에게 그랬듯이 말이야. 형은 상관없는 얘기잖아, 그렇지? 정정당당한 싸움이었으니까. 맞지?"

"그래. 난 정당했어. 그래도 지금 생각하면 말려들지 않았더라면 얼마나 좋았을까 싶어. 여자들은 이런 문제를 다르게 보더군. 이런

---

* 18세기 영국의 문헌학자이자 살인자인 유진 아람(Eugene Aram)을 말한다.

얘기를 들으면 공포에 질린 얼굴을 하면서 문제를 더 크게 만들지. 하지만 나는 상관없어."

"여자들에게 말하면 안 돼. 괜한 걱정 하지 않도록 말이야."

테디는 여자 문제에 정통한 사람이라도 되는 것처럼 고개를 끄덕이며 말했다.

"그럴 생각 없어. 이 얘기는 너 혼자만 간직하는 것으로 해줘. 개중엔 얼토당토않은 것도 있으니까. 자, 이제 책 읽어주고 싶으면 읽어줘도 돼."

대화는 그렇게 끝났다. 하지만 테디는 이 대화로 마음을 놓았고 이후 그는 올빼미처럼 현명한 얼굴을 하게 되었다.

몇 주가 조용하게 흘러갔다. 댄은 출발이 자꾸 밀려서 애가 탔다. 마침내 그의 신임장이 준비되었다는 전갈이 오자 빨리 떠나고 싶어 몸이 근질거렸다. 고된 노동으로 헛된 사랑을 잊고 싶은 마음도 있었지만 그보다 더는 자기 자신을 위한 삶을 살지 않기로 결심한 이상 하루라도 빨리 다른 이들을 위한 삶을 살고 싶어서였다.

어느 광풍이 불던 마치 가의 아침, 우리의 신트람은 말과 개를 데리고 길을 떠났다. 그를 집어삼킬 뻔했으나 하늘의 도우심과 인간의 연민으로 실패한 원수를 다시 마주하기 위해서.

"아, 이런! 인생이란 이별의 연속이로구나. 이별이란 왜 하면 할수록 더 어려워지는 걸까."

조는 한숨을 내쉬었다. 댄이 떠난 지 일주일이 지난 어느 날 저녁, 파르나소스 산의 기다란 응접실에 앉아 있었다. 여행을 마치고 돌아온 이들을 환영하고자 가족들이 그곳에 모두 모였을 때였다.

"또한 만남의 연속이기도 하지, 언니. 우리도 이렇게 돌아왔고 네트도 마침내 귀국한다잖아. 구름의 은빛 테두리*를 보라고 엄마도 우리에게 항상 얘기하셨잖아. 그걸 보고 위안을 받자."

에이미가 말했다. 집에 돌아와서 너무 편하고 또 자신의 양 우리 근처를 어슬렁거리는 늑대들도 보이지 않아서 좋았다.

"최근에 걱정을 너무 많이 해서 그런가, 자꾸 앓는 소리를 하게 되네. 그런데 댄이 너희를 다시 만나지 못한 것에 대해 어떻게 생각했을까? 현명한 선택이었지만 오지로 들어가기 전에 가족들 얼굴을 한번 더 볼 수 있었더라면 좋았을 텐데."

조의 목소리에 아쉬움이 묻어 있다.

"그러는 편이 더 나았어. 편지와 그 아이에게 필요할 만한 모든 것들은 미리 챙겨두었으니까. 베스도 그편을 더 편하게 여기더라고. 나도 물론 그랬고."

에이미가 새하얀 이마에 잡힌 걱정 주름을 펴며 말했다. 그녀는 사촌들에게 둘러싸여 행복하게 웃고 있는 딸을 보며 미소 지었다.

조는 좀처럼 희망의 실마리를 찾기 힘들다는 듯이 머리를 흔들었다. 다시 앓는 소리 할 틈도 없이 로리가 뭔가 즐거운 일이 있다는 듯한 표정으로 들어왔다.

"새로운 그림이 도착했습니다, 여러분. 모두 음악실 쪽으로 고개를 돌려 감상하시고 마음에 드는지 말씀해주시기 바랍니다. 저는 이

* 구름 뒤의 햇살이 만들어내는 흰색 테두리를 말하며 인생의 '밝은 면'을 보라는 격언에 사용되는 표현이다.

작품의 제목을 '어느 바이올린 연주자'라고 붙여봤습니다. 안데르센의 동화에서 따왔지요. 여러분은 어떤 제목을 붙이시겠습니까?"

그가 커다란 문을 활짝 열어젖혔다. 문 뒤에 밝은 얼굴로 바이올린을 손에 든 젊은 남자가 서 있었다. 너도나도 의심할 여지가 없는 이 그림의 제목을 외치기 시작했다.

"네트! 네트다!"

일대 소요가 일어났다. 가장 먼저 달려간 사람은 데이지였다. 평상시의 차분함을 잃어버린 듯 그에게 매달려 흐느껴 울기 시작했다. 놀람과 기쁨이 조용히 삼키기 어려울 정도로 너무 컸기 때문이다. 그간의 고생을 풀어주는 눈물과 다정한 포옹이었다. 메그가 재빨리 가서 딸을 떼어내긴 했어도 데이지는 자신이 있어야 할 곳을 확인할 수 있었다. 데미는 형제애가 느껴지는 따스한 악수를 건넸고 조시는 맥베스의 세 마녀를 한 번에 구현하듯 가장 비극적인 목소리로 주문을 외우면서 그들 주변을 빙글빙글 돌면서 춤을 추었다.

"그대, 쩔쩔이었지. 그대, 이제 제2 바이올린 주자라네. 그대, 곧 제1 주자가 될지어다. 만세, 만만세!"

덕분에 한바탕 웃음이 터지면서 즉시 쾌활하고 편안한 분위기로 바뀌었다. 당연히 질문이 쏟아지고 대답이 거침없이 이어졌다. 그러는 사이 남자들은 네트의 금발 수염과 이국적인 옷차림을, 여자들은 그의 훤해진 외모 칭찬에 여념이 없었다. 질 좋은 영국 소고기와 맥주 덕분에 혈색이 좋아졌고 그를 집으로 데려온 바닷바람을 맞아서 그런지 한결 상쾌해 보였다. 어른들은 그의 유망한 장래성에 기뻐했다. 모두 그의 연주를 듣고 싶어 했고 다들 말하느라 입이 아파질 때쯤 그는 바이올린을 꺼내 들고 가장 자신 있는 곡들을 연주했다. 수줍어하던 네트를 남자로 만들어준 에너지와 침착성도 놀라웠지만, 그보다도 그의 연주 실력이 어찌나 크게 진보했는지 가장 까다로운 비평가들조차 깜짝 놀라고 말았다. 그는 어떤 악기보다도 가장 사람 같은 악기인 바이올린으로 가장 로맨틱한 곡들을 연주했는데 가사 없는 노래처럼 들려왔다. 자기를 둘러싸고 있는 옛 친구들을 바라보던 네트는 베어 교수의 표현대로 행복감과 만족감으로 '감정이 가득'해지는 것을 느꼈다.

"이번에는 모두가 아실 곡을 연주해드릴게요. 저한테는 아주 특별한 곡이랍니다."

네트는 올레 불의 화신이라도 된 듯한 자세로 서서 그가 처음 플럼필드로 오던 날 연주했던 곡을 연주했다. 모두 기억하고 있었다. 다 같이 그 구슬픈 가사를 합창했다.

오 서글프고 지친 나의 마음

어디를 떠돌아도

옛 고향이 그리워

고향에 두고 온 가족들이 그리워

"이제야 기분이 좀 나아지네요."

조가 말했다. 모두 언덕을 따라 돌아간 후였다.

"우리 아이들 중 몇은 실패작이에요. 하지만 이 녀석은 성공작이 되겠어요. 참을성 있는 데이지도 행복한 여인이 될 것이고요. 네트는

Which number is about 500?   435 600 502

Which number is a lot less than 534? 248

Which number is closest to 657? 111

Which number is nearest to 199? 201

Which number is a little more than?

당신 작품이에요, 프리츠. 고생 많았어요."

"이런, 우리가 할 수 있는 일이라곤 씨 뿌리는 일밖에 없잖소. 마침 씨가 좋은 밭에 떨어진 게죠. 내가 심었을지는 몰라도 공중의 새가 먹어버리는 일이 없도록 돌본 것은 당신이고 물을 듬뿍 준 것은 로리가 한 일이지요. 그러니 이 추수는 우리 모두의 것이오. 비록 작은 것이라도 기뻐합시다, 내 소중한 당신."

"댄의 경우엔 그 씨앗이 돌밭에 떨어졌다고 생각했어요. 하지만 그가 다른 모두를 제치고 인생 최고의 성공을 거둔다 해도 이제는 놀라지 않을 것 같네요. 여러 성도보다 회개한 죄인 한 명을 더 기뻐하신다고 하잖아요."

조의 앞으로 새하얀 양들이 무리 지어 가고 있었지만 그녀의 마음은 여전히 검은 양에게 가 있었다.

큰 지진이 일어나 플럼필드와 그 주변을 몽땅 집어삼켜 땅속 깊이 파묻혀 제아무리 젊은 슐리만(Schliemann)*이라도 그 자취를 찾을 수 없었다, 라고 이 이야기를 끝내고 싶지만, 그리고 이는 이 고단한 역사가에게 더없이 큰 유혹으로 다가오지만, 결말을 그렇게 멜로드라마로 끝냈다가는 나의 점잖은 독자들이 큰 충격을 받게 될 것이다. 그래서 그렇게 하는 것은 자제하고 "그래서 다들 어떻게 되었대?"라는 뻔한 질문을 받기 전에 미리 선수를 쳐보려 한다.

한마디로, 결혼은 모두 성공적이었다. 남자들은 각자의 소명에 따

---

* 19세기 독일의 고고학자.

라 잘살았다. 여자들도 마찬가지였는데 베스와 조시는 각자의 예술적 분야에서 이름을 날렸고 시간이 흘러 각자에게 맞는 짝도 찾았다. 낸은 바쁘고 명랑하며 독립적인 독신녀를 고집했고 고통받는 여성들과 그 자녀들을 위해 평생을 바칠 고귀한 일을 찾아 그 안에서 진정한 행복을 누렸다.

댄은 끝까지 결혼하지 않고 용감하고 가치 있는 삶을 살았다. 그는 스스로 선택한 부족과 어울려 생활하면서 그들을 지키다 총에 맞아 목숨을 잃었다. 그는 마침내 자신이 그토록 사랑하던 푸르른 광야에 누워 금빛 머리칼 한 줌을 가슴에 품고 얼굴에는 미소를 띤 채로 조용히 잠이 들었다. 그 미소는 아슬라우가의 기사가 최후의 싸움을 마치고 마침내 평안한 휴식을 얻었노라고 말해주는 것 같았다.

스터피는 시 의원이 되었는데 어느 공식 만찬을 마친 후 뇌졸중으로 쓰러져 세상을 떠났다. 돌리는 사교계 명사가 되었으나 결국 가진 돈을 모두 탕진하여 양복 재단하는 회사에서 일자리를 찾아 자기 적성에 딱 맞는 일을 하게 되었다.

데미는 출판사 동업자가 되어 자기 이름이 쓰인 간판을 달고 일하게 되었다. 로브는 로런스 대학의 교수가 되었다. 모두를 무색하게 만든 이는 다름 아닌 테디인데 그는 유창한 설교로 유명한 목사가 되어 어머니를 놀라게 한 동시에 큰 기쁨을 선사했다.

자, 이제 여럿의 결혼과 일부의 죽음과 사물의 합리성이 허락하는 한 주어지는 번영의 이야기를 열심히 제공하여 모두를 만족시켰으니, 이만 마치 가문에 대해서는 음악도 멈추고 조명도 끄고 영원히 막을 내리도록 하자.

루이자 메이 올컷

Louisa May Alcott (1832~1888)

1832년 미국 펜실베이니아 주 필라델피아에서 아버지 에이머스 브론슨 올컷과 어머니 애비게일 메이 올컷의 둘째 딸로 태어났다.

1834년 가족 전체가 매사추세츠 주 보스턴으로 이주했다.

1840년 가족 전체가 매사추세츠 주 콩코드의 작은 오두막으로 이주했다. 아버지와 친하게 지냈던 초월주의 사상가 랠프 월도 에머슨, 헨리 데이비드 소로에게 교육을 받는다. 그 외에도 너새니얼 호손 등 당대 문인들 및 초월주의 지식인들과 올컷 가족 간에는 활발한 교류가 있었다.

1843년 아버지 에이머스 올컷이 유토피아 공동체인 프루틀랜드를 설립, 온 가족이 공동체로 이주했다. 하지만 공동체는 곧 와해되었고 이후 임대 주택에 살게 된다.

1845년 어머니의 유산과 에머슨의 원조로 구입한 콩코드의 '오차드 하우스(과수원 집)'로 이주했다. 훗날 이때의 경험과 당시 일기를 바탕으로《초월적인 야생귀리(Transcendental Wild Oats)》를 집필한다.

1847년 남부에서 도망친 흑인들의 탈출을 도와주는 지하철도(Underground Railroad)의 역이자 쉼터로 가족이 집을 제공한다.

1848년 여성의 인권과 참정권에 관한 〈감정 선언문(Declaration of Sentiments)〉을 읽고 큰 영향을 받는다. 가난 때문에 어릴 때부터 임시 채용 교사, 바느질, 가정 교사, 가사 도우미, 그리고 작가로 일을 한다.

1854년 에머슨의 딸 엘렌 에머슨을 위해 썼던 동화를 모아《꽃의 동화(Flower Fables)》를 출간한다.

1858년 여동생 엘리자베스가 죽고, 언니인 애나가 결혼한다.

1860년 《아틀란틱 먼슬리(The Atlantic Monthly)》에 작품을 쓰기 시작한다.

1862년 남북전쟁 중에 북군의 간호사로 자원입대해 워싱턴 D.C.의 조지타운에 있는 병원에서 간호사로 일한다.

1863년 건강상의 이유로 콩코드의 집으로 돌아온다. 간호사 복무 기간의 경험, 당시 가족에게 보낸 편지들을 바탕으로 《병원 스케치(Hospital Sketches)》를 발표한다. 이 작품으로 대중의 인기와 문단의 관심을 받는다.

1864년 장편 《변덕(Moods)》을 발표한다. 인종문제, 여성문제, 계급문제를 복합적으로 다룬 단편 〈한 시간(An Hour)〉을 발표한다.

1866년 《모던 메피스토 펠레스(A Modern Mephistopheles)》를 탈고하지만, 선정적이라는 이유로 출판을 거부당한다.

1868년 '뉴잉글랜드 여성참정권 협회'에 가입한다. 이해와 다음 해에 걸쳐 출간한 《작은 아씨들(Little Women)》 1,2권이 대성공을 거둬서 가족이 오랜 생활고에서 벗어나게 된다. 이후 어린이를 위한 작품들을 다수 출간한다.

1870년 《시골 소녀 폴리(An Old-Fashioned Girl)》를 출간한다.

1871년 《작은 아씨들》의 속편 《작은 신사들(Little Men)》을 출간한다.

1877년 어머니가 세상을 떠난다. 이후 어머니의 평생 숙원이었던 여성의 참정권 획득을 위해 각종 정치활동에 적극적으로 참여한다.

1879년 콩코드 지역 의회 선거를 위해 등록한 최초의 여성이 된다.

1880년 막내 여동생 메이가 세상을 떠난 후 열 달 된 딸을 맡게 되고, 과부가 된 언니와 언니의 아이들의 자녀까지 모두 올컷이 키우게 된다.

1886년 《작은 아씨들》 3부작의 마지막 편 《조의 소년들(Jo's Boys)》을 출간한다.

1888년 3월 6일, 아버지가 죽은 뒤 이틀만에 뇌졸중으로 세상을 떠났다. 콩코드의 슬리피 할로우 공동묘지에 묻혔다.

옮긴이

공민희 부산외대를 졸업하고 영국 노팅엄 트렌트대학교 석사 과정에서 미술관과 박물관, 문화유산 관리를 공부했다. 번역에이전시 엔터스코리아에서 전문번역가로 활동 중이다. 『당신이 남긴 증오』, 『난민, 세 아이 이야기』, 『편견』, 『어웨이크』 등을 번역했다.

문세원 인하대학교를 졸업하고 엔터스코리아에서 전문번역가로 활동 중이다. 《붉은 밤을 날아서》, 《재스퍼 존스가 문제다》, 《행복은 나에게 있다》 등을 번역했다.

조의 아이들

초판 1쇄 2021년 9월 15일

지은이   루이자 메이 올컷
옮긴이   공민희, 문세원

펴낸곳   더모던
전화   02-3141-4421
팩스   0505-333-4428
등록   2012년 3월 16일(제313-2012-81호)
주소   서울시 마포구 성미산로32길 12, 2층 (우 03983)
전자우편 sanhonjinju@naver.com
카페   cafe.naver.com/mirbookcompany

ISBN 979-11-6445-522-5   03840